W0349827

De nieuwe achternaam

Elena Ferrante

De nieuwe achternaam

DE NAPOLITAANSE ROMANS 2

Adolescentie

Vertaald uit het Italiaans
door Marieke van Laake

WERELDBIBLIOTHEEK · AMSTERDAM

Eerste druk augustus 2015
Tweede druk september 2015
Derde druk oktober 2015
Vierde druk april 2016
Vijfde druk mei 2016
Zesde druk augustus 2016
Zevende druk september 2016
Achtste druk november 2016
Negende druk maart 2017
Tiende druk mei 2017
Elfde druk juni 2017
Twaalfde druk augustus 2017
Dertiende druk november 2017
Veertiende druk maart 2018 (Dwarsligger)
Vijftiende druk augustus 2018

Oorspronkelijke titel *Storia del nuovo cognome*, edizioni e/o, Rome

Omslagontwerp Karin van der Meer
Foto omslag © Arcangel / Susan Fox
NUR 302
ISBN 978 90 284 2606 1
www.wereldbibliotheek.nl

FSC www.fsc.org
MIX
Papier van verantwoorde herkomst
FSC® C004472

ADOLESCENTIE

1

In de lente van 1966 vertrouwde een erg opgewonden Lila* mij een metalen doos toe waarin acht schriften zaten. Ze zei dat ze ze niet langer in huis kon bewaren. Ze was bang dat haar man ze zou lezen. Afgezien van een paar ironische opmerkingen over al het touw dat ze eromheen had gebonden, nam ik de doos zonder verder commentaar mee. Onze relatie was in die periode allerbelabberdst, maar dat leek alleen ik te vinden. De zeldzame keren dat we elkaar zagen, wees niets erop dat zij zich ongemakkelijk voelde en hatelijke opmerkingen maakte ze ook nooit.

Toen ze me vroeg te zweren dat ik de doos nooit, om geen enkele reden, zou openmaken, deed ik dat. Maar ik zat nog niet in de trein of ik maakte het touw los, haalde de schriften tevoorschijn en begon te lezen. Het was geen dagboek, ook al kwamen er gedetailleerde verslagen in voor van gebeurtenissen uit haar leven vanaf het einde van de lagere school. Het leek meer een halsstarrige oefening in schrijven. Ze schreef over van alles: een boomtak, de meertjes, een steen, een blad met witte nerven, de pannen thuis, de verschillende onderdelen van een koffiepotje, de vuurpot, steenkool, houtskool, een minutieuze plattegrond van de binnenplaats, de grote weg, het geroeste, ijzeren skelet aan de andere kant van de meertjes, het parkje en de kerk, het rooien van de begroeiing langs de spoorrails, de nieuwe flats, het huis van haar ouders, het gereedschap dat haar vader en haar broer gebruikten om schoenen te repareren, hun bewegingen als ze aan het werk waren, en vooral kleuren, de kleuren van alles wat je maar bedenken kunt op verschillende momenten van de dag. Maar er waren niet alleen beschrijvende bladzijden. Er kwamen ook losse woorden in voor,

* Zie voor de lijst van personages blz. 475 e.v.

in het dialect en in het algemeen beschaafd Italiaans, soms omcirkeld, zonder verder commentaar. En vertaaloefeningen uit het Latijn en het Grieks. En hele stukken in het Engels over de winkels in de wijk, over wat er verkocht werd, over de kar vol groenten en fruit die Enzo Scanno elke dag, met zijn hand aan de halster van zijn ezel, van straat naar straat reed. En talloze uiteenzettingen over de boeken die ze las en de films die ze in de parochiezaal zag. En veel van de ideeën die ze had verdedigd in haar discussies met Pasquale en tijdens het gebabbel met mij. Natuurlijk, het geheel had iets grilligs, maar wat Lila ook in taal vatte, het kreeg reliëf, en zelfs op de bladzijden die ze als elf-, twaalfjarige had geschreven, trof ik niet één regel aan die kinderlijk klonk.

Doorgaans waren de zinnen uiterst precies geformuleerd, met veel zorg voor de interpunctie, en was het handschrift elegant, zoals juffrouw Oliviero het ons had geleerd. Maar soms leek Lila geen zelfdiscipline meer te kunnen opbrengen, alsof ze gedrogeerd was. Dan werd alles gejaagd, kregen haar zinnen een opgewonden ritme en verdween de interpunctie. Over het algemeen keerde haar ontspannen en heldere stijl alweer snel terug. Maar het kon ook gebeuren dat ze zichzelf bruusk onderbrak en de rest van de bladzijde vulde met tekeningetjes van kronkelige bomen, onregelmatige, rokende bergen, grimmige gezichten. Die combinatie van ordelijkheid en onordelijkheid fascineerde me en hoe meer ik las, hoe meer bedrogen ik me voelde. Wat een oefening lag er achter de brief die ze me jaren eerder op Ischia had gestuurd – daarom was die zo goed geschreven. Ik deed alle schriften terug in de doos en nam me voor er verder niet meer in te neuzen.

Maar ik zwichtte algauw, er ging van die schriften eenzelfde aantrekkingskracht uit als er van Lila zelf vanaf haar jongste jaren was uitgegaan. Ze had de wijk, haar familie, de Solara's, Stefano, iedereen en alles met onbarmhartige precisie beschreven. En wat te zeggen van de vrijheid die ze had genomen ten aanzien van mij, van wat ik zei en dacht, van de mensen van wie ik hield, zelfs van mijn uiterlijk. Ze had momenten die voor haar beslissend waren geweest vastgelegd zonder zich om wie of wat dan ook te bekommeren. Kijk, daar stond haarscherp het plezier beschreven dat ze had beleefd toen ze, tien jaar oud, dat verhaaltje schreef, *De blauwe fee*. En kijk, even scherp, het verdriet omdat onze juffrouw Oliviero zich niet had verwaardigd ook maar één woord over dat verhaal te zeggen, sterker nog, het had genegeerd. En de irritatie, de woede omdat ik zonder me iets van haar aan te trekken naar de middenschool was gegaan en haar in de steek had gelaten. En het enthousiasme waarmee ze schoenen had leren repareren, en het gevoel van revanche dat haar ertoe had gebracht nieuwe schoenen te ontwerpen, en het plezier om daar samen met haar broer Rino een eerste paar van te verwezenlijken. En de pijn toen Fernando, haar vader, had gezegd dat de schoenen niet deugden. Er lag van alles in die bladzijden, maar vooral haar haat jegens de broers Solara, en de meedogenloze vastberadenheid waarmee ze de liefde van de oudste, Marcello, had afgewezen. En het moment waarop ze daarentegen had besloten zich te verloven met de zachtaardige Stefano Carracci, de kruidenier, die uit liefde het eerste door haar gemaakte paar schoenen had willen kopen, waarbij hij had gezworen dat hij ze altijd zorgvuldig zou bewaren. En o, dat mooie moment waarop ze zich, vijftien jaar oud, een rijk en elegant dametje had gevoeld aan de arm van haar verloofde, die alleen maar omdat hij van haar hield een hoop geld had geïnvesteerd in de schoenfabriek van haar vader en haar broer, schoenfabriek Cerullo. En wat een voldoening had het haar gegeven: de schoenen die zij had bedacht bijna allemaal uitgevoerd, een huis in de nieuwe wijk, haar huwelijk toen ze zestien was. En wat een prachtig trouwfeest was daarop gevolgd, en wat had ze zich gelukkig gevoeld. Maar toen was Marcello Solara verschenen – samen met zijn broer, terwijl het feest in volle gang was – met aan zijn voeten uitgerekend de schoenen waarvan haar man had gezegd dat hij er zo op gesteld was. Haar man. Wat voor man had ze getrouwd? Zou hij, nu hun huwelijk een voldongen feit was, zijn onechte gezicht afrukken en haar het afschuwelijk echte tonen? Vragen, en de onopgesmukte feiten van onze armoede. Ik was veel met die bladzijden bezig, dagen, wekenlang. Ik bestudeerde ze, leerde er ten slotte stukken van uit het hoofd, stukken die me bevielen, me in vervoering brachten, me biologeerden en me krenkten. Achter de natuurlijkheid ervan ging vast en zeker een truc schuil, maar ik kon niet ontdekken welke.

Ten slotte liep ik op een novemberavond geërgerd met de doos naar buiten. Ik verdroeg het niet meer Lila almaar bij me te hebben, ín me te voelen, zelfs niet nu ik erg gewaardeerd werd, zelfs niet nu ik een leven buiten Napels had. Op de Solferinobrug bleef ik naar de lichtjes staan kijken, die gefilterd werden door een ijskoude nevel. Ik zette de doos op de brugleuning, duwde hem beetje bij beetje van me af, totdat hij in de rivier viel. Bijna alsof zij, Lila zelf, daar in levenden lijve naar beneden stortte met haar gedachten, haar woorden, met het venijn waarmee ze iedereen altijd lik op stuk gaf, wie het ook was. Met die manier van haar waarop ze bezit van me nam, zoals ze dat met iedereen deed en met alle dingen en gebeurtenissen en kennis waarmee ze, al was het maar even, in aanraking kwam: boeken en schoenen, zachtheid en geweld, het huwelijk en de eerste huwelijksnacht en haar terugkeer naar de wijk in de nieuwe rol van mevrouw Raffaella Carracci.

2

Ik kon niet geloven dat die aardige, zo verliefde Stefano de herinnering aan het kleine meisje Lila, het teken van haar inspanning op de door haar bedachte schoenen, aan Marcello Solara had gegeven.

Ik vergat Alfonso en Marisa die met glanzende ogen aan tafel met elkaar zaten te praten. Ik lette niet meer op het dronken gelach van mijn moeder. De muziek, de stem van de zanger, de dansende paren, Antonio die naar het terras was gegaan en overvallen door jaloezie aan de andere kant van de glaswand naar de paarsige stad en de zee stond te staren. Alles vervaagde. Zelfs het beeld van Nino verzwakte, die zojuist als een aartsengel zonder blijde boodschap de zaal had verlaten. Ik zag alleen Lila nog, die opgewonden in

Stefano's oor praatte. Zij doodsbleek in haar trouwjurk, hij zonder glimlach en met een wittige vlek van ongemak op zijn verhitte gezicht, van voorhoofd tot over de ogen, als een carnavalsmasker. Wat gebeurde er, wat zou er gaan gebeuren? Mijn vriendin trok met beide handen de arm van haar man naar zich toe, met al haar kracht. En ik, die haar door en door kende, voelde dat ze hem zou hebben afgerukt als ze had gekund en er hoog boven haar hoofd mee door de zaal zou zijn gelopen, terwijl het bloed op haar sleep drupte. En dat ze zich van die arm zou hebben bediend alsof het een knots of een ezelskaak was om Marcello met een goed gemikte klap in zijn gezicht te slaan. Ja, dat zou ze hebben gedaan. Mijn hart bonsde wild bij die gedachte, mijn keel werd droog. En daarna zou ze allebei de jongens de ogen uitkrabben, het vlees van het gebeente van hun gezicht trekken en hen bijten. Ja, ja, ik voelde het, ik wilde dat dat gebeurde. Einde van de liefde en van dat onverdraaglijke feest, niks omhelzingen in een bed in Amalfi. Meteen alles en iedereen uit de wijk vernielen, er een ravage van maken. Wegvluchten samen, Lila en ik, ver weg gaan wonen en alle treden naar de verloedering afgaan, onszelf vrolijk vergooiend, alleen wij samen, in onbekende steden. Het leek me de juiste afloop voor die dag. Als niets ons kon redden, geld niet, een mannenlijf niet en ook studie niet, dan konden we net zo goed meteen alles vernielen. In mijn borst voelde ik haar woede groeien, een kracht die deels van mij was en deels van haar en die me vervulde van het genot mezelf te verliezen. Ik wilde dat die kracht onhoudbaar werd, maar ik merkte dat ik er ook bang voor was. Pas later zag ik in dat ik alleen maar kalm ongelukkig kan zijn, omdat ik niet tot heftige reacties in staat ben. Ik ben er bang voor, ik blijf liever stilletjes mijn rancune koesteren. Lila niet. Toen ze opstond deed ze dat zo resoluut dat de tafel en het bestek op de vuile borden ervan trilden en er een glas omviel. Terwijl Stefano zich werktuiglijk haastte om de wijn die naar de jurk van mevrouw Solara stroomde tot stilstand te brengen, liep zij met snelle pas via een zijdeur de zaal uit, haar jurk losrukkend telkens als hij ergens aan bleef haken.

Ik wilde achter haar aan rennen, haar hand vastpakken en haar toefluisteren: 'Weg, weg van hier.' Maar ik deed niets. Stefano wel. Na een korte aarzeling ging hij haar achterna, dwars tussen de dansende paren door.

Ik keek om me heen. Iedereen had gemerkt dat de bruid kwaad was weggelopen. Maar Marcello bleef op een samenzweerderige manier met Rino kletsen, alsof het normaal was dat hij die schoenen aan zijn voeten had. En de metaalhandelaar ging door met zijn toosten, die steeds schunniger werden. Degenen die zich onderaan voelden staan in de hiërarchie van de tafelschikking en de genodigden, bleven moeizaam proberen er toch iets van te maken. Kortom, afgezien van mij leek niemand te beseffen dat het net gevierde huwelijk – dat waarschijnlijk stand zou houden tot de dood van de echtgenoten, met veel kinderen, heel veel kleinkinderen, vreugde en verdriet, zilveren bruiloft, gouden bruiloft – voor Lila al morsdood was, hoe haar man ook probeerde vergiffenis te krijgen.

3

De feiten stelden me in eerste instantie teleur. Ik ging naast Alfonso en Marisa zitten, zonder op hun gebabbel te letten. Ik verwachtte tekenen van verzet, maar er gebeurde niets. Het was zoals gewoonlijk moeilijk om in Lila's hoofd te kijken. Ik hoorde haar niet schreeuwen, ik hoorde haar niet dreigen. Stefano verscheen een half uur later, heel vriendelijk. Hij had zich omgekleed, de wittige vlek op zijn voorhoofd en om zijn ogen was verdwenen. Hij liep rond tussen familieleden en vrienden, in afwachting van zijn vrouw. Toen zij in de zaal terugkwam, niet meer in haar bruidsjurk maar in reistenue – een pastelblauw mantelpakje met heel lichte knopen en een donkerblauw hoedje – liep hij meteen naar haar toe. Lila deelde de bruidssuikers uit onder de kinderen. Ze schepte ze met een zilveren lepel uit een kristallen schaal, en daarna ging ze de tafels langs met de *bomboniere*, de cadeautjes, die ze eerst aan haar eigen familie uitdeelde en daarna aan die van Stefano. De familie Solara sloeg ze in haar geheel over, zo ook haar broer Rino, die haar met een gespannen lachje vroeg: 'Hou je niet meer van me?' Ze antwoordde niet, maar gaf de bomboniere aan Pinuccia. Haar ogen stonden afwezig, haar jukbeenderen waren geprononceerder dan gewoonlijk. Toen ik aan de beurt was, reikte ze me het aardewerken mandje met de in witte tule verpakte bruidssuikers verstrooid aan, zonder zelfs maar een glimlachje van verstandhouding.

Haar onbeleefdheid had de Solara's intussen wel geïrriteerd, maar Stefano maakte het goed door ze met een heel vredelievend gezicht stuk voor stuk te omarmen, terwijl hij mompelde: 'Ze is moe, laat haar maar.'

Hij kuste ook Rino op de wangen, maar zijn zwager maakte een ontevreden grimas en ik hoorde hem zeggen: 'Dat is geen vermoeidheid, Stè, die griet is verkeerd geboren, het spijt me voor jou.'

Stefano antwoordde ernstig: 'Wat verkeerd is, valt te herstellen.'

Daarna zag ik hem achter zijn vrouw aan gaan, die al in de deuropening stond, terwijl het orkestje dronken klanken rondstrooide en veel mensen zich om het paar verdrongen voor een laatste groet.

Geen breuken dus, we zouden niet samen wegvluchten over 's werelds wegen. Ik stelde me voor hoe het bruidspaar in de cabriolet zou stappen. Mooi, elegant. Al heel gauw zouden ze aan de Amalfitaanse kust zijn, in een luxe hotel, en elk bloedig offensief zou in een gemakkelijk te verdrijven pruillip veranderen. Lila was niet van gedachten veranderd, helemaal niet. Ze had zich definitief van me losgemaakt en de afstand tussen ons was – zo leek me plotseling – in werkelijkheid groter dan ik had gedacht. Ze was niet 'alleen maar' getrouwd, ze zou niet enkel om zich aan de echtelijke rites te onderwerpen elke avond met haar man slapen. Er was iets wat ik eerder niet had gezien en wat me op dat moment overduidelijk leek. Door te buigen voor het feit dat god weet welke zakelijke overeenkomst tussen haar man en Marcello bezegeld was met het werk uit haar meisjestijd, had Lila erkend dat ze meer aan hem hechtte dan aan wie of wat dan ook. Als ze die grove belediging nú al had verteerd, had ze zich nú al gewonnen gegeven. Haar band met Stefano moest werkelijk sterk zijn. Ze hield van hem, ze hield van hem op de manier van de meisjes uit fotoromans. Haar hele leven lang zou ze al haar kwaliteiten aan hem opofferen en hij zou dat offer niet eens zien. Hij zou de weelde aan gevoel, intelligentie en fantasie die haar kenmerkte om zich heen hebben zonder te weten wat hij ermee aan moest, die weelde zou aan hem verspild zijn. Ik ben niet in staat om zo van iemand te houden, dacht ik, zelfs niet van Nino. Ik ben alleen maar in staat mijn tijd boven boeken door te brengen. En een fractie van een seconde zag ik mezelf als het gedeukte bakje waarin mijn zusje Elisa een katje te eten had gegeven, totdat het diertje niet meer was komen opdagen en het bakje leeg en stoffig in het trapportaal was blijven staan. En op dat moment overviel me een hevig angstgevoel en was ik ervan overtuigd dat ik te ver was gegaan. Ik moet terug, zei ik tegen mezelf, ik moet doen wat Carmela, Ada, Gigliola en Lila doen. De wijk accepteren, mijn trots verbannen, mijn hoogmoed straffen, ophouden de mensen die van me houden te kleineren. Toen Alfonso en Marisa ervandoor gingen om op tijd op de afspraak met Nino te zijn, ging ik via een lange omweg om mijn moeder te vermijden naar mijn verloofde op het terras.

Ik was te dun gekleed, de zon was weg en het begon koud te worden. Zodra Antonio me zag, stak hij een sigaret op en ging zogenaamd weer naar de zee staan kijken.

'Laten we gaan,' zei ik.

'Ga maar met die zoon van Sarratore.'

'Ik wil met jou weg.'

'Je liegt.'

'Waarom?'

'Omdat je me zonder ook maar *ciao* te zeggen in de steek zou laten als hij je zou willen.'

Dat was waar, maar het maakte me kwaad dat hij het zo expliciet zei, zonder op zijn woorden te letten.

'Als je niet doorhebt dat ik hier sta te riskeren dat mijn moeder ineens aan komt zetten en ik door jouw schuld ervan langs krijg, dan wil dat zeggen dat je alleen maar aan jezelf denkt en ik je geen moer interesseer,' siste ik hem toe.

Hij hoorde weinig dialect in mijn stem, merkte hoe lang mijn zin was, en verloor zijn kalmte. Hij gooide de sigaret weg, greep mij hard en steeds minder beheerst bij een pols en schreeuwde – een in zijn keel afgeknepen schreeuw – dat hij daar voor mij was, alleen maar voor mij en dat ik zelf tegen hem had gezegd dat hij steeds vlakbij me moest blijven, in de kerk en op het feest, ik, ja. 'En je hebt het me zelfs laten zweren,' rochelde hij, '"zweer me," zei je, "dat je me nooit alleen laat," en toen heb ik een pak laten maken, en ik zit diep in de schulden bij mevrouw Solara. En om jou een plezier te doen, om te doen wat jij vroeg, heb ik nog geen minuut bij mijn moeder en broertjes en zusje gezeten, en wat is mijn beloning? Mijn beloning is dat je me *comm'a 'nu strunz*, als een zak, hebt behandeld. Je hebt de hele tijd met die zoon van de dichter zitten praten en me tegenover alle vrienden vernederd, je hebt me een rotfiguur laten slaan, want ik stel niets voor in jouw ogen. Want jij bent heel geleerd, en ik niet, want ik snap de dingen niet die jij zegt, en het is waar, heel erg waar, dat ik ze niet begrijp. Maar verdomme nog aan toe, Lenù, kijk naar me, kijk me aan: denk je dat je mij naar je pijpen kunt laten dansen, denk je dat ik niet in staat ben om basta te zeggen, nou, dan vergis je je. Je weet alles, maar je weet niet dat als je nu met mij door die deur gaat, als ik nu oké zeg en we samen weggaan en ik dan later ontdek dat je op school of god weet waar die klootzak van een Nino Sarratore ontmoet, dat ik je dan vermoord, Lenù, ik vermoord je, denk er daarom goed over na, laat me nu stikken, hier, meteen,' zei hij vertwijfeld, 'laat me maar stikken, nu, dat is beter voor je', en intussen keek hij me met heel grote, rooddoorlopen ogen aan. Hij opende zijn mond heel wijd terwijl hij die woorden uitsprak, hij schreeuwde ze me toe, zonder te schreeuwen, met heel donkere, wijd open neusgaten en zo'n pijn op zijn gezicht dat ik dacht dat hij zich misschien inwendig wel zeer deed. Want zulke in zijn keel, in zijn borst geschreeuwde en niet in de lucht geëxplodeerde zinnen, die zijn als stukken scherp ijzer die longen en keelholte verwonden.

Ik had die agressie op de een of andere manier nodig. De greep om mijn pols, de angst dat hij me zou slaan, die stroom van verdrietige woorden gaven me uiteindelijk troost, hij leek hoe dan ook veel om me te geven.

'Je doet me pijn,' fluisterde ik.

Langzaam liet hij zijn greep verslappen, maar hij bleef me met wijd open mond aanstaren. Hem gezag geven en het gevoel belangrijk te zijn, me aan hem vastklampen; de huid van mijn pols begon paars te worden.

'Nou, wat doe je?' vroeg hij.

'Ik wil bij jou blijven,' antwoordde ik, maar bozig.

Hij deed zijn mond dicht, zijn ogen vulden zich met tranen, hij keek naar de zee om tijd te krijgen om ze terug te dringen.

Even later stonden we op straat. We wachtten niet op Pasquale, Enzo en de meisjes, we namen van niemand afscheid. Het belangrijkste was dat mijn moeder ons niet zag, en daarom maakten we ons snel uit de voeten, lopend, in het donker. Een tijdje liepen we naast elkaar, zonder elkaar aan te raken, daarna legde Antonio aarzelend een arm om mijn schouders. Hij wilde me duidelijk maken dat hij op vergeving wachtte, bijna alsof hij de schuldige was. Omdat hij van me hield, had hij besloten de uren die ik, verleidelijk en verleid, onder zijn ogen met Nino had doorgebracht als niet echt gebeurd te beschouwen.

'Heb ik je een blauwe plek bezorgd?' vroeg hij terwijl hij mijn pols probeerde te pakken.

Ik gaf geen antwoord. Hij kneep met zijn brede hand in mijn schouder en ik maakte een geërgerde beweging, waardoor hij zijn greep meteen verslapte. Hij wachtte, ik wachtte. Toen hij mij dat teken van overgave opnieuw probeerde te geven, sloeg ik mijn arm om zijn middel.

4

We kusten elkaar voortdurend, achter een boom, in de portiek van een gebouw, in donkere straatjes. Op een gegeven moment namen we een bus, daarna nog een en toen kwamen we bij het station. We liepen richting de meertjes en ook op het weinig begane pad langs de spoorweg bleven we elkaar maar kussen.

Ik voelde me verhit, ook al was mijn jurkje dun en trok de avondkou met plotselinge rillingen door mijn warme huid. Af en toe drukte Antonio zich op een donkere plek tegen me aan en omhelsde me zo vurig dat hij me pijn deed. Zijn lippen brandden en de warmte van zijn mond verhitte mijn gedachten en mijn verbeelding. Misschien zijn Lila en Stefano al in het hotel, zei ik tegen mezelf, misschien zitten ze te eten. Misschien hebben ze zich klaargemaakt voor de nacht. O, dicht tegen een man aan slapen, het niet koud meer hebben. Ik voelde Antonio's tong wild in mijn mond bewegen en terwijl hij door de stof van mijn jurk heen mijn borsten betastte, raakte ik via een broekzak zacht zijn geslacht aan.

Door sterren verlichte nevels bevlekten de donkere hemel. De geuren van mos en rotting bij de meertjes begonnen te wijken voor zoetige lentegeuren. Het gras was nat, af en toe klonk uit het water ineens een hik op, alsof er een eikel of een steentje in was gevallen, een kikker in was gedoken. We liepen een pad af dat we goed kenden, het leidde naar een groepje dode bomen met dunne stammen en slordig afgebroken takken. Een paar meter daarvandaan stond een oude conservenfabriek, een gebouw waarvan het dak was ingestort, dat nu een warboel van ijzeren balken en golfplaten was. Ik voelde een drang naar genot, iets wat van binnenuit aan me trok als een strakgespannen reep fluweel. Ik wilde dat mijn verlangen bevredigd werd, zo heftig dat het de hele dag tenietdeed. Ik voelde het verlangen jeuken, aangenaam strelen en steken in mijn onderbuik, sterker dan de andere keren. Antonio zei lieve woordjes in het dialect, hij fluisterde ze in mijn mond, in mijn hals, steeds gejaagder. Ik zweeg, ik had tijdens die ontmoetingen altijd gezwegen, ik zuchtte alleen maar.

'Zeg dat je van me houdt,' smeekte hij op een gegeven ogenblik.

'Ja.'

'Zeg het.'

'Ja.'

Meer voegde ik er niet aan toe. Ik sloeg mijn armen om hem heen, drukte hem met alle kracht die ik in me had tegen me aan. Ik had op elk plekje van mijn lichaam gestreeld en gekust willen worden, ik voelde de behoefte om vermorzeld en gebeten te worden, geen adem meer te kunnen halen. Hij duwde me een eindje van zich af, liet zijn hand in mijn bh glijden en bleef me intussen kussen. Maar dat was me niet genoeg, die avond was het te weinig. Alle aanrakingen die er tot dan toe waren geweest, die hij me voorzichtig had opgelegd en die ik even voorzichtig had geaccepteerd, leken me nu onvoldoende, ongemakkelijk, te snel. Maar ik wist niet hoe ik hem moest zeggen dat ik meer wilde, ik had er de woorden niet voor. Bij onze geheime ontmoetingen voltrokken we altijd een stilzwijgende rite, stap na stap. Hij streelde mijn borsten, trok mijn rok omhoog, betastte me tussen mijn benen en duwde me intussen, als een signaal, tegen de verkramping van zacht vlees en kraakbeen en aders en bloed die trilde in zijn broek. Maar deze keer wachtte ik met zijn geslacht tevoorschijn halen. Ik wist dat hij mij zou vergeten, zou ophouden mij te betasten zodra ik dat had gedaan. Mijn borsten, mijn heupen, mijn billen en mijn schaamstreek zouden hem niet langer bezighouden, hij zou zich alleen nog maar op mijn hand concentreren, sterker nog, hij zou zijn hand er onmiddellijk omheen klemmen om me aan te moedigen de mijne in het juiste ritme te bewegen. Daarna zou hij zijn zakdoek pakken en die gereedhouden voor het moment waarop er een licht gerochel uit zijn keel en het gevaarlijke vocht uit zijn penis zou komen. Dan zou hij zich een beetje verdwaasd, misschien beschaamd terugtrekken en zouden we naar huis gaan. Een bekend slot, maar nu had ik een onduidelijke haast dat te veranderen: het kon me niet schelen of ik zwanger raakte zonder getrouwd te zijn, het kon me niet schelen of ik zondigde. De goddelijke bewakers daar ergens in de kosmos boven ons en de Heilige Geest, of wie dan ook in zijn plaats, lieten me koud, en dat voelde Antonio en het verwarde hem. Terwijl hij me steeds opgewondener kuste, probeerde hij herhaaldelijk mijn hand weg te trekken, maar ik verhinderde dat, duwde mijn schaamstreek tegen de vingers waarmee hij me betastte, hard en herhaaldelijk, met lange zuchten. Toen trok hij zijn hand terug en probeerde hij zijn broek los te knopen.

'Wacht,' zei ik.

Ik trok hem mee naar het skelet van de oude conservenfabriek. Daar was het donkerder, beschutter, maar vol ratten; ik hoorde hun voorzichtige geritsel, ik hoorde ze rennen. Mijn hart begon te bonzen, ik was bang van die plek, van mezelf, van het heftige verlangen dat over me was gekomen om dat gevoel van een paar uur eerder – het gevoel van anders-zijn – uit mijn manier van doen en uit mijn stem te wissen. Ik wilde weer opgaan in de wijk, weer zijn zoals ik was geweest. Ik wilde mijn studie eraan geven, mijn schriften boordevol oefeningen weggooien. Waar was dat oefenen eigenlijk goed voor? Wat ik buiten Lila's schaduw kon worden, was volslagen onbelangrijk. Wie was ik vergeleken bij Lila in haar trouwjurk, in de cabriolet, met haar donkerblauwe hoedje en pastelkleurige mantelpakje? Wie was ik hier met Antonio, stiekem, tussen roestig afval, bij het geritsel van ratten, met mijn rok tot aan mijn heupen opgetrokken, mijn broekje naar beneden, vol verlangen en angstig en schuldig, terwijl zij zich naakt en met langoureuze gelatenheid gaf, tussen linnen lakens, in een hotel met uitzicht op zee, en zich door Stefano liet ontmaagden, die diep in haar drong en haar zijn zaad gaf, haar legitiem en zonder angsten zwanger maakte? Wie was ik terwijl Antonio met zijn broek in de weer was en zijn grote mannenvlees tussen mijn benen bracht, in aanraking met mijn blote geslacht, en mijn billen omklemde terwijl hij tegen me aan wreef en hijgend heen en weer bewoog? Ik wist het niet. Ik wist alleen dat ik niet degene was die ik op dat moment wilde zijn. Het was me niet genoeg dat hij tegen me aan wreef. Ik wilde gepenetreerd worden, ik wilde als Lila terug was tegen haar kunnen zeggen dat ik ook geen maagd meer was. Wat jij doet, doe ik ook, het zal je niet lukken mij achter je te laten. Daarom klemde ik mijn handen om Antonio's hals en kuste ik hem. Ik ging op mijn tenen staan, zocht zijn geslacht met het mijne, ik zocht het zonder iets te zeggen, op het gevoel. Hij merkte het en hielp wat met zijn hand, ik voelde hem een heel klein beetje naar binnen komen. Er ging een schok door me heen van nieuwsgierigheid en angst. Maar ik voelde ook dat hij moeite deed om te stoppen, om zichzelf te verhinderen door te duwen met alle felheid die een hele middag in hem had gesmeuld en vast en zeker nog smeulde. Hij wil ophouden, realiseerde ik me, en ik drukte me tegen hem aan om hem over te halen door te gaan. Maar met een lange zucht duwde Antonio me van zich af en zei in het dialect: 'Nee, Lenù, dit wil ik doen zoals je dat doet als je getrouwd bent, niet zo.'

Hij greep mijn rechterhand, bracht die met iets van een onderdrukte snik naar zijn geslacht en toen berustte ik er maar in hem te bevredigen.

Later, toen we bij de meertjes wegliepen, zei hij, niet op zijn gemak, dat hij me respecteerde en me niet iets wilde laten doen waar ik later spijt van zou krijgen, niet op die plek, niet op die vieze en achteloze manier. Hij zei het alsof hij degene was geweest die te veel had gewaagd, en misschien dacht hij ook echt dat het zo was. Ik zei geen woord, het hele stuk naar huis niet; opgelucht zei ik hem gedag. Toen ik op de voordeur klopte, deed mijn moeder open, en terwijl mijn broertjes en zusje tevergeefs probeerden haar tegen te houden, begon ze me te slaan, zonder geschreeuw, zonder ook maar iets van een verwijt. Mijn bril kwam op de vloer terecht en meteen gilde ik, met wrange vreugde en zonder ook maar een zweempje dialect in mijn woorden: 'Zie je wat je hebt gedaan? Je hebt mijn bril gebroken en nou kan ik door jouw schuld niet meer werken en niet meer naar school!'

Mijn moeder verstijfde, de hand waarmee ze me sloeg bleef zelfs in de lucht hangen, als het blad van een bijl. Elisa, mijn zusje, raapte de bril op en zei zachtjes: 'Hier, Lenù, hij is niet kapot.'

5

Er kwam een moeheid over me die maar niet voorbij wilde gaan, hoeveel ik ook probeerde te rusten. Voor het eerst spijbelde ik. Ik bleef een dag of veertien weg, geloof ik, en vertelde zelfs Antonio niet dat ik het niet meer opbracht, dat ik wilde stoppen met leren. Ik ging op de gewone tijd de deur uit en zwierf de hele ochtend door de stad. In die tijd heb ik Napels goed leren kennen. Ik snuffelde tussen de tweedehands boeken van de stalletjes bij de Port'Alba, nam onbewust titels en namen van auteurs in me op, en liep verder naar de via Toledo en de zee. Of ik ging door de via Salvator Rosa naar boven, naar Vomero, kwam bij San Martino en ging dan door Petraio weer terug. Of ik verkende Doganella, kwam bij het kerkhof en liep door de stille lanen, las de namen van de doden. Soms achtervolgden jonge niksnutten, oude sukkels en zelfs gedistingeerde heren van middelbare leeftijd me met schunnige voorstellen. Dan versnelde ik met neergeslagen ogen mijn pas, en vluchtte omdat ik gevaar rook, maar mijn tochtjes gaf ik niet op. Sterker nog, hoe langer ik van school wegbleef, hoe meer die lange ochtenden van omzwervingen door de stad de scheur vergrootten in het net van schoolse verplichtingen dat mij vanaf mijn zesde jaar gevangen hield. Ik kwam op het juiste moment weer thuis en niemand vermoedde dat ik, uitgerekend ik, niet naar school was geweest. De middagen bracht ik door met romans lezen, en daarna haastte ik me naar de meertjes, naar Antonio, die in zijn nopjes was omdat ik zo veel tijd voor hem had. Hij wilde me vragen of ik Sarratores zoon nog had gezien. Ik kon de vraag in zijn ogen lezen, maar hij durfde hem niet te stellen. Hij was bang voor ruzie, hij was bang dat ik kwaad zou worden en hem die paar minuten van genot zou ontzeggen. Hij nam me in zijn armen om mijn bereidwilligheid tegen zijn lichaam te voelen en om alle twijfel te verjagen. Op die momenten was het voor hem uitgesloten dat ik in staat zou zijn hem de belediging aan te doen ook die ander te ontmoeten.

Hij vergiste zich: in werkelijkheid dacht ik alleen maar aan Nino, ook al voelde ik me daar schuldig over. Ik verlangde ernaar hem te ontmoeten, met hem te praten, maar ik was er ook bang voor. Ik was bang dat hij me met zijn superioriteit zou kleineren. Ik was bang dat hij op de een of andere manier zou terugkomen op de redenen waarom mijn artikeltje over de botsing met de godsdienstleraar niet was gepubliceerd. Ik was bang dat ik van hem het wrede oordeel van de redactie te horen zou krijgen. Dat zou ik niet kunnen verdragen. Zowel in de uren dat ik door de stad zwierf als 's avonds in bed, als ik niet in slaap kon komen en heel duidelijk voelde dat ik tekortschoot, geloofde ik maar liever dat mijn tekst enkel en alleen vanwege plaatsgebrek naar de prullenmand was verwezen. Afzwakken, laten vervagen. Maar dat was moeilijk. Ik was niet tegen Nino's knapheid opgewassen geweest, dus kon ik ook niet in zijn nabijheid verkeren, hem naar me laten luisteren, mijn gedachten uiteenzetten. Welke gedachten trouwens, ik had er geen. Ik kon mezelf maar beter buitensluiten, basta met de boeken, de punten en de loftuitingen. Ik hoopte beetje bij beetje alles te vergeten: de kennis die mijn hoofd vulde, de levende en de dode talen, ook het Italiaans dat me inmiddels zelfs bij mijn broertjes en zusje spontaan over de lippen kwam. Het is Lila's schuld dat ik deze weg ben ingeslagen, dacht ik, ik moet ook haar vergeten. Lila heeft altijd geweten wat ze wilde en ze heeft het ook bereikt; ik wil niets, ik besta uit niets. Ik hoopte op een ochtend zonder verlangens wakker te worden. Als ik eenmaal leeg ben – zo bedacht ik – zal de genegenheid voor Antonio, mijn genegenheid voor hem voldoende zijn.

Maar op een dag, terwijl ik onderweg was naar huis, ontmoette ik Pinuccia, het zusje van Stefano. Van haar hoorde ik dat Lila terug was van de huwelijksreis en dat ze een groot diner had aangericht om de verloving van haar schoonzusje met haar broer te vieren.

'Zijn Rino en jij verloofd?' vroeg ik, terwijl ik deed of ik verrast was.

'Ja,' zei ze stralend en ze liet me de ring zien die Rino haar had gegeven.

Ik herinner me dat ik terwijl Pinuccia praatte maar één, volslagen kromme, gedachte had: Lila heeft een feest gehouden in haar nieuwe huis en mij niet uitgenodigd. Maar beter ook, ik ben er blij om, het is afgelopen met dat eeuwige vergelijken van mezelf met haar, ik wil haar niet meer zien. Pas toen elk detail van de verloving onder de loep was genomen, vroeg ik voorzichtig naar mijn vriendin. Even kwam er een vals lachje op Pinuccia's gezicht en ze antwoordde met een typisch zinnetje uit ons dialect: 'Z' is 't aan 't leren.' Ik vroeg niet wat ze aan het leren was. Eenmaal thuis sliep ik de hele middag.

De volgende ochtend ging ik zoals gewoonlijk om zeven uur de deur uit om naar school te gaan, of liever gezegd om te doen alsof ik naar school ging. Ik was net de grote weg overgestoken toen ik Lila uit de cabriolet zag stappen en onze binnenplaats op zag komen, zonder dat ze zich omdraaide om naar Stefano, die aan het stuur zat, te zwaaien. Ze was met zorg gekleed, droeg een grote donkere bril, ook al was er geen zon, en het viel me op dat ze een dunne, lichtblauwe sjaal om haar hoofd had, die ze zo had vastgeknoopt dat hij ook haar lippen bedekte. Boos bedacht ik dat het wel een nieuwe stijl van haar zou zijn, niet langer à la Jacqueline Kennedy, maar eerder als de mysterieuze dame die we ons vanaf onze kinderjaren hadden voorgesteld te worden. Ik liep gewoon door, zonder haar te roepen.

Maar na een paar stappen draaide ik om, zonder duidelijk plan, alleen maar omdat ik het niet kon laten. Mijn hart klopte wild, ik voelde me verward. Misschien wilde ik haar rechtuit vragen me te zeggen dat onze vriendschap voorbij was. Misschien wilde ik haar toeschreeuwen dat ik besloten had niet meer te leren en óók te trouwen, bij Antonio te gaan wonen, met zijn moeder en zijn broertjes en zusje, en net als gekke Melina de trappen te dweilen. Vlug stak ik de binnenplaats over, ik zag haar de deur binnengaan van de flat waar haar schoonmoeder woonde. Ik nam de trap, dezelfde die we als kleine meisjes hadden beklommen toen we naar don Achille waren gegaan om onze poppen terug te vragen. Ik riep haar, ze draaide zich om.

'Je bent terug,' zei ik.

'Ja.'

'Waarom heb je me niet opgezocht?'

'Ik wilde niet dat je me zag.'

'Mogen de anderen je wel zien en ik niet?'

'De anderen interesseren me niet, jij wel.'

Onzeker bekeek ik haar. Wat mocht ik niet zien? Ik liep de treden op die ons scheidden en trok zachtjes de sjaal opzij, deed haar bril omhoog.

6

Dat doe ik nu weer, in mijn verbeelding, terwijl ik over haar huwelijksreis begin te vertellen, niet alleen zoals zij er daar in het trapportaal over sprak, maar ook zoals ik er later in haar schriften over las. Ik was onrechtvaardig tegenover haar geweest. Ik had willen geloven dat ze zich gemakkelijk gewonnen had gegeven, om haar omlaag te kunnen halen, zoals ik mezelf omlaaggehaald had gevoeld toen Nino de feestzaal verliet. Ik had haar kleiner willen maken om het verlies van haar niet te voelen. Maar daar zat ze, toen de ontvangst eenmaal voorbij was, opgesloten in de cabriolet, met haar blauwe hoedje en pastelkleurige mantelpakje. Haar ogen vonkten van woede en zodra de auto zich in beweging zette, begon ze Stefano te bestoken met de ergste woorden en zinnen die je een man uit onze wijk naar het hoofd kon slingeren.

Hij incasseerde de beledigingen op zijn bekende manier, met een lichte glimlach, zonder een woord te zeggen, en uiteindelijk zweeg ze. Maar de stilte was van korte duur. Lila begon weer, kalmer nu, alleen met enigszins gejaagde stem. Ze zei dat ze geen minuut langer in die auto wilde zitten, dat ze ervan walgde de lucht in te ademen die hij inademde, dat ze uit wilde stappen, onmiddellijk. Stefano zag de walging ook echt op haar gezicht, maar bleef toch zwijgend doorrijden, zodat zij haar stem weer verhief om hem tot stoppen te dwingen. Toen zette hij de auto aan de kant van de weg, maar op het moment dat Lila daadwerkelijk probeerde het portier te openen, greep hij haar stevig bij een arm.

'En nu even luisteren,' zei hij zachtjes. 'Wat er is gebeurd, is niet voor niets gebeurd, daar zijn ernstige redenen voor.'

Bedaard legde hij haar uit hoe het was gegaan. Om te voorkomen dat de schoenfabriek moest sluiten nog voordat zij echt haar deuren had geopend, was het nodig geweest om samen te gaan werken met Silvio Solara en zijn zoons. Zij waren de enigen die niet alleen konden garanderen dat de schoenen in de beste winkels van de stad terechtkwamen, maar zelfs dat er, nog voor de herfst, op het piazza dei Martiri een winkel voor uitsluitend Cerullo-schoenen werd geopend.

'Het kan me niet verrekken wat jij nodig vindt,' viel Lila hem in de reden terwijl ze probeerde zich los te wringen.

'Wat nodig is voor mij, is ook nodig voor jou, je bent mijn vrouw.'

'Ik? Ik beteken niets meer voor je, en jij niets meer voor mij. Laat mijn arm los.'

Stefano liet haar arm los.

'Betekenen je vader en je broer ook niets voor je?'

'Spoel je mond voor je over ze praat, je verdient het nog niet ze te noemen.'

Maar Stefano noemde ze wel. Hij zei dat Fernando die overeenkomst met Silvio Solara zelf had gewild. Hij zei dat Marcello het grootste obstakel was geweest, omdat hij woedend was op Lila en op de hele familie Cerullo en vooral op Pasquale, Antonio en Enzo die zijn auto in elkaar hadden geramd en hem hadden afgetuigd. Hij zei dat Rino degene was geweest die Marcello weer kalm had gekregen, dat daar veel geduld voor nodig was geweest. Kortom, toen Marcello had gezegd: 'Dan wil ik die schoenen van Lina,' had Rino geantwoord: 'Oké, die krijg je.'

Het was een moeilijk moment, Lila voelde een steek in haar hart. Maar ze schreeuwde toch: 'En jij?'

Stefano was even van zijn stuk.

'Wat had ik moeten doen? Ruziemaken met je broer, je familie ruïneren, een oorlog met jouw vrienden laten ontstaan, al het geld verliezen dat ik had geïnvesteerd?'

Elk woord leek Lila wat toon en inhoud betreft een hypocriet bekennen van schuld. Ze liet hem niet eens uitpraten, en begon met haar vuisten tegen zijn schouder te beuken, terwijl ze schreeuwde:

'Dus jij hebt ook gezegd dat het goed was, je bent de schoenen gaan halen en hebt ze hem gegeven!'

Stefano liet haar begaan en pas toen ze opnieuw probeerde het portier te openen om ervandoor te gaan, zei hij kil: 'Rustig jij.' Lila draaide zich met een ruk om. Rustig worden nadat hij de schuld op haar vader en haar broer had afgeschoven, rustig worden terwijl ze haar alle drie als een dweil, als een vod hadden behandeld? 'Ik wil niet rustig worden!' gilde ze. 'Klootzak, breng me onmiddellijk naar huis, wat je net zei moet je tegenover die andere twee stukken stront ook nog maar eens zeggen.' En pas toen ze die uitdrukking in het dialect uitsprak, *uommen'e mmerd*, merkte ze dat ze de beheerste-toonbarrière van haar echtgenoot had doorbroken. Een moment later sloeg Stefano haar met zijn forse hand in het gezicht, een keiharde klap die haar een explosie van waarheid leek. Ze veerde op door de schrik en de brandende pijn aan haar wang. Ongelovig keek ze naar hem terwijl hij de auto startte en met een stem die voor het eerst sinds hij haar het hof was gaan maken niet rustig meer was, nee, zelfs trilde, tegen haar zei: 'Zie je waar je me toe dwingt? Besef je dat je overdrijft?'

'We hebben alles verkeerd gedaan,' mompelde zij.

Maar Stefano ontkende dat beslist, alsof hij die mogelijkheid niet eens in overweging wilde nemen, en hij stak een lang verhaal af, een beetje dreigend, een beetje belerend en een beetje pathetisch. In grote lijnen zei hij het volgende: 'We hebben niets verkeerd gedaan, Lina, we moeten alleen een paar dingen duidelijk stellen. Jij heet geen Cerullo meer. Je bent mevrouw Carracci en je moet doen wat ik zeg. Ik weet het, je hebt geen ervaring, je hebt geen verstand van handel, je denkt dat ik het geld zomaar voor het oprapen heb. Maar zo is het niet. Ik moet het verdienen, elke dag, ik moet het daar brengen waar het meer kan worden. Jij hebt de schoenen getekend, je vader en je broer weten wat werken is, maar jullie met zijn drieën zijn niet in staat om geld meer te laten worden. De Solara's wel, en dus – luister goed – dat jij ze niet mag, kan me niet verrekken. Ik kots ook van Marcello, en als hij naar je kijkt, al is het maar schuins, als ik denk aan wat hij over je heeft gezegd, dan krijg ik zin hem een mes tussen de ribben te steken. Maar als ik hem kan gebruiken om mijn geld meer te laten worden, dan wordt hij mijn allerbeste vriend. En weet je waarom? Omdat we als het geld niet méér wordt deze auto niet kunnen aanhouden en ik dit soort kleren niet meer voor je kan kopen en we ons huis kwijtraken, met alles erop en eraan, en jij ten slotte ook niet meer de mevrouw kunt uithangen, en onze kinderen als kinderen van armoedzaaiers opgroeien. Dus waag het nooit meer de dingen tegen me te zeggen die je vanavond tegen me zei, want dan takel ik je mooie gezichtje zo toe dat je de deur niet meer uit kunt. Begrepen? Geef antwoord!'

Lila kneep haar ogen tot spleetjes. Haar wang was paars geworden, maar verder was ze lijkbleek. Ze gaf geen antwoord.

7

Het was avond toen ze in Amalfi aankwamen. Geen van beiden was ooit in een hotel geweest en ze gedroegen zich erg onbeholpen. Vooral Stefano was geïntimideerd door de licht ironische toon van de receptionist, en ongewild nam hij een onderdanige houding aan. Toen hij dat in de gaten kreeg, verhulde hij zijn onzekerheid met bruuske manieren, maar alleen al bij het verzoek hun documenten te laten zien, werden zijn oren vuurrood. Intussen verscheen de hotelbediende, een man van een jaar of vijftig met een dun snorretje. Stefano wees hem terug alsof hij een dief was, maar later bedacht hij zich en gaf hem met een minachtend gebaar een royale fooi, ook al maakte hij geen gebruik van zijn diensten. Lila volgde haar zwaar met koffers beladen man de trap op en tree na tree – zo vertelde ze me – kreeg ze sterker de indruk dat ze de jongen met wie ze die ochtend getrouwd was onderweg had verloren en dat ze op dat moment achter een onbekende aan liep. Was Stefano inderdaad zo breed, had hij inderdaad zulke korte, dikke benen en lange armen en witte knokkels? Aan wie had ze zich voor altijd gebonden? De woede die gedurende de reis in haar had geraasd, maakte plaats voor ongerustheid.

Eenmaal in hun kamer deed hij zijn best om weer aardig te zijn, maar hij was moe en nog nerveus omdat hij haar die klap had moeten geven. Hij begon op een gekunstelde toon te praten. Hij prees de kamer, heel ruim, vond hij, opende de glazen deur, liep het balkon op en zei: 'Kom eens, moet je ruiken wat een lekkere lucht, kijk die zee eens schitteren.' Maar zij zocht naar een manier om niet in die val te lopen en schudde verstrooid van nee, ze had het koud. Stefano deed de balkondeur meteen weer dicht en merkte op dat ze, als ze een ommetje wilden maken en buiten wilden eten, beter iets warmers konden aandoen. Hij zei: 'Neem voor mij eventueel maar een vest', alsof ze al jaren samenleefden en zij precies wist waar ze in de koffers moest zoeken en even gemakkelijk een vest voor hem kon vinden als een truitje voor zichzelf. Lila leek het met hem eens te zijn, maar deed de koffers niet open en pakte geen truitje en geen vest. Ze liep rechtstreeks de gang in, wilde geen minuut langer in die kamer blijven. Hij volgde haar en mopperde: 'Ik kan ook wel zo naar buiten, maar ik maak me zorgen om jou, je wordt nog verkouden.'

Ze slenterden door Amalfi, tot aan de dom, de grote trap op en weer naar beneden en verder tot aan de fontein. Stefano deed nu zijn uiterste best om haar te amuseren, maar leuk-zijn was nooit zijn sterkste kant geweest. Hij was beter in pathetiek of in de moraliserende praat van de volwassen man die weet wat hij wil. Lila reageerde amper en ten slotte beperkte haar man zich ertoe hier en daar iets aan te wijzen en daarbij 'Kijk!' te roepen. Maar zij, die vroeger elke steen belangrijk zou hebben gevonden, interesseerde zich nu niet voor de schoonheid van de straatjes of de geuren van de tuinen, of voor de kunst en de geschiedenis van Amalfi, en vooral niet voor de stem van Stefano, die almaar vreselijk irritant 'Mooi, hè?' zei.

Algauw begon Lila te beven, niet omdat het bijzonder koud was, maar van nervositeit. Hij merkte het en stelde voor om terug te gaan naar het hotel, hij waagde zelfs een opmerking te maken in de trant van 'dan kunnen we dicht tegen elkaar aan gaan liggen, dat is lekker warm'. Maar zij wilde wandelen, almaar wandelen, totdat ze door vermoeidheid overmand een restaurant in liep, zonder met hem te overleggen en ook al had ze absoluut geen honger. Stefano volgde haar geduldig.

Ze bestelden van alles, aten bijna niets, dronken veel wijn. Op een gegeven moment kon hij zich niet meer inhouden en vroeg hij of ze nog boos was. Lila schudde van nee en dat was waar. Ze was er zelf verbaasd over dat ze bij die vraag geen wrok meer aantrof in haar hart ten aanzien van de Solara's, haar vader en haar broer en Stefano. Het was plotseling allemaal anders geworden in haar hoofd. Ineens kon haar dat gedoe met die schoenen niets meer schelen, sterker nog, ze begreep niet eens waarom ze zo boos was geworden toen ze ze aan Marcello's voeten had gezien. Wat haar nu angst aanjoeg, wat haar nu pijn deed, dat was de brede trouwring die aan haar ringvinger blonk. Ongelovig ging ze de dag na: de kerk, de religieuze plechtigheid, het feest. Wat heb ik gedaan, dacht ze, suf van de wijn, en wat is dit gouden ringetje, die glanzende nul waar ik mijn vinger doorheen heb gestoken? Ook Stefano had er een, hij glansde tussen pikzwarte haren, harige vingers had hij, zogezegd. Ze herinnerde zich hem in zwembroek, zoals ze hem aan zee had gezien. Brede borst, knieschijven als omgekeerde kommen. Van niet één detail dat ze van hem opriep bleek voor haar enige bekoring uit te gaan. Hij was inmiddels een wezen waarvan ze het gevoel had er niets mee te kunnen delen, maar dat daar zat, in colbert met das, en dat zijn dikke lippen bewoog en aan een oor met vlezige lel krabde en vaak met zijn vork iets van haar bord prikte om het te proeven. Hij had weinig of niets van de vleeswarenverkoper die ze aantrekkelijk had gevonden, van de jongen die ambitieus en zelfverzekerd was, maar ook goede manieren had, van de echtgenoot van die ochtend in de kerk. Ze zag een heel witte muil en een rode tong in het donkere gat van zijn mond. Iets in hem en om hem heen was kapotgegaan. Aan die tafel, te midden van het heen en weer geloop van de obers, leek alles wat haar tot daar in Amalfi had gebracht gespeend van elke logische samenhang en toch onverdraaglijk echt. En daarom bedacht ze – terwijl de ogen van dat onherkenbare wezen begonnen te glanzen bij de gedachte dat de storm voorbij was, dat zij zijn redenen had begrepen, dat ze ze geaccepteerd had, en dat hij eindelijk met haar over zijn grootse plannen kon praten – dat ze een mes van de tafel kon meepakken om hem in zijn keel te steken als hij op hun kamer ook maar even zou proberen haar aan te raken.

Uiteindelijk deed ze het niet. Want toen ze daar beneveld van de wijn aan die tafel in dat restaurant zat en het hele huwelijk, van trouwjurk tot trouwring, als zinloos ervoer, leek het haar dat elk mogelijk seksueel verzoek van Stefano idioot zou zijn, en dat hij het zelf in de eerste plaats dwaas zou vinden. Daarom onderzocht ze eerst wel een manier om het mes mee te nemen (ze zou het bedekken met haar servet, dat ze eerst van haar knieën zou nemen, dan zou ze beide dingen in haar schoot leggen, zogenaamd haar tasje pakken om het mes erin te laten vallen en dan het servet weer op tafel leggen), maar zag ze er vervolgens van af. De schroeven die alles bijeenhielden, haar nieuwe situatie van echtgenote, het restaurant en Amalfi, leken haar zo los te zijn geraakt dat Stefano's stem haar tegen het einde van de maaltijd niet meer bereikte. Ze hoorde alleen maar een totaal ongedefinieerd lawaai van dingen, levende wezens en gedachten.

Op straat begon hij weer over de goede kanten van de Solara's. Ze kenden belangrijke mensen bij de gemeente, zei hij, ze hadden relaties bij de Ster en de Kroon, de royalisten, en bij de rechtse MSI. Hij praatte graag zo, alsof hij echt iets begreep van de machinaties van de Solara's, hij zette de stem op van de ervaren man en onderstreepte nog eens: 'Politiek deugt niet, maar is belangrijk om rijk te worden.' Lila moest denken aan de discussies die ze een tijdje daarvoor met Pasquale had gevoerd, en aan die met Stefano tijdens hun verloving, hun plan om volledig afstand te nemen van hun ouders, van het machtsmisbruik en de hypocrisie en de wreedheid van het verleden. Hij had ja gezegd, dacht ze, hij had gezegd dat hij het ermee eens was, maar hij had niet geluisterd. Tegen wie praatte ik toen? Ik ken deze persoon niet, ik weet niet wie hij is.

En toch trok ze zich niet terug toen hij haar hand nam en haar in het oor fluisterde dat hij van haar hield. Of misschien was ze van plan hem te laten geloven dat alles in orde was, dat ze echt pasgetrouwden op huwelijksreis waren, om hem des te harder te verwonden als ze met alle walging die ze in haar maag voelde tegen hem zou zeggen: 'Met de hotelbediende in bed stappen of met jou, voor mij is het even weerzinwekkend – jullie hebben allebei gele vingers van het roken.' Of misschien – en dit is volgens mij waarschijnlijker – was ze te bang en gaf ze er intussen de voorkeur aan elke reactie op te schorten.

Zodra ze in hun kamer waren, probeerde hij haar te kussen, maar zij ontdook hem. Met een ernstig gezicht maakte ze de koffers open, haalde er haar nachtpon uit en reikte haar man zijn pyjama aan. Hij glimlachte blij om die attentie en probeerde haar weer vast te pakken. Maar zij sloot zich op in de badkamer.

Eenmaal alleen waste ze haar gezicht langdurig om de sufheid van de wijn en de indruk dat de wereld zijn contouren kwijt was weg te spoelen. Het lukte haar niet, integendeel, ze had steeds sterker het gevoel dat haar eigen gebaren coördinatie misten. Wat moet ik doen, dacht ze. Hier de hele nacht opgesloten blijven zitten? En daarna?

Ze had er spijt van dat ze het mes niet had meegenomen. Even meende ze zelfs dat ze het wel had gedaan, maar moest zich er vervolgens bij neerleggen dat het niet zo was. Ze ging op de rand van het bad zitten, bewonderde het, vergeleek het met het bad in het nieuwe huis en vond dat van haar mooier. Ook haar handdoeken waren van een betere kwaliteit. Van haar? Haar? Van wie waren die handdoeken, was dat bad, was alles in feite? Ze voelde ergernis bij het idee dat het eigendom van die mooie nieuwe dingen gegarandeerd werd door de achternaam van dat ene individu dat aan de andere kant van de deur wachtte. Dingen van Carracci, ook zij was een ding van Carracci. Stefano klopte.

'Wat doe je, voel je je niet goed?'

Ze gaf geen antwoord.

Haar man wachtte een poosje en klopte toen weer. Omdat er

niets gebeurde, rammelde hij geagiteerd aan de klink en zei op zogenaamd geamuseerde toon: 'Moet ik de deur intrappen?'

Lila twijfelde er niet aan dat hij ertoe in staat was, de vreemdeling die daar op haar wachtte was tot alles in staat. Ik ook, dacht ze, ik ben ook tot alles in staat. Ze kleedde zich uit, waste zich, deed haar nachtpon aan en minachtte zichzelf vanwege de zorg waarmee ze die een tijd geleden had uitgekozen. Stefano – louter een naam die niet meer overeenkwam met de vertrouwdheid en de genegenheid van enkele uren terug – zat in pyjama op de rand van het bed en sprong meteen op toen zij verscheen.

'Daar heb je lang over gedaan.'

'Zo lang als nodig was.'

'Wat ben je mooi.'

'Ik ben doodmoe, ik wil slapen.'

'Straks.'

'Nu. Jij aan jouw kant, ik aan de mijne.'

'Goed dan, kom maar.'

'Ik meen het.'

'Ik ook.'

Stefano lachte even, probeerde haar hand te nemen. Ze trok hem terug, zijn gezicht betrok.

'Wat heb je?'

Lila aarzelde. Ze zocht naar de juiste woorden, zei zachtjes: 'Ik wil je niet.'

Stefano schudde onzeker zijn hoofd, alsof het vier woorden in een vreemde taal waren. Hij fluisterde dat hij zó op dat moment had gewacht, dag en nacht. 'Alsjeblieft,' zei hij overredend, en met een haast ontmoedigd gebaar wees hij op zijn wijnrode pyjamabroek en mompelde met een scheve glimlach: 'Moet je zien wat er gebeurt alleen al als ik je zie.' Ze keek, zonder het eigenlijk te willen, maakte een beweging van afkeer en wendde onmiddellijk haar blik af.

Op dat moment begreep Stefano dat ze op het punt stond zich weer in de badkamer op te sluiten en met een dierlijke sprong greep hij haar bij haar middel, tilde haar op en gooide haar op het bed. Wat was er aan de hand? Het was duidelijk dat hij het niet wilde begrijpen. Hij dacht dat ze in het restaurant weer vrede hadden gesloten en vroeg zich af waarom Lina zich nu zo gedroeg. Ze was waarschijnlijk nog te veel kind. En daarom wierp hij zich lachend op haar en probeerde haar gerust te stellen.

'Het is fijn,' zei hij, 'je hoeft niet bang te zijn. Ik hou van je, nog meer dan van mijn moeder en mijn zusje.'

Maar nee, ze kwam alweer overeind om aan hem te ontsnappen. Wat is het moeilijk om dit meisje te volgen: ze zegt ja als ze nee bedoelt en nee als ze ja bedoelt. Stefano mompelde: 'Nu is het afgelopen met die kuren', en hij nam haar opnieuw in een vaste greep waardoor ze zich niet meer kon bewegen. Hij ging op haar zitten, met aan iedere kant een been, en hield haar polsen tegen de sprei gedrukt.

'Je zei dat we moesten wachten en we hebben gewacht,' zei hij, 'ook al was het moeilijk om je niet aan te raken als we met z'n tweeën waren, ik heb eronder geleden. Maar nu zijn we getrouwd, rustig nu, maak je geen zorgen.'

Hij boog zich om haar op de mond te kussen, maar ze onttrok zich eraan door haar gezicht wild naar links en naar rechts te draaien, terwijl ze zich los probeerde te wurmen, zich in alle bochten wrong en almaar zei: 'Laat me met rust, ik wil je niet, ik wil je niet, ik wil je niet.'

Op dat punt aangekomen verhief Stefano zijn stem een beetje, bijna tegen zijn zin in: 'Nou ben ik het zat, Lina.'

Hij herhaalde dat zinnetje nog een paar keer, steeds harder, alsof hij een bevel in zich wilde opnemen dat van heel, heel ver kwam, misschien zelfs van nog voor zijn geboorte. En dat bevel luidde: je moet je als een man gedragen, Stè; je buigt haar nu of anders lukt het nooit meer. Ze moet nu meteen leren dat ze een vrouw is en jij een man en dat ze daarom gehoorzaam moet zijn. En Lila hoorde hem – ik ben het zat, ik ben het zat, ik ben het zat – en zag hem – breed, zwaar boven op haar tengere bekken, zijn opgeheven geslacht dat de stof van zijn pyjama als een tentpaal spande – en ze herinnerde zich hoe hij jaren tevoren met zijn vingers haar tong wilde grijpen en er met een speld in wilde prikken omdat ze Antonio bij een wedstrijdje op school had durven vernederen. Hij is nooit Stefano geweest, het leek of ze dat voor het eerst zag, hij is altijd de oudste zoon van don Achille geweest. En die gedachte bracht plotseling, als een oprisping, trekken op het jonge gezicht van haar echtgenoot die zich tot dan toe uit voorzichtigheid in het bloed verborgen hadden gehouden, in afwachting van hun moment. Ja, om bij de wijk, bij haar in de smaak te vallen, had Stefano zijn uiterste best gedaan om een ander te zijn. Vriendelijkheid had zijn trekken verzacht, zijn blik had zich op mildheid afgestemd, zijn stem had zich naar de toon van de bemiddeling gevoegd, zijn vingers, zijn handen, zijn hele lichaam had geleerd zijn kracht in toom te houden. Maar nu stonden de grenzen die hij zichzelf lange tijd had opgelegd op het punt het te begeven en een kinderlijke angst beving Lila, groter dan toen we naar het souterrain waren gegaan om onze poppen terug te halen. Don Achille herrees uit de modder van de wijk en voedde zich met de levende materie van zijn zoon. De vader brak de huid van zijn zoon open, veranderde diens blik, barstte uit diens lichaam. En ja, daar was hij, hij scheurde haar nachthemd open, ontblootte haar borsten, kneep er woest in, boog zich om kleine beetjes te geven in haar tepels. En toen zij haar afgrijzen onderdrukte – iets waarin ze altijd al goed was geweest – en hem van zich af probeerde te krijgen door aan zijn haren te trekken en wild te happen om te proberen hem tot bloedens toe te bijten, toen maakte hij zich los, greep haar armen, klemde ze vast onder zijn zware, geknielde benen, en zei minachtend: 'Wat doe je, kalm jij, je bent nog zwakker dan een strootje, als ik je breken wil, doe ik dat zo.' Maar Lila kalmeerde niet, ze begon weer in de lucht te happen, spande zich als een boog om zich van zijn gewicht te bevrijden. Tevergeefs. Hij had nu zijn handen vrij en boog over haar heen, gaf haar tikjes met de topjes van zijn vingers en zei almaar, steeds nadrukkelijker: 'Wil je 'm zien, wil je zien hoe groot hij is, zeg 'ns, zeg ja, zeg ja, zeg ja', totdat hij zijn plompe geslacht uit zijn pyjamabroek haalde. Zo recht boven haar uitgestrekt leek het haar een popje zonder armen en benen, rood aangelopen door zwijgende jammerklachten, popelend om zich te ontwortelen aan die andere, die grote pop, die hees zei: 'Nou laat ik 'm je voelen, Lina, kijk hoe mooi-ie is, niemand heeft er zo een.' En omdat ze bleef worstelen, gaf hij haar twee klappen in het gezicht, de eerste met zijn handpalm, de tweede met de rug van zijn hand. Die klappen kwamen zo hard aan dat ze begreep dat hij haar zeker vermoord zou hebben als ze nog langer weerstand bood – of dat don Achille dat in ieder geval zou doen, iedereen in de wijk was bang voor hem omdat ze wisten dat hij je met de kracht die hij had tegen een muur of een boom kon gooien. Toen liet ze alle verzet uit zich vloeien en gaf ze zich over aan een geluidloze verbijstering, terwijl hij terugweek, haar nachtpon omhoogtrok en in haar oor fluisterde: 'Je beseft niet hoeveel ik van je hou, maar je zult het merken, en morgen vraag je me zelf om van je te houden en nog meer dan nu. Wat zeg ik? Je zult me op je knieën smeken, en dan zeg ik, goed, maar alleen als je gehoorzaam bent, en dan zul je gehoorzaam zijn.'

Toen hij na een paar onhandige pogingen vurig en bruut haar vlees verscheurde, was Lila afwezig. De avond, de kamer, het bed, zijn kus, zijn handen op haar lichaam, alle gevoeligheid werd door één enkel gevoel opgezogen: ze haatte Stefano Carracci, ze haatte zijn kracht, ze haatte zijn gewicht boven op haar, ze haatte zijn voornaam en zijn achternaam.

8

Vier dagen later kwamen ze terug naar de wijk. Diezelfde avond nodigde Stefano zijn schoonouders en zwager uit in het nieuwe huis. Bescheidener dan gewoonlijk vroeg hij Fernando Lila te vertellen hoe dat met Silvio Solara was gegaan. In hakkelige zinnen waar de ontevredenheid van afdroop, bevestigde Fernando Stefano's versie. Maar meteen daarna vroeg Carracci Rino te vertellen waarom ze, met beider instemming maar ook met bloedend hart, uiteindelijk hadden besloten Marcello de schoenen te geven die hij wilde. Rino trok het gezicht van de man met ervaring en verklaarde: 'Er zijn situaties waarin je geen keuze hebt.' Daarna begon hij over hoe Pasquale, Antonio en Enzo zich in de nesten hadden gewerkt door de broers Solara af te rossen en hun auto te vernielen.

'Weet je wie het meeste risico hebben gelopen?' vroeg hij, terwijl hij zich naar zijn zus boog en zijn stem meer en meer verhief. 'Zij, die vrienden van je, die kampioenen. Marcello heeft ze herkend en hij is ervan overtuigd dat jij ze op hen hebt afgestuurd. Wat konden Stefano en ik doen? Had je gewild dat die drie stommelingen drie keer zo veel klappen kregen als ze hadden uitgedeeld? Wilde je ze kapotmaken? En waarom dan helemaal? Voor een paar schoenen maat 43 die jouw man niet eens aan kan, omdat ze te klein zijn en die zo gauw het regent water doorlaten? We hebben vrede gesloten en aangezien Marcello zo op die schoenen was gespitst, hebben we ze hem uiteindelijk maar gegeven.'

Woorden: daarmee kun je doen wat je wilt. Lila was altijd goed geweest met woorden, maar bij die gelegenheid deed ze tegen de verwachting in geen mond open. Daardoor opgelucht herinnerde Rino haar er op een gemene toon aan dat zij hem al vanaf haar kinderjaren op zijn huid had gezeten door almaar te zeggen dat ze rijk moesten worden. 'Nou,' zei hij lachend, 'laat ons dan rijk worden zonder het ingewikkeld te maken, het leven is al ingewikkeld genoeg.'

Op dat moment werd er aangebeld – een verrassing voor de vrouw des huizes, voor de anderen zeker niet. Het waren Pinuccia, Alfonso en hun moeder Maria met een schaal vol taartjes, vers gemaakt door Spagnuolo, de banketbakker van de Solara's, in eigen persoon.

In eerste instantie leek het alleen maar een initiatief om de terugkeer van het bruidspaar na de huwelijksreis te vieren, en Stefano liet dan ook de foto's van het trouwfeest rondgaan die hij net bij de fotograaf had opgehaald (het filmpje vroeg wat meer tijd, legde hij uit). Maar het was algauw duidelijk dat het huwelijksfeest van Stefano en Lila inmiddels oude koek was en dat de taartjes dienden om een nieuw geluk te vieren: de verloving van Rino en Pinuccia. Even werden alle spanningen vergeten. Rino's heftige toon van een paar minuten tevoren had nu plaatsgemaakt voor een teder, dialectisch register, en met overdreven verliefde zinnen kwam hij met het idee om zijn verlovingsfeest meteen daar te vieren, in dat mooie huis van zijn zus. Met een theatraal gebaar haalde hij een pakje uit zijn zak. Toen het pakje van zijn papier werd ontdaan, kwam er een donker, bol doosje tevoorschijn, en toen het donkere, bolle doosje eenmaal open was, bleek er een ring met briljanten in te zitten.

Lila zag dat hij niet veel verschilde van de ring die zij bij haar trouwring aan haar vinger droeg, en ze vroeg zich af waar haar broer het geld vandaan had gehaald. Er werd omhelsd en gekust. Er werd veel over de toekomst gesproken, en er werd gegist naar wie zich met schoenwinkel Cerullo op het piazza dei Martiri bezig ging houden als de Solara's die in de herfst zouden openen. Rino dacht dat Pinuccia daar wel de leiding kon nemen, misschien alleen, misschien met Gigliola Spagnuolo, die intussen officieel met Michele was verloofd en daarom eisen stelde. De familiebijeenkomst werd steeds vrolijker en hoopvoller.

Lila stond bijna de hele tijd, zitten deed pijn. Niemand, zelfs niet haar moeder, die de hele tijd zweeg, leek te merken dat haar rechteroog blauw en gezwollen was, dat ze een kapotte onderlip had en dat er blauwe plekken op haar armen zaten.

9

Zo was ze er nog steeds aan toe toen ik daar op de trap naar het appartement van haar schoonmoeder haar bril afzette en de sjaal opzijschoof. De huid rond haar oog was gelig en haar onderlip was een paarse vlek met vuurrode strepen.

Tegen familie en vrienden had ze gezegd dat ze op een mooie, zonnige ochtend was gevallen op de rotsen bij Amalfi, toen zij en haar man met een boot naar een strand aan de voet van een gele rotswand waren gegaan. Tijdens de maaltijd ter ere van de verloving van haar broer en Pinuccia had ze een ironische toon aangeslagen toen ze die leugen vertelde, en iedereen had haar vol ironie aangehoord. Vooral de vrouwen, die sinds jaar en dag wisten wat je moest zeggen als de mannen die van hen hielden en van wie zij hielden hen er stevig van langs gaven. Bovendien was er geen mens in de wijk, en vooral niet van het vrouwelijk geslacht, die niet vond dat Lila al lang eens een flinke correctie verdiende. En daarom hadden die klappen geen schandaal verwekt, integendeel, de sympathie en het respect voor Stefano waren toegenomen: dat was nou eens een echte man!

Maar mij klopte het hart in de keel toen ik haar zo toegetakeld zag en ik sloeg mijn armen om haar heen. Toen ze zei dat ze me nog niet had opgezocht omdat ze niet wilde dat ik haar in die toestand zag, schoten me de tranen in de ogen. Hoewel ze het verhaal van haar huwelijksreis, zoals dat in beeldromans heette, sober en bijna onbewogen vertelde, maakte het me boos en verdrietig. En toch deed het me, dat moet ik toegeven, stiekem ook een beetje plezier. Ik was blij met de ontdekking dat Lila nu hulp nodig had, bescherming misschien, en die erkenning van haar kwetsbaarheid, niet tegenover de wijk, maar tegenover mij, ontroerde me. Ik voelde dat de afstand tussen ons weer kleiner was geworden, wat ik niet had durven hopen, en kwam in de verleiding om haar meteen te vertellen dat ik had besloten om niet verder te leren, dat leren zinloos was, dat ik er de gave niet voor had. Het leek me dat zo'n bericht haar zou troosten.

Maar haar schoonmoeder verscheen aan de balustrade van de bovenste verdieping en riep haar. Lila besloot haar relaas met een paar haastige zinnen, ze zei dat Stefano haar bedonderd had, dat hij net zo was als zijn vader.

'Herinner je je dat don Achille ons in plaats van onze poppen geld gaf?' vroeg ze.

'Ja.'

'Dat hadden we niet moeten aannemen.'

'We kochten er *Onder moeders vleugels* mee.'

'Daar hebben we verkeerd aan gedaan. Van dat moment af aan heb ik altijd alles verkeerd gedaan.'

Ze was niet van streek, ze was bedroefd. Ze zette haar bril weer op en knoopte de sjaal weer vast. Dat 'we' deed me plezier (dat hadden 'we' niet moeten aannemen, daar hebben 'we' verkeerd aan gedaan), maar de plotselinge overgang naar 'ik' ergerde me: heb 'ik' altijd alles verkeerd gedaan. 'Hebben we', had ik haar willen corrigeren, 'hebben we altijd', maar ik deed het niet. Ik had het idee dat ze probeerde acte te nemen van haar nieuwe situatie en haast had om te ontdekken waaraan ze zich kon vastklampen om zich ertegen teweer te stellen. Voordat ze verder naar boven liep, vroeg ze: 'Wil je bij mij komen studeren?'

'Wanneer?'

'Vanmiddag, morgen, elke dag.'

'Dat vindt Stefano vast vervelend.'

'Hij is misschien de baas, maar ik ben de vrouw van de baas.'

'Ik weet het niet, Lila.'

'Ik geef je een kamer en daar sluit je je in op.'

'Wat hebben we daaraan?'

Ze haalde haar schouders op.

'Dan weet ik dat je er bent.'

Ik zei geen ja en geen nee. Ik ging weg, zwierf zoals gewoonlijk door de stad. Lila was er zeker van dat ik nooit met studeren zou stoppen. Ze had me die rol van vriendin met bril en puistjes toegewezen, de vriendin die altijd over de boeken gebogen zat en heel goed was op school. Ze kon zich niet voorstellen dat ik zou kunnen veranderen. Maar ik wilde van die rol af. Door die vernedering van het niet-geplaatste artikel leek ik me bewust te zijn geworden van mijn totale ontoereikendheid. Hoewel Nino net als Lila en ik binnen de armzalige grenzen van de wijk was geboren, wist hij intelligent van zijn studie gebruik te maken, ik niet. Afgelopen dus met de illusies, afgelopen met de inspanningen. Ik moest het lot aanvaarden zoals Carmela, Ada, Gigliola en op haar manier ook Lila al lang geleden hadden gedaan. Ik ging die middag niet naar haar toe, en de dagen daarop evenmin, en ik bleef spijbelen, en mezelf kwellen.

Op een ochtend bleef ik in de buurt van het lyceum, zwierf rond bij het gebouw van Diergeneeskunde, achter de Hortus Botanicus. Ik dacht aan waarover Antonio en ik het kort daarvoor hadden gehad: als zoon van een weduwe, de enige kostwinner van het gezin, hoopte hij aan de dienstplicht te ontkomen. Hij wilde in de garage om opslag vragen en intussen sparen om een benzinepomp aan de grote weg te pachten; we zouden trouwen en ik zou hem een handje helpen bij de pomp. Een eenvoudige levenskeuze, mijn moeder zou het goedkeuren. 'Ik kan Lila niet altijd tevredenstellen,' zei ik tegen mezelf. Maar wat was het moeilijk om de ambities waar de studie me toe had gebracht uit mijn hoofd te zetten! Tegen het einde van de lessen ging ik bijna automatisch de kant van de school op en liep eromheen. Ik was bang door leraren gezien te worden, maar merkte dat ik er tegelijk naar verlangde dat ze me zagen. Ik wilde het blijvende stempel krijgen van de niet langer voorbeeldige leerlinge, maar ook weer door het schoolsysteem gegrepen worden, buigen voor de plicht de draad weer op te nemen.

De eerste groepjes leerlingen verschenen. Ik hoorde dat ik geroepen werd, het was Alfonso. Hij wachtte op Marisa, maar zij was laat.

'Gaan jullie met elkaar?' vroeg ik plagend.

'Nee hoor, dat heeft zij zich in het hoofd gezet.'

'Leugenaar.'

'Dat ben je zelf. Je hebt laten vertellen dat je ziek was, en kijk nou, je maakt het prima. La Galiani vraagt steeds naar je, ik heb gezegd dat je zware koorts hebt.'

'Heb ik ook.'

'Ja, ja, dat is te zien.'

Hij droeg zijn boeken, die met een elastiek bijeen werden gehouden, onder de arm en zag bleek van het gespannen werken die ochtend op school. Ging don Achille, Alfonso's vader, ook in hem schuil, ook al leek hij zo zachtaardig? Was het mogelijk dat ouders nooit doodgaan, dat elk kind hen onvermijdelijk in zich draagt? Zou noodlottigerwijs uit mij dus mijn moeder met haar manke stap tevoorschijn komen?

Ik vroeg: 'Heb je gezien wat je broer Lina heeft aangedaan?'

Die vraag bracht Alfonso in verlegenheid.

'Ja.'

'En dan zeg jij niks tegen hem?'

'Ik weet niet wat Lina hem heeft aangedaan.'

'Zou jij je met Marisa op dezelfde manier kunnen gedragen?'

Hij glimlachte even verlegen.

'Nee.'

'Weet je het zeker?'

'Ja.'

'Waarom?'

'Omdat ik jou ken, omdat we praten, omdat we samen op school zitten.'

Zo op het eerste moment begreep ik het niet: wat betekende ik ken je, wat betekende we praten en we zitten samen op school? Ik zag Marisa aan het eind van de straat, ze rende omdat ze zo laat was.

'Je verloofde komt eraan,' zei ik.

Hij draaide zich niet om, haalde zijn schouders op en mompelde: 'Alsjeblieft, kom weer naar school.'

'Ik ben ziek,' antwoordde ik en liep weg.

Zelfs geen groet wilde ik met het zusje van Nino uitwisselen, alles wat aan hem deed denken maakte me onrustig. De mistige woorden van Alfonso daarentegen deden me goed, ik bleef er onderweg mee bezig. Hij had gezegd dat hij zijn gezag nooit met klappen aan een eventuele echtgenote zou opleggen omdat hij mij kende, omdat we samen praatten, in dezelfde bank zaten. Hij had met weerloze eerlijkheid gesproken en, zij het ook op een verwarde manier, zonder angst me het vermogen toegekend invloed uit te oefenen op hem, een jongen, en zijn gedrag te veranderen. Ik was hem dankbaar voor die stuntelige boodschap die me troostte en een bemiddeling tussen mij en mezelf op gang bracht. Een eenmaal zwakke overtuiging heeft maar weinig nodig om nog zwakker te worden en ten slotte te bezwijken. De dag erna vervalste ik mijn moeders handtekening en keerde terug naar school. 's Avonds bij de meertjes, dicht tegen Antonio aan om de kou te ontvluchten, beloofde ik: ik maak het schooljaar af en dan trouwen we.

10

Maar het kostte me moeite het verloren terrein terug te winnen, vooral in de exacte vakken, en het was lastig om Antonio wat minder vaak te zien om me meer op de boeken te kunnen concentreren. De keren dat ik een afspraak liet schieten omdat ik moest werken, betrok zijn gezicht en vroeg hij gealarmeerd: 'Is er iets?'

'Ik heb een berg huiswerk.'

'Hoe komt het dat je ineens veel meer huiswerk hebt?'

'Het is altijd veel geweest.'

'De laatste tijd had je nooit wat.'

'Dat was toeval.'

'Hou je iets voor me verborgen, Lenù?'

'Nee hoor.'

'Hou je nog steeds van me?'

Ik stelde hem gerust, maar intussen vloog onze tijd voorbij en als ik weer thuiskwam was ik boos op mezelf omdat ik nog zoveel moest doen.

Antonio had één obsessie, altijd dezelfde: de zoon van Sarratore. Hij was bang dat ik met hem praatte of hem zelfs alleen maar zag. Om Antonio geen pijn te doen vertelde ik hem natuurlijk niet dat ik Nino wel tegenkwam, als ik de school binnenging of uit liep en in de gangen. Er gebeurde niets bijzonders, we zwaaiden hoogstens even naar elkaar en liepen dan snel verder. Ik had er zonder probleem met mijn verloofde over kunnen praten als hij een redelijk mens was geweest. Maar Antonio was geen redelijk mens en dat was ik in feite evenmin. Hoewel Nino me geen ruimte gaf, hoefde ik maar een glimp van hem op te vangen om hele lessen met mijn hoofd in de wolken te blijven. Het feit dat hij een paar klassen verderop aanwezig was, echt, in levenden lijve, erudieter dan de leerkrachten en moedig en ongehoorzaam, maakte wat mijn leraren vertelden, de zinnen in de boeken, de trouwplannen en de benzinepomp aan de grote weg totaal onbelangrijk.

Ook thuis lukte het niet me te concentreren. Bij de verwarde gedachten over Antonio en over Nino en over de toekomst voegden zich mijn neurotische moeder die me schreeuwend gebood nu eens dit en dan weer dat klusje te doen en mijn broertjes en zusje die mij in optocht hun huiswerk kwamen voorleggen. Dat voortdurend gestoord worden was niets nieuws, ik had altijd in een rommelige sfeer gewerkt. Maar de oude vastberadenheid die het mij mogelijk had gemaakt ook in die omstandigheden het beste uit mezelf te halen, leek nu verdwenen. Ik kon of wilde de school en al die eisen van iedereen niet meer met elkaar verenigen. En daarom liet ik de middagen versloffen met hulp aan mijn moeder en hulp aan mijn broertjes en zusje bij hun huiswerk en werkte ik niet of bijna niet voor mezelf. Offerde ik vroeger mijn slaap op om te studeren, nu liet ik 's avonds het huiswerk voor wat het was en ging naar bed, omdat ik me doodmoe bleef voelen en slapen me een adempauze leek.

Zo begon ik niet alleen verstrooid, maar ook onvoorbereid in de klas te verschijnen, en leefde ik met de angst dat de leraren me zouden ondervragen. Wat algauw gebeurde. Op een keer kreeg ik op één dag een twee voor scheikunde, een vier voor kunstgeschiedenis en een drie voor filosofie, en ik was zo labiel dat ik na het laatste slechte punt ten overstaan van iedereen in tranen uitbarstte. Het was een vreselijk moment, ik voelde afschuw én genot omdat het de verkeerde kant op ging, angst voor mijn ontsporing én trots daarop.

Bij het uitgaan van de school zei Alfonso dat zijn schoonzusje hem op het hart had gedrukt tegen me te zeggen dat ik moest komen. 'Ga naar haar toe,' spoorde hij me bezorgd aan, 'daar kun je vast beter studeren dan bij jou thuis.' Ik besloot het diezelfde middag nog te doen en liep naar de nieuwe wijk. Ik ging echter niet naar Lila om een oplossing voor mijn schoolproblemen te vinden. Ik wist vrijwel zeker dat we de hele middag zouden kletsen en dat mijn situatie van ex-modelleerling nog verder zou verslechteren. Ik hield mezelf voor dat ik beter door geklets met Lila kon ontsporen dan door het geschreeuw van mijn moeder, de hinderlijke verzoeken van mijn zusje en mijn broertjes, mijn onrust vanwege Sarratores zoon en de protesten van Antonio. Van haar zou ik tenminste iets leren over het huwelijksleven dat – zo stond inmiddels voor me vast – algauw mijn deel zou zijn.

Lila ontving me met zichtbaar plezier. Haar oog was niet dik meer, haar lip was aan het genezen. Goed gekleed, goed gekapt en met gestifte lippen bewoog ze zich door het appartement alsof ze een vreemde in haar eigen huis was en bij zichzelf op bezoek. In de entree stonden de huwelijkscadeaus nog opgestapeld, de kamers roken naar kalk en verse verf vermengd met de vage geur van alcohol die de splinternieuwe meubels van de eetkamer verspreidden: de tafel, het buffet met de spiegel die omlijst werd door gebladerte van donker hout, de vitrinekast vol zilver, borden, glazen en flessen met kleurige likeuren.

Lila zette koffie, ik vond het leuk om met haar in de ruime keuken te zitten en mevrouwtje te spelen, zoals we deden toen we klein waren, voor het luchtgat van het souterrain. Ontspannend, dacht ik, dom om niet eerder te komen. Ik had een vriendin van mijn leeftijd, met een eigen huis vol rijke, piekfijne dingen. Die vriendin, die de hele dag niets te doen had, leek blij met mijn gezelschap. Hoewel we veranderd waren en nog steeds veranderden, was de warmte tussen ons als vanouds. Waarom zou ik me dan niet laten gaan? Voor het eerst sinds Lila's trouwen lukte het me om me op mijn gemak te voelen.

'Hoe gaat het met jou en Stefano?'

'Goed.'

'Hebben jullie het uitgepraat?'

Ze glimlachte geamuseerd.

'Ja, alles is duidelijk.'

'En dus?'

'Walgelijk.'

'Net als in Amalfi?'

'Ja.'

'Heeft hij je weer geslagen?'

Ze betastte haar gezicht.

'Nee, dit is oud.'

'Wat dan?'

'Die vernedering.'

'En jij?'

'Ik doe wat hij wil.'

Ik dacht er even over na, en vroeg toen, amper verhuld: 'Maar samen slapen, is dat op zijn minst wel fijn?'

Ze grijnsde ongemakkelijk, werd ernstig. Ze begon met een soort afkerige acceptatie over haar man te praten. Het was geen vijandigheid, geen behoefte aan revanche, ook geen walging, maar een rustige minachting, een geringschatting die Stefano's hele persoon aantastte, zoals besmet water de grond.

Ik luisterde en begreep het wel en niet. Tijden terug had ze Marcello met een schoenmakersmes bedreigd, alleen maar omdat hij het had gewaagd me bij een pols te grijpen en mijn armband kapot te trekken. Sinds dat voorval was ik ervan overtuigd dat Marcello maar een vinger naar haar had hoeven uitsteken of ze zou hem hebben vermoord. Maar ten aanzien van Stefano vertoonde ze nu geen duidelijke agressiviteit. Natuurlijk, de verklaring was simpel: vanaf onze jongste jaren hadden we gezien hoe onze vaders onze moeders sloegen. We waren opgegroeid met het idee dat een vreemde ons niet eens mocht aanraken, maar dat onze vader, verloofde of echtgenoot ons mocht slaan wanneer hij maar wilde. Uit liefde, voor onze opvoeding, voor onze heropvoeding. En omdat Stefano niet de gehate Marcello was, maar de jongeman tegen wie zij had gezegd dat ze zo ontzettend veel van hem hield, de man die ze getrouwd had en met wie ze besloten had voor altijd te leven, had ze de verantwoordelijkheid voor haar eigen keuze dus volledig op zich genomen. Maar toch klopte er iets niet. Lila was Lila, in mijn ogen niet zomaar een vrouw uit de wijk. Na een klap van hun echtgenoot trokken onze moeders niet dat kalme minachtende gezicht. Ze deden wanhopig, huilden, verzetten zich met een kwaad gezicht tegen hun man, bekritiseerden hem achter zijn rug, en bleven toch, de een een beetje meer dan de ander, achting voor hem hebben (mijn moeder bijvoorbeeld uitte openlijk haar bewondering voor het gehaaide ritselen van mijn vader). Maar Lila vertoonde respectloze volgzaamheid. Ik zei: 'Ik voel me op mijn gemak bij Antonio, ook al hou ik niet van hem.'

Ik hoopte dat ze, naar oude gewoonte, een reeks verborgen vragen uit die bewering zou kunnen halen. Hoewel ik van Nino hou – zei ik zonder het te zeggen – voel ik me prettig opgewonden alleen al bij de gedachte aan Antonio, aan onze kussen, aan hoe we bij de meertjes in elkaars armen liggen, tegen elkaar aan wrijven. Liefde is in mijn geval niet onontbeerlijk voor genot, en achting ook niet. Zou het dus kunnen dat de walging en de vernedering later komen, als een man je onderwerpt en verkracht zo vaak hij wil, alleen maar omdat je, met of zonder liefde, met of zonder achting, voortaan van hem bent? Wat gebeurt er als je door een man overweldigd in bed ligt? Zij had dat ervaren en ik had gewild dat ze erover vertelde. Maar ze beperkte zich tot een ironisch: 'Fijn voor jou als je je op je gemak voelt', en ze bracht me naar een kamertje met uitzicht op de spoorrails. Het was een kaal vertrek, er stonden alleen maar een bureau, een stoel en een veldbed. Er hing niets aan de wanden.

'Naar je zin hier?'

'Ja.'

'Aan het werk dan.'

Ze liep weg en sloot de deur achter zich.

In de kamer rook het nog meer naar vochtige muren dan elders in het huis. Ik keek naar buiten, was liever blijven zitten kletsen. Maar ik begreep meteen dat Alfonso haar over mijn afwezigheid op school had verteld, misschien ook over mijn slechte punten, en dat ze wilde dat ik weer zo verstandig werd als ze me altijd had gevonden, al was het onder dwang. Vooruit dan maar. Ik hoorde haar door het huis lopen, een telefoontje plegen. Het trof me dat ze niet 'Hallo, met Lina' of 'Met Lina Cerullo' zei, maar 'Hallo, met mevrouw Carracci'. Ik ging aan het bureau zitten, sloeg mijn geschiedenisboek open en dwong mezelf te werken.

11

Dat laatste stukje schooljaar was nogal ongelukkig. Het gebouw waarin het lyceum was ondergebracht was bouwvallig, in de klassen regende het binnen en na een zwaar onweer verzakte een straat een paar meter van ons vandaan. Daarop volgde een periode waarin we om de andere dag naar school gingen, het huiswerk werd belangrijker dan de gewone lessen, de leraren gaven ons zo veel op dat het bijna niet te doen was. Ik maakte er een gewoonte van om na school meteen naar Lila te gaan – onder protest van mijn moeder.

Ik arriveerde tegen twee uur en gooide mijn boeken in een hoekje. Lila maakte een broodje met ham, kaas of worst voor me klaar, wat ik maar wilde. Zo'n overvloed had ik bij mijn ouders thuis nooit gezien. Wat rook dat ovenverse brood lekker! En dan die geuren van het beleg, vooral van de helrode ham met het witte randje erlangs. Gulzig verorberde ik het broodje en intussen zette Lila koffie. Na druk gebabbel sloot ze me in het kamertje op en daarna liet ze zich nog maar heel af en toe zien, enkel om me iets lekkers te brengen of samen met mij iets te snoepen of te drinken. Omdat ik geen zin had Stefano tegen te komen, die over het algemeen rond achten thuiskwam, ging ik er altijd klokslag zeven vandoor.

Ik raakte vertrouwd met het appartement, met het licht daar en de geluiden die van de spoorweg kwamen. Alles, elke ruimte, was nieuw en schoon, maar het meest de badkamer, waar een wasbak was, een bidet en een ligbad. Op een middag dat ik bijzonder weinig zin in werken had, vroeg ik Lila of ik in bad mocht, ik die me nog onder de kraan of in de koperen kuip waste. Ze zei dat ik mocht doen wat ik wilde en ging snel een paar handdoeken voor me halen. Ik liet het water lopen dat meteen warm uit de kraan kwam, kleedde me uit en liet me tot aan mijn hals in het water glijden.

Wat een aangename warmte! Een onverwacht genot. Na een poosje gebruikte ik een paar van de talloze flesjes die elkaar op de hoeken van het bad verdrongen en er ontstond, als was het uit mijn lichaam, een luchtig schuim, dat bijna over de badrand stroomde. Wat had Lila veel fantastische dingen! Het was niet alleen meer een schoonwassen van het lichaam, het was spel, overgave. Ik ontdekte haar lippenstiften, haar make-upspullen, de grote spiegel die een beeld zonder vervormingen terugkaatste, de wind van de haardroger. Na afloop was mijn huid gladder dan ik hem ooit had gevoeld en mijn haar vol en glanzend en blonder. Dit is misschien de rijkdom die we als kind wilden, dacht ik. Geen schatkisten met gouden munten en diamanten, maar een bad en daar elke dag zo in liggen, brood, worst en ham eten, zo veel ruimte hebben, zelfs in de badkamer, en telefoon hebben, en de provisiekast en de koelkast vol voedsel en de foto met jou in je trouwjurk in een zilveren lijst op het buffet, dit héle huis hebben, met de keuken, de slaapkamer, de eetkamer, de twee balkons en het kamertje waarin ik word opgesloten om te werken en waar algauw een kind zal slapen, zodra het komt, ook al heeft Lila dat nooit tegen me gezegd.

Die avond haastte ik me naar de meertjes, ik kon niet wachten tot Antonio me streelde, aan me snoof, zich verbaasde, genoot van dat luxueuze schoon-zijn dat je mooier maakte. Het was een cadeau dat ik hem wilde geven. Maar hij had zijn angsten. Hij zei: 'Ik zal je al die dingen nooit kunnen geven', en ik antwoordde: 'Wie zegt dat ik die wil?', en hij weer: 'Je wilt altijd alles doen wat Lina doet.' Ik voelde me beledigd, we maakten ruzie. Ik was onafhankelijk. Ik deed alleen wat mij aanstond, ik deed wat hij en Lila niet deden en niet konden: ik leerde, ik zat over de boeken gebogen en bedierf mijn ogen. Ik schreeuwde dat hij me niet begreep, dat hij alleen maar probeerde me omlaag te halen en te beledigen, en ik rende weg.

Antonio begreep me echter maar al te goed. Het huis van mijn vriendin fascineerde me met de dag meer, het werd een magische plek waar ik alles kon krijgen, ver van de ellendige grijsheid van de oude flats waarin we waren opgegroeid: afgebladderde muren, deuren vol krassen, altijd en eeuwig dezelfde dingen, gedeukt en beschadigd. Lila zorgde ervoor dat ze me niet stoorde, ik was het die haar riep: ik heb dorst, ik heb een beetje honger, laten we de tv aanzetten, mag ik dit zien, mag ik dat zien. Studeren verveelde me, het kostte me moeite. Soms vroeg ik haar te luisteren als ik de lessen hardop herhaalde. Zij zat dan op het veldbed, ik aan het bureau. Ik wees de bladzijden aan die ik moest herhalen, ik declameerde ze, Lila controleerde, regel na regel.

Op die momenten realiseerde ik me hoe anders haar relatie met boeken was geworden. Nu was ze ervan onder de indruk. Het kwam niet meer voor dat ze me een orde wilde opleggen, een ritme, alsof ze aan een paar zinnen genoeg had om zich een beeld te vormen van het geheel en het zo te beheersen dat ze kon zeggen: 'Hier gaat het om, hier moet je van uitgaan.' Als ze, het handboek volgend, de indruk had dat ik een fout maakte, corrigeerde ze me met een massa verontschuldigingen, zoals: 'Misschien heb ik het niet goed begrepen, je kunt het beter zelf controleren.' Ze leek zich niet te realiseren dat haar gave moeiteloos te kunnen leren nog intact was. Maar ík merkte het intussen wel. Ik zag bijvoorbeeld dat scheikunde, dat ik doodsaai vond, bij haar tot de bekende doordringende blik leidde en ik had maar een paar opmerkingen van haar nodig om uit mijn apathie te ontwaken, om enthousiast te worden. Ik zag dat een halve bladzijde van het filosofieboek voor haar voldoende was om verrassende verbanden te kunnen leggen tussen Anaxagoras, de orde die het intellect aan de chaos der dingen oplegt en de tabellen van Mendelejev. Maar vaker nog had ik de indruk dat ze zich realiseerde hoe ontoereikend haar middelen waren, hoe naïef haar opmerkingen en dat ze zich welbewust inhield. Zodra ze merkte dat ze zich te veel had laten meeslepen, deinsde ze terug, alsof ze voor een valkuil stond, en mompelde ze: 'Heerlijk voor je dat je dat begrijpt, ik weet niet waar je het over hebt.'

Op een keer sloot ze gedecideerd het boek en zei geërgerd: 'Basta.'

'Waarom?'

'Omdat ik er genoeg van heb, altijd hetzelfde verhaal: in iets kleins zit altijd iets nog kleiners dat eruit wil springen, en buiten iets groots iets nog groters dat het gevangen wil houden. Ik ga koken.'

En toch had waar ik mee bezig was niet expliciet iets met het grote en het kleine te maken. Die gave van haar om zo gemakkelijk te kunnen leren had alleen maar ergernis bij haar gewekt, of misschien angst, en ze had zich teruggetrokken.

Waarheen?

Ze was weggegaan om het avondeten klaar te maken, het huis te poetsen, tv te kijken, met het geluid zacht om mij niet te storen, om naar de spoorrails en het treinverkeer te staren, of naar het variabele silhouet van de Vesuvius, naar de straten van de nieuwe wijk, nog zonder bomen en winkels, naar het weinige autoverkeer en de vrouwen met hun boodschappentassen en kleine kinderen die aan hun rok hingen. Soms liep ze naar de ruimte waar de nieuwe winkel zou komen – minder dan vijfhonderd meter van huis, ik ging een keer met haar mee –, maar alleen maar op bevel van Stefano, of omdat hij haar vroeg hem te vergezellen. Daar nam hij met een duimstok maten voor de planning van rekken en de verdere inrichting.

Dat was alles, meer had ze niet te doen. Ik realiseerde me algauw dat ze getrouwd eenzamer was dan toen ze nog niet was getrouwd. Ik ging soms uit met Carmela, of Ada en zelfs met Gigliola, en op school was ik zo bevriend geraakt met meisjes uit mijn eigen en uit andere klassen dat ik soms met hen afsprak voor een ijsje in de via Foria. Maar zij zag alleen Pinuccia maar, haar schoonzusje. De jongens gaven haar nu hoogstens een knikje als ze haar op straat tegenkwamen, terwijl ze in de periode dat ze verloofd was nog bleven staan om een paar woorden met haar te wisselen. En toch was ze erg mooi en kleedde ze zich naar de damesbladen waarvan ze er heel wat kocht. Maar haar positie van getrouwde vrouw had haar in een soort glazen stolp opgesloten, als een zeilschip dat met volle zeilen in een ontoegankelijke ruimte vaart, zonder zee zelfs. Pasquale, Enzo, en ook Antonio zouden zich nooit in de schaduwloze, witte straten met de pas gebouwde huizen hebben gewaagd om naar haar voordeur, naar haar appartement te gaan om wat te kletsen of haar uit te nodigen voor een wandelingetje. Dat was ondenkbaar. En ook de telefoon, een zwart ding aan de keukenmuur, leek een nutteloos ornament. Al die tijd dat ik bij haar werkte, rinkelde hij maar zelden en gewoonlijk was het dan Stefano, die ook in de winkel telefoon had genomen om bestellingen van de cliënten te kunnen opnemen. De gesprekken van de jonggetrouwden waren kort, zij antwoordde met lusteloze ja's en lusteloze nee's.

De telefoon diende haar vooral om te kopen. Ze ging in die periode maar heel weinig de deur uit, wachtte tot de sporen van de klappen helemaal uit haar gezicht waren verdwenen, maar niettemin deed ze talloze aankopen. Na dat vrolijke bad van mij bijvoorbeeld, na mijn enthousiasme over hoe mijn haar was geworden, hoorde ik haar een nieuwe haardroger bestellen, en toen die werd bezorgd wilde ze hem mij cadeau doen. Ze sprak die soort magische formule uit ('Hallo, met mevrouw Carracci') en daar ging ze dan, ze onderhandelde, discussieerde, zag af van een aankoop, kocht. Ze betaalde niet, het betrof allemaal winkeliers uit de wijk die Stefano goed kenden. Ze beperkte zich tot een handtekening, *Lina Carracci* – voor- en achternaam zoals juffrouw Oliviero het ons had geleerd – en ze zette die alsof ze een oefening maakte die ze zichzelf had opgelegd, met een geconcentreerd glimlachje, zonder de goederen zelfs maar te controleren, bijna alsof die tekens op het papier haar meer interesseerden dan de spullen die werden afgeleverd.

Ze kocht ook grote albums met groene kaften, versierd met bloemmotieven, waarin ze de trouwfoto's onderbracht. Ze liet speciaal voor mij een tweede afdruk maken van ik weet niet hoeveel foto's, alle foto's waar ik op voorkwam en mijn ouders, mijn zusje en mijn broertjes en zelfs Antonio. Ze belde naar de fotograaf en bestelde ze. Op een keer ontdekte ik er een waarop Nino net te zien was: Alfonso stond erop en Marisa, hij helemaal rechts, afgesneden door de rand van het beeld, alleen maar zijn kuif, neus en mond.

'Mag ik deze ook?' waagde ik niet al te overtuigd.

'Je staat er niet op.'

'Hier, dit is mijn rug.'

'Ja hoor, als je hem wilt, laat ik hem afdrukken.'

Maar ik bedacht me ineens.

'Nee, laat maar.'

'Geneer je niet.'

'Nee.'

Maar de aanschaf die de meeste indruk op me maakte was de projector. De film van haar trouwen was eindelijk ontwikkeld, de fotograaf kwam hem op een avond voor het echtpaar en de familie vertonen. Lila informeerde naar de prijs van het apparaat en liet het thuisbezorgen. Ze nodigde me uit om naar de film te komen kijken. Ze zette de projector op de eetkamertafel, haalde een schilderij van een stormachtige zee van de muur, zette de film deskundig in het toestel, deed de rolluiken omlaag en de beelden begonnen op de witte muur voorbij te komen. Geweldig: het was een kleurenfilm, van een paar minuten, mijn mond viel open van verbazing. Ik zag weer hoe ze de kerk binnenkwam aan de arm van Fernando, en hoe ze samen met Stefano naar buiten kwam, het kerkplein op liep. En ik zag hun vrolijke wandeling door het Parco delle Rimembranze die eindigde met een lange kus, en hun entree in de zaal van het restaurant, het bal dat daarop volgde. De familie die at of danste, het aansnijden van de taart, het uitdelen van de bomboniere, het zwaaien naar het objectief, Stefano vrolijk, zij met een boos gezicht, allebei in reistenue.

Toen ik de film voor het eerst zag, was ik onder de indruk, vooral van mezelf. Ze hadden me twee keer gefilmd. De eerste keer op het kerkplein naast Antonio: ik zag er lomp en nerveus uit, mijn gezicht opgeslokt door mijn bril. De tweede keer, aan tafel met Nino, herkende ik mezelf bijna niet: ik lachte, bewoog handen en armen nonchalant sierlijk, streek mijn haar glad, speelde met de armband van mijn moeder, ik vond mezelf mooi en verfijnd. Lila riep dan ook uit: 'Moet je zien hoe goed je overkomt!'

'Kom nou,' loog ik.

'Echt zoals je eruitziet als je blij bent.'

Maar toen we de film daarna nog eens bekeken (ik zei: 'Draai hem nog eens af' en zij liet zich niet bidden), trof me vooral het binnenkomen in de zaal van de twee Solara's. De cameraman had het moment opgenomen dat de diepste indruk op me had gemaakt: het ogenblik waarop Nino de zaal verliet terwijl Marcello en Michele daar binnenvielen. De beide broers liepen naar voren, naast elkaar, lang, gespierd door het gewichtheffen in de sportschool, in hun zondagse pak; en intussen schoot Nino er met gebogen hoofd vandoor. Hij stootte lichtjes met zijn arm tegen Marcello aan en terwijl die zich met een ruk omdraaide en een gemene, arrogante grijns trok, verdween hij onverschillig, zonder zich om te keren.

Het leek me een zeer heftig contrast. En dat niet zozeer door de armoedigheid van Nino's kleren, die schril afstaken bij de rijkdom van die van de Solara's en het goud dat zij om hun hals en hun polsen en aan hun vingers droegen. En evenmin door Nino's extreme magerte, die nog benadrukt werd door zijn lengte – minstens vijf centimeter meer dan die van de twee broers, die toch ook lang waren – en die een broosheid suggereerde die ver afstond van de viriele forsheid waarmee Marcello en Michele zelfingenomen pronkten. Het kwam eerder door de achteloosheid. Terwijl de arrogantie van de Solara's als normaal beschouwd kon worden, was de hooghartige onverschilligheid waarmee Nino tegen Marcello was aan gebotst en daarna was doorgelopen absoluut niet normaal. Zelfs mensen die een vreselijke hekel aan hen hadden, zoals Pasquale, Enzo en Antonio, moesten op de een of andere manier met de Solara's rekening houden. Nino had echter niet alleen nagelaten zich te excuseren, maar hij had Marcello zelfs geen blik waardig gekeurd.

De scène leek me het documentaire bewijs van wat ik vermoedde toen ik het in werkelijkheid beleefde. Uit die sequentie bleek de zoon van Sarratore – de jongen die net als wij in de flats van de oude wijk was opgegroeid, en die mij erg bang had geleken bij de wedstrijdjes op school toen het erom ging Alfonso te overtroeven – inmiddels volkomen vreemd te zijn aan de waardeschaal waarin de Solara's bovenaan stonden. Dat was een hiërarchie die hem duidelijk niet meer interesseerde, die hij misschien niet eens meer begreep.

Ik keek gefascineerd naar hem. Hij leek een ascetische prins die Michele en Marcello simpelweg met zijn blik, die hen niet zag, kon intimideren. En even hoopte ik dat hij nu, in dat beeld, zou doen wat hij in de werkelijkheid niet had gedaan: mij meenemen.

Lila zag Nino toen pas, en nieuwsgierig geworden zei ze: 'Is dat dezelfde jongen met wie je samen met Alfonso aan tafel zit?'

'Ja, herken je hem niet? Dat is Nino, de oudste zoon van de Sarratores.'

'Heb je je toen op Ischia door hem laten kussen?'

'Dat stelde niks voor.'

'Gelukkig maar.'

'Waarom?'

'Da's iemand die denkt dat hij god weet wie is.'

Bijna om die indruk te rechtvaardigen, zei ik: 'Dit jaar doet hij eindexamen en hij is de beste van het hele lyceum.'

'Vind je hem daarom leuk?'

'Natuurlijk niet.'

'Vergeet hem, Lenù, je bent beter af met Antonio.'

'Denk je?'

'Ja. Deze jongen is mager, lelijk en vooral behoorlijk arrogant.'

Ik ervoer die drie bijvoeglijke naamwoorden als een belediging en stond op het punt om tegen haar te zeggen: Dat is niet waar, hij is prachtig, hij heeft ogen vol vonkjes en ik vind het jammer dat je dat niet ziet, want zo'n jongen vind je niet in een film of op de televisie, en ook niet in romans. En ik ben blij dat ik al vanaf mijn kindertijd van hem hou, en ook al is hij onbereikbaar en trouw ik met Antonio en breng ik mijn leven door met benzine in auto's doen, ik zal van hem blijven houden, nog meer dan van mezelf, voor altijd.

Maar ik zei, opnieuw ongelukkig: 'Vroeger vond ik hem leuk, toen we op de lagere school zaten. Nu niet meer.'

12

In de maanden die volgden deden zich bijzonder veel kleine gebeurtenissen voor die me erg kwelden en die ik ook nu maar moeilijk op een rijtje blijk te kunnen zetten. Hoewel ik mezelf een vlotte toon en een ijzeren discipline oplegde, bezweek ik, bitter en tevreden tegelijk, voortdurend voor golven van treurigheid. Alles leek tegen mij samen te spannen. Op school lukte het me niet de punten van vroeger te halen, al was ik wel weer hard aan het werk gegaan. De dagen verliepen zonder ook maar één moment waarop ik het gevoel had dat ik leefde. De wegen naar school, naar Lila's huis en die naar de meertjes waren verschoten decors. Gespannen en ontmoedigd gaf ik ten slotte, bijna zonder dat ik het in de gaten had, Antonio de schuld van een groot deel van mijn moeilijkheden.

Ook hij was erg gespannen. Hij wilde me aldoor zien, soms verliet hij zijn werk en stond hij schutterig op het trottoir tegenover de lyceumpoort op me te wachten. Hij maakte zich zorgen om de gekte van zijn moeder, Melina, en was bang dat hij misschien geen vrijstelling van dienst kreeg. In de loop van de tijd had hij bij het bureau van de districtscommandant verzoek na verzoek ingediend, gestaafd met bewijzen van de dood van zijn vader, de gezondheidstoestand van zijn moeder en zijn rol als enige kostwinner van het gezin. Het leek erop dat het leger, overweldigd door al die papieren, besloten had hem te vergeten. Maar nu had hij gehoord dat Enzo Scanno in de herfst in dienst moest en was hij bang dat ook hij aan de beurt zou zijn. 'Ik kan mijn moeder, Ada en mijn broertjes niet zonder geld en bescherming achterlaten,' zei hij wanhopig.

Op een keer kwam hij buiten adem bij school aanzetten: hij had gehoord dat de carabinieri informatie over hem waren komen inwinnen.

'Vraag Lina,' zei hij bezorgd, 'probeer te weten te komen of Stefano vrijstelling heeft gehad als zoon van een weduwe of ergens anders om.'

Ik kalmeerde hem, probeerde hem af te leiden. Speciaal voor hem regelde ik een avondje in een pizzeria met Pasquale, Enzo en hun respectievelijke verloofdes, Ada en Carmela. Ik hoopte dat hij door met zijn vrienden van gedachten te wisselen wat rustiger zou worden, maar dat gebeurde niet. Enzo liet, zijn gewoonte getrouw, ook nu hij in dienst moest niet de geringste emotie blijken. Hij betreurde het alleen dat zijn vader de hele periode waarin hij onder de wapenen zou zijn weer met de kar door de straten moest trekken, ook al liet zijn gezondheid te wensen over. Wat Pasquale betrof, hij onthulde ons enigszins somber dat hij niet in dienst was geweest, omdat hij vroeger tbc had gehad, wat het district ertoe had gebracht hem af te keuren. Maar hij zei dat hij dat betreurde, je moest in dienst, en natuurlijk niet om het vaderland te dienen. Mensen zoals wij, mompelde hij, hebben de plicht om goed met wapens te leren omgaan, want algauw komt de tijd waarin wie schuld heeft zal moeten betalen. Vanaf dat moment praatten we over politiek, of om preciezer te zijn, alleen Pasquale praatte, en op een heel onverdraagzame manier. Hij zei dat de fascisten weer aan de macht wilden komen, met de hulp van de christen-democraten. Hij zei dat de oproerpolitie en het leger aan hun kant stonden. Hij zei dat we ons moesten voorbereiden en hij wendde zich vooral tot Enzo, die instemmend knikte en, sterker nog, er met een lachje uit gooide – hij die over het algemeen zweeg! –: 'Maak je geen zorgen, als ik terugkom leg ik je uit hoe je moet schieten.'

Het was Ada en Carmela aan te zien dat ze erg onder de indruk waren van dat gepraat en ze leken het fijn te vinden met zulke gevaarlijke mannen verloofd te zijn. Ik had me in het gesprek willen mengen, maar wist weinig of niets van allianties tussen fascisten, christen-democraten en oproerpolitie, en er kwam niet één idee bij me op. Van tijd tot tijd keek ik naar Antonio, in de hoop dat de kwestie hem zou boeien, maar dat was niet het geval. Hij probeerde alleen maar terug te komen op wat hem zo benauwde. Meerdere keren vroeg hij: 'Hoe is het in dienst?' En Pasquale, die niet eens in dienst was geweest, antwoordde: 'Zwaar klote. Als je niet buigt, breken ze je.' Enzo zweeg, zoals gewoonlijk, alsof het hem niet aanging. Antonio hield op met eten en terwijl hij wat in de halve pizza op zijn bord zat te prikken zei hij een paar keer dingen als: 'Ze weten nog niet half met wie ze van doen hebben, ze moeten eens durven, ik sla ze tot moes!'

Eenmaal weer alleen zei hij zomaar ineens, op terneergeslagen toon: 'Ik weet dat je niet op me wacht, als ik vertrek neem je een ander.'

Toen begreep ik het. Melina was niet het probleem, en Ada en de andere kinderen die alleen, zonder steun achter zouden blijven ook niet en de tirannie in de kazerne evenmin. Ik was het probleem. Hij wilde nog geen minuut bij me weg en ik had het idee dat hij, wat ik ook zou zeggen of doen om hem gerust te stellen, me niet zou geloven. Toen koos ik er maar voor te doen of ik beledigd was. Ik zei dat hij een voorbeeld moest nemen aan Enzo. 'Hij vertrouwt Ada, ook al is hij pas sinds heel kort met haar verloofd,' siste ik hem toe, 'als hij in dienst moet dan doet hij dat, zonder te mauwen. Maar jij klaagt zonder reden, ja, zonder reden, Antò, vooral ook omdat je niet gaat, want als Stefano Carracci vrijstelling heeft gekregen als zoon van een weduwe, stel je voor, dan krijg jij het zeker!'

Mijn deels agressieve, deels lieve toon kalmeerde hem. Maar voordat we elkaar gedag zeiden, zei hij nog eens, stuntelig: 'Vraag het aan je vriendin.'

'Het is ook jouw vriendin.'

'Ja, maar vraag jij het maar.'

De volgende dag praatte ik er met Lila over, maar zij wist niets van de militaire dienst van haar man; met tegenzin beloofde ze dat ze ernaar zou informeren.

Dat deed ze niet meteen, wat ik wel had gehoopt. Met Stefano en de familie van Stefano waren er voortdurend spanningen. Maria had tegen haar zoon gezegd dat zijn vrouw te veel geld uitgaf. Pinuccia deed moeilijk over de nieuwe winkel, ze zei dat zij zich daar niet mee bezig zou houden, dat moest haar schoonzusje eventueel maar doen. Stefano bracht moeder en zus tot zwijgen, maar uiteindelijk verweet hij zijn vrouw haar buitensporige uitgaven en probeerde hij te ontdekken of ze misschien bereid was om achter de kassa van de nieuwe winkel te zitten.

In dat stadium werd Lila bijzonder ongrijpbaar, ook in mijn ogen. Ze zei dat ze minder zou uitgeven en zich graag met de nieuwe winkel zou gaan bezighouden, maar intussen gaf ze nog meer geld uit dan voorheen; verscheen ze eerst af en toe in de nieuwe winkel, uit nieuwsgierigheid of omdat ze ertoe gedwongen werd, nu deed ze zelfs dat niet meer. En toen de blauwe plekken in haar gezicht eenmaal verdwenen waren, leek ze niets liever te doen dan op stap gaan, vooral 's ochtends als ik op school zat.

Dat deed ze dan met Pinuccia, en die twee maakten er een wedstrijd van wie zich het mooiste optutte en de meeste nutteloze dingen kocht. Meestal won Pina, met name omdat zij er dankzij allerlei nogal kinderachtige maniertjes in slaagde geld los te peuteren van Rino, die zich verplicht voelde nog royaler te zijn dan zijn zwager.

'Ik werk de hele dag,' zei de verloofde tegen zijn meisje, 'amuseer je ook maar voor mij.'

En met fiere nonchalance trok hij dan onder de ogen van zijn vader en de werklui opgefrommeld papiergeld uit zijn broekzakken, gaf het aan Pina en maakte daarna een plagend gebaar alsof hij ook zijn zusje geld wilde geven.

Voor Lila was dat gedrag hinderlijk als windvlagen die een deur laten klapperen en dingen van een plankje blazen. Maar ze zag er ook een teken in dat de schoenfabriek eindelijk op gang kwam, en al met al was ze blij dat de Cerullo-schoenen nu bij veel winkels in de stad in de etalage stonden. De voorjaarsmodellen werden goed verkocht, er kwamen steeds vaker nabestellingen. Zodat Stefano ook het souterrain onder de schoenmakerij erbij had moeten nemen en er voor de helft magazijn en voor de andere helft werkplaats van had gemaakt, terwijl Fernando en Rino er halsoverkop nog een knecht bij hadden moeten nemen en in bepaalde situaties 's nachts doorwerkten.

Problemen waren er natuurlijk ook. De schoenwinkel die de Solara's beloofd hadden te openen op het piazza dei Martiri moest worden ingericht op kosten van Stefano, maar gealarmeerd door het feit dat de overeenkomst nooit schriftelijk was vastgelegd, maakte die heel wat ruzie met Marcello en Michele. Nu leek er echter een onderhandse akte aan te komen waarin zwart op wit het (een beetje opgeblazen) bedrag zou staan dat Carracci van plan was in de inrichting te investeren. Vooral Rino voelde zich erg tevreden over dat resultaat: als zijn zwager ergens geld in stak, gedroeg hij zich als de baas, alsof het om zijn eigen geld ging.

'Als het zo doorgaat, trouwen we volgend jaar,' beloofde hij zijn verloofde, en op een ochtend had Pina naar dezelfde naaister gewild die Lila's trouwjurk had gemaakt, zomaar, om alvast eens te kijken.

De naaister had beide meisjes allerhartelijkst ontvangen en dol als ze op Lila was, had ze haar vervolgens alles van de bruiloft tot in de details laten vertellen en erg nadrukkelijk om een grote foto van Lila in haar trouwjurk gevraagd. Lila had er toen een speciaal voor haar laten afdrukken en was die een keer toen ze met Pina op stap was gaan brengen.

Het was bij die gelegenheid dat Lila, terwijl ze door de Rettifilo liepen, aan haar schoonzusje vroeg hoe het kwam dat Stefano niet in dienst was geweest: of de carabinieri waren gekomen om te controleren of hij wel echt de zoon van een weduwe was, of zijn vrijstelling door het bureau van de districtscommandant per post was meegedeeld of dat hij er persoonlijk heen had gemoeten om ernaar te vragen.

Pinuccia keek haar ironisch aan.

'Zoon van een weduwe?'

'Ja, Antonio zegt dat je niet hoeft als je dat bent.'

'Ik weet dat betalen de enige zekere manier is om niet te hoeven.'

'Betalen? Wie?'

'Die lui van het district.'

'Heeft Stefano betaald?'

'Ja, maar dat mag je tegen niemand zeggen.'

'Hoeveel?'

'Dat weet ik niet. Dat hebben de Solara's allemaal geregeld.'

Lila bevroor.

'Hoezo?'

'Je weet toch dat Marcello niet in dienst is geweest, en Michele ook niet. Ze hebben zich laten afkeuren vanwege een te smalle borstkas.'

'Zij? Hoe kan dat nou?'

'Relaties.'

'En Stefano?'

'Hij heeft zich tot dezelfde lui gewend als Marcello en Michele. Jij betaalt en zij knappen het voor je op.'

Diezelfde middag vertelde mijn vriendin me alles, zonder dat ze door leek te hebben wat een akelig nieuws dat voor Antonio was. Ze was wel enthousiast – ja, enthousiast – maar dat vanwege de ontdekking dat de alliantie tussen haar man en de Solara's niet uit commerciële noodzaak was ontstaan, maar al van oude datum was, zelfs van voor hun verloving.

'Hij heeft me van het begin af aan belazerd,' zei ze steeds, bijna voldaan, alsof dat verhaal over de militaire dienst het definitieve bewijs was van Stefano's ware aard en ze zich nu als het ware bevrijd voelde. Het duurde even voor ik haar kon vragen: 'Wat denk je, zouden de Solara's voor Antonio hetzelfde willen doen als het district hem geen vrijstelling geeft?'

Ze keek me aan met haar gemene blik, alsof ik iets onaardigs had gezegd en zei kortaf: 'Antonio zou zich nooit tot de Solara's wenden.'

13

Over dat gesprek zei ik geen woord tegen mijn verloofde. Ik vermeed hem, zei dat ik te veel huiswerk had en dat er verschillende overhoringen aan kwamen.

Het was geen smoesje, de school was werkelijk een hel. De inspectie kwelde de rector, de rector kwelde de leraren, de leraren kwelden de leerlingen en de leerlingen kwelden elkaar. De meesten van ons vonden de lading huiswerk onverdraaglijk, maar dat we om de dag les hadden vonden we fijn. Een minderheid echter was verontwaardigd over de bouwvallige staat van het schoolgebouw en het verlies van lesuren, en wilde onmiddellijke terugkeer naar het normale lesrooster. Aanvoerder van die groep was Nino Sarratore en dat maakte mijn leven nog ingewikkelder.

Ik zag hem in de gang staan smoezen met mevrouw Galiani en

liep langs hen heen in de hoop dat de lerares me zou roepen. Maar dat gebeurde nooit. Dan hoopte ik dat hij iets tegen me zou zeggen, maar ook dat gebeurde nooit. En dus had ik het gevoel in diskrediet te zijn geraakt. Ik ben niet meer in staat de punten van vroeger te halen, dacht ik, en daarom heb ik het beetje prestige dat ik verworven had in een mum van tijd verloren. Aan de andere kant – zei ik verbitterd tegen mezelf –: wat wil ik? Als Galiani of Nino me naar mijn mening over de toestand met die onbruikbare klaslokalen en de te grote hoeveelheid huiswerk zou vragen, wat zou ik dan zeggen? Ik had namelijk geen meningen, en dat merkte ik toen Nino zich op een ochtend met een getypt vel papier voor me posteerde en me bruusk vroeg: 'Wil je dit lezen?'

Mijn hart begon zo wild te kloppen dat ik alleen maar zei: 'Nu?'

'Nee, geef het aan het einde van de lessen maar terug.'

Ik was een en al emotie, rende naar de toiletten en las, uiterst opgewonden, het stuk. Het stond vol getallen en ging over zaken waarvan ik niets wist: bestemmingsplan, scholenbouw, de Italiaanse grondwet, allerlei fundamentele artikelen. Ik begreep alleen wat me al bekend was, met andere woorden dat Nino een onmiddellijke terugkeer naar het normale lesrooster wilde.

Eenmaal in de klas gaf ik het papier door aan Alfonso.

'Laat hem stikken,' raadde hij me aan zonder het zelfs maar te lezen, 'we zitten aan het eind van het schooljaar, de laatste overhoringen komen eraan. Die jongen wil je in moeilijkheden brengen.'

Maar het leek wel of ik gek was geworden, mijn slapen klopten, mijn keel zat dicht. Niemand anders op school stak zijn nek uit zoals Nino, zonder angst voor de leraren of de rector. Hij was niet alleen de beste in alle vakken, hij wist ook dingen die ons niet werden geleerd, die geen enkele leerling kende, ook de knapperds niet. En hij had karakter. En hij was mooi. Ik telde de uren, de minuten, de seconden. Ik wilde naar hem toe rennen om hem zijn papier terug te geven, hem te prijzen, hem te zeggen dat ik het met alles eens was en dat ik hem wilde helpen.

Op de trappen, in de leerlingenmassa, zag ik hem niet, en ik trof hem ook niet op straat. Als een van de laatsten kwam hij naar buiten, met een stuurser gezicht dan gewoonlijk. Ik liep vrolijk naar hem toe, zwaaiend met het papier en bedolf hem onder een stortvloed van woorden, allemaal hoogdravend. Hij hoorde het met gefronst voorhoofd aan, nam toen het papier terug, verfrommelde het woedend en gooide het weg.

'La Galiani zei dat het niet goed is zo,' mompelde hij.

Dat verwarde me.

'Wat is er niet goed aan?'

Hij trok een ontevreden grijns en maakte een gebaar dat betekende: laat maar zitten, niet de moeite waard om over te praten.

'Maar hoe dan ook, dank je wel,' zei hij een beetje geforceerd, en ineens boog hij zich voorover en kuste me op de wang.

Sinds de kus op Ischia was er geen enkel contact tussen ons geweest, zelfs geen handdruk, en deze in die tijd totaal ongebruikelijke manier van afscheid nemen verlamde me. Hij vroeg me niet om een stukje mee te lopen, hij zei geen ciao. Met die kus hield het op. Krachteloos, sprakeloos keek ik hem na.

Maar toen gebeurden er achter elkaar twee heel nare dingen. Eerst dook er uit een steegje een meisje op, zeker jonger dan ik, hoogstens vijftien, dat me trof door haar frisse schoonheid. Goed gebouwd, lang, glad zwart haar tot op de rug, elk gebaar, elke beweging gracieus, elk onderdeel van haar voorjaarsachtige kleding bewust sober. Ze liep naar Nino toe, hij sloeg zijn arm om haar schouders, ze hief haar gezicht op om hem haar mond te bieden, ze kusten elkaar – een heel wat andere kus dan die hij mij had gegeven. Meteen daarna ontdekte ik Antonio op de hoek. Hij had op zijn werk moeten zijn, maar was me komen halen. God weet hoelang hij daar al stond.

14

Het was lastig hem ervan te overtuigen dat wat hij met eigen ogen had gezien niet was wat hij zich al maanden verbeeldde, maar uitsluitend vriendschappelijk gedrag zonder bijbedoelingen. 'Hij is al verloofd,' zei ik tegen hem, 'dat heb jij ook gezien.' Maar hij hoorde waarschijnlijk een spoor van verdriet in die woorden, want hij begon me te bedreigen en zijn onderlip en zijn handen begonnen te trillen. Toen mompelde ik dat ik er genoeg van had, dat ik het uit wilde maken. Hij bezweek, we sloten weer vrede. Maar vanaf dat moment vertrouwde hij me nog minder en zijn angst om in dienst te moeten koppelde zich definitief aan zijn angst Nino vrij spel te geven. Hij liep steeds vaker van zijn werk weg om, zo zei hij, mij vlug even gedag te komen zeggen. In werkelijkheid was hij erop uit mij op heterdaad te betrappen en te bewijzen, in de eerste plaats aan zichzelf, dat ik hem echt ontrouw was. Wat hij daarna zou doen wist hij zelf ook niet.

Op een middag zag zijn zusje Ada me langs de kruidenierswinkel lopen, waar ze inmiddels tot haar eigen grote tevredenheid en die van Stefano werkte. Op een holletje kwam ze achter me aan. Ze droeg een witte jasschort vol vette vlekken die haar tot de knieën bedekte, maar ze zag er toch heel charmant uit. Door haar lippenstift, haar opgemaakte ogen en de klemmetjes in haar haar kreeg je het sterke vermoeden dat ze er ook onder die jasschort uitzag alsof ze naar een feest ging. Ze zei dat ze met me wilde praten en we besloten elkaar vóór het avondeten op de binnenplaats te ontmoeten. Ze kwam buiten adem van de winkel, samen met Pasquale, die haar was komen ophalen.

Ze praatten allebei, om de beurt een moeizame zin. Ik begreep dat ze ernstig bezorgd waren. Antonio maakte zich kwaad om niets, hij had geen geduld meer met Melina, verliet vaak zonder eerst te waarschuwen het werk. En ook Gallese, de baas van de garage, snapte er niets van. Hij kende Antonio al van toen hij een kleine jongen was en zo had hij hem nog nooit meegemaakt.

'Hij is bang om in dienst te moeten,' zei ik.

'Nou, als hij wordt opgeroepen, moet hij wel,' zei Pasquale, 'anders is hij een deserteur.'

'Als jij hem helpt, komt het allemaal goed,' zei Ada.

'Ik heb niet veel tijd,' zei ik.

'Mensen zijn belangrijker dan studie,' zei Pasquale.

'Trek wat minder met Lina op, je zult zien dat je dan wel tijd vindt,' zei Ada.

'Ik doe wat ik kan,' zei ik gepikeerd.

'Hij heeft niet zulke sterke zenuwen,' zei Pasquale.

Ada besloot abrupt: 'Ik zorg mijn hele leven al voor een gek, twee zou echt te veel zijn, Lenù.'

Ik werd boos, ik werd bang. Vol schuldgevoel sprak ik weer heel vaak met Antonio af, ook al had ik geen zin, ook al moest ik studeren. Het was niet genoeg. Op een avond bij de meertjes begon hij te huilen. Hij liet me een kaart zien. Ze hadden hem geen vrijstelling gegeven, en hij zou in de herfst samen met Enzo vertrekken. Op een gegeven moment deed hij iets wat grote indruk op me maakte. Hij viel op de grond en begon als een bezetene handenvol aarde in zijn mond te stoppen. Ik moest mijn armen heel stevig om hem heen slaan, hem toefluisteren dat ik van hem hield, de aarde met mijn vingers uit zijn mond halen.

Wat voor ellende zit ik me hier op de hals te halen, dacht ik toen ik later in bed lag en niet kon slapen. Ik ontdekte dat ik plotseling minder zin had om van school te gaan, om te accepteren wie ik was, om met Antonio te trouwen, bij zijn moeder en zijn broertjes en zus in te wonen en auto's van benzine te voorzien. Ik besloot dat ik iets moest doen om hem te helpen om dan, als hij er weer bovenop was, uit die relatie te stappen.

Erg geschrokken ging ik daags daarna naar Lila. Ik trof haar in een vrolijke, zelfs te vrolijke stemming aan, we waren in die periode allebei labiel. Ik vertelde haar van Antonio en van de kaart en zei dat ik een beslissing had genomen: ik was van plan om stiekem – want hij zou het nooit goed hebben gevonden – een beroep op Marcello of Michele te doen, hun te vragen of ze hem uit de ellende konden halen.

Ik deed me veel overtuigder voor dan ik was. In feite was ik in de war. Aan de ene kant leek het me een verplichte poging, aangezien ik de oorzaak van Antonio's ellende was, aan de andere kant vroeg ik Lila juist om raad omdat ik er vast van uitging dat ze zou zeggen dat ik het niet moest doen. Maar omdat ik in die fase zo in beslag werd genomen door mijn eigen, verwarde emoties, hield ik geen rekening met die van haar.

Haar reactie was halfslachtig. Eerst nam ze me in de maling. Ze zei dat ik een leugenaar was, ze zei dat ik wel echt van mijn verloofde moest houden als ik bereid was om persoonlijk naar de twee Solara's te gaan en me te vernederen, terwijl ik wist dat zij gezien alle stommiteiten die er waren begaan geen vinger voor hem zouden uitsteken. Maar meteen daarna begon ze er zenuwachtig omheen te draaien. Ze giechelde, werd weer serieus en begon toen weer te lachen. Ten slotte zei ze: 'Goed, ga maar, laten we maar zien wat er gebeurt.' En vervolgens voegde ze eraan toe: 'Al met al, Lenù, wat is het verschil tussen mijn broer en Michele Solara of, laten we zeggen, tussen Stefano en Marcello?'

'Wat bedoel je?'

'Ik bedoel dat ik misschien met Marcello had moeten trouwen.'

'Ik begrijp je niet.'

'Marcello is tenminste van niemand afhankelijk, hij doet waar hij zin in heeft.'

'Meen je dat?'

Ze haastte zich om het te ontkennen, lachend, maar ze overtuigde me niet. Onmogelijk, dacht ik, dat ze meer waardering voor Marcello begint te krijgen. Al dat gelach is niet echt, het is alleen maar een teken van lelijke gedachten en verdriet omdat het tussen haar en haar man niet botert.

Ik kreeg er onmiddellijk het bewijs van. Ze werd ernstig, kneep haar ogen tot spleetjes en zei: 'Ik ga met je mee.'

'Waarheen?'

'Naar de Solara's.'

'Om wat te doen?'

'Om te zien of ze Antonio kunnen helpen.'

'Nee.'

'Waarom niet?'

'Dan wordt Stefano kwaad.'

'Wat kan mij dat verrekken? Als hij een beroep op hen doet, mag ik, zijn vrouw, dat ook.'

15

Ik kon haar er niet van afbrengen. Op een zondag, de dag waarop Stefano tot twaalf uur uitsliep, gingen we samen een eindje wandelen en voerde zij me naar café Solara. Toen ze in de straat was verschenen, die nog wittig was van de kalk, had ik mijn ogen niet kunnen geloven. Ze had zich erg opzichtig gekleed en opgemaakt, ze leek niet op de slonzige Lila van vroeger, en evenmin op de Jacqueline Kennedy van de tijdschriften, meer op een vrouw uit de films die we mooi hadden gevonden: op Jennifer Jones in *Duel in the Sun* misschien, of Ava Gardner in *The Sun Also Rises*.

Zo naast haar lopen gaf me een ongemakkelijk gevoel en ook een indruk van gevaar. Ik had het idee dat ze behalve dat er over haar geroddeld werd ook het risico liep belachelijk gemaakt te worden en dat dat indirect ook mij trof, een soort vaal maar trouw hondje dat haar begeleidde. Niets aan haar, van haar kapsel tot haar oorhangers en haar nauwsluitende bloesje, haar strakke rok en haar manier van lopen, paste bij de grijze straten van de wijk. De ogen van de mannen leken op te schrikken als ze haar zagen, alsof ze pijnlijk werden getroffen. De vrouwen, vooral de oudere, beperkten zich niet tot het trekken van een verbijsterd gezicht. Sommige bleven op de rand van het trottoir staan en keken met een half geamuseerd, half verlegen lachje naar haar, net zoals ze naar Melina keken als die zich zonderling gedroeg op straat.

En toch waren er bij onze binnenkomst in café Solara, waar het vol mannen stond die hun zondagse taartjes kochten, alleen maar verholen, respectvolle blikken, een enkel beleefd knikje, de oprecht bewonderende blik van Gigliola Spagnuolo achter de toonbank en van achter de kassa de groet van Michele, een overdreven 'Goedemorgen' dat op een vreugdekreet leek. Wat er daarna over en weer werd gezegd was allemaal in het dialect, bijna alsof de spanning het gebruik van de moeilijke filters van de Italiaanse uitspraak, woordenschat en syntaxis belemmerde.

'Wat mag het zijn?'

'Twaalf taartjes.'

Michele riep naar Gigliola, dit keer met iets van lichte ironie in zijn toon: 'Twaalf taartjes voor mevrouw Carracci.'

Bij die naam ging het gordijn voor de bakkerij opzij en kwam Marcello tevoorschijn. Toen hij Lila uitgerekend daar in zijn café-banketbakkerij zag, verbleekte hij en trok zich terug. Maar enkele seconden later verscheen hij weer en kwam ons begroeten. Hij mompelde tegen mijn vriendin: 'Een schok, om je mevrouw Carracci te horen noemen!'

'Voor mij ook,' zei Lila en haar licht geamuseerde glimlachje en het totale ontbreken van vijandigheid verbaasden niet alleen mij maar ook de beide broers.

Michele bekeek haar aandachtig, met opzij gebogen hoofd, alsof hij naar een schilderij stond te kijken.

'We hebben je gezien,' zei hij, en hij riep naar Gigliola: 'Is zo, hè Gigliò, dat we haar net gistermiddag hebben gezien?'

Zonder veel enthousiasme knikte Gigliola van ja. Ook Marcello beaamde het – gezien, ja, gezien – maar zonder Micheles ironie, eerder alsof hij onder hypnose was in de voorstelling van een magiër.

'Gistermiddag?' vroeg Lila.

'Ja, gistermiddag,' bevestigde Michele, 'in de Rettifilo.'

Geïrriteerd door de toon van zijn broer zei Marcello snel: 'Je stond in de etalage van de naaister, op een foto van jou in bruidsjurk.'

Ze praatten even over die foto, Marcello devoot, Michele ironisch, terwijl ze allebei, in verschillende bewoordingen, benadrukten dat Lila's schoonheid op de dag van haar trouwen niet beter had kunnen worden vastgelegd. En zij betoonde zich ontstemd, maar op een kokette manier – de naaister had haar niet verteld dat ze de foto in de etalage zou zetten, anders zou ze hem nooit hebben gegeven.

'Dat wil ik ook, mijn foto in de etalage,' riep Gigliola van achter de toonbank terwijl ze de stem van een wispelturig kind nadeed.

'Als er iemand met je trouwt,' zei Michele.

'Jij,' antwoordde ze bozig, en zo gingen ze door totdat Lila ernstig zei: 'Lenuccia wil ook trouwen.'

De aandacht van de broers Solara verplaatste zich met tegenzin naar mij. Tot op dat moment had ik me onzichtbaar gevoeld en had ik geen woord gezegd.

'Ach, nee,' zei ik blozend.

'Wat nee, ik zou wel met je willen trouwen, ook al ben je een brillewiets,' zei Michele, wat hem op weer een boze blik van Gigliola kwam te staan.

'Te laat, ze is al verloofd,' zei Lila. En beetje voor beetje wist ze de twee broers mee te voeren naar Antonio, naar de situatie bij hem thuis, naar een levendige voorstelling van hoe die nog zou verergeren als hij in dienst zou gaan. Niet alleen haar handigheid met woorden trof me, die kende ik. Maar ook de nieuwe toon die ze bezigde, een slimme dosering van onbeschaamdheid en waardigheid. Daar stond ze, met haar vuurrood gestifte lippen. Ze liet Marcello geloven dat ze het verleden begraven had, ze liet Michele geloven dat zijn slimme arrogantie haar amuseerde. En ze gedroeg zich tot mijn grote verbazing tegenover allebei als een vrouw die de mannen kent, die wat dat betreft niets meer te leren heeft, sterker nog, anderen heel wat kan leren. En ze stond daarbij geen toneel te spelen, zoals we deden toen we nog kleine meisjes waren en we de romannetjes nadeden waarin verloren vrouwen een rol speelden. Het was duidelijk dat haar kennis echt was en dat bracht haar niet aan het blozen. Toen werd ze ineens afstandelijk, zond afwijzende signalen uit, ik weet dat jullie me zouden willen, maar ik wil jullie niet. Ze trok zich terug, waardoor ze hen in verwarring bracht, zo zelfs dat Marcello houterig werd en Michele boos en onzeker over wat hij moest doen, met een glinstering in zijn ogen die wilde zeggen: pas op, want mevrouw Carracci of niet, ik geef je een paar klappen in je gezicht, sloerie. Maar op dat punt aangekomen veranderde zij opnieuw van toon, trok hen weer naar zich toe, deed geamuseerd en amuseerde hen. Het resultaat? Michele sprak zich niet uit, maar Marcello zei: 'Niet dat Antonio het verdient, maar om die goeierd van een Lenuccia te plezieren, kan ik het er met een vriend over hebben en eens horen of er iets aan te doen valt.'

Ik voelde me blij, bedankte hem.

Lila koos de taartjes uit, was hartelijk tegen Gigliola en ook tegen haar vader, de banketbakker, die zijn hoofd uit de bakkerij stak om 'De groeten aan Stefano' tegen haar te zeggen. Toen ze wilde betalen, maakte Marcello een duidelijk, weigerend gebaar en zijn broer steunde hem, zij het op een minder besliste manier. We stonden op het punt om weg te gaan toen Michele – ernstig en op de trage toon die hij aanwendde als hij iets wilde en alle discussie daarover uitsloot – tegen haar zei: 'Je staat erg goed op die foto.'

'Dank je.'

'Je schoenen zijn er goed op te zien.'

'Dat herinner ik me niet.'

'Ik wel en ik wilde je iets vragen.'

'Wil jij ook een foto, wil je hem hier in het café zetten?'

Met een kil lachje schudde Michele zijn hoofd.

'Nee. Maar je weet dat we de winkel op het piazza dei Martiri aan het inrichten zijn.'

'Ik weet niks van jullie zaken.'

'Nou, dan zou je je eens op de hoogte moeten stellen, want wat we doen is belangrijk en iedereen weet dat je niet stom bent. Ik denk dat als die foto voor de naaister als reclame voor de trouwjurk dient, wij hem nog heel wat beter kunnen gebruiken als reclame voor de Cerullo-schoenen.'

Lila barstte in lachen uit en zei: 'Wil je de foto in de etalage op het piazza dei Martiri zetten?'

'Nee, ik wil hem groot, heel erg groot in de winkel.'

Ze dacht er even over na, trok toen een onverschillig gezicht.

'Dat moeten jullie niet aan mij vragen maar aan Stefano, hij is degene die beslist.'

Ik zag dat de twee broers elkaar een stomverbaasde blik toewierpen en begreep dat ze het er onderling al over hadden gehad en ervan overtuigd waren geweest dat Lila het nooit zou accepteren. Daarom konden ze nu niet geloven dat ze niet boos was geworden, dat ze niet meteen nee had gezegd, maar zich zonder er een woord aan vuil te maken aan het gezag van haar man onderwierp. Ze kenden haar niet terug en op dat moment wist ik zelf ook niet meer wie ze was.

Marcello liep met ons mee naar de deur en eenmaal buiten sloeg hij een plechtige toon aan en zei, heel bleek: 'Dat is voor het eerst na erg lange tijd dat we met elkaar praten, Lina, en het doet me nogal wat. Jij en ik zijn niet met elkaar verdergegaan, vooruit, zo is het nu eenmaal gelopen. Maar ik wil niet dat er onduidelijkheden tussen ons blijven bestaan. En ik wil vooral geen schuld dragen als ik die niet heb. Ik weet dat jouw man rondvertelt dat ik die schoenen wilde om je te beledigen. Maar ik zweer je, hier met Lenuccia als getuige, dat hij en je broer ze me hebben willen geven om te bewijzen dat alle vijandigheid vergeten was. Ik heb er niets mee te maken.'

Lila luisterde met een welwillend gezicht en zonder hem ook maar één keer in de rede te vallen. Maar zodra hij klaar was werd ze weer het meisje van altijd. Vol minachting zei ze: 'Jullie zijn net kinderen, die geven elkaar ook altijd de schuld.'

'Geloof je me niet?'

'Jawel, Marcè, ik geloof je. Maar wat jij zegt en wat zij zeggen, dat interesseert me geen moer meer.'

16

Ik sleurde Lila mee naar onze oude binnenplaats, ik kon niet wachten om Antonio te vertellen wat ik voor hem had gedaan. Heel opgewonden vertrouwde ik haar toe: 'Zodra hij weer een beetje kalm is, maak ik het uit', maar zij gaf geen commentaar, leek afwezig.

Ik riep. Antonio verscheen aan het raam en kwam met een ernstig gezicht naar beneden. Hij begroette Lila, zo te zien zonder aandacht te schenken aan hoe ze gekleed en opgemaakt was, sterker nog, hij deed zijn best om zo min mogelijk naar haar te kijken, misschien omdat hij bang was dat ik mannelijke opwinding op zijn gezicht zou lezen. Ik zei dat ik niet kon blijven, dat ik net tijd had om hem goed nieuws te brengen. Hij luisterde, maar terwijl ik praatte merkte ik al dat hij zich terugtrok als voor de punt van een mes. 'Hij heeft beloofd dat hij je zal helpen,' zei ik toch nog nadrukkelijk en enthousiast en ik vroeg Lila om bevestiging.

'Dat zei Marcello, waar of niet?'

Lila beperkte zich tot ja knikken. Maar Antonio's gezicht was wit weggetrokken en hij hield zijn ogen neergeslagen. Hij mompelde met verstikte stem: 'Ik heb je nooit gevraagd om met de Solara's te praten.'

Lila loog meteen: 'Dat was mijn idee.'

'Dank je, maar dat was niet nodig.'

Hij zei haar gedag – haar, mij niet –, draaide zich om en verdween in de deuropening.

Mijn maag begon pijn te doen. Wat had ik verkeerd gedaan, waarom had hij het zich zo aangetrokken? Onderweg luchtte ik mijn hart, ik zei tegen Lila dat Antonio nog erger was dan zijn moeder Melina, hetzelfde labiele had, ik kon er niet meer tegen. Ze reageerde niet en liet me intussen meelopen tot bij haar huis. Eenmaal daar zei ze dat ik mee naar boven moest komen.

'Stefano is thuis,' wierp ik tegen, maar dat was de reden niet, ik was gespannen door Antonio's reactie en wilde alleen zijn, ontdekken wat ik verkeerd had gedaan.

'Vijf minuutjes, daarna mag je weg.'

Ik ging mee naar boven. Stefano was in pyjama, zijn haar helemaal in de war, lange baard. Hij begroette me vriendelijk, wierp een blik op zijn vrouw en op de doos met taartjes.

'Ben je in café Solara geweest?'

'Ja.'

'Zo uitgedost?'

'Zie ik er niet mooi uit?'

Stefano schudde wrevelig zijn hoofd en deed de doos open.

'Wil je een taartje, Lenù?'

'Nee, dank je, ik moet gaan eten.'

Hij beet in een *cannolo*, een buisvormig koekje gevuld met ricotta, en wendde zich tot zijn vrouw: 'Wie hebben jullie in het café gezien?'

'Jouw vrienden,' zei Lila, 'ze hebben me een massa complimenten gemaakt, hè Lenù?'

Ze vertelde hem woord voor woord wat de Solara's tegen haar hadden gezegd, maar niets over dat van Antonio, niets over de ware reden waarom we naar het café waren gegaan, de reden waarom zij dacht ik mee had gewild. En daarna besloot ze op expres voldane toon: 'Michele wil de foto groot in de winkel op het piazza dei Martiri.'

'En jij hebt gezegd dat dat goed is?'

'Ik heb gezegd dat ze met jou moeten praten.'

Stefano at de rest van de cannolo in één hap op en likte vervolgens zijn vingers af. Hij zei, alsof dat hem het meest had gestoord: 'Zie je waar je me toe dwingt? Nu moet ik morgen door jouw schuld mijn tijd bij die naaister in de Rettifilo gaan verdoen.' Hij zuchtte, wendde zich tot mij: 'Lenù, jij bent een fatsoenlijk meisje, probeer jij je vriendin uit te leggen dat ik in deze wijk moet werken, dat ze me geen klotefiguur moet laten slaan. Prettige zondag en doe de groeten aan je vader en je moeder.'

Hij verdween naar de badkamer.

Lila trok een spottend gezicht en bracht me toen naar de voordeur.

'Als je wilt blijf ik,' zei ik.

'Hij is een zak, maar maak je geen zorgen.'

Ze herhaalde met een zware mannenstem zinnetjes als: 'Probeer je vriendin uit te leggen' en: 'Ze moet me geen klotefiguur laten slaan', en had pretoogjes toen ze hem zo belachelijk maakte.

'En als hij erop los slaat?'

'Wat kunnen klappen me schelen? Het is even afzien, daarna maak ik het beter dan eerst.'

In het trapportaal zei ze ook nog, opnieuw met een mannenstem: 'Lenù, in deze wijk moet ik werken', en toen voelde ik me geroepen om Antonio na te doen. Ik fluisterde: 'Dank je, maar dat was niet nodig', en ineens was het of we elkaar van buitenaf zagen: stonden we daar, allebei met problemen met onze mannen, op de drempel een typische vrouwenscène te spelen! We begonnen te lachen. Ik zei: 'Wat we ook doen, we doen het verkeerd. Wie begrijpt er nou iets van mannen, wat bezorgen ze ons toch een ellende.' Ik omhelsde haar stevig en ging ervandoor. Maar ik was nog niet beneden of ik hoorde Stefano afschuwelijke scheldwoorden tegen haar schreeuwen. Met een boemannenstem nu, net als zijn vader.

17

Al terwijl ik naar huis liep, begon ik me zorgen te maken, om haar en om mezelf. Als Stefano haar eens vermoordde? Als Antonio mij eens vermoordde? Angst overviel me. Met snelle pas liep ik in de stoffige warmte door de zondagse straten die leeg begonnen te raken, het etensuur naderde. Wat was het moeilijk je weg te vinden, wat was het moeilijk geen enkele van de uiterst gedetailleerde mannenregels te schenden. Lila had, misschien op grond van eigen geheime berekeningen, misschien alleen maar uit gemeenheid, haar man vernederd door onder ieders ogen – zij, mevrouw Carracci – met haar ex-pretendent Marcello Solara te flirten. Ik was zonder het te willen, maar in de overtuiging dat ik er goed aan deed, Antonio's zaak gaan bepleiten bij lui die jaren tevoren zijn zus hadden beledigd, die hem tot bloedens toe hadden afgeranseld en die hijzelf tot bloedens toe had afgeranseld. Toen ik de binnenplaats op kwam hoorde ik mijn naam roepen, ik schrok op. Het was Antonio, hij stond aan het raam op mijn terugkomst te wachten.

Hij kwam naar beneden en ik werd bang. Ik dacht: hij heeft vast een mes. Maar hij praatte kalm, met afstandelijke blik, de hele tijd met zijn handen diep in zijn zakken, alsof hij ze gevangen wilde houden. Hij zei dat ik hem had vernederd bij de mensen die hij het meest verachtte van de hele wereld. Hij zei dat ik hem het figuur had laten slaan van de vent die zijn vrouw om gunsten laat vragen. Hij zei dat hij voor niemand op de knieën ging en dat hij liever niet één, maar honderd keer in dienst zou gaan, ja zelfs liever onder de wapenen zou sterven dan Marcello's kont te likken. Hij zei dat Enzo en Pasquale hem in zijn gezicht zouden spugen als ze het te weten kwamen. Hij zei dat hij het uitmaakte, want hij had nu eindelijk het bewijs gekregen dat hij en zijn gevoelens me koud lieten. Hij zei dat ik tegen de zoon van Sarratore kon zeggen waar ik zin in had, met hem kon doen waar ik zin in had, hij wilde me nooit meer zien.

Het lukte me niet iets terug te zeggen. Ineens haalde hij zijn handen uit zijn zakken, trok me het portaal in en kuste me. Hij drukte zijn lippen hard op de mijne, woelde wanhopig met zijn tong door mijn mond. Daarna week hij terug, draaide zich om en liep weg.

Heel verward ging ik de trap op, naar huis. Ik bedacht dat ik meer geluk had dan Lila. Antonio was niet zoals Stefano. Hij zou mij nooit kwaad doen, hij was alleen in staat zichzelf kwaad te doen.

18

Lila zag ik niet de volgende dag, maar tot mijn verbazing was ik gedwongen haar man te ontmoeten.

's Ochtends was ik gedeprimeerd naar school gegaan. Het was warm, ik had niet gewerkt en weinig of niet geslapen. De uren op school waren een ramp geweest. Op school had ik Nino gezocht, ik wilde samen met hem naar boven lopen, even met hem praten, al waren het maar een paar zinnen, maar ik had hem niet gezien. Misschien liep hij met zijn vriendinnetje door de stad, misschien zat hij haar in het donker van een van de bioscopen die 's ochtends open waren te kussen, misschien was hij in het bos van Capodimonte en liet hij de dingen met zich doen die ik maandenlang met Antonio had gedaan. Tijdens het eerste uur, scheikunde, was ik overhoord en had ik verwarde of onvoldoende antwoorden gegeven, god weet wat voor punt ik had gekregen, en er was geen tijd meer om dat te herstellen. Ik riskeerde een herexamen in september. In de gang was ik mevrouw Galiani tegengekomen; ze had een rustig verhaal afgestoken dat hierop neerkwam: wat is er met je aan de hand, Greco, waarom werk je niet meer? En ik had alleen maar weten te zeggen: 'Ik werk, mevrouw, ik werk heel hard, ik zweer het u.' Ze had me een tijdje aangehoord, me daarna aan mijn lot overgelaten en was de lerarenkamer ingegaan. Ik had lang op de wc zitten huilen, een huilen vol zelfmedelijden om mijn zo ongelukkige leven. Ik had alles verloren, mijn succes op school, Antonio van wie ik altijd af had gewild, die het uiteindelijk zelf had uitgemaakt en die ik nu al miste. Lila die sinds ze mevrouw Carracci was met de dag meer veranderde. Lamlendig van de hoofdpijn was ik te voet weer naar huis gegaan, intussen aan haar denkend, aan hoe ze me gebruikt had – ja, gebruikt – om de Solara's te gaan provoceren, om zich op haar man te wreken, om me hem te tonen in zijn ellende van gekwetst mannetjesdier. En het hele traject had ik me afgevraagd: was het mogelijk dat ze zo kon veranderen, dat niets haar intussen meer onderscheidde van een meisje als Gigliola?

Maar eenmaal thuis was daar de verrassing. Mijn moeder viel niet zoals anders tegen me uit omdat ik laat was en ze vermoedde dat ik Antonio had ontmoet, of omdat ik een van de duizend huishoudelijke klusjes niet had gedaan. Maar ze zei op een soort vriendelijk-bozige manier: 'Stefano heeft gevraagd of je vanmiddag met hem mee kunt naar de naaister in de Rettifilo.'

Ik dacht het niet goed gehoord te hebben, versuft als ik was van vermoeidheid en ontmoediging. Stefano? Stefano Carracci? Wilde hij dat ik met hem naar de Rettifilo ging?

'Waarom gaat hij niet met zijn vrouw?' klonk vanuit de andere kamer de schertsende stem van mijn vader, die officieel met ziekteverlof was, maar in feite een paar van zijn ondoorgrondelijke zaakjes in de gaten moest houden. 'Hoe brengen die twee hun tijd door? Met klaverjassen?'

Mijn moeder maakte een geërgerd gebaar. Ze zei dat Lina misschien iets te doen had, en dat we aardig moesten zijn tegen de Carracci's, en ook nog iets over mensen die nooit tevreden zijn. In werkelijkheid was mijn vader meer dan tevreden: in goede verhouding staan met de kruidenier betekende dat je op de pof eten kon kopen en betaling zo lang mogelijk kon uitstellen. Maar hij hing graag de grapjas uit. Sinds enige tijd vond hij het leuk om zodra de gelegenheid zich maar voordeed te zinspelen op een vermeende seksuele luiheid bij Stefano. Van tijd tot tijd vroeg hij aan tafel: 'Wat doet Carracci? Houdt hij alleen van televisie kijken?' En dan lachte hij. Het was niet moeilijk om de betekenis van zijn vraag te raden: hoe komt het dat er bij die twee nog geen kinderen komen, werkt het bij Stefano of werkt het niet? Mijn moeder, die hem in die dingen onmiddellijk begreep, reageerde ernstig: 'Het is nog vroeg, laat ze met rust, wat wil je?' Maar het idee dat het bij kruidenier Carracci niet werkte, zijn geld ten spijt, vond zij eigenlijk net zo leuk of nog leuker dan mijn vader.

De tafel was al gedekt, ze wachtten op mij om te gaan eten. Mijn vader ging met een stiekeme grijns zitten en bleef schertsend tegen mijn moeder praten: 'Heb ik ooit tegen je gezegd: "Het spijt me, vanavond ben ik moe, laten we wat klaverjassen?"'

'Nee, want je bent een onfatsoenlijke kerel.'

'Wil je dat ik fatsoenlijk word?'

'Een beetje, maar zonder te overdrijven.'

'Dan speel ik vanaf vanavond de fatsoenlijke kerel, net als Stefano.'

'Zonder te overdrijven, zei ik.'

Wat haatte ik die duetten! Ze praatten alsof ze zeker wisten dat mijn broertjes, zusje en ik het niet konden begrijpen, of misschien rekenden ze er wel op dat we elke nuance begrepen, en vonden ze het de juiste manier om ons te leren hoe we als vrouwtjes en mannetjes moesten zijn. Uitgeput door mijn problemen had ik wel willen schreeuwen, mijn bord willen wegduwen, vluchten, weg van mijn familie, en weg van het vocht in de hoeken van het plafond, de afgebladderde muren, de geur van het eten, van alles. En Antonio? Stom om hem te verliezen, ik had er al spijt van, ik wilde dat hij me vergaf. Als ik herexamens krijg in september, doe ik ze niet, zei ik tegen mezelf. Dan zak ik maar en trouw ik meteen met hem. Maar dan dacht ik weer aan Lila, aan hoe ze zich had toegetakeld, op wat voor toon ze tegen de Solara's had staan praten, wat ze van plan was, hoe gemeen vernedering en verdriet haar maakten. De hele middag spookte er van alles door mijn hoofd: een bad nemen in haar nieuwe huis, de spanning vanwege dat verzoek van Stefano, hoe mijn vriendin te waarschuwen, wat wilde haar man van me? En scheikunde. En Empedocles. En leren. En stoppen met leren. En ten slotte een kil verdriet. Er was geen uitweg. Nee, noch ik, noch Lila zou ooit worden als het meisje dat Nino bij school was komen ophalen. Allebei misten we iets wat ongrijpbaar maar fundamenteel was, en wat zij, dat was zelfs op afstand te zien, duidelijk wel bezat. Iets wat je had of niet had, want Latijn en Grieks en filosofie leren was niet voldoende om het te verwerven en ook aan het geld van vleeswaren en schoenen had je niets.

Stefano riep vanaf de binnenplaats. Ik holde naar beneden, zag meteen de moedeloze uitdrukking op zijn gezicht. Hij smeekte me of ik alsjeblieft met hem meeging om de foto terug te halen die de naaister zonder toestemming in de etalage had staan. Doe het uit vriendelijkheid, mompelde hij een beetje slijmerig. Daarna liet hij me zonder verder nog iets te zeggen in de cabriolet stappen. We schoten weg, bestormd door de warme wind.

Zodra we de wijk uit waren begon hij te praten en daar hield hij niet mee op tot we bij het atelier van de naaister waren. Hij drukte zich uit in gematigd dialect zonder grove woorden en zonder spotternij. Hij begon met te zeggen dat ik hem een gunst moest bewijzen, maar maakte me niet meteen duidelijk welke gunst. Hij zei alleen, haperend, dat het als ik hem die gunst bewees, zou zijn alsof ik het voor mijn vriendin deed. Daarna begon hij over Lila te praten, over hoe intelligent ze was, en hoe mooi. Maar rebels van aard, voegde hij eraan toe. De dingen moeten gebeuren zoals zij dat wil, anders staat je wat te wachten. Lenù, je weet niet wat ik doormaak, of misschien ook wel, maar je weet alleen wat zij je vertelt. Je moet ook mijn verhaal horen. Lina heeft zich in het hoofd gezet dat ik alleen maar aan geld denk, en misschien is dat ook wel zo, maar ik doe het voor de familie, voor haar broer, voor haar vader en alle familieleden. Is dat verkeerd? Jij bent erg onderlegd, zeg of het verkeerd is. Wat wil ze van me, armoede zoals vroeger? Moeten alleen de Solara's rijk worden? Willen we hun de wijk in handen geven? Als jij zegt dat ik ongelijk heb, leg ik me daar meteen bij neer, tegen jou ga ik niet in. Maar bij haar moet dat wel. Ze heeft gezegd dat ze me niet wil en ze blijft het zeggen. Haar duidelijk maken dat ik haar man ben is één groot gevecht, mijn leven is onverdraaglijk sinds ik getrouwd ben. Haar 's ochtends zien, 's avonds zien, naast haar slapen en haar niet met alle kracht waartoe ik me in staat voel, laten merken hoeveel ik van haar hou, dat is iets verschrikkelijks.

Ik keek naar zijn brede handen die het stuur omklemden, naar zijn gezicht. Zijn ogen begonnen te glanzen en hij bekende dat hij haar de eerste nacht had moeten slaan, dat hij gedwongen was geweest dat te doen. Dat zij hem elke ochtend, elke avond met opzet tot slaan bracht, om hem te verlagen en hem te dwingen te zijn zoals hij nooit, maar dan ook nooit had willen zijn. Zijn toon was nu bijna angstig: 'Ik werd gedwongen haar weer te slaan, ze had niet zo uitgedost naar de Solara's moeten gaan. Maar ze heeft een kracht in zich die ik maar niet kan breken. Het is een slechte kracht die goede manieren en alles nutteloos maakt. Een gif. Heb je gemerkt dat ze niet zwanger raakt? De maanden verstrijken en er gebeurt niets. De familie, de vrienden, de klanten vragen met een lachje op hun gezicht: 'En… nieuws?', en dan moet ik zeggen: 'Hoezo nieuws?' en net doen of ik het niet begrijp. Want als ik zou laten merken dat ik het begreep, zou ik een antwoord moeten geven. En wat kan ik antwoorden? Er zijn dingen die je weet maar die niet gezegd kunnen worden. Met die kracht die ze in zich heeft vermoordt ze de kinderen in haar, Lenù, en dat doet ze expres om iedereen te laten geloven dat ik mijn plicht als man niet kan vervullen, om me tegenover iedereen een klotefiguur te laten slaan. Wat vind je? Overdrijf ik? Je weet niet wat voor gunst je me bewijst door naar me te luisteren.'

Ik wist niet wat ik moest antwoorden. Ik was stomverbaasd, had nooit een man op die manier over zichzelf horen praten. Hij sprak de hele tijd in een dialect vol gevoel en zonder verweer, net als dat van bepaalde liedjes, ook toen hij het over zijn eigen gewelddadigheid had. Ik weet nog altijd niet waarom hij zich zo gedroeg. Natuurlijk, later onthulde hij wat hij wilde. Hij wilde dat ik samen met hem een front vormde, voor Lila's welzijn. Hij zei dat we haar moesten helpen begrijpen hoe nodig het was dat zij zich als echtgenote en niet als vijand gedroeg. Hij vroeg me haar over te halen hem een handje te helpen met de tweede winkel en de boekhouding. Maar om dat van mij gedaan te krijgen hoefde hij me niet op die manier in vertrouwen te nemen. Waarschijnlijk dacht hij dat Lila me al uitvoerig op de hoogte had gebracht en dat hij dus zijn versie van de feiten moest geven. Of misschien was hij niet van plan geweest om zo open tegen de beste vriendin van zijn vrouw te praten, had hij dat alleen maar onder invloed van alle emoties gedaan. Of misschien veronderstelde hij dat als hij mij wist te ontroeren, ik Lila zou weten te ontroeren als ik haar alles vertelde. Zeker is dat ik met groeiend medeleven naar hem luisterde. Langzaam maar zeker begon ik dat vrije stromen van heel intieme confidenties fijn te vinden. Maar wat ik vooral fijn vond, dat moet ik toegeven, dat was het gewicht dat hij me toekende. Toen hij in eigen woorden een vermoeden formuleerde dat ikzelf altijd al had gehad, namelijk dat er in Lila een kracht huisde waardoor ze tot alles in staat was – zelfs haar organisme verhinderen zwanger te raken –, had ik het gevoel dat hij mij een heilzame invloed toekende, die het van Lila's kwaadaardige kracht kon winnen, en dat streelde me. We stapten uit de auto en liepen naar het atelier. Ik voelde me getroost door die erkenning en zei zelfs heel pompeus in het Italiaans tegen hem dat ik zou doen wat ik kon om hen te helpen gelukkig te zijn.

Maar al voor de etalage van de naaister werd ik weer nerveus. We bleven allebei staan en keken naar de ingelijste foto van Lila te midden van stoffen in allerlei kleuren. Ze zat, haar benen over elkaar geslagen, de trouwjurk een klein stukje opgetrokken zodat die haar schoenen en een enkel vrijliet. Haar kin steunde op de palm van een hand, haar blik was ernstig en intens, ze keek brutaal recht in de lens, en haar haar was getooid met een kransje oranjebloesem. De fotograaf had geluk gehad, ik voelde dat hij de kracht had vastgelegd waarover Stefano het had gehad, het was een kracht – meende ik te begrijpen – waartegen zelfs Lila niets vermocht. Ik draaide me om en wilde vol bewondering en tegelijk mistroostig tegen hem zeggen: 'Daar heb je waar we het over hadden', maar hij duwde de deur al open en liet me voorgaan.

De toon die hij tegenover mij had gebruikt verdween, hij was hard tegen de naaister. Hij zei dat hij de echtgenoot van Lina was, zo formuleerde hij het werkelijk. Hij maakte duidelijk dat ook hij een zaak had, maar dat het nooit bij hem zou zijn opgekomen om op die manier reclame te maken. Hij ging zelfs zover dat hij zei: 'U bent een mooie vrouw, wat zou uw man ervan zeggen als ik een foto van u maakte en die tussen kazen en worsten zou zetten?' Hij vroeg de foto terug.

De naaister raakte in verwarring, ze probeerde zich te verdedigen, maar zwichtte ten slotte. Ze liet duidelijk merken dat ze het vervelend vond en om te bewijzen dat het een goed initiatief was geweest en dat haar teleurstelling terecht was, vertelde ze een paar dingen die later in de loop der jaren min of meer legendarisch werden in de wijk. In de periode waarin de foto in de etalage had gestaan, waren de beroemde Renato Carosone, een Egyptische prins en Vittorio De Sica in de winkel verschenen om informatie in te winnen over de jonge vrouw in trouwjurk. En een journalist van de *Roma* had met Lila willen praten en een fotograaf willen sturen voor een reportage in badpak, zo'n reportage als ze van missen maken. De naaister zwoer dat ze iedereen het adres had geweigerd, ook al had haar dat vooral in het geval van Carosone en De Sica, gezien de status van die mensen, erg onbeleefd geleken.

Ik merkte dat Stefano meer vertederd raakte naarmate de naaister meer vertelde. Hij werd vriendelijk, wilde dat de vrouw die gebeurtenissen gedetailleerder vertelde. Toen we weggingen, mét de foto, was zijn humeur omgeslagen en zijn monoloog op de terugweg had niet meer de gekwelde toon van die op de heenweg. Stefano was vrolijk, begon over Lila te praten met de trots van iemand die iets zeldzaams bezit en veel prestige aan dat bezit ontleent. Hij vroeg wel weer om mijn hulp. En voor hij mij thuis afzette, liet hij me keer op keer zweren dat ik mijn best zou doen om Lila duidelijk te maken wat de juiste weg was en wat de verkeerde. Toch was Lila in zijn woorden nu niet langer een onhandelbaar kind, maar een soort kostbare vloeistof in een afgesloten vat die hem toebehoorde. In de daaropvolgende dagen vertelde Stefano aan wie het maar wilde horen, ook in de winkel, over Carosone en De Sica, zodat het verhaal zich verspreidde en Lila's moeder, Nunzia, de rest van haar leven steeds opnieuw tegen iedereen vertelde dat haar dochter zangeres en actrice had kunnen worden, in de film *Matrimonio all'italiana* had kunnen spelen, op de televisie had kunnen komen, zelfs een Egyptische prinses had kunnen worden, als de naaister in de Rettifilo niet zo terughoudend was geweest en het lot haar niet op haar zestiende met Stefano Carracci had laten trouwen.

19

Mijn lerares scheikunde was gul (of misschien had la Galiani haar best gedaan om haar zover te krijgen) en schonk me een voldoende. Ik ging over met allemaal zevens voor de alfavakken, allemaal zessen voor de bètavakken, een voldoende voor godsdienst en voor het eerst een acht voor gedrag, een teken dat de pater en een groot deel van de docentenraad me nooit echt hadden vergeven. Ik vond het vervelend, het oude conflict met de godsdienstleraar over de rol van de Heilige Geest voelde nu als een daad van arrogantie en ik betreurde het dat ik indertijd niet naar Alfonso had geluisterd die geprobeerd had me tegen te houden. De studiebeurs kreeg ik natuurlijk niet en mijn moeder werd boos, ze schreeuwde dat het kwam doordat ik zo veel tijd met Antonio had verspild. Het ergerde me mateloos, ik zei dat ik niet verder wilde leren. Ze hief haar hand op om me een klap te geven, was bang voor mijn bril en ging vlug de mattenklopper halen. Akelige dagen, kortom, steeds akeliger. Het enige wat me positief leek was dat de conciërge op de ochtend dat ik naar de uitslagen ging kijken, achter me aan kwam en me een pak overhandigde dat mevrouw Galiani voor me had achtergelaten. Het waren boeken, maar geen romans: boeken vol verhandelingen. Een fijngevoelig teken van vertrouwen dat echter niet genoeg was om me op te beuren.

Ik was aan te veel spanningen onderhevig en had het gevoel er altijd naast te zitten, wat ik ook deed. Ik zocht mijn ex-verloofde zowel thuis als op het werk, maar het lukte hem steeds mij te ontlopen. Ik ging even bij de kruidenierswinkel langs om Ada's hulp in te roepen. Ze behandelde me kil, zei dat haar broer me niet meer wilde zien en vanaf die dag draaide ze steeds haar hoofd weg als we elkaar tegenkwamen. Nu ik geen school had, werd het wakker worden 's ochtends traumatisch, een soort pijnlijke schok in mijn hoofd. In het begin deed ik mijn best om een paar bladzijden in de boeken van mevrouw Galiani te lezen, maar ze verveelden me, ik begreep er weinig of niets van. Ik haalde weer romans in de bibliotheek, las de ene na de andere. Maar op den duur schoot ik daar weinig mee op. Ze boden intense levens, diepgaande dialogen, een schijnwerkelijkheid die boeiender was dan mijn werkelijke leven. En zo, om het gevoel te hebben dat ik ook niet echt was, liep ik soms helemaal tot bij school in de hoop Nino te zien, die met zijn eindexamens bezig was. Op de dag van het schriftelijk Grieks wachtte ik geduldig op hem, urenlang. Maar net op het moment dat de eerste kandidaten met hun Griekse woordenboek onder de arm naar buiten begonnen te komen, verscheen het mooie, frisse meisje dat ik hem haar lippen had zien bieden. Ze ging een paar meter van me vandaan staan wachten. Binnen de kortste keren zag ik ons tweeën voor me – als figuurtjes in een catalogus – zoals de ogen van Sarratores zoon ons zouden zien op het moment dat hij de poort uitkwam. Ik voelde me lelijk en slonzig en vertrok.

Op zoek naar troost holde ik naar Lila's huis. Maar ik wist dat ik ook wat haar betrof fout zat: ik had niet verteld dat ik met Stefano de foto terug was gaan halen. Waarom had ik mijn mond gehouden? Was ik zo tevreden over de rol van vredestichtster die haar man mij had aangeboden en had ik gedacht dat ik die beter kon vervullen als ik het ritje met de auto naar de Rettifilo voor haar verzweeg? Was ik bang geweest het vertrouwen van Stefano te beschamen en had ik haar, als gevolg daarvan, onbewust bedrogen? Ik wist het niet. Het is wel zeker dat het geen echte beslissing van me was geweest om niets te zeggen. Eerder onzekerheid die eerst zogenaamde verstrooidheid werd, later de overtuiging dat het feit dat ik niet meteen had gezegd hoe het was gegaan het inmiddels moeilijk en misschien zinloos maakte om de nalatigheid te herstellen. Wat was het gemakkelijk om fouten te maken! Ik zocht verklaringen die ze overtuigend zou kunnen vinden, maar was niet eens in staat die voor mezelf te bedenken. Ik voelde dat mijn gedrag een onzuivere ondergrond had, en zweeg.

Overigens had zij er nooit blijk van gegeven van die ontmoeting te weten. Ze ontving me altijd vriendelijk, liet me in bad gaan, liet me haar make-up gebruiken. Maar ze gaf geen of bijna geen commentaar op de verhalen over de romans die ik haar vertelde, ze gaf me liever frivole informatie over het leven van acteurs en zangers waarover ze in de geillustreerde bladen las. En ze vertelde me nooit meer iets over haar gedachten of geheime plannen. Als ik een blauwe plek zag en dat aangreep om haar ertoe te brengen zich af te vragen waarom Stefano zo'n vreselijke reactie had gehad, als ik tegen haar zei dat hij misschien gemeen werd omdat hij wilde dat ze hem hielp, hem bij tegenslag steunde, keek ze me ironisch aan, haalde haar schouders op en begon over iets anders. Al heel gauw had ik begrepen dat ze de relatie met mij weliswaar niet wilde verbreken maar tegelijkertijd besloten had me niets vertrouwelijks meer te vertellen. Wist ze het dus wel en was ik voor haar geen betrouwbare vriendin meer? Ik was er zelfs toe gekomen mijn bezoekjes te beperken, in de hoop dat zij mijn afwezigheid voelde, me naar de reden zou vragen en we tot uitpraten kwamen. Maar ik had de indruk gekregen dat ze het niet eens merkte. Toen had ik het niet langer volgehouden en was ik haar weer vaker gaan opzoeken, iets waar ze zich niet tevreden en niet ontevreden over toonde.

Op die julidag, die erg warm was, kwam ik bijzonder terneergeslagen bij haar aan. En toch zei ik niets over Nino of over het meisje van Nino, want ongewild – zo gaan die dingen – had ook ik uiteindelijk het delen van vertrouwelijkheden tot bijna nul teruggebracht. Ze was gastvrij als altijd en maakte een *orzata* klaar. Ik dronk die ijskoude amandellimonade in elkaar gedoken op de divan in de eetkamer op, vol ergernis om het ratelen van de treinen, het zweet, om alles.

Ik sloeg haar zwijgend gade terwijl ze zich door het huis bewoog. Ik voelde woede omdat ze in staat was zich door de meest deprimerende labyrinten te bewegen door zich onopvallend aan de leidraad van een oorlogszuchtige beslissing te houden. Ik dacht aan wat haar man tegen me had gezegd, aan zijn woorden over de kracht die Lila als de veer van een gevaarlijk mechanisme in bedwang hield. Ik keek naar haar buik en geloofde dat zij echt elke dag, elke nacht daarbinnen een strijd aanging om het leven te vernietigen dat Stefano met geweld in haar wilde brengen. Hoelang zal ze weerstand bieden, vroeg ik me af, maar ik durfde geen expliciete vragen te stellen, ik wist dat ze dat onaangenaam zou vinden.

Kort daarna arriveerde Pinuccia. Het leek zomaar een bezoekje aan een schoonzusje, maar tien minuten later verscheen ook Rino. Hij en Pina stonden voor onze ogen een tijdje zo overdreven te flikflooien dat Lila en ik elkaar ironische blikken toewierpen. Toen Pina zei dat ze naar het uitzicht wilde kijken, volgde Rino haar en sloten ze zich een dik half uur op in een kamer.

Dat gebeurde vaak, vertelde Lila me met een mengeling van ergernis en sarcasme, en ik was jaloers op de ongedwongenheid van dat verloofde stel: geen angsten, geen ongemakken. En toen ze weer verschenen, waren ze nog opgewekter dan tevoren. Rino liep naar de keuken om iets te eten te pakken, kwam terug, praatte met zijn zusje over schoenen, zei dat de zaken steeds beter gingen en probeerde haar suggesties te ontlokken om daar later bij de Solara's een goed figuur mee te slaan.

'Weet je dat Marcello en Michele jouw foto in de winkel op het piazza dei Martiri willen hebben?' vroeg hij plotseling op innemende toon.

'Stel je voor!' zei Pinuccia meteen.

'Waarom niet?' vroeg Rino.

'Wat is dat nou voor vraag? Lina zet hem wel in de nieuwe kruidenierswinkel, als ze wil. Het is toch de bedoeling dat zij die gaat runnen, of niet soms? En als ik de winkel op het piazza dei Martiri krijg, mag ik dan alsjeblieft zelf beslissen wat daar in komt?'

Ze praatte alsof ze vooral voor Lila's rechten opkwam, tegen de bemoeizucht van haar broer. Maar in feite wisten we allemaal dat ze zichzelf en haar eigen toekomst verdedigde. Ze had genoeg van de afhankelijkheid van Stefano, ze wilde de kruidenierswinkel laten schieten en genoot van het idee bazin te zijn van een winkel in het centrum. Daarom werd er tussen Rino en Michele sinds een tijdje een kleine strijd gestreden, waarin de leiding over de schoenwinkel centraal stond. Een strijd die nog werd aangewakkerd door de druk van de respectievelijke verloofdes: Rino drong erop aan dat Pinuccia zich ermee zou belasten, Michele dat Gigliola dat zou doen. Maar Pinuccia was het agressiefst en twijfelde er niet aan of zij zou winnen, ze wist dat ze het gezag van haar verloofde bij dat van haar broer kon optellen. En daarom gaf ze zich bij elke gelegenheid het air van iemand die de sprong omhoog al had gemaakt, de wijk achter zich had gelaten en nu bepaalde wat wel en niet geschikt was voor de verfijnde clientèle in het centrum.

Ik merkte dat Rino bang was dat zijn zusje fel zou reageren, maar Lila legde de grootste onverschilligheid aan de dag. Toen keek hij op zijn horloge om aan te geven dat hij het erg druk had. Op de toon van een man met vooruitziende blik zei hij: 'Volgens mij heeft die foto een grote commerciële potentie', waarna hij Pina kuste – die meteen terugweek om te laten merken dat ze het er niet mee eens was – en ervandoor ging.

Wij meisjes bleven. In de hoop dat ze mijn gezag kon gebruiken om de kwestie af te sluiten, vroeg Pinuccia stuurs: 'Lenù, wat vind jij ervan? Denk jij dat Lina's foto naar het piazza dei Martiri moet?'

Ik zei in het Italiaans: 'Dat moet Stefano beslissen en omdat hij speciaal naar de naaister is gegaan om haar die foto uit de etalage te laten halen, sluit ik uit dat hij er toestemming voor geeft.'

Pinuccia begon te stralen van voldoening en zei, bijna schreeuwend: 'Tjee, wat ben je toch knap, Lenù!'

Ik wachtte op Lila's mening. Het was lang stil en toen zei ze, alleen tegen mij: 'Wedden dat je ongelijk hebt? Stefano geeft die toestemming wel.'

'Nee.'

'Jawel.'

'Waar wedden we om?'

'Als je verliest mag je nooit meer met minder dan een acht gemiddeld overgaan.'

Ik keek haar ongemakkelijk aan. We hadden het niet over mijn moeizame overgang gehad, ik dacht dat ze het niet eens wist. Maar ze was op de hoogte en gaf me nu op mijn kop: je hebt het niet aangekund, je hebt slechte punten gehaald. Ze eiste van mij wat zij in mijn plaats zou hebben gedaan. Ze wilde me echt in de rol van iemand die zijn leven boven de boeken doorbrengt, terwijl zij geld had, mooie kleren, een huis, televisie, een auto, alles nam, zich alles veroorloofde.

'En als jij verliest?' vroeg ik met een zweempje ergernis in mijn stem.

Ze kreeg die karakteristieke blik weer, uit donkere schietgaten geschoten.

'Dan schrijf ik me in op een privéschool, ga weer studeren en ik zweer je dat ik dan samen met jou eindexamen doe, en nog beter ook.'

Samen met jou en nog beter ook. Was ze dat van plan? Het voelde of alles wat in die akelige tijd in me woelde – Antonio, Nino, de ontevredenheid over de waardeloosheid van mijn leven – zich concentreerde in één diepe zucht.

'Meen je dat?'

'Sinds wanneer wordt er zomaar voor de grap gewed?'

Pinuccia mengde zich erin, heel agressief.

'Lina, begin nou niet weer zo gek te doen. Jij hebt de nieuwe winkel, Stefano kan het niet in zijn eentje af.' Maar ze hield zich meteen weer in en voegde er met valse tederheid aan toe: 'Afgezien nog van het feit dat ik weleens zou willen weten wanneer Stefano en jij me tante laten worden.' Ze gebruikte die zoetige formulering, maar haar toon klonk rancuneus, en ik voelde tot mijn ergernis dat de redenen van die rancune zich met de mijne vermengden. Pinuccia bedoelde: je bent getrouwd, mijn broer geeft je alles, doe nu dus wat je moet doen. En inderdaad, wat had het voor zin om mevrouw Carracci te zijn en intussen alle deuren dicht te doen, je op te sluiten, af te sluiten, een giftige razernij in je buik te koesteren? Kan dat, Lila, dat je altijd schade moet berokkenen? Wanneer hou je daarmee op? Zal je energie afnemen, zich laten afleiden en ten slotte als een slaperige schildwacht instorten? Wanneer zul je je openstellen en aan de kassa gaan zitten, in de nieuwe wijk, met een steeds dikker wordende buik, en Pinuccia tante laten worden, en mij mijn eigen weg laten gaan?

'Wie zal het zeggen,' antwoordde Lila, terwijl haar ogen weer groot en peilloos werden.

'Ik word toch niet eerder moeder dan jij?' zei het schoonzusje lachend.

'Als je steeds zo aan Rino plakt, zou dat weleens kunnen.'

Er volgde een korte woordenwisseling, maar daar luisterde ik niet meer naar.

20

Om mijn moeder te kalmeren moest ik een vakantiebaantje zoeken. Natuurlijk ging ik naar de mevrouw van de kantoorboekhandel. Ze ontving me zoals je een onderwijzeres of de dokter ontvangt. Ze riep haar dochters die in de ruimte achter de winkel aan het spelen waren, de meisjes sloegen hun armen om me heen, overlaadden me met kusjes, wilden dat ik even meespeelde. Toen ik te kennen gaf dat ik werk zocht, zei de moeder dat ze alleen al om haar dochtertjes in staat te stellen hun dagen met een lief, intelligent meisje als ik door te brengen, bereid was ze meteen naar Sea Garden te sturen, zonder augustus af te wachten.

'Wanneer meteen?' vroeg ik.

'Volgende week?'

'Prima.'

'Ik geef je iets meer dan vorig jaar.'

Dat leek me eindelijk goed nieuws. Tevreden ging ik weer naar huis en mijn humeur sloeg niet eens om toen mijn moeder zei dat ik zoals gewoonlijk geluk had gehad: zwemmen en zonnebaden, dat was geen werk.

Getroost ging ik de volgende dag juffrouw Oliviero opzoeken. Ik vond het vervelend haar te moeten zeggen dat ik me dat jaar op school niet bijzonder had onderscheiden, maar het was nodig dat ik haar zag, ik moest haar er voorzichtig aan herinneren me de boeken voor de vierde te bezorgen. En bovendien dacht ik dat het haar plezier zou doen te horen dat Lila, nu ze goed getrouwd was en een boel vrije tijd had, weer aan het leren zou gaan. Haar reactie op dat bericht in haar ogen lezen, zou me helpen het onbehaaglijke gevoel dat het mij had gegeven te verzachten.

Ik klopte verschillende keren op haar deur, maar de juffrouw deed niet open. Ik vroeg bij de buren naar haar, en links en rechts in de wijk, ging na een uur terug, maar ook toen deed ze niet open. En toch had niemand haar de deur uit zien gaan, en ik was haar in de wijk, op straat of in de winkels ook niet tegengekomen. Omdat ze oud was, alleen woonde en niet in orde was, deed ik opnieuw navraag in de buurt. Een vrouw, die naast de juffrouw woonde, besloot haar zoon te hulp te roepen. De jongen drong via hun balkonnetje en een van de ramen van de juffrouw het huis binnen. Hij trof haar aan op de keukenvloer, in nachtpon en buiten bewustzijn. Ze belden de dokter en die besloot dat ze onmiddellijk naar het ziekenhuis moest. Ze droegen haar naar beneden. Ik zag haar toen ze de voordeur uitkwam, slordig, met een heel opgeblazen gezicht, zij die altijd zo verzorgd op school kwam. Ze keek angstig. Ik zwaaide naar haar, ze sloeg haar ogen neer. Ze zetten haar in een auto, die woest claxonnerend wegreed.

De hitte dat jaar had waarschijnlijk een slechte uitwerking op de mensen met het zwakste gestel. 's Middags hoorden we Melina's kinderen op de binnenplaats steeds bezorgder hun moeder roepen. Omdat het roepen niet ophield, besloot ik te gaan kijken wat er aan de hand was. Ik stuitte op Ada. Zenuwachtig en met glanzende ogen vertelde ze me dat Melina kwijt was. Meteen daarna arriveerde Antonio, buiten adem en heel bleek. Hij keek me niet eens aan en rende weg. Al heel gauw was de halve wijk op zoek naar Melina, zelfs Stefano, die met zijn jasschort nog aan achter het stuur van de cabriolet kroop, Ada naast zich liet komen zitten en langzaam rijdend de straten verkende. Ik ging achter Antonio aan, we renden hierheen en daarheen, zonder een woord tegen elkaar te zeggen. Uiteindelijk stonden we in het gebied van de meertjes en liepen we allebei in het hoge gras zijn moeder te roepen. Hij had een ingevallen gezicht en zwarte kringen onder de ogen. Ik pakte zijn hand, wilde hem troosten, maar hij duwde me weg. Hij zei een afschuwelijke zin, hij zei: 'Laat me met rust, want je hebt niks van een vrouw.' Ik voelde een plotselinge, scherpe pijn in mijn borst, maar net op dat moment zagen we Melina. Ze zat in het water, verfriste zich. Haar hals en haar gezicht staken boven het groenige oppervlak uit, haar haren waren kletsnat, haar ogen rood, haar lippen zaten vol blaadjes en modder. Ze zat daar stilletjes, zij die al tien jaar schreeuwde of zong als ze een aanval van gekte had.

We brachten haar naar huis. Antonio ondersteunde haar aan de ene kant, ik aan de andere. De mensen leken opgelucht, riepen haar, ze zwaaide slapjes. Bij het hek zag ik Lila. Ze had niet meegezocht. Geïsoleerd in haar huis in de nieuwe wijk had het bericht haar waarschijnlijk te laat bereikt. Ik wist dat ze een sterke band met Melina had, maar het trof me dat ze daar met een moeilijk te definiëren uitdrukking op haar gezicht een beetje ter zijde stond, terwijl iedereen blijk gaf van sympathie. Ada kwam 'Mama!' roepend aanrennen, gevolgd door Stefano die zijn auto met de deuren open midden op de grote weg had laten staan en er opgelucht uitzag, als iemand die iets akeligs had verwacht en dan ontdekt dat alles in orde is. Lila leek aangedaan door het pijnlijke schouwspel van de vieze weduwe met haar flauwe glimlach, de dunne kleren doorweekt van water en modder, onder de stof het spoor van haar afgetakelde lichaam, het slappe gebaar waarmee ze vrienden en bekenden groette. Maar ook gekwetst, en ook ontzet, bijna alsof ze diezelfde verwarring in zichzelf voelde. Ik zwaaide, ze zwaaide niet terug. Toen gaf ik Melina aan haar dochter over en probeerde ik naar haar toe te gaan. Ik wilde haar ook vertellen van juffrouw Oliviero en van de kwetsende zin die Antonio tegen me had gezegd. Maar ik zag haar niet meer, ze was weggegaan.

21

Toen ik Lila weer zag, realiseerde ik me meteen dat ze niet goed in haar vel zat en dat ze erop uit was ook mij ongelukkig te krijgen. We brachten een ochtend op een schijnbaar speelse manier bij haar thuis door. In werkelijkheid dwong ze me, steeds valser, haar kleren te passen, ook al zei ik dat ze me niet stonden. Het spel werd een kwelling. Ze was groter en slanker dan ik en alles wat ik van haar aantrok stond me bespottelijk. Maar dat wilde ze niet toegeven. Ze zei dat er alleen maar hier en daar iets vermaakt hoefde te worden, maar ze bekeek me met steeds grotere wrevel, alsof ik haar met mijn uiterlijk beledigde.

Op een gegeven moment riep ze: 'Basta!' en keek daarbij of ze een spook had gezien. Daarna herstelde ze zich, dwong zich tot een luchtig toontje en vertelde dat ze een paar dagen tevoren 's avonds met Pasquale en Ada een ijsje was gaan eten.

Ik stond in mijn onderjurk, hielp haar de kleren terug te hangen.

'Met Pasquale en Ada?'

'Ja.'

'En Stefano ook?'

'Nee, ik alleen.'

'Hadden zij je uitgenodigd?'

'Nee, dat had ik gevraagd.'

En met een gezicht alsof ze me wilde verbazen, voegde ze eraan toe dat ze zich niet tot dat enige uitstapje naar haar jongemeisjeswereld had beperkt. De dag erna was ze ook een pizza gaan eten met Enzo en Carmela.

'Toen ook alleen?'

'Ja.'

'Wat zegt Stefano daarvan?'

Ze grijnsde onverschillig.

'Trouwen betekent niet dat je een ouwevrouwenleven moet leiden. Als hij mee wil, prima, maar als hij 's avonds te moe is, dan ga ik alleen uit.'

'Hoe was het?'

'Leuk.'

Ik hoopte dat de ergernis niet op mijn gezicht te lezen was. We hadden elkaar vaak gezien, ze had ook kunnen zeggen: 'Vanavond ga ik uit met Ada, Pasquale, Enzo en Carmela. Kom je ook?' Maar ze had niets tegen me gezegd, ze had die ontmoetingen in haar eentje georganiseerd en uitgevoerd, in het geheim, alsof die vrienden niet ónze, maar alleen háár oude vrienden waren. En kijk, nu vertelde ze me uitgebreid en tevreden alles waar ze het over hadden gehad. Ada was ongerust: Melina at bijna niets en het beetje dat ze at, gaf ze over. Pasquale maakte zich zorgen over zijn moeder, Giuseppina, die niet kon slapen, zware benen had en hartkloppingen, en die als ze haar man in de gevangenis opzocht, bij terugkomst ontroostbaar huilde. Ik luisterde en merkte dat ze op een meer deelnemende manier praatte dan gewoonlijk. Ze koos emotioneel beladen woorden, beschreef Melina Cappuccio en Giuseppina Peluso alsof hun lichamen het hare hadden gegrepen en het dezelfde gekrompen of verwijde vormen oplegden, hetzelfde onbehagen. Terwijl ze praatte, bevoelde ze haar gezicht, haar borsten, haar buik en haar heupen, alsof ze niet langer van haar waren. En intussen liet ze merken dat ze alles, tot in de details, van die vrouwen wist, om me duidelijk te maken dat aan mij niemand iets vertelde en aan haar wel. Of, erger nog, om me het gevoel te geven opgesloten te zitten in een wolk, iemand te zijn die niet merkt hoe erg de mensen om haar heen lijden. Ze praatte over Giuseppina alsof ze haar nooit uit het oog had verloren, ondanks alle onrust rond verloving en huwelijk; ze praatte over Melina alsof de moeder van Ada en Antonio haar al levenslang bezighield en ze haar gekte door en door kende. Daarna noemde ze een heleboel andere mensen uit de wijk die ik nauwelijks kende en wier levens zij daarentegen dankzij een soort deelname op afstand leek te kennen. Ten slotte kondigde ze aan: 'Ik ben ook een ijsje gaan eten met Antonio.'

Ik voelde een steek in mijn maag bij die naam.

'Hoe gaat het met hem?'

'Goed.'

'Heeft hij iets over mij gezegd?'

'Nee, niks.'

'Wanneer vertrekt hij?'

'In september.'

'Marcello heeft dus niets gedaan om hem te helpen.'

'Dat lag voor de hand.'

Lag dat voor de hand? Als het voor de hand lag dat de Solara's niets zouden doen, dacht ik, waarom heb je me dan naar hen toe gebracht? En waarom wil jij, terwijl je getrouwd bent, nu zomaar, in je eentje, je vrienden weer ontmoeten? En waarom ben je met Antonio een ijsje gaan eten en heb je me dat niet verteld, ook al weet je dat hij mijn ex-verloofde is en dat hij me niet meer wil zien, maar ik hem wel? Wil je wraak nemen omdat ik met jouw man in zijn auto ben weg geweest en je nog geen woord heb verteld van wat we tegen elkaar hebben gezegd? Nerveus kleedde ik me weer aan, ik zei dat ik van alles te doen had en weg moest.

'Ik moet je nog iets vertellen.'

Met een ernstig gezicht liet ze me weten dat Rino, Marcello en Michele hadden gewild dat Stefano naar het piazza dei Martiri kwam om te zien hoe mooi de winkel werd. Daar hadden ze hem te midden van zakken cement, grote potten verf en witkwasten op de muur tegenover de ingang gewezen en gezegd dat ze erover dachten daar een vergroting van haar foto in trouwjurk te hangen. Stefano had hen aangehoord en toen gezegd dat dat beslist een mooie reclame voor de schoenen zou zijn, maar dat hij het niet zag zitten. Die drie hadden aangedrongen, hij had nee tegen Marcello, nee tegen Michele en ook nee tegen Rino gezegd. Kortom, ik had de weddenschap gewonnen: haar man was niet voor de Solara's gezwicht.

Terwijl ik mijn best deed om enthousiast te lijken, zei ik: 'Zie je? Jij altijd maar die arme Stefano zwartmaken. Maar ik had gelijk en nu moet je aan de studie.'

'Laten we nog even afwachten.'

'Waarom? Een weddenschap is een weddenschap en jij hebt verloren.'

'Nog even afwachten,' herhaalde Lila.

Mijn humeur werd steeds slechter. Ze weet niet wat ze wil, dacht ik. Ze is ontevreden omdat ze geen gelijk heeft gekregen wat haar man betreft. Of, ik weet niet, misschien overdrijf ik, misschien heeft ze Stefano's weigering wel op prijs gesteld, maar wil ze een veel hardere botsing tussen de mannen om die afbeelding van haar en is ze teleurgesteld omdat de Solara's niet genoeg hebben aangedrongen. Ik zag dat ze loom met haar hand over een heup en een been streek, als een afscheidsaai, en in haar ogen verscheen heel even die mengeling van verdriet, angst en walging die ik ook op de middag van Melina's verdwijning bij haar had gezien. Ik dacht: en als ze stiekem nou juist graag heeft dat haar foto daar uiteindelijk wél komt te hangen, groot, midden in de stad, en het betreurt dat Michele het niet van Stefano heeft weten te winnen? Waarom niet? Ze wil in alles de eerste zijn, zo zit ze in elkaar. De mooiste, de elegantste, de rijkste. En, zei ik daarna tegen mezelf, vooral de intelligentste. Bij het idee dat Lila inderdaad weer zou gaan leren, voelde ik een wrevel die me neerslachtig maakte. Natuurlijk zou ze alle verloren schooljaren weer inhalen. Natuurlijk zou ze bij het eindexamen naast me zitten, elleboog aan elleboog. En ik merkte dat dat vooruitzicht onverdraaglijk was. Maar nog onverdraaglijker leek me het feit dat ik dat gevoel bij mezelf ontdekte. Ik schaamde me ervoor en zei meteen dat het zo fijn zou zijn als we weer samen zouden leren, en ik drong erop aan dat ze onderzocht hoe het verder moest. Omdat ze haar schouders ophaalde, zei ik: 'Nu moet ik echt weg.'

Dit keer hield ze me niet tegen.

22

Zoals gewoonlijk begon ik al op de trap haar motieven te begrijpen, of tenminste, dat idee had ik. Ze zat geïsoleerd in de nieuwe wijk, opgesloten in haar moderne huis, werd door Stefano geslagen, was om niet zwanger te raken in god weet welk mysterieus gevecht met haar lijf verwikkeld en zo afgunstig op mijn successen op school dat ze me met die idiote weddenschap te verstaan had gegeven dat ze weer wilde gaan leren. Bovendien zag ze waarschijnlijk dat ik veel vrijer was dan zij. De breuk met Antonio en mijn moeilijkheden met de studie leken haar kleinigheidjes vergeleken bij haar problemen. Zonder dat ik het me realiseerde voelde ik me, beetje bij beetje, eerst verleid tot stuurse bijval, vervolgens tot hernieuwde bewondering voor haar. Maar natuurlijk, het zou fijn zijn als ze weer ging leren. Terug naar de tijd van de lagere school, toen zij altijd de eerste was en ik altijd de tweede. Weer zin geven aan het leren, want dat kon zij. Haar schaduw volgen en me daardoor sterk en veilig voelen. Ja, ja en nog eens ja. Opnieuw beginnen.

Op een gegeven moment, onderweg naar huis, moest ik weer denken aan die mengeling van verdriet, angst en walging die ik op haar gezicht had gezien. Waarom? Ik dacht terug aan het onverzorgde lichaam van de juffrouw, aan het verwaarloosde van Melina. Zonder duidelijke reden begon ik de vrouwen op straat met aandacht te bekijken. Ineens had ik het idee dat ik met een soort beperkte blik had geleefd. Alsof ik alleen maar in staat was geweest die op ons meisjes te concentreren: op Ada, Gigliola, Carmela, Marisa, Pinuccia, Lila, mijzelf, de meisjes op school, en dat ik nooit echt aandachtig had gekeken naar het lichaam van Melina, van Giuseppina Peluso, van Nunzia Cerullo of Maria Carracci. Het enige vrouwelijke lichaam dat ik met toenemende bezorgdheid had bestudeerd was het kreupele van mijn moeder, en alleen door dat beeld had ik me opgejaagd en bedreigd gevoeld en was ik bang geweest dat het plotseling door zou breken in het mijne. Maar die middag zag ik de huismoeders uit de oude wijk haarscherp. Ze waren nerveus, ze waren meegaand. Ze zwegen met opeengeperste lippen en kromme rug of schreeuwden verschrikkelijke scheldwoorden tegen hun kinderen die hen tergden. Ze sleepten zich voort, uiterst mager met holle ogen en ingevallen wangen, of met omvangrijke achtersten, gezwollen enkels, zware borsten, en met boodschappentassen, en kleine kinderen die aan hun rokken trokken en gedragen wilden worden. En, lieve God, ze waren tien, hoogstens twintig jaar ouder dan ik. En toch leken ze de vrouwelijke kenmerken verloren te hebben waarop wij meisjes zo gesteld waren en die we met onze kleren en onze make-up benadrukten. Ze waren opgeslokt, of door het lichaam van hun mannen, hun vaders en hun broers, op wie ze ten slotte steeds meer gingen lijken, of door het harde werken, of door de komst van ouderdom, van ziekte. Wanneer begon die transformatie? Met het huishoudelijke werk? Met de zwangerschappen? Met de klappen? Zou Lila net zo vervormd raken als Nunzia? Zou uit haar fijne gezichtje Fernando tevoorschijn springen? Zou haar sierlijke manier van lopen veranderen in die van Rino, wijdbeens, de armen een stukje van het bovenlijf? En zou op een dag ook mijn lichaam in verval raken en niet alleen dat van mijn moeder aan de oppervlakte brengen, maar ook dat van mijn vader? En zou alles oplossen wat ik op school leerde, zou de wijk weer de overhand krijgen, zouden het accent, de manieren, zou alles zich met elkaar vermengen tot zwartachtig slijk – Anaximander en mijn vader, Folgóre en don Achille, valenties en de meertjes, de aoristi, Hesiodos en de arrogante platheid van de Solara's – zoals trouwens in de loop van millennia ook de stad was overkomen, die steeds wanordelijker, steeds meer verloederd was?

Ineens was ik ervan overtuigd dat ik ongemerkt Lila's gevoelens had geregistreerd, en dat ik bezig was ze bij de mijne op te tellen. Vandaar die uitdrukking op haar gezicht, dat slechte humeur? Had ze haar been, haar heup gestreeld als een soort adieu? Terwijl ze aan het praten was had ze zichzelf bevoeld, alsof ze de indruk had dat de grenzen van haar lichaam door Melina, door Giuseppina belegerd werden en ze daarvan geschrokken was, daarvan walgde. Had ze onze vrienden opgezocht uit behoefte om te reageren?

Ik herinnerde me hoe ze, toen ze nog klein was, naar juffrouw Oliviero had gekeken, die als een kapotte pop van de lessenaar was gevallen. Ik herinnerde me hoe ze naar Melina had gekeken, die langs de grote weg de zachte zeep liep te eten die ze net had gekocht. Ik herinnerde me Lila toen ze ons kleine meisjes over de moord vertelde, over het bloed dat langs de koperen pan liep, en ze beweerde dat de moordenaar van don Achille geen man was maar een vrouw. Alsof ze in het verhaal dat ze ons vertelde de vorm van een vrouwelijk lichaam had gehoord en gezien, dat brak uit behoefte aan haat, door een dringende behoefte aan wraak of gerechtigheid, en zijn samenstelling verloor.

23

Vanaf de laatste week van juli ging ik elke dag, zondag inbegrepen, met de meisjes naar Sea Garden. Naast de duizend dingen die de dochtertjes van de mevrouw van de kantoorboekhandel nodig konden hebben, nam ik in de linnen tas ook de boeken mee die ik van mevrouw Galiani had gekregen. Het waren boekjes waarin werd nagedacht over het verleden, over het heden, over de wereld zoals hij was en moest worden. Ze leken wat schrijfstijl betreft een beetje op de schoolboeken, maar waren moeilijker en interessanter. Ik was niet gewend aan dat soort lectuur en werd er snel moe van. Bovendien vroegen de meisjes veel aandacht. En verder was er de lome zee, de verdoving door de zon die op de Golf en de stad drukte, en waren er fantasieën die her- en derwaarts dwaalden, verlangens, een altijd aanwezige drang de orde van de regels en daarmee elke inspanning vereisende orde teniet te doen. Maar ook was er het wachten op een voltooiing die nog moest komen, en tegelijk de verleiding me over te geven aan wat onder handbereik lag, onmiddellijk haalbaar was, het ongepolijste leven van de beesten van hemel, aarde en zee. Ik naderde de voleindiging van mijn zeventien jaren met één oog op de dochters van mijn werkgeefster en één oog op het *Vertoog over de ongelijkheid tussen mensen.*

Op een zondag voelde ik ineens vingers op mijn ogen en hoorde ik een vrouwenstem vragen: 'Ra, ra, wie ben ik?'

Ik herkende de stem van Marisa en hoopte dat ze in gezelschap van Nino was. Wat zou ik het fijn vinden als hij mij zo zag, mooier door de zon en het zeewater en lezend in een moeilijk boek. Heel blij riep ik uit: 'Marisa!' en met een ruk draaide ik me om. Maar geen Nino, wel Alfonso, met een lichtblauwe handdoek om zijn schouders, sigaretten, aansteker en portefeuille in de hand, een zwarte zwembroek met een witte band. Hijzelf spierwit, alsof hij zijn hele leven nog geen straaltje zon op zijn lijf had gehad.

Ik was verbaasd ze samen te zien. Alfonso had voor een paar vakken herexamens in oktober en omdat hij meehielp in de winkel dacht ik dat hij 's zondags wel zou studeren. En wat Marisa betreft, ik was ervan overtuigd geweest dat ze met haar familie in Barano zat. Maar ze vertelde dat haar ouders het jaar tevoren ruzie hadden gehad met de huiseigenaresse, Nella, en nu samen met vrienden van de *Roma* een kleine villa in Castel Volturno hadden gehuurd. Zij was alleen maar voor een paar dagen terug in Napels. Ze had schoolboeken nodig – herexamens voor drie vakken – en bovendien had ze een afspraak met iemand. Ze glimlachte koket naar Alfonso: die iemand was hij.

Ik kon me niet inhouden, vroeg haar meteen hoe Nino's eindexamen was gegaan. Ze trok een afkerig gezicht.

'Allemaal achten en twee negens. Zo gauw hij de uitslag had is hij in zijn eentje naar Engeland vertrokken, zonder een cent. Hij zei dat hij daar wel werk zou vinden en dat hij bleef tot hij goed Engels kon.'

'En daarna?'

'Daarna weet ik het niet, misschien schrijft hij zich in voor Economie.'

Ik had nog duizend andere vragen en hoopte zelfs een manier te vinden om erachter te komen wie dat meisje was dat hem bij school opwachtte, en of hij echt in zijn eentje was vertrokken of uitgerekend met haar, toen Alfonso ongemakkelijk zei: 'Lina komt er ook aan.' En daarna voegde hij eraan toe: 'Antonio heeft ons met de auto gebracht.'

Antonio?

Alfonso zag waarschijnlijk dat de uitdrukking op mijn gezicht was veranderd en dat er een vuurrode blos op mijn gezicht kwam, en jaloerse verbazing in mijn ogen. Hij glimlachte en haastte zich te zeggen: 'Stefano had iets te doen met de toonbanken van de nieuwe winkel en kon daarom niet mee. Maar Lina wilde je graag zien, ze moet je iets vertellen, en daarom heeft ze Antonio gevraagd of hij ons wilde brengen.'

'Ja, ze moet je dringend iets vertellen,' zei Marisa nog eens nadrukkelijk, terwijl ze heel vrolijk in haar handen klapte om me duidelijk te maken dat zij het al wist.

Wat? Iets leuks, te oordelen naar Marisa's gezicht en haar reactie. Misschien had Lila Antonio gekalmeerd en wilde hij nu naar mij terug. Misschien hadden de Solara's eindelijk hun contacten bij het bureau van de districtscommandant aan het werk gezet en hoefde Antonio niet meer in dienst. Dit waren de mogelijkheden die meteen bij me opkwamen. Maar toen Lila en Antonio verschenen, sloot ik ze allebei ook meteen weer uit. Antonio was er duidelijk alleen maar omdat gehoor geven aan Lila's bevelen zin gaf aan zijn lege zondag, alleen maar omdat hij het als een geluk beschouwde om met haar bevriend te zijn, en hij daar tegelijkertijd behoefte aan had. Maar zijn gezicht stond nog ongelukkig, zijn ogen verontrust. Hij begroette me kil. Ik vroeg hem naar zijn moeder, hij gaf me summiere informatie. Hij keek ongemakkelijk om zich heen en dook meteen het water in, samen met de meisjes, die dolenthousiast waren over zijn komst. Lila was bleek, droeg geen lippenstift en keek vijandig. Ik had niet de indruk dat ze me dringende dingen te vertellen had. Ze ging op het beton zitten, pakte het boek dat ik aan het lezen was en bladerde er zonder een woord te zeggen doorheen.

Marisa voelde zich ongemakkelijk bij die stilte en zocht haar heil in haar grenzeloze enthousiasme, maar raakte in verwarring en ging ook zwemmen. Alfonso koos een plekje zo ver mogelijk van ons vandaan en concentreerde zich, roerloos in de zon, op de baders, alsof het zien van blote mensen die de zee inlopen of er weer uitkomen een heel boeiend schouwspel was.

'Wie heeft je dit boek gegeven?' vroeg Lila.

'Mijn lerares Latijn en Grieks.'

'Waarom heb je me daar niks over verteld?'

'Ik dacht niet dat het je interesseerde.'

'Dus jij weet wat mij wel en niet interesseert?'

Ik nam meteen mijn toevlucht tot een toegeeflijke toon, maar voelde ook behoefte om op te scheppen.

'Zo gauw ik het uit heb, leen ik het je. Dit soort boeken geeft mijn lerares aan knappe leerlingen. Nino leest ze ook.'

'Wie is Nino?'

Deed ze het expres? Deed ze alsof ze zich niet eens zijn naam herinnerde om hem tegenover mij te kleineren?

'Die jongen van het trouwfilmpje, de broer van Marisa, de oudste zoon van de Sarratores.'

'Die lelijke jongen op wie jij valt?'

'Ik heb je al gezegd dat ik niet meer op hem val. Maar hij doet leuke dingen.'

'Wat?'

'Hij is nu bijvoorbeeld in Engeland. Hij werkt, reist en leert Engels.'

Alleen al van het samenvatten van Marisa's woorden werd ik enthousiast. Ik zei tegen Lila: 'Stel je eens voor dat jij en ik dit soort dingen ook konden doen. Reizen. Werken als serveerster voor ons onderhoud. Nog beter Engels leren praten dan de Engelsen. Waarom kan hij zich dat wel veroorloven en wij niet?'

'Is hij klaar met school?'

'Ja, hij heeft zijn diploma. Maar straks gaat hij een heel moeilijke studie volgen aan de universiteit.'

'Is hij goed?'

'Net zo goed als jij.'

'Maar ik studeer niet.'

'Jawel. Je hebt de weddenschap verloren en nu moet je je weer over de boeken gaan buigen.'

'Hou op, Lenù.'

'Wil Stefano het niet?'

'Hij heeft die nieuwe winkel, daar moet ik voor gaan zorgen.'

'Dan leer je daar.'

'Nee.'

'Je hebt het beloofd! Je hebt gezegd dat we samen eindexamen zouden doen.'

'Nee.'

'Waarom niet?'

Lila ging een paar keer met haar hand over de kaft van het boek, streek hem glad.

'Ik ben zwanger,' zei ze. En zonder mijn reactie af te wachten mompelde ze: 'Wat een hitte!', legde het boek neer, liep naar de rand van het beton en sprong zonder aarzeling in het water, terwijl ze tegen Antonio, die daar beneden met Marisa en de meisjes aan het stoeien was, riep: 'Tonì, red me!'

Even vloog ze met open armen door de lucht, toen raakte ze onelegant het wateroppervlak. Ze kon niet zwemmen.

24

De daaropvolgende dagen vormden het begin van een periode waarin Lila een intense activiteit aan de dag legde. Eerst was de nieuwe kruidenierswinkel aan de beurt. Ze hield zich ermee bezig of er niets belangrijkers op de wereld bestond. Ze werd vroeg wakker, eerder dan Stefano, gaf over, zette koffie, gaf weer over. Hij was erg zorgzaam geworden, wilde haar met de auto brengen, maar Lila weigerde. Ze zei dat ze zin had om te lopen, en voordat de hitte toesloeg liep ze dan in de nog frisse ochtendlucht door de verlaten straten, tussen net gebouwde en grotendeels nog lege flats naar de winkel die ze aan het inrichten waren. Daar trok ze het rolluik omhoog, maakte de vloer schoon die onder de verf zat, wachtte op de werklui en de leveranciers die weegschalen, snijmachines en andere spullen afleverden, gaf hen instructies over waar ze neergezet moesten worden, en stak zelf de handen uit de mouwen door van alles te verplaatsen om nieuwe, efficiëntere opstellingen uit te proberen. Grote, dreigend uitziende kerels en jongens met ruwe manieren werden straf door haar gedirigeerd en zij onderwierpen zich zonder protest aan al haar grillen. Omdat ze zelf al aan zware klussen begon nog voor ze klaar was met het geven van een opdracht, riepen ze bezorgd: 'Mevrouw Carracci!', en deden wat ze konden om haar te helpen.

Ondanks de slopende hitte beperkte Lila zich niet tot de winkel in de nieuwe wijk. Soms ging ze met haar schoonzusje mee naar de renovatie op het piazza dei Martiri, waar over het algemeen Michele de leiding had, maar vaak ook Rino. Als fabrikant van de Cerullo-schoenen én als zwager van Stefano, die een zakenpartner van de Solara's was, voelde hij zich gerechtigd de werkzaamheden te volgen. Ook daar zat Lila niet stil. Ze inspecteerde de ruimte, klom op de ladders van de metselaars, bekeek het geheel van bovenaf, kwam naar beneden, begon dingen te verplaatsen. In het begin werkte ze daarmee iedereen op de zenuwen, maar algauw zwichtte de een na de ander, zij het met tegenzin. Michele, die zich weliswaar sarcastisch en vijandig opstelde, leek toch meteen degene die het meest bereid was de voordelen van Lila's suggesties in te zien.

'*Signò*,' zei hij spottend, 'kom ook het café maar eens opnieuw inrichten, ik betaal je.'

Iets met café Solara doen, daar was natuurlijk geen sprake van. Maar toen ze genoeg onrust teweeg had gebracht op het piazza dei Martiri, stapte ze over naar het rijk van de familie Carracci, de oude winkel, en installeerde zich daar. Ze beval Stefano Alfonso thuis te laten omdat hij voor zijn herexamens moest werken en ze stimuleerde Pinuccia om zich, samen met haar moeder, steeds vaker met de winkel op het piazza dei Martiri te gaan bemoeien.

Vervolgens reorganiseerde ze, beetje bij beetje, de twee aan elkaar grenzende ruimtes van de winkel in de oude wijk om het werk gemakkelijker en efficiënter te maken. In korte tijd liet ze zien dat zowel Maria als Pinuccia eigenlijk overbodig was, breidde ze Ada's rol uit en kreeg ze van Stefano gedaan dat hij haar loon verhoogde.

Als ik in de namiddag van Sea Garden terugkwam en de meisjes weer aan hun moeder had overgedragen, ging ik bijna altijd langs de winkel om te zien hoe Lila het maakte, of haar buik al dikker werd. Ze was gespannen, haar gezicht had een ongezonde kleur. Op voorzichtige vragen over de zwangerschap gaf ze geen antwoord. Of ze nam me mee naar buiten en zei nogal dwaze dingen, zoals: 'Ik wil er niet over praten', 'Het is een ziekte', of: 'Ik heb een leegte van binnen die me zwaar valt.' En daarna begon ze op haar bekende verheerlijkende manier over de nieuwe en de oude winkel en die op het piazza dei Martiri te vertellen, opzettelijk, om mij te laten geloven dat dat plekken waren waar geweldige dingen gebeurden, die mij, ocharm, ontgingen.

Ik kende haar trucjes inmiddels. Ik luisterde maar geloofde haar niet, ook al raakte ik uiteindelijk altijd gefascineerd door de energie waarmee ze én als ondergeschikte én als bazin optrad. Lila was in staat om tegelijkertijd met mij, met de klanten en met Ada te praten en intussen steeds bezig te blijven: uitpakken, snijden, wegen, geld aannemen en teruggeven. Ze verdween in haar woorden en gebaren, matte zich af, leek echt in een strijd zonder rust verwikkeld om het gewicht te vergeten van wat zij toch zo ongerijmd omschreef als 'een leegte van binnen'.

Maar wat de meeste indruk op me maakte was haar nonchalante omgang met geld. Ze ging naar de kassa en pakte wat ze wilde. Geld was voor haar dat laatje, de schatkist uit onze kindertijd die openging en zijn rijkdommen aanbood. In het (zeldzame) geval dat er niet genoeg geld in de kassa zat, hoefde ze maar naar Stefano te kijken. Hij leek weer even attent en gul te zijn als in hun verlovingstijd. Hij trok zijn jasschort omhoog, zocht in de achterzak van zijn broek, haalde er een dikke portemonnee uit en vroeg: 'Hoeveel heb je nodig?' Lila gaf het met haar vingers aan. Haar man strekte zijn rechterarm uit, met dichte vuist, en zij stak haar lange, slanke hand uit.

Van achter de toonbank keek Ada met dezelfde blik naar haar als waarmee ze naar de diva's in de geïllustreerde tijdschriften keek. Ik vermoed dat Antonio's zusje in die periode het gevoel had in een sprookje te leven. Haar ogen straalden als Lila het laatje opentrok en haar geld gaf. Probleemloos deelde Lila uit, zodra haar man zich omdraaide. Ze gaf Ada geld voor Antonio die in dienst moest, ze gaf Pasquale geld die dringend wel drie tanden moest laten trekken. Begin september nam ze mij apart en vroeg of ik geld nodig had voor boeken.

'Welke boeken?'

'Je schoolboeken, maar ook boeken die niet voor school zijn.'

Ik zei dat juffrouw Oliviero nog niet terug was uit het ziekenhuis, dat ik niet wist of ze me zoals gewoonlijk aan de studieboeken zou helpen, en ja hoor, meteen wilde ze me al geld in mijn zak stoppen. Ik week terug, weigerde. Ik wilde niet een soort arm familielid lijken dat gedwongen was om geld te komen vragen. Ik zei dat we moesten wachten tot de school weer begon, ik zei dat de mevrouw van de kantoorboekhandel mijn taak om met haar meisjes naar Sea Garden te gaan tot half september had verlengd, en dat ik op die manier een beetje meer verdiende dan voorzien en dat ik het wel alleen zou redden. Het speet haar, ze drong erop aan dat ik bij haar zou aankloppen als de juffrouw er niet voor kon zorgen.

Niet alleen ik, maar allemaal hadden we beslist wel wat moeite met die vrijgevigheid van haar. Pasquale bijvoorbeeld wilde het geld voor de tandarts niet aannemen, hij voelde zich vernederd. Uiteindelijk accepteerde hij het alleen maar omdat zijn gezicht vervormd en een oog ontstoken was geraakt en de slakompressen niets hielpen. Ook Antonio ergerde zich behoorlijk. Zozeer zelfs dat hij, om het geld dat onze vriendin buiten het loonzakje om aan Ada gaf te accepteren, er eerst van overtuigd moest worden dat het een schadevergoeding betrof voor het schandelijke loon dat Stefano haar vroeger had gegeven. Geld hadden we nooit veel gezien en ook tien lires waren voor ons heel belangrijk; het was een feest als we op straat een muntje vonden. Daarom leek het ons een doodzonde dat Lila geld uitdeelde alsof het waardeloos metaal, oud papier was. Ze deed het zwijgend, met een gebiedend gebaar dat leek op het gebaar waarmee ze als klein meisje spelletjes organiseerde, rollen verdeelde. Na het uitdelen praatte ze over iets anders, alsof er nooit een overdracht was geweest. 'Aan de andere kant,' zei Pasquale een keer 's avonds tegen me, op die duistere manier van hem, 'de mortadella wordt goed verkocht, de schoenen ook, en Lina is altijd onze vriendin geweest. Ze staat aan onze kant, zij is onze bondgenote, onze kameraad. Ze is nu rijk, maar door eigen verdienste.' Ja, door eigen verdienste, want het geld kwam haar niet toe omdat ze mevrouw Carracci was, de aanstaande moeder van het kind van de kruidenier, maar omdat zij degene was die de Cerullo-schoenen had bedacht. En ook al leek niemand zich dat nu te herinneren, wij, haar vrienden, herinnerden het ons wel.

Allemaal waar. Wat had Lila in de loop van een paar jaar veel bewerkstelligd! En toch leek het nu we zeventien waren of de substantie van de tijd niet vloeibaar meer was, maar een kleverig aanzien had gekregen en om ons heen draaide als een gele crème in de machine van een banketbakker. Dat constateerde Lila zelf, op bozige toon, toen ze op een zondag met gladde zee en witte hemel rond drie uur 's middags in Sea Garden verscheen, alleen, iets werkelijk ongewoons. Ze had de metro genomen, een paar bussen, en zat nu in badpak tegenover me, met een groenig gezicht en een uitbarsting van puistjes op het voorhoofd. 'Klotezeventien,' zei ze in het dialect, schijnbaar vrolijk, maar met ogen vol sarcasme.

Ze had ruziegemaakt met Stefano. Tijdens de dagelijkse gesprekjes met de Solara's was de netelige kwestie van het beheer van de winkel op het piazza dei Martiri ter sprake gekomen. Michele had geprobeerd Gigliola op te dringen, zware bedreigingen geuit tegen Rino, die Pinuccia steunde, en zich vastberaden in een zenuwslopende onderhandeling met Stefano gestort. Het had niet veel gescheeld of er waren klappen gevallen. En hoe was het uiteindelijk afgelopen? Geen verliezers en geen winnaars, zo op het oog. Gigliola en Pinuccia zouden de winkel sámen gaan leiden.

Maar op voorwaarde dat Stefano terugkwam op een oude beslissing.

'Welke?' vroeg ik.

'Kijken of je het raadt.'

Ik raadde het niet. Michele had Stefano op zijn pesterige toon gevraagd toe te geven wat de foto van Lila in trouwjurk betrof. En dit keer was haar man gezwicht.

'Echt waar?'

'Ja. Ik had je gezegd dat we alleen maar hoefden te wachten. Ze hangen me in de winkel. Uiteindelijk heb ik de weddenschap gewonnen, niet jij. Aan het werk dus, dit jaar moet je alleen maar achten halen.'

Ze veranderde van toon, werd ernstig. Ze zei dat ze niet vanwege die foto was gekomen, ze wist toch al een hele tijd dat ze een ruilmiddel was voor die zak. Ze was vanwege de zwangerschap gekomen. Ze sprak er lang over, gespannen, als over iets wat met een stamper verbrijzeld moest worden, en ze deed het ijzig beslist. 'Het is zinloos,' zei ze, zonder haar bezorgdheid te verbergen. 'Mannen stoppen hun ding in je en dan word jij een doos van vlees met een levende pop erin. Ik heb hem, hij zit hier en ik walg ervan. Ik geef voortdurend over, dat is mijn buik die het zelf niet verdraagt. Ik weet dat ik mooie dingen moet denken, ik weet dat ik me erbij neer moet leggen, maar het lukt me niet. Ik zie er het waarom niet van en de schoonheid evenmin. Afgezien nog van het feit,' voegde ze eraan toe, 'dat ik voel dat ik niet met kinderen overweg kan. Jij wel, als je alleen al ziet hoe je voor de dochtertjes van je mevrouw zorgt. Ik niet, ik ben niet met die gave geboren.'

Dat gepraat deed me pijn, maar wat kon ik zeggen?

'Je weet niet of je die gave wel of niet hebt, dat moet je uitproberen,' trachtte ik haar gerust te stellen. Ik wees naar de dochtertjes van mijn werkgeefster, die een stukje verderop aan het spelen waren: 'Ga even bij ze zitten, praat met ze.'

Ze lachte, zei vals dat ik de zoetsappige toon van onze moeders goed had geleerd. Maar daarna waagde ze het toch, een beetje ongemakkelijk, een paar woorden met de meisjes te wisselen.

Daarna trok ze zich terug en kwam weer met mij zitten praten. Ik reageerde niet echt, maar drong aan, spoorde haar aan zich bezig te houden met Linda, de jongste van de meisjes. Ik zei: 'Toe, laat haar haar lievelingsspelletje doen, uit het fonteintje daar naast de bar drinken, van het straaltje, of water alle kanten op spuiten door je duim voor het gaatje te houden.'

Tegen haar zin in nam ze Linda mee, aan het handje. Er verstreek enige tijd en ze kwamen niet terug. Ik was ongerust, riep de andere twee meisjes en ging kijken wat er aan de hand was. Alles in orde. Lila was een gelukkige gevangene van Linda geworden. Ze hield het meisje boven het straaltje en liet haar drinken en water spuiten. Ze lachten allebei, met salvo's die explosies van vreugde leken.

Ik voelde me opgelucht, liet ook de zusjes bij haar achter en ging bij de bar zitten, op een plek waar ik hen alle vier in het oog kon houden en intussen een beetje kon lezen. Ja, zo zal ze worden, dacht ik terwijl ik naar haar keek. Wat haar eerst onverdraaglijk leek, maakt haar nu blij. Misschien zou ik tegen haar moeten zeggen dat zinloze dingen het mooiste zijn. Dat is een goede formulering, die zal haar bevallen. De bofferd, dat ze nu al alles heeft wat belangrijk is.

Een tijdje probeerde ik de redeneringen van Rousseau te volgen, regel na regel. Maar toen ik opkeek, zag ik dat er iets mis was. Geschreeuw. Misschien had Linda zich te ver voorovergebogen, misschien had een van haar zusjes haar een duw gegeven, maar zeker was dat ze aan Lila's greep was ontsnapt en met haar kin tegen de rand van de kom was geslagen. Vreselijk geschrokken rende ik naar hen toe. Zodra Lila me zag, riep ze op een kinderlijk toontje dat ik nog nooit van haar had gehoord, zelfs niet toen ze klein was: 'Het komt door haar zusje, het is niet mijn schuld!'

Ze had Linda op de arm, die bloedde, gilde en huilde, terwijl haar zusjes met nerveuze gebaartjes en verkrampte glimlachjes de andere kant op keken, alsof het hun niet aanging, alsof ze niets hoorden en niets zagen.

Ik rukte het kind uit Lila's armen, hield het scheef bij het straaltje water en spoelde wrokkig met volle handen haar gezichtje schoon. Er verscheen een horizontale snee onder haar kin. Daar gaat mijn loon, dacht ik, mijn moeder zal woedend zijn. Intussen rende ik naar de badmeester, die Linda met een paar lieve woordjes kalmeerde, onverhoeds alcohol over de wond goot, waardoor ze opnieuw begon te gillen, daarna een verbandje van gaas op haar kin plakte en haar weer tot bedaren bracht. Niets ernstigs, kortom. Ik kocht een ijsje voor de drie meisjes en ging terug naar het betonnen platform.

Lila was vertrokken.

25

De mevrouw van de kantoorboekhandel leek niet bijzonder onder de indruk van Linda's wond, maar toen ik haar vroeg of ik de meisjes de volgende dag op het gewone uur moest komen ophalen, zei ze dat haar dochters die zomer al te veel op het strand waren geweest en dat ze me niet meer nodig had.

Voor Lila verzweeg ik dat ik mijn baantje kwijt was. Ze vroeg me trouwens nooit hoe het afgelopen was, ze vroeg zelfs niet naar Linda en het sneetje in haar kin. Toen ik haar weer zag was ze erg druk met de opening van de nieuwe kruidenierswinkel. Ze deed me denken aan atleten die bij het trainen touwtjespringen en dat dan steeds bezetener doen.

Ze sleepte me mee naar de drukker, bij wie ze een aanzienlijke hoeveelheid reclamebiljetten had besteld die de opening van de nieuwe winkel aankondigden. Ze wilde dat ik bij de pastoor ging afspreken hoe laat hij langs zou komen om de ruimte en de koopwaar te zegenen. Ze vertelde dat ze Carmela Peluso in dienst had genomen, tegen een heel wat hoger loon dan ze in de fourniturenwinkel verdiende. Maar wat ze me vooral vertelde was dat ze over alles, werkelijk over alles, een harde strijd voerde met haar man, Pinuccia, haar schoonmoeder en haar broer Rino. Bijzonder agressief leek ze me echter niet. Ze praatte met zachte stem, steeds in het dialect, terwijl ze duizend andere dingen deed die haar belangrijker leken dan wat ze aan het vertellen was. Ze somde de onrechtvaardigheden op die bloedverwanten en aangetrouwde familie haar hadden aangedaan en nog steeds aandeden. 'Ze hebben Michele gekalmeerd zoals ze Marcello hebben gekalmeerd. Ze hebben mij gebruikt, ik ben geen mens voor hen maar een ding. We geven hem Lina, we hangen haar aan een muur, ze stelt toch niks voor, helemaal niks.' Terwijl ze praatte glansden haar ogen, beweeglijk in paarse oogkassen, de huid op haar jukbeenderen stond strak, en bij flitsen – korte nerveuze glimlachjes – waren haar tanden te zien. Maar ze overtuigde me niet. Ik had het idee dat er achter haar twistzieke drukdoenerij een meisje school dat aan het eind van haar krachten was en een uitweg zocht.

'Wat ben je van plan?' vroeg ik haar.

'Niets. Ik weet alleen dat ze me eerst moeten vermoorden willen ze met mijn foto doen wat ze in hun hoofd hebben.'

'Laat toch zitten, Lila. Eigenlijk is het prachtig, denk je eens in: alleen actrices zetten ze op affiches.'

'Ben ik een actrice?'

'Nee.'

'Nou dan. Als mijn man besloten heeft zich aan de Solara's te verkopen, mag hij mij dan ook verkopen, volgens jou?'

Ik probeerde haar te kalmeren, ik was bang dat Stefano zijn geduld zou verliezen en erop los zou slaan. Ik zei het en ze begon te lachen: sinds ze zwanger was had haar man haar nog geen klap in het gezicht durven geven. Maar kijk, net toen ze die zin uitsprak, kwam bij mij het vermoeden op dat die foto maar een smoesje was, dat ze hen in feite allemaal tot het uiterste wilde drijven, dat ze zich door Stefano, door de Solara's, door Rino wilde laten aftuigen, hen zo wilde provoceren dat ze haar met hun klappen hielpen het onverdraaglijke, het verdriet, dat levende ding in haar buik te vermorzelen.

Mijn veronderstelling werd bevestigd op de middag van de opening van de winkel. Ze kleedde zich zo slonzig mogelijk. En ze behandelde haar man ten overstaan van iedereen als een slaaf. Ze stuurde de pastoor, die ze mij had laten ontbieden, al voordat hij de winkel had gezegend weer weg, maar stopte hem wel met een minachtend gebaar wat geld in de hand. Ze begon ham te snijden en broodjes te beleggen en deelde ze met een glas wijn gratis aan iedereen uit. En dit laatste had zo'n succes dat de net geopende winkel volstroomde en zij en Carmela bestormd werden en Stefano, die zich heel elegant had gekleed, hen zo, zonder jasschort, moest helpen om de situatie het hoofd te kunnen bieden, waardoor hij onder de vlekken kwam te zitten.

Toen ze uitgeput thuiskwamen, maakte Lila's man een scène en stelde zij alles in het werk om hem razend te krijgen. Ze schreeuwde dat hij het slecht had getroffen als hij een vrouw wilde die blindelings gehoorzaamde. Ze was zijn moeder niet en zijn zusje evenmin, zij zou het hem altijd flink lastig maken. En toen begon ze over de Solara's, over dat gedoe met de foto, ze schold hem stevig uit. In het begin liet hij haar praten, maar daarna begon hij zelf ook te schelden, nog steviger. Maar hij sloeg haar niet. Toen ze me de volgende dag vertelde hoe het was gegaan, zei ik dat Stefano duidelijk van haar hield, ook al had hij zijn fouten. Zij ontkende het. 'Hij begrijpt alleen dit,' antwoordde ze terwijl ze duim en wijsvinger over elkaar wreef. En inderdaad, de winkel was al in de hele nieuwe wijk bekend, vanaf 's ochtends vroeg waren de klanten toegestroomd. 'Het kassalaatje is al vol. Dankzij mij. Ik maak hem rijk en geef hem een kind, wat wil hij nog meer?'

'Wat wil jíj nog meer?' vroeg ik met iets van woede, wat me verbaasde, me zo verbaasde dat ik meteen glimlachte in de hoop dat ze het niet had gehoord.

Ik herinner me dat ze een verloren gezicht trok, met haar vingers over haar voorhoofd streek. Misschien wist ze zelf niet eens wat ze wilde, merkte ze alleen dat ze geen rust kon vinden.

Vlak voor die andere opening, die van de winkel op het piazza dei Martiri, werd ze ongenietbaar. Maar misschien is dit woord overdreven. Laten we zeggen dat ze haar innerlijke verwarring over ons allemaal uitstortte, ook over mij. Aan de ene kant maakte ze het leven voor Stefano tot een hel, ruziede ze met haar schoonmoeder en haar schoonzusje, ging ze naar Rino en maakte bonje met hem ten overstaan van de knechten en Fernando, die, nog krommer dan gewoonlijk, op zijn bankje zat te ploeteren en deed of hij het niet hoorde. Aan de andere kant voelde ze zelf dat ze steeds meer vastraakte in haar ontevredenheid zonder berusting. En soms, op de zeldzame momenten dat de winkel in de nieuwe wijk leeg was en ze zich niet met leveranciers bezig hoefde te houden, trof ik haar daar terwijl ze voor zich uit zat te staren, met een hand tegen het voorhoofd, in het haar, alsof ze een wond bedekte, en op haar gezicht de uitdrukking van iemand die op adem probeert te komen.

Op een middag zat ik thuis. Het was eind september, maar toch nog erg warm. De school zou weldra weer beginnen, ik voelde me een speelbal van de dagen. Mijn moeder verweet me dat ik mijn tijd verklungelde. God weet waar Nino zat, in Engeland of in die geheimzinnige wereld van de universiteit. Ik was Antonio kwijt, en had zelfs de hoop niet meer dat het weer aan ging, want hij was samen met Enzo Scanno in dienst gegaan en had iedereen gedag gezegd behalve mij. Ik hoorde dat ik vanaf de straat werd geroepen, het was Lila. Haar ogen glansden alsof ze koorts had, ze zei dat ze een oplossing had gevonden.

'Een oplossing waarvoor?'

'Voor de foto. Als ze hem willen ophangen, moeten ze het doen zoals ik het zeg.'

'En hoe is dat dan?'

Ze zei er niets over, misschien was het haarzelf op dat moment ook niet duidelijk. Maar ik wist hoe ze was, en ik herkende de uitdrukking die haar gezicht altijd aannam als er vanuit een duistere diepte bij haar iets naar boven kwam wat haar hersens verzengde. Ze vroeg me om die avond mee te gaan naar het piazza dei Martiri. Daar zouden we de Solara's, Gigliola, Pinuccia en haar broer treffen. Ze wilde dat ik haar hielp, dat ik haar steunde, en ik begreep dat ze iets van plan was wat haar over haar eeuwige oorlog heen kon zetten. Een heftige maar definitieve ontlading van alle spanning die zich had opgehoopt, of alleen maar een manier om haar hoofd en haar lichaam te bevrijden van energie die een uitweg zocht.

'Goed,' zei ik, 'maar beloof me dat je niet gek gaat doen.'

'Ja.'

Na sluitingstijd kwamen zij en Stefano me met de auto ophalen. Uit de weinige woorden die ze wisselden maakte ik op dat haar man ook niet wist wat ze van plan was en dat mijn aanwezigheid hem dit keer niet geruststelde, maar juist alarmeerde. Lila had zich eindelijk inschikkelijk getoond. Ze had gezegd dat als er werkelijk geen mogelijkheid was om die foto met rust te laten, zij toch op zijn minst een stem in het kapittel wilde hebben wat het ophangen betreft.

'Een kwestie van lijst, muur, licht?' had hij gevraagd.

'Ik moet het zien.'

'Maar daarna is het afgelopen, Lina.'

'Ja, afgelopen.'

Het was een mooie, zoele avond. Het licht dat binnen in de winkel uit een weelde aan lampen straalde, viel over het plein. Ook op afstand was de enorme afbeelding van Lila in trouwjurk te zien, die tegen de middenwand stond. Stefano parkeerde. Tussen nog niet gesorteerde, opeengestapelde schoenendozen, grote potten verf en ladders door liepen we naar binnen. Marcello, Rino, Gigliola en Pinuccia waren zichtbaar kwaad: ze hadden om verschillende redenen geen zin om zich voor de zoveelste keer aan Lila's grillen te onderwerpen. De enige die ons ironisch-hartelijk ontving was Michele. Hij wendde zich lachend tot mijn vriendin: 'Laat je ons definitief weten wat je in je hoofd hebt, schoonheid, of kom je alleen maar onze avond bederven?'

Lila bekeek het paneel dat tegen de muur stond en vroeg om het op de grond te leggen. Marcello zei voorzichtig, op de schuw verlegen manier die hij tegenover Lila altijd aan de dag legde: 'Waarom?'

'Dat zal ik jullie laten zien.'

Rino mengde zich erin: 'Niet stom doen, Lina. Weet je hoeveel dit ons heeft gekost? Waag het niet het te bederven!'

De twee Solara's legden de afbeelding op de grond. Lila keek om zich heen, met gefronst voorhoofd en haar ogen tot spleetjes geknepen. Ze zocht iets waarvan ze wist dat het er was, wat ze misschien zelf had laten kopen. In een hoekje ontdekte ze een rol dun, zwart karton, ze pakte een grote schaar en een doosje punaises van een plank. Terwijl op haar gezicht die uiterste concentratie te lezen was, die haar in staat stelde zich van de omringende wereld af te zonderen, keerde ze vervolgens terug naar het paneel. Onder onze stomverbaasde, in enkele gevallen uitgesproken vijandige ogen knipte ze met de precieze hand van altijd repen zwart karton die ze her en der op de foto vastprikte, terwijl ze met een vluchtig gebaar of een simpele blik mijn hulp daarbij vroeg.

Met steeds grotere instemming werkte ik mee, zoals ik vanaf onze kindertijd altijd had gedaan. Wat waren die momenten opwindend, wat vond ik het fijn haar te helpen, zoetjesaan haar bedoelingen te begrijpen, erin te slagen haar voor te zijn. Ik voelde dat ze iets zag wat er niet was en dat ze haar best deed het ons ook te laten zien. Algauw was ik blij en voelde ik de volheid die haar overweldigde en uit haar vingers stroomde terwijl ze de schaar omklemden, terwijl ze met punaises het zwarte karton vastpinden.

Ten slotte probeerde ze zelf het frame omhoog te zetten, alsof ze alleen in die ruimte was, maar het lukte haar niet. Prompt schoot Marcello toe, schoot ik toe, en we zetten het tegen de wand. Toen week iedereen achteruit in de richting van de drempel, de een grinnikend, de ander nors, weer een ander onthutst. Lila's lichaam op de afbeelding van haar als bruid zag er vreselijk uit, helemaal in repen gesneden. Een groot deel van het hoofd was verdwenen, evenals de buik. Er was nog maar één oog, en verder de hand waarop haar kin rustte, de glanzende vlek van de mond, diagonale stroken van het bovenlijf, de lijn van de over elkaar geslagen benen en de schoenen.

Gigliola sprak als eerste, met moeite haar woede bedwingend: 'Zoiets kan ik niet in míjn winkel zetten.'

'Mee eens,' ontplofte Pinuccia, 'hier moet verkocht worden, maar met dit monster slaan de mensen op de vlucht. Rino, zeg alsjeblieft iets tegen je zusje.'

Rino deed of hij haar niet hoorde, maar wendde zich tot Stefano, alsof het zijn zwagers schuld was wat daar gebeurde.

'Ik heb je gezegd dat je niet met haar in discussie moet gaan. Tegen haar moet je "ja", "nee" en "genoeg" zeggen, je ziet wat er anders gebeurt. Tijdverlies en verder niks.'

Stefano gaf geen antwoord. Hij staarde naar het paneel tegen de muur en het was duidelijk dat hij een uitweg zocht. Hij vroeg: 'Wat vind jij ervan, Lenù?'

Ik zei in het Italiaans: 'Ik vind het prachtig. Natuurlijk, in de wijk zou ik het niet neerzetten, die is er niet de geschikte omgeving voor. Maar hier is het iets anders. Het zal de aandacht trekken, de mensen zullen er wel gecharmeerd van zijn. Uitgerekend vorige week zag ik in *Confidenze* dat er in het huis van Rossano Brazzi net zo'n soort schilderij hangt.'

Toen Gigliola me hoorde, werd ze nog kwader.

'Wat bedoel je? Dat Rossano Brazzi alles begrijpt, dat jullie twee alles begrijpen en Pinuccia en ik niet?'

Op dat moment werd ik me bewust van het gevaar. Ik hoefde maar een blik op Lila te werpen om te zien dat ze – hoewel ze zich toen we bij de winkel aankwamen werkelijk bereid voelde om te zwichten als haar poging onvruchtbaar zou blijken – nu die poging was gedaan en ze dat beeld van vernieling had geproduceerd, nog geen millimeter zou wijken. Ik voelde dat er tijdens de minuten waarin ze aan de foto had gewerkt banden waren verbroken. Ze was nu zo overweldigd door een buitensporig gevoel van eigenwaarde dat ze tijd nodig had om terug te keren tot de dimensie van echtgenote van de kruidenier; ze zou nog niet het geringste meningsverschil accepteren. Integendeel, terwijl Gigliola praatte, mompelde zij al: 'Zo of niks.' Ze wilde ruziemaken, iets breken, kapotslaan; ze had zich graag met de schaar op Gigliola gestort.

Ik hoopte op een solidaire tussenkomst van Marcello, maar Marcello zweeg, met gebogen hoofd. Ik begreep dat elk restje gevoel voor Lila op dat moment vervloog. Hij met zijn oude, moedeloze hartstocht kon haar niet meer bijhouden. Het was zijn broer die ingreep, hij riep Gigliola, zijn verloofde, met zijn agressiefste stem tot de orde: 'Hou je mond maar even,' zei hij. En zodra ze probeerde te protesteren, gebood hij haar dreigend, zonder haar ook maar aan te kijken, maar starend naar het paneel: 'Kop dicht, Gigliò.' Daarna wendde hij zich tot Lila.

'Mij bevalt het, signò. Je hebt jezelf met opzet uitgevlakt, en ik begrijp waarom: om die dij te laten uitkomen, om te laten zien hoe goed deze schoenen bij een vrouwendij passen. Knap gedaan. Je bent een lastige troela, maar als je iets doet, doe je het uit de kunst.'

Stilte.

Gigliola veegde met het topje van haar vingers stille tranen weg die ze niet wist te bedwingen. Pinuccia staarde naar Rino en naar haar broer alsof ze tegen hen wilde zeggen: Zeg iets, verdedig me, sta niet toe dat die trut me op de kop zit. Maar Stefano mompelde tam: 'Ja, mij overtuigt het ook.'

En Lila zei meteen: 'Het is nog niet klaar.'

'Wat moet je er nog meer aan doen?' schoot Pinuccia uit.

'Er moet nog wat kleur op.'

'Kleur?' mompelde Marcello, steeds meer in de war. 'Over drie dagen moeten we open.'

Michele lachte: 'Als we nog even moeten wachten, dan wachten we. Ga aan het werk, signò, doe waar je zin in hebt.'

Die bevelende toon, die toon van de man die maakt en breekt al naar het hem uitkomt, beviel Stefano niet.

'Ik heb die nieuwe winkel,' zei hij om duidelijk te maken dat hij zijn vrouw daar nodig had.

'Dat los je zelf maar op,' antwoordde Michele, 'hier hebben we interessantere dingen te doen.'

26

De laatste dagen van september brachten we opgesloten in de winkel door, wij tweeën en drie werklui. Het waren geweldige uren van spel, fantasie en vrijheid, zoals we die samen misschien wel sinds onze kindertijd niet meer op die manier hadden gehad. Lila sleurde me mee in haar bezetenheid. We kochten lijm, verf, penselen. Uiterst precies (ze was veeleisend) brachten we de uitgeknipte stukken zwart karton aan. We trokken rode en blauwe grenzen tussen de resten van de foto en de donkere wolken die ze opslokten. Lila was altijd goed geweest met lijnen en kleuren, maar nu was ze met iets meer bezig, al zou ik niet kunnen zeggen wat dat was – wel dat het me met het uur meer meesleepte.

Een poosje had ik het idee dat ze die gelegenheid had gecreëerd om mentaal de jaren af te ronden die begonnen waren met het tekenen van schoenen, toen ze nog het meisje Lina Cerullo was. En nog steeds denk ik dat veel van het plezier van die dagen met name het gevolg was van het even totaal vergeten van haar, van onze levensomstandigheden, van het vermogen dat we hadden om boven onszelf uit te stijgen, om ons te concentreren op de simpele verwerkelijking van wat een soort visuele synthese was. We vergaten Antonio, Nino, Stefano, de Solara's, mijn studieproblemen, haar zwangerschap, de spanningen tussen ons beiden. We zetten de tijd stil, we isoleerden de ruimte, alleen het spel met de lijm, de schaar, het karton en de kleuren bestond nog: het spel van de eensgezinde fantasie.

Maar er was meer. Al snel herinnerde ik me het werkwoord dat Michele had gebruikt: uitvlakken. Waarschijnlijk, ja, heel waarschijnlijk isoleerden de zwarte stroken uiteindelijk de schoenen echt en maakten ze die zichtbaarder. De jonge Solara was niet stom, hij kon kijken. Maar soms voelde ik dat dit niet het echte doel van ons plakken en kleuren was, en dat gevoel werd steeds sterker. Lila was gelukkig en trok mij steeds meer mee in haar heftige geluk, vooral omdat ze ineens, misschien zonder het te beseffen, niet alleen een gelegenheid had gevonden om de woede jegens zichzelf te verbeelden, maar ook de misschien voor het eerst van haar leven gevoelde behoefte – en hier was het door Michele gebruikte werkwoord op zijn plaats – om zichzelf uit te vlakken.

Gezien wat er later allemaal is gebeurd, ben ik er vandaag de dag tamelijk zeker van dat het echt zo is gegaan. Met de zwarte stukjes karton en de groene en paarsige cirkels die Lila om bepaalde stukken van haar lichaam trok, met de bloedrode strepen waarmee ze zichzelf in repen sneed en mij haar in repen liet snijden, verbeeldde zij haar zelfvernietiging en bood zij die aan ieders ogen aan in de ruimte die door de Solara's was gekocht om háár schoenen te verkopen.

Waarschijnlijk heeft ze mij zelf op dat idee gebracht, er reden voor gegeven. Terwijl we aan het werk waren, begon ze te praten over wanneer ze zich was gaan realiseren dat ze voortaan mevrouw Carracci was. In het begin begreep ik niets of bijna niets van wat ze bedoelde, het leken me allemaal banale opmerkingen. Het is bekend dat wij meisjes als we verliefd worden, als eerste uitproberen hoe onze voornaam klinkt bij de achternaam van onze beminde. Ik heb bijvoorbeeld nog een schrift uit twee gym waarin ik de handtekening Elena Sarratore oefende, en ik herinner me heel goed hoe ik mezelf met een fluisterende zucht ook zo noemde. Maar dat bedoelde Lila niet. Ik besefte al heel gauw dat ze bezig was me exact het tegendeel te bekennen, oefenen zoals ik dat had gedaan was nooit bij haar opgekomen. Ze zei dat de nieuwe formule waarmee zij werd aangeduid in het begin niet veel indruk op haar had gemaakt: Raffaella Cerullo in Carracci. Niets opwindends, niet ernstigs. In het begin had dat 'in Carracci' haar niet méér beziggehouden dan een oefening in ontleden, net als die waarmee juffrouw Oliviero ons op de lagere school had gekweld. Wat was het? Een plaatsbepaling? Betekende het dat ze niet meer bij haar ouders woonde maar bij Stefano? Betekende het dat het nieuwe huis waar ze zou gaan wonen een koperen bordje op de deur zou hebben met CARRACCI erop? Betekende het dat ik als ik haar schreef, mijn brieven niet meer aan Raffaella Cerullo, maar aan Raffaella Carracci moest adresseren? Betekende het dat het 'Cerullo in' in het dagelijks gebruik al snel uit het 'Raffaella Cerullo in Carracci' zou verdwijnen en dat ze ook zelf zich alleen nog maar met Raffaella Carracci zou aanduiden, zo zou tekenen? En dat haar kinderen diep zouden moeten nadenken om zich hun moeders meisjesnaam te herinneren, en dat haar kleinkinderen de familienaam van hun oma niet eens zouden kennen?

Ja. Een gewoonte. Alles normaal dus. Maar zoals bij Lila altijd het geval was, had ze het daar niet bij gelaten. Algauw was ze verder gegaan. Terwijl we met penselen en verf aan het werk waren, vertelde ze me dat ze een bepaling van beweging in die formule was gaan zien. Alsof 'Cerullo in Carracci' een soort 'Cerullo gaat Carracci in' was – ze stort erin, wordt erdoor geabsorbeerd, lost erin op. En vanaf het moment dat Silvio Solara zo plotsklaps de rol van getuige kreeg toegewezen, vanaf het moment dat Marcello Solara het restaurant binnenkwam, met aan zijn voeten de schoenen waarvan Stefano haar had wijsgemaakt dat ze voor hem nog meer betekenden dan een gewijde relikwie, vanaf haar huwelijksreis en de klappen, tot aan het moment dat iets levends, dat Stefano had gewild, zich nestelde in de leegte die zij van binnen voelde, was ze steeds meer overmand geraakt door een onverdraaglijk gevoel, een kracht die almaar dwingender werd en haar aan het verbrijzelen was. Die indruk had zich versterkt, was gaan overheersen. Raffaella Cerullo, verslagen, had vorm verloren en was in het profiel van Stefano opgegaan, was een ondergeschikt uitvloeisel van hem geworden: mevrouw Carracci. Toen begon ik in het paneel de sporen te zien van wat ze zei. 'Het is nog aan de gang,' fluisterde ze. En intussen plakten we karton, brachten we kleuren aan. Maar wat waren we echt aan het doen, waar was ik haar bij aan het helpen?

Ten slotte hingen de werklui, verbijsterd, het paneel aan de wand. Het stemde ons treurig, maar dat zeiden we niet tegen elkaar, het spel was voorbij. We maakten de winkel van boven tot onder schoon. Lila verzette nog een bank, een paar poefs. Ten slotte liepen we allebei achterwaarts naar de ingang en bekeken ons werkstuk. Zij begon te lachen zoals ik haar al lang niet meer had horen lachen, een open lach, vol zelfspot. Ikzelf ging zo op in het bovenste gedeelte van het paneel, waar Lila's hoofd verdwenen was, dat het me niet lukte het geheel te zien. Daar helemaal bovenaan prijkte alleen nog maar één heel levendig oog, met nachtblauw en rood eromheen.

27

Op de dag van de opening arriveerde Lila naast haar man in de cabriolet op het piazza dei Martiri. Toen ze uitstapte zag ik bij haar de onzekere blik van iemand die narigheid verwacht. De grote opwinding van de dagen dat we met het paneel bezig waren geweest, was verdwenen – ze had weer het ziekelijke gezicht van de vrouw die tegen haar zin zwanger is. Toch was ze heel verzorgd gekleed, ze leek zo uit een modeblad te komen. Ze maakte zich meteen van Stefano los en sleurde me mee om in de via dei Mille etalages te kijken.

We wandelden een poosje. Ze was gespannen, vroeg me voortdurend of er niets verkeerd zat.

'Herinner je je dat meisje dat helemaal in het groen was,' vroeg ze ineens, 'dat meisje met het bolhoedje?'

Ja, ik herinnerde me haar. Ik wist nog hoe ongemakkelijk we ons hadden gevoeld toen we haar jaren geleden in diezelfde straat zagen, en ik herinnerde me de botsing tussen onze jongens en de jongens uit die buurt, en de tussenkomst van de Solara's en Michele met zijn ijzeren stang, en onze angst. Ik begreep dat ze iets wilde horen wat haar kon kalmeren en zei: 'Dat was alleen maar een kwestie van geld, Lila. Nu is alles anders, je bent veel mooier dan dat meisje in het groen.'

Maar ik dacht: het is niet waar, ik lieg tegen je. Ongelijkheid had iets meedogenloos, wist ik nu, werkte in de diepte, wroette dieper dan geld. De kassa's van de twee winkels, de schoenfabriek en de schoenwinkel waren niet voldoende om onze afkomst te verhullen. Ook Lila zou dat niet lukken, al haalde ze nog meer geld uit het laatje dan ze al deed, al haalde ze er duizenden lires uit, dertig- of vijftigduizend zelfs. Ik had het begrepen en eindelijk was er iets wat ik beter wist dan zij. Ik had het geleerd, niet in die straten, maar bij school, toen ik het meisje had gezien dat Nino kwam ophalen. Zij was superieur aan ons, zomaar, zonder het te willen. En dat was onverdraaglijk.

We gingen terug naar de winkel. De middag verliep als een soort bruiloft: hapjes, taartjes, veel wijn; iedereen in de kleren die ze bij het trouwen van Lila hadden aangehad, Fernando, Nunzia, Rino, de hele familie Solara, Alfonso, wij meisjes: Ada, Carmela, ik. Het plein vulde zich met slordig geparkeerde auto's, de winkel liep vol, het geroezemoes werd luider. Gigliola en Pinuccia, in wedijver met elkaar, gedroegen zich de hele tijd als gastvrouw, en allebei, óp van de spanning, probeerden ze meer gastvrouw te zijn dan de ander. Boven alles en iedereen uit troonde het paneel met Lila's foto. De een bleef er belangstellend naar kijken, een ander wierp er een sceptische blik op of lachte zelfs. Ik kon er mijn ogen niet van afhouden. Lila was onherkenbaar. Er was alleen een indrukwekkende, verleidelijke vorm overgebleven, de afbeelding van een eenogige godin die haar mooi geschoeide voeten naar het midden van de ruimte uitstak.

In die drukte trof me vooral Alfonso, omdat hij zo levendig, vrolijk en elegant was. Ik had hem nog nooit zo gezien, op school niet, in de wijk niet en in de kruidenierswinkel niet. Zelfs Lila stond lange tijd perplex naar hem te kijken. Lachend zei ik tegen haar: 'Onherkenbaar, hè?'

'Wat is er met hem gebeurd?'

'Ik weet het niet.'

Echt nieuw en positief die middag was alleen Alfonso. Iets wat stil in hem aanwezig was, ontwaakte bij die gelegenheid, in die als bij daglicht verlichte winkel. Het was alsof hij plotseling had ontdekt dat hij zich in dat gedeelte van de stad op zijn gemak voelde. Hij werd buitengewoon beweeglijk. We zagen hem nu eens dit, dan weer dat op zijn plaats zetten en gesprekjes aanknopen met de elegante mensen die nieuwsgierig binnenwipten, de spullen bekeken en taartjes en een glas vermout pakten. Op een gegeven ogenblik kwam hij naar ons toe en prees hij ronduit en op vlotte toon ons werk aan de foto. De geestelijke vrijheid waarin hij verkeerde was zo groot dat hij zijn oude verlegenheid overwon en tegen zijn schoonzusje zei: 'Ik heb altijd geweten dat je gevaarlijk bent', en haar daarna op de wangen kuste. Stomverbaasd keek ik hem aan. Gevaarlijk? Wat had hij toen hij het paneel zag geraden dat mij was ontgaan? Was Alfonso in staat om verder te kijken dan de oppervlakte? Kon hij met verbeeldingskracht kijken? Zou zijn ware toekomst niet in studie maar in dit rijke gedeelte van de stad kunnen liggen, waar hij gebruik zou kunnen maken van het beetje dat hij op school leerde? O ja, er ging een ander in hem schuil. Hij was niet zoals de jongens uit de wijk en vooral niet zoals zijn broer Stefano, die in een hoekje op een poef zat, zwijgend maar klaar om met een rustig glimlachje iedereen te antwoorden die het woord tot hem zou richten.

Het werd avond. Plotseling was er een explosie van licht buiten. De Solara's – grootvader, vader, moeder en zoons – haastten zich in een golf van luidruchtig clanenthousiasme naar buiten om te kijken. We gingen allemaal de straat op. Boven de etalages en de ingang straalde het opschrift: SOLARA.

Lila vertrok haar gezicht en zei: 'Ook hiervoor zijn ze dus door de knieën gegaan.'

Ze duwde me slapjes naar Rino, die het meest van allen in zijn nopjes leek, en zei tegen hem: 'Als de schoenen Cerullo heten, waarom heet de winkel dan Solara?'

Rino stak zijn arm door die van haar en zei zachtjes: 'Lina, waarom moet je altijd zeiken? Herinner je je nog die ellende waarin ik jaren geleden precies hier op dit plein door jou verzeild raakte? Wat moet ik? Wil je nog meer ellende? Ben eens een keertje tevreden. We zitten hier, in het centrum van Napels, als eigenaars. Al die zakken die ons nog geen drie jaar geleden wilden afranselen, moet je ze nou zien! Ze blijven staan, kijken in de etalages, komen naar binnen, pakken een taartje. Is dat niet genoeg? Cerullo-schoenen, Solara-winkel. Wat wil je dan daarboven zien staan? Carracci?'

Lila maakte zich los, en zei zonder agressiviteit: 'Ik ben al kalm. Kalm genoeg om je te zeggen dat je me nooit meer iets hoeft te vragen. Waar ben je mee bezig? Leen je geld van mevrouw Solara? Leent Stefano ook geld van haar? Staan jullie allebei bij haar in het krijt en zeggen jullie daarom altijd ja? Van nu af aan ieder voor zich, Rino.'

Ze liet ons allebei staan en stevende vrolijk en koket recht op Michele Solara af. Ik zag hen samen weglopen, over het plein slenteren, om de stenen leeuwen heen. Ik zag dat haar man haar nakeek. Ik zag dat hij gedurende de hele tijd dat zij en Michele daar kletsend rondliepen zijn ogen niet van haar af haalde. Ik zag dat Gigliola razend werd, opgewonden in Pinuccia's oor praatte en dat ze allebei naar Lila keken.

Intussen liep de winkel leeg, iemand deed het felle licht van de grote reclameletters uit. Even was het donker op het plein, daarna scheen het licht van de lantaarns als tevoren. Lila liep lachend bij Michele weg, maar kwam de winkel binnen met een gezicht waaruit plotseling alle leven verdwenen was. Ze sloot zich op in het berghok, daar was de wc.

Alfonso, Marcello, Pinuccia en Gigliola begonnen de winkel op te ruimen. Ik ging naar hen toe om te helpen.

Lila kwam van het toilet en Stefano greep haar onmiddellijk bij een arm, alsof hij op de loer had gelegen. Geërgerd wurmde ze zich los en kwam naar mij toe. Ze was intens bleek en fluisterde: 'Ik bloed een beetje. Wat betekent dat, is het kind dood?'

28

Lila's zwangerschap duurde alles bij elkaar iets meer dan tien weken. Toen kwam de vroedvrouw en schraapte alles weg. De dag erna hield Lila zich alweer met de nieuwe winkel bezig, samen met Carmen Peluso. Nu eens vriendelijk, dan weer gemeen, begon ze aan een lange periode waarin ze niet langer van hot naar haar rende, maar vastbesloten leek haar hele leven samen te persen in de orde van die ene ruimte waar het rook naar kalk en kaas en die propvol was met worsten, brood, mozzarella's, gepekelde ansjovis, pakken kaantjes, zakken vol gedroogde peulvruchten en bolle blazen vol reuzel.

Haar gedrag werd vooral door Stefano's moeder Maria erg gewaardeerd. Alsof zij in haar schoondochter iets van zichzelf had herkend. Ze werd plotseling hartelijker en gaf haar een paar roodgouden oorknopjes van zichzelf cadeau. Lila nam ze met graagte aan en deed ze vaak in. Een tijdje behield ze nog dat bleke gezicht, de puistjes op haar voorhoofd, de diep in hun kassen liggende ogen en de huid die zo over haar jukbeenderen spande dat hij er doorzichtig van werd. Maar daarna bloeide ze weer op en stak nog meer energie in het bestieren van de winkel. Tegen Kerstmis al namen de kasopbrengsten toe en binnen enkele maanden overtroffen ze die van de winkel in de oude wijk.

Maria's waardering groeide. Steeds vaker ging ze haar schoondochter een handje helpen, in plaats van haar zoon, die chagrijnig was vanwege het gemiste vaderschap en de spanningen van het zakendoen, of haar dochter, die in de winkel op het piazza dei Martiri was begonnen en om een blamage tegenover haar klanten te voorkomen haar moeder streng had verboden zich te vertonen. De oude mevrouw Carracci kwam er zelfs toe partij te kiezen voor de jonge mevrouw Carracci toen Stefano en Pinuccia Lila verweten dat ze het kind niet had kunnen of willen houden.

'Ze wil geen kinderen,' klaagde Stefano.

'Nee,' viel Pinuccia hem bij, 'ze wil een meisje blijven, ze is niet in staat om iemands vrouw te zijn.'

Maria berispte ze allebei streng: 'Zoiets mogen jullie niet eens denken. Kinderen zijn een geschenk van Onze-Lieve-Heer, Hij geeft ze en neemt ze weer af. Ik wil die onzin niet meer horen.'

'Hou je mond, jij,' gilde haar dochter geërgerd, 'je hebt die trut de oorknopjes gegeven die ik zo mooi vond.'

Hun discussies en Lila's reacties werden algauw onderwerp van de plaatselijke roddels die zich verspreidden en ook mij bereikten. Maar ik hield me er niet erg mee bezig, het schooljaar was weer begonnen.

Daar ging het meteen een kant op die vooral mijzelf verbaasde. Al vanaf de eerste dagen begon ik uit te blinken, alsof iets in mijn hoofd zich had bevrijd door het vertrek van Antonio, het verdwijnen van Nino en misschien zelfs door het feit dat Lila definitief aan de winkel vastzat. Ik ontdekte dat ik me alles wat ik in de derde slecht had geleerd toch heel precies herinnerde. De vragen van de leraren over de stof van het voorgaande jaar beantwoordde ik snel en foutloos. En dat was nog niet alles. Mevrouw Galiani liet haar sympathie voor mij nog duidelijker blijken, misschien omdat ze Nino, haar briljantste leerling, kwijt was. Ze zei zelfs een keer dat het interessant en leerzaam voor me zou zijn als ik naar de vredesmars zou gaan die zou vertrekken van Resina en Napels als einddoel had. Ik besloot een kijkje te gaan nemen, deels uit nieuwsgierigheid, deels omdat ik bang was dat la Galiani beledigd zou zijn als ik niet ging, en ook een beetje omdat die mars over de grote weg kwam, vlak langs de wijk, en het me geen moeite kostte. Maar mijn moeder wilde dat ik mijn broertjes meenam. Ik maakte ruzie, schreeuwde en vertrok laat. Samen met de jongens kwam ik op de spoorbrug aan, in de diepte zag ik de mensen voorbijtrekken. Ze vulden de hele weg, waardoor ze de auto's de doorgang versperden. Het waren gewone mensen en ze marcheerden niet, maar ze wandelden met spandoeken en borden in de handen. Ik wilde mevrouw Galiani gaan zoeken, me laten zien, en beval mijn broertjes daar op de brug te wachten. Dat was een slecht idee. Mijn lerares vond ik niet, maar zodra ik mijn rug had gekeerd, hadden de kinderen zich bij andere jongetjes aangesloten en waren stenen op de demonstranten gaan gooien en scheldwoorden gaan roepen. Ik rende terug om hen weer onder mijn hoede te nemen, helemaal bezweet, en ik nam ze mee, benauwd bij de gedachte dat la Galiani met haar allesziende ogen hen misschien had ontdekt en had begrepen dat het mijn broertjes waren.

Intussen gingen de weken voorbij. We hadden nieuwe vakken en moesten boeken kopen. Het leek me volstrekt zinloos de lijst met handboeken aan mijn moeder te laten zien om haar met mijn vader te laten onderhandelen en geld van hem los te peuteren, want ik wist al dat dat er niet was. Bovendien hadden we geen nieuws van la Oliviero. Ik was haar eind augustus, begin september gaan opzoeken in het ziekenhuis, maar de eerste keer sliep ze en de tweede keer ontdekte ik dat ze ontslagen was. Maar ze was niet teruggegaan naar huis. Ten einde raad deed ik begin november navraag naar haar bij haar buurvrouw en kwam toen te weten dat ze, gezien haar gezondheidstoestand, door een zus die in Potenza woonde in huis was genomen en god weet of ze ooit nog naar Napels en haar werk zou terugkeren. Toen kwam ik op de gedachte dat ik Alfonso kon vragen of we, zodra zijn broer zijn boeken had gekocht, het zo konden organiseren dat ik ze ook kon gebruiken. Hij was meteen enthousiast en stelde voor om samen te werken, eventueel in Lila's huis waar, sinds zij zich met de winkel bezighield van zeven uur 's morgens tot negen uur 's avonds, niemand was.

Maar op een ochtend zei Alfonso nogal geïrriteerd tegen me: 'Je moet vandaag bij Lina langsgaan in de winkel, ze wil je zien.' Hij wist waarom, maar ze had hem laten zweren dat hij zijn mond zou houden en het was onmogelijk hem het geheim te ontfutselen.

's Middags ging ik naar de nieuwe winkel. Carmen wilde me, bedroefd maar ook vrolijk, een kaart laten zien uit ik weet niet welk stadje in Piemonte die Enzo Scanno, haar verloofde, haar had gestuurd. Ook Lila had een kaart gekregen, maar van Antonio, en even dacht ik dat ze me daarom vlug daarheen had laten komen, alleen maar om me die kaart te laten zien. Maar ze liet hem niet zien en vertelde ook niet wat Antonio geschreven had. Ze trok me mee naar de ruimte achter de winkel en vroeg me geamuseerd: 'Herinner je je onze weddenschap?'

Ik knikte.

'Herinner je je dat je die hebt verloren?'

Ik knikte.

'Herinner je je dat je daarom met een acht gemiddeld over moet?'

Ik knikte weer.

Ze wees naar twee grote pakken. De schoolboeken.

29

Ze waren heel zwaar. Thuis ontdekte ik, erg onder de indruk, dat het niet de vaak stinkende tweedehandsboeken waren die de juffrouw me in het verleden had bezorgd, maar splinternieuwe, die nog naar drukinkt roken. En daartussen prijkten ook woordenboeken, de Zingarelli, de Rocci en de Calonghi-Georges, die de juffrouw nooit had weten te bemachtigen.

Mijn moeder, die bij wat me ook overkwam altijd wel iets minachtends had te zeggen, barstte in huilen uit toen ze me de pakken zag openmaken. Verrast en verward door die ongewone reactie ging ik naar haar toe en streelde haar arm. Wat haar had ontroerd is moeilijk te zeggen. Misschien haar gevoel van onmacht tegenover onze armoede, misschien de gulheid van de vrouw van de kruidenier, ik weet het niet. Ze kalmeerde snel, mompelde duistere zinnen en verloor zich weer in haar bezigheden.

In de kamer waar ik met mijn zusje en broertjes sliep, had ik een wankel, door houtworm aangevreten tafeltje, waaraan ik gewoonlijk mijn huiswerk maakte. Daar zette ik al die boeken neer, en toen ik ze zo op een rijtje op het tafelblad tegen de muur zag staan, voelde ik me vol energie.

De dagen vlogen voorbij. Ik gaf mevrouw Galiani de boeken terug die ze me voor de zomer had geleend, en zij gaf me er andere voor in de plaats, die nog moeilijker waren. Ik las ze ijverig op zondag, maar begreep er weinig of niets van. Ik liet mijn ogen over alle regels gaan, sloeg de bladzijden om, maar toch verveelden die volzinnen me en hun betekenis ontging me. Dat jaar, vier gym, was heel vermoeiend met al dat studeren en lezen, maar het gaf een duidelijke, voldane vermoeidheid.

Op een dag vroeg la Galiani: 'Welke krant lees je, Greco?'

Die vraag bezorgde me hetzelfde ongemakkelijke gevoel dat ik had gehad toen ik op Lila's bruiloft met Nino praatte. Mijn lerares ging er vast van uit dat ik gewoon was iets te doen wat bij mij thuis, in mijn wereldje, helemaal niet gewoon was. Maar hoe kon ik haar vertellen dat mijn vader geen kranten kocht, dat ik er nooit een had gelezen? Daar voelde ik niets voor en ik probeerde me in allerijl te herinneren of Pasquale, die communist was, er een las. Vergeefse moeite. Toen dacht ik ineens aan Donato Sarratore en herinnerde ik me Ischia, het Marontistrand, en ook dat hij voor de *Roma* schreef. Ik antwoordde: 'De *Roma*.'

Mijn lerares glimlachte vaag ironisch en vanaf de volgende dag begon ze haar kranten aan mij door te geven. Ze kocht er twee, soms drie, en na school gaf ze er een aan mij. Ik bedankte haar en ging, geïrriteerd omdat het me nog meer schoolwerk leek, naar huis.

In het begin liet ik de krant thuis rondslingeren en stelde ik het lezen ervan uit tot ik klaar was met mijn huiswerk, maar 's avonds was de krant dan verdwenen. Mijn vader had hem zich toegeëigend en las hem in bed of op de wc. En dus maakte ik er een gewoonte van hem tussen mijn boeken te verstoppen en haalde ik hem pas 's nachts tevoorschijn, als iedereen sliep. Soms was het *l'Unità*, soms *Il Mattino* en soms de *Corriere della Sera*, maar ik vond ze alle drie moeilijk. Het was alsof ik me moest toeleggen op een stripverhaal waarvan ik de voorafgaande afleveringen niet kende. Ik ging van de ene kolom naar de andere, meer omdat het moest dan uit werkelijke interesse, en intussen hoopte ik dat ik wat ik vandaag niet begreep, morgen wel zou begrijpen als ik maar volhield, zoals dat met alles wat de school oplegde het geval was.

Lila zag ik in die periode niet vaak. Soms ging ik meteen na school, voor ik aan mijn huiswerk begon, naar de nieuwe winkel. Ik was dan uitgehongerd en dat wist zij. Ze haastte zich een dik belegd broodje voor me klaar te maken. Terwijl ik het verslond, liet ik me zinnen ontvallen die ik me in het geheugen had geprent, zinnen in goed Italiaans uit de boeken of kranten van mevrouw Galiani. Ik zei bijvoorbeeld iets als: 'De wrede werkelijkheid van de concentratiekampen van de nazi's', of: 'Waar mensen toe in staat zijn geweest en ook vandaag de dag nog toe in staat zijn', of: 'De atoomdreiging en de plicht om de vrede te bewaren', en: 'Door voortdurend de natuurkrachten met door ons uitgevonden middelen te bedwingen, zijn we nu op het punt beland dat de kracht van onze middelen zorgwekkender is geworden dan die natuurkrachten zelf', of ook nog: 'De noodzaak van een cultuur die het lijden bestrijdt en elimineert', of: 'De godsdienst zal uit het geweten van de mensen verdwijnen als we er eindelijk in slagen een wereld van gelijken te scheppen, zonder klassenonderscheid en met een solide wetenschappelijk begrip van maatschappij en leven.' Ik praatte niet alleen met haar over deze en andere dingen omdat ik haar wilde laten zien dat ik op een overgang met alleen maar achten afzeilde, maar ook omdat ik niet wist tegen wie ik ze anders kon zeggen. Én omdat ik hoopte dat ze er iets tegen in zou brengen en we onze oude gewoonte om met elkaar te discussiëren weer konden opnemen. Maar ze zei weinig of niets, sterker nog, ze leek zich ongemakkelijk te voelen, alsof ze niet goed begreep waar ik het over had. En als er al iets uit haar kwam, dan eindigde dat uiteindelijk altijd weer met het oprakelen van een of andere obsessie die – waarom begreep ik niet – nu weer haar leven beheerste. Ze begon te praten over de herkomst van het geld van don Achille, van dat van de Solara's, ook in aanwezigheid van Carmen, die onmiddellijk ja knikte. Maar zodra er een klant binnenkwam zweeg ze, werd allervriendelijkst en efficiënt, sneed, woog en incasseerde geld.

Op een keer bleef ze met het kassalaatje open naar het geld zitten staren. Vreselijk slechtgehumeurd zei ze: 'Dit verdien ik met mijn werk en dat van Carmen. Maar niets hierbinnen is van mij, Lenù, het is tot stand gebracht met het geld van Stefano. En hij heeft zo rijk kunnen worden dankzij het beginkapitaal dat hij van zijn vader had. Zonder het zwarte markt- en woekergeld dat don Achille onder zijn matras bewaarde, zou dit er vandaag niet zijn en zou ook de schoenfabriek er niet zijn. En dat niet alleen. Zonder het geld en de relaties van de familie Solara, ook woekeraars, zouden Stefano, Rino en mijn vader nog geen schoen hebben verkocht. Is het je duidelijk waar ik aan begonnen ben?'

Duidelijk ja, maar ik begreep niet waarom ze er nog over begon.

'Wat gebeurd is, is gebeurd,' zei ik en ik herinnerde haar aan de conclusie die ze had getrokken toen ze zich met Stefano verloofde. 'Wat je nu zegt ligt achter ons, wij zijn anders.'

Maar ze leek niet erg overtuigd, hoewel ze dat toch zelf had beweerd. Ze zei, en ik herinner me de zin in het dialect heel goed: 'Wat ik heb gedaan bevalt me niet meer, en wat ik aan het doen ben ook niet.'

Ik bedacht dat ze weer met Pasquale omging, hij had altijd dat soort meningen. Ik bedacht dat die relatie misschien veel sterker was geworden, want Pasquale was verloofd met Ada, winkelmeisje in de oude kruidenierswinkel, en hij was de broer van Carmen, die met Lila in de nieuwe winkel werkte. Ik vertrok ontevreden en hield met moeite een oud kindergevoel in bedwang, uit de tijd dat ik leed omdat Lila en Carmela vriendinnetjes waren geworden en de neiging hadden mij buiten te sluiten. Ik studeerde tot laat en dat kalmeerde me.

Op een nacht was ik *Il Mattino* aan het lezen, mijn ogen vielen dicht van de slaap, toen een redactioneel artikeltje me zo'n schok gaf dat ik weer klaarwakker was. Ik kon het niet geloven, het ging over de winkel op het piazza dei Martiri en was vol lof over het paneel dat Lila en ik hadden bewerkt.

Ik las het keer op keer, een paar regels herinner ik me nog steeds: 'De jonge meisjes die de aangename winkel op het piazza dei Martiri beheren, hebben ons de naam van de kunstenaar niet willen onthullen. Jammer. Wie deze ongewone vermenging van fotografie en kleur ook heeft bedacht, het getuigt van een avant-gardistische verbeelding die met verrukkelijke naïviteit maar ook met ongebruikelijke energie de materie onderwerpt aan de drang van een sterk, innerlijk verdriet.' Verder werd de schoenwinkel onomwonden geprezen, 'een belangrijk signaal van het dynamisme dat de laatste jaren in de Napolitaanse ondernemers is gevaren'.

Ik deed geen oog dicht.

Na school ging ik zo vlug ik kon naar Lila. De winkel was leeg. Carmen was naar huis gegaan, haar moeder Giuseppina was niet in orde. Lila had een leverancier uit de provincie aan de telefoon, die haar geen mozzarella's of provolones of ik weet niet meer wat had geleverd. Ik hoorde haar schreeuwen, scheldwoorden gebruiken, het maakte grote indruk op me. Ik bedacht dat de man aan de andere kant misschien op leeftijd was, zich beledigd zou voelen, dat hij een van zijn zoons zou sturen om wraak te nemen. Ik dacht: waarom overdrijft ze altijd zo? Toen ze klaar was met bellen, snoof ze van ergernis en rechtvaardigde zich tegenover mij: 'Als ik niet zo doe luisteren ze niet eens.'

Ik liet haar de krant zien. Ze wierp er een verstrooide blik op en zei: 'Dat weet ik al.' Ze legde me uit dat het een initiatief van Michele Solara was geweest, dat hij dat zoals gewoonlijk zonder iemand te raadplegen geregeld had. 'Kijk,' zei ze, en ze liep naar de kassa, haalde een paar gekreukte knipsels uit het laatje en gaf ze me. Ook daarin ging het over de winkel op het piazza dei Martiri. Eentje was een kort artikel dat in de *Roma* was verschenen. De auteur putte zich uit in loftuitingen aan het adres van de Solara's, zonder ook maar de geringste opmerking over het paneel te maken. Het andere was een artikel over drie kolommen gepubliceerd in de *Napoli notte*, en daarin leek de winkel wel een koninklijk paleis. Het beschreef de zaak in een overdreven Italiaans, verheerlijkte de inrichting en de luisterrijke verlichting, de prachtige schoenen en vooral 'de vriendelijkheid, de lieflijkheid en de gratie van de twee verleidelijke nereïden, juffrouw Gigliola Spagnuolo en juffrouw Giuseppina Carracci, stralende bloemen van meisjes die het lot in handen hebben van een onderneming die zich hoog boven de toch zeer bloeiende commerciële activiteiten van onze stad verheft'. Je moest helemaal tot het einde doorlezen om iets over het paneel te vinden, dat echter met enkele regels werd afgedaan. De auteur van het artikel omschreef het als 'grove knoeierij, een valse noot in een omgeving van vorstelijke elegantie'.

'Heb je de ondertekening gezien?' vroeg Lila spottend.

Het artikeltje uit de *Roma* was ondertekend met D.S. en onder het artikel uit de *Napoli notte* stond de naam Donato Sarratore, de vader van Nino.

'Ja.'

'Wat zeg je ervan?'

'Wat moet ik zeggen?'

'Zo vader, zo zoon, moet je zeggen.'

Ze lachte vreugdeloos en legde me uit dat Michele, gezien het stijgende succes van de Cerullo-schoenen en de Solara-winkel, had besloten om meer bekendheid aan de onderneming te geven. Hij had links en rechts wat cadeautjes uitgedeeld, waaraan het te danken was dat de plaatselijke kranten allemaal prompt de loftrompet hadden gestoken. Reclame, kortom. Tegen betaling. Zinloos ook om die artikelen te lezen. Er stond niet één waar woord in, zei ze.

Ik was teleurgesteld. Ik vond het maar niets hoe ze de kranten neerhaalde die ik toch ijverig probeerde te lezen en waaraan ik mijn slaap opofferde. En ik vond het ook maar niets dat ze de verwantschap van Nino met de auteur van die twee artikelen had benadrukt. Waar was het voor nodig om een verband te leggen tussen Nino en zijn vader, die praalzieke bouwer van onware zinnen?

30

Het was echter wel dankzij die zinnen dat de winkel van de Solara's en de Cerullo-schoenen in korte tijd nog meer naam kregen. Gigliola en Pinuccia pronkten met hoe ze in de kranten beschreven werden, maar het succes verminderde hun rivaliteit niet. Allebei begonnen ze de verdienste van het succes van de winkel aan zichzelf toe te schrijven; allebei begonnen ze de ander te beschouwen als een sta-in-de-weg voor nog meer succes. Over één ding bleven ze het altijd eens: het paneel van Lila was iets afgrijselijks. Ze waren onbeleefd tegen alle mensen met chique stemmetjes die alleen maar hun hoofd om de deur staken om er een blik op te werpen. En de artikeltjes uit de *Roma* en de *Napoli notte* lijstten ze in, dat uit *Il Mattino* niet.

Tussen Kerstmis en Pasen incasseerden de Solara's en de Carracci's veel geld. Vooral Stefano slaakte een zucht van opluchting. De nieuwe en de oude winkel liepen goed, schoenfabriek Cerullo werkte op volle toeren. Bovendien bevestigde de winkel op het piazza dei Martiri wat ze altijd wel hadden geweten, namelijk dat de schoenen die Lila jaren tevoren had ontworpen niet alleen op de Rettifilo, in de via Foria of op de corso Garibaldi goed werden verkocht, maar ook in de smaak vielen bij de rijkelui, die hun portemonnee gemakkelijk tevoorschijn trokken. Een belangrijke markt dus, die dringend verstevigd en uitgebreid moest worden.

Dat de Cerullo-schoenen een succes waren, werd bevestigd door het feit dat er in de lente al een paar goede imitaties in de etalages van de buitenwijken verschenen. Het waren schoenen die in wezen identiek waren aan die van Lila, maar met minuscule veranderingen, zoals een franje of een sierknop. Protesten en bedreigingen maakten onmiddellijk een einde aan de verspreiding ervan. Michele Solara regelde die dingen. Maar daar liet hij het niet bij. Hij kwam algauw tot de conclusie dat ze nieuwe modellen moesten bedenken. Daarom riep hij op een avond zijn broer Marcello, het echtpaar Carracci, Rino en natuurlijk Gigliola en Pinuccia bij elkaar in de winkel op het piazza dei Martiri. Stefano verscheen echter, totaal onverwacht, zonder Lila. Hij zei dat zijn vrouw zich verontschuldigde, ze was moe.

Die afwezigheid beviel de Solara's niet. 'Waar hebben we het goddomme over als Lina er niet bij is,' zei Michele, Gigliola daarmee op de zenuwen werkend. Maar Rino bemoeide zich er meteen mee. Hij kondigde aan – een leugen – dat hij en zijn vader al een hele tijd over nieuwe modellen aan het denken waren en van plan waren ze te presenteren op een tentoonstelling die in september in Arezzo gehouden zou worden. Michele geloofde hem niet, hij werd nog nerveuzer. Hij zei dat ze het merk opnieuw moesten lanceren met innoverende modellen, niet met normaal spul. Ten slotte wendde hij zich tot Stefano: 'Jouw vrouw is onmisbaar, je had haar moeten verplichten om mee te komen.'

Stefano antwoordde met een verrassend agressieve ondertoon: 'Mijn vrouw werkt de hele dag in de winkel en 's avonds moet ze thuis zijn om voor mij te zorgen.'

'Oké,' zei Michele terwijl hij enkele seconden lang met een grimas zijn mooie-jongensgezicht bedierf, 'maar probeer haar ook een beetje voor ons te laten zorgen.'

Iedereen had een ontevreden gevoel over de avond, maar vooral Pinuccia en Gigliola waren er niet over te spreken. Ze vonden het – om uiteenlopende redenen – allebei onverdraaglijk dat Michele Lila zo belangrijk vond, en de daaropvolgende dagen groeide hun ontevredenheid uit tot ze allebei zo'n slecht humeur hadden dat het minste of geringste aanleiding werd tot ruzie tussen die twee.

Zo stonden de zaken ervoor toen zich – ik geloof dat het in maart was – een incident voordeed waar ik helaas niet genoeg van weet. Op een middag gaf Gigliola Pinuccia een klap in het gezicht tijdens een van hun dagelijkse onenigheden. Pinuccia beklaagde zich bij Rino. Die was er in die periode van overtuigd dat het niet op kon met zijn succes en met een gezicht alsof hij de baas was kwam hij naar de winkel en veegde Gigliola de mantel uit. Gigliola reageerde heel agressief en hij overdreef zo dat hij haar met ontslag dreigde.

'Vanaf morgen ga je maar weer mooi cannoli met ricotta vullen.'

Even later verscheen Michele. Lachend nam hij Rino mee naar buiten, naar het plein, om hem even op het uithangbord van de winkel te wijzen.

'De winkel heet Solara, vriend, en jij hebt het recht niet om hier tegen mijn verloofde te komen zeggen dat je haar ontslaat.'

Rino deed een tegenaanval en herinnerde hem eraan dat alles in de winkel van zijn zwager was en dat hij persoonlijk de schoenen maakte, en dat hij dat recht dus wel degelijk had. Maar intussen waren Gigliola en Pinuccia, die zich door hun wederzijdse verloofdes goed beschermd voelden, alweer tegen elkaar aan het schelden geslagen. De twee jongemannen gingen haastig terug, probeerden de meisjes te kalmeren, maar slaagden daar niet in. Toen verloor Michele zijn geduld en schreeuwde dat hij ze allebei ontsloeg. En dat niet alleen: hij liet zich ook ontvallen dat hij Lila de leiding over de winkel zou geven.

Lila?

De winkel?

De twee meisjes verstomden en het idee maakte ook Rino sprakeloos. Daarna werd de discussie hernomen, maar nu helemaal geconcentreerd op die schandalige bewering. Gigliola, Pinuccia en Rino spanden samen tegen Michele – wat gaat er verkeerd, waar heb je Lina voor nodig, wij hebben hier kasopbrengsten waarover je je niet kunt beklagen, de modellen van de schoenen heb ik allemaal bedacht, ze was nog een kind toen, wat kon zij nou bedenken – en de spanning bleef maar stijgen. De ruzie zou god weet hoelang nog zijn doorgegaan als dat incident zich niet had voorgedaan waar ik het al even over had. Ineens, hoe het kwam is onbekend, stootte het paneel – het paneel met de zwarte kartonnen banen, de foto, de dikke vlekken verf – een schorre klank uit, een soort zieke zucht, en vloog met een grote vlam in brand. Pinuccia stond met haar rug naar de foto toen het gebeurde. De vlam verhief zich achter haar alsof hij uit een verborgen haard kwam en likte aan haar haren, die knetterden en allemaal op haar hoofd verbrand zouden zijn als Rino ze niet prompt met blote handen had gedoofd.

31

Zowel Rino als Michele gaf Gigliola de schuld van de brand, want zij rookte stiekem en had daarom een piepklein aanstekertje. Volgens Rino had Gigliola het met opzet gedaan. Terwijl ze aan het ruziën waren, had zij het paneel aangestoken dat volledig uit papier, lijm en verf bestond en dus in een mum van tijd was verbrand. Michele was voorzichtiger: Gigliola speelde voortdurend met haar aansteker, dat was bekend, en zo had ze, zonder dat er van opzet sprake was, in het vuur van de discussie niet gemerkt dat het vlammetje te dicht bij de foto kwam. Maar Gigliola verdroeg noch de eerste verklaring, noch de tweede, en met een heel strijdlustig gezicht gaf ze Lila zelf de schuld, dat wil zeggen, haar verminkte beeltenis zou uit zichzelf in brand zijn gevlogen, net zoals met de duivel gebeurde. Als die om heiligen van het rechte pad af te brengen het uiterlijk van een vrouw aannam, en die heiligen Jezus aanriepen, dan veranderde de demon in vuur. Om haar versie kracht bij te zetten voegde ze er nog aan toe dat Pinuccia haar zelf had verteld dat haar schoonzusje in staat was zwangerschappen te voorkomen en, sterker nog, als dat niet lukte, het kind liet wegvloeien en het geschenk van Onze-Lieve-Heer weigerde.

Deze kletspraatjes verergerden nog toen Michele Solara er een gewoonte van maakte om om de dag naar de nieuwe winkel te gaan. Hij bracht er veel tijd door, schertsend met Lila en schertsend met Carmen, zo veel zelfs dat deze laatste veronderstelde dat hij voor haar kwam en ze aan de ene kant bang was dat iemand het Enzo zou laten weten, die als soldaat in Piemonte zat, maar ze zich aan de andere kant gevleid voelde en koket begon te doen. Lila daarentegen nam de jonge Solara in de maling. De roddels die zijn verloofde verspreidde waren haar ter ore gekomen en daarom zei ze tegen hem: 'Je kunt maar beter gaan, wij hier zijn heksen, we zijn erg gevaarlijk.'

Maar de keren dat ik in die tijd naar haar toe ging, trof ik haar nooit echt vrolijk aan. Ze praatte op een geforceerde toon en sprak over alles met sarcasme. Had ze een blauwe plek op haar arm? Dan had Stefano haar te hartstochtelijk geknuffeld. Waren haar ogen rood van het huilen? Dat was geen huilen van verdriet geweest maar van vreugde. Pas op voor Michele, had hij er plezier in de mensen pijn te doen? Welnee, zei ze, als hij me maar even aanraakt, brandt hij zich al: ik ben degene die de mensen pijn doet.

Over dat laatste had er altijd een redelijke eensgezindheid bestaan. Maar vooral voor Gigliola stond het inmiddels vast: Lila was een hoerige heks, ze had haar verloofde betoverd, kijk, daarom wilde hij haar de leiding over de winkel op het piazza dei Martiri geven. Dagenlang ging ze niet naar haar werk, jaloers, wanhopig. Toen besloot ze met Pinuccia te praten, ze vormden een front, gingen over tot de tegenaanval. Pinuccia bewerkte haar broer door hem herhaaldelijk toe te schreeuwen dat hij een zak was die de slippertjes van zijn vrouw door de vingers zag, en vervolgens viel ze haar verloofde Rino aan en zei dat hij heus geen eigen baas was, maar de knecht van Michele. Zo kwam het dat Stefano en Rino op een avond de jonge Solara opwachtten bij het café. Toen hij verscheen staken ze een heel algemeen verhaal tegen hem af dat in essentie inhield: laat Lila met rust, ze verklungelt tijd door jou, ze moet werken. Michele begreep de boodschap meteen en antwoordde ijzig: 'Wat staan jullie me hier goddomme te vertellen?'

'Als je het niet begrijpt, wil je het niet begrijpen.'

'Nee vrienden, júllie willen niet begrijpen wat we commercieel gezien nodig hebben. En als jullie dat niet willen begrijpen, moet ik daar wel voor zorgen.'

'Met andere woorden?' vroeg Stefano.

'Zonde om je vrouw in de kruidenierswinkel te laten staan.'

'Hoezo?'

'Op het piazza dei Martiri zou ze in een maand bereiken wat jouw zusje en Gigliola in nog geen honderd jaar klaarkrijgen.'

'Verklaar je nader.'

'Lina moet commanderen, Stè. Ze moet verantwoordelijkheid dragen. Ze moet creatief zijn. Ze moet meteen voor nieuwe schoenmodellen zorgen.'

Ze praatten erover en na eindeloze muggenzifterij werden ze het ten slotte eens. Voor Stefano was het absoluut uitgesloten dat zijn vrouw op het piazza dei Martiri ging werken. De nieuwe winkel liep goed en Lila daar weghalen zou dwaas zijn. Maar hij beloofde dat hij haar op korte termijn de nieuwe modellen zou laten tekenen, in elk geval die voor de winter. Michele zei dat het stom was om Lila niet de leiding over de schoenwinkel te geven. Hij stelde, afstandelijk en met een vaag dreigende ondertoon, de discussie uit tot na de zomer en beschouwde het als een uitgemaakte zaak dat ze aan het werk ging om de nieuwe schoenen te ontwerpen.

'Het moeten chique dingen zijn,' drukte hij Stefano op het hart, 'daar moet je op hameren.'

'Die doet haar eigen zin, zoals altijd.'

'Ik kan haar advies geven, naar mij luistert ze wel,' zei Michele.

'Dat hoeft niet.'

Kort na die afspraak ging ik bij Lila langs, ze vertelde me er zelf over. Ik kwam recht uit school, het was al een beetje warm en ik was moe. Ze stond alleen in de winkel en op dat moment leek ze opgelucht. Ze zei dat ze niets, nog geen sandaal, nog geen pantoffel zou ontwerpen.

'Dan worden ze kwaad.'

'Wat kan ik daaraan doen?'

'Het gaat om geld, Lila.'

'Dat hebben ze al genoeg.'

Het leek haar bekende manier van dwarsliggen, zo zat ze in elkaar, zodra iemand zei dat ze iets moest doen, had ze geen zin meer. Maar algauw begreep ik dat het niets met karakter te maken had en evenmin met afkeer van de zaken van haar man, Rino en de Solara's, eventueel nog versterkt door communistische gesprekjes met Pasquale en Carmen. Er was een andere reden en die vertelde ze me zachtjes, ernstig: 'Er komt niks in me op,' zei ze.

'Heb je het geprobeerd?'

'Ja. Maar het is niet meer zoals toen ik twaalf was.'

Ik begreep dat die schoenen één keer aan haar fantasie waren ontsproten en dat er geen andere zouden volgen, er waren geen andere. Dat spel was over en ze was niet in staat het opnieuw te laten beginnen. Ze voelde zelfs weerzin tegen de geur van leer; wat ze vroeger had gedaan, kon ze nu niet meer. En bovendien was nu alles anders. Het winkeltje van Fernando was opgeslokt door de nieuwe ruimtes, door de werkbanken van de knechten, door drie machines. Haar vader was als het ware kleiner geworden, en hij ruziede ook niet meer met zijn oudste zoon, hij werkte en verder niets. Zelfs de warme gevoelens leken verzwakt. Haar moeder vertederde haar nog als ze naar de winkel kwam om gratis haar tassen te vullen alsof ze nog steeds arm waren, ook gaf ze nog wel cadeautjes aan de jongere kinderen thuis, maar het lukte haar niet nog enige band te voelen met Rino. Bedorven, kapot. De behoefte om hem te helpen en te beschermen was verflauwd. Alle redenen die dat bedenken van schoenen ooit op gang hadden gebracht, ontbraken nu. Het terrein waaraan dat was ontsproten was verdord. 'Het was,' zei ze ineens, 'vooral een manier om jou te laten zien dat ik goeie dingen kon doen, ook al ging ik niet meer naar school.'

Toen lachte ze nerveus en wierp een schuine blik op me om mijn reactie te peilen.

Ik antwoordde niet, was te ontroerd. Zat Lila zo in elkaar? Was ze niet net zo koppig en ijverig als ik? Haalde ze gedachten, schoenen, geschreven en gesproken woorden, ingewikkelde plannen, razernij en uitvindingen alleen maar tevoorschijn om mij iets van zichzelf te laten zien? En raakte ze verloren als ze die reden niet meer had? Zou ze zoiets als ze met haar trouwfoto had gedaan ook nooit meer kunnen doen? Was alles bij haar vrucht van de chaos van de omstandigheden?

Ik had het gevoel dat ergens in me een langdurige, pijnlijke spanning verslapte, en haar glanzende ogen en kwetsbare glimlach vertederden me. Maar het duurde niet lang. Ze bleef praten, streek met een gewoontegebaar over haar voorhoofd en zei bedroefd: 'Ik moet altijd bewijzen dat ik beter ben', en somber voegde ze daaraan toe: 'Toen we deze zaak openden, liet Stefano me zien hoe je met het gewicht kon sjoemelen. Eerst schreeuwde ik dat hij een dief was: "Zo verdien je dus je geld!" Maar later kon ik de verleiding niet weerstaan en heb ik hem laten zien dat ik het ook kon, ik heb ook onmiddellijk eigen manieren gevonden om te knoeien en ze hem laten zien, ik bedacht steeds nieuwe manieren. Ik belazer jullie allemaal, ik knoei met het gewicht en met duizend andere dingen, ik belazer de wijk, vertrouw me niet, Lenù, vertrouw niet wat ik zeg en doe.'

Ik voelde me ongemakkelijk. Ze was binnen enkele seconden veranderd, ik wist al niet meer wat ze wilde. Waarom praatte ze nu op die manier tegen me? Ik wist niet of ze dat besloten had of dat de woorden ongewild uit haar mond rolden, in een onstuimige stroom waarin de bedoeling om onze band te versterken – een oprechte bedoeling – meteen werd weggevaagd door de even oprechte behoefte die band iets specifieks te ontzeggen: zie je, bij Stefano gedraag ik me net als bij jou, zo doe ik bij iedereen, ik speel mooi en lelijk weer, doe goed en kwaad. Ze vlocht haar lange, dunne vingers ineen, kneep ze hard samen en vroeg: 'Heb je gehoord dat Gigliola rondvertelt dat de foto uit zichzelf in brand is gevlogen?'

‘Flauwekul, Gigliola heeft het op jou begrepen.’

Ze liet een lachje horen dat op een klikken leek, iets in haar kromde zich te plotseling.

‘Ik heb pijn hier, achter mijn ogen, daar drukt iets. Zie je die messen? Ze zijn te scherp, ze komen net bij de scharensliep vandaan. Als ik worst snijd denk ik aan al het bloed dat in het lichaam van de mensen zit. Als je dingen te veel vult, barsten ze. Of ze vonken en verbranden. Ik ben blij dat mijn bruidsfoto is verbrand. Ook mijn huwelijk en de winkel en de schoenen en de Solara’s, alles zou moeten verbranden.’

Ik begreep dat ze er niet uit kwam, hoe ze ook worstelde, wat ze ook deed of beweerde. Sinds haar huwelijksdag werd ze opgejaagd door een steeds groter, steeds minder beheerst verdriet, en ik had medelijden met haar. Ik zei dat ze rustig moest worden, ze knikte van ja.

‘Je moet proberen rustig te zijn.’

‘Help me.’

‘Hoe?’

‘Steun me.’

‘Dat doe ik ook.’

‘Niet waar. Ik vertel je al mijn geheimen, ook de akeligste, en jij vertelt bijna niets over jezelf.’

‘Je vergist je. De enige voor wie ik niets verberg ben jij.’

Ze schudde energiek haar hoofd en zei: ‘Laat me niet in de steek, ook al ben je beter dan ik, ook al weet je meer.’

32

Ze zaten haar zo achter de vodden dat ze er doodmoe van werd en toen deed ze maar of ze door de knieën ging. Ze zei tegen Stefano dat ze de nieuwe schoenen zou tekenen en dat zei ze bij de eerste de beste gelegenheid ook tegen Michele. Waarna ze Rino liet komen en precies datgene tegen hem zei waarvan hij al een hele tijd wilde dat ze het tegen hem zou zeggen: ‘Jij moet ze bedenken, ik kan het niet. Bedenk ze, samen met papa, jullie zijn vakmannen en weten hoe het moet. Maar zolang ze niet op de markt zijn en verkocht worden, moet je tegen niemand zeggen dat ze niet door mij zijn ontworpen, zelfs niet tegen Stefano.'

'En als ze niet goed verkocht worden?'

'Dan is het mijn schuld.'

'En als ze wel goed gaan?'

'Dan zal ik vertellen hoe de vork in de steel zit en krijg jij de lof die je verdient.'

Die leugen beviel Rino prima. Hij ging aan de slag, samen met Fernando, maar van tijd tot tijd kwam hij in het diepste geheim naar Lila om haar te laten zien wat hij had verzonnen. Ze bekeek de modellen en in het begin deed ze bewonderend, deels omdat ze de angstige uitdrukking op zijn gezicht niet verdroeg, deels om hem weer snel weg te krijgen. Maar algauw was ze zelf verbaasd over hoe goed de nieuwe schoenen waren, in lijn met de schoenen die al in de handel waren maar toch echt nieuwe creaties. 'Misschien,' zei ze op een dag tegen me op onverwacht vrolijke toon, 'heb ik die andere echt niet zelf bedacht, zijn ze echt het werk van mijn broer.' En op dat moment leek het of ze zich van een last had bevrijd. Ze ontdekte dat ze nog genegenheid voor hem voelde, of liever gezegd, ze merkte dat wat ze had gezegd overdreven was geweest. Die band kon niet verbroken worden, die zou nooit verbroken worden, wat haar broer ook zou doen, zelfs niet als er een schichtig paard of welk dier dan ook uit zijn lijf zou komen. Door hun leugen – veronderstelde zij – is bij Rino de angst verdwenen dat hij niets kon, en dat heeft hem weer gemaakt zoals hij als kind was, en nu is hij aan het ontdekken dat hij echt een beroep heeft en dat hij goed is. Rino zelf was steeds blijer met de lof die hij elke keer van zijn zusje kreeg voor zijn werk. Aan het eind van elke bespreking vroeg hij haar fluisterend om de sleutel van haar huis, waar hij dan, altijd in het grootste geheim, een uurtje heen ging met Pinuccia.

Ik van mijn kant probeerde haar te laten zien dat ik altijd haar vriendin zou blijven, 's zondags vroeg ik haar vaak mee uit. Op een keer gingen we helemaal naar de Mostra d'Oltremare, samen met twee schoolvriendinnetjes van me die verlegen werden toen ze hoorden dat Lila al meer dan een jaar getrouwd was en zich gedroegen of ik hen had gedwongen met mijn moeder uit te gaan, respectvol, ingetogen. Een van hen vroeg onzeker: 'Heb je een kind?'

Lila schudde haar hoofd.

'Lukt het niet?'

Zij schudde haar hoofd.

Vanaf dat moment was de middag zo'n beetje mislukt.

Half mei sleurde ik haar mee naar een culturele kring. Enkel omdat mevrouw Galiani het me had aangeraden, had ik me verplicht gevoeld erheen te gaan om naar een wetenschapper te luisteren die Giuseppe Montalenti heette. Het was de eerste keer dat we iets dergelijks meemaakten: Montalenti gaf een soort les, niet voor kinderen, maar voor de volwassenen die speciaal waren gekomen om hem te horen. Achter in een kale zaal zaten we naar hem te luisteren en ik verveelde me algauw. Mijn lerares had mij gestuurd, maar zelf was ze niet komen opdagen. Ik siste tegen Lila: 'Laten we gaan.' Maar Lila weigerde, ze fluisterde dat ze niet de moed had om op te staan, ze was bang de lezing te verstoren. Niets voor haar om zich daar zorgen om te maken, een teken van plotseling ontzag, of van een groeiende belangstelling die ze niet wilde bekennen. We bleven tot het einde. Montalenti sprak over Darwin, we wisten geen van beiden wie dat was. Bij het naar buiten gaan zei ik om een grapje te maken: 'Hij vertelde iets wat ik al wist: je bent een aap.'

Maar zij had geen zin in grapjes.

'Dat wil ik niet meer vergeten,' zei ze.

'Dat je een aap bent?'

'Dat we dieren zijn.'

'Jij en ik?'

'Allemaal.'

'Maar hij zei dat er veel verschillen waren tussen ons en de apen.'

'O ja? Welke dan? Dat mijn moeder gaatjes in mijn oren heeft laten maken en ik daarom al vanaf mijn geboorte oorbelletjes draag, terwijl apenmoeders dat niet bij hun jonkies doen, dat die geen oorbelletjes dragen?'

Vanaf dat moment hadden we de slappe lach, we somden het ene na het andere verschil op, steeds absurder, en we amuseerden ons kostelijk. Maar toen we in de wijk terugkwamen verdween ons goede humeur. We kwamen Pasquale en Ada tegen die langs de grote weg slenterden en van hen hoorden we dat Stefano Lila overal aan het zoeken was en zich hevig zorgen maakte. Ik bood aan om met haar mee naar huis te lopen, maar dat sloeg ze af. Ze accepteerde wel dat Pasquale en Ada haar met de auto brachten.

Pas de dag erna hoorde ik waarom Stefano haar had gezocht. Niet omdat we het laat hadden gemaakt. En evenmin omdat het hem ergerde dat zijn vrouw haar vrije tijd soms met mij doorbracht en niet met hem. De reden was een andere. Hij had net gehoord dat Pinuccia Rino vaak bij hem thuis ontmoette, dat ze de sleutel van Lila kregen, en dat die twee dan in zíjn bed lagen te vrijen. Hij had net gehoord dat Pinuccia zwanger was. Maar waar hij het meest kwaad om was geworden, was dat Pinuccia, toen hij haar een klap in het gezicht gaf vanwege de vunzigheden die zij en Rino hadden uitgehaald, tegen hem had geschreeuwd: 'Je bent jaloers omdat ik een echte vrouw ben en Lina niet, omdat Rino weet wat je met een echte vrouw doet en jij niet.' Toen Lila hem zo opgewonden zag en hoorde – en zich herinnerde hoe beheerst hij zich altijd had betoond toen ze verloofd waren – was ze in lachen uitgebarsten. Om haar niet te vermoorden was Stefano een eindje gaan rijden. Volgens haar was hij de deur uit gegaan om een hoer te zoeken.

33

Het huwelijk van Pinuccia en Rino werd in allerijl voorbereid. Ik hield me er niet erg mee bezig, ik had mijn laatste proefwerken en de laatste overhoringen. En bovendien overkwam me iets wat grote onrust bij me teweegbracht. Mevrouw Galiani, voor wie het zorgeloos schenden van de gedragscode van de leraren regel was, nodigde mij – mij en niemand anders van het gym – bij haar thuis uit voor een feest dat haar kinderen gaven.

Het was al tamelijk abnormaal dat ze me haar boeken en kranten leende, dat ze me attent had gemaakt op een vredesmars en een moeilijke lezing. Nu had ze er nog een schepje bovenop gedaan. Ze had me apart genomen en me uitgenodigd. 'Kom zoals je wilt,' had ze gezegd, 'alleen of in gezelschap, met je verloofde of zonder. Het belangrijkste is dat je komt.' Zomaar, een paar dagen voor het einde van het schooljaar, zonder zich te bekommeren over hoe hard ik nog moest werken, zonder zich te bekommeren over de schok die ze bij mij veroorzaakte.

Ik had meteen ja gezegd, maar ontdekte algauw dat ik nooit de moed zou hebben om erheen te gaan. Een feest bij een willekeurige lerares was iets onvoorstelbaars, een feest bij mevrouw Galiani thuis al helemaal. Voor mij was het alsof ik me in het koninklijk paleis moest presenteren, een reverence voor de koningin moest maken en met de prinsen moest dansen. Ik voelde blijdschap, maar ook iets gewelddadigs, een soort harde ruk: alsof je aan je arm getrokken wordt, je gedwongen wordt iets te doen waarvan je weet dat het niets voor jou is, ook al is het aantrekkelijk, en dat je er graag onderuit zou komen als de omstandigheden je er niet toe verplichtten. Het was bij la Galiani waarschijnlijk ook niet opgekomen dat ik niets had om aan te doen. In de klas droeg ik een oncharmante, zwarte jasschort. Wat verwachtte ze, mijn lerares, dat er onder die jasschort zat? Net zo'n jurk, onderjurk en slipje als die van haar? Nee hoor, ontoereikendheid, armoede, slechte opvoeding. Ik bezat één enkel paar heel versleten schoenen. De enige jurk die me geschikt leek was die van Lila's bruiloft, maar het was warm, die jurk was goed voor maart, niet voor eind mei. En hoe dan ook, wat ik aan moest trekken was niet het enige probleem. Ook de eenzaamheid speelde een rol, de gêne onder vreemden te zijn, jongens en meisjes met een manier van met elkaar praten en grapjes maken en met smaken die ik niet kende. Ik dacht erover Alfonso te vragen of hij mee wilde, hij was altijd erg aardig tegen me. Maar – bedacht ik – Alfonso zat bij mij in de klas en la Galiani had alleen mij uitgenodigd. Wat te doen? Dagenlang was ik als verlamd door de spanning, ik dacht erover met mijn lerares te praten en een of ander excuus aan te voeren. Maar toen kwam ik op het idee om Lila te raadplegen.

Ze zat weer eens in een slechte periode, ze had een blauwe plek op haar wang die al een beetje gelig was geworden. Het bericht werd niet enthousiast door haar ontvangen.

'Wat moet je daar?'

'Ze heeft me uitgenodigd.'

'Waar woont die lerares?'

'Corso Vittorio Emanuele.'

'Kun je vanuit haar huis de zee zien?'

'Dat weet ik niet.'

'Wat doet haar man?'

'Hij is dokter in het Cotugno.'

'Studeren die kinderen nog?'

'Dat weet ik niet.'

'Wil je een jurk van mij?'

'Je weet dat jouw kleren mij niet passen.'

'Je hebt alleen maar dikkere tieten.'

'Ik heb alles dikker, Lila.'

'Dan weet ik niet wat ik verder nog moet zeggen.'

'Moet ik niet gaan?'

'Da's beter.'

'Goed, dan ga ik niet.'

Ze was zichtbaar tevreden over die beslissing. Ik zei haar gedag, liep de winkel uit en sloeg een straat met miezerige oleanderstruikjes in. Maar ik hoorde dat ze me riep en liep terug.

'Ik ga met je mee,' zei ze.

'Waarheen?'

'Naar het feest.'

'Stefano laat je nooit gaan.'

'Dat moet ik nog zien. Of wil je niet dat ik meega?'

'Natuurlijk wel.'

En toen werd ze zo enthousiast dat ik het niet waagde te proberen haar op andere gedachten te brengen. Op de terugweg naar huis voelde ik echter al dat mijn situatie alleen maar verergerd was. Niet één van de obstakels die mij verhinderden naar het feest te gaan was weggenomen en bovendien was ik door Lila's aanbod nog meer in de war geraakt. Mijn redenen vormden een warboel en ik was niet van plan ze op een rijtje te zetten; deed ik dat wel, dan zou ik me geconfronteerd zien met tegenstrijdige beweringen. Ik was bang dat Stefano niet zou toestaan dat ze meeging. Ik was bang dat Stefano het haar wel zou toestaan. Ik was bang dat ze zich net zo opzichtig zou kleden als toen we naar de Solara's waren gegaan. Ik was bang dat haar schoonheid als een ster zou exploderen, wat ze ook aan zou trekken, en dat iedereen alles zou doen om er een fragment van te bemachtigen. Ik was bang dat ze dialect zou praten, dat ze onbeschofte dingen zou zeggen, dat het zonneklaar zou zijn dat haar schooltijd na de lagere school was opgehouden. Ik was bang dat iedereen alleen al als ze haar mond opendeed gebiologeerd zou zijn door haar intelligentie en dat zelfs la Galiani weg van haar zou zijn. Ik was bang dat mijn lerares haar even arrogant als naïef zou vinden en tegen me zou zeggen: 'Wie is die vriendin van jou, vergeet haar.' Ik was bang dat ze zou begrijpen dat ik alleen maar Lila's bleke schaduw was en dat ze zich niet meer met mij zou bezighouden, maar met haar, dat ze haar zou willen terugzien, haar best zou doen om haar weer aan het leren te krijgen.

Een tijdje vermeed ik het naar de winkel te gaan. Ik hoopte dat Lila het feest vergat, dat ik er als het zover was stiekem heen kon en dan later tegen haar kon zeggen: 'Je hebt me niets meer laten weten.' Maar algauw kwam ze mij opzoeken, iets wat ze al tijden niet meer had gedaan. Ze had Stefano overgehaald, niet alleen om ons te brengen maar ook om ons weer te komen ophalen, en ze wilde weten hoe laat we bij die lerares moesten zijn.

'Wat trek je aan?' vroeg ik benauwd.

'Wat jij aandoet.'

'Ik een rok en een bloesje.'

'Dan ik ook.'

'Weet Stefano zeker dat hij ons wil brengen en ook weer ophalen?'

'Ja.'

'Hoe heb je hem zover weten te krijgen?'

Ze grijnsde, zei dat ze inmiddels wel wist hoe ze hem om de vinger kon winden.

'Als ik iets wil,' fluisterde ze alsof ze zichzelf niet wilde horen, 'hoef ik maar een beetje hoerig te doen.'

Zo zei ze het echt, in het dialect, en ze voegde er nog andere vulgariteiten aan toe, vol zelfspot, om me duidelijk te maken wat een afkeer haar man haar inboezemde en hoe ze van zichzelf walgde. Mijn angst nam toe. Ik moet tegen haar zeggen, dacht ik, dat ik niet meer naar dat feest ga, ik moet zeggen dat ik van gedachten ben veranderd. Ik wist natuurlijk dat achter de gedisciplineerde Lila, die van 's ochtends vroeg tot 's avonds laat aan het werk was, een Lila school die allesbehalve getemd was. En voor die recalcitrante Lila was ik bang, vooral nu ik de verantwoordelijkheid op me nam om haar bij la Galiani thuis te introduceren. Ik had het idee dat ze door haar eigen weigering om zich gewonnen te geven, steeds erger werd. Wat zou er gebeuren als iets haar in aanwezigheid van mijn lerares in opstand bracht? Wat zou er gebeuren als ze zou besluiten die taal te gebruiken die ze net bij mij had gebruikt? Ik zei voorzichtig: 'Maar alsjeblieft, praat daar niet zo.'

Ze keek me stomverbaasd aan.

'Zo hoe?'

'Zoals net.'

Ze zweeg even en vroeg toen: 'Schaam je je voor mij?'

34

Ik schaamde me niet, dat bezwoer ik haar, maar hield voor haar verborgen dat ik bang was dat wel te moeten doen.

Stefano bracht ons met de cabriolet tot bij het huis van mijn lerares. Ik zat achterin, zij tweeën voorin, en voor het eerst vielen me de massieve trouwringen op die ze aan hun vinger droegen. Terwijl Lila in rok en bloesje was, zoals ze me had beloofd, niet overdreven, zelfs haar make-up niet, alleen maar een beetje lippenstift, had hij zich feestelijk opgedoft, met heel wat goud en een sterke geur van scheerzeep om hem heen, alsof hij verwachtte dat we op het laatste moment zouden zeggen: 'Kom ook mee.' Dat zeiden we niet. Ik bedankte hem alleen maar een paar keer heel hartelijk en Lila stapte uit zonder hem te groeten. Stefano vertrok met een pijnlijk gegier van de banden.

De lift lonkte, maar we zagen ervan af. We hadden er nog nooit een genomen, ook de nieuwe flat van Lila had er geen, we waren bang dat we in moeilijkheden zouden komen. Mevrouw Galiani had gezegd dat haar appartement op de vierde verdieping lag en dat er op de deur DOTT. PROF. FRIGERIO stond, maar toch controleerden we de naambordjes op alle verdiepingen. Ik liep voorop, Lila zwijgend achter me aan, trap na trap. Wat was het gebouw schoon, wat blonken de deurklinken en de koperen bordjes. Mijn hart bonsde.

We wisten de juiste deur vooral te vinden door de harde muziek en het gegons van stemmen dat erachter klonk. We streken onze rokken glad, ik trok mijn onderjurk naar beneden die de neiging had langs mijn benen omhoog te kruipen, Lila haalde haar vingertopjes door haar haren. Het was duidelijk dat we allebei bang waren onszelf te ontglippen en het masker van ingetogenheid dat we ons hadden aangemeten in een moment van onoplettendheid te verliezen. Ik drukte op de bel. We wachtten, niemand kwam opendoen. Ik keek Lila aan, belde opnieuw en nu langer. Snelle stappen, de deur ging open. Er verscheen een bruinharige jongen, kort van stuk, met een mooi gezicht en een levendige blik. Hij leek me ongeveer een jaar of twintig. Nerveus zei ik dat ik een leerlinge van mevrouw Galiani was. Hij liet me mijn zin niet eens afmaken, lachte en riep uit: 'Elena?'

'Ja.'

'We kennen je allemaal hier in huis, mijn moeder laat zich geen kans ontgaan om ons te kwellen met het voorlezen van jouw opstellen.'

De jongen heette Armando en de zin die hij uitsprak was doorslaggevend, hij gaf me een plotseling gevoel van macht. Ik denk nog steeds met warmte aan hoe Armando daar op de drempel stond. Hij was in feite de eerste in absolute zin die me liet merken hoe comfortabel het is om in een vreemde, potentieel vijandige omgeving te komen en te ontdekken dat je goede reputatie je voor is gegaan. Dat je niets hoeft te doen om geaccepteerd te worden, dat je naam al bekend is, dat ze al heel wat van je weten, dat niet jij moeite moet doen om bij de anderen, de vreemden, in de gratie te komen, maar omgekeerd. Gewend als ik was aan het gebrek aan voordelen gaf dat onverwachte voordeel me energie, nam meteen mijn geremdheid weg. De angsten verdwenen, ik maakte me geen zorgen meer om wat Lila misschien wel of niet zou doen. In beslag genomen door het feit dat ik ineens het middelpunt was, vergat ik zelfs mijn vriendin aan Armando voor te stellen. Hij leek haar trouwens ook niet op te merken. Hij ging me voor alsof ik alleen was, en bleef maar vrolijk vertellen hoe vaak zijn moeder het over me had, en hoeveel lof ze me toezwaaide. Ik volgde hem en deed er relativerend over. Lila sloot de deur.

Het was een groot appartement, alle deuren stonden open en overal brandde licht, de plafonds waren heel hoog en versierd met bloemmotieven. Wat me vooral trof waren die boeken overal. Er waren in die woning meer boeken dan in de bibliotheek van de wijk, hele wanden met kasten tot aan het plafond. En dan de muziek. En de jongelui die uitgelaten dansten in een heel ruim, luisterrijk verlicht vertrek. En anderen die al rokend stonden te praten. Het was duidelijk dat ze allemaal studeerden, en gestudeerde ouders hadden. Net als Armando: zijn moeder lerares, zijn vader chirurg; maar die was er die avond niet. De jongen bracht ons naar een klein terras, zoele lucht, veel hemel, een intense geur van blauweregen en rozen vermengd met die van vermout en marsepein. We zagen de stad vol lichtjes, en de donkere vlakte van de zee. Mijn lerares kwam erbij en noemde me vrolijk bij mijn voornaam. Zij was degene die me aan Lila herinnerde, die achter me stond.

'Is dat een vriendin van je?'

Ik mompelde iets, realiseerde me dat ik niet wist hoe je mensen aan elkaar moest voorstellen. 'Mijn lerares. Zij heet Lina. We hebben samen op de lagere school gezeten,' zei ik. Hartelijk zei mevrouw Galiani iets prijzends over lange vriendschappen, ze zijn belangrijk, een anker; algemene zinnen uitgesproken terwijl ze intussen naar Lila staarde, die klunzig een paar eenlettergrepige woorden uitbracht en die toen ze merkte dat de lerares haar blik op de trouwring aan haar vinger had gevestigd, die snel met de andere hand bedekte.

'Ben je getrouwd?'

'Ja.'

'Ben je even oud als Elena?'

'Ik ben twee weken ouder.'

Mevrouw Galiani keek om zich heen, wendde zich toen tot haar zoon: 'Heb je de meisjes aan Nadia voorgesteld?'

'Nee.'

'Waar wacht je dan nog op?'

'Rustig, mama, ze zijn er net.'

Mevrouw Galiani zei tegen mij: 'Nadia wil je erg graag leren kennen. Deze jongen hier is een schavuit, vertrouw hem niet, maar Nadia is een lief meisje, je zult zien dat jullie vriendinnen worden, je vindt haar vast aardig.'

We liepen weg en lieten haar in haar eentje roken op het terras. Nadia was, begreep ik, het jongere zusje van Armando. 'Zestien jaar gedonder,' zo bestempelde hij haar quasi-agressief, 'ze heeft mijn kindertijd bedorven.' Ik zei ironisch iets over de problemen die mijn kleine broertjes en zusje me altijd hadden bezorgd en wendde me ter bevestiging daarvan lachend tot Lila. Maar zij bleef ernstig en zei niets. We gingen terug naar het vertrek waar gedanst werd en dat nu in het halfduister was gehuld. Een liedje van Paul Anka, of misschien 'What a Sky', dat weet ik niet meer. Er werd dicht tegen elkaar aan gedanst, zwak schommelende schimmen. De muziek eindigde. Nog voor iemand met tegenzin de lichtknop omdraaide, ging er een schok door me heen: ik herkende Nino Sarratore. Hij stond een sigaret aan te steken, het vlammetje schoot omhoog naar zijn gezicht. Ik had hem bijna een jaar niet gezien. Hij leek ouder, langer en met zijn haren warriger dan ooit ook nog mooier. Intussen explodeerde het licht in de kamer en herkende ik ook het meisje met wie hij zojuist had gedanst. Het was hetzelfde meisje dat ik tijden terug bij school had gezien, de verfijnde, stralende jonge vrouw die me met mijn eigen dofheid had geconfronteerd.

'Daar staat ze,' zei Armando.

Nadia, de dochter van mevrouw Galiani, dat was zij.

35

Hoe vreemd het ook moge lijken, mijn plezier om daar te zijn, in dat huis, te midden van keurige mensen, werd niet door die ontdekking bedorven. Ik hield van Nino, daar bestond geen twijfel over, daar had nooit twijfel over bestaan. En natuurlijk had ik verdriet moeten hebben bij dat zoveelste bewijs dat ik hem nooit zou krijgen. Maar dat was niet het geval. Dat hij een verloofde had en dat zijn verloofde in alles beter was dan ik, wist ik al. Nieuw was dat het de dochter van mevrouw Galiani betrof, die in dat huis, te midden van die boeken was opgegroeid. Ik merkte meteen dat dit feit me kalmeerde in plaats van dat het me verdriet deed. Het rechtvaardigde hun keuze voor elkaar alleen nog maar meer, het maakte er iets onvermijdelijks van, in harmonie met de natuurlijke orde van de dingen. Kortom, ik voelde me alsof ik plotseling tegenover een voorbeeld van symmetrie stond dat zo volmaakt was dat ik er alleen maar zwijgend van kon genieten.

Maar dat was het niet alleen. Want zodra Armando tegen zijn zusje zei: 'Nadia, dit is Elena, mama's leerling', bloosde het meisje en sloeg ze onstuimig haar armen om me heen, terwijl ze fluisterde: 'Elena, wat ben ik blij kennis met je te maken.' En daarna begon ze zonder me de tijd te geven om ook maar iets te zeggen en zonder de ironie van haar broer de loftrompet te steken over de dingen die ik schreef en over hoe ik ze schreef, op zo'n enthousiaste toon dat ik me net zo voelde als wanneer haar moeder in de klas een opstel van me voorlas. Of misschien zelfs beter, want Nino en Lila, de personen die me het meest na aan het hart lagen, stonden mee te luisteren en konden nu allebei constateren dat ik in dat huis bemind en gewaardeerd werd.

Ik deed kameraadschappelijk, iets waarvan ik nooit had gedacht dat ik het zou kunnen, en begon meteen onbevangen te praten, in een mooi beschaafd Italiaans, dat me niet zo kunstmatig voorkwam als het Italiaans dat ik op school bezigde. Ik vroeg Nino naar zijn reis door Engeland en ik vroeg aan Nadia wat voor boeken ze las, van wat voor muziek ze hield. Ik danste nu eens met Armando, dan weer met anderen, aan één stuk door, en liet me zelfs tot een rock-'n-roll verleiden, waarbij mijn bril van mijn neus vloog, maar gelukkig niet brak. Het was een wonderbaarlijke avond. Op een gegeven moment zag ik dat Nino een paar woorden met Lila wisselde en haar ten dans vroeg. Maar zij weigerde en liep het vertrek uit. Ik verloor haar uit het oog. Er verstreek heel wat tijd voor ik weer aan mijn vriendin dacht. Daarvoor moest er eerst langzaam maar zeker wat minder gedanst worden, moesten Armando, Nino en nog een stel andere jongens van hun leeftijd druk aan het discussiëren gaan en samen met Nadia naar het terras verhuizen. Deels vanwege de warmte, maar ook om mevrouw Galiani, die daar voor de koelte en om te roken was achtergebleven, in de discussie te betrekken. 'Kom,' zei Armando, terwijl hij me bij de hand nam. Ik antwoordde: 'Ik haal mijn vriendin even', en maakte me los. Helemaal verhit zocht ik Lila in de verschillende kamers en vond haar ten slotte in haar eentje voor een wand met boeken.

'Kom, laten we naar het terras gaan,' zei ik.

'Om wat te doen?'

'Een luchtje scheppen, wat kletsen.'

'Ga jij maar.'

'Verveel je je?'

'Nee, ik bekijk de boeken.'

‘Heb je gezien wat een boel?’

‘Ja.’

Ik voelde dat ze ontevreden was. Omdat ze was verwaarloosd. Schuld van de trouwring om haar vinger, dacht ik. Of misschien wordt haar schoonheid in deze omgeving niet erkend, weegt die van Nadia zwaarder. Of misschien weet zij hier in dit huis niet wie ze is, kan ze zich hier niet zoals in de wijk laten gelden, ook al heeft ze een man, ook al is ze zwanger geraakt en heeft ze een miskraam gehad, ook al heeft ze die schoenen ontworpen en weet ze hoe ze geld moet verdienen. Ineens realiseerde ik me dat de zwevende staat waarin ik verkeerde en die op de dag van Lila’s trouwen was ontstaan, voorbij was. Ik kon omgaan met die mensen, ik voelde me bij hen beter dan bij mijn vrienden in de wijk. De enige spanning was de spanning die Lila nu bij mij veroorzaakte doordat ze zich afzonderde en zich afzijdig hield. Ik trok haar weg bij de boeken en sleurde haar mee naar het terras.

Terwijl de meesten nog aan het dansen waren, had zich rond mijn lerares een klein groepje gevormd, drie of vier jongens en twee meisjes. Maar praten deden alleen de jongens, de enige vrouw die zich in het gesprek mengde, op ironische toon, was mevrouw Galiani. Ik merkte onmiddellijk dat de grotere jongens, Nino, Armando en een jongen die Carlo heette, het niet passend vonden zich met haar te meten. Ze hadden vooral zin om met elkaar in de clinch te gaan en beschouwden haar alleen maar als een gewaardeerde toekenster van de erepalm. Armando ging wel in discussie met zijn moeder, maar wendde zich in feite tot Nino. Carlo was de standpunten van mijn lerares toegedaan, maar in de confrontatie met de andere twee had hij de neiging onderscheid te maken tussen zijn eigen redenen en die van haar. En Nino repliceerde, verschilde beleefd van mening met la Galiani en kruiste de degens met Armando en Carlo. Ik luisterde gefascineerd. Hun woorden waren knoppen die zich in mijn hoofd óf tot min of meer bekende bloemen ontvouwden, en dan werd ik enthousiast en deed ik alsof ik meedeed, óf mij onbekende vormen openbaarden en dan trok ik mij terug om mijn onwetendheid te verbergen. In het tweede geval echter werd ik nerveus: ik weet niet waar ze het over hebben, ik weet niet wie die man is, ik begrijp het niet. Het waren klanken zonder betekenis, ze bewezen dat de wereld van mensen, feiten en ideeën geen grenzen kende en dat mijn nachtelijk lezen niet voldoende was geweest. Dat ik me nog meer moest inzetten om tegen Nino, la Galiani, Carlo en Armando te kunnen zeggen: Ja, ik begrijp het, ik weet het. De hele planeet wordt bedreigd. De kernoorlog. Het kolonialisme, het neokolonialisme. De pieds-noirs, OAS en het Nationale Bevrijdingsfront. Het geweld van de moordpartijen. Het gaullisme, het fascisme. Frankrijk, armée, grandeur, honneur. Sartre is pessimistisch, maar rekent op de communistische arbeidersmassa's in Parijs. Het verval van Frankrijk, van Italië. Opening naar links. Saragat, Nenni, Fanfani in Londen, Macmillan. Het christen-democratische congres in onze stad. De fanfanianen, Moro, de linkse vleugel van de christen-democraten. De socialisten zijn in de klauwen van de macht terechtgekomen. Wij communisten zullen er met ons proletariaat en onze parlementariërs voor zorgen dat de wetten van centrumlinks erdoor komen. Als het zo gaat, wordt een marxistisch-leninistische partij een sociaal-democratie. Hebben jullie gezien hoe Leone zich bij de opening van het academisch jaar heeft gedragen? Armando schudde vol afschuw het hoofd: de wereld verandert niet door planning, daar is bloed voor nodig, geweld. Nino antwoordde rustig: 'Planning is een onontbeerlijk middel.' Een intens gesprek, maar mevrouw Galiani hield de jongens in toom. Wat wisten ze veel, ze beheersten de hele aarde. Op een gegeven ogenblik had Nino het met sympathie over Amerika, hij sprak Engelse woorden uit als een echte Engelsman. Het viel me op dat zijn stem in de loop van dat jaar sterker was geworden, het was een volle, bijna hese stem en hij gebruikte hem op een minder stijve manier dan toen we op Lila's bruiloft en later op school met elkaar praatten. Hij had het ook over Beiroet – alsof hij er zelf was geweest – en over Danilo Dolci en Martin Luther King en Bertrand Russell. Hij betoonde zich een voorstander van een formatie die hij Wereldbrigade voor de Vrede noemde, en ging tegen Armando in die er sarcastisch over deed. Daarna raakte hij verhit, zijn toon werd heftiger. O, wat was hij mooi. Hij zei dat de wereld technisch gezien in staat was om kolonialisme, honger en oorlog van de aardbodem te doen verdwijnen. Een en al emotie luisterde ik naar hem, en ook al voelde ik me verloren bij al die dingen die ik niet wist – wat waren gaullisme, OAS, sociaal-democratie, opening naar links; wie waren Danilo Dolci, Bertrand Russell, de pieds-noirs en de fanfanianen; en wat was er in Beiroet gebeurd, en in Algerije? – toch voelde ik, net als een tijd terug, de behoefte me om hem te bekommeren. Om voor hem te zorgen, hem te beschermen, hem te steunen bij alles wat hij in de loop van zijn leven zou doen. Dat was het enige moment van de avond dat ik jaloezie voelde jegens Nadia, die als een kleinere, maar stralende godheid naast hem stond. Toen hoorde ik mezelf een zin uitspreken alsof ik het niet zelf was die daartoe had besloten, alsof iemand anders, die zekerder en beter op de hoogte was dan ik, had besloten via mijn mond te spreken. Ik nam het woord zonder te weten wat ik ging zeggen. Terwijl ik naar de jongens luisterde waren me fragmenten uit de boeken en kranten van mevrouw Galiani door het hoofd gaan spelen en daardoor had het verlangen om me uit te spreken en te laten horen dat ik er ook was het van mijn verlegenheid gewonnen. Ik gebruikte het hoog-Italiaans waarin ik me door het maken van vertalingen uit het Grieks en het Latijn had getraind. Ik schaarde me aan Nino's zijde. Ik zei dat ik niet wilde leven in een wereld die opnieuw in oorlog was. Wij moeten de fouten van de generaties die ons zijn voorgegaan niet herhalen, zei ik. Vandaag de dag moeten we oorlog voeren tegen het nucleaire arsenaal, tegen de oorlog zelf. Als we het gebruik van die wapens toestaan, maken we onszelf schuldiger dan de nazi's. O, wat raakte ik geëmotioneerd van dat praten. Ik voelde de tranen naar mijn ogen stijgen. Ik besloot met te zeggen dat de wereld dringend moest veranderen, dat te veel tirannen de volkeren bleven knechten. Maar dat die verandering zich in vrede moest voltrekken.

Ik weet niet of iedereen mijn woorden waardeerde. Armando leek me ontevreden en een blond meisje van wie ik de naam niet kende, staarde me met een ironisch lachje aan. Maar terwijl ik nog aan het praten was, knikte Nino me instemmend toe. En meteen erna zei la Galiani wat zij te zeggen had, en noemde mij daarbij tot twee keer toe. Het ontroerde me te horen: 'Zoals Elena terecht zei.' Maar het fijnste deed Nadia: ze maakte zich van Nino los, kwam naar me toe en fluisterde in mijn oor: 'Wat ben je knap en wat moedig van je.' Lila, die naast me stond, zei geen woord. Maar terwijl mijn lerares nog aan het praten was, gaf ze een ruk aan mijn arm en fluisterde in het dialect: 'Ik val om van de slaap, vraag je waar de telefoon is en bel je Stefano?'

36

Hoeveel pijn die avond haar had gedaan, kwam ik later door haar schriften te weten. Ze gaf toe dat ze zelf mee had willen komen. Ze gaf toe dat ze had gedacht zich ten minste die avond aan de winkel te kunnen onttrekken en het fijn te hebben met mij, deel te kunnen hebben aan die plotselinge verruiming van mijn wereld, mevrouw Galiani te leren kennen, met haar te praten. Ze gaf toe dat ze had gedacht een manier te kunnen vinden om niet uit de toon te vallen. Ze gaf toe dat ze er zeker van was geweest bij de jongens in de smaak te zullen vallen, dat was altijd zo. Maar ze had zich meteen lomp en lelijk gevoeld, niet geweten wat ze moest zeggen en ook niet hoe ze zich moest gedragen. Ze somde details op: ook toen we naast elkaar stonden, verkoos iedereen het alleen met mij te praten; ze hadden me petitfourtjes en drinken gebracht, voor haar had niemand moeite gedaan. Armando had me een familieschilderij laten zien, iets uit de zeventiende eeuw, en er tegen mij een kwartier lang over gepraat, zij was behandeld alsof ze het niet kon begrijpen. Ze wilden haar niet. Ze wilden helemaal niet weten wat voor iemand ze was. Die avond was het haar voor het eerst duidelijk geworden dat haar leven voor altijd zou bestaan uit Stefano, de winkel, het huwelijk van haar broer met Pinuccia, het gebabbel met Pasquale en Carmen, de verwerpelijke oorlog met de Solara's.

Dat en nog meer had ze geschreven, misschien diezelfde nacht nog, of 's ochtends, in de winkel. Ze had zich de hele avond voor eeuwig verloren gevoeld.

Maar in de auto, op de terugweg naar de wijk, zinspeelde ze zelfs niet een beetje op dat gevoel; ze werd alleen gemeen, vals. Ze begon zodra ze zich in de auto had geïnstalleerd en haar man chagrijnig vroeg of we ons hadden geamuseerd. Ik was daas van de inspanning, de opwinding, het genieten en liet haar antwoorden. En toen begon zij, kalmpjes aan, mij pijn te doen. Ze zei in het dialect dat ze zich in haar hele leven nog nooit zo had verveeld. 'We hadden beter naar de film kunnen gaan,' zei ze klagend tegen haar man. En toen deed ze iets ongewoons, ze streelde de hand die hij om de knop van de versnellingspook hield, duidelijk met de bedoeling mij te kwetsen, me eraan te herinneren dat zij wel een man had, of dat nu fijn was of niet, en ik niemand, dat ik maagd was, dat ik alles wist, maar niet hoe het was om een man te hebben. 'Zelfs televisie kijken,' zei ze, 'zou leuker zijn geweest dan mijn tijd met dat rotvolk verdoen. Er is daarbinnen niks, geen ding, geen schilderij dat ze zelf hebben verdiend. De meubels zijn van honderd jaar geleden. Het huis is minstens driehonderd jaar oud. De boeken wel, ja, sommige zijn nieuw, maar andere zijn zo oud als ik weet niet wat en zitten onder het stof omdat er god weet hoelang niet meer in gebladerd is, ouwe troep over rechten, geschiedenis, natuur- en scheikunde, politiek. De vaders, grootvaders en overgrootvaders uit dat huis hebben allemaal gestudeerd. Al honderd jaar lang zijn ze minstens advocaat, dokter of professor. Daarom praten ze allemaal zo, daarom kleden ze zich zo en eten ze en bewegen ze zich zo. Dat doen ze omdat ze daar geboren zijn. Maar ze hebben niet één eigen idee in hun hoofd, waarvoor ze moeite hebben moeten doen om het te bedenken. Ze weten alles en ze weten niks.' Ze kuste haar man in zijn hals, streek met haar vingertopjes zijn haren glad. 'Als je erbij was geweest daarboven, Stè, had je alleen maar pochende papegaaien gezien. Er was geen woord te begrijpen van wat ze zeiden, zelfs elkaar begrepen ze niet. Weet jij wat de oas is, weet jij wat "opening naar links" betekent? Neem mij maar niet meer mee de volgende keer, Lenù, neem Pasquale maar mee, kun je zien hoe hij ze binnen de kortste keren op hun plaats zet. Chimpansees die in een plee piesen en poepen in plaats van op de grond, en daarom hartstikke gewichtig doen en zeggen dat ze weten wat China zou moeten doen, en Albanië en Frankrijk en Katanga. Jij ook, Lena, echt: kijk uit, je bent de meisjespapegaai van al die jongenspapegaaien aan het worden.' Ze keerde zich lachend naar haar man. 'Je had haar moeten horen,' zei ze. Ze zette een klokkend stemmetje op. 'Laat Stefano eens horen hoe je tegen die lui daar praat. Jij en die zoon van Sarratore: identiek. "De Wereldbrigade van de Vrede", "Wij hebben technisch gezien de mogelijkheden", "De honger, de oorlog". Doe je soms al die moeite op school om de dingen te kunnen zeggen zoals die jongen ze zegt? "Wie de problemen weet op te lossen, werkt aan de vrede." Mooi zo! Herinner je je hoe de zoon van Sarratore problemen wist op te lossen? Ja, dat weet je nog wel, en dan luister je naar hem? Wil jij ook een poppetje van de wijk zijn dat toneelspeelt om bij dat soort mensen thuis ontvangen te worden? Wil je ons in de stront laten zitten, ons in ons eentje laten zwoegen, terwijl jullie dik doen? Honger, oorlog, arbeidersklasse, vrede...'

De hele weg van de corso Vittorio Emanuele naar huis was ze zo gemeen dat ik stilviel en voelde hoe haar venijn het moment dat mij een belangrijk moment in mijn leven had geleken veranderde in een misstap waarmee ik me belachelijk had gemaakt. Ik vocht om haar niet te geloven. Ik ervoer haar echt als een vijand die tot alles in staat was. Ze wist het zenuwennetwerk van fatsoenlijke mensen roodgloeiend te krijgen, ontstak het vuur van de vernietiging in hun harten. Ik gaf Gigliola en Pinuccia gelijk, op de foto was ze zelf ontbrand, net als de duivel. Ik haatte haar en zelfs Stefano merkte het, want toen hij bij het hek stopte en mij aan zijn kant liet uitstappen, zei hij verzoenend: 'Ciao, Lenù, welterusten, Lina maakt maar een grapje', en ik mompelde: 'Ciao' en ging ervandoor. Pas toen de auto al wegreed hoorde ik Lila, met het stemmetje dat ik volgens haar in huize Galiani doelbewust had opgezet, 'Ciao, hoor, ciao!' roepen.

37

Die avond begon de lange periode vol kwellingen die uitliep op onze eerste breuk en een lange scheiding.

Het kostte me moeite me te hernemen. Er waren tot op dat moment altijd talloze redenen voor spanningen geweest, haar ontevredenheid en tegelijkertijd haar zucht naar overheersing hadden voortdurend de kop opgestoken. Maar nooit, nooit had ze zich er zo expliciet op toegelegd mij te vernederen. Ik zag af van mijn uitjes naar de kruidenierswinkel. Hoewel ze mijn schoolboeken had betaald en hoewel we die weddenschap hadden, ging ik toch niet naar haar toe om haar te vertellen dat ik over was met allemaal achten en twee negens. Meteen aan het begin van de schoolvakantie begon ik in een boekhandel in de via Mezzocannone te werken en verdween ik zonder haar te waarschuwen uit de wijk. De herinnering aan haar sarcastische toon van die avond werd buitensporig sterk in plaats van dat zij afnam, en ook mijn rancune werd steeds groter. Het leek me dat er geen enkele rechtvaardiging bestond voor wat ze me had aangedaan. En het kwam nooit bij me op, wat bij andere gelegenheden wel was gebeurd, dat ze het nodig had gehad mij te vernederen om haar eigen vernedering beter te kunnen verdragen. Wat de verwijdering gemakkelijker voor me maakte, was het feit dat algauw bevestigd werd dat ik echt een goed figuur had geslagen op het feest. Ik slenterde tijdens een lunchpauze door de via Mezzocannone toen iemand me riep. Het was Armando, hij was op weg naar een examen. Ik ontdekte dat hij medicijnen studeerde en dat het examen moeilijk was, maar voor hij in de richting van de San Domenico Maggiore verdween, bleef hij toch even met mij staan praten, waarbij hij me met complimenten overlaadde en weer over politiek begon. Tegen de avond liet hij zich zelfs in de boekhandel zien, hij had achtentwintig op dertig gehaald en was blij. Hij vroeg mijn telefoonnummer, ik zei dat ik geen telefoon had; hij vroeg of we de komende zondag konden gaan wandelen, ik zei dat ik 's zondags thuis mijn moeder moest helpen. Hij begon over Latijns-Amerika te praten, waar hij meteen na zijn afstuderen heen wilde om voor de misdeelden te zorgen en ze over te halen de wapens ter hand te nemen tegen de onderdrukkers. Hij bleef zo lang hangen dat ik hem weg moest sturen voor mijn baas boos zou worden. Kortom, ik was blij omdat hij me duidelijk aardig vond en ik was vriendelijk, maar niet disponibel. Toch hadden Lila's woorden schade aangericht. Ik voelde me slecht gekleed, vond dat mijn haren slecht zaten, dat mijn toon onecht klonk en ik voelde me onwetend. Bovendien was er met het einde van het schooljaar en zonder la Galiani de klad gekomen in de gewoonte om kranten te lezen, ook al omdat het geld ons niet op de rug groeide en ik niet de behoefte had gehad die kranten uit eigen zak te kopen. En zo waren Napels, Italië en de hele wereld alweer snel een nevelige vlakte geworden, waar ik me niet meer wist te oriënteren. Armando praatte, ik knikte van ja, maar begreep weinig of niets van wat hij zei.

De dag erna bracht weer een verrassing. Terwijl ik de vloer van de boekhandel aan het vegen was, stonden Nino en Nadia ineens voor mijn neus. Ze hadden van Armando gehoord waar ik werkte en waren speciaal gekomen om mij even gedag te zeggen. Ze stelden me voor de volgende zondag samen naar de bioscoop te gaan. Ik moest hetzelfde antwoord geven als ik Armando had gegeven: ik kon niet, ik werkte de hele week en mijn vader en moeder wilden me op die ene vrije dag thuis hebben.

'Maar een ommetje door de wijk dan, kan dat wel?'

'Ja, dat kan wel.'

'Nou, dan komen we naar jou toe.'

Omdat mijn baas – een man van een jaar of zestig, heel opvliegend, met een perverse blik en een gezichtshuid die vuil leek – me op ongeduldiger toon dan gewoonlijk riep, vertrokken ze meteen.

De volgende zondag, laat in de ochtend, hoorde ik dat ik vanaf de binnenplaats werd geroepen. Ik herkende de stem van Nino. Ik liep naar het raam, hij was alleen. In een paar minuten probeerde ik mezelf toonbaar te maken. Zonder zelfs mijn moeder te waarschuwen rende ik naar beneden, blij en gespannen tegelijk. Toen hij voor me stond, snakte ik naar adem. 'Ik heb maar tien minuten,' zei ik hijgend. We liepen niet naar de grote weg om daar wat te wandelen, maar slenterden een tijdje tussen de flats door. Hoe kwam het dat hij zonder Nadia was gekomen? Waarom had hij dat hele stuk afgelegd ondanks het feit dat zij niet mee kon komen? Hij beantwoordde die vragen zonder dat ik ze had gesteld. Er was familie van Nadia's vader op bezoek en ze was gedwongen geweest thuis te blijven. Hij was helemaal naar de wijk gekomen om die nog eens te zien, maar ook om me iets te lezen te brengen, het laatste nummer van een tijdschrift dat *Cronache Meridionali* heette, kronieken uit het zuiden. Met een stuurs gezicht reikte hij me het tijdschrift aan en ik bedankte hem; hij begon, heel incoherent, kritiek op het blad te leveren, zo erg dat ik me afvroeg waarom hij had besloten het mij te geven. 'Het is schematisch,' zei hij en voegde er lachend aan toe: 'Zoals la Galiani, en Armando.' Toen werd hij weer ernstig en sprak op een andere toon, die leek op die van een oude man. Hij zei dat hij heel veel aan onze lerares te danken had, dat zonder haar de tijd op het gym verloren tijd zou zijn geweest, maar dat we moesten oppassen, haar in bedwang moesten houden. 'Haar grootste fout,' zei hij nadrukkelijk, 'is dat ze het niet verdraagt als jouw hoofd anders werkt dan het hare. Accepteer alles van haar wat ze je kan geven, maar ga vervolgens je eigen weg.' Daarna kwam hij terug op het tijdschrift, hij zei dat la Galiani er ook voor schreef en ineens, zonder enig verband, zei hij terloops: 'Laat Lina het eventueel ook maar lezen.' Ik zei niet dat Lila niets meer las, dat ze nu de mevrouw uithing en dat het enige wat ze uit haar kindertijd nog had bewaard, haar venijn was. Ik ging er niet op in, vroeg naar Nadia. Hij zei dat ze een lange reis met haar familie ging maken, met de auto tot in Noorwegen, en daarna de rest van de zomer in Anacapri zou doorbrengen, waar ze van haar vaders kant een familiehuis hadden.

'Ga je haar opzoeken?'

'Een of twee keer, ik moet studeren.'

'Maakt je moeder het goed?'

'Prima. Ze gaat dit jaar weer naar Barano, ze heeft vrede gesloten met de huiseigenaresse daar.'

'Ga jij nog met je familie op vakantie?'

'Ik? Met mijn vader? Nooit ofte nimmer. Ik ga wel naar Ischia, maar op eigen houtje.'

'Waar ergens op Ischia?'

'Ik heb een vriend met een huis in Forio: hij mag het van zijn ouders de hele zomer gebruiken, we gaan daar studeren. En jij?'

'Ik werk tot eind september in de Mezzocannone.'

'Ook met Ferragosto, als iedereen vrij is?'

'Nee, dan niet.'

Hij glimlachte: 'Kom dan naar Forio, het huis is groot. Nadia komt misschien ook een paar dagen.'

Ik glimlachte geëmotioneerd. Naar Forio? Naar Ischia? In een huis zonder volwassenen? Herinnerde hij zich het Marontistrand? Herinnerde hij zich dat we elkaar daar hadden gekust? Ik zei dat ik naar binnen moest. 'Je ziet me zeker terug,' beloofde hij, 'ik wil weten wat je van het tijdschrift vindt.' Zachtjes, met zijn handen in zijn zakken, voegde hij eraan toe: 'Ik vind het leuk om met je te praten.'

Inderdaad, wat had hij veel gepraat! Ik voelde me trots, het ontroerde me dat hij zich op zijn gemak had gevoeld. Ik mompelde: 'Ik ook,' hoewel ik vrijwel niets had gezegd, en ik stond op het punt de poort weer in te gaan toen er iets gebeurde wat ons allebei schokte. Een kreet verstoorde de zondagse rust op de binnenplaats en ik zag Melina voor haar raam staan. Druk met haar armen zwaaiend probeerde ze onze aandacht te trekken. Toen ook Nino, stomverbaasd, zich omdraaide om te kijken, schreeuwde Melina nog harder, een mengeling van grote vreugde en angst. Ze gilde: 'Donato!'

'Wie is dat?' vroeg Nino.

'Melina,' zei ik, 'weet je nog?'

Op zijn gezicht verscheen een grimas van onbehagen.

'Heeft ze het op mij gemunt?'

'Dat weet ik niet.'

'Ze zegt Donato.'

'Ja.'

Hij draaide zich om en keek nog een keer naar het raam, naar de weduwe die voorovergebogen stond en nog steeds 'Donato' schreeuwde.

'Vind je dat ik op mijn vader lijk?'

'Nee.'

'Weet je het zeker?'

'Ja.'

Zenuwachtig zei hij: 'Ik ga.'

'Ja, dat is beter.'

Hij liep met snelle pas weg, zijn schouders gebogen, terwijl Melina steeds harder en steeds geagiteerder 'Donato, Donato, Donato!' naar hem riep.

Ik vluchtte ook weg, terug naar huis, met kloppend hart en een hoofd vol verwarde gedachten. In niets leek Nino op Sarratore: in zijn bouw niet, zijn gezicht niet, zijn manieren niet en in zijn stem of zijn blik evenmin. Hij was een afwijkende, o zo zoete vrucht. Hoe aantrekkelijk was hij met die lange, slordige haren. Hoe anders gevormd dan welke andere man ook: er was in heel Napels niemand die op hem leek. En hij waardeerde me, ook al moest ik de vijfde nog doen en zat hij al op de universiteit. Hij was op zondag helemaal naar de wijk gekomen. Hij had zich zorgen om me gemaakt, was me komen zeggen dat ik op mijn hoede moest zijn. Hij had me willen waarschuwen dat la Galiani lief en goed was, maar dat zij ook haar gebreken had, en intussen had hij me dat tijdschrift gebracht in de overtuiging dat ik in staat was het te lezen en erover te discussiëren, en hij had me zelfs voor Ferragosto op Ischia, in Forio uitgenodigd. Onuitvoerbaar, geen echte uitnodiging, hij wist zelf heel goed dat mijn ouders niet zo waren als die van Nadia, ze zouden me nooit laten gaan. Desondanks had hij me uitgenodigd, om me in de uitgesproken woorden andere, onuitgesproken woorden te laten horen, zoals: *ik hecht eraan je te zien, wat zou ik het fijn vinden om weer net als vroeger daar aan de haven of op het Marontistrand samen te kletsen.* Ja, ja, hoorde ik mezelf in mijn hoofd roepen, dat zou ik ook fijn vinden, ik kom naar je toe, met Ferragosto loop ik van huis weg, wat er ook van komt.

Ik verborg het tijdschrift tussen mijn boeken. Maar toen ik 's avonds in bed lag, keek ik meteen naar de inhoudsopgave. Er ging een schok door me heen. Er stond een artikel van Nino in. Een artikel van hem in een uiterst serieus ogend blad: bijna een boek, niet het grijze, slordige studentenblaadje waarvoor hij me twee jaar eerder had gevraagd een verslag over de kwestie met de godsdienstleraar te schrijven, maar belangrijke, door volwassenen voor volwassenen geschreven bladzijden. Toch stond hij daar, Antonio Sarratore, met naam en toenaam. En ik kende hem. En hij was maar twee jaar ouder dan ik.

Ik las het artikel, begreep er weinig van, las het opnieuw. Het ging over Programmering met een hoofdletter, over Plan met een hoofdletter, en het was ingewikkeld geschreven. Maar het was een stukje van zijn intelligentie, een stukje van zijn persoon, dat hij stilletjes, zonder er prat op te gaan, aan mij had geschonken.

Aan míj.

Ik kreeg tranen in mijn ogen, legde het tijdschrift pas diep in de nacht weg. Zou ik er met Lila over praten? Haar het blad lenen? Nee, het was iets van mij. Ik wilde geen echt contact meer met haar, alleen maar ciao en algemene opmerkingen. Ze was niet in staat mij naar waarde te schatten. Anderen konden dat wel: Armando, Nadia, Nino. Zij waren mijn vrienden, zij hadden er recht op naar mij te luisteren als ik iets vertrouwelijks had te vertellen. Ze hadden meteen in mij gezien wat Lila zich gehaast had niet te zien. Omdat ze keek met de ogen van de wijk, zoals Melina die, opgesloten in haar gekte, in Nino Donato zag, hem aanzag voor haar vroegere minnaar.

38

Eigenlijk wilde ik niet naar de bruiloft van Pinuccia en Rino, maar Pinuccia kwam me persoonlijk de aankondiging brengen en omdat ze overdreven hartelijk tegen me deed en me zelfs over nogal wat dingen raad vroeg, kon ik geen nee zeggen, ook niet toen bleek dat mijn ouders en mijn zusje en broertjes niet zouden worden uitgenodigd. Dat is geen onbeleefdheid van mij, verontschuldigde ze zich, maar van Stefano. Haar broer had niet alleen geweigerd haar iets van het familiegeld te geven om haar in staat te stellen een huis te kopen (hij had gezegd dat de investeringen in de schoenen en in de nieuwe kruidenierswinkel al zijn geld hadden opgeslokt), maar aangezien hij de trouwjurk, de fotograaf en de receptie betaalde, had hij persoonlijk de halve wijk van de lijst genodigden geschrapt. Een onbeschofte ingreep. Rino voelde zich er nog ongemakkelijker bij dan zij. Haar aanstaande had een even luisterrijke bruiloft gewild als die van zijn zusje en hij had ook zo'n nieuw huis met uitzicht op de spoorweg gewild. Maar al was hij dan inmiddels de baas van een schoenfabriek, op eigen kracht lukte hem dat niet, ook al niet omdat hij verkwistend was: hij had net een Fiat Millecento gekocht en geen lire spaargeld meer over. Met veel tegenzin hadden ze daarom eensgezind besloten om dan maar in het oude huis van don Achille te gaan wonen en Maria uit haar slaapkamer te zetten. Ze waren van plan zo veel mogelijk te sparen en snel een nog mooier appartement te kopen dan dat van Stefano en Lila. 'Mijn broer is een zak,' zei Pinuccia rancuneus ter conclusie, 'als het om zijn vrouw gaat, gooit hij het geld over de balk, maar voor zijn zus kan er geen cent vanaf.'

Ik vermeed elk commentaar. En ik ging naar de bruiloft, samen met Marisa en Alfonso, die steeds meer naar mondaine gelegenheden leek uit te zien om een ander te kunnen worden. Niet meer mijn klasgenoot van destijds, maar een in uiterlijk en manieren elegante jongeman met zwart haar, op zijn wangen het diep, opklimmend blauw van zijn baard, zwoele ogen en een pak dat niet zoals bij andere jongens te wijd om hem heen hing, maar dat zijn slanke, atletische lijf accentueerde.

In de hoop dat Nino gedwongen zou worden zijn zusje te begeleiden, had ik zijn artikel en de hele *Cronache Meridionali* goed bestudeerd. Maar inmiddels was Alfonso Marisa's begeleider, hij ging haar ophalen en bracht haar weer thuis, en Nino liet zich niet zien. Ik bleef aan die twee plakken, wilde voorkomen dat ik oog in oog met Lila kwam te staan.

In de kerk kon ik haar net zien, op de eerste rij, tussen Stefano en Maria in. Ze was de mooiste, je moest wel naar haar kijken. Later, bij het bruidsmaal dat werd aangeboden in hetzelfde restaurant in de via Orazio als waar iets meer dan een jaar geleden Lila's ontvangst was geweest, liepen we elkaar maar één keer tegen het lijf en toen wisselden we behoedzaam een paar woorden. Daarna kwam ik aan een tafel ergens aan de zijkant terecht met Alfonso, Marisa en een blond jongetje van een jaar of dertien, en nam zij met Stefano aan de tafel van het bruidspaar plaats, samen met de eregasten. Wat was er in korte tijd veel veranderd! Antonio was er niet, Enzo was er niet, ze waren allebei nog in dienst. De winkelmeisjes van de kruidenierszaken, Carmen en Ada, waren uitgenodigd, maar Pasquale niet. Of misschien had hij ervoor gekozen niet te komen, om zich niet onder de mensen te hoeven mengen die hij – volgens deels schertsend maar deels ook serieus geklets in de pizzeria – van plan was eigenhandig te vermoorden. Ook zijn moeder, Giuseppina Peluso, ontbrak, evenals Melina en haar kinderen. De Carracci's daarentegen en de Cerullo's en de Solara's, op de een of andere manier allemaal zakenpartners van elkaar, zaten aan de tafel van het bruidspaar, samen met de familie uit Florence, dat wil zeggen de metaalhandelaar en zijn vrouw. Ik zag dat Lila met Michele praatte en overdreven lachte. Van tijd tot tijd keek ze mijn kant op, maar dan wendde ik met een mengeling van ergernis en pijn meteen mijn blik af. Wat lachte ze veel! Te veel. Ik moest aan mijn moeder denken. Lila zat daar de verpersoonlijking van de getrouwde vrouw te zijn, net zo'n vrouw als mijn moeder, lomp in haar manier van doen en in haar dialect. Ze hield de aandacht van Michele volledig op zich gevestigd, hoewel die toch zijn verloofde, Gigliola, naast zich had, die bleek zag en woedend was omdat hij haar zo verwaarloosde. Alleen Marcello richtte af en toe het woord tot zijn aanstaande schoonzusje, om haar te kalmeren. Lila, Lila. Ze wilde excessief zijn en met haar excessen iedereen pijn doen. Ik merkte dat ook Nunzia en Fernando hun dochter lange, bezorgde blikken toewierpen.

De dag verliep soepel, afgezien van twee voorvallen die op het oog zonder gevolgen bleven. Laat ik met het eerste beginnen. Onder de genodigden was ook Gino, de zoon van de apotheker, want hij had zich kort tevoren met een achternichtje van de Carracci's verloofd, een mager meisje met tegen de schedel geplakt kastanjebruin haar en paarse kringen onder de ogen. Naarmate Gino ouder werd, was hij steeds onaangenamer geworden, ik vergaf het mezelf niet dat hij toen we klein waren mijn vriendje was geweest. Toen was hij al vals, en dat was hij nog steeds, en bovendien was er iets gebeurd wat hem nog valser maakte: hij was weer blijven zitten. Tegen mij zei hij al een tijd zelfs geen ciao meer, maar hij bleef gefascineerd door Alfonso en behandelde hem nu eens vriendschappelijk en dan weer pesterig, met seksueel getinte opmerkingen. Misschien omdat hij jaloers was (Alfonso was over met gemiddeld een zeven en bovendien ging hij om met Marisa, die gracieus was en heel levendige ogen had), maar bij die gelegenheid gedroeg hij zich nog onverdraaglijker dan anders. Bij ons aan tafel zat dat blonde jongetje over wie ik het al had, mooi en heel verlegen. Hij was het zoontje van een familielid van Nunzia dat naar Duitsland was geëmigreerd en met een Duitse was getrouwd. Ik voelde me heel nerveus en schonk weinig aandacht aan het kind, maar zowel Alfonso als Marisa had hem op zijn gemak gesteld. Vooral Alfonso was druk met hem aan het praten geslagen en waarschuwde de obers als die hem over het hoofd zagen. Hij was zelfs met hem naar het terras gelopen om naar de zee te kijken. Precies op het moment dat die twee weer binnenkwamen en grapjes makend terugliepen naar onze tafel, verliet Gino zijn verloofde, die hem lachend probeerde tegen te houden, en kwam bij ons zitten. Zachtjes pratend richtte hij zich tot het jongetje, terwijl hij naar Alfonso wees: 'Pas op die vent daar, hij is een flikker: nou is hij met je meegegaan naar het terras, de volgende keer gaat hij met je mee naar de plee.'

De vlammen sloegen Alfonso uit, maar hij reageerde niet; er trok een vaag, weerloos glimlachje over zijn gezicht, hij was perplex. Maar Marisa werd kwaad. 'Hoe durf je?'

'Ik durf omdat ik het weet.'

'Wat weet je, laat eens horen.'

'Weet je het zeker?'

'Ja.'

'Pas op hoor, want ik zeg het.'

'Zeg het maar.'

'Het broertje van mijn verloofde heeft een keer bij de Carracci's gelogeerd en moest toen in hetzelfde bed slapen als deze jongen hier.'

'Nou en?'

'Toen heeft hij aan hem gezeten.'

'Wie hij?'

'Hij.'

'Waar is je verloofde?'

'Daar, daar zit ze.'

'Zeg tegen die stomme trut dat ik kan bewijzen dat Alfonso van vrouwen houdt, maar of zij hetzelfde van jou kan zeggen... dát weet ik niet.'

Toen keerde ze zich naar haar verloofde en kuste hem op de mond, een kus in het openbaar, zo'n innige kus dat ik niet weet of ik ooit de moed zou hebben om zo ten overstaan van iedereen hetzelfde te doen.

Lila, die mijn kant op bleef kijken alsof ze me surveilleerde, was de eerste die de kus opmerkte en ze klapte spontaan en enthousiast in haar handen. Ook Michele applaudisseerde lachend, en Stefano riep zijn broer een grof compliment toe, waar de metaalhandelaar meteen een schepje bovenop deed. Kwinkslagen van allerlei aard, kortom, maar het lukte Marisa te doen of haar neus bloedde. Terwijl ze hard in Alfonso's hand kneep – haar knokkels werden er wit van – siste ze intussen tegen Gino, die met een dom gezicht naar die kus had zitten kijken: 'En nou wegwezen, anders krijg je een klap in je gezicht.'

De zoon van de apotheker stond zonder een woord te zeggen op en keerde terug naar zijn tafel, waar zijn verloofde meteen met een agressief gezicht iets in zijn oor fluisterde. Marisa wierp beiden een laatste minachtende blik toe.

Vanaf dat moment was mijn mening over haar veranderd. Ik bewonderde haar om haar moed, om haar koppige manier van liefhebben, om de ernst waarmee ze zich aan Alfonso had verbonden. Kijk, nog iemand die ik heb verwaarloosd, bedacht ik spijtig, wat een vergissing. Hoe blind had mijn afhankelijkheid van Lila me gemaakt. Hoe onbenullig was dat applaus van haar zojuist geweest, hoe vergelijkbaar haar pret met de ordinaire pret van Michele, Stefano en de metaalhandelaar.

Het tweede voorval had uitgerekend Lila als hoofdpersoon. Het feest liep inmiddels naar het eind. Ik was opgestaan om naar het toilet te gaan en liep voor de tafel van de bruid langs toen ik de vrouw van de metaalhandelaar hard hoorde lachen. Ik keerde me om. Pinuccia stond rechtop en verdedigde zich, want die vrouw was bezig haar trouwjurk met geweld omhoog te trekken, zodat haar dikke, stevige benen bloot kwamen. Het mens zei tegen Stefano: 'Moet je zien wat een dijen je zusje heeft, wat een kont en wat een buik. Jullie mannen houden tegenwoordig van vrouwtjes als pleeborsteltjes, maar God heeft speciaal om jullie kinderen te geven vrouwen als onze Pinuccia geschapen.'

Lila, die net een glas naar haar mond bracht, gooide haar zonder er ook maar een moment over na te denken de wijn in het gezicht en op haar shantoeng jurk. Ze denkt zich alles te kunnen permitteren, dacht ik meteen ongerust. Zoals gewoonlijk. Nu breekt de hel los. Ik schoot naar de toiletten, sloot me daar op en bleef er zo lang mogelijk. Ik wilde Lila's razernij niet zien, ik wilde haar niet horen. Ik wilde erbuiten blijven, ik was bang in haar ellende meegesleurd te worden, ik was bang me, een lange gewoonte getrouw, verplicht te voelen haar kant te kiezen. Maar toen ik terugkwam was alles rustig. Stefano zat met de metaalhandelaar te kletsen en met diens vrouw, die er parmantig bij zat in haar jurk vol vlekken. Het orkestje speelde, paren dansten. Alleen Lila was er niet. Ik zag haar achter de glazen deuren, op het terras. Ze keek naar de zee.

39

Ik kwam in de verleiding naar haar toe te gaan, maar bedacht me meteen. Ze was waarschijnlijk erg gespannen en zou me vast en zeker onaardig behandelen, en dat zou de dingen tussen ons alleen maar erger maken. Ik besloot terug te gaan naar mijn tafel, maar toen stond Fernando, haar vader, ineens naast me, en die vroeg me verlegen of ik wilde dansen.

Ik durfde niet te weigeren en we dansten zwijgend een wals. Hij leidde me vast door de zaal, tussen de aangeschoten paren door, terwijl hij mijn hand te stevig met zijn bezwete hand omklemde. Zijn vrouw moest hem de taak hebben toevertrouwd me iets belangrijks te vertellen, maar hij had er de moed niet voor. Pas aan het einde van de wals mompelde hij, terwijl hij me tot mijn verrassing met u aansprak: 'Als het niet al te lastig voor u is, praat u dan eens wat met Lina, haar moeder maakt zich zorgen.' Daarna voegde hij er nors aan toe: 'Als u een paar schoenen nodig hebt, komt u dan langs, geneert u zich niet', en keerde toen terug naar zijn tafel.

Die hint naar een soort compensatie voor de tijd die ik eventueel aan Lila zou besteden, ergerde me. Ik vroeg Alfonso en Marisa om met mij te vertrekken, waar ze heel graag op ingingen. De hele tijd dat we nog in het restaurant waren voelde ik Nunzia's ogen op me gevestigd.

In de daaropvolgende dagen begon mijn zekerheid af te nemen. Ik had gedacht dat werken in een boekhandel betekende dat je veel boeken tot je beschikking had en tijd om te lezen, maar ik had het slecht getroffen. Mijn baas behandelde me als een dienstmeid, hij verdroeg het niet dat ik ook maar een ogenblikje niets deed. Hij dwong me grote dozen uit te laden, ze op elkaar te stapelen, ze te legen, de nieuwe boeken op hun plaats te zetten, de oude opnieuw te ordenen, ze af te stoffen, en hij stuurde me almaar een ladder op en af met als enige doel onder mijn rok te kunnen kijken. Bovendien had Armando zich na die eerste ontmoeting, waarbij hij me heel vriendschappelijk had geleken, niet meer laten zien. En het ergste was dat Nino niet meer was komen opdagen, niet in gezelschap van Nadia, en evenmin alleen. Was hun belangstelling voor mij van zo korte duur geweest? Ik begon me eenzaam te voelen, me te vervelen. De warmte, het werk, de walging door de blikken en grove woorden van de boekhandelaar putten me uit. De uren verstreken traag. Wat deed ik in die grot zonder licht, terwijl op het trottoir jongens en meisjes langskwamen die op weg waren naar het geheimzinnige gebouw van de universiteit waar ik bijna zeker nooit naar binnen zou gaan? Waar was Nino? Was hij al naar Ischia vertrokken om daar te studeren? Hij had mij het tijdschrift gegeven, zijn artikel, en ik had alles bestudeerd alsof het voor een overhoring was, maar zou hij ooit terugkomen om me te overhoren? Wat had ik verkeerd gedaan? Was ik te terughoudend geweest? Verwachtte hij dat ik naar hem toe kwam en zocht hij me daarom niet op? Moest ik met Alfonso praten, contact zoeken met Marisa, haar naar haar broer vragen? Waarom dan wel? Nino had een verloofde, Nadia. Wat voor zin had het zijn zusje te vragen waar hij was, wat hij deed? Ik zou me belachelijk maken.

Mijn gevoel van eigenwaarde, dat na het feest zo onverwachts was gestegen, werd met de dag minder, ik voelde me gedeprimeerd. Vroeg opstaan, me naar de Mezzocannone haasten, me de hele dag afsloven, moe weer naar huis gaan, de duizenden in mijn hoofd samengeperste woorden van school niet kunnen gebruiken. Ik werd somber als ik terugdacht aan het praten met Nino, of aan de zomers in Sea Garden, met de dochtertjes van de mevrouw van de kantoorboekhandel, met Antonio. Hoe stom dat onze relatie was geëindigd, hij was de enige die echt van me had gehouden, er zouden geen anderen volgen. 's Avonds in bed riep ik de geur weer op die zijn huid uitwasemde, haalde ik me onze afspraakjes bij de meertjes weer voor de geest, onze kussen, het kroelen in de oude tomatenfabriek.

Terwijl ik zo steeds somberder werd, kwamen op een avond na het eten Carmen, Ada en Pasquale – met een hand helemaal in het verband omdat hij die op zijn werk had geblesseerd – bij me langs.

We haalden een ijsje en aten het op in het parkje. Carmen vroeg me onomwonden en een beetje agressief hoe het kwam dat ik me niet meer in de winkel vertoonde. Ik antwoordde haar dat ik in de via Mezzocannone werkte en geen tijd had. Ada liet zich kil ontvallen dat je als je op iemand gesteld bent, altijd wel tijd vindt, maar ja, ik zat nu eenmaal zo in elkaar. Ik vroeg: 'Hoe in elkaar?' Ze antwoordde: 'Zonder gevoel, kijk alleen maar eens hoe je mijn broer hebt behandeld.' Met een felle uitval herinnerde ik haar eraan dat hij mij verlaten had, en zij ketste terug: 'Ja, fijn voor wie dat gelooft: er zijn mensen die verlaten en mensen die weten hoe ze zich moeten laten verlaten.' Waarop Carmen instemmend zei: 'Net als met vriendschappen... Het lijkt of ze door de een worden verbroken, maar als je beter kijkt blijkt het de schuld van de ander.' Op dat punt aangekomen wond ik me op en zei met nadruk op iedere lettergreep: 'Luister, als er tussen Lina en mij een verwijdering is, dan is dat niet mijn schuld.' Toen mengde ook Pasquale zich in het gesprek: 'Lenù, het is niet belangrijk wiens schuld het is, belangrijk is dat wij achter Lina moeten staan.' Hij begon over het gedoe met zijn slechte tanden, over hoe ze hem had geholpen, hij had het over het geld dat ze nog steeds onderhands aan Carmen gaf en zei dat ze ook geld naar Antonio stuurde, die het – wat ik weliswaar niet wist en ook niet wilde weten – heel slecht maakte in het leger. Ik probeerde voorzichtig te vragen wat er met mijn ex-verloofde aan de hand was en ze vertelden me in verschillende toonaarden, de een wat agressiever dan de ander, dat hij een zenuwtoeval had gehad, dat hij er beroerd aan toe was, maar dat hij een harde was, dat hij niet bezweek en het wel zou redden. Lina daarentegen...

'Wat is er met Lina?'

'Ze willen met haar naar een dokter.'

'Wie wil dat?'

'Stefano, Pinuccia, haar familie.'

'Waarom?'

'Om erachter te komen hoe het kan dat ze maar één keer zwanger is geraakt en daarna niet meer.'

'En wat wil zij?'

'Ze ligt dwars, ze wil er niet heen.'

Ik haalde mijn schouders op.

'Wat kan ik eraan doen?'

Carmen zei: 'Met haar naar de dokter gaan.'

40

Ik praatte met Lila. Ze begon te lachen, zei dat ze alleen naar de dokter zou gaan als ik zwoer dat ik niet boos op haar was.

'Oké.'

'Zweer het.'

'Ik zweer het.'

'Zweer het op je broertjes, zweer het op Elisa.'

Ik zei dat naar de dokter gaan niets voorstelde, maar dat het mij niks kon schelen als ze er niet heen wilde, dat ze maar moest doen waar ze zin in had. Ze werd ernstig: 'Dus je zweert niet.'

'Nee.'

Ze zweeg even en gaf toen met neergeslagen ogen toe: 'Oké, dat was verkeerd van me.'

Mijn gezicht vertrok van ergernis.

'Ga naar de dokter en hou me op de hoogte.'

'Ga je niet mee?'

'Als ik wegblijf ontslaat de boekhandelaar me.'

'Dan neem ik je in dienst,' zei ze ironisch.

'Ga naar de dokter, Lila.'

Ze ging naar de dokter, vergezeld door Maria, Nunzia en Pinuccia. Ze wilden alle drie bij het onderzoek aanwezig zijn. Lila was braaf, gehoorzaam: ze had nooit een dergelijk onderzoek ondergaan, hield de hele tijd haar lippen opeengeklemd en haar ogen wijd open. Toen de dokter, een heel oude man die door de vroedvrouw van de wijk was aanbevolen, in geleerde bewoordingen vertelde dat alles in orde was, waren haar moeder en haar schoonmoeder blij, maar Pinuccia's gezicht betrok en ze vroeg: 'Hoe komt het dan dat er geen kinderen komen en dat ze als ze wel komen de geboorte niet halen?'

De arts hoorde de kwaadaardigheid in haar stem en fronste zijn wenkbrauwen.

'Mevrouw is erg jong,' zei hij, 'ze moet een beetje sterker worden.'

Sterker worden. Ik weet niet of de dokter het echt zo zei, maar zo vertelden ze het me, en het trof me bijzonder. Dat betekende dat Lila zwak was, in weerwil van de kracht waar ze iedere keer weer blijk van gaf. Dat ze geen kinderen kreeg, of dat die niet in haar buik bleven, kwam dus niet doordat ze een geheimzinnige macht bezat die ze vernietigde, maar integendeel, doordat ze tekortschoot, niet vrouw genoeg was. Mijn rancune verminderde. Toen ze me op de binnenplaats over de marteling van het medisch onderzoek vertelde, met vulgaire opmerkingen aan het adres van zowel de arts als haar drie begeleidsters, gaf ik geen tekenen van ergernis maar toonde ik juist belangstelling. Geen enkele dokter had me ooit onderzocht, en ook de vroedvrouw niet. Sarcastisch besloot ze: 'Hij heeft met een ijzeren ding in me huisgehouden, ik heb hem een bom duiten gegeven, en wat is zijn conclusie? Dat ik sterker moet worden.'

'Hoe doe je dat?'

'Ik moet naar zee.'

'Hoezo?'

'Naar het strand, Lenù, de zon, het zoute water. Als je naar zee gaat schijn je sterker te worden en dan komen de kinderen vanzelf.'

Opgewekt wensten we elkaar welterusten. We hadden elkaar weer ontmoet en alles bij elkaar genomen was het goed geweest.

De volgende dag verscheen ze weer, hartelijk tegen mij, kwaad op haar man. Stefano wilde een huis huren in Torre Annunziata en haar daar heel juli en heel augustus heen sturen, samen met Nunzia en Pinuccia, die ook sterker wilde worden ook al was dat niet nodig. Ze waren al aan het nadenken over hoe het met de winkels moest. Alfonso zou zich over die op het piazza dei Martiri ontfermen, samen met Gigliola, totdat de school weer begon, en Maria zou Lila vervangen in de nieuwe winkel. Ze zei terneergeslagen: 'Twee maanden met mijn moeder en Pinuccia... dan maak ik me van kant.'

'Maar je kunt er zwemmen en zonnebaden.'

'Ik hou niet van zwemmen en ik hou niet van zonnebaden.'

'Als ik in jouw plaats sterker kon gaan worden, dan ging ik morgen.'

Ze keek me nieuwsgierig aan, en zei toen zachtjes: 'Ga dan mee.'

'Ik moet in de Mezzocannone werken.'

Ze wond zich op, zei dat zij me in dienst zou nemen. Nu sprak ze zonder ironie. Ze begon me onder druk te zetten. 'Neem ontslag, dan krijg je van mij wat die boekhandelaar je betaalt.' Ze hield niet meer op, zei dat als ik toegaf alles acceptabel zou worden, zelfs Pinuccia met haar al zichtbare puntbuik. Vriendelijk sloeg ik haar aanbod af. Ik stelde me voor wat er in die twee maanden in een bloedheet huis in Torre Annunziata zou gebeuren. Ruzies met Nunzia, huilbuien; ruzies met Stefano als hij op zaterdagavond arriveerde. Ruzies met Rino als hij samen met zijn zwager verscheen om zich met Pinuccia te herenigen, en vooral ruzies met Pinuccia, voortdurend, zachtjes of vulgair, vol ironische valsheid en ongehoorde beledigingen.

'Ik kan niet,' zei ik ten slotte vastberaden, 'mijn moeder zou het niet goedvinden.'

Boos ging ze weg, onze idylle was fragiel. De volgende ochtend verscheen tot mijn verrassing Nino in de boekhandel, bleek en nog magerder. Hij had het ene examen na het andere gedaan, vier in totaal. Ik, met mijn fantasiebeelden van ruime, lichte vertrekken achter de muren van de universiteit, waar goed voorbereide studenten en oude wijzen de hele dag over Plato en Kepler discuteerden, luisterde gefascineerd naar hem en zei alleen maar: 'Wat goed van je!' Maar zodra het moment me geschikt leek, prees ik met een overvloed aan nogal lege woorden zijn artikel in de *Cronache Meridionali*. Hij luisterde ernstig naar me, zonder me ook maar één keer te onderbreken, waardoor ik op een gegeven moment niet meer wist wat ik nog meer kon zeggen om hem te duidelijk te maken dat ik zijn tekst door en door kende. Ten slotte leek hij blij, riep uit dat zelfs la Galiani, zelfs Armando en zelfs Nadia zijn artikel niet met zo veel aandacht hadden gelezen. En hij vertelde dat hij nadacht over nog meer bijdragen over hetzelfde onderwerp, waarvan hij dan hoopte dat die ook zouden worden gepubliceerd. Ik stond op de drempel van de boekhandel naar hem te luisteren en deed of ik niet hoorde dat mijn baas me riep. Na een nog woestere schreeuw dan de vorige mompelde Nino: 'Wat wil die zak?' Hij bleef nog even met een arrogant-minachtend gezicht staan, vertelde dat hij de volgende dag naar Ischia zou vertrekken en gaf me een hand. Ik drukte hem – de hand was slank, delicaat – en meteen trok Nino me een heel klein beetje naar zich toe, boog zijn hoofd en raakte met zijn lippen vluchtig de mijne aan. Het duurde maar heel even, toen liet hij me met een lichte beweging los, een aai met zijn vingers over mijn handpalm, en vertrok richting de Rettifilo. Ik bleef hem nakijken terwijl hij zonder zich ook maar één keer om te draaien wegliep, met die pas van hem, als een verstrooide *condottiere* die van niets ter wereld bang is, omdat die wereld alleen maar bestaat om zich naar hem te voegen.

Die nacht deed ik geen oog dicht. 's Ochtends stond ik vroeg op en rende naar de nieuwe winkel. Daar trof ik Lila net toen ze het rolluik optrok, Carmen was nog niet gearriveerd. Ik zei haar niets over Nino, fluisterde alleen, op de toon van iemand die iets onmogelijks vraagt en zich dat bewust is: 'Als je naar Ischia gaat in plaats van naar Torre Annunziata, neem ik ontslag en ga ik met je mee.'

41

Op de tweede zondag van juli gingen we op het eiland aan wal, Stefano en Lila, Rino en Pinuccia, Nunzia en ik. De twee mannen zwaarbeladen met bagage, waakzaam als helden uit vroegere tijden die in een onbekend land terecht zijn gekomen, niet op hun gemak zo zonder het harnas van hun auto's en ongelukkig vanwege het vroege opstaan, waardoor ze het zondagse luieren, zoals dat in de wijk gebruikelijk was, moesten missen. Hun feestelijk geklede echtgenotes waren boos op de mannen, maar elk om een andere reden: Pinuccia omdat Rino te veel bagage op zich had geladen zonder iets voor haar over te laten, Lila omdat Stefano deed of hij wist wat hij moest doen en waar ze heen moesten, terwijl hij daar overduidelijk geen enkel benul van had. Wat Nunzia betreft, het was te zien dat ze op haar hoede was niets te zeggen wat de jongelui kon irriteren, want ze voelde dat ze maar nauwelijks getolereerd werd. De enige die echt blij was, dat was ik, met mijn tas met de weinige spullen over de schouder, opgewonden door de geuren, de geluiden en de kleuren van Ischia die meteen, zodra ik van boord was, bleken te kloppen met de prettige vakantieherinneringen van een paar jaar eerder.

We installeerden ons in twee gemotoriseerde koetsjes, samengedrukte lichamen, zweet, bagage. Het huis dat dankzij bemiddeling van een vleeswarenleverancier van Ischitaanse oorsprong halsoverkop was gehuurd, lag aan de weg die naar een gehucht voerde dat Cuotto heette. Het was een eenvoudig bouwsel, eigendom van een nicht van de leverancier, een broodmagere, ongehuwde vrouw van boven de zestig, die ons kortaf maar efficiënt ontving. Stefano en Rino sleepten via een smalle trap de koffers naar boven, schertsend, maar ook vloekend vanwege de inspanning. De eigenaresse bracht ons in schemerige ruimtes, waar het wemelde van de religieuze afbeeldingen en brandende lichtjes. Maar toen we de luiken opengooiden zagen we aan de overkant van de weg, achter de wijngaarden, palmbomen en zeedennen een lange strook zee. Of liever gezegd: de slaapkamers die Pinuccia en Lila zich na enig geharrewar ('Jouw kamer is groter dan de mijne', 'Nee, de jouwe is groter') toe-eigenden, keken uit op de zee, terwijl de kamer die Nunzia te beurt viel hoog in een muur een soort patrijspoort had, waarvan we nooit te weten zijn gekomen wat zich erachter bevond, en de kamer die ik kreeg – heel klein, het bed paste er maar net in – uitkeek op een kippenhok met een rietbosje erachter.

Er was niets te eten in huis. Op aanwijzing van de huiseigenaresse belandden we in een donkere trattoria waar we de enige gasten waren. Aarzelend namen we plaats, eigenlijk alleen maar om onze maag te vullen, maar uiteindelijk vond iedereen het eten lekker. Nunzia, die alles wat niet uit haar eigen keuken kwam wantrouwde, wilde zelfs iets meenemen om daarmee 's avonds een maaltijd in elkaar te flansen. Stefano vertoonde niet het minste teken de rekening te willen vragen en na wat zwijgend getalm berustte Rino erin voor iedereen te betalen. Toen dat was gebeurd, stelden wij meisjes voor om het strand te gaan bekijken, maar de twee mannen verzetten zich, ze geeuwden, zeiden dat ze moe waren. We drongen aan, vooral Lila. 'We hebben te veel gegeten,' zei ze, 'een beetje lopen is goed voor ons, het strand ligt hier recht beneden, heb jij zin, mama?' Nunzia koos de kant van de mannen en toen gingen we allemaal maar terug naar huis.

Na wat verveeld gedrentel door de kamers zei zowel Stefano als Rino, bijna eenstemmig, dat hij even wilde slapen. Ze lachten, fluisterden elkaar iets in het oor, lachten weer en gaven toen een teken aan hun vrouwen, die hen lusteloos naar de slaapkamers volgden. Nunzia en ik bleven een paar uur alleen. We controleerden de staat waarin de keuken verkeerde, vonden hem vuil, en dat bracht Nunzia ertoe meteen aan de slag te gaan. Alles werd met zorg afgewassen: de borden, de glazen, het bestek, de pannen. Het kostte moeite haar zover te krijgen dat ze mijn hulp accepteerde. Ze bond me op het hart een aantal dringende vragen voor de huiseigenaresse te onthouden en toen ze zelf de tel kwijtraakte van de dingen die ontbraken, verbaasde het haar dat ik het allemaal nog wist en zei ze: 'Daarom doe je het zo goed op school.'

Eindelijk doken de twee stellen weer op, eerst Stefano en Lila, daarna Rino en Pinuccia. Ik stelde opnieuw voor om naar het strand te gaan, maar een kopje koffie, wat geinen en kletsen, Nunzia die aan het koken ging, Pinuccia die aan Rino klitte en hem nu eens aan haar buik liet voelen, dan weer 'Blijf, vertrek morgenvroeg' tegen hem fluisterde, kortom, de tijd vloog en weer werd er niets ondernomen. Ten slotte kregen de mannen haast, ze waren bang de boot te missen en vloekend omdat ze zonder auto zaten, renden ze weg om iemand te zoeken die hen naar de haven kon brengen. Ze vlogen ervandoor, bijna zonder te groeten. Pinuccia kreeg tranen in de ogen.

We begonnen zwijgend onze bagage uit te pakken en onze spullen op te ruimen, terwijl Nunzia als een bezetene bezig was om de badcel blinkend te krijgen. Pas toen we er zeker van waren dat de twee mannen de boot niet hadden gemist en niet terug zouden komen, ontspanden we ons en begonnen we te geinen. We hadden een lange week voor ons zonder verplichtingen, tenzij jegens onszelf. Pinuccia zei dat ze bang was alleen in haar kamer – er hing een schilderij van Onze-Lieve-Vrouw van de Zeven Smarten met nogal wat messen in haar hart die glansden in het licht van een lampje – en ging bij Lila slapen. Ik sloot me op in mijn kamertje om van mijn geheim te genieten: Nino was in Forio, vlakbij, en misschien zou ik hem de volgende dag al op het strand tegenkomen. Ik voelde me dwaas, onbezonnen, maar voldaan daarover. Een deel van mezelf had er genoeg van het meisje met het gezonde verstand uit te hangen.

Het was warm, ik deed het raam open en stond een tijdje naar het gescharrel van de kippen en het ruisen van het riet te luisteren, maar toen zag ik muggen. Haastig deed ik het raam weer dicht en ik bracht minstens een uur door met het opsporen en verpletteren ervan met een van de boeken die mevrouw Galiani me had geleend, *Alle toneelwerken*, van een schrijver die Samuel Beckett heette. Ik wilde niet dat Nino me op het strand zag met rode bulten op mijn gezicht en mijn lijf; ik wilde niet dat hij me betrapte met een boek met toneelstukken, ik had bovendien nog nooit een voet in een theater gezet. Ik legde Beckett met zijn zwarte en bloedrode muggensporen ter zijde en begon een heel ingewikkelde tekst over het begrip natie te lezen. Al lezend viel ik in slaap.

42

’s Ochtends ging Nunzia, die zich geroepen voelde voor ons te zorgen, op zoek naar een plek waar ze boodschappen kon doen en daalden wij af naar het strand, het strand van Citara, waarvan wij die hele vakantie lang dachten dat het Cetara heette.

Wat een mooie badpakken kwamen er tevoorschijn toen Lila en Pinuccia hun strandjurkjes uitdeden – jazeker, badpakken. Hun mannen, en vooral Stefano, die zich toen ze verloofd waren coulant hadden betoond, waren nu tegen bikini's. Maar de kleuren van de nieuwe stoffen glansden levendig en de lage uitsnijdingen op borst en rug tekenden sierlijke lijnen op de huid. Onder een oude, lichtblauwe jurk met lange mouwen droeg ik het bekende vale en inmiddels lubberende badpak dat Nella Incardo een paar jaar eerder voor me had gemaakt in Barano. Met tegenzin kleedde ik me uit.

We maakten een lange wandeling in de zon, tot aan de dampen van een aantal warmwaterbronnen, en daarna weer terug. Pinuccia en ik gingen vaak de zee in, Lila niet, terwijl zij toch speciaal daarvoor was gekomen. Nino verscheen natuurlijk niet, en dat stelde me teleur. Ik was ervan overtuigd geweest dat het wel zou gebeuren, als een soort wonder. Toen de twee andere meisjes terug wilden naar huis, bleef ik op het strand en liep vlak langs de zee in de richting van Forio. 's Avonds was ik zo verbrand dat het wel leek of ik hoge koorts had en de dagen daarop moest ik thuisblijven, er kwamen blaren op mijn schouders. Ik wijdde me aan het schoonmaken van het huis, koken en lezen, en het ontroerde Nunzia dat ik zo actief was, ze hield niet op me te prijzen. Met het smoesje dat ik de hele dag in huis opgesloten had gezeten om de zon te ontvluchten, dwong ik Lila en Pina 's avonds met mij naar Forio te lopen, een heel eind. Daar slenterden we door het centrum en aten een ijsje. Ja, hier is het leuk, klaagde Pinuccia, thuis is het maar een dooie boel. Maar voor mij was het ook in Forio een dooie boel. Nino zagen we niet.

Tegen het einde van de week stelde ik Lila voor een bezoekje aan Barano en het Marontistrand te brengen. Lila ging er enthousiast op in en Pinuccia wilde niet thuisblijven om zich bij Nunzia te vervelen. We vertrokken vroeg. We hadden onze badpakken al onder onze jurkjes aan en ik droeg een tas met handdoeken voor iedereen, broodjes en een fles water. Ik wilde, zo had ik gezegd, van dat tochtje gebruikmaken om ook bij Nella langs te gaan, de nicht van juffrouw Oliviero, bij wie ik tijdens mijn verblijf op Ischia had gelogeerd. Maar mijn heimelijke bedoeling was om de familie Sarratore te ontmoeten en van Marisa het adres te krijgen van de vriend in Forio bij wie Nino logeerde. Natuurlijk was ik bang ook hun vader Donato te treffen, maar ik hoopte dat hij aan het werk was. Aan de andere kant had ik het er om zijn zoon te kunnen zien wel voor over eventueel een paar van zijn walgelijke opmerkingen te verdragen.

Toen Nella opendeed en ik als een geestverschijning voor haar opdook, viel haar mond open van verbazing en kreeg ze tranen in haar ogen.

'Dat komt omdat ik zo blij ben,' verontschuldigde ze zich.

Maar dat was het niet alleen. Ik had haar ook aan haar nicht herinnerd, die zich, zo vertelde ze me, niet thuis voelde in Potenza, ze was verdrietig daar en werd maar niet beter. Nella bracht ons naar het terras, bood ons van alles aan, hield zich veel met Pinuccia en haar zwangerschap bezig. Ze wilde dat ze ging zitten, wilde haar buik voelen, die al een beetje boller werd. Intussen dwong ik Lila tot een soort pelgrimstocht. Ik liet haar het hoekje van het terras zien waar ik zoveel in de zon had gezeten, de plaats waar ik zat aan tafel, de hoek waar ik 's avonds mijn bed maakte. Een fractie van een seconde zag ik Donato die over me heen boog, zijn hand onder het laken schoof en me betastte. Ik voelde walging, maar dat verhinderde me niet om nonchalant aan Nella te vragen: 'En de Sarratores?'

'Die zijn naar het strand.'

'Hoe gaat het dit jaar?'

'Ach.'

'Zijn ze te veeleisend?'

'Sinds hij meer journalist is dan spoorwegman, ja.'

'Is hij er ook?'

'Ja, hij heeft zich ziek gemeld.'

'En Marisa?'

'Marisa niet, maar alle anderen wel.'

'Allemaal?'

'Je hebt het goed begrepen.'

'Nee, ik zweer u van niet.'

Ze lachte smakelijk.

'Vandaag is Nino er ook, Elena. Als hij geld nodig heeft laat hij zich een halve dag zien en daarna gaat hij weer terug naar een vriend in Forio die daar een huis heeft.'

43

We verlieten Nella en daalden met onze spullen af naar het strand. Lila plaagde me de hele weg, op een vriendelijke manier. 'Je bent een slimmerik,' zei ze, 'je hebt me alleen maar naar Ischia laten gaan omdat Nino hier is, beken het maar.' Ik bekende niet, verdedigde me. Toen sloot Pinuccia zich op ruwere toon bij haar schoonzusje aan en zei beschuldigend dat ik haar alleen maar om persoonlijke redenen tot de lange, vermoeiende tocht naar Barano had gedwongen, zonder er rekening mee te houden dat ze zwanger was. Vanaf dat moment ontkende ik resoluter en dreigde ik zelfs dat ik als ze in het bijzijn van de Sarratores misplaatste dingen zouden zeggen, diezelfde avond nog de boot zou nemen en terug zou gaan naar Napels.

Ik ontdekte het gezinnetje meteen. Ze zaten op precies dezelfde plek als waar ze zich vroeger installeerden en hadden dezelfde parasol, dezelfde badpakken, dezelfde tassen en ze koesterden zich ook op dezelfde manier in de zon. Donato lag steunend op zijn ellebogen achterover op het zwarte zand; zijn vrouw Lidia zat op een handdoek in een tijdschrift te bladeren. Tot mijn grote teleurstelling zat Nino niet onder de parasol. Ik zocht meteen het water af, ontwaarde een donker puntje dat uit de deinende zeevlakte opdook en er weer in verdween en hoopte dat hij het was. Toen kondigde ik mijn aanwezigheid aan door luidkeels Pino, Clelia en Ciro te roepen die aan de waterkant speelden.

Ciro was gegroeid, hij herkende me niet en glimlachte onzeker.

Pino en Clelia renden me enthousiast tegemoet en hun ouders draaiden zich nieuwsgierig om. Lidia sprong meteen op, riep mijn naam en zwaaide naar me. Sarratore kwam op me afgerend met gespreide armen en een brede, gulle glimlach. Ik onttrok me aan de omhelzing, zei alleen maar: 'Dag, hoe gaat het ermee?' Ze waren heel hartelijk. Ik stelde Lila en Pinuccia voor, vertelde wie hun ouders waren, met wie ze waren getrouwd. Donato concentreerde zich meteen op de twee meisjes. Hij noemde ze beleefd mevrouw Carracci en mevrouw Cerullo, herinnerde zich hen als kleine meisjes, begon met veel omhaal in sentimentele bewoordingen over het vlieden van de tijd te praten. Ik praatte met Lidia, stelde beleefde vragen over haar kinderen en vooral over Marisa. Pino, Clelia en Ciro maakten het uitstekend en dat was te zien; ze waren meteen om me heen komen staan en wachtten op het goede moment om me in hun spel te betrekken. Over Marisa vertelde haar moeder me dat ze in Napels was gebleven, bij een oom en een tante. Ze had vier herexamens in september en moest naar bijles. 'Net goed,' zei Lidia terwijl haar gezicht betrok, 'ze heeft het hele jaar niets uitgevoerd, nu moet ze lijden, haar verdiende loon.'

Ik onthield me van commentaar, maar geloofde er niets van dat Marisa leed. Ze zou de hele zomer bij Alfonso op het piazza dei Martiri zitten, en ik was blij voor haar. Maar ik zag wel diepe sporen van verdriet bij Lidia, op haar uitgezakte gezicht, in haar ogen, ik zag haar verslapte borsten, haar zware buik. Gedurende de tijd dat we zaten te praten controleerde ze vaak met bange ogen haar man, die zich aan Lila en Pinuccia wijdde en er alles aan deed om leuk over te komen. Ze schonk geen aandacht meer aan me en haalde haar ogen niet meer van Donato af toen hij aanbood met hen de zee in te gaan en Lila beloofde haar te leren zwemmen. 'Ik heb het al mijn kinderen geleerd,' hoorden we hem zeggen, 'jou leer ik het ook.'

Ik vroeg niet één keer naar Nino, en Lidia noemde hem trouwens ook niet. Maar kijk, het donkere puntje in het fonkelende blauw van de zee verwijderde zich niet langer. Het bewoog in tegengestelde richting, werd groter, ik begon het wit van het ernaast opspattende schuim te zien.

Ja, hij is het, dacht ik, erg gespannen.

En inderdaad, even later rees Nino uit het water omhoog, terwijl hij kritisch naar zijn vader keek, die Lila met één arm drijvende hield en haar intussen met de andere arm liet zien wat ze moest doen. Toen hij mij zag en me herkende, verdween de bozige uitdrukking op zijn gezicht niet. 'Wat doe jij hier?' vroeg hij.

'Ik ben op vakantie,' antwoordde ik, 'en ik ben mevrouw Nella een bezoekje komen brengen.'

Hij wierp opnieuw een geërgerde blik in de richting van zijn vader en de twee meisjes.

'Is dat Lina niet?'

'Ja, en het andere meisje is haar schoonzusje Pinuccia, misschien herinner je je haar.'

Hij wreef stevig met een handdoek zijn haren droog terwijl hij naar die drie in het water bleef staren. Ik vertelde hem een beetje gejaagd dat we tot september op Ischia zouden blijven, dat we een huis hadden niet ver van Forio, dat Lila's moeder er ook was en dat de mannen van Lila en Pinuccia iedere zondag zouden komen. Ik praatte en had de indruk dat hij niet eens luisterde, maar liet me toch ontvallen, ook al was Lidia erbij, dat ik in het weekend niets te doen had.

'Laat iets van je horen,' zei hij en wendde zich toen tot zijn moeder: 'Ik moet gaan.'

'Nu al?'

'Ik moet werken.'

'Maar Elena is hier.'

Nino keek me aan alsof mijn aanwezigheid pas toen tot hem doordrong. Hij doorzocht zijn bloes die aan de parasol hing, haalde een potlood en een schriftje tevoorschijn, schreef er iets in, scheurde het velletje eruit en gaf het me.

'Dit is mijn adres,' zei hij.

Duidelijk en resoluut als een filmacteur. Ik nam het papiertje aan alsof het een relikwie was.

'Eet eerst iets,' smeekte zijn moeder.

Hij gaf haar geen antwoord.

'Zwaai dan ten minste even naar papa.'

Hij deed met zijn handdoek om zijn middel een andere zwembroek aan en liep zonder iemand te groeten weg langs de waterlijn.

44

We bleven de hele dag op het Marontistrand. Ik speelde en zwom met de kinderen, Pinuccia en Lila gingen helemaal in Donato op, die hen onder meer wist te bewegen tot een wandeling in de richting van de warmwaterbronnen. Pinuccia was uitgeput op het eind en Sarratore wees ons op een gemakkelijke en aangename mogelijkheid om terug naar huis te gaan. We kwamen bij een hotel dat bijna als een paalwoning uit het water oprees. Daar namen we voor een paar lire een boot en vertrouwden ons toe aan een oude zeeman.

Zodra we op zee waren, zei Lila nadrukkelijk en ironisch: 'Nino had geen tijd voor je.'

'Hij moest studeren.'

'En dan kan er nog geen ciao vanaf?'

'Zo zit hij nu eenmaal in elkaar.'

'Dan zit hij verkeerd in elkaar,' mengde Pinuccia zich erin. 'Zo aardig de vader, zo lomp de zoon.'

Ze waren er allebei van overtuigd dat Nino mij geen blijk van aandacht of sympathie had gegeven en ik liet hen maar in die waan, gaf er voorzichtigheidshalve de voorkeur aan mijn geheimen voor mezelf te houden. En verder meende ik dat als ze dachten dat ook zo'n knappe leerling als ik geen blik waard was geweest, ze het gemakkelijker zouden verteren dat hij hen had genegeerd, ze het hem misschien zelfs zouden vergeven. Ik wilde hem voor hun wrok behoeden, en dat lukte: ze leken hem meteen vergeten. Pinuccia was enthousiast over het gedrag van Sarratore, echt een man van de wereld, en Lila zei voldaan: 'Hij heeft me leren drijven, en ook zwemmen. Dat kan hij goed.'

De zon was aan het ondergaan. Ik dacht weer aan de handtastelijkheden van Donato en rilde. De paarse lucht voerde kille vochtigheid aan. Ik zei tegen Lila: 'Hij was degene die schreef dat het paneel op het piazza dei Martiri lelijk was.'

Pinuccia grijnsde instemmend. Lila zei: 'Hij had gelijk.'

Ik werd zenuwachtig: 'En hij heeft Melina kapotgemaakt.'

Lila antwoordde met een lachje: 'Of ze heeft zich misschien ten minste één keer fijn gevoeld door hem.'

Die opmerking kwetste me. Ik wist hoe Melina had geleden, hoe haar kinderen leden. Ik wist ook van het leed van Lidia en dat Sarratore achter zijn mooie manieren een lust verborg die niets en niemand ontzag. Ook was ik niet vergeten hoe verdrietig Lila vanaf haar jongste jaren was geweest als ze getuige was van het leed van de weduwe Cappuccio. Wat was dat dan voor toon, wat waren dat voor woorden, een teken aan mij? Wilde ze me duidelijk maken dat ik maar een klein meisje was, niets wist van de behoeften van een vrouw? Ineens veranderde ik van gedachten wat betreft het geheimhouden van mijn geheimen. Ik wilde meteen laten zien dat ik net zo'n vrouw was als zij en dat ik het wel wist.

'Nino heeft me zijn adres gegeven,' zei ik tegen Lila. 'Als Stefano en Rino komen ga ik hem opzoeken als je dat niet vervelend vindt.'

Adres. Hem opzoeken. Dappere woorden. Lila kneep haar ogen samen, dwars over haar grote voorhoofd liep een duidelijke lijn. Pinuccia keek schalks, tikte haar op een knie, lachte.

'Begrepen? Lenuccia heeft morgen een afspraakje. En ze heeft het adres.' Mijn hoofd begon te gloeien.

'Nou, als jullie mannen er zijn, wat moet ik dan doen?'

Een tijdje hadden het lawaai van de motor en de zwijgende aanwezigheid van de zeeman aan het roer de overhand.

Toen zei Lila kil: 'Mama gezelschap houden. Ik heb je echt niet meegenomen om het alleen maar leuk voor je te maken.'

Ik weerhield me van een reactie. We hadden een week vrijheid gekend. Die dag op het strand, in de zon, tijdens het langdurige zwemmen en dankzij de woorden die Sarratore wist te gebruiken om te vlijen en mensen aan het lachen te krijgen, had zowel Lila als Pinuccia bovendien zichzelf vergeten. Donato had ze het gevoel gegeven kindvrouwtjes te zijn die aan een ongewone vader waren toevertrouwd, zo'n zeldzame vader die niet straft, maar aanmoedigt om zonder schuldgevoel wensen kenbaar te maken.

En wat deed ik, nu deze dag ten einde was, met mijn aankondiging dat ik een zondag helemaal voor mezelf zou hebben samen met een universiteitsstudent? Herinnerde ik hen beiden eraan dat de week van tijdelijke opheffing van hun status van gehuwde vrouw voorbij was en dat hun echtgenoten eraan kwamen? Ja, ik was te ver gegaan. Tong afbijten, dacht ik, irriteer haar niet.

45

Hun echtgenoten arriveerden zelfs vroeger. We verwachtten hen op zondagmorgen, maar ze verschenen al op zaterdagavond, heel vrolijk, elk op een Lambretta die ze geloof ik in Ischia Porto hadden gehuurd. Nunzia bereidde een maaltijd met allerlei heerlijkheden. We spraken over de wijk, de winkels, over hoever ze met de nieuwe schoenen waren. Rino vertelde vol trots over de nieuwe modellen waaraan hij en zijn vader de laatste hand legden. Intussen schoof hij Lila op een gunstig moment verschillende schetsen onder de neus, die zij ongeïnteresseerd bekeek maar waarbij ze wel enkele wijzigingen voorstelde. Daarna gingen we aan tafel. De twee jongens verslonden alles, wedijverden wie het meeste kon vreten. Het was nog geen tien uur toen ze hun vrouwen meetrokken naar de respectievelijke slaapkamers.

Ik hielp Nunzia bij het afruimen van de tafel en met de afwas. Daarna sloot ik me op in mijn kamertje en las ik een poosje. Ik stikte zowat van de warmte maar liet het raam dicht, bang om door de muggen gehavend te worden. Ik bleef me omdraaien in bed, klam van het zweet, en dacht aan Lila, aan hoe ze zich langzaam maar zeker had onderworpen. Natuurlijk, ze gaf geen blijk van bijzondere genegenheid voor haar man. De tederheid die ik tijdens hun verloving soms in haar gebaren had gezien was verloren gegaan; en tijdens het avondeten had ze vaak woorden van walging gebruikt voor de manier waarop Stefano van alles verzwolg, voor hoe hij dronk. Maar het was duidelijk dat er een, god weet hoe precair, evenwicht was bereikt. Toen hij na een paar dubbelzinnige opmerkingen naar de slaapkamer was gelopen, was Lila hem gevolgd, zonder nog te blijven hangen, zonder te zeggen: 'Ga maar vast, ik kom eraan', berustend in een gewoonte waarover discussie onmogelijk was. De zinnelijke vrolijkheid die Rino en Pinuccia tentoonspreidden ontbrak tussen haar en haar man, maar er was ook geen verzet. Tot diep in de nacht hoorde ik de geluiden van de twee stellen, hun gelach en gekreun, deuren die opengingen, water dat uit een kraan stroomde, het kolkende water als er werd doorgetrokken, deuren die weer dichtgingen. Uiteindelijk viel ik in slaap.

's Zondags ontbeet ik met Nunzia. Ik wachtte tot tien uur om te zien of een van hen zich zou vertonen. Dat gebeurde niet en ik ging naar het strand. Daar bleef ik tot twaalf uur zonder dat er iemand verscheen. Ik ging terug naar huis. Nunzia vertelde me dat de anderen op hun Lambretta's een tochtje over het eiland waren gaan maken en dat ze haar op het hart hadden gedrukt niet met het middageten op hen te wachten. Inderdaad, ze kwamen pas tegen drieën terug, aangeschoten, vrolijk, verbrand door de zon, alle vier enthousiast over Casamicciola, Lacco Ameno en Forio. Hun ogen straalden, vooral die van de twee meisjes die me meteen plagerige blikken toewierpen.

'Lenù,' riep Pinuccia bijna schreeuwend, 'raad eens wat er is gebeurd!'

'Wat?'

'We hebben Nino aan zee ontmoet,' zei Lila.

Mijn hart stond stil.

'O.'

'Tjee, wat kan die zwemmen,' zei Pinuccia enthousiast terwijl ze met overdreven armslagen de lucht doorkliefde.

En Rino: 'Hij is niet onaardig. Hij was geïnteresseerd in het maken van schoenen.'

En Stefano: 'Hij heeft een vriend die Soccavo heet en dat is de

Soccavo van de mortadella, zijn vader is eigenaar van een vleeswarenfabriek in San Giovanni a Teduccio.'

En Rino weer: 'Die heeft pas geld!'

En Stefano: 'Vergeet die student, Lenù, die is straatarm. Mik op Soccavo, dat is een veel betere partij.'

Na nog wat licht spottend geklets ('Moet je nagaan, Lenuccia wordt de rijkste van ons allemaal, ze lijkt zo tam, maar ondertussen') trokken ze zich opnieuw terug in hun slaapkamers.

Ik was diep teleurgesteld. Ze waren Nino tegengekomen, hadden met hem gezwommen, hadden met hem gepraat. Zonder mij. Ik deed mijn mooiste jurk aan – de bekende, die van de bruiloft, ook al was het eigenlijk te warm daarvoor –, kamde met zorg mijn haar, dat door de zon heel erg blond was geworden, en zei tegen Nunzia dat ik een eind ging wandelen.

Ik liep naar Forio, nerveus omdat het zo ver was in mijn eentje, en vanwege de warmte en de onzekere afloop van mijn onderneming. Ik vond het huis van Nino's vriend, riep een paar keer vanaf de straat, bang dat er geen reactie zou komen: 'Nino, Nino!'

Hij verscheen aan het raam.

'Kom maar boven.'

'Ik wacht hier wel op je,' riep ik.

Ik wachtte, was bang dat hij onaardig tegen me zou doen. Maar hij kwam met een ongewoon hartelijk gezicht naar buiten. Hoe opwindend was dat hoekige gezicht van hem! En hoe aangenaam klein voelde ik me tegenover zijn enorm lange lijf, zijn brede schouders en smalle borst, die strakke gebruinde huid, de enige bekleding van zijn magere lichaam, enkel botten, spieren en pezen. Hij zei dat zijn vriend later zou komen. We liepen wat door het centrum van Forio, tussen de kraampjes die daar op zondag stonden. Hij vroeg me naar de boekhandel in de via Mezzocannone. Ik vertelde hem dat Lila me had gevraagd met haar mee te gaan en dat ik daarom ontslag had genomen. Ik zei niets over het feit dat ze me geld gaf, alsof met haar meegaan werk was, alsof ik bij haar in dienst was. Ik vroeg hem naar Nadia. Hij zei alleen maar: 'Alles oké.'

'Schrijven jullie elkaar?'
'Ja.'
'Elke dag?'
'Elke week.'

En dat was dan onze conversatie, meer hadden we elkaar over onszelf niet te vertellen. We weten niets van elkaar, dacht ik. Misschien zou ik hem kunnen vragen hoe het contact met zijn vader verliep, maar op wat voor toon? En trouwens, had ik niet met eigen ogen gezien dat de verstandhouding slecht was? Stilte, ik begon me ongemakkelijk te voelen. Maar hij verplaatste zich prompt naar het enige terrein dat onze ontmoeting leek te rechtvaardigen. Hij zei dat hij blij was me te zien, met zijn vriend kon je alleen maar over voetbal en examenstof praten. Hij prees me. La Galiani heeft een goede neus, zei hij, jij bent het enige meisje van de school dat een beetje nieuwsgierig is naar dingen die je niet voor overhoringen en punten nodig hebt. Hij begon over belangrijke onderwerpen te praten. We namen allebei meteen onze toevlucht tot het mooie, hartstochtelijke Italiaans, waarvan we wisten dat we erin uitblonken. Hij begon met het probleem van het geweld, zei iets over een betoging voor de vrede in Cortona en verweefde die handig met de klappen die op een plein in Turijn waren uitgedeeld. Hij zei dat hij het verband tussen immigratie en industrie beter wilde begrijpen. Ik knikte instemmend, maar wat wist ik van die onderwerpen? Niets. Nino merkte het en vertelde me gedetailleerd over een opstand van heel jonge jongens uit het zuiden en de hardheid waarmee de politie die had onderdrukt. 'Ze noemen hen Napoli's, Marokkanen, ze noemen hen fascisten, provocateurs, anarchosyndicalisten. Maar het zijn jongens om wie geen enkele instelling zich bekommert en die zo aan zichzelf worden overgelaten dat ze als ze kwaad worden, alles in puin slaan.' Ik probeerde iets te zeggen wat hem zou aanstaan en waagde: 'Als de problemen niet goed worden onderkend en er niet tijdig oplossingen worden gevonden, natuurlijk breken er dan onlusten uit. Maar dat is niet de schuld van degenen die in opstand komen, het is de schuld van degenen die niet kunnen regeren.' Hij wierp me een bewonderende blik toe en zei: 'Dat is precies wat ik ook denk.'

Het deed me heel veel plezier. Ik voelde me aangemoedigd en voorzichtig kwam ik met enkele gedachten over hoe individualiteit en universaliteit met elkaar te verenigen; ik haalde ze uit Rousseau en andere vage herinneringen aan door mevrouw Galiani opgelegde lectuur. Daarna vroeg ik hem: 'Heb je Federico Chabod gelezen?'

Ik liet die naam vallen omdat hij de auteur was van een boek over het begrip natie, waarvan ik een paar bladzijden had gelezen. Ik wist niets meer dan dat, maar op school had ik geleerd de indruk te wekken dat ik heel veel wist. *Heb je Federico Chabod gelezen?* Het was het enige moment dat Nino van enig misnoegen blijk gaf. Ik begreep dat hij niet wist wie Chabod was en dat gaf me een opwindend gevoel van volheid. Ik begon het weinige dat ik had geleerd voor hem samen te vatten. Nino riep me bijna meteen een halt toe. Ik begreep al snel dat weten – en zijn kennis oncontroleerbaar tentoonspreiden – zijn sterke en tegelijkertijd zwakke punt was. Hij voelde zich sterk als hij schitterde en zwak als hem de woorden ontbraken. Hij toonde zich geschrokken en stuurde het gesprek zijwegen op, vertelde me over de regio's, over hoe dringend het was dat die gecreëerd werden, over autonomie en decentralisatie, over economische programma's op regionale basis, allemaal zaken waarvan ik nog nooit had gehoord. Geen Chabod dus, ik gaf hem vrij baan. En ik vond het fijn hem te horen praten, de hartstocht van zijn gezicht te lezen. Zijn ogen kregen een felle uitdrukking als hij op dreef raakte.

Zo ging het zeker een uur door. Vreemd aan het lomp dialectische rumoer om ons heen, voelden we ons uniek, alleen hij en ik, met ons zorgvuldige Italiaans, met dat gepraat dat alleen ons en niemand anders interesseerde. Waar waren we mee bezig? Met een discussie? Met oefeningen om ons in de toekomst te meten met mensen die net als wij hadden geleerd zich goed van woorden te bedienen? Met een uitwisseling van signalen om elkaar te bewijzen dat er een basis was voor een lange, vruchtbare vriendschap? Met een beschaafd afschermen van seksueel verlangen? Ik weet het niet. Ikzelf voelde beslist geen bijzondere hartstocht voor die onderwerpen, voor de ware zaken en personen waar ze betrekking op hadden. Er was geen sprake van opvoeding of gewoonte, alleen maar van dat bekende verlangen van mij om geen slecht figuur te slaan. Maar het was fijn, dat is zeker, ik voelde me zoals wanneer ik aan het einde van het schooljaar mijn rij punten zag en 'bevorderd' las. Toch begreep ik al snel dat het niet te vergelijken was met de gedachtewisselingen die ik jaren tevoren met Lila had gehad, waarvan mijn hoofd ging gloeien en waarbij we elkaar de woorden uit de mond rukten, terwijl er intussen een geladenheid ontstond als van een onweerslucht vol bliksemflitsen. Met Nino was het anders. Mijn intuïtie vertelde me dat ik erop moest letten dat ik zei wat hij wilde dat ik zei, en dat ik niet alleen mijn onwetendheid voor hem verborgen moest houden maar ook het weinige dat ik wel wist en hij niet. Dat deed ik en ik was er trots op hoe hij me zijn overtuigingen toevertrouwde. Maar kijk, toen veranderde de situatie. Ineens zei hij: 'Basta!', en hij pakte mijn hand en sprak een zin uit die klonk als een fluorescerende aankondiging: 'Nu ga ik je een uitzicht laten zien dat je nooit meer zult vergeten', en hij sleurde me mee naar het piazza del Soccorso zonder me een moment los te laten, terwijl hij zelfs zijn vingers met die van mij verstrengelde, zodat ik, overweldigd als ik was door het feit dat zijn hand de mijne stevig vasthield, me niets meer herinner van de intens blauwe zee die in een boog voor ons lag.

Ja, ik was er echt van ondersteboven! Een paar keer maakte hij zijn vingers los om zijn hand door zijn haar te halen, maar daarna pakte hij mijn hand meteen weer vast. Even vroeg ik me af hoe dat intieme gebaar te rijmen viel met zijn relatie met de dochter van mevrouw Galiani. Misschien, antwoordde ik mezelf, weerspiegelt het zijn manier van denken over vriendschap tussen een jongen en een meisje. Maar de kus dan die hij me in de via Mezzocannone had gegeven? Ook die was niets bijzonders, nieuwe gewoonten, nieuwe manieren van jong zijn; en hoe dan ook, in feite was het maar iets lichts geweest, alleen maar een heel kort contact. Ik moet tevreden zijn met het geluk van dit moment, met het waagstuk van deze vakantie die ík heb gewild: straks verlies ik hem, straks gaat hij weg, hij heeft zijn eigen toekomst, die op geen enkele manier ook de mijne kan zijn.

Deze emotionerende gedachten hadden me overvallen, en ik was er nog volop mee bezig toen ik achter me geronk en schaamteloos geschreeuw hoorde. De Lambretta's van Rino en Stefano reden ons vol gas voorbij, hun vrouwen achterop. Ze gingen langzamer rijden en draaiden met een behendige manoeuvre om. Ik maakte mijn hand los uit van die van Nino.

'En die vriend van je?' vroeg Stefano aan Nino, terwijl hij almaar stootjes gas gaf.

'Die komt zo naar ons toe.'

'Doe hem de groeten.'

'Oké.'

Rino vroeg: 'Wil je een toertje maken met Lenuccia?'

'Nee, dank je.'

'Vooruit, vindt ze leuk, dat zie je zo.'

Nino bloosde en zei: 'Ik kan niet op een Lambretta rijden.'

'Da's net zo gemakkelijk als op een fiets.'

'Dat weet ik, maar het is niets voor mij.'

Stefano lachte: 'Da's een student, Rinù, laat maar.' Ik had hem nog nooit zo vrolijk gezien. Lila zat dicht tegen hem aan gedrukt, met beide armen om zijn middel. Ze maande: 'Kom we gaan, als jullie niet opschieten missen jullie de veerboot nog.'

'Ja, ja, wegwezen,' schreeuwde Stefano, 'wij werken morgen, wij hebben geen tijd om in de zon te liggen en een beetje te zwemmen, zoals jullie. Ciao Lenù, ciao Nino, braaf zijn hoor.'

'Heel leuk om je ontmoet te hebben,' zei Nino hartelijk.

Ze schoten ervandoor, Lila zwaaide naar Nino, terwijl ze gilde: 'Denk eraan, breng haar naar huis!'

Ze doet of ze mijn moeder is, dacht ik een beetje geërgerd, ze hangt de volwassen vrouw uit. Nino nam me opnieuw bij de hand en zei: 'Rino is aardig, maar waarom is Lina met die imbeciel getrouwd?'

46

Kort daarna maakte ik ook kennis met zijn vriend, Bruno Soccavo, een jongen van een jaar of twintig, kort van stuk, heel laag voorhoofd, pikzwart krulhaar, een prettig gezicht maar pokdalig door vroegere acne die heftig moest zijn geweest.

Ze brachten me helemaal thuis, langs de zee die in de avondschemer paarsig was. Nino nam me het hele traject niet meer bij de hand, ook al liet Bruno ons praktisch alleen: hij liep of voor ons uit of bleef achter, alsof hij ons niet wilde storen. Omdat Soccavo geen woord tegen me zei, zei ik ook niets tegen hem, zijn verlegenheid maakte mij ook verlegen. Maar toen we eenmaal thuis uit elkaar gingen, vroeg hij ineens: 'Zien we elkaar morgen?' En Nino vroeg naar welk strand we gingen, wilde precieze aanwijzingen. En die gaf ik hem.

'Gaan jullie 's morgens of 's middags?'

''s Morgens én 's middags. Lila moet veel zwemmen.'

Hij beloofde dat ze langs zouden komen.

Heel gelukkig rende ik de trap op naar het huis, maar ik was nog niet binnen of Pinuccia begon me te plagen. En tijdens het avondeten zei ze tegen Nunzia: 'Mammà, Lenuccia heeft zich met de zoon van de dichter verloofd, een broodmagere jongen met lange haren, die zich beter waant dan anderen.'

'Niet waar.'

'Zo waar als wat, we hebben jullie hand in hand zien lopen.'

Nunzia wilde niet begrijpen dat het een pesterijtje was en reageerde met de droevige ernst die haar karakteriseerde: 'Wat doet de zoon van Sarratore?'

'Hij studeert aan de universiteit.'

'Dan moeten jullie wachten, als jullie van elkaar houden.'

'Er valt niets te wachten, mevrouw Nunzia, we zijn alleen maar vrienden.'

'Maar stel dat jullie je verloven, dan moet hij eerst zijn studie afmaken, daarna een goede baan vinden en pas daarna kunnen jullie trouwen.'

Hier kwam Lila geamuseerd tussenbeide: 'Ze zit je te vertellen dat je tegen die tijd verschimmeld bent.'

Maar Nunzia zei verwijtend: 'Zoiets moet je niet tegen Lenuccia zeggen.' En om me te troosten vertelde ze dat zij eenentwintig was toen ze met Fernando trouwde en drieëntwintig toen ze Rino kreeg. Daarna richtte ze zich tot haar dochter en zei, zonder kwade bedoelingen, alleen maar om te benadrukken hoe zij erover dacht: 'Maar jij bent te jong getrouwd.' Bij die zin werd Lila kwaad, ging naar haar kamer en sloot zich op. Toen Pinuccia op de deur klopte om bij haar te gaan slapen, gilde ze dat ze haar met rust moest laten: 'Jij hebt je eigen kamer.' Hoe kon ik in die sfeer zeggen: 'Nino en Bruno hebben beloofd dat ze me op het strand komen opzoeken'? Ik zag ervan af. Als het gebeurt is het goed, dacht ik, en als het niet gebeurt, waarom zou ik het dan zeggen? Nunzia ontving intussen geduldig haar schoondochter in haar bed en smeekte haar zich de uitvallen van haar dochter niet aan te trekken.

De nacht was te kort om Lila te kalmeren. 's Maandags bij het wakker worden was ze nog chagrijniger dan toen ze ging slapen. Dat komt omdat haar man er niet is, verdedigde Nunzia haar, maar Pinuccia noch ik geloofde dat. Algauw ontdekte ik dat ze vooral op mij gebeten was. Onderweg naar het strand dwong ze me haar tas te dragen en eenmaal op het strand stuurde ze me twee keer terug, de eerste keer om een sjaal voor haar te halen, de tweede keer omdat ze een nagelschaartje nodig had. Toen ik tekenen van protest vertoonde stond ze op het punt me onder de neus te wrijven dat ze me betaalde. Ze slikte haar woorden op tijd in, maar niet vlug genoeg om te voorkomen dat ik het begreep: het was zoals wanneer iemand uithaalt om je een klap te geven, maar zich op het laatste moment bedenkt.

Die dag was het erg warm, we lagen constant in het water. Lila oefende veel in het drijven en gebood me naast haar te blijven om haar te helpen als het nodig was. Maar ze bleef vals. Ze maakte me steeds verwijten, zei dat het stom van haar was om vertrouwen in me te hebben: ik kon zelf niet eens zwemmen, hoe kon ik het haar dan leren? Ze miste Sarratores didactische kwaliteiten en liet me zweren dat we de volgende dag weer naar het Marontistrand zouden gaan. Maar door al dat oefenen maakte ze intussen wel veel vorderingen. Ze was in staat om elke beweging meteen in haar geheugen op te slaan. Dankzij dat vermogen had ze geleerd schoenen te repareren, met vaardigheid worsten en kazen te snijden en te knoeien met het gewicht. Zo was ze geboren, ze zou de ciseleerkunst kunnen leren enkel door de bewegingen van een goudsmid te bestuderen, en daarna zou ze het goud nog beter kunnen bewerken dan hij. En zie daar, het angstige gespartel was voorbij, ze voerde elke beweging nu beheerst uit, het was alsof ze haar lichaam op het transparante zeeoppervlak tekende. Lange, slanke armen en benen gingen in een rustig ritme door het water, zonder schuim te veroorzaken zoals Nino dat deed en zonder de theatrale opgewondenheid van vader Sarratore.

'Doe ik het zo goed?'

'Ja.'

En dat was waar. Binnen enkele uren zwom ze beter dan ik, om over Pinuccia maar te zwijgen, en spotte ze al met ons onhandige gedoe.

Dat klimaat van superioriteit verdween plotseling toen 's middags tegen vieren de boomlange Nino en Bruno, die tot zijn schouders kwam, op het strand verschenen, tegelijk met een frisse wind die je de lust om te zwemmen ontnam.

Pinuccia zag hen het eerste, terwijl ze langs het water kwamen aanlopen, tussen de met emmertjes en schepjes spelende kinderen door. Van verbazing begon ze te lachen en zei: 'Het lidwoord *il* komt eraan.' En dat was waar. Nino en zijn vriend, handdoek over de schouder, sigaretten en aansteker in de hand, liepen met bedachtzame stappen voort, terwijl ze hun blikken zoekend over de badgasten lieten gaan.

Een plotseling gevoel van macht kwam over me, ik riep, zwaaide met mijn armen om hun aandacht te trekken. Nino had zijn belofte dus gehouden. Hij had meteen de volgende dag al behoefte gehad me terug te zien. Hij was dus speciaal uit Forio gekomen, met zijn zwijgzame medestudent achter zich aan. En omdat hij met

Lila en Pinuccia niets gemeen had, was het duidelijk dat hij die wandeling alleen maar had gemaakt voor mij, de enige die niet getrouwd en zelfs niet verloofd was. Ik voelde me gelukkig, en hoe meer mijn geluk zich met bevestigingen voedde – Nino spreidde zijn handdoek naast mij uit, ging erop zitten, wees naar een stukje van de blauwe stof en ik, de enige die op het zand zat, ging prompt naast hem zitten – hoe hartelijker en spraakzamer ik werd.

Lila en Pinuccia daarentegen verstomden. Ze stopten met hun ironische opmerkingen in mijn richting, ze stopten met hun onderling gekibbel. Ze luisterden naar Nino, die amusante dingen vertelde over hoe hij en zijn vriend hun studieleven hadden georganiseerd.

Het duurde een poosje voordat Pinuccia het waagde een paar woorden te zeggen, in een mengeling van Italiaans en dialect. Ze zei dat het water lekker warm was, dat de man die verse kokos verkocht nog niet langs was gekomen en dat ze heel veel zin in kokos had. Nino, die helemaal opging in zijn grappige verhalen, sloeg weinig acht op haar, maar Bruno, die attenter was, voelde zich geroepen aan de verlangens van een zwangere vrouw gehoor te geven. Bang dat het kind met zin in kokos geboren zou kunnen worden, bood hij aan ernaar op zoek te gaan. Zijn door verlegenheid verstikte, maar vriendelijke stem beviel Pinuccia. Het was de stem van iemand die geen vlieg kwaad zou doen, en ze begon enthousiast met hem te kletsen, zachtjes, alsof ze niet wilde storen.

Lila daarentegen bleef zwijgen. Ze sloeg bijna geen acht op de vriendelijkheden die Pinuccia en Bruno uitwisselden, maar miste geen woord van wat Nino en ik zeiden. Die aandacht gaf me een ongemakkelijk gevoel en een paar keer liet ik me ontvallen dat ik een wandelingetje naar de warmwaterbronnen wel zag zitten, in de hoop dat Nino zou zeggen: 'Kom, dat doen we.'

Maar hij was net over de wildbouw op Ischia begonnen, waardoor hij gedachteloos instemde maar daarna toch gewoon doorging met zijn verhaal. Hij haalde Bruno erbij, misschien gestoord door het feit dat die met Pinuccia zat te praten, en riep hem ter getuigenis van bepaalde vernielingen net naast het huis van Bruno's ouders. Hij had er grote behoefte aan zich uit te drukken, samen te vatten wat hij gelezen had, vorm te geven aan wat hij persoonlijk had waargenomen. Het was zijn manier om zijn gedachten te ordenen – praten, praten en nog eens praten – maar het was vast en zeker ook, dacht ik, een teken van eenzaamheid. Ik voelde dat ik op hem leek en was daar trots op. Ik had dezelfde behoefte om mezelf de identiteit van een ontwikkeld mens te geven, die te laten gelden, te zeggen: hoor wat ik weet, kijk wie ik aan het worden ben. Maar Nino liet me geen ruimte om dat te doen, ook al moet ik zeggen dat ik het soms wel probeerde. Net als de anderen bleef ik luisteren, maar toen Pinuccia en Bruno riepen: 'Nou, wij gaan wandelen hoor, we gaan die kokos halen', keek ik Lila nadrukkelijk aan, in de hoop dat zij met haar schoonzusje mee zou gaan en Nino en mij eindelijk alleen liet debatteren, met zijn tweeën op dezelfde handdoek. Maar ze reageerde niet, en toen Pina zich realiseerde dat ze alleen met een hoffelijke, maar toch altijd nog onbekende jongeman op pad moest, vroeg ze geërgerd: 'Lenù, ga je mee, je wilde toch wandelen?' Ik antwoordde: 'Ja, maar laat ons eerst dit gesprek afmaken, daarna komen we jullie eventueel wel achterna.' En toen liep ze ontevreden met Bruno weg in de richting van de warmwaterbronnen. Ze waren precies even lang.

Wij bleven achter en praatten over Napels en Ischia en heel Campanië, gebieden die terecht waren gekomen in de handen van de ergste mensen, die zich echter voordeden als integere mensen. 'Boeven,' noemde Nino ze met stemverheffing, 'vernielers, uitzuigers, lui die bakken geld in hun zak steken en geen belasting betalen. Aannemers, advocaten van aannemers, camorra-aanhangers, monarchistische fascisten en christen-democraten die zich gedragen alsof het cement in de hemel wordt aangemaakt en God zelf het met een enorme troffel in blokken op de heuvels en de kusten gooit.' Maar dat we alle drie praatten is te veel gezegd. Vooral hij was aan het woord, van tijd tot tijd kwam ik met informatie die ik uit de *Cronache Meridionali* had. Lila mengde zich maar één keer in het gesprek, voorzichtigjes, toen hij aan de lijst schurken ook de *bottegai* toevoegde. Ze vroeg: 'Wat zijn dat, bottegai?'

Nino stopte midden in een zin en keek haar stomverbaasd aan.
'Winkeliers.'
'Waarom noem je ze bottegai?'
'Zo heten die.'
'Mijn man is een bottegaio.'
'Ik wilde je niet beledigen.'
'Ik ben niet beledigd.'
'Betalen jullie belasting?'
'Daar heb ik nooit eerder over gehoord.'
'Echt niet?'
'Nee, echt niet.'
'Belastingen zijn belangrijk voor het plannen van het economische leven van een gemeenschap.'
'Dat zal wel. Herinner je je Pasquale Peluso?'
'Nee.'
'Hij is metselaar. Als dat cement er niet was, zou hij zijn werk verliezen.'
'O.'
'Maar hij is communist. Zijn vader is ook communist, en die heeft volgens het gerecht mijn schoonvader vermoord, die geld had verdiend op de zwarte markt en met woekeren. En Pasquale is als zijn vader, hij is het nooit met iemand eens geweest wat die kwestie van de vrede betreft, ook niet met zijn communistische kameraden. Maar al komt het geld van mijn man recht van mijn schoonvader, toch zijn Pasquale en ik dikke vrienden.'
'Ik begrijp niet waar je heen wilt.'
Lila grijnsde vol zelfspot.
'Ik ook niet, ik hoopte het te ontdekken door naar jullie te luisteren.' Dat was alles, daarna zei ze niets meer. Maar zolang ze praatte, had ze dat niet op haar bekende agressieve toon gedaan, het leek of ze echt wilde dat we haar hielpen begrijpen, omdat het leven in de wijk een verwarde kluwen was. Ze had bijna steeds in het dialect gepraat, alsof ze bescheiden wilde aangeven: ik gebruik geen trucjes, ik praat zoals ik ben. En heel eerlijk had ze losse dingen opgesomd, zonder zoals gewoonlijk een draad te zoeken

die die dingen bijeen kon houden. En echt, zowel zij als ik had dat met culturele en politieke minachting beladen woord nooit gehoord, een woord als een formule: bottegai. En zowel zij als ik wist niets van belastingen: onze ouders, vrienden, verloofden, echtgenoten en familie gedroegen zich alsof die niet bestonden en op school werd er niets onderwezen wat ook maar in de verte met politiek te maken had. En toch wist Lila dat wat tot dan toe een nieuwe, intense middag was geweest te bederven. Meteen na die uitwisseling van zinnetjes probeerde Nino de draad van zijn verhaal weer op te pakken maar hij bleef steken en begon weer grappige dingen te vertellen over het gemeenschappelijke leven van Bruno en hem. Hij zei dat ze alleen maar gebakken eieren en vleeswaren aten en heel veel wijn dronken. Daarna leek hij zich ook om zijn eigen anekdotes ongemakkelijk te voelen en toen Pinuccia en Bruno met natte haren van het zwemmen en al kokos etend terugkwamen, betoonde hij zich opgelucht.

'Het was echt leuk,' riep Pina uit, maar met het gezicht van iemand die bedoelt: 'Jullie zijn twee enorme trutten, jullie hebben me in mijn eentje op pad gestuurd met een jongen die ik niet eens ken.'

Toen de twee jongens afscheid namen, liep ik een stukje met hen mee, alleen maar om duidelijk te maken dat ze vrienden van mij waren en voor mij waren gekomen.

Nino zei bozig: 'Wat jammer, Lina heeft zich echt vergooid.'

Ik knikte, zei gedag en bleef een tijdje met mijn voeten in het water staan om weer kalm te worden.

Toen we terugliepen naar huis waren Pinuccia en ik vrolijk, Lila was in gedachten verzonken. Pinuccia vertelde Nunzia van het bezoek van de twee jongens en bleek plotseling blij met Bruno die zo zijn best had gedaan om te voorkomen dat haar kind met een verlangen naar kokos werd geboren. 'Een keurige jongen,' zei ze, 'een student maar niet al te saai. Zo te zien interesseert het hem niets wat hij aanheeft, maar alles wat hij draagt, van zwembroek tot overhemd en sandalen, is duur spul.' Ze bleek geïntrigeerd te zijn door het feit dat je anders met je geld kon omgaan dan haar broer, Rino en de Solara's deden. Ze zei iets wat me trof: 'In de strandtent heeft hij een paar dingen voor me gekocht, zonder dik te doen.'

Haar schoonmoeder, die de hele vakantie niet meekwam naar zee, maar zich over de boodschappen en het huis ontfermde en het avondeten klaarmaakte en ook het middageten dat we de volgende dag mee naar het strand namen, luisterde alsof haar schoondochter over een betoverde wereld vertelde. Natuurlijk merkte ze meteen dat haar dochter er met haar hoofd niet bij was en ze wierp haar vaak onderzoekende blikken toe. Maar Lila was echt alleen maar afwezig. Ze was op geen enkele manier lastig, liet Pinuccia weer in haar bed toe, wenste iedereen welterusten. Daarna deed ze iets totaal onverwachts. Ik lag net, toen ze haar hoofd om de deur van mijn kamertje stak.

'Mag ik een van je boeken lenen?' vroeg ze.

Stomverbaasd keek ik haar aan. Wilde ze lezen? Hoelang had ze al geen boek meer opengeslagen, drie jaar, vier jaar? En waarom had ze uitgerekend nu besloten weer te beginnen? Ik pakte Beckett, het boek dat ik gebruikte om de muggen dood te slaan, en gaf het haar. Het leek me de meest toegankelijke tekst die ik had.

47

De week verstreek met lang wachten en ontmoetingen die te vlug weer voorbij waren. De twee jongens hadden een tijdschema waar ze zich streng aan hielden. Ze stonden om zes uur 's morgens op en studeerden tot lunchtijd. Tegen drieën gingen ze op weg voor de afspraak met ons en om zeven uur vertrokken ze weer. Ze aten en daarna gingen ze door met studeren. Nino verscheen nooit alleen. Ook al waren hij en Bruno totaal verschillend, ze konden het toch erg goed met elkaar vinden. Maar vooral schenen ze ons alleen maar te kunnen trotseren als ze kracht konden ontlenen aan elkaars aanwezigheid.

Van het begin af aan was Pinuccia het niet eens met de bewering dat ze het zo goed met elkaar konden vinden. Volgens haar waren ze niet bijzonder bevriend en evenmin bijzonder eensgezind. Zij beweerde dat het een relatie was die alleen maar standhield dankzij het geduld van Bruno, die een goed karakter had en daarom zonder klagen accepteerde dat Nino hem de godganselijke dag gek maakte met de lulkoek die hij zonder ophouden uitbraakte. 'Lulkoek, ja,' herhaalde ze, maar daarna verontschuldigde ze zich een tikje ironisch omdat ze het geklets waar ik zo van hield op die manier had benoemd. 'Jullie zijn studenten,' zei ze, 'en het is logisch dat jullie alleen maar begrijpelijk zijn voor elkaar, maar mogen wij het alsjeblieft een beetje zat zijn?'

Die woorden bevielen me zeer. In aanwezigheid van Lila als stille getuige bevestigden ze dat er tussen Nino en mij een soort exclusieve band bestond waar moeilijk tussen te komen was. Maar op een dag zei Pinuccia op een geringschattende toon tegen Bruno en Lila: 'Kom, we gaan zwemmen, het water is lekker, laat die twee maar de intellectueel spelen.' De intellectueel spelen, het was duidelijk een manier om te zeggen dat de onderwerpen die we aanroerden ons niet echt interesseerden, dat het maar een houding van ons was, toneel. En hoewel ik de formulering 'de intellectueel spelen' niet bijzonder naar vond, wekte ze flinke ergernis bij Nino, die midden in een zin stopte. Hij sprong op, rende als eerste het water in, zonder zich om de temperatuur te bekommeren, spetterde ons nat terwijl wij rillend verder liepen en hem smeekten op te houden, en begon toen met Bruno te vechten en te doen alsof hij hem wilde verdrinken.

Kijk, dacht ik, hij zit vol grote gedachten, maar hij kan ook vrolijk en amusant zijn als hij wil. Waarom laat hij mij dan alleen zijn ernstige kant zien? Heeft la Galiani hem ervan overtuigd dat ik alleen maar geïnteresseerd ben in studeren? Of wek ik die indruk door mijn bril en mijn manier van praten?

Vanaf dat moment merkte ik tot mijn steeds grotere verdriet dat de middaguren voorbijvlogen. Ze lieten vooral woorden achter die beladen waren met brandend ongeduld, van zijn kant om zich uit te drukken, van mijn kant om eerder dan hij met een idee te komen en te horen dat hij het met me eens was. Het gebeurde niet meer dat hij me bij de hand nam, en het gebeurde ook niet meer dat hij me uitnodigde op de rand van zijn handdoek te komen zitten. Als ik Bruno en Pinuccia om onbenullige dingen hoorde lachen, benijdde ik hen en dacht ik: wat zou het fijn zijn om net zo met Nino te kunnen omgaan. Ik wil niets, ik verwacht niets, ik zou alleen maar een beetje meer vertrouwelijkheid willen, zelfs al was die respectvol zoals die van Pinuccia en Bruno.

Lila leek andere problemen te hebben. De hele week gedroeg ze zich rustig. Een groot deel van de ochtend bracht ze in het water door. Ze zwom heen en weer in een lijn evenwijdig aan het strand, op enkele meters daarvandaan. Pinuccia en ik hielden haar gezelschap en bleven haar instructies geven, ook al zwom ze intussen veel beter dan wij. Maar algauw kregen we het koud en haastten we ons naar het gloeiende zand om daar languit te gaan liggen, terwijl Lila bleef oefenen met rustige armslagen, licht peddelend met haar voeten en ritmisch in de lucht happend zoals vader Sarratore het haar had geleerd. 'Ze moet altijd overdrijven,' mopperde Pinuccia terwijl ze in de zon haar buik streelde. Ik kwam regelmatig overeind en gilde dan: 'Genoeg gezwommen, je bent al te lang in het water, zo koel je te veel af!' Maar Lila luisterde niet en kwam pas uit het water als ze grauw zag en haar ogen wit waren, haar lippen blauw en haar vingertoppen gerimpeld. Ik wachtte haar op bij de waterlijn met haar door de zon verwarmde handdoek, legde die over haar schouders en wreef haar dan energiek weer warm.

Als de twee jongens arriveerden, die geen dag oversloegen, gingen we of met z'n allen het water in – maar Lila weigerde over het algemeen, ze bleef vanaf de kant op haar handdoek naar ons zitten kijken – of we gingen een eind lopen, maar dan bleef zij achter om schelpen te zoeken. Als Nino en ik over de wereld begonnen te praten, bleef ze heel aandachtig luisteren, waarbij ze zelf haar mond maar zelden opendeed. Er waren intussen bepaalde gewoonten ontstaan en het verbaasde me hoe ze eraan hechtte dat die gerespecteerd werden. Om een voorbeeld te geven: Bruno kwam altijd met koude drankjes die hij onderweg bij een strandtent kocht, en op een dag attendeerde zij hem erop dat hij voor mij priklimonade had gekocht terwijl hij gewoonlijk sinaasappelsap voor me meenam. Ik zei: 'Dank je wel, Bruno, 't is goed zo', maar zij dwong hem het flesje te gaan ruilen. En nog een voorbeeld: Pinuccia en Bruno gingen in de loop van de middag altijd verse kokos halen, en hoewel ze ons vroegen om met hen mee te lopen, kwam het nooit bij Lila op om dat te doen en bij Nino en mij ook niet. Zo werd het doodnormaal dat zij droog wegliepen, nat van de zee terugkwamen en kokos met spierwit vruchtvlees meebrachten. Als ze dat toevallig een keertje vergeten leken te hebben, vroeg Lila: 'Geen kokos vandaag?'

Ook aan de gesprekken van Nino en mij was ze erg gehecht. Als we te lang over ditjes en datjes spraken, werd ze ongeduldig en zei tegen Nino: 'Heb je vandaag niets interessants gelezen?' Dan glimlachte Nino voldaan, zei nog wat vage dingen maar begon vervolgens over de onderwerpen die hem aan het hart lagen. Hij praatte en praatte, maar er waren nooit echte wrijvingen tussen ons. Ik was het bijna altijd met hem eens en als Lila met een tegenwerping kwam dan deed ze dat kort, met tact, en als ze het ergens niet mee eens was, liet ze dat nauwelijks merken.

Op een middag haalde hij een heel kritisch artikel aan over het functioneren van het openbaar onderwijs en hield ononderbroken een tirade tegen de wijkschool die wij hadden bezocht. Ik was het met hem eens, had het over la Oliviero, die ons met de aanwijsstok tikken op de handen gaf als we een fout maakten en ook over de vreselijk wrede wedstrijden waaraan ze ons onderwierp om te zien wie de knapste van de klas was. Maar tot mijn verrassing zei Lila dat de lagere school voor haar heel erg belangrijk was geweest. Ze prees onze juffrouw, in een Italiaans zoals ik dat al lang niet meer van haar had gehoord, zo precies, zo rijk, dat Nino haar geen enkele keer onderbrak om het zijne te zeggen, maar heel aandachtig naar haar bleef luisteren en ten slotte een paar algemene opmerkingen maakte over de verschillen in behoeften van elke mens en over hoe dezelfde ervaring de behoeften van de een kan verzadigen terwijl die ervaring voor die van een ander onvoldoende kan zijn.

Er was nog een ander geval waarbij Lila zich welgemanierd en in beschaafd Italiaans oneens betoonde. Ik kon me steeds meer verenigen met de theoretische discussies over deskundige interventies die, indien tijdig gedaan, problemen konden oplossen, onrechtvaardigheden uit de wereld konden helpen en conflicten konden voorkomen. Ik had me dat denkschema snel eigen gemaakt – daarin ben ik altijd goed geweest – en paste het iedere keer toe als Nino met kwesties op de proppen kwam waarover hij hier en daar had gelezen: kolonialisme, neokolonialisme, Afrika. Maar op een middag zei Lila zachtjes dat het conflict tussen arm en rijk op geen enkele manier te voorkomen was.

'Waarom niet?'

'De mensen die onderaan zitten willen naar boven en de mensen die bovenaan zitten willen bovenaan blijven en hoe je het ook wendt of keert, het loopt altijd op spugen en schoppen uit.'

'Daarom moet je nu juist de problemen oplossen voordat het tot geweld komt.'

'Hoe? Door iedereen naar boven te brengen of iedereen naar beneden?'

'Door een punt van evenwicht tussen de klassen te vinden.'

'Waar? Ontmoeten die van beneden die van boven halverwege?'

'Laten we daarvan uitgaan.'

'En die van boven gaan graag een stukje naar beneden? En die van beneden zien ervan af nog een beetje hoger te gaan?'

'Als je eraan werkt om al deze dingen goed op te lossen, ja. Denk je ook niet?'

'Nee. Klassen klaverjassen niet samen, ze voeren strijd, een strijd op leven en dood.'

'Dat is wat Pasquale denkt,' zei ik.

'Dat denk ik nu ook,' antwoordde ze rustig.

Afgezien van die schaarse rechtstreekse opmerkingen gebeurde het maar zelden dat er tussen Lila en Nino iets werd gezegd wat niet via mij liep. Lila wendde zich nooit direct tot hem, en Nino wendde zich evenmin tot haar. Ze leken zich onbehaaglijk te voelen bij elkaar. Ik zag dat Lila veel meer op haar gemak was bij

Bruno, die er ondanks zijn zwijgzaamheid en dankzij zijn vriendelijkheid en de prettige toon waarop hij haar soms mevrouw Carracci noemde in slaagde een zekere vertrouwelijkheid tot stand te brengen. Toen we bijvoorbeeld een keer lang met zijn allen in zee waren en Nino zich tot mijn verrassing niet aan een van die verre zwempartijen overgaf die mij in spanning hielden, wendde ze zich tot Bruno en niet tot hem om te vragen haar te laten zien om de hoeveel armslagen ze met haar hoofd boven water moest komen om adem te halen. Hij gaf haar meteen een demonstratie. Maar het ergerde Nino dat hij, met al zijn zwemkunst, gepasseerd was en hij bemoeide zich ermee, Bruno plagend om zijn korte armen en gebrek aan ritme. Daarna wilde hij Lila laten zien hoe het wel moest. Zij keek aandachtig en deed hem meteen na. Kortom, ze zwom ten slotte zo goed dat Bruno haar de Esther Williams van Ischia noemde, en daarmee bedoelde hij dat ze net zo goed was geworden als die zwemmende diva.

Aan het einde van de week – ik herinner me dat het een prachtige zaterdagochtend was, de lucht was nog fris en de intense geur van de pijnbomen vergezelde ons de hele weg tot aan het strand – verklaarde Pinuccia categorisch: 'Die zoon van Sarratore is echt oervervelend.'

Voorzichtig verdedigde ik Nino. Op de toon van iemand die het kan weten zei ik dat je als je studeert en bevlogen raakt door dingen, behoefte voelt je passie op anderen over te brengen, en dat dat bij Nino het geval was. Lila leek niet overtuigd, ze zei iets wat me beledigend leek: 'Als je de dingen die Nino gelezen heeft uit zijn hoofd haalt, blijft er niets meer over.'

Ik riep uit: 'Dat is niet waar. Ik ken hem en hij heeft heel veel in zijn mars!'

Pinuccia daarentegen gaf haar enthousiast gelijk. Maar Lila zei, misschien omdat die instemming haar niet beviel, dat ze zich verkeerd had uitgedrukt en ze draaide de betekenis van die zin ineens om, alsof ze hem alleen maar zo had geformuleerd om hem uit te proberen en ze bij het horen ervan spijt had gekregen. Nu wrong ze zich in allerlei bochten om de fout te herstellen. 'Hij is bezig aan de gedachte te wennen,' verduidelijkte ze, 'dat alleen grote kwesties belangrijk zijn, en als dat lukt zal hij zijn hele leven alleen maar daarvoor leven, zonder zich door andere dingen te laten afleiden. Niet zoals wij, wij denken alleen maar aan onze eigen dingen: geld, een huis, een man, kinderen krijgen.'

Ook die opvatting beviel me niet. Wat zei ze daar? Dat gevoelens voor afzonderlijke mensen voor Nino niet zouden tellen, dat zijn toekomst een leven zonder liefde, zonder kinderen, zonder huwelijk zou zijn? Het kostte me moeite, maar ik zei: 'Weet je dat hij een verloofde heeft en erg op haar is gesteld? Ze schrijven elkaar eens per week.'

Pinuccia kwam ertussen: 'Bruno is niet verloofd, maar hij zoekt zijn ideale vrouw, zo gauw hij die heeft gevonden, trouwt hij en hij wil veel kinderen.' En daarna zuchtte ze, zonder duidelijk verband: 'Deze week is echt voorbijgevlogen.'

'Ben je niet blij? Je man komt terug,' antwoordde ik.

Ze leek bijna beledigd door de mogelijkheid dat ik zou kunnen denken dat ze het ook maar een beetje vervelend kon vinden dat Rino weer kwam. Ze riep uit: 'Natuurlijk ben ik daar blij om!'

Toen vroeg Lila aan mij: 'En jij, ben je ook blij?'

'Dat jullie mannen terugkomen?'

'Nee, je snapt het best.'

Ik had het begrepen maar gaf het niet toe. Ze bedoelde dat ik de volgende dag, zondag, terwijl zij het druk hadden met Stefano en Rino, de gelegenheid had de twee jongens alleen te ontmoeten en sterker nog, dat Bruno net als de week tevoren bijna zeker zijn eigen gang zou gaan en ik de middag met Nino zou doorbrengen. En ze had gelijk, dat was precies wat ik hoopte. Al dagen dacht ik voor ik in slaap viel aan het weekend. Lila en Pinuccia zouden hun echtelijke geneugten hebben en ik de kleine genoegens van het bebrilde ongetrouwde meisje dat haar leven doorbrengt met studeren: een wandeling, hand in hand. Of misschien, wie weet, nog meer. Lachend zei ik: 'Wat moet ik snappen, Lila? Boffers dat jullie getrouwd zijn.'

48

De dag gleed traag voorbij. Terwijl Lila en ik rustig in de zon lagen te wachten tot het uur aanbrak waarop Nino en Bruno met frisse drankjes zouden arriveren, begon Pinuccia's humeur zonder reden te verslechteren. Met steeds kortere tussenpauzes liet ze zenuwachtige zinnetjes horen. Nu eens was ze bang dat de twee jongens niet zouden komen, dan weer riep ze uit dat we onze tijd niet konden verdoen met wachten tot ze zich vertoonden. Toen ze precies op tijd met de bekende drankjes verschenen, deed ze stug en zei ze dat ze moe was. Maar een paar minuten later veranderde ze van gedachten en ging zuchtend en nog steeds slechtgehumeurd toch mee kokos halen.

Wat Lila betreft, die deed iets wat me niet aanstond. De hele week had ze niet één keer iets over het boek gezegd dat ik haar had geleend, waardoor ik het zelfs was vergeten. Maar toen Pinuccia en Bruno wegliepen, wachtte ze niet tot Nino tegen ons begon maar vroeg zij hem meteen en zonder omwegen: 'Ben je weleens naar het toneel geweest?'

'Een enkele keer.'

'Vond je het wat?'

'Het gaat wel.'

'Ik nog nooit, maar ik heb wel toneel op tv gezien.'

'Dat is niet hetzelfde.'

'Dat weet ik, maar beter dan niets.'

En op dat moment haalde ze het boek uit haar tas dat ik haar had gegeven, dat met toneelwerken van Beckett, en liet ze het hem zien.

'Heb je dit gelezen?'

Nino pakte het boek, bekeek het en gaf ongemakkelijk toe: 'Nee.'

'Er is dus wel íéts wat je niet hebt gelezen.'

'Ja.'

'Dit is echt de moeite waard.'

Lila begon over het boek te praten. Tot mijn verrassing deed ze erg haar best. Ze praatte erover zoals vroeger, haar woorden zo kiezend dat ze ons de personen en de dingen liet zien, en ook de emotie die het haar gaf om ze opnieuw te schetsen, bij zich te houden, op dat moment, levend. Ze zei dat we geen atoomoorlog hoefden te verwachten, in het boek was het alsof die er al was geweest. Ze vertelde ons uitgebreid over een mevrouw die Winnie heette en die op een gegeven moment uitriep: 'Weer een goddelijke dag!' Lila declameerde die zin, en het uitspreken ervan raakte haar zo dat haar stem een beetje trilde. Weer een goddelijke dag, onverdraaglijke woorden, want niets, zo legde ze uit, niets in het leven van Winnie, niets in wat ze deed en dacht was goddelijk, niet op die dag en evenmin in de dagen ervoor. Maar, voegde ze eraan toe, het personage dat haar het meest had getroffen was een zekere Dan Rooney. 'Dan Rooney,' vertelde ze, 'is blind maar treurt daar niet om, want hij is van mening dat het leven beter is als je niet ziet, en hij gaat zelfs zover dat hij zich afvraagt of zijn leven als hij ook nog doof en stom zou worden, niet nog meer leven zou zijn, puur leven, leven zonder iets anders dan leven.'

'Waarom vond je het goed?' vroeg Nino.

'Ik weet nog niet of ik het goed vond.'

'Maar het heeft je wel nieuwsgierig gemaakt.'

'Het heeft me aan het denken gezet. Wat wil dat zeggen dat het leven meer leven is als je niet ziet, niet hoort en zelfs geen woorden hebt?'

'Misschien is het alleen maar knap bedacht.'

'Nee, het is niet alleen maar knap bedacht. Er zit iets in wat duizend andere dingen suggereert, nee, nee, het is meer.'

Nino reageerde er niet op. Starend naar het omslag van het boek alsof ook dat ontcijferd moest worden, zei hij alleen: 'Heb je het uit?'

'Ja.'

'Mag ik het dan lenen?'

Dat verzoek verwarde me, deed pijn. Nino had gezegd dat literatuur hem weinig of niets interesseerde, dat herinnerde ik me goed, hij las andere dingen. Ik had Lila het boek van Beckett juist gegeven omdat ik wist dat ik er in de gesprekken met hem niets over kwijt kon. En nu zíj hem erover vertelde zat hij niet alleen naar haar te luisteren maar vroeg hij haar zelfs het boek te leen.

Ik zei: 'Het is van la Galiani, ik heb het van haar gekregen.'

'Heb jij het gelezen?' vroeg hij.

Nee, ik moest toegeven dat ik het niet had gelezen, maar ik voegde er meteen aan toe: 'Ik had er vanavond aan willen beginnen.'

'Krijg ik het dan als je het uit hebt?'

'Lees jij het maar eerst, als het je zo interesseert,' zei ik snel.

Nino bedankte me, krabde met zijn nagel het spoor van een mug van het omslag en zei tegen Lila: 'Ik heb het in één nacht uit, dan hebben we het er morgen over.'

'Morgen niet, morgen zien we elkaar niet.'

'Waarom niet?'

'Dan ben ik bij mijn man.'

'O.'

Hij leek geërgerd. Ik wachtte gespannen af of hij zou vragen of wij elkaar wel zouden zien. Maar hij maakte een ongeduldig gebaar en zei: 'Ik kan morgen ook niet. Vanavond komen Bruno's ouders, dus ik moet in Barano gaan slapen. Maandag ben ik er weer.'

Barano? Maandag? Ik hoopte dat hij me zou vragen naar het Marontistrand te komen. Maar hij was afwezig, misschien zat hij met zijn hoofd nog bij Rooney die, niet tevreden met zijn blindheid, ook nog doof en stom wilde worden. In ieder geval, hij vroeg het me niet.

49

Al op de terugweg zei ik tegen Lila: 'Als ik je een boek leen, dat ook nog eens niet van mij is, neem het dan alsjeblieft niet mee naar het strand. Ik kan het la Galiani niet vol zand teruggeven.'

'Het spijt me,' zei ze en ze gaf me vrolijk een kus op mijn wang. Ze stond erop zowel mijn tas als die van Pinuccia te dragen, misschien omdat ze het goed wilde maken.

Langzaamaan werd ik weer rustig. Ik bedacht dat Nino niet toevallig terloops had gezegd dat hij naar Barano ging: hij wilde dat ik dat wist en ik besloot hem daar op eigen houtje op te zoeken. Zo is hij, hield ik mezelf steeds opgeluchter voor, je moet achter hem aan. Morgen sta ik vroeg op en dan ga ik. Pinuccia daarentegen bleef chagrijnig. Gewoonlijk werd ze gemakkelijk kwaad maar trok ze snel weer bij, vooral nu de zwangerschap niet alleen de lijnen van haar lichaam had verzacht, maar ook de scherpe kanten van haar karakter had bijgeschaafd. Dit keer werd ze echter steeds bozer.

'Heeft Bruno iets onaardigs tegen je gezegd?' vroeg ik haar op een gegeven moment.

'Nee.'

'Wat is er dan gebeurd?'

'Niks.'

'Voel je je niet lekker?'

'Ik voel me prima, ik weet zelf ook niet wat ik heb.'

'Ga je klaarmaken, want Rino komt zo.'

'Ja.'

Maar ze bleef in haar vochtige badpak verstrooid in een fotoroman zitten bladeren. Lila en ik maakten ons mooi en vooral Lila dofte zich op of ze naar een feest moest, maar Pinuccia deed niets. Toen zei zelfs Nunzia, die zich zwijgend voor de avondmaaltijd stond uit te sloven, zachtjes: 'Pinù, wat is er liefje, ga je je niet aankleden?' Geen antwoord. Pas toen het geronk van de Lambretta's klonk en Pina de twee jongens hoorde roepen, sprong ze op en rende naar haar slaapkamer, waar ze zich opsloot terwijl ze gilde: 'Laat hem niet binnenkomen, denk erom!'

Het werd een vreemde avond die uiteindelijk ook de echtgenoten op verschillende manieren in verwarring bracht. Stefano, die inmiddels gewend was aan het voortdurende dwarsliggen van Lila, had nu onverhoopt een heel lief meisje voor zich dat zonder haar gebruikelijke afkeer bereid was zich aan strelen en kussen over te geven, terwijl Rino, gewend aan Pinuccia's plakkerige gefleem dat met haar zwangerschap nog erger was geworden, er teleurgesteld bij zat omdat zijn vrouw hem niet op de trap tegemoet was gerend. Hij had haar uit hun slaapkamer moeten halen en toen hij haar eindelijk had omhelsd had hij meteen gemerkt hoe ze zich inspande om blij te lijken. En dat niet alleen. Terwijl Lila erg moest lachen toen de twee jongens halfdronken na een paar glazen wijn seksueel getinte zinspelingen begonnen te maken waaruit hun hunkering sprak, trok Pinuccia zich met een ruk terug toen Rino haar lachend god weet wat in het oor fluisterde en siste ze half in het Italiaans: 'Hou op, pummel die je bent.' Hij werd boos: 'Pummel, tegen mij? Pummel?' Zij hield het nog een paar minuten vol, maar toen trilde haar onderlip en vluchtte ze haar slaapkamer in.

'Dat komt omdat ze zwanger is,' zei Nunzia, 'geduldig maar.'

Stilte. Rino at zijn bord leeg, zuchtte toen en ging naar zijn vrouw. Hij kwam niet meer terug.

Lila en Stefano besloten een ritje op de Lambretta te maken om het strand bij avond te zien. Lachend en elkaar kussend verlieten ze ons. Ik ruimde de tafel af, waarbij ik zoals gewoonlijk in de clinch moest met Nunzia, die niet wilde dat ik een vinger uitstak. We praatten wat over toen ze Fernando had leren kennen en ze verliefd op elkaar waren geworden en toen zei ze iets wat me erg trof: 'Je houdt je hele leven van mensen van wie je nooit echt weet wie ze zijn.' Fernando was goed en slecht geweest, en zij had erg veel van hem gehouden, maar ze had hem ook gehaat. 'En daarom,' zei ze met nadruk, 'hoeven we ons geen zorgen te maken. Pinuccia is met het verkeerde been uit bed gestapt, maar dat komt wel goed. En weet je nog hoe Lina van haar huwelijksreis terugkwam? Moet je nu eens kijken. Zo is het hele leven: de ene keer krijg je klappen, de andere keer kussen.'

Ik ging naar mijn kamertje, probeerde Chabod uit te lezen, maar moest weer denken aan hoe gefascineerd Nino was geweest door de manier waarop Lila over die Rooney had gesproken en toen had ik geen zin meer om mijn tijd met het begrip natie te verdoen. Ook Nino is ongrijpbaar, dacht ik, ook van Nino is moeilijk te ontdekken wie hij is. Het leek of literatuur hem koud liet, maar dan pakt Lila zomaar een boek met toneel, zegt wat onzin en hij wordt enthousiast. Ik zocht tussen mijn boeken naar andere literaire dingen, maar die had ik niet. Tijdens het zoeken merkte ik wel dat er een boek ontbrak. Kon dat? Mevrouw Galiani had me er zes gegeven. Eentje had Nino nu, eentje was ik zelf aan het lezen en op de marmeren vensterbank lagen er drie. Waar was het zesde?

Ik keek overal, ook onder het bed, en intussen herinnerde ik me dat het een boek over Hiroshima was. Ik wond me erover op, Lila had het vast en zeker gepakt terwijl ik me in de badcel stond te wassen. Wat was er met haar aan de hand? Had ze na jaren schoenmakerij, verloving, liefde, kruidenierswinkel en geritsel met de Solara's besloten weer te worden zoals ze op de lagere school was geweest? Ja, daar had ik al een teken van gehad. Ze had die weddenschap willen aangaan die, los van de afloop ervan, duidelijk een manier was geweest om me te laten merken dat ze graag weer wilde gaan leren. Maar was daar een vervolg op gekomen, had ze zich er echt voor ingezet? Nee. Was het geklets van Nino, zes middagen in de zon op het strand, voldoende geweest om haar zin te geven om weer te leren, eventueel om weer te wedijveren om de eerste plaats? Had ze daarom juffrouw Oliviero's lof gezongen? Had ze het daarom zo mooi gevonden als iemand zich zijn hele leven alleen maar voor de belangrijke dingen interesseerde en niet voor de laag-bij-de-grondse? Op mijn tenen liep ik mijn kamertje uit, behoedzaam om de deur niet te laten piepen.

Het was stil in huis. Nunzia was naar bed gegaan, Stefano en Lila waren nog niet terug. Ik ging hun kamer in: één grote bende van kleren, schoenen en koffers. Ik vond het boek over Hiroshima op een stoel, het heette *Gloed uit as*. Ze had het zonder toestemming te vragen gepakt, alsof mijn spullen haar spullen waren, alsof ik het aan haar te danken had dat ik was wie ik was, alsof ook de zorg die mevrouw Galiani aan mijn vorming besteedde, een gevolg was van het feit dat zij mij met een afwezig gebaar, met een vluchtige zin, in de positie had gebracht om dat privilege te kunnen veroveren. Even dacht ik erover om het boek mee te nemen. Maar ik schaamde me, veranderde van gedachten en liet het liggen waar het lag.

50

Het werd een saaie zondag. De hele nacht had ik last van de warmte maar uit angst voor muggen durfde ik het raam niet open te zetten. Ik sliep in, werd wakker, sliep weer in. Naar Barano gaan? Waarom eigenlijk? Om de hele dag spelend met Ciro, Pino en Clelia door te brengen terwijl Nino de hele tijd aan het zwemmen was of in zwijgend conflict met zijn vader in de zon zat? Ik werd laat wakker, om tien uur, en zodra ik mijn ogen opendeed bereikte me van heel ver een gevoel van gemis, dat me beklemde.

Van Nunzia hoorde ik dat Pinuccia en Rino al naar het strand waren, terwijl Stefano en Lila nog lagen te slapen. Lusteloos doopte ik brood in mijn koffie met melk, zag definitief af van Barano en ging nerveus en verdrietig naar het strand.

Daar trof ik Rino die – met natte haren, liggend op zijn buik, zijn zware lijf totaal ontspannen – op het zand lag te slapen terwijl Pinuccia heen en weer liep langs het water. Ik vroeg haar mee te gaan naar de warmwaterbronnen, maar ze weigerde op een onhebbelijke toon. Om rustig te worden maakte ik in mijn eentje een lange wandeling in de richting van Forio.

De ochtend vorderde moeizaam. Toen ik terug was zwom ik even, en daarna strekte ik me uit in de zon. Rino en Pinuccia fluisterden alsof ik er niet bij was dit soort zinnetjes tegen elkaar, die ik wel moest horen: 'Ik wil dat je blijft.'

'Ik moet werken, de schoenen moeten voor de herfst klaar zijn. Je hebt ze gezien, vind je ze mooi?'

'Ja, maar wat Lina er bij wilde is lelijk, haal dat eraf.'

'Nee, haar veranderingen zijn goed.'

'Zie je, wat ik ook zeg, je vindt het allemaal totaal onbelangrijk.'

'Dat is niet waar.'

'Het is wél waar, je houdt niet meer van me.'

'Ik hou van je, je weet hoe dol ik op je ben.'

'Onzin, met zo'n buik zeker.'

'Ik geef duizend kusjes op je buik. Ik doe de hele week niks anders dan aan je denken.'

'Ga dan niet werken.'

'Onmogelijk.'

'Nou, dan ga ik vanavond met je mee terug.'

'We hebben ons aandeel al betaald, je moet deze vakantie afmaken.'

'Ik wil hier niet langer blijven.'

'Waarom niet?'

'Omdat ik zo gauw ik in slaap val de vreselijkste dingen droom en daarna doe ik de hele nacht geen oog meer dicht.'

'Ook als je bij mijn zusje slaapt?'

'Dat is nog erger, je zus zou me het liefst vermoorden als ze daartoe in staat was.'

'Ga dan bij mijn moeder slapen.'

'Je moeder snurkt.'

Pinuccia's toon was onverdraaglijk. Ik kwam er die dag maar niet achter waarom ze zo klaagde. Dat ze weinig en slecht sliep was waar. Maar dat ze wilde dat Rino bleef of anders samen met hem wilde vertrekken, dat leek me gelogen. Op een gegeven moment was ik ervan overtuigd dat ze hem iets probeerde te vertellen waarvan ze zelf niet precies wist wat dat was en wat ze waarschijnlijk alleen maar met haar onhebbelijke gedrag kenbaar kon maken. Daarna dacht ik er echter niet meer over na, want andere dingen namen me in beslag. Allereerst Lila's uitbundigheid.

Toen ze met haar man op het strand verscheen, leek ze me nog gelukkiger dan de avond ervoor. Ze wilde hem laten zien hoe goed ze had leren zwemmen en samen gingen ze de zee in – in vólle zee, zei Stefano, ook al was het in werkelijkheid maar een paar meter. Met haar elegante, nauwkeurige armslag en het inmiddels aangeleerde ritmisch draaien van het hoofd, waarmee ze haar mond boven water bracht om lucht te happen, liet ze hem onmiddellijk achter zich. Daarna stopte ze met zwemmen om op Stefano te wachten, die lomp naar haar toe zwom, zijn hoofd goed recht op zijn hals en proestend door het water dat hij binnenkreeg.

Toen ze 's middags een tochtje maakten op de Lambretta, werd Lila nog vrolijker. Ook Rino wilde wat rondrijden maar omdat

Pinuccia weigerde – ze was bang om te vallen en het kind te verliezen – zei hij: 'Ga jij mee, Lenù.' Het was voor het eerst dat ik zoiets meemaakte. Stefano reed voorop, Rino scheurde achter hem aan. Wind, angst om te vallen of ergens tegenaan te botsen, toenemende opwinding, de sterke geur die de bezwete rug van Pinuccia's man verspreidde, de brutale eigengereidheid van waaruit hij dacht alle regels te kunnen schenden en degenen die daartegen protesteerden aan te kunnen pakken zoals dat thuis gebeurde, in zijn eigen wijk: door plotseling te remmen en te dreigen met gebalde vuist, of zo nodig met een vechtpartij – daar was hij altijd toe bereid – om duidelijk te maken dat hij het recht had te doen wat hem beliefde. Het was leuk, een terugkeer naar de emoties van een in een armoedige omgeving opgegroeid meisje, een heel andere emotie dan wanneer Nino en zijn vriend 's middags op het strand verschenen. In de loop van die middag noemde ik ze vaak, die twee jongens, vooral de naam van Nino sprak ik graag uit. Ik merkte al snel dat zowel Pinuccia als Lila deed alsof we niet allemaal samen met Bruno en Nino waren opgetrokken, maar alleen ik. Het gevolg was dat toen de mannen gehaast naar de boot vertrokken, Stefano bij het afscheid zei dat ik de zoon van Soccavo de groeten moest doen – bijna alsof ik de enige was die de mogelijkheid had om Bruno nog eens te ontmoeten – en Rino me teisterde met plagerijtjes als: 'Wie vind je leuker, de zoon van de dichter of de zoon van de worstenman? Wie is het mooist volgens jou?' Alsof zijn vrouw en zijn zus niet over gegevens beschikten om hun mening te kunnen geven.

Later irriteerden de meisjes me door hun gedrag na het vertrek van hun echtgenoten. Pinuccia werd vrolijk, had er behoefte aan haar haren te wassen die, zo maakte ze luid en duidelijk kenbaar, vol zand zaten. Lila hing eerst lusteloos in huis rond, ging daarna op haar onopgemaakte bed liggen zonder zich iets aan te trekken van de troep in haar kamer. Toen ik mijn hoofd om de deur stak om haar welterusten te wensen, zag ik dat ze zich niet eens had uitgekleed. Ze lag met samengeknepen ogen en gefronst voorhoofd het boek over Hiroshima te lezen. Ik maakte haar geen verwijt, zei alleen misschien een beetje scherp: 'Hoe komt het dat je ineens weer zin hebt om te lezen?'

'Dat gaat jou niets aan,' was haar antwoord.

51

's Maandags verscheen Nino, bijna als een door mijn verlangen opgeroepen spook, niet zoals gewoonlijk om vier uur 's middags, maar al om tien uur 's morgens. Onze verbazing was groot. Wij drietjes waren net op het strand gearriveerd, rancuneus omdat elk van ons ervan overtuigd was dat de anderen de badcel te lang bezet hadden gehouden, en vooral Pinuccia was kriegelig omdat ze vond dat haar haar, geplet tijdens het slapen, er niet uitzag. Zij was de eerste die praatte, nors, bijna agressief. Nog voor Nino ons kon uitleggen waarom hij zijn tijdschema zo radicaal had veranderd, vroeg ze hem: 'Waarom is Bruno er niet bij, had hij betere dingen te doen?'

'Zijn ouders zijn er nog, ze vertrekken om twaalf uur.'

'Komt hij daarna?'

'Ik geloof van wel.'

'Want als hij niet komt ga ik thuis liggen slapen, met jullie drieën verveel ik me.'

En terwijl Nino ons vertelde hoe beroerd zijn zondag in Barano was geweest, zo beroerd dat hij er die ochtend al vroeg vandoor was gegaan en rechtstreeks naar het strand was gekomen omdat hij niet bij Bruno terechtkon, onderbrak zij hem een paar keer, klagerig vragend: 'Wie gaat er mee zwemmen?' Omdat zowel Lila als ik haar negeerde, ging ze chagrijnig alleen het water in.

Jammer voor haar. Wij luisterden liever vol aandacht naar Nino's opsomming van de onrechtvaardigheden die zijn vader hem had aangedaan. Een bedrieger, noemde hij hem, een luiaard. Hij bleef maar in Barano hangen. Vanwege een of andere fictieve aandoening had hij zijn ziekteverlof weten te verlengen, met een keurige verklaring getekend door een vriend van hem die arts was bij de zorgverzekering van zijn vader. 'Mijn vader,' zei hij vol walging, 'is in alle opzichten de ontkenning van het algemeen belang.' En toen deed hij ineens iets onverwachts. Met een plotselinge beweging, waarvan ik opschrok, boog hij zich voorover en gaf me een kus op de wang, een stevige, luidruchtige kus, waarna hij zei: 'Ik ben echt blij je te zien.' Daarna zei hij, een beetje ongemakkelijk, alsof hij zich had gerealiseerd dat die openhartigheid ten aanzien van mij misschien onheus was ten aanzien van Lila: 'Mag ik jou ook een kus geven?'

'Natuurlijk,' antwoordde Lila welwillend en hij gaf haar een licht kusje, zonder geluid, een nauwelijks waarneembaar contact. Waarna hij opgewonden begon te praten over de toneelteksten van Beckett. O, wat had hij die tot aan hun hals in het zand begraven lui geweldig gevonden, en wat mooi was die zin over het heden dat het vuur in je ontsteekt. En ook al had hij tussen de talloze suggestieve teksten die Maddie en Dan Rooney uitspraken het door Lila genoemde citaat niet kunnen vinden, nou, het idee dat je het leven meer voelt als je blind, doof en stom bent en eventueel ook geen smaak- en tastzin hebt, dat was objectief gezien op zich interessant. Volgens hem betekende het: laten we alle filters verwijderen die ons het *hic et nunc*-zijn, het echt-zijn beletten.

Lila leek te aarzelen. Ze zei dat ze erover had nagedacht en dat het leven in zijn pure vorm haar bang maakte. Ze drukte zich met enig pathos uit: 'Het leven zonder te zien en zonder te spreken, zonder te spreken en zonder te luisteren, het leven zonder omkleding, zonder iets wat het omvat, is vormeloos.' Zo zei ze het misschien niet precies, maar het woord vormeloos gebruikte ze beslist wel, en terwijl ze het uitsprak maakte ze een gebaar van afkeer. Nino herhaalde mompelend 'vormeloos', alsof het een vies woord was. Daarna begon hij weer te redeneren, maar nu nog opgewondener, totdat hij zomaar ineens zijn hemd uittrok, waardoor heel zijn bruingebrande magerte tevoorschijn kwam, ons bij de hand nam en het water in sleurde, terwijl ik overgelukkig gilde: 'Nee, nee, nee, het is veel te koud, nee!' en hij reageerde met: 'Hèhè, eindelijk weer een goddelijke dag' en Lila lachte.

Lila heeft dus ongelijk, dacht ik blij. Er bestaat wel degelijk een andere Nino. Hij is niet alleen de raadselachtige jongen die slechts emotioneel wordt als het over de problemen in de wereld gaat, maar ook déze jongen, de jongen die speelt, ons onstuimig het water in sleurt, ons beetpakt, omklemt, ons naar zich toe trekt, wegzwemt, zich laat inhalen, vastgrijpen, kopje-onder laat duwen en doet of wij het van hem winnen, of we hem verdrinken.

Toen Bruno arriveerde werd het allemaal nog prettiger. We maakten gezamenlijk een wandeling en langzaam maar zeker kwam Pinuccia's goede humeur terug. Ze wilde weer zwemmen, ze wilde kokos eten. Vanaf die dag, en gedurende de hele week die erop volgde, vonden we het doodnormaal dat de twee jongens zich al om tien uur bij ons voegden, tot de schemering bleven en pas weggingen als we zeiden: 'We moeten gaan, anders wordt Nunzia kwaad.' Ze berustten daarin en vertrokken dan om een beetje te gaan studeren. Wat waren we inmiddels vertrouwd met elkaar! Als Bruno Lila om haar te plagen mevrouw Carracci noemde, stompte zij hem voor de grap tegen zijn schouder, of ze rende dreigend achter hem aan. Als hij tegenover Pinuccia te toegewijd deed omdat ze zwanger was, stak Lila haar arm door de zijne en riep: 'Kom, rennen, ik wil priklimonade.' En wat Nino betreft, hij nam me nu vaak bij de hand, legde een arm om mijn schouders en sloeg ondertussen ook een arm om die van Lila, pakte haar wijsvinger, haar duim. Het was gedaan met het voorzichtige afstand bewaren. We werden een groepje van vijf jongelui dat zich met weinig of niets amuseerde. En we deden het ene spelletje na het andere, wie verloor moest een boete betalen, bijna altijd in de vorm van een kus, maar schertskussen natuurlijk. Bruno moest de zanderige voeten van Lila kussen, Nino mijn hand, en daarna mijn wangen, mijn voorhoofd, een oor, met een klapzoen in de oorschelp. We speelden ook vaak *tamburello*: de bal vloog door de lucht, teruggestoten door de rake klappen met het strakgespannen slagvel; Lila was er goed in, Nino ook. Maar Bruno was het snelst en het meest nauwkeurig. Hij en Pinuccia wonnen altijd, zowel tegen Lila en mij als tegen Lila en Nino of Nino en mij. Ze wonnen ook omdat we vriendelijk wilden zijn voor Pina. Dat was inmiddels een soort geprogrammeerde gewoonte geworden. Zij rende, sprong, duikelde in het zand, vergat dat ze zwanger was, en daarom lieten we haar ten slotte maar winnen, al was het alleen maar om haar weer rustig te krijgen. Bruno gaf haar vriendelijk op haar kop, wilde dat ze ging zitten, zei dat het genoeg was en schreeuwde: 'Weer een punt voor Pinuccia, goed gedaan!' Zo begon er een steeds langere draad van geluk door de uren en de dagen te lopen. Ik vond het niet vervelend meer dat Lila mijn boeken pakte, integendeel, het had juist iets moois, leek me. Ik vond het ook niet vervelend meer dat zij, als er discussies ontbrandden, steeds vaker haar mening gaf, dat Nino aandachtig naar haar luisterde en geen woorden leek te kunnen vinden om te reageren. Ik vond het zelfs opwindend als hij zich bij die gelegenheden ineens niet meer tot haar richtte maar met mij begon te discussiëren, alsof dat hem hielp zijn zekerheden terug te vinden.

Zo ging het ook die keer dat Lila trots vertelde wat ze in het boek over Hiroshima had gelezen. Er ontstond een heel gespannen discussie. Want Nino, begreep ik, was weliswaar kritisch ten aanzien van de Verenigde Staten en vond het maar niets dat de Amerikanen een militaire basis in Napels hadden, maar hun manier van leven trok hem ook aan. Hij zei dat hij die wilde bestuderen en was daarom teleurgesteld toen Lila met zoveel woorden zei dat het gooien van die atoombommen op Japan een oorlogsmisdaad was geweest, sterker nog, hoogmoed, meer dan een oorlogsmisdaad – oorlog had er weinig of niets mee te maken.

'Herinner je je Pearl Harbor?' vroeg Nino voorzichtig.

Ik wist niet wat Pearl Harbor inhield, maar merkte dat Lila het wel wist. Ze zei dat je Pearl Harbor en Hiroshima niet met elkaar kon vergelijken, dat Pearl Harbor een laffe oorlogsdaad was geweest en Hiroshima een stupide, wrede, wraakzuchtige verschrikking, erger, veel erger dan het decimeren door de nazi's. 'En,' zo besloot ze, 'de Amerikanen zouden vervolgd moeten worden, omdat ze erger zijn dan alle andere oorlogsmisdadigers, lui die afgrijselijke misdaden plegen, enkel en alleen om degenen die in leven blijven doodsbang te maken en eronder te houden.' Ze trok zo fel van leer dat Nino peinzend zweeg in plaats van tot een tegenaanval over te gaan. Maar kijk, toen wendde hij zich ineens tot mij, alsof Lila niet meer bestond. Hij zei dat het niet om wreedheid ging of om wraak, maar om de dringende noodzaak een einde te maken aan de gruwelijkste van alle oorlogen en tegelijkertijd, juist door dat verschrikkelijke nieuwe wapen te gebruiken, aan alle oorlogen. Hij praatte zachtjes, keek me daarbij recht in de ogen, alsof hij alleen maar op mijn instemming wachtte. Het was een heel mooi moment. Hij was zelf ook heel mooi als hij zo sprak. Het ontroerde me dusdanig dat ik de tranen in mijn ogen voelde branden en het me moeite kostte ze te bedwingen.

Toen werd het weer vrijdag, een heel warme dag die we grotendeels in het water doorbrachten. En weer ging er ineens iets mis.

We liepen terug naar huis, hadden de twee jongens net achtergelaten, de zon stond laag en de lucht was lichtblauw en roze, toen Pinuccia – die na al die uren excessieve ongedwongenheid stilletjes was geworden – plotseling haar tas op de grond smeet, aan de kant van de weg ging zitten en een woedeaanval kreeg die tot uiting kwam in kleine, dunne kreetjes, bijna een soort janken.

Lila kneep haar ogen samen, staarde haar aan alsof ze niet haar schoonzusje zag maar iets akeligs waarop ze niet was voorbereid. Ik liep geschrokken terug en vroeg: 'Pina, wat is er, voel je je niet goed?'

'Ik verdraag dat natte badpak niet.'

'Die van ons zijn ook nat.'

'Ik heb er last van.'

'Rustig, kom nou mee. Heb je geen honger meer?'

'Zeg geen rustig tegen me. Je irriteert me als je rustig zegt. Ik verdraag je niet meer, Lenù, jij met je rust.'

En weer begon ze met dat gejank, terwijl ze zich intussen op de dijen sloeg.

Ik merkte dat Lila wegliep, zonder op ons te wachten. Ik voelde dat ze niet uit ergernis of onverschilligheid besloten had dat te doen, maar omdat het gedrag van Pinuccia iets verschroeiends had, waaraan ze zich zou branden als ze er te dichtbij zou blijven. Ik hielp Pinuccia overeind en droeg haar tas.

52

Langzaam maar zeker werd ze weer rustig, maar ze bleef die avond kregelig, alsof we haar god weet welk onrecht hadden aangedaan. Toen ze op een gegeven moment ook onaardig was tegen Nunzia – ze had op een vervelende manier kritiek op hoe gaar de pasta was – ontplofte Lila ineens. In zwaar dialect overlaadde ze Pinuccia met de fantasierijkste scheldwoorden, zoals alleen zij die kon verzinnen. Pina besloot dat ze die nacht bij mij zou slapen.

Ze sliep onrustig. Bovendien stikte je zowat van de hitte met zijn tweeën in dat kamertje. Nat van het zweet deed ik toen het raam maar open. En werd gekweld door de muggen. Die beroofden me definitief van de slaap. Ik wachtte tot het licht werd en stond op.

Nu was ik ook in een pesthumeur; muggenbeten ontsierden mijn gezicht. Ik ging naar de keuken, Nunzia stond er onze kleren te wassen. Ook Lila was al op, ze had zelfs al ontbeten en zat weer een van mijn boeken te lezen. God weet wanneer ze dat had gepikt. Zodra ze me zag, keek ze me onderzoekend aan en vroeg, onverwacht oprecht bezorgd: 'Hoe is het met Pinuccia?'

'Dat weet ik niet.'

'Ben je boos?'

'Ja, ik heb geen oog dichtgedaan en moet je mijn gezicht zien.'

'Ik zie niets.'

'Jíj ziet niets.'

'Nino en Bruno zullen ook niets zien.'

'Wat hebben die er nu mee te maken?'

'Geef je om Nino?'

'Nee, dat heb ik je al honderd keer gezegd.'

'Rustig maar.'

'Ik ben rustig.'

'We moeten Pinuccia in de gaten houden.'

‘Doe jij dat maar, het is jouw schoonzusje, niet het mijne.’

‘Je bent boos.’

‘Ja, ja en nog eens ja.’

Het was die dag nog warmer dan de dag ervoor. Bedrukt gingen we naar het strand. Het slechte humeur sloeg als een besmettelijke ziekte van de een op de ander over.

Halverwege merkte Pinuccia dat ze haar handdoek was vergeten. Weer kreeg ze het op haar zenuwen. Lila liep met gebogen hoofd door, zonder om te kijken.

‘Ik ga hem wel halen,’ bood ik aan.

‘Nee, ik ga naar huis, ik heb geen zin in de zee.’

‘Voel je je niet goed?’

‘Ik voel me prima.’

‘Wat is er dan?’

‘Moet je zien wat een buik ik heb gekregen.’

Ik keek naar haar buik, en zei zonder na te denken: ‘En ik dan? Zie je die muggenbeten in mijn gezicht?’

Ze begon te schreeuwen, gilde: ‘Stomme trut!’ en liep met snelle pas Lila achterna.

Eenmaal op het strand excuseerde ze zich: ‘Je bent zo keurig dat het me soms kwaad maakt,’ zei ze zachtjes.

‘Ik ben niet keurig.’

‘Ik bedoelde dat je het allemaal zo goed doet.’

‘Dat is helemaal niet zo.’

Lila, die ons op alle manieren probeerde te negeren en richting Forio naar de zee staarde, zei ijzig: ‘Schei uit, ze komen eraan.’

Pinuccia schrok op. ‘Het lidwoord il,’ mompelde ze met een plotselinge zachtheid in haar stem en ze stiftte haar lippen, ook al was dat helemaal niet nodig.

Wat hun humeur betreft deden de jongens niet voor ons onder. Nino sloeg een sarcastische toon aan en vroeg aan Lila: ‘Arriveren de echtgenoten vanavond?’

‘Natuurlijk.’

‘Wat gaan jullie voor leuks doen?’

‘Eten, drinken en slapen.’

'En morgen?'

'Weer eten, drinken en slapen.'

'Blijven ze zondagavond ook nog?'

'Nee. Zondag eten, drinken en slapen we alleen 's middags.'

Me verschuilend achter een toon van zelfspot dwong ik mezelf ertoe te zeggen: 'Ik ben vrij: ik eet niet, drink niet en slaap niet.'

Nino keek me aan alsof hij iets zag wat hem nooit eerder was opgevallen. Hij keek zo nadrukkelijk dat ik met een hand over mijn rechterwang streek, waar een muggenbeet zat die dikker was dan de andere. Ernstig zei hij tegen me: 'Goed, dan zien wij elkaar morgenvroeg om zeven uur hier en dan gaan we de berg op. En als we terug zijn, blijven we nog tot laat aan zee. Wat vind je daarvan?'

Ik voelde de warmte van intense vreugde door mijn hele lichaam stromen en zei opgelucht: 'Goed, om zeven uur, ik breng eten mee.'

Pinuccia vroeg mistroostig: 'En wij dan?'

'Jullie hebben jullie echtgenoten,' mompelde hij en hij sprak 'echtgenoten' uit alsof hij het over padden, slangen of spinnen had, waarop zij met een ruk overeind kwam en naar de waterlijn liep.

'Ze is tegenwoordig een beetje overgevoelig,' verontschuldigde ik haar, 'normaal is ze niet zo, het komt omdat ze zwanger is.'

Bruno zei op zijn geduldige toon: 'Ik ga kokos met haar halen.'

We keken hem na, terwijl hij – klein maar goed gevormd, sterke borst en dijen – zich met kalme tred over het strand bewoog, alsof de zon had verzuimd de zandkorrels waar hij op trapte gloeiend heet te maken. Toen Bruno en Pina richting strandtent liepen zei Lila: 'Kom, we gaan zwemmen.'

53

Met zijn drieën liepen we naar de zee, ik in het midden, zij elk aan een kant. Het is moeilijk het plotselinge gevoel van volledigheid te verwoorden dat me had overvallen toen Nino zei: 'Dan zien we elkaar morgenvroeg om zeven uur hier.' Natuurlijk, dat wisselende humeur van Pinuccia vond ik vervelend, maar het was een klein ongenoegen, dat mijn geluksgevoel niet kon aantasten. Eindelijk was ik tevreden over mezelf, blij om de lange, intense zondag die me wachtte; en intussen voelde ik me sterk omdat ik daar was, op dat moment, met de personen die in mijn leven altijd van betekenis waren geweest, van een betekenis die zelfs niet vergelijkbaar was met die van mijn ouders en mijn broertjes en zusje. Ik nam beiden bij de hand, slaakte een kreet van geluk en trok hen het koude water in, waarbij we ijzige scherven schuim opwierpen. We gingen onder alsof we één enkel lichaam vormden.

Zodra we onder water waren maakten we onze in elkaar gestrengelde vingers los. IJskoud water in mijn haren, op mijn schedel en in mijn oren had ik nooit fijn gevonden. Ik kwam meteen weer boven, proestend. Maar ik zag dat zij al zwommen en om hen niet kwijt te raken, begon ik ook te zwemmen. Het bleek onmiddellijk een moeilijke onderneming: ik was niet in staat om rechtuit te zwemmen, met rustige armslagen en mijn hoofd in het water; mijn rechterarm was sterker dan de linker, ik raakte uit koers. Ik werd bang om zout water in te slikken, probeerde hen bij te houden en hen ondanks mijn bijziendheid niet uit het oog te verliezen. Ze zullen wel stoppen, dacht ik. Mijn hart klopte wild, ik vertraagde mijn ritme, en bleef ten slotte drijven, hen bewonderen om hoe ze, vol zelfvertrouwen, zij aan zij doorzwommen naar de horizon.

Misschien gingen ze te ver. Zelf was ik in mijn enthousiasme trouwens ook heel wat verder gegaan dan de geruststellende denkbeeldige lijn van waaraf ik normaal in een paar armslagen het strand weer kon bereiken en Lila zelf was ook nooit verder gegaan. Maar zie haar nu daarginds, terwijl ze haar krachten meet met Nino. Ze gaf het niet op, ook al was ze onervaren, ze wilde hem bijhouden, zwom steeds verder weg.

Ik begon me zorgen te maken. En als ze moe wordt? Als ze zich niet lekker voelt? Nino zwemt goed, hij zal haar helpen. Maar als hij kramp krijgt en ook niet meer kan? Ik keek om me heen. De stroming trok me naar links. Ik kan hier niet op hen wachten, ik moet terug. Ik keek even naar beneden. Dat had ik niet moeten doen. Het azuur werd meteen donkerblauw, en daarna zo zwart als de nacht, ook al scheen de zon, glinsterde het zeeoppervlak en slierden er lange, spierwitte rafels door de lucht. Ik zag de afgrond, werd de vloeibaarheid zonder houvast ervan gewaar, voelde hem als een grafkuil waaruit god weet wat in een flits naar boven kon komen, langs me heen kon strijken, me kon vastgrijpen, zijn tanden in me kon zetten en me naar de diepte kon sleuren.

Ik probeerde weer rustig te worden, schreeuwde: 'Lila!' Mijn ogen zonder bril werkten niet mee, het geschitter van het water was te sterk. Ik dacht aan het tochtje van de volgende dag met Nino. Langzaam ging ik terug, op mijn rug, roeiend met armen en benen totdat ik het strand bereikte.

Daar ging ik zitten, half in het water, half op het strand. Met moeite kon ik hun donkere hoofden ontwaren, als op het zeeoppervlak achtergelaten boeien. Ik voelde me opgelucht. Lila was niet alleen veilig, maar het was haar ook gelukt, ze had Nino aangekund. Wat is ze koppig, en moedig en wat overdrijft ze toch altijd. Ik kwam overeind en liep naar Bruno, die naast onze spullen zat.

'Waar is Pinuccia?' vroeg ik.

Er verscheen een verlegen glimlachje op zijn gezicht, waarmee hij, zo leek me, iets spijtigs leek te verhullen.

'Ze is weggegaan.'

'Waarheen?'

'Naar huis, ze zei dat ze haar bagage moest pakken.'

'Haar bagage?'

'Ze wil weg, ze wil haar man niet zo lang alleen laten.'

Ik pakte mijn spullen en nadat ik hem op het hart had gedrukt Nino en vooral Lila niet uit het oog te verliezen, rende ik, nog druipend, weg om te proberen te ontdekken wat er nu weer met Pina aan de hand was.

54

Het was een rampzalige middag waarop een nog rampzaliger avond volgde. Thuis trof ik Pinuccia die inderdaad haar bagage stond in te pakken, en Nunzia die er maar niet in slaagde haar te kalmeren.

'Je hoeft je geen zorgen te maken,' zei ze rustig, 'Rino kan zelf zijn onderbroeken wassen en zijn potje koken, en zijn vader is er ook nog, en zijn vrienden. Hij denkt heus niet dat je hier zit om je te amuseren, hij begrijpt dat je hier bent om uit te rusten en een mooi, gezond kindje op de wereld te zetten. Kom, ik help je alles terug te leggen. Ik ben nooit op vakantie geweest, maar tegenwoordig is er godzijdank geld en ook al moet je dat niet verkwisten, voor een beetje welvaart mag je best uitkomen, jullie kunnen het je permitteren. En daarom, Pinù, alsjeblieft kindje: Rino heeft de hele week gewerkt, hij is moe en komt strakjes. Laat hij je niet zo aantreffen, want je kent hem, hij maakt zich zorgen en als hij zich zorgen maakt, wordt hij meteen pissig, en je weet wat het gevolg is als hij pissig wordt. Jij wilt vertrekken om bij hem te zijn, hij is vertrokken om bij jou te zijn, en nu jullie elkaar zien en blij zouden moeten zijn, gaan jullie tegen elkaar tekeer, dat is het resultaat. Vreselijk toch, vind je niet?'

Maar Pinuccia was ongevoelig voor de argumenten die Nunzia aandroeg. Toen begon ik die op te sommen, en het uiteindelijke resultaat was dat wij haar spullen uit de koffers haalden, zij ze er weer in deed, schreeuwde, kalmeerde en alles weer van voren af aan begon.

Op een gegeven moment kwam ook Lila thuis. Ze leunde tegen de deurpost en keek met gefronste wenkbrauwen en de lange, horizontale rimpel op haar voorhoofd naar het onbehoorlijke tafereel dat Pinuccia bood.

'Alles in orde?' vroeg ik haar.

Ze knikte.

'Je zwemt intussen echt goed.'

Ze zei niets.

Ze keek alsof ze tegelijkertijd blijdschap en angst moest onderdrukken. Je kon zien dat de heisa die Pinuccia veroorzaakte steeds onverdraaglijker voor haar werd. Haar schoonzusje voerde weer haar toneelstukje op: voornemens om te vertrekken, afscheid, spijt omdat ze dingetje zus of dingetje zo was vergeten, gezucht om haar Rinuccio. En dat alles heel tegenstrijdig gelardeerd met gejammer dat ze de zee zo zou missen, de geuren uit de tuinen, het strand. En toch zei Lila niets, niet één van haar gemene zinnen. Ze maakte zelfs geen sarcastische opmerking. Het enige wat er ten slotte uit haar mond kwam – alsof het niet om een tot de orde roepen ging maar om de aankondiging van een op handen zijnde gebeurtenis die ons allen bedreigde – was: 'Ze kunnen zo hier zijn.'

Toen viel Pinuccia uitgeput op haar bed neer, naast de dichte koffers. Lila grijnsde en trok zich terug om zich op te knappen. Even later verscheen ze in een heel nauwsluitende rode jurk, het gitzwarte haar opgestoken. Zij herkende het geluid van de Lambretta's als eerste. Ze liep naar het raam en zwaaide enthousiast. Daarna draaide ze zich met een ernstig gezicht om naar Pinuccia en siste haar met haar meest minachtende stem toe: 'Ga je gezicht wassen en doe dat natte badpak uit.'

Pinuccia keek haar aan zonder te reageren. Pijlsnel schoot er iets tussen de meisjes heen en weer, een onzichtbaar flitsen van hun geheime gevoelens, een elkaar doorzeven met uit het diepst van henzelf weggeschoten minuscule deeltjes, een schok en een trilling die een lange seconde aanhield en die ik onthutst opving maar niet begreep, terwijl zij, ja, zij elkaar wel begrepen, elkaar in iets herkenden, en Pinuccia wist dat Lila wist, begreep en haar ondanks haar minachting wilde helpen. Daarom gehoorzaamde ze.

55

Stefano en Rino vielen binnen. Lila was nog hartelijker dan de week ervoor. Ze omhelsde Stefano, liet zich omhelzen en slaakte een kreet van vreugde toen hij een sieradendoosje uit zijn zak haalde. Toen ze het opendeed, bleek er een gouden kettinkje met een hangertje in de vorm van een hart in te zitten.

Natuurlijk had Rino voor Pinuccia ook een cadeautje meegebracht. Zij deed haar uiterste best om net zo enthousiast te reageren als haar schoonzusje, maar de pijn om haar labiliteit was daarbij duidelijk in haar ogen te lezen. Het spelen van de gelukkige echtgenote, waarin Pinuccia in allerijl was gevlucht, hield daarom niet lang stand, ondanks de kussen, omhelzingen en het cadeau van Rino. Haar mond begon te trillen, haar tranen begonnen te stromen en ze zei met verstikte stem: 'Ik heb mijn koffers gepakt. Ik wil hier geen minuut langer blijven, ik wil altijd en alleen maar bij jou zijn.'

Rino glimlachte, raakte ontroerd van al die liefde, lachte, en zei vervolgens: 'Ik wil ook altijd en alleen maar bij jou zijn.' Maar uiteindelijk drong het tot hem door dat zijn vrouw hem niet alleen maar vertelde hoe ze hem had gemist en altijd zou missen, maar dat ze echt weg wilde, dat alles klaar was voor vertrek, en hij begreep dat ze met oprecht, onverdraaglijk huilen vasthield aan haar beslissing.

Ze sloten zich op in hun slaapkamer om te praten, maar dat praten duurde niet lang. Rino kwam terug en schreeuwde tegen zijn moeder: 'Mammà, ik wil weten wat er is gebeurd!' En zonder het antwoord af te wachten wendde hij zich ook tot zijn zusje: 'Als het jouw schuld is, sla ik je op je smoel, dat zweer ik!' Daarna schreeuwde hij tegen zijn vrouw in de andere kamer: 'Afgelopen met dat gezeik, ik ben het zat, kom onmiddellijk hier, ik ben moe en wil eten.'

Met gezwollen ogen kwam Pinuccia weer tevoorschijn. Toen Stefano haar zag, maakte hij in een poging de sfeer te verluchtigen een grapje, hij sloeg zijn arm om zijn zusje heen en verzuchtte: 'O, die liefde toch, jullie meisjes maken ons gek!' Daarna kuste hij, alsof hij zich plotseling de grondoorzaak van zijn gekte herinnerde, Lila op de lippen en in de constatering dat het andere stel ongelukkig was, voelde hij zich blij om hun eigen onverwachte geluk.

We gingen allemaal aan tafel. Nunzia schepte ons zwijgend om beurten op. Maar nu ging Rino opnieuw door het lint, hij brulde dat hij geen honger meer had, pakte zijn volle bord *spaghetti con le vongole* beet en smeet het midden op de keukenvloer. Ik schrok, Pinuccia begon opnieuw te huilen. En ook Stefano verloor zijn beheerste toon. Kortaf zei hij tegen zijn vrouw: 'Kom, we gaan, ik neem je mee naar een restaurant.' Onder protest van Nunzia en ook van Pinuccia verlieten ze de keuken. In de stilte die daarop volgde hoorden we de Lambretta wegrijden.

Ik hielp Nunzia de vloer schoonmaken. Rino stond op en ging naar zijn kamer. Pinuccia sloot zich haastig op in de badcel, maar kwam daar even later weer uit, voegde zich bij haar man en sloot de kamerdeur. Pas toen viel Nunzia uit haar rol van inschikkelijke schoonmoeder en barstte los: 'Heb je gezien wat die trut Rinuccio laat doormaken? Wat is er met haar aan de hand?'

Ik zei dat ik het niet wist, en dat was waar, maar de hele verdere avond was ik bezig haar te troosten. Ik romantiseerde Pinuccia's gevoelens, zei dat als ik een kind in mijn buik droeg, ik net als zij altijd bij mijn man zou willen zijn om me beschermd te voelen, er zeker van te zijn dat mijn verantwoordelijkheid als moeder gedeeld werd met die van hem als vader. Ik zei dat Lila aan zee was om een kind te kunnen krijgen, en het was duidelijk dat het de juiste kuur was, dat de zee haar goed deed – je hoefde het geluk maar te zien dat op haar gezicht doorbrak als Stefano arriveerde –, maar dat Pinuccia al overliep van liefde, en die liefde dag en nacht aan Rino wilde geven, omdat ze anders te zwaar op haar drukte en pijn zou doen.

Het was een aangenaam uur, Nunzia en ik in de inmiddels opgeruimde keuken, de borden en pannen glanzend omdat ze met zorg waren gewassen, en Nunzia die tegen me zei: 'Wat praat je toch goed, Lenù, het is duidelijk dat je een prachtige toekomst wacht.' Ze kreeg tranen in de ogen en fluisterde dat Lila had moeten studeren, dat was haar bestemming. 'Maar mijn man wilde niet,' voegde ze eraan toe, 'en ik heb me er niet tegen kunnen verzetten. We hadden geen geld toen, en toch had ze het net zover kunnen brengen als jij; maar ze is getrouwd, ze heeft een andere weg gekozen, en terugkeren is niet meer mogelijk, het leven brengt je waar het wil.' Ze wenste me heel veel geluk. 'Met een heel mooie jongeman die net als jij heeft gestudeerd,' zei ze, en ze vroeg of ik de zoon van Sarratore echt leuk vond. Ik ontkende het, maar vertrouwde haar wel toe dat ik de volgende dag samen met hem de berg op zou gaan. Daar was ze blij om, ze hielp me met het klaarmaken van een paar broodjes met worst en kaas. Ik pakte ze in, deed ze in mijn rugzak, samen met mijn handdoek voor op het strand en verder alles wat ik nodig zou kunnen hebben. Ze drukte me op het hart om verstandig te zijn als altijd en we wensten elkaar goedenacht.

Ik sloot me op in mijn kamertje, las een poosje, maar was er met mijn hoofd niet bij. Wat zou het fijn zijn, de volgende morgen, vroeg de deur uit, de frisse lucht in, met al die geuren. Wat hield ik van de zee, en zelfs van Pinuccia, met haar gehuil en de ruzie van die avond; en van die verzoenende liefde tussen Lila en Stefano die week na week groter werd. En hoe verlangde ik naar Nino. En wat was het prettig ze bij me te hebben, elke dag, hij en mijn vriendin, alle drie blij, ondanks de momenten van onbegrip en ondanks slechte gevoelens die niet altijd stilletjes in de duistere diepte bleven. Ik hoorde Stefano en Lila thuiskomen. Hun onderdrukte stemmen en gelach. Deuren gingen open, gingen dicht, gingen weer open. Ik hoorde de kraan lopen, de wc die werd doorgetrokken. Ik deed het licht uit, luisterde naar het lichte geruis van het rietbos, het geritsel in het kippenhok en viel in slaap.

Maar ik werd meteen weer wakker, er was iemand in mijn kamer.

'Ik ben het,' fluisterde Lila. Ik voelde dat ze op de rand van mijn bed ging zitten, wilde het licht aandoen.

'Doe maar niet,' zei ze, 'ik blijf maar heel even.'

Ik deed het toch en kwam overeind.

Daar zat ze voor me in een zachtroze nachthemdje. Haar huid was zo gebruind van de zon dat haar ogen wit leken.

'Heb je gezien hoe ver ik heb gezwommen?'

'Knap hoor, maar je hebt me wel ongerust gemaakt.'

Ze schudde trots haar hoofd en glimlachte alsof ze duidelijk wilde maken dat de zee haar intussen toebehoorde. Daarna werd ze ernstig.

‘Ik moet je iets vertellen.’

‘Wat?’

‘Nino heeft me gekust,’ zei ze, en ze zei het in één adem, als iemand die spontaan een bekentenis aflegt, maar tegelijk iets probeert te verbergen, ook voor zichzelf, iets wat nog moeilijker te bekennen is. ‘Hij heeft me gekust, maar ik heb mijn lippen stijf op elkaar gehouden.’

56

Haar verhaal was gedetailleerd. Uitgeput van het verre zwemmen maar tevreden omdat ze dat huzarenstukje had geleverd, had ze op hem geleund om minder moeite te hoeven doen om te blijven drijven. Maar Nino had ervan geprofiteerd dat ze zo dichtbij was en zijn lippen hard op die van haar gedrukt. Ze had haar mond onmiddellijk gesloten en hoewel hij had geprobeerd die met de punt van zijn tong te openen, had ze haar lippen steeds stijf op elkaar gehouden. ‘Ben je nou helemaal gek?’ had ze gezegd, terwijl ze hem terugduwde, ‘ik ben getrouwd.’ ‘Ik hou al veel langer van jou dan je man, al vanaf die wedstrijd in de klas,’ had Nino geantwoord. Lila had hem bevolen het nooit meer te proberen, waarna ze waren terug gezwommen naar het strand. ‘Hij heeft me pijn gedaan, zo hard drukte hij zijn lippen op de mijne, ik voel het nog steeds,’ besloot ze.

Ze verwachtte dat ik zou reageren, maar het lukte me geen vragen te stellen en geen commentaar te leveren. Toen ze me op het hart drukte niet met Nino de berg op te gaan, tenzij Bruno meeging, zei ik kil dat ik er absoluut geen kwaad in zag als Nino mij ook zou kussen, ik was niet getrouwd en evenmin verloofd. ‘Jammer alleen,’ voegde ik eraan toe, ‘dat ik hem niet aantrekkelijk vind: een kus van hem zou zijn alsof ik met mijn mond een dode muis aanraakte.' Toen deed ik alsof ik een geeuw niet kon onderdrukken; ze wierp me een blik toe die zowel genegenheid als bewondering leek uit te drukken en stond op om te gaan slapen. Vanaf het moment dat ze mijn kamertje verliet heb ik alleen maar gehuild, tot het licht werd.

Nu voel ik een zeker onbehagen als ik me weer voor de geest haal hoeveel verdriet ik had, ik heb geen enkel begrip voor mezelf zoals ik toen was. Maar tijdens die nacht leek het of ik geen redenen meer had om te leven. Waarom had Nino zich zo gedragen? Hij kuste Nadia, hij kuste mij, hij kuste Lila. Hoe kon hij dezelfde persoon zijn als de jongen van wie ik hield, zo ernstig, zo rijk aan gedachten? De uren verstreken, maar het was me onmogelijk te accepteren dat hij even serieus was waar het de grote wereldproblemen betrof, als oppervlakkig waar het om liefdesgevoelens ging. Ik begon aan mezelf te twijfelen. Had ik me vergist? Had ik me illusies gemaakt? Was het mogelijk dat ik, aan de kleine kant, te mollig, bebrild, ijverig maar niet intelligent, dat ik, die deed of ik onderlegd was en goed op de hoogte, terwijl dat niet het geval was, had kunnen denken dat hij me aantrekkelijk vond, al was het alleen maar voor de duur van een vakantie? Had ik dat trouwens ooit echt gedacht? Nauwgezet onderzocht ik mijn gedrag. Nee, ik was niet in staat om mijn verlangens helder voor mezelf te verwoorden. Niet alleen zorgde ik ervoor dat ze voor anderen verborgen bleven, maar ook tegenover mezelf erkende ik ze slechts op een sceptische manier, zonder overtuiging. Waarom had ik nooit duidelijk tegen Lila gezegd wat ik voor Nino voelde? En nu, waarom had ik haar niet toegeschreeuwd hoeveel verdriet ze me had gedaan met wat ze me midden in de nacht had toevertrouwd? Waarom had ik haar niet verteld dat Nino nog voor hij haar kuste, mij had gekust? Wat dreef me ertoe me zo te gedragen? Onderdrukte ik mijn gevoelens zo omdat ik bang was voor de heftigheid waarmee ik diep van binnen juist verlangde naar dingen, mensen, lof en triomf? Was ik bang dat die heftigheid van binnenuit zou exploderen als ik niet kreeg wat ik wilde, en de weg van de slechte gevoelens zou volgen, de weg die er bijvoorbeeld toe leidde dat ik

Nino's mooie mond met een dode muis vergeleek? Was ik dus daarom, ook als ik me liet horen, altijd bereid me terug te trekken? Had ik daarom altijd een charmant glimlachje, een tevreden lach paraat als de dingen een verkeerde wending namen? Vond ik daarom vroeg of laat hoe dan ook plausibele rechtvaardigingen als iemand me verdriet had gedaan?

Vragen en tranen. Het was al licht toen ik meende te begrijpen wat er was gebeurd. Nino had oprecht gedacht dat hij van Nadia hield. Hij had, ten gevolge van de goede naam die ik bij mevrouw Galiani had, jarenlang met oprechte waardering en sympathie naar me gekeken. Maar nu op Ischia had hij Lila ontmoet en had hij begrepen dat zij al vanaf hun kindertijd zijn enige, ware liefde was – en in de toekomst altijd zou blijven. Ja, zo was het zeker gegaan. Wat kon ik hem verwijten? Waar lag de schuld? Hun geschiedenis had iets intens, iets prachtigs, geestverwantschap. Ik riep me gedichten en romans voor de geest als tranquillizers. Misschien, dacht ik, dient al dat leren alleen maar hiervoor: om mezelf te kunnen kalmeren. Zij had in hem de vlam ontstoken en die had hij ongemerkt jarenlang brandend gehouden. Wat kon hij, nu die vlam was opgelaaid, anders doen dan van haar houden? Ook al hield zij niet van hem. Ook al was ze getrouwd en dus onbereikbaar, verboden: een huwelijk is voor altijd, eindigt niet bij de dood. Tenzij je het verbreekt en jezelf daardoor tot aan de dag des oordeels tot de helse storm veroordeelt. Toen de dag aanbrak had ik het idee tot klaarheid te zijn gekomen. Nino's liefde voor Lila was een onmogelijke liefde. Zoals de mijne voor hem. En alleen in die context, omdat die liefde niet te verwezenlijken was, begon de kus die hij haar midden in zee had gegeven me benoembaar te lijken: *de kus*.

Het was geen keuze geweest, het was gebeurd: vooral ook omdat Lila in staat was dingen te laten gebeuren. Ik niet, en wat doe ik nu? Ga ik naar de afspraak, beklimmen we de Epomeo? Of niet? Ga ik vanavond samen met Stefano en Rino naar huis en zeg ik dat mijn moeder me heeft geschreven dat ze me nodig heeft? Hoe kan ik met hem naar boven klimmen als ik weet dat hij van Lila houdt en haar heeft gekust? En kan ik het aan hen elke dag samen te zien, terwijl ze zwemmen en zich steeds verder wagen? Ik was uitgeput, viel in slaap. Toen ik met een schok wakker werd, merkte ik dat het afwerken van al die vragen die door mijn hoofd hadden gespookt het verdriet enigszins had verzacht. Ik haastte me naar de afspraak.

57

Ik was er zeker van dat hij niet zou komen, maar toen ik op het strand kwam, was hij er al, en zonder Bruno. Ik begreep echter dat hij geen zin had om de weg naar boven te zoeken, zich op onbekende paden te storten. Hij zei dat hij bereid was naar boven te gaan als ik het graag wilde, maar schilderde me een inspanning voor die met die hitte aan het onverdraaglijke grensde; bovendien was het volgens hem uitgesloten dat we ook maar iets zouden vinden wat opwoog tegen een lekker bad in zee. Ik begon ongerust te worden, ik verwachtte dat hij zou zeggen dat hij terugging om te studeren. Maar tot mijn verrassing stelde hij voor een boot te huren. Hij telde zijn geld en telde het nog eens, ik haalde mijn muntjes tevoorschijn. Hij glimlachte en zei vriendelijk: 'Dit betaal ik, jij hebt al voor de broodjes gezorgd.' Een paar minuten later waren we op zee, hij zat aan de riemen en ik op de voorsteven.

Ik voelde me beter, bedacht dat Lila misschien tegen me had gelogen, dat hij haar nooit had gekust. Maar ergens wist ik heel goed dat het niet zo was. Lila had, voor zover ik me kon herinneren, nooit gelogen. Ik loog soms, ook (en vooral) tegen mezelf. Ik hoefde trouwens alleen maar rustig af te wachten, want Nino zou zelf voor opheldering zorgen. Toen we midden op zee waren, liet hij de riemen rusten en dook het water in. Ik sprong hem achterna. Hij zwom niet zoals anders zo ver weg dat hij opging in het lichte deinen van de zee, maar dook naar de bodem, verdween, kwam een eindje verder weer boven en dook opnieuw. De diepte daar speelde me parten en ik bleef een beetje om de boot heen draaien, bang er te ver vandaan te gaan. Toen ik moe werd, hees ik mezelf weer onhandig aan boord. Na een poosje kwam Nino ook, hij zette zich aan de riemen en begon energiek te roeien, in een lijn evenwijdig aan de kust, in de richting van Punta Imperatore. Tot dan toe hadden we wat over en weer gepraat over de broodjes, de warmte, de zee, over hoe goed we eraan hadden gedaan om niet aan de bergpaden naar de Epomeo te beginnen. Tot mijn groeiende verbazing liet hij de onderwerpen waarover hij in zijn boeken, tijdschriften en kranten las nog onaangeroerd, ook al had ik me uit angst voor stiltes wel een enkele zin laten ontvallen die als lont in het kruitvat van zijn hartstocht voor wereldproblemen had kunnen werken. Maar nee, hij had andere dingen aan zijn hoofd. En ja hoor, op een gegeven moment liet hij de riemen los, staarde een poosje naar een rotswand, naar een vlucht meeuwen en zei toen: 'Heeft Lina je niets verteld?'

'Waarover?'

Hij beet op zijn lippen, niet op zijn gemak, en zei: 'Goed, dan vertel ik je wat er is gebeurd: ik heb haar gisteren gekust.'

Dat was het begin. De rest van de dag verstreek met gepraat over hen beiden, alleen maar daarover. We zwommen nog een paar keer, hij onderzocht kliffen en grotten, we aten de broodjes, dronken al het water op dat ik had meegebracht, hij wilde me leren roeien, maar wat het praten betreft was het onmogelijk het ergens anders over te hebben. En wat me het meeste opviel: hij probeerde niet één keer zijn persoonlijke verhaal in een algemeen verhaal om te zetten, iets waar hij gewoonlijk wel op uit was. Het ging alleen over hem en Lila, Lila en hem. Hij zei niets over de liefde, hij zei niets over de redenen waarom iemand uiteindelijk eerder op de ene persoon verliefd wordt dan op de andere. In plaats daarvan ondervroeg hij me op een dwangmatige manier over haar en haar relatie met Stefano.

'Waarom is ze met hem getrouwd?'

'Omdat ze verliefd op hem was.'

'Dat kan niet.'

'Ik verzeker je van wel.'

‘Ze is met hem getrouwd om het geld, om haar familie te helpen, om zelf onder de pannen te zijn.’

‘Als het alleen maar daarom was, had ze beter met Marcello Solara kunnen trouwen.’

‘Wie is dat?’

‘Een jongen die veel meer geld heeft dan Stefano en werkelijk alles heeft geprobeerd om haar te krijgen.’

‘En zij?’

‘Ze wilde hem niet.’

‘Dus volgens jou is ze uit liefde met die kruidenier getrouwd?’

‘Ja.’

‘En wat is dat voor een verhaal dat ze de zee nodig heeft om kinderen te krijgen?’

‘Dat heeft de dokter gezegd.’

‘Maar wil ze kinderen?’

‘In het begin niet, nu weet ik het niet.’

‘En hij?’

‘Hij wel.’

‘Is hij verliefd op haar?’

‘Heel erg.’

‘En jij, heb jij als buitenstaander het gevoel dat het allemaal goed gaat tussen die twee?’

‘Met Lina gaat nooit iets helemaal goed.’

‘Wat bedoel je?’

‘Vanaf de eerste dag van hun huwelijk hebben ze problemen gehad, maar dat kwam door Lina. Die kan zich niet aanpassen.’

‘En nu?’

‘Nu gaat het beter.’

‘Dat geloof ik niet.’

Hij bleef maar op dat punt hameren, steeds sceptischer. Maar ik hield vol: Lila had niet eerder zo veel van haar man gehouden als nu. En hoe meer Nino liet merken dat niet te geloven, des te meer dikte ik het aan. Ik zei heel duidelijk dat het tussen Lila en hem niets kon worden, ik wilde niet dat hij zich illusies maakte. Maar daarmee was het onderwerp lang niet afgedaan. Het werd me steeds duidelijker dat deze dag tussen hemel en zee voor hem aangenamer zou zijn naarmate ik hem gedetailleerder over Lila vertelde. Het deerde hem niet dat elk woord dat ik zei pijn deed. Hem ging het erom dat ik alles vertelde wat ik wist, de goede en de slechte dingen, dat ik onze minuten en uren vulde met alleen maar haar naam. En dat deed ik. Werd ik daar in het begin verdrietig van, langzaam veranderde dat. Ik merkte die dag dat met Nino over Lila praten weleens de nieuwe voorwaarde kon zijn om de relatie tussen ons drieën de komende weken goed te houden. Lila noch ik zou hem ooit krijgen. Maar voor de duur van de vakantie kregen we wel zijn aandacht. Zij als object van een uitzichtloze hartstocht, ik als wijze adviseuse die zowel zijn waanzin als die van haar onder controle hield. Ik troostte mezelf met de gedachte aan de centrale rol die ik vermoedelijk zou spelen. Lila was naar mij toegesneld om me van Nino's kus op de hoogte te stellen; en nu was voor hem die kus uitgangspunt geweest om me een hele dag lang over haar te onderhouden. Geen van beiden zou buiten me kunnen.

En inderdaad, voor Nino was dat nu al het geval.

'Wat denk je, zal ze werkelijk nooit van me kunnen houden?' vroeg hij op een gegeven moment.

'Ze heeft een beslissing genomen, Nino.'

'Welke?'

'Om van haar man te houden en een kind van hem te krijgen. Speciaal daarvoor is ze hier.'

'En mijn liefde voor haar dan?'

'Als iemand van je houdt, ben je geneigd die liefde te beantwoorden. Ze zal zich waarschijnlijk gevleid voelen. Maar verwacht niet meer, als je niet nog verdrietiger wilt worden. Hoe meer Lina omringd wordt door genegenheid en waardering, hoe wreder ze kan worden. Zo is ze altijd geweest.'

We gingen uit elkaar toen de zon al onder was en een poosje had ik het gevoel dat het een fijne dag was geweest. Maar onderweg al kwam de onvrede terug. Hoe kon ik geloven dat ik die marteling zou kunnen verdragen: met Lila over Nino praten en met Nino over Lila, en er vanaf de volgende dag bij zijn als ze kissebisten, speelden, dicht bij elkaar kropen, elkaar aanraakten. Vastbesloten te vertellen dat mijn moeder wilde dat ik terug zou komen, kwam ik thuis. Zodra ik binnen was, viel Lila me hard aan: 'Waar ben je geweest? We hebben je gezocht. We hadden je nodig, je moest ons helpen.'

Ik hoorde dat de dag niet prettig was verlopen. Schuld van Pinuccia, die het iedereen moeilijk had gemaakt. Uiteindelijk was ze gaan gillen: als haar man haar niet meer thuis wilde, dan hield hij niet meer van haar, dan ging ze liever dood, samen met het kind. Toen ze dat zei, was Rino gezwicht en had hij haar mee teruggenomen naar Napels.

58

Pas de volgende dag begreep ik welke veranderingen het vertrek van Pinuccia teweegbracht. De avond zonder haar leek me positief, geen gejammer meer, het werd rustig in huis, de tijd gleed stilletjes voorbij. Toen ik me in mijn kamertje terugtrok en Lila achter me aan kwam, leek het gesprek dat daarop volgde ontspannen. Maar ik hield me op de vlakte, zorgde ervoor niets te laten merken van wat ik echt voelde.

'Heb je begrepen waarom ze weg wilde?' vroeg Lila, doelend op Pinuccia.

'Omdat ze bij haar man wil zijn.'

Ze schudde van nee en zei ernstig: 'Ze was bang voor haar gevoelens.'

'Wat bedoel je?'

'Ze is verliefd op Bruno.'

Ik was verbaasd, had nooit aan die mogelijkheid gedacht.

'Pinuccia?'

'Ja.'

'En Bruno?'

'Die heeft het niet eens gemerkt.'

'Weet je het zeker?'

'Ja.'

'Hoe weet je dat?'

'Bruno mikt op jou.'

'Onzin.'

'Dat zei Nino gisteren.'

'Daar heeft hij vandaag tegen mij niets over gezegd.'

'Wat hebben jullie gedaan?'

'We hebben een boot gehuurd.'

'Jullie met zijn tweetjes?'

'Ja.'

'Waar hebben jullie het over gehad?'

'Over van alles.'

'Ook over wat ik je had verteld?'

'Wat?'

'Dat weet je best.'

'Over die kus?'

'Ja.'

'Nee, daar heeft hij niks over gezegd.'

Hoewel ik sloom was van al die uren in de zon en het vele zwemmen, lukte het me toch geen verkeerde dingen te zeggen. Toen Lila ging slapen had ik het gevoel dat ik op het laken dreef en dat mijn donkere kamertje in werkelijkheid gevuld was met blauw en roodachtig licht. Was Pinuccia halsoverkop vertrokken omdat ze verliefd was geworden op Bruno? Wilde Bruno niet haar maar mij? Hoe gingen Pinuccia en Bruno met elkaar om? Dat probeerde ik terug te halen, ik luisterde weer naar zinnen, naar de toon van hun stemmen, ik zag weer hun gebaren, en raakte ervan overtuigd dat Lila gelijk had. Ik voelde ineens veel sympathie voor Stefano's zusje, omdat ze zich zo sterk had getoond, haar wil om te vertrekken had doorgezet. Maar dat Bruno op mij mikte, daarvan was ik niet overtuigd. Hij had me zelfs nooit aangekeken! Afgezien nog van het feit dat híj naar de afspraak zou zijn gekomen als hij, zoals Lila zei, een oogje op me had, en niet Nino. Of in elk geval zouden ze samen zijn gekomen. Maar hoe dan ook, waar of niet, ik vond hem niet aantrekkelijk: te klein van stuk, te veel krullen, geen voorhoofd, wolventanden. Nee, nee en nog eens nee. Me in het midden houden, dacht ik. Dat zal ik doen.

Toen we de volgende dag tegen tienen op het strand arriveerden, zagen we dat de twee jongens er al waren, ze liepen heen en weer langs de waterlijn. Lila gaf in een paar woorden een verklaring voor Pinuccia's afwezigheid: ze moest werken, was met haar man vertrokken. Nino noch Bruno vertoonde ook maar het minste teken van teleurstelling en dat schokte me. Pinuccia was twee weken bij ons geweest, hoe was het mogelijk dat ze, nu ze was vertrokken, geen leegte achterliet? We hadden met zijn vijven gewandeld, gekletst, grappen gemaakt, gezwommen. In die veertien dagen zal haar zeker iets zijn overkomen wat diepe indruk op haar heeft gemaakt, ze zou die eerste vakantie nooit meer vergeten. Maar wij? Wij waren op verschillende manieren erg belangrijk voor haar geweest, maar merkten eigenlijk niet dat ze er niet meer was. Nino maakte bijvoorbeeld geen enkele opmerking over haar plotselinge vertrek. En Bruno beperkte zich tot een ernstig: 'Jammer, we hebben elkaar niet eens gedag gezegd.' Een minuut later hadden we het al over iets anders, alsof Pinuccia nooit op Ischia, op het Citarastrand was geweest.

Met het vertrek van Pinuccia werd ook de rolverdeling anders, een soort snelle aanpassing die me evenmin beviel. Nino, die zich altijd tot Lila en mij had gericht (zelfs heel vaak alleen maar tot mij), begon meteen uitsluitend met Lila te praten, alsof hij zich, nu we met zijn vieren waren, niet langer verplicht voelde om ons beiden aandacht te schenken. En Bruno, die zich tot de zaterdag ervoor alleen maar met Pinuccia bezig had gehouden, begon zich op dezelfde verlegen en zorgzame manier om mij te bekommeren, alsof er geen enkel verschil tussen ons bestond, terwijl Pinuccia toch was getrouwd en een kind verwachtte en ik niet.

Bij de eerste strandwandeling die we met zijn vieren maakten, liepen we in het begin naast elkaar. Maar algauw liet Bruno zijn oog vallen op een aangespoelde schelp. 'Mooi,' zei hij en hij bukte zich om hem te pakken. Ik bleef keurig op hem staan wachten en hij schonk me de schelp, die niets bijzonders was. Intussen liepen Nino en Lila door, en dat veranderde ons in twee over het strand wandelende stellen, zij tweetjes voorop, wij erachter. Zij praatten geanimeerd terwijl ik trachtte een gesprek met Bruno te voeren, die moeizaam reageerde. Ik probeerde mijn pas te versnellen, hij volgde met tegenzin. Het was moeilijk echt contact te maken. Hij maakte algemene opmerkingen, over de zee bijvoorbeeld, en over de lucht en de meeuwen, maar het was duidelijk dat hij een rol speelde, de rol die in zijn beleving bij mij paste. Met Pinuccia had hij waarschijnlijk over andere dingen gepraat, anders was het moeilijk te bevatten dat ze samen op een plezierige manier zo veel tijd hadden kunnen doorbrengen. Trouwens, als hij wél interessante onderwerpen had aangesneden, zou hij moeilijk te verstaan zijn geweest. Als hij vroeg om een sigaret of een slokje water of hoe laat het was, dan had hij een zuivere stem en een heldere uitspraak. Maar als hij de rol van toegewijde jongeman begon te spelen ('Wat vind je van deze schelp, moet je zien hoe mooi, je krijgt hem van me'), dan struikelde hij over zijn woorden en praatte hij niet in het Italiaans, en evenmin in het dialect, maar in een onhandige taal die er benepen en krom uit kwam, alsof hij zich schaamde voor wat hij zei. Hij knikte steeds van ja, maar begreep weinig van wat ik zei en intussen spitste ik mijn oren om op te vangen wat Nino en Lila tegen elkaar zeiden.

Ik veronderstelde dat Nino over serieuze onderwerpen die hij bestudeerde zou zijn begonnen, of dat Lila goede sier maakte met gedachten waarop de boeken haar brachten die ze bij mij had weggepikt, en vaak probeerde ik dichterbij te komen om mee te kunnen praten. Maar telkens als ik erin slaagde dicht genoeg bij hen in de buurt te komen om een zin op te vangen, was ik verbijsterd: het leek of hij haar over zijn kindertijd in de wijk liep te vertellen, op een felle, zelfs dramatische toon. Zij luisterde zonder hem in de rede te vallen. Ik voelde me indiscreet, raakte meer en meer en ten slotte definitief achterop en verveelde me met Bruno.

Ook toen we besloten samen te gaan zwemmen, was ik niet snel genoeg om het oude trio te herstellen. Bruno duwde me zonder waarschuwing vooraf het water in en ik ging kopje-onder. Toen ik, met natte haren, waar ik een hekel aan had, weer bovenkwam, zag ik Nino en Lila een paar meter verderop, drijvend en nog steeds in diep gesprek. Ze hielden het veel langer vol in het water dan Bruno en ik, maar bleven dicht bij het strand. De dingen die ze tegen elkaar zeiden waren blijkbaar zo boeiend dat ze zelfs afzagen van een opschepperige lange zwempartij.

Laat in de middag richtte Nino voor het eerst het woord tot mij. Hij vroeg op een ruwe manier, alsof hij op een negatief antwoord uit was: 'Waarom zien we elkaar ook vanavond niet, na het eten? We komen jullie halen en brengen jullie weer terug.'

Ze hadden ons nooit eerder gevraagd om 's avonds uit te gaan. Ik wierp Lila een vragende blik toe, maar zij wendde haar ogen af. Ik zei: 'Lina's moeder zit thuis, we kunnen haar niet altijd alleen laten.'

Nino zei niets terug en zijn vriend kwam niet tussenbeide om hem bij te staan. Maar na de laatste keer zwemmen, vlak voor we uit elkaar gingen, zei Lila: 'Morgenavond ga ik in Forio mijn man bellen. Dan kunnen we eventueel samen een ijsje eten.'

Die opmerking irriteerde me, maar wat er meteen daarna gebeurde irriteerde me nog meer. Zodra de twee jongens naar Forio waren vertrokken, al toen ze haar spullen nog bij elkaar aan het rapen was, begon ze me verwijten te maken alsof ik op een even ondoorgrondelijke als onaanvechtbare manier verantwoordelijk was voor de hele dag, uur na uur, minigebeurtenis na minigebeurtenis, tot en met het verzoek van Nino, tot en met de duidelijke tegenstrijdigheid tussen mijn antwoord en dat van haar: 'Waarom ben je steeds met Bruno opgetrokken?'

'Ik?'

'Ja, jij. Waag het nooit meer om mij alleen te laten met Nino.'

'Wat zeg je nou? Jullie liepen snel, zonder ooit op ons te wachten.'

'Wij? Nino liep zo snel.'

'Je had kunnen zeggen dat je op me moest wachten.'

'En jij had tegen Bruno kunnen zeggen dat hij een beetje door moest lopen, omdat jullie ons anders uit het oog verloren. Als je hem dan toch zo leuk vindt, ga dan alsjeblieft 's avonds alleen met hem op stap. Dan kun je doen wat je wilt.'

'Ik ben hier voor jou, niet voor Bruno.'

'Ik heb niet het idee dat je hier voor mij bent, je doet steeds waar je zelf zin in hebt.'

'Als ik niet goed genoeg meer voor je ben vertrek ik morgenvroeg.'

'O ja? En dat ijsje met die twee dan, moet ik daar alleen naartoe?'

'Lila, jíj hebt gezegd dat je een ijsje met hen wilde gaan eten.'

'Natuurlijk, ik moet Stefano bellen, wat zouden ze van ons denken als we niets hadden gezegd en hen dan in Forio tegenkwamen?'

Ook thuis na het eten en met Nunzia erbij gingen we op dezelfde toon verder. Het was geen echte ruzie, maar een halfslachtige woordenwisseling met valse momenten, waarbij we probeerden elkaar iets te vertellen zonder elkaar te begrijpen. Nunzia, die verbaasd naar ons zat te luisteren, zei op een gegeven ogenblik: 'Morgenavond na het eten ga ik ook mee voor een ijsje.'

'Het is ver,' zei ik. Maar Lila kwam bruusk tussenbeide: 'We hoeven toch zeker niet te lopen? We nemen een motorkoetsje, we zijn rijk.'

59

Om ons aan het nieuwe schema van de twee jongens aan te passen, arriveerden we de volgende dag om negen in plaats van om tien uur op het strand, maar ze waren er niet. Lila werd zenuwachtig. We wachtten, maar geen jongens, om tien uur niet en later die ochtend evenmin. Pas vroeg in de middag verschenen ze, onbekommerd en heel samenzweerderig. Ze zeiden dat ze, aangezien ze de avond met ons zouden doorbrengen, hadden besloten vroeger met studeren te beginnen. Lila reageerde op een manier die vooral mij hevig verbaasde: ze joeg ze weg. Ze konden gaan studeren wanneer ze maar wilden, siste ze, terwijl ze overging op zwaar dialect, 's middags, 's avonds, 's nachts, nu meteen. Niemand hield ze tegen. En omdat Nino en Bruno hun best deden om haar niet serieus te nemen en bleven glimlachen alsof haar reactie alleen maar een geestige inval was geweest, schoot zij in haar strandjurkje, greep woest haar tas en liep met grote passen naar de weg. Nino rende achter haar aan, maar kwam even later met een begrafenisgezicht terug. Niets aan te doen, ze was echt kwaad en niet voor rede vatbaar.

'Het gaat wel over,' zei ik, terwijl ik deed of ik rustig was. Ik ging met hen zwemmen. Daarna liet ik me in de zon opdrogen, at een broodje, kletste futloos wat en kondigde toen aan dat ik ook naar huis moest.

'En vanavond?' vroeg Bruno.

'Lina moet Stefano bellen, we komen.'

Lila's uitbarsting had me erg onrustig gemaakt. Wat betekende die toon, dat optreden? Mocht je zo kwaad worden om een nietnagekomen afspraak? Waarom kon ze zich niet beheersen en behandelde ze de twee jongens alsof het om Pasquale of Antonio ging, of zelfs om de Solara's? Waarom gedroeg ze zich als een wispelturig meisje en niet als mevrouw Carracci?

Buiten adem kwam ik thuis. Nunzia stond handdoeken en badpakken te wassen, Lila was op haar kamer en zat op haar bed te schrijven: ook dat was ongewoon. Ze had een schrift op haar knieën, haar ogen tot spleetjes geknepen en haar voorhoofd gefronst; een van mijn boeken lag verloren op het laken. Wat was het lang geleden dat ik haar had zien schrijven!

'Je hebt overdreven gereageerd,' zei ik.

Ze haalde haar schouders op, hield haar ogen op het schrift gericht en bleef de hele verdere middag schrijven.

's Avonds dofte ze zich net zo op als wanneer haar man in aantocht was en toen ze daarmee klaar was lieten we ons naar Forio rijden. Het viel me op dat Nunzia, die nooit in de zon kwam en spierwit was, speciaal de lippenstift van haar dochter had geleend om haar lippen en wangen een beetje kleur te geven. Ze wilde voorkomen – zei ze – dat ze eruitzag alsof ze al dood was.

We stuitten meteen op de twee jongens, ze stonden voor het café als schildwachten voor hun huisje. Bruno was nog in dezelfde korte broek, hij had alleen een ander hemd aangetrokken. Nino droeg een lange broek, een verblindend wit hemd en zijn weerspannige haar zat zo geforceerd netjes dat ik hem minder aantrekkelijk vond. Toen ze merkten dat Nunzia er ook bij was, verstarden ze. We gingen onder een luifel bij de ingang van het café zitten en bestelden slagroomijs. Nunzia begon tot onze verbazing zomaar te praten en hield niet meer op. Ze richtte zich uitsluitend tot de jongens. Ze prees Nino's moeder die ze zich als heel mooi herinnerde; ze vertelde meerdere voorvallen uit de oorlogstijd, voorvallen die in de wijk hadden gespeeld, en vroeg Nino steeds of hij het zich herinnerde. Als hij nee antwoordde, zei zij steevast: 'Vraag maar aan je moeder, je zult zien dat zij het nog wel weet.' Lila vertoonde al snel tekenen van ongeduld en zei dat het tijd werd om Stefano te bellen. Ze liep het café binnen, naar de telefooncellen. Nino viel stil en Bruno nam onmiddellijk het gesprek met Nunzia over. Ik merkte tot mijn ergernis dat hij niet zo zat te stuntelen als wanneer hij alleen met mij te maken had.

'Een ogenblikje,' zei Nino ineens. Hij stond op en liep het café in.

Nunzia werd ongerust en fluisterde me in het oor: 'Hij gaat toch niet betalen, hè? Ik ben hier de oudste, dat hoor ik te doen.'

Bruno hoorde het en zei dat alles al betaald was, stel je voor zeg, dat hij een dame liet betalen! Nunzia legde zich erbij neer. Ze begon Bruno naar de vleeswarenfabriek van zijn vader te vragen en schepte op over haar man en haar zoon, die ook eigen baas waren, ze hadden een schoenfabriek.

Intussen kwam Lila maar niet terug. Ik maakte me ongerust, liet Nunzia en Bruno kletsen en ging ook naar binnen. Die telefoontjes met Stefano duurden toch nooit zo lang? Ik liep naar de twee telefooncellen, ze waren beide leeg. Ik keek om me heen, maar op de plek waar ik stond, hinderde ik de kinderen van de eigenaar die de tafeltjes bedienden. Mijn oog viel op een deur die openstond voor de ventilatie en uitkwam op een ommuurde binnenplaats. Onzeker liep ik erheen, ik rook de geur van oude banden vermengd met die van een kippenhok. De binnenplaats was leeg, maar aan één kant van de muur ontdekte ik een opening waardoor een stukje tuin te zien was. Ik liep het plaatsje over dat vol roestig schroot lag en al voor ik in de tuin was, zag ik Lila en Nino. Het schijnsel van de zomerse nacht verlichtte de planten. Lila en Nino stonden dicht tegen elkaar aan, kussend. Nino had een hand onder haar rok, die zij probeerde weg te duwen, maar ze bleef hem intussen wel kussen.

Haastig trok ik me terug, probeerde zo min mogelijk geluid te maken. Ik ging weer naar het terras en zei tegen Nunzia dat Lila nog aan de telefoon was.

'Maken ze ruzie?'

'Nee.'

Het voelde alsof ik in brand stond, maar de vlammen waren koud en het vuur deed geen pijn. Ze is getrouwd, zei ik tegen mezelf, iets langer dan een jaar getrouwd.

Lila kwam terug, zonder Nino. Ze zag er onberispelijk uit en toch was er chaos voelbaar, in haar kleren, in haar lichaam.

We wachtten een poosje, maar Nino liet zich niet zien, ik merkte dat ik ze allebei haatte. Lila stond op en zei: 'Kom, we gaan, het is al laat.'

Toen we al in het koetsje zaten dat ons terug naar huis zou brengen, kwam Nino naar ons toe gerend, hij zwaaide vrolijk. 'Tot morgen,' riep hij, hartelijk zoals ik hem nog nooit had meegemaakt. Ik dacht: het is kennelijk geen obstakel dat Lila getrouwd is, voor hem niet en voor haar niet, en die constatering leek me zo afschuwelijk waar dat mijn maag ervan omdraaide en ik een hand voor mijn mond bracht.

Lila ging meteen naar bed en ik wachtte vergeefs op haar komst. Ik had gehoopt dat ze alles zou bekennen, dat ze zou vertellen wat ze verder van plan was. Maar ik denk nu dat ze dat toen zelf ook niet wist.

60

In de dagen die volgden werd de situatie steeds duidelijker. Gewoonlijk kwam Nino met een krant of een boek: dat gebeurde niet meer. De heftige gesprekken over het menselijk lot verflauwden, verwerden tot verstrooide zinnen die een opening zochten voor meer persoonlijke woorden. Lila en Nino maakten er een gewoonte van om lang samen te zwemmen, zo ver weg dat ze vanaf het strand niet meer te zien waren. Of ze dwongen ons tot lange wandelingen die de verdeling in stellen bestendigden. En nooit, absoluut nooit liep Nino naast mij en Bruno naast Lila. Het werd vanzelfsprekend dat zij degenen waren die achterbleven. De keren dat ik me plotseling omdraaide had ik de indruk een pijnlijke scheuring te veroorzaken. Hun handen, hun monden lieten elkaar dan snel los, als in een soort zenuwtrek.

Ik had verdriet, maar met een ondergrond van ongeloof, dat moet ik toegeven, waardoor het verdriet niet constant was, maar in golven kwam. Het was alsof ik een toeschouwer was van een loos toneelstuk: ze speelden het verloofde stel, terwijl ze beiden heel goed wisten dat ze dat niet waren en niet konden zijn: de een was al verloofd, de ander zelfs getrouwd. Soms zag ik hen als gevallen godheden: ooit zo knap, zo intelligent en nu zo dom, bezig met een dom spel. Ik nam me voor om tegen Lila, tegen Nino, tegen alle twee te zeggen: 'Wie denken jullie wel dat jullie zijn, keer alsjeblieft terug naar de werkelijkheid.'

Maar ik kon het niet. Binnen enkele dagen volgden er nog meer veranderingen. Ze begonnen elkaars hand vast te houden, zonder geheimzinnig te doen, met een beledigende schaamteloosheid, alsof ze hadden besloten dat het tegenover Bruno en mij niet nodig was om te huichelen. Ze maakten vaak ruzie voor de grap, deden of ze elkaar tikken uitdeelden, alleen maar om elkaar vast te kunnen houden, zich tegen elkaar aan te drukken, samen in het zand te rollen. Zodra ze tijdens een wandeling een verlaten hut in het oog kregen, of een oude strandtent waar alleen nog maar een paar palen en een vloer van over waren, of een pad dat in wilde begroeiing verloren ging, besloten ze, als kinderen, op verkenning uit te gaan, zonder ons te vragen hen te volgen. Ze liepen gewoon weg, hij voorop, zij achter hem aan, zonder iets te zeggen. Als ze wilden zonnen, gingen ze zo dicht mogelijk bij elkaar liggen. In het begin hadden ze nog genoeg aan een licht contact van de schouders, aan armen, benen, voeten die elkaar zachtjes raakten. Later gingen ze als ze van hun eindeloze dagelijkse zwempartij terugkwamen naast elkaar op Lila's handdoek liggen, die het grootste was, en binnen de kortste keren legde Nino alsof het vanzelfsprekend was een arm om haar schouders en legde zij haar hoofd op zijn borst. Eén keer gingen ze zelfs zover dat ze elkaar lachend op de mond kusten, een vrolijke, snelle kus. Ik dacht: ze is gek, ze zijn gek. En als iemand uit Napels die Stefano kent hen ziet? Als de leverancier langskomt aan wie we ons huis te danken hebben? Of als Nunzia nu zou besluiten om even een kijkje te komen nemen op het strand?

Ik kon niet geloven dat ze zo onverantwoordelijk waren, en toch gingen ze telkens een stukje verder. Elkaar alleen overdag zien leek niet voldoende meer, Lila besloot dat ze Stefano elke avond moest bellen, dwong mij iedere avond mee te gaan naar Forio, maar wees het aanbod van Nunzia om ons te vergezellen grof van de hand. In Forio belde ze heel kort met haar man en daarna werd er gewandeld, zij met Nino, ik met Bruno. We kwamen nooit voor middernacht thuis en de twee jongens liepen met ons mee, over het donkere strand.

Op vrijdagavond, dus de dag voordat Stefano weer zou komen, maakten Nino en zij ruzie, deze keer niet voor de grap, maar serieus. Lila was gaan bellen en wij drieën zaten aan een tafeltje ijs te eten toen Nino met een nors gezicht enkele tweezijdig beschreven velletjes papier uit zijn zak haalde, zonder uitleg te geven begon te lezen en zich daardoor afsloot van de saaie conversatie tussen Bruno en mij. Toen Lila terugkwam keurde hij haar geen blik waardig, deed de velletjes niet terug in zijn zak en bleef lezen. Lila wachtte een halve minuut en vroeg toen op vrolijke toon: 'Is het zo interessant?'

'Ja,' zei Nino zonder op te kijken.

'Lees het dan hardop, we willen het horen.'

'Het is iets persoonlijks, het gaat jullie niet aan.'

'Wat is het?' vroeg Lila, maar het was duidelijk dat ze het al wist.

'Een brief.'

'Van wie?'

'Van Nadia.'

Met een bliksemsnelle, onverwachte beweging boog Lila zich voorover en rukte de velletjes uit zijn hand. Nino schrok op, alsof hij door een groot insect was gestoken, maar hij deed niets om de brief weer in handen te krijgen, ook niet toen Lila op hoogdravende toon en met heel luide stem begon voor te lezen. Het was een nogal kinderlijke liefdesbrief, regel na regel voortkabbelend met mierzoete variaties op het thema 'de ander missen'. Bruno luisterde zwijgend, met een gegeneerde glimlach op zijn gezicht en toen uit niets bleek dat Nino dit alles als een grap opvatte, maar dat hij somber naar zijn bruingebrande, in sandalen gestoken voeten staarde, fluisterde ik tegen Lila: 'Hou op, geef die brief terug.'

Ze stopte meteen met voorlezen toen ik dat zei, maar bleef geamuseerd kijken en gaf de brief niet terug.

'Je schaamt je, hè?' zei ze tegen Nino. 'Eigen schuld. Hoe kun je nou verloofd zijn met een meisje dat zo schrijft?'

Nino zei niets, hij bleef naar zijn voeten staren. Toen kwam Bruno vrolijk tussenbeide: 'Als je op iemand verliefd wordt, neem je haar misschien niet eerst een examen af om te zien of ze een liefdesbrief kan schrijven.'

Maar Lila nam niet eens de moeite om Bruno aan te kijken, ze bleef zich tot Nino richten en, alsof die twee in ons bijzijn een geheim gesprek vervolgden, zei ze: 'Hou je van haar? Waarom? Leg ons dat eens uit. Omdat ze in de corso Vittorio Emanuele woont in een huis met overal boeken en oude schilderijen? Omdat ze met een kirrend stemmetje praat? Omdat ze de dochter van je lerares is?'

Eindelijk kwam Nino weer tot zichzelf, kortaf zei hij: 'Geef die brief terug.'

'Alleen als je hem meteen verscheurt, hier, voor onze ogen.'

Op de geamuseerde toon van Lila reageerde Nino met heel ernstige eenlettergrepige woorden waarin duidelijk agressie doortrilde.

'En dan?'

'Dan schrijven we met zijn allen een brief aan Nadia waarin staat dat het uit is tussen jullie.'

'En dan?'

'Dan doen we die vanavond nog op de post.'

Even zei hij niets, maar toen gaf hij toe.

'Goed, dan doen we dat.'

Ongelovig wees Lila hem op de velletjes papier.

'Verscheur je ze echt?'

'Ja.'

'En maak je het uit?'

'Ja, maar op één voorwaarde.'

'Laat maar horen.'

'Dat jij weggaat bij je man. Nu, onmiddellijk. We gaan met zijn allen naar de telefoon daar en dan vertel je het hem.'

Die woorden riepen een enorm heftige emotie bij me op, waarom begreep ik in eerste instantie niet. Nino verhief zijn stem zo plotseling dat die schor klonk. De ogen van Lila werden meteen tot spleetjes toen ze hem dat hoorde zeggen, zoals ik dat zo goed van haar kende. Nu zou haar toon veranderen. Nu, dacht ik, wordt ze gemeen. En inderdaad. Ze zei: 'Hoe durf je!' Ze zei: 'Tegen wie denk je dat je het hebt?' Ze zei: 'Hoe haal je het in je hoofd om deze brief en dat stomme gedoe met die chique sloerie gelijk te stellen met mij, mijn man, mijn huwelijk, alles wat mijn leven inhoudt? Je denkt de wijsheid in pacht te hebben, maar je snapt de grap niet. Wat? Je snapt niks. Niks, heb je dat goed gehoord, en trek niet zo'n gezicht. Kom, Lenù, we gaan naar bed.'

61

Nino deed niets om ons tegen te houden, Bruno zei: 'Tot morgen!' We namen een motorkoetsje en gingen naar huis. Onderweg al begon Lila te beven, ze pakte mijn hand vast, kneep er heel hard in en begon chaotisch te vertellen wat zich tussen Nino en haar allemaal had afgespeeld. Ze had gewild dat hij haar kuste, ze had zich laten kussen. Ze had ernaar verlangd zijn handen op haar lichaam te voelen, ze had het laten gebeuren. Ze praatte maar door. 'Ik kan niet slapen en als ik al in slaap val, word ik steeds met een schok weer wakker. Ik kijk op mijn horloge, hoop dat het al dag is, dat we naar zee kunnen. Maar het is nacht, ik kan niet meer in slaap komen, mijn hoofd zit vol met alle woorden die hij heeft gezegd en alle woorden die ik popel om tegen hem te zeggen. Ik heb me verzet. Ik heb gezegd: "Ik ben niet als Pinuccia, ik kan doen waar ik zin in heb, ik kan beginnen en ik kan stoppen, het is een tijdverdrijf." Ik heb mijn lippen eerst stijf op elkaar gehouden, daarna tegen mezelf gezegd: maar ach, wat is nou een kus? En ik heb ontdekt wat het was, ik wist het niet – ik zweer je dat ik het niet wist – en ik kon er niet meer buiten. Ik heb hem mijn hand gegeven, mijn vingers met die van hem verstrengeld, heel stevig, en ze weer losmaken voelde als pijn. Wat heb ik veel gemist, en nu overkomt het me allemaal tegelijk. Ik speel verloofde terwijl ik al getrouwd ben. Ik word onrustig, mijn hart klopt hier in mijn keel en in mijn slapen. En ik vind alles fijn. Ik vind het fijn dat hij me meesleept naar afgelegen plekken, ik vind de angst dat iemand ons ziet fijn, en het idee dát ze ons zien. Deed jij dit soort dingen met Antonio? Was je verdrietig als je weg moest en kon je niet wachten om hem terug te zien? Is dat normaal, Lenù? Was het voor jou ook zo? Ik weet niet hoe en wanneer het is begonnen. In het begin vond ik hem niet aantrekkelijk, ik vond zijn manier van praten en wat hij zei aantrekkelijk, maar fysiek, nee. Ik dacht: wat weet die jongen veel, ik moet naar hem luisteren, van hem leren. Maar nu kan ik me niet eens meer concentreren als hij zit te praten. Ik kijk naar zijn mond, schaam me dat ik daarnaar kijk, draai mijn hoofd een andere kant op. In korte tijd ben ik waanzinnig van alles aan hem gaan houden. Van zijn handen, zijn heel smalle nagels, dat magere, de ribben onder zijn huid, zijn slanke hals, zijn baard die hij slecht scheert en die altijd ruw is, zijn neus, de haren op zijn borst, zijn lange, dunne benen, zijn knieën. Ik wil hem strelen. Er komen dingen bij me op die ik walgelijk vind, echt walgelijk, Lenù, maar bij hem zou ik ze willen doen om hem genot te geven, om hem blij te maken.'

Een groot gedeelte van de nacht lag ik naar haar te luisteren, in haar kamer, de deur dicht, het licht uit. Zij lag aan de kant van het raam, de haren in haar nek en de welving van haar heup glansden in het maanlicht. Ik lag aan de kant van de deur, de kant van Stefano, en dacht: haar man slaapt hier, elk weekend, aan deze kant van het bed, en hij trekt haar naar zich toe, 's middags, 's nachts en hij neemt haar in zijn armen. En toch vertelt ze me hier, in dit bed, over Nino. Door de woorden die ze aan hem wijdt, verliest ze haar helderheid, elk spoor van echtelijke liefde verdwijnt erdoor van deze lakens. Ze praat over hem en terwijl ze dat doet, roept ze hem naar hier, ze stelt zich hem voor, dicht tegen haar aan, en omdat ze haar helderheid kwijt is, voelt ze overtreding noch schuld. Ze neemt me in vertrouwen, vertelt me dingen die ze beter voor zich kan houden. Ze vertelt me hoe ze naar de persoon verlangt naar wie ik altijd al verlang, en dat doet ze in de overtuiging dat ik – door mijn ongevoeligheid, omdat ik een weinig scherpe blik heb, niet in staat ben te begrijpen wat zij daarentegen wel begrijpt – diezelfde persoon nooit echt heb opgemerkt, zijn kwaliteiten niet heb onderkend. Ik weet niet of ze te kwader trouw is of dat ze er echt van overtuigd is – door mijn eigen schuld, door mijn neiging me te verbergen – dat ik, vanaf de lagere school tot nu, zo doof en blind ben geweest dat ik haar nodig had om te ontdekken, hier op Ischia, wat een kracht de zoon van Sarratore uitstraalt. O, wat haat ik die arrogantie van haar, ze vergiftigt mijn bloed. Toch kan ik niet tegen haar zeggen dat ze op moet houden, lukt het me niet naar mijn kamertje te gaan om het daar in stilte uit te gillen, nee, ik blijf, onderbreek haar van tijd tot tijd, probeer haar te kalmeren.

Ik wendde een afstandelijkheid voor die ik niet bezat. 'Het komt door de zee,' zei ik, 'door de buitenlucht, de vakantie. En bovendien, door zijn manier van praten die alles gemakkelijk lijkt te maken, weet Nino je van de wijs te brengen. Maar morgen komt

Stefano gelukkig, en je zult zien, vergeleken bij hem lijkt Nino dan net een kleine jongen. Wat hij in feite ook is, ik ken hem goed. Wij zien hem nu als god weet wie, maar als je bedenkt hoe de zoon van la Galiani hem behandelt – weet je nog? – dan begrijp je meteen dat wij hem overschatten. Natuurlijk, vergeleken bij Bruno lijkt hij heel bijzonder, een jongen die zich in het hoofd heeft gezet te willen studeren, maar hij blijft de zoon van een eenvoudige spoorwegman. Vergeet niet dat Nino een jongen uit de wijk is, daar komt hij vandaan. Vergeet niet dat jij op school stukken beter presteerde, ook al was hij ouder. En verder, moet je zien hoe hij van zijn vriend profiteert, hij laat hem alles betalen, de drankjes, de ijsjes...'

Het kostte me moeite dat allemaal tegen haar te zeggen, ik beschouwde mijn woorden als leugens. En het hielp bovendien weinig. Lila sputterde, maakte voorzichtige tegenwerpingen en ik weerlegde die weer. Totdat ze kwaad werd en Nino begon te verdedigen op een toon van 'ik ben de enige die weet hoe hij is'. Ze vroeg waarom ik tegen haar altijd kleinerend over hem had gepraat. 'Hij heeft je geholpen,' zei ze, 'hij wilde zelfs dat flutstukje van je in een tijdschrift laten publiceren. Soms mag ik je niet, Lenù, je haalt alles en iedereen naar beneden, ook mensen van wie iedereen bij een eerste ontmoeting al houdt.'

Ik verloor mijn kalmte, verdroeg haar niet meer. Ik had kwaadgesproken van iemand van wie ik hield, alleen maar om te zorgen dat zij zich beter voelde, en kijk, nu kwetste ze mij. Eindelijk lukte het me om te zeggen: 'Doe wat je goeddunkt, ik ga naar bed.' Maar ze veranderde onmiddellijk van toon, sloeg haar armen stevig om me heen om me tegen te houden en fluisterde in mijn oor: 'Zeg me wat ik moet doen.' Geërgerd duwde ik haar van me af, ik fluisterde terug dat zij dat zelf moest beslissen, dat ik dat niet voor haar kon doen. 'Wat heeft Pinuccia gedaan?' vroeg ik, 'uiteindelijk heeft zij zich beter gedragen dan jij.'

Dat was ze met me eens, we prezen Pinuccia en toen zuchtte ze zomaar ineens: 'Goed, ik ga morgen niet naar het strand en overmorgen ga ik met Stefano terug naar Napels.'

62

Het werd een vreselijke zaterdag. Ze ging inderdaad niet naar het strand, en ik ook niet, maar ik dacht voortdurend aan Nino en Bruno die vergeefs op ons wachtten. En ik durfde niet te zeggen: 'Ik ga even naar zee, eventjes zwemmen en dan kom ik terug.' En ik durfde ook niet te vragen: 'Wat moet ik doen, pak ik mijn spullen in? Vertrekken we, blijven we?' Ik hielp Nunzia het huis te poetsen en met koken, voor het middageten en voor 's avonds, terwijl ik af en toe een oogje op Lila wierp, die niet eens opstond, maar in bed bleef liggen lezen en schrijven in haar schrift, en die toen haar moeder haar aan tafel riep geen antwoord gaf, en toen ze opnieuw riep de deur van haar kamer zo hard dichtgooide dat het hele huis ervan trilde.

'Te veel zee maakt prikkelbaar,' zei Nunzia, terwijl we samen zaten te eten.

'Ja.'

'Als ze nou zwanger zou zijn, maar dat is ze niet.'

'Nee.'

Laat in de middag kwam Lila uit bed, ze at wat en bracht een eeuwigheid in de badcel door. Ze waste haar haren, maakte zich op en trok een mooie groene jurk aan, maar bleef stuurs kijken. Ze begroette haar man niettemin hartelijk en hij gaf haar een lange, intense kus, als in een film, terwijl Nunzia en ik gegeneerd toekeken. Stefano deed me de groeten van mijn familie, zei dat Pinuccia geen kuren meer had gehad en vertelde uitvoerig over de Solara's die tevreden waren geweest over de nieuwe schoenmodellen waaraan Rino en Fernando de laatste hand hadden gelegd. Maar dat hij daarover praatte beviel Lila niet en deed de sfeer tussen hen geen goed. Tot dat moment had ze met een geforceerde glimlach op haar gezicht geluisterd, maar zodra het over de Solara's ging werd ze agressief. Ze zei dat de Solara's haar geen moer konden schelen, dat ze niet alleen maar wilde leven om te horen wat die twee wel en of niet dachten. Stefano was teleurgesteld, fronste zijn wenkbrauwen. Hij begreep dat er een eind was gekomen aan de betovering van de laatste weken, en zei met het bekende vage, toegeeflijke glimlachje op zijn gezicht dat hij alleen maar wilde vertellen wat er in de wijk was gebeurd en dat het daarom niet nodig was om zo'n toon aan te slaan. Het hielp niet veel. Door Lila's toedoen verwerd de avond al snel tot één langgerekt conflict. Stefano kon geen woord zeggen of zij had er op een felle manier iets op aan te merken. Ruziënd gingen ze naar bed en daar hoorde ik ze bekvechten tot ik in slaap viel.

Bij het aanbreken van de dag werd ik wakker. Ik wist niet wat ik moest doen: mijn spullen bijeen zoeken en wachten tot Lila een beslissing nam? Naar zee gaan, maar met het risico dat ik Nino tegen het lijf liep, wat Lila me niet zou vergeven? De hele dag in mijn kamertje opgesloten blijven, mijn hersens pijnigend, net als nu? Ik besloot naar het Marontistrand te gaan en een briefje achter te laten waarin ik vertelde waar ik was en dat ik vroeg in de middag terug zou zijn. Ik schreef ook dat ik niet van Ischia weg kon gaan zonder Nella gedag te zeggen. Dat deed ik toen te goeder trouw, maar tegenwoordig weet ik precies hoe dat gaat bij mij. Ik wilde me op het lot verlaten: als Nino zijn ouders geld was gaan vragen en ik liep hem tegen het lijf, zou Lila me niets kunnen verwijten.

Het werd niet alleen een rommelige dag, maar ik verkwistte ook nog eens heel wat geld. Ik nam een boot en liet me naar het Marontistrand varen. Ik ging naar de plek waar de Sarratores zich gewoonlijk installeerden en vond daar alleen hun parasol. Ik keek om me heen, zag Donato, die aan het zwemmen was, en hij zag mij. Druk zwaaiend groette hij me, kwam uit het water, rende naar me toe en vertelde dat zijn vrouw en kinderen de dag bij Nino in Forio doorbrachten. Dat viel me vreselijk tegen, het lot was niet alleen ironisch, het minachtte me, het had de zoon van me afgenomen en me overgeleverd aan het kleverige geklets van de vader.

Toen ik me van Sarratore probeerde te bevrijden om naar Nella te gaan, liet hij me niet los, hij pakte haastig zijn spullen bij elkaar en stond erop met me mee te lopen. Onderweg begon hij op een sentimentele toon en zonder enige gêne te praten over wat er lang geleden tussen ons was voorgevallen. Hij vroeg me hem te vergeven, mompelde dat het hart zich niet laat commanderen en gebruikte weeïge woorden om te vertellen hoe mooi ik toen was en nu helemaal. 'Wat overdreven,' zei ik, en begon van de zenuwen te lachen, ook al wist ik dat ik ernstig en afstandelijk moest blijven.

Hoewel Donato met de parasol en zijn spullen sjouwde, bleef hij maar doorkletsen, licht hijgend. Wat hij zei kwam erop neer dat het probleem van jonge mensen was dat ze niet in staat waren zichzelf en hun gevoelens objectief te bezien.

'Wél als ze in een spiegel kijken,' zei ik daarop, 'die is objectief.'

'Een spiegel? Een spiegel is het laatste waarop je kunt vertrouwen. Ik wed dat je je vriendinnen mooier vindt dan jezelf.'

'Ja.'

'Maar je bent veel mooier dan zij. Geloof me. Moet je zien wat een mooie blonde haren! En wat een houding! Je hoeft maar twee problemen aan te pakken en op te lossen: het eerste is je badpak, dat is niet in overeenstemming met je mogelijkheden; het tweede is het model van je bril. Dat is echt verkeerd, Elena. Te zwaar. Je hebt zo'n prachtig, serieus gezicht, zo voortreffelijk gevormd door het studeren. Je zou een lichtere bril moeten dragen.'

Tijdens het luisteren nam mijn ergernis af, hij leek een wetenschapper, gespecialiseerd in vrouwelijk schoon. Maar belangrijker was dat hij met een dermate koele deskundigheid sprak dat ik op een gegeven moment zelfs dacht: en als het eens waar was? Misschien ben ik niet in staat mezelf beter tot mijn recht te laten komen. Maar als dat wel zo zou zijn, waar haal ik het geld vandaan om kleren, een badpak en een bril te kopen die bij mij passen? Ik stond op het punt me in een klaagzang over armoede en rijkdom te storten toen hij met een glimlach zei: 'Trouwens, als je mijn oordeel niet vertrouwt, dan zul je hoop ik toch wel hebben gemerkt hoe mijn zoon naar je keek, die keer dat jullie ons kwamen opzoeken.'

Pas toen begreep ik dat hij liep te liegen. Het waren woorden om mijn ijdelheid te prikkelen, ze dienden om me een prettig gevoel te geven, om me vanuit mijn behoefte aan erkenning naar hem toe te drijven. Ik voelde me dom, gekwetst, niet door hem met zijn leugens, maar door mijn eigen onnozelheid. Ik kapte het gesprek af, werd steeds onbeleefder, en dat verlamde hem.

Eenmaal bij Nella thuis kletste ik wat met haar, zei dat we die avond misschien allemaal terug zouden gaan naar Napels en dat ik haar gedag wilde zeggen.

'Jammer als je weggaat.'

'Ja.'

'Blijf eten.'

'Dat kan niet, ik moet ervandoor.'

'Maar als je niet vertrekt, zweer me dat je dan een andere keer komt en niet zo kort als nu. Dan blijf je de hele dag hier, en 's nachts ook, je weet dat er altijd een bed voor je klaarstaat. Ik heb je veel te vertellen.'

'Dank je.'

Sarratore mengde zich in het gesprek, hij zei: 'We rekenen erop, je weet hoeveel we van je houden.'

Ik ging snel weg, ook omdat familie van Nella met een auto naar de haven vertrok en ik de kans om mee te rijden niet wilde laten schieten.

Tijdens de rit begonnen Sarratores woorden totaal onverwacht en ondanks het feit dat ik ze almaar terugdrong door mijn hoofd te spoken. Nee, misschien had hij toch niet gelogen. Misschien keek hij echt door de uiterlijke schijn heen. Had hij echt de blik van zijn zoon op mij kunnen observeren. En als ik mooi was, als Nino me echt aantrekkelijk had gevonden – en ik wist dat het zo was, uiteindelijk had hij me gekust, had hij mijn hand vastgehouden – dan werd het tijd dat ik de feiten onder ogen zag: Lila had hem van me afgenomen; Lila had hem van mij verwijderd om hem naar zichzelf toe te trekken. Het was misschien niet met opzet geweest, maar ze had het wel gedaan.

Ineens besloot ik dat ik naar hem toe moest, hem koste wat het kost moest zien. Nu het vertrek nabij was, nu de aantrekkingskracht die Lila op hem had uitgeoefend hem niet meer zo gemakkelijk in zijn greep zou houden, nu zij zelf had besloten terug te keren naar het leven dat ze verplicht was te leiden, zou de relatie tussen hem en mij een nieuwe kans kunnen krijgen. In Napels. In de vorm van vriendschap. Eventueel konden we elkaar ontmoeten om over haar te praten. Maar daarna zouden we terugkeren tot waar we altijd over spraken, tot wat we lazen. Ik zou hem laten zien dat ik – zeker meer dan Lila, en misschien zelfs meer dan Nadia – warm kon lopen voor de onderwerpen die hem interesseerden. Ja, ik moest onmiddellijk met hem praten, tegen hem zeggen: 'Ik vertrek.' Tegen hem zeggen: 'Laten we elkaar zien, in de wijk, op het piazza Nazionale, in de via Mezzocannone, waar je wilt, maar zo vlug mogelijk.'

Ik nam een motorkoetsje en liet me naar Forio brengen, naar Bruno's huis. Ik riep, maar er kwam niemand. In een staat van stijgende onrust zwierf ik door het stadje, daarna ging ik weer richting huis, over het strand. En dit keer was het lot mij kennelijk gunstig gezind. Ik was al een hele tijd onderweg toen Nino ineens voor me stond, heel erg blij dat hij me zag. Hij beheerste zijn blijdschap slecht. Zijn ogen straalden te veel, zijn gebaren waren opgewonden, zijn stem klonk uitgelaten.

'Ik heb jullie én gisteren én vandaag gezocht! Waar is Lina?'

'Bij haar man.'

Hij haalde een envelop uit een zak van zijn korte broek en stopte die overdreven stevig in mijn hand.

'Kun je dit aan haar geven?'

Ik raakte geïrriteerd.

'Dat heeft geen zin, Nino.'

'Doe het toch maar.'

'We vertrekken vanavond, we gaan terug naar Napels.'

Even gleed er een verdrietig trekje over zijn gezicht. Hij zei met schorre stem: 'Wie heeft dat besloten?'

'Zij.'

'Dat geloof ik niet.'

'Toch is het zo, ze heeft het gisteravond tegen me gezegd.'

Hij dacht er even over na, wees naar de envelop.

'Alsjeblieft, geef hem toch maar, zodra je terug bent.'

'Goed.'

'Zweer dat je het zult doen.'

'Ik zei toch al dat ik het zou doen.'

Hij liep een heel stuk met me mee, terwijl hij intussen erg onaardige dingen over zijn moeder, broertjes en zusjes zei. 'Het was een kwelling,' zei hij, 'gelukkig zijn ze terug naar Barano.' Ik vroeg hem naar Bruno. Hij maakte een geërgerd gebaar, Bruno zat te studeren. Ook over hem zei hij onaardige dingen.

'En jij studeert niet?'

'Het lukt me niet.'

Hij trok zijn hoofd tussen zijn schouders, werd somber. Hij begon te praten over het feit dat je een verkeerd zelfbeeld kunt hebben, alleen maar omdat een leraar je vanwege persoonlijke problemen doet geloven dat je ergens goed in bent. Hij had gemerkt dat de dingen die hij wilde leren hem nooit echt hadden geïnteresseerd.

'Wat zeg je nu? Zomaar ineens?'

'Je leven kan plotsklaps totaal veranderen.'

Wat was er met hem aan de hand? Banale woorden, ik herkende hem niet meer. Diep in mijn hart zwoer ik hem te zullen helpen weer zichzelf te worden.

'Je bent nu te opgewonden en weet niet wat je zegt,' zei ik op mijn meest verstandige toon. 'Maar zo gauw je weer in Napels bent, zien we elkaar, als je wilt, en dan praten we erover.'

Hij knikte, maar meteen daarna zei hij kwaad, bijna schreeuwend: 'Met de universiteit wil ik niks meer te maken hebben, ik ga een baantje zoeken.'

63

Hij vergezelde me bijna tot aan de trap naar de voordeur, waardoor ik bang was Stefano en Lila tegen te komen. Ik nam haastig afscheid en liep naar de trap.

'Morgenvroeg om negen uur,' riep hij.

Ik bleef staan.

'Als we vertrekken, zien we elkaar in de wijk, zoek me daar maar op.'

Nino schudde gedecideerd zijn hoofd.

'Jullie vertrekken niet,' zei hij, alsof hij daarmee het lot een dreigend bevel gaf.

Ik zwaaide een laatste keer en holde toen naar boven, betreurend dat er geen gelegenheid was geweest om de inhoud van de envelop te inspecteren.

Binnen hing een akelige sfeer. Stefano en Nunzia zaten samen te smoezen, Lila was waarschijnlijk in de badcel of in haar slaapkamer. Toen ik binnenkwam keken ze me allebei vol wrok aan. Stefano zei op sombere toon, zonder inleiding: 'Kun je me uitleggen wat jij en die meid aan het bekokstoven zijn?'

'Hoezo?'

'Ze zegt dat ze genoeg heeft van Ischia en naar Amalfi wil.'

'Daar weet ik niets van.'

Nunzia mengde zich in het gesprek, maar niet op de bekende moederlijke toon: 'Lenù, breng haar niet op verkeerde gedachten, geld is er niet om over de balk te gooien. Wat is dat nu ineens met Amalfi? We hebben betaald om hier tot september te kunnen blijven.'

Ik begon te steigeren en zei: 'Jullie vergissen je, ik doe wat Lina wil, en niet omgekeerd.'

'Ga nou in ieder geval maar tegen haar zeggen dat ze haar verstand moet gebruiken,' schoot Stefano uit. 'Volgende week kom ik terug, we vieren gezamenlijk Ferragosto en je zult eens zien wat een plezier jullie dan met me hebben. Maar nu wil ik geen gedoe meer. Verdomme. Dacht je nou echt dat ik jullie nu naar Amalfi zou brengen? En als Amalfi niet meer bevalt, waar willen jullie dan heen? Naar Capri? En daarna? Nee, nee, zo is het mooi geweest, Lenù!'

Zijn toon intimideerde me.

'Waar is ze?' vroeg ik.

Nunzia wees naar de slaapkamer. Ik stapte naar binnen in de overtuiging Lila aan te treffen met gepakte koffers en vastbesloten te vertrekken, ondanks het risico afgerost te worden. Maar ik trof haar in onderjurk, slapend op het onopgemaakte bed. Om haar heen de bekende chaos, maar de koffers lagen op een stapel in een hoek, leeg. Ik schudde aan haar schouder.

'Lila!'

Ze schrok wakker en vroeg meteen met een wazige blik van de slaap: 'Waar ben je geweest, heb je Nino gezien?'

'Ja, en dit is voor jou.'

Met tegenzin gaf ik haar de envelop. Ze maakte hem open, haalde er een velletje papier uit. Ze las het en begon onmiddellijk te stralen, alsof een injectie met een opwindende substantie slaap en moedeloosheid in één klap had weggevaagd.

'Wat staat erin?' vroeg ik voorzichtig.

'Het heeft niets met mij te maken.'

'Met wie dan?'

'Het is een briefje voor Nadia, hij maakt het uit.'

Ze deed de brief terug in de envelop en gaf die aan mij, terwijl ze me op het hart drukte hem goed weg te stoppen.

Daar stond ik, verward, met de envelop in de hand. Maakte Nino het uit met Nadia? Waarom? Omdat Lila hem dat had gevraagd? Om zich aan haar gewonnen te geven? Ik was teleurgesteld, teleurgesteld en nog eens teleurgesteld. Hij offerde de dochter van mevrouw Galiani op aan het spel dat hij en de vrouw van de kruidenier aan het spelen waren. Ik zei niets, keek naar Lila terwijl ze zich aankleedde en opmaakte. Toen vroeg ik: 'Waarom heb je Stefano gevraagd of je naar Amalfi mocht? Absurd gewoon. Ik begrijp je niet.'

Ze glimlachte: 'Ik mezelf ook niet.'

We verlieten de kamer. Lila schurkte zich vrolijk tegen Stefano aan en bleef hem kusjes geven. We besloten om hem naar de haven te brengen, Nunzia en ik in een motorkoetsje, hij en Lila op de Lambretta. Terwijl we op de boot wachtten, aten we een ijsje. Lila was aardig tegen haar man, gaf hem honderdduizend adviezen en beloofde hem elke avond te bellen. Voor hij de loopplank op ging, sloeg hij een arm om mijn schouders en fluisterde in mijn oor:

'Neem me niet kwalijk, ik was echt boos. Ik weet niet hoe het deze keer zou zijn afgelopen als jij er niet was geweest.'

Het was een beleefde zin, en toch hoorde ik er een soort ultimatum in dat inhield: zeg alsjeblieft tegen je vriendin dat het touw breekt als ze er opnieuw te hard aan trekt.

64

Boven aan de brief stond Nadia's adres op Capri. Zodra de veerboot met Stefano aan boord zich van de kust verwijderde, dreef Lila ons vrolijk naar de sigarenwinkel, kocht een postzegel, schreef het adres over op de envelop en deed die in de brievenbus, terwijl ik Nunzia bezighield.

We slenterden wat door Forio, maar ik was gespannen; ik praatte de hele tijd alleen maar met Nunzia. Pas toen we weer thuis waren en ik Lila mijn kamertje in had getrokken, begon ik aan een duidelijk verhaal tegen haar. Ze hoorde het zwijgend aan, maar met een verstrooid gezicht, alsof ze de ernst van de dingen die ik zei wel hoorde maar ze zich tegelijkertijd overgaf aan gedachten die elk woord onbeduidend maakten. Ik zei: 'Lila, ik weet niet wat je van plan bent, maar volgens mij speel je met vuur. Stefano is blij vertrokken en als je hem elke avond belt, zal hij nog blijer zijn. Maar pas op: over een week komt hij terug en dan blijft hij tot 20 augustus. Denk je dat je zo door kunt gaan? Denk je dat je met iemands leven kunt spelen? Weet je dat Nino niet meer wil studeren, dat hij werk wil zoeken? Op wat voor gedachten heb je hem gebracht? En waarom heb je het hem laten uitmaken met zijn verloofde? Wil je hem te gronde richten? Willen jullie elkaars ondergang?'

Bij die laatste vraag veerde ze op en barstte in lachen uit, maar op een enigszins kunstmatige manier. Ze begon te praten op een toon die vrolijk leek, maar of dat echt zo was? Ze zei dat ik trots op haar moest zijn, ze had me een geweldig figuur laten slaan. Waarom? Omdat zij in alle opzichten als bekwamer dan die allerbekwaamste dochter van mijn lerares werd beschouwd. Omdat de slimste jongen van mijn school, en misschien van Napels, en misschien wel van Italië en misschien zelfs wel van de wereld – volgens wat ik vertelde natuurlijk – het zojuist met die keurige juffrouw had uitgemaakt om uitgerekend haar, dochter van een schoenmaker, met enkel lagere school, officieel mevrouw Carracci, een plezier te doen. Ze zei het met groeiend sarcasme en alsof ze me een wreed plan onthulde om eindelijk revanche te nemen. Mijn gezicht moest op onweer staan, ze zag het, maar ging nog een paar minuten op dezelfde toon door, alsof ze niet kon ophouden. Was ze serieus? Was dat echt de stemming waarin ze op dat moment verkeerde? Ik riep uit: 'Voor wie voer je dit toneelstukje op? Voor mij? Wil je mij vertellen dat Nino tot wat voor geks dan ook in staat zou zijn om jou maar tevreden te stellen?'

De lach verdween uit haar ogen, haar gezicht betrok en bruusk veranderde ze van toon: 'Nee, ik sticht alleen maar verwarring, het is precies omgekeerd. Ik ben degene die tot ongeacht welke dwaasheid bereid is, en dat is me nog nooit overkomen, bij niemand, en ik ben blij dat het nou aan het gebeuren is.'

Daarna ging ze naar bed, een en al onvrede, zonder me welterusten te wensen.

Ik viel in een afmattende halfslaap en bracht de tijd door met mezelf ervan te overtuigen dat het laatste stroompje woorden meer waarheidsgetrouw was dan de stroom die eraan vooraf was gegaan.

In de week die hierop volgde, kreeg ik daar het bewijs van. Allereerst begreep ik al op maandag dat Bruno zich na het vertrek van Pinuccia echt op mij was gaan richten en dat hij nu van mening was dat het moment was aangebroken om zich tegenover mij net zo te gedragen als Nino dat tegenover Lila deed. Toen we in zee waren, trok hij me onhandig naar zich toe om me te kussen, waardoor ik een grote slok water binnenkreeg en al hoestend meteen terug moest naar het strand. Ik nam het hem kwalijk en dat merkte hij. Toen hij als een geslagen hond naast me in de zon kwam liggen, sprak ik hem vriendelijk maar ferm toe met ongeveer de volgende woorden: Bruno, je bent erg sympathiek, maar tussen jou en mij kunnen alleen maar gevoelens van vriendschap bestaan, meer niet. Hij werd er somber van, maar gaf zich niet gewonnen. Diezelfde avond, na het telefoontje met Stefano, maakten we met zijn vieren een wandeling op het strand; later gingen we op het koude zand liggen om naar de sterren te kijken, Lila leunend op haar ellebogen, Nino met zijn hoofd op haar buik, ik met mijn hoofd op Nino's buik en Bruno met zijn hoofd op de mijne. We keken naar de sterrenbeelden en prezen met de geijkte formules de wonderbaarlijke architectuur van de hemel. Niet allemaal. Lila niet. Zij zweeg, en pas toen wij geen woorden meer hadden voor al die wonderlijke schoonheid, zei ze dat het schouwspel van de nacht haar angst inboezemde, ze zag er geen enkele architectuur in, slechts blauw asfalt met daarin slordig uitgestrooide glasscherven. Dat snoerde ons allemaal de mond. Haar gewoonte om als laatste het woord te nemen ergerde me, omdat ze op die manier veel tijd had om na te denken en daarna met een halve zin alles wat wij min of meer impulsief hadden gezegd een andere wending gaf.

'Wat nou angst,' riep ik uit, 'het is prachtig!'

Bruno viel me meteen bij. Maar Nino gaf haar de ruimte: met een lichte beweging liet hij merken dat mijn hoofd van zijn buik af moest, kwam overeind en begon met Lila te discussiëren alsof Bruno en ik er niet bij waren. Hemel, tempel, orde, wanorde. Ten slotte stonden ze op en verdwenen kletsend in de duisternis.

Ik bleef liggen, maar nu steunend op mijn ellebogen. Ik had Nino's warme lijf niet meer als kussen en het gewicht van Bruno's hoofd op mijn buik hinderde me. Ik zei: 'Neem me niet kwalijk,' terwijl ik even zijn haar aanraakte. Hij kwam overeind, greep me bij mijn middel en duwde zijn gezicht tegen mijn borsten. Ik mompelde 'Nee,' maar hij duwde me toch achterover in het zand en zocht mijn mond terwijl hij met één hand hard tegen mijn borsten drukte. Toen duwde ik hem met geweld van me af, terwijl ik gilde dat hij op moest houden. Deze keer was ik onaangenaam, en ik siste hem toe: 'Ik vind je niet aantrekkelijk, hoe moet ik je dat duidelijk maken?' Uiterst gegeneerd hield hij op en ging zitten.

Zachtjes zei hij: 'Vind je me zelfs niet een beetje leuk?' Ik probeerde hem uit te leggen dat het niet iets was wat je kon meten, ik zei: 'Het is geen kwestie van meer of minder mooi, van meer of minder sympathiek zijn. Sommige mensen vind ik aantrekkelijk en andere niet, afgezien van hoe ze in feite zijn.'

'En mij vind je niet aantrekkelijk?'

'Nee,' zei ik met een zucht.

Ik had dat eenlettergrepige woordje nog niet uitgesproken of ik barstte in tranen uit en terwijl ik huilde stamelde ik alleen maar woorden als: 'Zie je, ik huil zonder reden, ik ben een stomme trut, zonde om je tijd met mij te verdoen.'

Met zijn vingers raakte hij lichtjes mijn wang aan en probeerde mij opnieuw te omhelzen, terwijl hij fluisterde: 'Ik wil je zo graag alle cadeautjes van de wereld geven, je verdient het, je bent zo mooi.' Woedend week ik achteruit, en riep met schorre stem de duisternis in: 'Lila, kom terug, meteen, ik wil naar huis!'

De twee vrienden liepen tot aan de trap met ons mee, daarna vertrokken ze. Meteen toen Lila en ik de donkere trap opliepen, zei ik getergd: 'Ga waar je wilt, doe wat je wilt, maar voortaan zonder mij. Dit was de tweede keer dat Bruno zijn handen niet thuis kon houden. Ik wil niet meer alleen met hem achterblijven, is dat duidelijk?'

65

Er zijn momenten waarop we onze toevlucht nemen tot onzinnige formuleringen of absurde eisen stellen om eenvoudige gevoelens te verbergen. Tegenwoordig weet ik dat ik in andere omstandigheden na enig verzet voor Bruno's avances zou zijn bezweken. Natuurlijk, ik vond hem niet aantrekkelijk, maar ook Antonio had ik nooit zo bijzonder gevonden. Je raakt geleidelijk aan op een man gesteld, afgezien nog van de vraag of hij wel of niet overeenkomt met degene die je, in de verschillende fasen van je leven, als modelman beschouwt. Bruno Soccavo bijvoorbeeld was nú voorkomend en gul, en het zou gemakkelijk zijn geweest een beetje genegenheid voor hem te voelen. Dat ik hem afwees, was absoluut niet omdat hij echt onaangenaam was. De ware reden was dat ik Lila wilde tegenhouden. Ik wilde haar in de weg staan. Ik wilde dat ze zich bewust werd van de situatie waarin ze bezig was zichzelf en mij te manoeuvreren. Ik wilde dat ze zei: 'Goed dan, je hebt gelijk, het is niet in orde wat ik doe, ik zal niet meer met Nino in het donker verdwijnen, ik laat je niet meer met Bruno alleen: van nu af aan zal ik me gedragen zoals het een getrouwde vrouw betaamt.'

Natuurlijk gebeurde dat niet. Ze zei alleen maar: 'Ik zal het er met Nino over hebben, en je zult zien dat Bruno je verder met rust laat.' En daarom bleven we iedere dag weer met de twee jongens optrekken. We ontmoetten elkaar 's ochtends om negen uur en gingen om middernacht uit elkaar. Op dinsdagavond al, na het telefoontje met Stefano, zei Nino: 'Jullie hebben Bruno's huis nog nooit gezien. Willen jullie mee naar boven?'

Ik zei meteen nee, verzon dat ik buikpijn had en naar huis wilde. Nino en Lila keken elkaar aarzelend aan, en Bruno zei niets. Ik voelde dat hun ontevredenheid over mijn antwoord zwaar woog en voegde er ongemakkelijk aan toe: 'Een andere keer misschien.'

Lila reageerde niet, maar toen we weer alleen waren, riep ze uit: 'Je kunt mijn leven niet verpesten, Lenù!' Ik antwoordde: 'Als Stefano te weten komt dat we bij die twee thuis zijn geweest, wij alleen, wordt hij niet alleen woedend op jou, maar ook op mij.' En daar liet ik het niet bij. Thuis wakkerde ik Nunzia's ontevredenheid aan, zodanig dat ze uitviel tegen haar dochter omdat die niets anders deed dan zonnen en zwemmen, en ook omdat we elke dag tot middernacht op stap waren. Alsof ik moeder en dochter met elkaar wilde verzoenen, ging ik zover dat ik zei: 'Mevrouw Nunzia, gaat u morgenavond mee een ijsje eten, dan kunt u zien dat we niets verkeerds doen.' Lila werd razend, zei dat ze, altijd maar opgesloten in de kruidenierswinkel, het hele jaar door een leven van opoffering leidde en dat ze recht had op een beetje vrijheid. Nu verloor Nunzia haar geduld: 'Wat zeg je nou, Lina? Vrijheid? Welke vrijheid? Je bent getrouwd, je moet je tegenover je man verantwoorden. Lenuccia kan een beetje vrijheid willen, maar jij niet.' Haar dochter vertrok met slaande deuren naar haar slaapkamer.

Maar de volgende dag trok Lila aan het langste eind: haar moeder bleef thuis en wij gingen Stefano bellen. 'Klokslag elf uur thuis, en geen minuut later,' zei Nunzia mokkend, terwijl ze zich tot mij richtte, en ik antwoordde: 'Afgesproken.' Ze keek me lang onderzoekend aan, was inmiddels ongerust: ze was onze surveillante, maar surveilleerde niet echt, ze was bang dat we domme dingen zouden doen, maar haar eigen verknoeide jeugd indachtig wilde ze ons een paar onschuldige verzetjes niet verbieden. Om haar gerust te stellen zei ik nog maar een keer bevestigend: 'Om elf uur thuis.'

Het telefoontje met Stefano duurde niet langer dan een minuut. Toen Lila uit de telefooncel kwam, vroeg Nino: 'Voel je je vanavond wel goed, Lenù? Komen jullie nu naar het huis kijken?'

'Vooruit,' drong Bruno aan, 'jullie drinken iets en gaan dan weer weg.'

Lila stemde in, ik zei niets. Van buiten zag het huis er oud en slecht onderhouden uit, maar binnen bleek het helemaal opgeknapt te zijn. Een witte, goed verlichte kelder vol wijnen en worsten; een marmeren trap met een smeedijzeren leuning; solide deuren waarop gouden klinken blonken; ramen waarvan de kozijnen ook goudkleurig waren; een heleboel kamers, gele divans, televisie; in de keuken zeegroene hangkastjes en in de slaapkamers kasten die wel gotische kerken leken. Voor het eerst realiseerde ik me dat Bruno echt rijk was, rijker dan Stefano. Ook realiseerde ik me dat mijn moeder me helemaal in elkaar zou slaan als ze er ooit achter zou komen dat de studerende zoon van de baas van de Soccavo-mortadella me het hof had gemaakt en dat ik zelfs bij hem thuis te gast was geweest, maar dat ik in plaats van God te danken voor de geweldige kans die hij me had geschonken en te proberen die jongen met me te laten trouwen, hem tot twee keer toe had afgewezen. Het was trouwens juist de gedachte aan mijn moeder en haar ongelukkige been die me het gevoel gaf zelfs vanwege mijn lichaamsbouw voor Bruno ongeschikt te zijn. Ik voelde me verlegen in dat huis. Waarom was ik daar? Wat deed ik er? Lila deed of ze ongedwongen was, ze lachte vaak; ik had het idee dat ik koorts had en proefde een bittere smaak in mijn mond. Ik begon op alle vragen ja te zeggen om het onbehaaglijke gevoel van het nee zeggen te vermijden. Wil je dit drinken? Zal ik deze plaat opzetten? Wil je tv kijken? Wil je een ijsje? Ik merkte pas laat dat Nino en Lila waren verdwenen, en toen het tot me doordrong, werd ik ongerust. Waar waren ze gebleven? Was het denkbaar dat ze zich in Nino's slaapkamer hadden opgesloten? Was het denkbaar dat Lila bereid was ook die grens te overschrijden? Was het denkbaar dat – ik wilde er niet eens aan denken. Ik sprong op en zei tegen Bruno: 'Het is al laat.'

Hij was vriendelijk, maar met een zweem van melancholie om zich heen. Hij fluisterde: 'Blijf nog even.' Hij vertelde dat hij de volgende dag heel vroeg zou vertrekken: er was een familiefeest waar hij absoluut bij moest zijn. Hij zei ook dat hij tot maandag wegbleef en dat die dagen zonder mij een kwelling voor hem zouden zijn. Hij pakte teder mijn hand, zei dat hij heel veel van me hield en gebruikte nog meer woorden in die sfeer. Zachtjes trok ik mijn hand terug. Fysiek contact zocht hij verder niet meer. Hij praatte wel lang over zijn gevoelens voor mij, terwijl hij over het algemeen toch iemand van weinig woorden was, en het kostte me moeite hem te onderbreken. Toen dat lukte zei ik: 'Nu moet ik echt weg', en daarna, met steeds luidere stem: 'Lila, kom alsjeblieft, het is kwart over tien.'

Er verstreken enkele minuten voordat de andere twee weer tevoorschijn kwamen. Nino en Bruno liepen met ons mee naar het motorkoetsje, Bruno nam afscheid van ons alsof hij niet voor een paar dagen naar Napels, maar voor de rest van zijn leven naar Amerika vertrok. Onderweg naar huis zei Lila op vertrouwelijke toon, alsof het god weet wat voor mededeling betrof: 'Nino zei dat hij veel waardering voor je heeft.'

'Ik niet voor hem,' antwoordde ik meteen lomp. En daarna siste ik haar toe: 'En als je in verwachting raakt?'

Ze fluisterde in mijn oor: 'Daar hoef je niet bang voor te zijn. We liggen in elkaars armen en kussen alleen maar.'

'O.'

'Hoe dan ook, ik raak echt niet zwanger.'

'Het is wel een keer gebeurd.'

'Ik zei toch dat ik niet zwanger raak? Hij weet wat-ie moet doen.'

'Hij wie?'

'Nino. Hij zou een condoom gebruiken.'

'Wat is dat?'

'Dat weet ik niet, zo noemde hij het.'

'Je weet niet wat het is en toch heb je er vertrouwen in?'

'Het is iets wat je eroverheen doet.'

'Waar overheen?'

Ik wilde haar dwingen de dingen bij hun naam te noemen. Ik wilde dat ze zich goed bewust was van wat ze me zat te vertellen. Eerst verzekerde ze me dat ze elkaar alleen maar kusten, en vervolgens praatte ze over hem als iemand die wist wat hij moest doen om te voorkomen dat ze zwanger zou raken. Ik was hels en wilde dat ze zich schaamde. Maar zij leek blij om alles wat haar was overkomen en nog zou overkomen. En eenmaal thuis was ze aardig tegen Nunzia. Ze benadrukte dat we veel vroeger thuis waren gekomen dan afgesproken en maakte zich klaar voor de nacht. Maar ze liet de deur van haar kamer open en toen ze zag dat ik klaar was om naar bed te gaan, riep ze me en zei: 'Blijf een poosje hier, doe de deur dicht.'

Ik ging op het bed zitten, maar deed mijn best om te laten doorschemeren dat ik er genoeg van had, van haar en van alles.

'Wat moet je me vertellen?'

Ze fluisterde: 'Ik wil bij Nino gaan slapen.'

Mijn mond viel open van verbazing.

'En Nunzia?'

'Wacht, niet boos worden. We hebben nog maar weinig tijd, Lenù. Stefano komt zaterdag, hij blijft tien dagen en daarna gaan we terug naar Napels. En dan is alles voorbij.'

'Wat alles?'

'Dit, deze dagen, deze avonden.'

We praatten er lang over, ze leek me heel helder. Ze mompelde dat haar nooit meer zoiets zou overkomen, fluisterde dat ze hem wilde, dat ze hem 'beminde'. Dat werkwoord gebruikte ze, 'beminnen', een woord dat we alleen maar in boeken en in de bioscoop waren tegengekomen, dat in de wijk door niemand werd gebruikt, persoonlijk zei ik het hoogstens bij mezelf, we gebruikten allemaal liever 'houden van'. Maar Lila niet, zij beminde. Ze beminde Nino. Maar ze wist heel goed dat die liefde verstikt moest worden, dat ze haar elke gelegenheid tot ademen moest ontnemen. En dat zou ze doen, vanaf zaterdagavond. Ze twijfelde er niet aan dat ze dat zou kunnen, en ik moest vertrouwen in haar hebben. Maar de weinige tijd die haar nog restte, wilde ze aan Nino wijden.

'Ik wil een hele nacht en een hele dag met hem in een bed liggen,' zei ze. 'Ik wil met de armen om elkaar heen slapen en hem kussen wanneer ik maar wil, en hem strelen wanneer ik maar wil, ook als hij slaapt. En daarna basta.'

'Dat kan écht niet.'

'Je moet me helpen.'

'Hoe?'

'Je moet mijn moeder laten geloven dat Nella ons heeft uitgenodigd om twee dagen in Barano door te brengen, en ervoor zorgen dat ze het goedvindt dat we daar blijven slapen.'

Ik zweeg even. Ze had dus al iets in haar hoofd, ze had al een plan opgesteld. Dat had ze ongetwijfeld samen met Nino uitgewerkt, misschien had hij Bruno daarom wel weggestuurd. God weet hoelang ze al nadachten over het hoe en waar. Over neokapitalisme en neokolonialisme werd niet meer gesproken, en ook niet over Afrika of Latijns-Amerika, over Beckett en Bertrand Russell. Hersenkronkels. Nino discussieerde nergens meer over. Hun briljante geesten concentreerden zich nu alleen nog maar op de vraag hoe ze, gebruikmakend van mij, Nunzia en Stefano om de tuin konden leiden.

'Je bent niet goed bij je hoofd,' zei ik razend, 'je moeder gelooft het misschien nog wel, maar je man doet dat nooit.'

'Zie jij Nunzia nou maar zover te krijgen dat ze ons naar Barano laat gaan, dan zorg ik er wel voor dat ze het niet tegen Stefano zegt.'

'Nee.'

'Zijn we geen vriendinnen meer?'

'Nee.'

'Ben je geen vriendin van Nino meer?'

'Nee.'

Maar Lila wist heel goed hoe ze me voor haar karretje moest spannen. En ik was niet tot verzet in staat. Aan de ene kant had ik er genoeg van, maar aan de andere kant werd ik ook verdrietig bij de gedachte geen deel meer uit te maken van haar leven, van haar manier om daar een eigen vorm aan te geven. Wat was dat bedrog anders dan een van haar bekende acties, altijd rijk aan fantasie en vol risico? Wij tweeën tegen de rest, elkaars steun in die strijd.

De volgende dag zouden we besteden aan het breken van Nunzia's weerstand. De dag erna zouden we vroeg de deur uit gaan, samen. In Forio zouden we elk ons weegs gaan. Zij zou zich met Nino terugtrekken in Bruno's huis, ik zou een boot nemen naar het Marontistrand. Zij zou de hele dag en de hele nacht met Nino doorbrengen, ik zou bij Nella zijn en in Barano slapen. De dag daarop zou ik tegen het middageten weer naar Forio komen, we zouden elkaar bij Bruno treffen en samen teruggaan naar huis. Perfect. Hoe verhitter ze raakte bij het uitwerken van de details om elk onderdeel van het bedrog kloppend te krijgen, hoe handiger ze het aanpakte, met omhelzingen en smeekbeden, om mij warm te krijgen om mee te doen. Kijk, een nieuw avontuur, sámen. Kijk hoe wíj van het leven gaan nemen wat het leven ons niet wil geven. Kijk. Of had ik liever dat zij zich die vreugde ontzegde? Dat Nino eronder zou lijden, dat ze er allebei gek van zouden worden en uiteindelijk niet verstandig met hun verlangen om zouden gaan en zich erdoor lieten overweldigen, met alle gevaren van dien? Omdat ik de lijn van haar betoog trouw bleef volgen, kwam er die nacht een moment waarop ik meende dat haar steunen in haar onderneming niet alleen een belangrijke mijlpaal in ons lange zusterschap was, maar ook een manier om mijn liefde – Lila noemde het vriendschap, maar ik dacht wanhopig: liefde, liefde,

liefde – voor Nino te tonen. En op dat punt aangekomen zei ik: ‘Goed, ik zal je helpen.’

66

De volgende dag vertelde ik Nunzia leugens waarvoor ik me diep schaamde, zo schandelijk waren ze. Centraal in dat web van leugens plaatste ik juffrouw Oliviero, die zich in god weet wat voor vreselijke toestand in Potenza bevond. Het was mijn idee, niet van Lila. ‘Gisteren heb ik Nella Incardo ontmoet,’ zei ik tegen Nunzia. ‘Ze vertelde me dat haar nicht langzaam herstelt en nu bij haar verblijft voor een vakantie aan zee die haar weer helemaal gezond moet maken. Morgenavond geeft Nella een feest voor juffrouw Oliviero en ze heeft Lila en mij uitgenodigd, omdat wij haar beste leerlingen waren. We zouden er echt graag heen gaan, maar het wordt laat, eigenlijk onmogelijk dus. Maar Nella heeft wel gezegd dat we bij haar konden blijven slapen.’

‘In Barano?’ vroeg Nunzia met gefronste wenkbrauwen.

‘Ja, daar is het feest.’

Stilte.

‘Ga jij maar, Lenù, Lina kan er niet heen, haar man zou boos worden.’

‘Dat vertellen we toch niet,’ liet Lila zich ontvallen.

‘Wat zeg je nou?’

‘Mammà, hij zit in Napels en ik zit hier, daar komt hij nooit achter.’

‘Uiteindelijk komt alles op de een of andere manier aan het licht.’

‘Nee hoor!’

‘Jawel hoor, en nou klaar. Ik wil het er niet meer over hebben, Lina. Als Lenuccia erheen wil, prima, maar jij blijft hier.’

Een vol uur probeerden we het nog. Ik benadrukte dat de juffrouw er heel slecht aan toe was en dat het misschien wel de laatste mogelijkheid was om haar onze dankbaarheid te tonen, en Lila oefende als volgt druk op haar uit: ‘Hoeveel leugentjes heb jij niet tegen papa verteld, beken het maar, niet met slechte bedoelingen, maar wel om je eigen bestwil, om een moment voor jezelf te hebben, om iets te doen waar niets mis mee was, maar waar papa nooit toestemming voor zou hebben gegeven?' Nunzia raakte in verwarring. Eerst zei ze dat ze nog nooit een leugentje tegen Fernando had gebruikt, zelfs niet het allerkleinste. Daarna gaf ze toe dat het wel één keer, twee keer, heel vaak was voorgekomen, en ten slotte schreeuwde ze boos, maar tegelijk met moederlijke trots tegen Lila: 'Wat is er gebeurd toen ik van je beviel? Een ongeluk, een snik, een stuip, viel het licht uit, brandde er een gloeilamp door, viel het bakje water van de commode? Iets moet er gebeurd zijn, anders was je niet zo onuitstaanbaar geworden, zo anders dan de andere meisjes.' En hier werd ze verdrietig, leek ze zachter te worden. Maar dat was van korte duur. Fel merkte ze op dat je je man geen leugens vertelde enkel en alleen om een oude schooljuffrouw te ontmoeten. Waarop Lila uitriep: 'Het beetje dat ik weet, heb ik aan juffrouw Oliviero te danken, bij haar heb ik op school gezeten, alleen maar bij haar!' Uiteindelijk zwichtte Nunzia. Maar ze gaf ons een duidelijk tijdstip mee: zaterdag om precies twee uur moesten we weer thuis zijn. 'En geen minuut later. Wat als Stefano eerder komt en je niet aantreft? Alsjeblieft, Lina, breng me niet in een onmogelijke situatie. Begrepen?'

'Begrepen.'

We gingen naar het strand. Lila straalde, ze omhelsde me, kuste me, zei dat ze me haar hele leven dankbaar zou blijven. Maar ik voelde me meteen al schuldig omdat ik juffrouw Oliviero erbij had gehaald, haar tot het middelpunt van een feest in Barano had gebombardeerd, denkend aan hoe ze was toen ze ons lesgaf, energiek, en niet zoals ze er in werkelijkheid waarschijnlijk aan toe was, erger dan toen ze haar met een ambulance hadden meegenomen, erger dan toen ik haar in het ziekenhuis had gezien. Mijn tevredenheid over het feit dat ik een doeltreffende leugen had bedacht verdween, alsook de opwinding die mijn medeplichtigheid had veroorzaakt; ik werd weer wrokkig. Ik vroeg me af waarom ik Lila in godsnaam steunde, waarom ik haar dekking gaf. In feite wilde ze haar man bedriegen, wilde ze de heilige huwelijksband schenden, wilde ze af van haar huwelijkse staat, wilde ze iets doen waarvoor Stefano haar zou aftuigen als hij het ontdekte. Ik moest ineens weer denken aan wat ze met haar trouwfoto had gedaan, en kreeg er maagpijn van. Ze gedraagt zich op dezelfde manier, bedacht ik, maar nu niet met een foto, maar met zichzelf in haar hoedanigheid van mevrouw Carracci. En ook in dit geval betrekt ze mij erbij voor hulp. Nino is een instrument, ja, echt. Zoals ze toen de schaar, de lijm en de kleuren nodig had, heeft ze nu hem nodig om zich te verminken. Tot welke wandaad is ze bezig me te drijven? En waarom laat ik me ertoe drijven?

We troffen Nino op het strand. Hij zat al op ons te wachten. Gespannen vroeg hij: 'En?'

Zij zei: 'Ja.'

Ze renden weg om te gaan zwemmen, zonder dat het in hun hoofd opkwam om mij mee te vragen, wat ik trouwens ook niet zou hebben gedaan. Ik voelde me verkild door de spanning, en waarom zou ik het water in gaan, om uit angst voor de diepte vlak bij het strand te blijven?

Er stond wind, er waren een paar streperige wolken, de zee was licht woelig. Ze doken er zonder aarzeling in, Lila met een lange, vrolijke kreet. Ze waren gelukkig, vol van hun relatie, ze hadden de energie die je krijgt als je, koste wat het kost, verovert waar je naar verlangt. Met resolute armslagen zwommen ze weg en gingen algauw op in de golven.

Ik voelde me geketend aan een onverdraaglijk pact van vriendschap. Wat was het allemaal ingewikkeld! Ik had Lila naar Ischia gesleurd. Ik had haar gebruikt om achter Nino aan te gaan, en dat ook nog eens zonder hoop.

Ik had het inkomen dat ik verdiende bij de boekhandel in de via Mezzocannone laten schieten in ruil voor het geld dat Lila me gaf. Ik was bij haar in dienst gegaan en nu speelde ik de rol van het dienstmeisje dat haar mevrouw helpt. Ik gaf haar dekking voor haar overspel. Ik bereidde het voor. Ik hielp haar Nino te veroveren, liet me voor hem inruilen, waardoor ze zich nu door hem kon laten naaien – ja, naaien –, een hele dag en een hele nacht met hem kon neuken, hem kon afzuigen. Mijn slapen begonnen te bonzen, ik plantte mijn hakken een paar keer diep in het zand en genoot ervan de zwaar seksueel getinte woorden uit mijn kindertijd, waarvan de betekenis me toen nog grotendeels ontging, te laten weerklinken in mijn hoofd. Het lyceum verdween, de mooie echo van de boeken verdween, van de vertalingen uit het Grieks en het Latijn. Ik staarde naar de blikkerende zee, naar de lange grauwe strook die van de horizon naar de blauwe hemel kroop, naar de witte warmtestrepen; Nino en Lila waren nauwelijks zichtbaar, alleen als donkere puntjes in het water. Het was onduidelijk of ze nog steeds richting de grauwe wolken aan de horizon zwommen of op de terugtocht waren. Ik wilde dat ze verdronken en dat de dood beiden de vreugde van de volgende dag ontnam.

67

Ik hoorde dat ik geroepen werd en draaide me met een ruk om.

'Dan had ik het dus toch goed gezien,' zei een spottende mannenstem.

'Ik zei je toch al dat zij het was!' zei een vrouwenstem.

Ik herkende hen onmiddellijk en stond op. Het waren Michele Solara en Gigliola, vergezeld van haar broertje, een jongen van twaalf, Lello geheten.

Ik begroette hen heel enthousiast, ook al zei ik niet één keer: 'Kom toch zitten!' Ik hoopte dat ze om de een of andere reden haast hadden, en dat ze meteen weer weggingen. Maar Gigliola spreidde haar handdoek en die van Michele zorgvuldig uit op het zand, zette haar tas erop, legde er sigaretten en een aansteker naast en zei tegen haar broertje: 'Ga op het warme zand liggen want het waait en je zwembroek is nat, anders word je nog verkouden.' Wat moest ik doen? Ik deed mijn best om niet naar de zee te kijken, bijna alsof zij daardoor ook niet op het idee zouden komen die kant op te kijken, en ik luisterde met een heel blij gezicht naar Michele die op zijn emotieloze, nonchalante toon begon te kletsen. Ze hadden een dag rust genomen, het was te warm in Napels. Veerboot 's morgens, veerboot 's avonds, gezonde lucht. Pinuccia en Alfonso waren toch in de winkel, of nee, omgekeerd, Alfonso en Pinuccia, want Pinuccia voerde niet veel uit, terwijl Alfonso een goede verkoper was. Het was met name op aanraden van Pina geweest dat ze hadden besloten naar Forio te komen. 'Je zult zien dat jullie ze vinden,' had ze gezegd, 'je hoeft maar langs het strand te lopen.' En inderdaad, terwijl ze daar liepen, had Gigliola uitgeroepen: 'Is dat Lenuccia niet?' 'En hier zijn we dan.' 'Wat leuk,' herhaalde ik een paar keer, en intussen stapte Michele onoplettend met zijn voeten vol zand op Gigliola's handdoek, zodat zij hem verwijtend maar tevergeefs toebeet: 'Let een beetje op.' Nu Michele klaar was met zijn verhaal over hoe het kwam dat ze op Ischia waren, wist ik dat de vraag waar alles om draaide eraan kwam, ik las hem in zijn ogen nog voordat hij hem formuleerde: 'Waar is Lina?'

'Aan het zwemmen.'

'In deze zee?'

'Zo woelig is hij niet.'

Het was onvermijdelijk, zowel hij als Gigliola keerde zich om en keek naar de zee vol schuimvlokjes. Maar dat deden ze niet echt geconcentreerd, want ze waren al bezig zich op hun handdoeken te installeren. Michele ruziede met het jochie dat nog een keer wilde gaan zwemmen. 'Blijf hier,' zei hij tegen het kind, 'wil je verdrinken?' en hij stopte hem een stripboek in de hand, terwijl hij er voor zijn verloofde aan toevoegde: 'Die nemen we nooit meer mee.'

Gigliola maakte me complimenten: 'Wat zie je er goed uit, zo bruin, en je haren zijn nog blonder geworden.'

Ik glimlachte, wuifde haar complimenten weg en dacht alleen maar: ik moet een manier vinden om ze hier vandaan te krijgen.

'Kom thuis wat uitrusten,' zei ik, 'daar is Nunzia, ze zal het erg leuk vinden.'

Ze wezen het voorstel af: over een paar uur moesten ze de veerboot weer nemen, ze lagen liever nog even in de zon voordat ze terugliepen.

‘Laten we dan naar de strandtent gaan en daar iets drinken.’

‘Goed, maar laten we eerst op Lina wachten.’

Zoals altijd in gespannen situaties deed ik mijn best om de tijd te doden met woorden en ik begon aan een spervuur van vragen, over alles wat er maar in mijn hoofd opkwam: hoe het met Spagnuolo, de banketbakker, ging, hoe het met Marcello ging, of hij een meisje had gevonden, wat Michele van de nieuwe schoenmodellen vond, wat zijn vader ervan vond, en wat zijn moeder ervan vond, en zijn opa. Op een gegeven moment stond ik op en zei: ‘Even Lina roepen.’ Ik liep naar de waterkant en riep heel hard: ‘Lina, kom terug, Michele en Gigliola zijn er’, maar dat had geen zin, ze hoorde me niet. Ik ging terug en begon weer te kletsen om hen af te leiden. Ik hoopte dat Lila en Nino als ze uit zee kwamen het gevaar gewaarwerden voordat Gigliola en Michele hen zagen en dus elk intiem gedrag vermeden.

Maar terwijl Gigliola me aanhoorde, had Michele niet eens het fatsoen om te doen alsof hij luisterde, hij wierp alleen maar langdurige blikken op de steeds woeliger wordende zee. Hij was speciaal naar Ischia gekomen om Lila te zien en met haar over de nieuwe schoenen te praten, dat wist ik zeker.

Ten slotte zag hij haar. Hij zag haar uit het water komen, haar vingers verstrengeld met die van Nino, een stel dat niet onopgemerkt voorbijkwam, zo mooi waren ze, allebei lang, allebei van een natuurlijke elegantie, hun schouders die elkaar raakten, de glimlachjes die ze uitwisselden. Ze gingen zo in elkaar op dat ze niet onmiddellijk merkten dat ik gezelschap had. Toen Lila Michele herkende, trok ze haar hand terug uit die van Nino, maar het was te laat. Gigliola had misschien niets gezien, haar broertje zat het stripboek te lezen, maar Michele zag het wel. Hij draaide zich om en keek naar mij, alsof hij op mijn gezicht de bevestiging zocht van wat hij zojuist had gezien. Er stond waarschijnlijk angst op te lezen. Ernstig en met de trage stem die hij aanwendde als hij een onderwerp moest aanroeren dat spoed en vastbeslotenheid vereiste, zei hij: ‘Tien minuten, alleen maar om hallo te zeggen en dan gaan we.’

Maar uiteindelijk bleven ze meer dan een uur. Toen Michele de achternaam hoorde van Nino, die ik met veel nadruk voorstelde als een gezamenlijk vriendje van de lagere school en een schoolkameraad van mij op het lyceum, stelde hij hem de vervelendste vraag die hij kon stellen: 'Ben je een zoon van die man die voor de *Roma* en de *Napoli notte* schrijft?'

Nino knikte met duidelijke tegenzin en Michele keek hem lang en nadrukkelijk aan, alsof hij in Nino's ogen de bevestiging van die verwantschap zocht. Daarna zei hij geen woord meer tegen hem, maar praatte uitsluitend nog met Lila.

Lila was hartelijk, ironisch, en soms vals. Michele zei: 'Die opschepper van een broer van je zweert dat hij die nieuwe schoenen bedacht heeft.'

'Dat is ook zo.'

'Daarom zijn het dus zulke prullen.'

'Je zult zien dat deze prullen nog beter verkopen dan de vorige.'

'Misschien, maar alleen als jij in de winkel komt werken.'

'Je hebt Gigliola al en die doet het prima.'

'Gigliola heb ik in de banketbakkerij nodig.'

'Dat zijn jouw zaken, ik ben in de kruidenierswinkel nodig.'

'Je zult zien dat je naar het piazza dei Martiri wordt overgeplaatst, signò, en daar krijg je de vrije hand.'

'Vrije hand of niet, vergeet het maar, ik zit goed waar ik zit.'

En op deze toon ging het maar door, het leek wel pingpongen met woorden. Van tijd tot tijd probeerden Gigliola en ik ook iets te zeggen, vooral Gigliola die woedend was omdat haar verloofde over háár toekomst praatte, zonder ook maar enig overleg vooraf. Nino was verdwaasd, merkte ik, of misschien wel vol bewondering om hoe Lila, handig en onverschrokken, Michele met gelijkwaardige zinnen in het dialect van repliek diende.

Eindelijk kondigde de jonge Solara aan dat ze moesten vertrekken, ze hadden hun spullen en de parasol nogal ver weg liggen. Hij zei mij gedag, groette Lila met veel warmte, waarbij hij nog eens onderstreepte dat hij haar in september al in de winkel verwachtte. Tegen Nino daarentegen zei hij ernstig, alsof hij een ondergeschikte om een pakje Nazionali-sigaretten stuurde: 'Zeg tegen je vader dat hij er heel verkeerd aan heeft gedaan om te schrijven dat de inrichting van de winkel hem niet beviel. Als je geld aanneemt, moet je schrijven dat alles mooi is, anders is het voor altijd gedaan met het geld.'

Nino was zo verbouwereerd, of voelde zich misschien zo vernederd, dat hij geen antwoord gaf. Gigliola stak hem een hand toe, die hij werktuiglijk drukte. Het verloofde stel vertrok met in hun kielzog het jochie, dat al lopend in zijn stripboek bleef lezen.

68

Ik was kwaad, doodsbenauwd en ontevreden over alles wat ik deed of zei. Zodra Michele en Gigliola ver genoeg waren zei ik tegen Lila, op zo'n manier dat ook Nino het hoorde: 'Hij heeft jullie gezien.'

Nino vroeg, niet op zijn gemak: 'Wie is dat?'

'Een klootzak van de camorra die zichzelf ik weet niet wat vindt,' zei Lila minachtend.

Ik corrigeerde haar meteen, Nino moest het weten: 'Een zakenpartner van haar man. Hij zal alles aan Stefano doorvertellen.'

'Wat alles?' reageerde Lila. 'Er valt niets te vertellen.'

'Je weet heel goed dat ze hun mond niet zullen houden.'

'O ja? En wie kan dat nou wat verdommen.'

'Mij.'

'Pech gehad. Maar ook als je me niet helpt, zal het toch gaan zoals het moet gaan.'

Toen begon ze, bijna alsof ik er niet bij was, met Nino afspraken te maken voor de volgende dag. Maar terwijl haar energie, juist dankzij die ontmoeting met Michele Solara, verhonderdvoudigd leek, had hij iets van een stuk speelgoed waarvan de veer was afgewonden. Hij mompelde: 'Weet je zeker dat je jezelf niet in moeilijkheden brengt door mij?'

Lila streelde zijn wang: 'Wil je niet meer?'

Door die streling leek hij weer op te leven: 'Ik ben alleen maar bezorgd om jou.'

We verlieten Nino vroeg, keerden terug naar huis. Onderweg schetste ik rampzalige scenario's: 'Vanavond praat Michele met Stefano en dan snelt Stefano morgenvroeg hierheen en dan treft hij je niet thuis. Nunzia zal hem naar Barano sturen en ook daar vindt hij je niet, je zult alles verliezen, Lila, luister naar me, zo ruïneer je niet alleen jezelf, maar ook mij, mijn moeder slaat me tot moes.' Maar het enige wat ze deed was afwezig luisteren, glimlachen en me in verschillende bewoordingen één ding duidelijk maken: ik hou van je, Lenù, en dat zal ik altijd blijven doen, en daarom wens ik je toe dat je minstens één keer in je leven voelt wat ik nu voel.

Toen dacht ik: stik maar. Die avond bleven we thuis. Lila was aardig tegen haar moeder, ze wilde koken, ze wilde dat haar moeder zich liet bedienen, ze ruimde af, deed de afwas, en ging zelfs zover dat ze bij haar op schoot ging zitten, haar armen om haar hals sloeg en met een plotselinge melancholie haar voorhoofd tegen het hare legde. Nunzia, die dat soort lievigheden niet gewend was en ze waarschijnlijk gênant vond, begon op een gegeven moment heftig te huilen en sprak, als gevolg van de spanning, tussen haar tranen door een kromme zin uit: 'Alsjeblieft, Lina, je bent een dochter die geen enkele moeder zo heeft, laat me niet doodgaan van verdriet.'

Lila plaagde haar moeder liefdevol en begeleidde haar naar de slaapkamer. 's Morgens trok zij me uit bed. Een deel van mij was er zo beroerd aan toe dat het niet wakker wilde worden, niet tot zich wilde laten doordringen dat de dag was aangebroken. Terwijl het motorkoetsje ons naar Forio bracht, schilderde ik Lila nog meer verschrikkelijke scenario's voor, die haar echter totaal onverschillig lieten: 'Nella is vertrokken', 'Nella heeft echt gasten en geen plaats voor mij', 'De Sarratores besluiten naar Forio te komen om hun zoon op te zoeken.' Ze reageerde steeds op gekscherende toon: 'Als Nella is vertrokken, zal Nino's moeder je wel ontvangen.' 'Als ze geen plaats heeft, kom je terug en slaap je bij ons.' 'Als de hele familie Sarratore bij Bruno op de deur klopt, doen we niet open.' En zo ging het door tot we, kort voor negenen, onze bestemming bereikten. Nino stond bij het raam te wachten en holde naar de deur om open te doen. Hij zwaaide naar mij en trok Lila naar binnen.

Wat tot aan die voordeur nog vermeden kon worden, werd vanaf dat moment een onstuitbaar mechanisme. Op kosten van Lila liet ik me met hetzelfde motorkoetsje naar Barano brengen. Tijdens het traject realiseerde ik me dat ik er niet in slaagde hen echt te haten. Ik voelde wrok ten aanzien van Nino, ik koesterde beslist vijandige gevoelens jegens Lila, ik kon hen zelfs dood wensen, maar dan bijna als een tovertruc die, paradoxaal genoeg, ons alle drie kon redden. Maar haten, nee. Ik haatte eerder mezelf, minachtte mezelf. Ik was daar, ik was op het eiland, door het koetsje verplaatste lucht sloeg tegen me aan en bracht de intense geuren van de begroeiing mee waaruit de nacht bezig was te verdampen. Maar mijn zijn daar was een beschaamd zijn, ondergeschikt aan de drijfveren van anderen. Ik beleefde mezelf door hen, op een tweede plan. Het lukte me al niet meer de beelden van de omhelzingen en de kussen in het lege huis te verjagen. Hun hartstocht drong in mij, verwarde me. Ik hield van beiden en daarom lukte het me niet van mezelf te houden, mezelf te voelen, me te laten gelden met een eigen levensbehoefte die dezelfde blinde en dove kracht bezat als die van hen. Dat leek me tenminste.

69

Nella en de familie Sarratore ontvingen me met het bekende enthousiasme. Ik zette mijn zachtaardigste masker op, het masker van mijn vader als hij fooien ontving, het masker dat mijn voorouders – altijd angstig, altijd ondergeschikt, altijd van goede wil – hadden ontwikkeld om het gevaar te ontlopen, en met een vrolijk gezicht stapelde ik leugen op leugen. Ik zei tegen Nella dat het niet uit vrije keuze was dat ik had besloten haar te storen, maar uit noodzaak. Ik zei dat de Carracci's gasten hadden en dat er die nacht geen plaats voor me was. Ik zei dat ik hoopte dat ik niet te ver was gegaan door zo onverwacht te verschijnen, en dat ik, als het slecht uitkwam, voor een paar dagen terug zou gaan naar Napels.

Nella sloeg haar armen om me heen en gaf me te eten, terwijl ze zwoer dat het haar juist enorm veel plezier deed mij in huis te hebben. Ik sloeg het aanbod van de Sarratores om mee naar het strand te gaan af, ondanks de protesten van de kinderen. Lidia drong erop aan dat ik me snel bij hen zou voegen en Donato zei dat hij op me zou wachten om samen te gaan zwemmen. Ik bleef bij Nella, hielp haar bij het op orde brengen van het huis en het koken voor het middageten. Even woog alles minder zwaar: de leugens, het beeld in mijn hoofd van het overspel dat zich aan het voltrekken was, mijn medeplichtigheid, een jaloezie die zich niet liet definiëren, omdat ik me tegelijkertijd jaloers voelde op Lila die zich aan Nino gaf en op Nino die zich aan Lila gaf. Intussen leek Nella me toen we het over de Sarratores hadden minder vijandig ten aanzien van hen. Ze zei dat man en vrouw een evenwicht hadden gevonden en dat ze, omdat ze het goed maakten, haar minder last bezorgden. Ze vertelde me over juffrouw Oliviero: ze had haar speciaal gebeld om haar te vertellen dat ik haar was komen opzoeken en de juffrouw had een heel vermoeide, maar wel optimistischer indruk op haar gemaakt. Kortom, even kabbelde de stroom aan informatie rustig voort. Maar enkele zinnen, een onverwachte zijsprong, waren voldoende om de ernst van de situatie waarin ik mezelf had gemanoeuvreerd in volle hevigheid terug te brengen.

'Ze prees je enorm,' zei Nella, over la Oliviero pratend, 'maar toen ze hoorde dat je me samen met twee getrouwde vriendinnen was komen opzoeken, haakte ze daar meteen op in, en had het vooral over mevrouw Lina.'

'Wat zei ze?'

'Ze zei dat ze in haar hele loopbaan als onderwijzeres nog nooit zo'n intelligente leerling had gehad.'

Dat de oude suprematie van Lila ter sprake kwam, stoorde me.

'Dat is zo,' gaf ik toe.

Maar Nella's gezicht vertrok, waarmee ze aangaf dat ze het daar absoluut niet mee eens was, haar ogen begonnen te fonkelen.

'Mijn nicht is een buitengewoon goede onderwijzeres,' zei ze, 'maar dit keer vergist ze zich volgens mij.'

'Nee, ze vergist zich niet.'

'Mag ik zeggen wat ik denk?'

'Natuurlijk.'

'Vind je het niet vervelend?'

'Nee.'

'Mevrouw Lina beviel me niet. Jij bent een heel wat beter persoon, je bent mooier en intelligenter. Ik heb het er ook met de Sarratores over gehad en ze zijn het met me eens.'

'Dat zeggen jullie omdat jullie op me gesteld zijn.'

'Nee. Pas op, Lenù. Ik weet dat jullie goed bevriend zijn, dat vertelde mijn nicht me. En ik wil me niet bemoeien met dingen die me niet aangaan. Maar ik heb aan één blik genoeg om iemand te kunnen beoordelen. Mevrouw Lina weet dat jij beter bent dan zij en daarom houdt ze niet van jou zoals jij van haar houdt.'

Ik glimlachte op een manier alsof ik daar mijn twijfels over had: 'Is ze me kwaad gezind?'

'Dat weet ik niet. Maar kwaad berokkenen kan ze, dat staat op haar gezicht te lezen, je hoeft maar naar haar voorhoofd en ogen te kijken.'

Ik schudde mijn hoofd, onderdrukte voldoening. O, als alles eens zo eenvoudig was geweest! Maar ik wist al – zij het niet zoals ik dat tegenwoordig weet – dat tussen ons twee alles gecompliceerder was. Ik maakte grapjes, lachte, bracht Nella aan het lachen. Ik zei dat Lila bij een eerste ontmoeting nooit een goede indruk maakte. Al vanaf haar jongste jaren leek ze een duivel, en dat was ze ook echt, maar in goede zin. Ze kon snel denken en waar ze zich ook maar voor inzette, alles lukte haar: als ze had kunnen studeren zou ze een geleerde zijn geworden als Madame Curie, of een heel groot schrijfster als Grazia Deledda, of zelfs een vrouw als Nilde Iotti, de vrouw van Togliatti. Bij het horen van die laatste twee namen riep Nella: ‘O, Madonna!’ en sloeg ze ironisch een kruisteken. Daarna kwam er even een lachje op haar gezicht, vervolgens nog een en toen hield ze zich niet meer in, ze wilde me een heel amusant geheim in mijn oor fluisteren dat Sarratore haar had verteld. Volgens hem was Lila van een bijna lelijke schoonheid, zo'n schoonheid die de mannen bekoort, maar waar ze ook bang voor zijn.

‘Bang?’ vroeg ik, ook met zachte stem. En zij, nog zachter: ‘Bang dat hun ding niet werkt of slap wordt of dat zij een mes tevoorschijn trekt en het afsnijdt.’

Ze lachte, haar borst begon te schokken, haar ogen vulden zich met tranen. Het duurde lang voor ze zichzelf weer onder controle had en algauw voelde ik me ongemakkelijk, iets wat me bij haar nooit eerder was overkomen. Het was niet als het lachen van mijn moeder, de obscene lach van de vrouw die weet waar Abraham de mosterd haalt. In die van Nella lag iets kuis en tegelijkertijd iets vulgairs, het was de lach van een maagd op leeftijd, die me overrompelde en ook mij aan het lachen bracht, maar geforceerd. Waarom vindt een goed mens als zij dit amusant, vroeg ik me af. En intussen zag ik mezelf als oude vrouw, met diezelfde naïef schalkse lach. Uiteindelijk zal ik later ook zo lachen, dacht ik.

70

De Sarratores kwamen thuis voor het middageten, met om zich heen de geur van zee en zweet en op de vloer achter zich een spoor van zand; er klonken vrolijke verwijten omdat de kinderen tevergeefs op me hadden gewacht. Ik dekte de tafel, ruimde af, deed de afwas en volgde Pino, Clelia en Ciro naar de rand van een rietbos om hen te helpen bij het snijden van riet voor een vlieger. Bij de kinderen voelde ik me goed. Terwijl hun ouders rustten en Nella in een ligstoel op het terras lag te dommelen, verstreek de tijd ongemerkt. Het bouwen van de vlieger nam me volledig in beslag en ik dacht bijna niet aan Nino en Lila.

Laat in de middag gingen we met z'n allen naar het strand, ook Nella, om de vlieger op te laten. Ik rende over het zand heen en weer, gevolgd door de drie kinderen, die zwijgend en met open mond bleven staan als de vlieger op leek te stijgen en lange kreten slaakten als hij na een onverwachtse werveling tegen de grond sloeg. Ik probeerde het herhaaldelijk, maar het lukte me niet de vlieger aan het vliegen te krijgen, ondanks de instructies die Donato me van onder de parasol toeriep. Totaal bezweet gaf ik het uiteindelijk op en zei tegen Pino, Clelia en Ciro: 'Vraag het maar aan papa.' Sarratore kwam, meegesleurd door zijn kinderen. Hij controleerde het rieten geraamte, het lichtblauwe vliegerpapier, het touw. Vervolgens bestudeerde hij de wind en begon achteruit te rennen, met energieke sprongetjes, ondanks zijn zwaarder geworden lijf. De kinderen volgden hem enthousiast en ik leefde weer op, begon met hen mee te rennen en het geluk dat zij uitstraalden sloeg over op mij. Onze vlieger klom steeds hoger, hij vloog, rennen hoefde niet meer, het touw vasthouden was voldoende. Sarratore was een goede vader. Hij liet zien dat ook Ciro, Clelia en Pino met zijn hulp de vlieger in de lucht konden houden. En dat gold zelfs voor mij. Hij gaf me het touw in handen, maar bleef achter me staan, ademde in mijn hals, en zei: 'Zo ja, goed, een beetje aantrekken, nu vieren.' En zo werd het avond.

We aten, de familie Sarratore ging wat wandelen door het dorp, man, vrouw en de drie kinderen, verbrand door de zon en gekleed alsof ze naar een feest gingen. Ik bleef bij Nella, ook al was ik nadrukkelijk uitgenodigd om mee te gaan. We ruimden op, ze hielp me het bed opzetten in het bekende hoekje van de keuken en we installeerden ons op het terras om van de koelte te genieten. De maan was niet te zien, er hingen een paar bolle witte wolken in de donkere lucht. We babbelden over hoe mooi en intelligent Sarratores kinderen waren, maar op een gegeven moment dutte Nella in. Toen vielen de dag en de beginnende nacht ineens over me heen. Ik sloop het huis uit en liep naar beneden, naar het Marontistrand.

God weet of Michele Solara voor zich had gehouden wat hij had gezien. God weet of alles zonder problemen verliep. God weet of Nunzia al sliep in het huis aan de weg naar Cuotto, of dat ze probeerde haar schoonzoon te kalmeren die totaal onverwacht met de laatste veerboot was gearriveerd, zijn vrouw niet thuis had gevonden en razend was. God weet of Lila haar man had gebeld en nu, nadat ze zich ervan vergewist had dat die in Napels zat, ver weg, in het appartement in de nieuwe wijk, onbezorgd met Nino in bed lag, een clandestien paar, een paar dat van de nacht genoot. Alles in de wereld bevond zich in wankel evenwicht, was puur risico, en wie geen risico's accepteerde, kwijnde weg in een hoekje, zonder vertrouwen in het leven. Ineens begreep ik waarom ík Nino niet had gekregen, en Lila wel. Ik was niet in staat me over te geven aan echte gevoelens. Ik kon me niet over grenzen heen laten meeslepen. Ik beschikte niet over de emotionele kracht die Lila ertoe had gebracht alles in het werk te stellen om van die dag en die nacht te genieten. Ik hield me op afstand, wachtte af. Maar zij pakte wat ze wilde, wilde het echt, stortte zich er helemaal in, speelde alles of niets, en was niet bang voor minachting, spot, spuug, klappen. Kortom, ze had Nino verdiend, want van hem houden betekende voor haar proberen hem te krijgen, niet hopen dat hij haar wilde.

Ik liep de donkere helling helemaal af. Nu was de maan er wel, te midden van wijd uit elkaar drijvende wolken met heldere randen. De avond was vol geuren, je hoorde het hypnotiserende geluid van de golven. Op het strand deed ik mijn schoenen uit, het zand was koud, een grijsblauw licht strekte zich uit tot aan de zee en spreidde zich verder uit over zijn golvende vlakte. Ja, dacht ik, Lila heeft gelijk, de schoonheid van de dingen, dat is camouflage, de hemel is de troon van de angst. Ik leef, nu, hier op tien stappen van het water, en dat is helemaal niet mooi, het is angstaanjagend. Samen met dit strand, de zee, het gekrioel van al het dierlijke, maak ik deel uit van de universele angst. Via het minuscule deeltje dat ik op dit moment ben, wordt elk ding zich van zijn angst bewust; ik luister naar het geluid van de zee, voel de vochtigheid en het koude zand. Ik haal me heel Ischia voor de geest en zie de lichamen van Nino en Lila voor me, die elkaar omklemmen, en Stefano die alleen in het nieuwe, steeds minder nieuwe huis ligt te slapen; de bezetenheid die meewerkt aan het geluk van vandaag om het geweld van morgen te voeden. O, het is waar, ik ben te bang en daarom wens ik mezelf toe dat alles snel eindigt, dat de schimmen uit mijn nachtmerries mijn ziel opslokken. Ik verlang ernaar dat meutes dolle honden uit deze duisternis opdoemen en adders, schorpioenen en enorme zeeslangen. Ik verlang ernaar dat terwijl ik hier aan de oever van de zee zit, moordenaars uit de nacht tevoorschijn komen die mijn lichaam folteren, aan stukken rijten. Ja, ja, laat ik gestraft worden voor mijn ontoereikendheid, laat me het ergste overkomen, iets wat zo verwoestend is dat het me verhindert deze nacht, morgen, de uren en dagen die nog komen het hoofd te bieden en met steeds verpletterendere bewijzen te staven hoe verkeerd ik in elkaar zit. Dat soort gedachten had ik, de geexalteerde gedachten van een terneergeslagen meisje. Ik gaf me er ik weet niet hoelang aan over. Toen streek iemand met koude vingers over mijn schouder en zei: 'Lena.' Ik schrok op, mijn hart geraakte in zo'n ijzige omklemming dat toen ik me met een ruk omdraaide en Donato Sarratore herkende, mijn adem in mijn keel explodeerde alsof ik een slok toverdrank had genomen, zo'n brouwsel dat in heldendichten weer kracht en drang om te leven geeft.

71

Donato zei dat Nella wakker was geworden, me niet in huis had gezien en zich zorgen had gemaakt. Ook Lidia was een beetje ongerust geworden en had hem daarom gevraagd me te gaan zoeken. Hij was de enige geweest die het normaal had gevonden dat ik niet thuis was. Hij had beide vrouwen gerustgesteld en gezegd: 'Ga maar slapen, ze is vast op het strand om van de maan te genieten.' Maar om hen tevreden te stellen en ook om het zekere voor het onzekere te nemen was hij op verkenning uitgegaan. En ja hoor, daar zat ik, om te luisteren naar de ademhaling van de zee, om de goddelijke schoonheid van de hemel te bewonderen.

Zo zei hij het ongeveer. Hij ging naast me zitten en fluisterde dat hij mij even goed kende als zichzelf. We hadden hetzelfde gevoel voor schoonheid, dezelfde behoefte om daarvan te genieten, we voelden dezelfde noodzaak om de juiste woorden te vinden om uit te drukken hoe zoet de nacht was, hoe betoverend de maan, hoe de zee schitterde, hoe twee zielen in het donker van deze geurige nacht erin slaagden elkaar te ontmoeten en te herkennen. Terwijl hij sprak hoorde ik duidelijk hoe belachelijk en gekunsteld zijn stem klonk, de grofheid van zijn dichterlijk gewauwel, het lage allooi van de lyriek waarachter hij de begeerte om mij te betasten verborg. Maar ik dacht: misschien zijn we echt uit hetzelfde hout gesneden, misschien zijn we echt onschuldig veroordeeld tot precies dezelfde middelmatigheid. En zo kwam het dat ik mijn hoofd op zijn schouder legde en fluisterde: 'Ik heb het een beetje koud.' Prompt sloeg hij een arm om mijn middel, trok me zachtjes dichter naar zich toe en vroeg of het zo beter was. 'Ja,' antwoordde ik met een zucht, en Sarratore duwde met duim en wijsvinger mijn kin omhoog, legde zijn lippen zacht op de mijne en vroeg: 'En zo?' Daarna overlaadde hij me met kusjes, die steeds minder licht werden, terwijl hij bleef fluisteren: 'En zo, en zo, heb je het nog koud, gaat het nu beter, gaat het beter?' Zijn mond was warm en vochtig, ik ontving hem met toenemende dankbaarheid op de mijne, waardoor iedere kus steeds langer werd; zijn tong streek langs de mijne, stootte ertegenaan, verdween diep in mijn mond. Ik voelde me beter. Ik merkte dat mijn krachten terugkwamen, dat de ijzige kilte week, dat de angst zichzelf vergat, dat zijn handen de kou wegnamen, langzaam, alsof die uit heel dunne lagen bestond en Sarratore de vaardigheid bezat ze met voorzichtige precisie weg te trekken, één voor één, zonder ze te scheuren. En dat ook zijn mond dat kon, en zijn tanden, zijn tong, en dat hij daarom veel meer van mij wist dan Antonio ooit had weten te ontdekken, sterker nog, dat hij meer van me wist dan ikzelf. Er bestond, begreep ik, een verborgen ik die die vingers, mond, tanden en tong tevoorschijn wisten te halen. Laag na laag verloor die ik haar schuilplaatsen, stelde zich op schaamteloze wijze bloot, en Sarratore liet zien dat hij de manier kende om te voorkomen dat ze wegvluchtte, zich schaamde. Hij wist haar tegen te houden alsof zij absoluut de enige reden was voor zijn tedere bewegen, voor de druk die hij nu eens luchtig, dan weer gejaagd uitoefende. En al die tijd had ik niet één keer spijt dat ik had geaccepteerd wat daar gebeurde. Ik veranderde niet van gedachten en was er trots op, ik wilde dat het zo verliep, ik legde het mezelf op. Misschien hielp het feit dat Sarratore geleidelijk aan zijn bloemrijke taal vergat en dat hij, anders dan Antonio, geen enkele inbreng van mij eiste, mijn hand niet pakte om zich te laten strelen, maar alleen maar bezig was me ervan te overtuigen dat alles aan mij hem beviel. En het hielp ook dat hij zich aan mijn lichaam wijdde met de zorgvuldigheid, de overgave en de trots van een man die wil bewijzen dat hij de vrouwen door en door kent, dat hij daar helemaal in opging. Ik hoorde hem niet eens constateren dat ik maagd was, waarschijnlijk was hij daar zo zeker van dat het tegendeel hem verrast zou hebben. Toen ik eenmaal werd meegesleurd door een zo allesoverheersende, egocentrische behoefte aan genot dat niet alleen de hele waarneembare wereld verdween, maar ook zijn in mijn ogen oude lijf en de etiketten die hem classificeerden – vader van Nino, spoorwegman, dichter, journalist, Donato Sarratore –, merkte hij dat en drong in me. Eerst voorzichtig, voelde ik, maar daarna met een duidelijke, resolute stoot die een scheur in mijn buik leek te veroorzaken, een steek die meteen werd weggevaagd door een ritmisch golven, een schuren, een stoten, mij leegmakend en vullend in één allerheftigste begeerte. Totdat hij zich plotseling terugtrok, achterover op het zand viel en een soort verstikt gebrul uitstootte.

Zwijgend bleven we liggen, de zee kwam terug, de verschrikkelijke hemel, ik voelde me versuft. Dat bracht Sarratore opnieuw tot zijn ongepolijste lyriek. Hij dacht dat hij me met tedere woordjes weer tot mezelf moest brengen. Een paar zinnen hoorde ik aan, maar toen was het genoeg. Ik stond abrupt op, schudde het zand uit mijn haren, van mijn hele lichaam, trok mijn kleren recht. Toen hij waagde: 'Waar kunnen we elkaar morgen ontmoeten?', antwoordde ik hem in het Italiaans, met een kalme, trotse stem, dat hij zich vergiste, dat hij mij nooit meer moest opzoeken, in Cetara niet en in de wijk evenmin. En omdat hij een sceptisch lachje liet horen, zei ik dat wat Antonio Cappuccio, de zoon van Melina, hem kon aandoen, niets was vergeleken bij wat Michele Solara zou doen. Die kende ik goed en ik hoefde maar één woord te zeggen of het zag er slecht voor hem uit. Ik zei dat Michele hem dolgraag op zijn bek zou slaan, omdat hij geld had aangenomen om over de winkel op het piazza dei Martiri te schrijven, maar zijn werk niet goed had gedaan.

De hele weg terug bleef ik dreigen, deels omdat hij het opnieuw met zoetsappige zinnetjes probeerde en ik wilde dat het goed tot hem doordrong hoe ik erover dacht, maar ook omdat het me verbaasde dat dreigen, wat ik sinds mijn kinderjaren alleen maar in het dialect had gedaan, me ook in het Italiaans goed afging.

72

Ik was bang de twee vrouwen wakker aan te treffen, maar ze sliepen allebei. Ze waren blijkbaar niet zo bezorgd om me dat ze er niet van konden slapen, ze beschouwden me als een verstandig meisje, vertrouwden me. Ik viel in een diepe slaap.

De volgende dag werd ik vrolijk wakker en ook als me af en toe gedachten aan Nino en Lila en wat er op het Marontistrand was gebeurd overvielen, bleef ik me goed voelen. Ik kletste lang met Nella, ontbeet met de Sarratores en de zogenaamd vaderlijke vriendelijkheid waarmee Donato me behandelde, irriteerde me niet. Geen enkel moment vond ik dat seks hebben met die enigszins opgeblazen, ijdele, praatzieke man een vergissing was geweest. Maar hem daar aan tafel zien zitten, naar hem luisteren, me realiserend dat hij me ontmaagd had, riep toch een gevoel van afgrijzen bij me op. Ik ging met het gezinnetje mee naar het strand, zwom met de kinderen en liet een spoor van sympathie achter. Stipt op tijd arriveerde ik in Forio.

Ik riep Nino, die meteen aan het raam verscheen. De uitnodiging om boven te komen sloeg ik af omdat we er zo snel mogelijk vandoor moesten, maar ook omdat ik niet wilde dat de kamers die Nino en Lila bijna twee dagen hadden gedeeld me zouden bijblijven. Ik wachtte, maar Lila kwam niet. Ineens was de spanning terug. Ik stelde me voor dat Stefano misschien kans had gezien om in de loop van de ochtend te vertrekken, dat hij een paar uur eerder dan voorzien van boord kwam, nee, sterker nog, dat hij al op weg was naar huis. Ik riep nog een keer, en weer kwam Nino aan het raam, hij beduidde me dat ik nog maar een minuutje hoefde te wachten. Een kwartier later kwamen ze naar beneden, omhelsden en kusten elkaar lang in de deuropening. Lila rende naar me toe, maar stopte ineens alsof ze iets vergeten was, liep terug en kuste hem opnieuw. Ik keek, niet op mijn gemak, de andere kant op, en het idee dat ik verkeerd in elkaar zat, niet echt tot werkelijke betrokkenheid in staat was, won weer aan kracht. Zij tweeën daarentegen leken me opnieuw prachtig, volmaakt in al hun bewegingen, zo zelfs dat 'schiet op, Lila' roepen bijna zou zijn als het bekrassen van een gefantaseerd beeld. Ze leek door een wrede kracht te worden weggetrokken, haar hand gleed langzaam van zijn schouder over zijn arm, tot aan zijn vingers, als in een dans. Maar eindelijk was ze er dan toch.

Tijdens de rit in het motorkoetsje zeiden we weinig tegen elkaar.

'Alles goed?'

'Ja, en met jou?'

'Ook.'

Ik vertelde niets over mezelf en dat deed zij evenmin. Maar de redenen voor die overdreven beknoptheid waren heel verschillend. Ik was absoluut niet van plan om wat er was gebeurd in woorden te vatten. Het was een naakt feit, het betrof mijn lichaam, de fysiologische reactiviteit daarvan; dat daar voor de eerste keer een minuscuul deel van het lichaam van een ander in was doorgedrongen, leek me niet relevant. De nachtelijke massa van Sarratore deed me niets, gaf me alleen een gevoel van vervreemding, en het was een opluchting dat dat verdwenen was, als onweer dat niet doorzet.

Het leek me daarentegen duidelijk dat Lila zweeg omdat ze geen woorden had. Ik voelde dat ze in een toestand zonder gedachten en zonder beelden verkeerde, alsof ze toen ze zich van Nino losmaakte, haar hele zelf bij hem was vergeten, ook de mogelijkheid om te vertellen wat haar was overkomen, wat haar aan het overkomen was. Dat verschil tussen ons stemde me weemoedig. Ik probeerde in mijn ervaring op het strand te graven om iets te vinden wat gelijkwaardig was aan haar bitterzoete verlies. Ik realiseerde me dat ik op het Marontistrand en in Barano niets had achtergelaten, zelfs niet de nieuwe ik die zich aan mij had onthuld. Ik had alles meegenomen en daarom voelde ik niet de drang – die ik wel in Lila's ogen las, in haar halfopen mond en haar gebalde vuisten – om terug te gaan, om me weer bij de persoon te voegen die ik had moeten verlaten. Leek mijn situatie misschien steviger, compacter, naast Lila voelde ik me drassig, van te veel water doordrenkte aarde.

73

Gelukkig maar dat ik haar schriften pas later heb gelezen. Daarin ging het pagina's en pagina's lang over die dag en die nacht met Nino, en wat die pagina's vertelden was precies wat ik niet te vertellen had. Lila schreef niet één woord over seksueel genot, niets wat voor mij nuttig kon zijn als ik haar ervaring naast die van mij zou leggen. Ze had het daarentegen over liefde en dat deed ze op een verrassende manier. Ze schreef dat ze vanaf de dag van haar huwelijk tot aan haar verblijf op Ischia stervende was geweest, zonder het in de gaten te hebben. Heel gedetailleerd beschreef ze het gevoel van een naderende dood: een vermindering van energie, slaperigheid, een sterke druk in het midden van haar hoofd, alsof er tussen hersens en schedel een luchtbel zat die voortdurend groter werd; de indruk dat alles haast had om ervandoor te gaan, dat de snelheid van mensen en dingen buitensporig hoog was en haar ergerde, haar verwondde en zowel in haar buik als in haar ogen fysieke pijn veroorzaakte. Ze schreef dat dit alles vergezeld ging van een afstompen van haar zintuigen, alsof ze haar in watten hadden gewikkeld en haar verwondingen niet uit de werkelijke wereld kwamen maar uit een ruimte tussen haar lichaam en de massa watten waarin ze zich verpakt voelde. Ze gaf overigens toe dat de nabije dood haar zo zeker leek dat het haar alle respect ontnam, voor ongeacht wat of wie, en in de eerste plaats het respect voor zichzelf, alsof niets belangrijk meer was en alles diende te worden vernietigd. Soms werd ze beheerst door een bezetenheid om zich voor een laatste keer onbelemmerd uit te drukken, voordat ze zoals Melina werd, voordat ze de grote weg overstak op het moment dat er een vrachtwagen aan kwam en ze geraakt zou worden en meegesleurd. Nino had verandering in die toestand gebracht, hij had haar van de dood gered. En dat had hij al willen doen toen hij haar bij mevrouw Galiani thuis ten dans had gevraagd. Doodsbang voor die aangeboden redding had zij toen geweigerd. Later op Ischia groeide zijn autoriteit als hulpverlener dag na dag. Hij had haar het vermogen om te voelen teruggegeven. En hij had vooral haar zelfbewustzijn weer tot leven gewekt. Ja, weer tot leven gewekt. Regels, regels en nog eens regels met het begrip herrijzenis als middelpunt: een extatische opstanding, het einde van elke band en tegelijkertijd het onzegbare genot van een nieuwe band, een opstanding die ook opstand was. Hij en zij, zij en hij, die samen weer leerden leven, het gif uit het leven verbanden, het leven opnieuw uitvonden als pure vreugde van denken en leven.

Zo ongeveer. Prachtige woorden, die van haar; wat ik schrijf is slechts een samenvatting. Als ze me die woorden toen, in het motorkoetsje, had toevertrouwd zou ik nog meer hebben geleden, want in de volheid die zij had bereikt zou ik de keerzijde van mijn leegte hebben herkend. Ik zou hebben begrepen dat ze tegen iets aan was gelopen wat ik meende te kennen, wat ik gemeend had voor Nino te voelen, maar wat ik niet kende, en misschien nooit zou kennen, of in een lichte, afgezwakte vorm. Ik zou hebben begrepen dat ze met een lichtzinnig zomers spel bezig was, maar dat er een zeer heftig gevoel in haar aan het opkomen was, dat haar zou overweldigen. Maar toen we na onze overtredingen naar Nunzia terugkeerden, kon ik me niet onttrekken aan het bekende, verwarde gevoel van ongelijkheid, aan het in ons gezamenlijk leven steeds terugkerende gevoel dat ik iets verloor wat zij juist verwierf. Daarom voelde ik van tijd tot tijd behoefte de rekening in balans te brengen, haar te vertellen hoe ik 's avonds, op het Marontistrand, tussen hemel en zee mijn maagdelijkheid had verloren. Ik hoefde de naam van Nino's vader niet te noemen, bedacht ik, ik kon een zeeman verzinnen, of een smokkelaar van Amerikaanse sigaretten, en haar vertellen wat me was overkomen, vertellen hoe fijn het was geweest. Maar ik realiseerde me dat het me niet te doen was om over mezelf en mijn genot te vertellen, maar alleen om haar ertoe te bewegen haar verhaal te doen en om erachter te komen hoeveel genot ze van Nino had genomen, om dat met het mijne te vergelijken, in de hoop dat die vergelijking in mijn voordeel uit zou vallen. Gelukkig voor mij voorvoelde ik dat ze het nooit zou doen en dat alleen ik me bloot zou geven, en dan ook nog op een belachelijke manier. Ik bleef zwijgen, net als zij.

74

Eenmaal thuis vond Lila haar spraak terug en deed ze bovendien overdreven expansief. Nunzia ontving ons inwendig opgelucht over onze terugkeer maar toch ook vijandig. Ze zei dat ze geen oog had dichtgedaan, dat ze onverklaarbare geluiden in huis had gehoord, dat ze bang was geweest voor spoken en moordenaars. Lila sloeg haar armen om haar heen maar Nunzia duwde haar zo ongeveer van zich af.

'Heb je je geamuseerd?' vroeg ze aan Lila.

'Ja, geweldig, en alles moet anders.'

'Wat moet anders?'

Lila lachte.

'Daar denk ik over na en dan vertel ik het je.'

'Vertel het allereerst maar aan je man,' zei Nunzia op onverwacht scherpe toon.

Haar dochter keek haar verbaasd aan. Het was een tevreden en misschien ook licht ontroerde verbazing, alsof de suggestie van Nunzia haar terecht en dringend leek.

'Ja,' zei ze. Ze liep naar haar kamer en sloot zich daarna op in de badcel.

Een hele poos later kwam ze daar, nog in onderjurk, weer uit. Ze beduidde me dat ik naar haar kamer moest komen. Ik deed het met tegenzin. Met koortsige ogen keek ze me aan, en zei in haastige zinnen, waarbij het leek alsof ze in ademnood verkeerde: 'Ik wil studeren, hetzelfde leren als wat hij leert.'

'Hij zit op de universiteit, dat is niet gemakkelijk.'

'Ik wil dezelfde boeken lezen als hij, ik wil precies begrijpen wat hij denkt, ik wil leren, het gaat me niet om de universiteit, het gaat me om hem.'

'Lila, doe niet zo gek. We hebben gezegd dat je hem nog één keer zou zien, en daarna basta. Wat is er met je aan de hand, kalmeer een beetje, Stefano kan elk ogenblik komen.'

'Denk je dat ik, als ik erg mijn best doe, kan gaan begrijpen wat hij begrijpt?'

Ik had er genoeg van. Wat ik al wist maar wat ze op dat moment toch voor me verborgen hield, werd volledig duidelijk: ook zij zag Nino inmiddels als de enige persoon die in staat was haar te redden. Ze had zich een van mijn oude gevoelens toegeëigend en het tot het hare gemaakt. En omdat ik wist hoe ze in elkaar zat, wist ik zeker dat ze alle obstakels uit de weg zou ruimen en tot het uiterste zou gaan. Ik antwoordde op harde toon: 'Nee. Dat is te moeilijk, je hebt een te grote achterstand in alles, je leest geen krant, je weet niet wie er in de regering zit, je weet niet eens wie er in Napels aan de macht is.'

'Weet jij dat allemaal?'

'Nee.'

'Nino denkt dat jij dat allemaal wél weet, ik zei je al dat hij veel waardering voor je heeft.'

Ik voelde dat ik bloosde en mompelde: 'Ik probeer zo veel mogelijk te leren, en als ik iets niet weet, doe ik alsof.'

'Ook van doen alsof je iets weet, kun je geleidelijk aan leren.

Kun je me helpen?'

'Nee, en nog eens nee, Lila. Je moet dit niet doen. Laat hem met rust, hij zegt nu al dat hij wil ophouden met studeren, en dat is jouw schuld.'

'Hij zal altijd blijven studeren, daar is hij voor in de wieg gelegd. Maar hoe dan ook, hij weet ook lang niet alles. Als ik onderwerpen bestudeer waar hij niets van afweet, dan leg ik het hem uit als hij daar behoefte aan heeft en op die manier ben ik nuttig voor hem. Ik moet mijn leven veranderen, Lenù, onmiddellijk.'

En weer reageerde ik fel: 'Je bent getrouwd, je moet hem uit je hoofd zetten, jij kunt niet voldoen aan zijn behoeften.'

'Wie wel?'

Ik wilde haar kwetsen en zei: 'Nadia.'

'Die heeft hij voor mij in de steek gelaten.'

'Dus er is geen vuiltje aan de lucht? Ik wil je niet meer aanhoren, jullie zijn gek, allebei, doe maar wat jullie goeddunkt.'

Verteerd door ontevredenheid vertrok ik naar mijn kamertje.

75

Stefano arriveerde op de gebruikelijke tijd. We verwelkomden hem gedrieën met gespeelde vrolijkheid, en hij was aardig maar een beetje gespannen, alsof er achter zijn welwillende gezicht bezorgdheid school. Omdat die dag zijn vakantie begon, verbaasde het me dat hij geen bagage bij zich had. Lila leek het te ontgaan, maar Nunzia niet en ze vroeg: 'Je bent afwezig, Stè, is er iets? Maakt je moeder het goed? En Pinuccia? En hoe gaat het met de schoenen? Wat zeggen de Solara's ervan, zijn ze tevreden?' Hij antwoordde dat alles in orde was en we aten, maar het gesprek wilde niet vlotten. In het begin deed Lila haar best om zich goedgehumeurd voor te doen, maar aangezien Stefano met eenlettergrepige woordjes antwoordde en niets van genegenheid liet blijken, raakte ze geïrriteerd, en zweeg. Alleen Nunzia en ik probeerden uit alle macht blijvend stilzwijgen te vermijden. Toen we aan het fruit begonnen zei Stefano met een vage glimlach tegen zijn vrouw: 'Zwem jij met de zoon van Sarratore?'

De adem stokte in mijn keel. Lila antwoordde geërgerd: 'Soms. Hoezo?'

'Hoe vaak? Een, twee, drie, vijf keer, hoe vaak? Lenù, weet jij het?'

'Eén keer,' antwoordde ik, 'een paar dagen geleden, maar allemaal samen.'

Nog altijd met dat vage glimlachje op zijn gezicht wendde Stefano zich tot zijn vrouw: 'En jij en die zoon van Sarratore gaan zo vertrouwelijk met elkaar om dat jullie hand in hand uit zee komen?'

Lila keek hem recht in de ogen: 'Wie heeft je dat verteld?'

'Ada.'

'En van wie heeft Ada dat?'

'Van Gigliola.'

'En Gigliola?'

'Gigliola heeft je gezien, kutwijf. Ze is samen met Michele hier geweest, ze hebben jullie opgezocht. En het is niet waar dat jij en dat stuk stront samen met Lenuccia aan het zwemmen waren. Jullie waren alleen en hielden elkaars hand vast.'

Lila stond op en zei rustig: 'Ik ga naar buiten, een eindje wandelen.'

'Jij gaat nergens heen! Ga zitten en geef antwoord.'

Lila bleef staan. Ineens zei ze, in het Italiaans en met een grimas die vermoeidheid suggereerde, maar die – zo merkte ik – in werkelijkheid vol minachting was: 'Wat was dat stom van me om met jou te trouwen, met zo'n waardeloze zak. Je weet dat Michele Solara me in zijn winkel wil en je weet dat Gigliola me daarom zou vermoorden als ze kon, en wat doe jij? Je gelooft haar! Ik wil niet meer naar je luisteren, je laat als een lappenpop met je sollen. Lenù, ga je mee?'

Ze wilde naar de deur lopen en ik maakte een beweging om op te staan, maar met een sprong greep Stefano haar bij een arm en zei: 'Jij gaat nergens heen. Zeg me of het waar is dat je met de zoon van Sarratore hebt gezwommen, zonder iemand anders erbij, en of het waar is dat jullie hand in hand rondlopen.'

Lila probeerde zich te bevrijden maar het lukte haar niet om los te komen. Ze siste: 'Laat mijn arm los, ik walg van je.'

Op dit punt aangekomen bemoeide Nunzia zich ermee. Ze maakte haar dochter verwijten, zei dat ze zich niet kon permitteren zoiets lelijks tegen Stefano te zeggen. Maar meteen daarna riep ze verrassend energiek en bijna schreeuwend tegen haar schoonzoon dat hij op moest houden, dat Lila al antwoord had gegeven, dat Gigliola die dingen uit jaloezie had gezegd, dat de dochter van de banketbakker vals was, dat ze bang was haar baan op het piazza dei Martiri te verliezen, dat ze ook Pinuccia daar weg wilde jagen en de enige vrouw en bazin van de winkel wilde worden, zij, die niks van schoenen wist, niet eens in staat was taartjes te bakken, terwijl alles, ja, alles aan Lila te danken was, ook het succes van de nieuwe kruidenierswinkel, en dat haar dochter het daarom niet verdiende zo behandeld te worden, nee, dat verdiende ze niet.

Het was een echte woede-uitbarsting: haar gezicht liep rood aan, ze sperde haar ogen wijd open en op een gegeven moment leek het wel of ze zou stikken toen ze alles zo in één adem opsomde.

Maar Stefano luisterde niet, hoorde er niet één woord van. Zijn schoonmoeder was nog volop aan het praten toen hij Lila ruw richting hun slaapkamer trok en tegen haar schreeuwde: 'En nu geef je antwoord, onmiddellijk!' Omdat zij hem op een grove manier uitschold en zich aan het deurtje van een kast vastgreep om weerstand te bieden, trok hij haar zo hard mee dat het deurtje openschoot, de kast gevaarlijk wankelde – wat een gerinkel van borden en glazen teweegbracht – en Lila bijna door de keuken vloog en tegen de muur van de gang die naar hun kamer leidde smakte. Even later had haar man haar weer bij de arm gepakt, als een bij het oor vastgehouden kopje. Hij duwde haar de slaapkamer in en sloot de deur achter zich.

Ik hoorde hoe de sleutel in het slot werd omgedraaid en dat geluid maakte me doodsbang. Ik had de hele tijd met eigen ogen gezien dat de geest van Stefano's vader echt in hem huisde, dat de schim van don Achille de aders in zijn hals en de blauwe vertakking onder de huid van zijn voorhoofd kon doen zwellen. Maar ondanks mijn angst voelde ik dat ik toch iets moest doen, dat ik niet zoals Nunzia aan tafel kon blijven zitten. Ik greep de deurklink vast en begon eraan te rammelen; ik bonsde met mijn vuist op de houten deur, terwijl ik smeekte: 'Stefano, alsjeblieft, het is allemaal niet waar, laat haar met rust. Doe haar geen pijn, Stefano.' Maar zijn razernij had hem inmiddels totaal onbereikbaar gemaakt, we hoorden hem brullen dat hij de waarheid wilde horen, en omdat Lila niets terugzei, leek het bijna alsof ze zich niet meer in de kamer bevond, waardoor het was alsof Stefano in zijn eentje praatte, zichzelf in het gezicht sloeg, meppen verkocht en voorwerpen kapot gooide.

'Ik ga de huisbazin halen,' zei ik tegen Nunzia en ik rende de trap af. Ik wilde haar vragen of ze nog een sleutel had, of misschien was haar kleinzoon er wel, een grote zware kerel, die de deur zou kunnen intrappen. Maar ik klopte tevergeefs, de vrouw was er niet, of als ze er was, deed ze in ieder geval niet open. Intussen drong het gebrul van Stefano door de muren heen, verspreidde zich over de straat, over het rietbos, in de richting van de zee, maar toch leek alleen ik het te horen. Uit de huizen in de buurt kwam niemand tevoorschijn, snelde niemand toe. Het enige wat me bereikte, maar minder luid, waren de smeekbeden van Nunzia, afgewisseld met het dreigement dat zij alles tegen Fernando en Rino zou vertellen als Stefano haar dochter pijn bleef doen, en die zouden hem vermoorden, God mocht haar halen als het niet waar was.

Ik rende weer naar boven, wist niet wat ik moest doen. Met mijn volle gewicht wierp ik me tegen de deur, schreeuwde dat ik de politie had gewaarschuwd en dat die eraan kwam. Omdat Lila nog steeds geen tekenen van leven gaf, begon ik te gillen: 'Lila, gaat het? Alsjeblieft, Lila, zeg me hoe het gaat.' En pas op dat moment hoorden we haar stem. Ze richtte zich niet tot ons, maar tot haar man, ijzig: 'Wil je de waarheid? Ja, de zoon van Sarratore en ik gaan hand in hand het water in. Ja, we zwemmen tot in volle zee en strelen en kussen elkaar. Ja, ik heb me door hem laten neuken, honderd keer, en zo heb ik ontdekt dat jij een stuk stront bent, dat je niks waard bent, dat je alleen maar in staat bent smerige dingen te eisen waarvan ik moet kotsen. Zo goed? Ben je nou tevreden?'

Stilte. Na die woorden deed Stefano zijn mond niet meer open, hield ik op met tegen de deur bonzen en stopte Nunzia met huilen. De geluiden van buiten kwamen terug, auto's die langsreden, een paar verre stemmen, vleugelgeklap van de kippen.

Toen er enkele minuten waren verstreken, begon Stefano weer te praten, maar zo zachtjes dat we amper konden horen wat hij zei. Ik begreep niettemin dat hij een manier zocht om rustig te worden. Hij sprak korte, onsamenhangende zinnen: 'Laat eens zien wat je hebt, zoet nu, hou op.' Lila's bekentenis had hem vermoedelijk zo onverdraaglijk geleken dat hij wat ze had gezegd uiteindelijk opvatte als een leugen. Hij had er een tactiek in gezien waartoe zij haar toevlucht had genomen om hem pijn te doen, een overdrijving die even hard aankwam als een klap, toegediend om hem weer met beide voeten op de grond te zetten, zinnen kortom, die betekenden: als jij je nu nog niet realiseert hoe ongegrond je beschuldigingen zijn, dan zal ik je dat eens even duidelijk maken, luister!

Mij leken Lila's woorden echter even verschrikkelijk als de klappen van Stefano. Ik merkte dat het genadeloze geweld dat hij achter vriendelijke manieren en een zachtaardig gezicht bedwong mij doodsbang maakte, en dat ik haar moed, haar overmoedige brutaliteit, waardoor ze hem de waarheid kon toeschreeuwen alsof het een leugen was, nu niet verdroeg. De woorden die ze tot Stefano had gericht, hadden hem, die alles als een leugen had beschouwd, weer tot bezinning gebracht en mij, die de waarheid kende, diep en pijnlijk geraakt. Toen de stem van de kruidenier duidelijker tot ons doordrong, voelde zowel Nunzia als ik dat het ergste voorbij was. Don Achille was zich uit zijn zoon aan het terugtrekken en liet diens zachtaardige, soepele trekjes weer bovenkomen. En toen bij Stefano weer de kant domineerde die hem tot een succesvol winkelier had gemaakt, was hij in de war. Hij begreep niet wat er met zijn stem, zijn handen en armen was gebeurd. Ook al was het beeld van Lila en Nino die elkaar bij de hand hielden waarschijnlijk nog niet uit zijn hoofd verdwenen, wat Lila met haar hagelbui van woorden had opgeroepen moest wel de overduidelijke trekken van de onwerkelijkheid hebben.

De deur ging niet open, de sleutel draaide niet in het sleutelgat voordat de dag aanbrak. Maar de toon van Stefano's stem werd droevig, wat hij zei leek een terneergeslagen smeken. Nunzia en ik wachtten uren aan de andere kant van de deur, elkaar gezelschap houdend met moedeloze, nauwelijks verstaanbare zinnen. Gesmoes binnen, gesmoes buiten. 'Als ik het Rino vertel,' fluisterde Nunzia, 'dan vermoordt hij hem, zo zeker als wat.' En ik murmelde, alsof ik haar geloofde: 'Alsjeblieft, vertelt u het hem niet.' Maar intussen dacht ik: Rino, en ook Fernando, heeft na Lila's huwelijk nooit een vinger voor haar uitgestoken; nog los van het feit dat ze haar sinds haar geboorte hebben geslagen wanneer ze daar maar zin in hadden. En ook zei ik bij mezelf: 'Mannen zijn allemaal hetzelfde, alleen Nino is anders.' En terwijl mijn rancune sterker werd, verzuchtte ik: 'Nu is het definitief duidelijk dat Lila hem inpikt, ook al is ze getrouwd. Samen zullen ze zich uit dit smerige wereldje terugtrekken, terwijl ik er voor altijd in blijf.'

76

Bij het eerste ochtendlicht kwam Stefano de slaapkamer uit, Lila niet. Hij zei: 'Pak de koffers, we gaan weg.'

Nunzia wist zich niet te beheersen en wees hem vol wrok op de schade die hij had aangericht, zei hem dat de kapotte spullen moesten worden vergoed. Hij antwoordde – alsof veel van de woorden die ze hem uren tevoren had toegeschreeuwd hem waren bijgebleven en hij de dringende behoefte voelde eens even heel duidelijk te zijn – dat hij altijd alles had betaald en dat zou blijven doen. 'Ik heb dit huis betaald,' begon hij met zwakke stem op te sommen, 'ik heb jullie vakantie betaald, alles wat jullie, uw man, uw zoon hebben, dat heb ik gegeven. Zeur me nu dus niet aan mijn kop, pak de koffers, we gaan.'

Nunzia deed haar mond niet meer open. Kort daarna kwam Lila

uit haar kamer. In een gelige jurk met lange mouwen en met een grote donkere filmsterrenbril op haar neus. Ze zei geen woord, niet in de haven, niet op de boot, en evenmin toen we in de wijk arriveerden. Zonder te groeten ging ze met haar man naar huis.

En ik? Ik besloot dat ik me vanaf dat moment voor de rest van mijn leven alleen nog maar met mezelf bezig zou houden, en vanaf mijn terugkeer in Napels deed ik dat ook. Ik dwong mezelf tot een houding van absolute distantie. Ik zocht Lila niet op, ik zocht Nino niet op. Zonder weerwoord slikte ik de scène die mijn moeder maakte toen ze me verweet dat ik op Ischia de dame had uitgehangen zonder er rekening mee te houden dat er thuis geld nodig was. Hoewel mijn vader me overlaadde met complimenten over mijn gezonde uiterlijk en mijn goudblonde haar, viel hij haar toch bij; zodra mijn moeder me in zijn aanwezigheid bekritiseerde, steunde hij haar onmiddellijk. 'Je bent groot,' zei hij, 'je weet wat je te doen staat.'

Geld verdienen was inderdaad dringend nodig. Ik had van Lila het geld kunnen eisen dat ze me als vergoeding voor mijn verblijf op Ischia had toegezegd, maar na mijn besluit om me niet meer voor haar te interesseren, en vooral na de harde woorden die Stefano Nunzia had toegevoegd (en in zekere zin ook mij), deed ik dat niet. Om dezelfde reden was het voor mij absoluut uitgesloten dat zij, zoals het jaar tevoren, mijn schoolboeken kocht. Toen ik Alfonso een keer tegenkwam, vroeg ik hem nadrukkelijk om tegen haar te zeggen dat ik al voor de boeken voor dat jaar had gezorgd, en daarmee was de zaak voor mij afgedaan.

Na Ferragosto diende ik me weer aan in de boekhandel in de via Mezzocannone, en de eigenaar gaf me na enig verzet het baantje terug, deels omdat ik een efficiënt en gehoorzaam winkelmeisje was geweest, deels omdat ik er dankzij de zon en de zee een stuk beter uitzag. Hij eiste echter wel dat ik niet opstapte als de school weer begon, maar de hele periode van de schoolboekenverkoop bleef werken, al was het alleen maar 's middags. Ik ging ermee akkoord en bracht lange dagen in de boekhandel door waar ik leerkrachten ontving die met volle tassen voor weinig lires de boeken kwamen verkopen die ze als presentexemplaar van de uitgevers hadden ontvangen, en studenten die voor nog minder geld hun verfomfaaide boeken van de hand deden.

Ik beleefde een week van pure angst omdat ik niet ongesteld werd. Ik vreesde dat Sarratore me zwanger had gemaakt, ik was wanhopig. Uiterlijk was ik voorkomend, van binnen nijdig. Ik had slapeloze nachten, maar zocht bij niemand raad of steun, hield alles voor mezelf. Op een middag ging ik in de boekwinkel naar de afschuwelijke wc daar en ontdekte bloed, eindelijk. Het was in die periode een van de zeldzame momenten dat ik me prettig voelde. Die menstruatie kwam me voor als een soort symbolisch en definitief uitwissen van Sarratores irruptie in mijn lichaam.

Begin september realiseerde ik me ineens dat Nino waarschijnlijk terug was van Ischia en begon ik te vrezen en tegelijkertijd te hopen dat hij zich zou vertonen, op zijn minst voor een groet. Maar noch in de via Mezzocannone, noch in de wijk liet hij zich zien. Wat Lila betreft, ik ving slechts een enkele keer een glimp van haar op, 's zondags, als ze naast haar man in de auto over de grote weg voorbijschoot. Die paar seconden waren genoeg om mij kwaad te maken. Wat was er gebeurd? Hoe had ze haar zaakjes geregeld? Ze had alles, nog steeds: de auto, Stefano, het huis met het ligbad, de telefoon, de televisie, de mooie kleren, haar welstand. En bovendien, wie weet welke plannen ze heimelijk smeedde? Ik wist hoe ze in elkaar zat en zei tegen mezelf dat ze Nino nooit zou opgeven, zelfs niet als hij haar aan de kant zou zetten. Maar ik verdreef die gedachten en dwong me de afspraak die ik met mezelf had gemaakt te respecteren: een leven plannen zonder hen en leren daar niet onder te lijden. Om dat voor elkaar te krijgen concentreerde ik me op een soort zelftraining om weinig of helemaal niet te reageren. Ik leerde mijn emoties tot een minimum te beperken. Als mijn baas handtastelijk werd, duwde ik hem zonder ergernis te laten blijken van me af; als klanten onbeleefd waren, gaf ik geen krimp. Zelfs bij mijn moeder lukte het me steeds bedeesd te blijven. Elke dag hield ik me voor: ik ben wie ik ben en dat kan ik alleen maar accepteren; zo ben ik geboren, in deze stad, met dit dialect, zonder geld. Ik zal geven wat ik kan geven, nemen wat ik kan nemen en verdragen wat verdragen moet worden.

77

En toen begon de school weer. Pas toen ik de klas in stapte, realiseerde ik me dat ik in het laatste jaar zat, dat ik achttien was en dat de studietijd, in mijn geval al wonderbaarlijk lang, ten einde liep. Maar beter ook. Ik praatte veel met Alfonso over wat we na het eindexamen zouden gaan doen. Dat was voor hem even onduidelijk als voor mij. 'We doen aan concoursen mee,' zei hij op een keer, maar eigenlijk wisten we niet precies wat dat was, een concours. We hadden het over 'meedoen aan een concours' en 'een concours winnen', maar het bleef een vaag begrip. Moesten we een schriftelijke opdracht uitvoeren, werden we aan een ondervraging onderworpen? En wat kon je ermee winnen? Een salaris?

Alfonso vertrouwde me toe dat hij van plan was om te trouwen zodra hij een concours had gewonnen, het kon niet schelen welk.

'Met Marisa?'

'Met wie anders?'

Soms vroeg ik hem voorzichtig naar Nino, maar die vond hij niet sympathiek, ze groetten elkaar niet eens. Hij had nooit begrepen wat ik aan die jongen vond. 'Hij is lelijk,' zei hij, 'helemaal scheefgegroeid, vel over been.' Marisa vond hij daarentegen mooi. Maar voorzichtig om mij niet te kwetsen voegde hij daar meteen aan toe: 'Jij ook, jij bent ook mooi.' Hij hield van schoonheid en vooral van aandacht voor het lichaam. Zelf verzorgde hij zich heel goed, hij rook naar kapper, kocht regelmatig kleren en deed elke dag aan gewichtheffen. Hij vertelde dat hij het erg leuk had gevonden in de winkel op het piazza dei Martiri. Dat was wel wat anders dan de kruidenierswinkel! In de schoenwinkel kon je je, nee, sterker nog, daar moest je je elegant kleden. Daar kon je Italiaans praten, de mensen waren welopgevoed, hadden gestudeerd. En als je knielde om de klanten schoenen te laten passen, kon je dat doen als een hoofse ridder. Maar helaas kon hij daar niet blijven.

'Waarom niet?'

'Ach...'

In het begin was hij vaag en ik drong niet aan. Later vertelde hij dat Pinuccia inmiddels bijna altijd thuiszat omdat ze zich niet wilde vermoeien. Ze had een buik als van een walvis gekregen. Het was, hoe dan ook, duidelijk dat ze als het kind er eenmaal was, geen tijd meer zou hebben om te werken. In theorie zou dat voor hem de weg moeten vrijmaken, de Solara's waren tevreden over hem, hij zou er misschien al meteen na het eindexamen kunnen komen. Maar in feite bestond er geen enkele mogelijkheid, en hier dook ineens de naam van Lila op. Alleen al bij het horen ervan verkrampte mijn maag.

'Wat heeft zij ermee te maken?'

Ik hoorde dat ze wel gek leek toen ze terugkwam van vakantie. Ze raakte nog steeds maar niet zwanger, het verblijf aan zee had niets geholpen, ze sloeg wartaal uit. Ze had een keer alle bloempotten met planten op haar balkon aan diggelen geslagen. Ze kondigde aan naar de kruidenierswinkel te gaan, maar liet Carmen daar dan in haar eentje zitten en ging zelf op stap. 's Nachts werd Stefano wakker en vond hij haar niet naast zich in bed: ze liep door het huis, las en schreef. En toen was ze ineens kalm geworden. Of liever gezegd, had ze al haar vindingrijkheid om het leven van Stefano te verpesten op één doel gericht: Gigliola in de nieuwe winkel laten aanstellen om zich zelf met het piazza dei Martiri te gaan bezighouden.

Ik was erg verbaasd.

'Michele wil haar daar,' zei ik, 'maar zij wil er niet heen.'

'Dat was zo. Nu is ze van gedachten veranderd en beweegt ze hemel en aarde om daar te kunnen werken. Het enige obstakel is Stefano, hij verzet zich ertegen. Maar je weet het, uiteindelijk doet mijn broer wat zij wil.'

Ik vroeg niet verder, ik wilde op geen enkele manier meer worden meegezogen in het doen en laten van Lila. Maar tot mijn eigen verbazing vroeg ik me een tijdje af: wat is ze van plan, waarom wil ze ineens in het centrum gaan werken? Daarna dacht ik er niet meer aan, in beslag genomen door andere problemen: de boekhandel, de school, de overhoringen, de schoolboeken. Een paar daarvan betaalde ik, maar de meeste stal ik uit de winkel, zonder me ook maar enigszins bezwaard te voelen. Ik begon weer hard te studeren, vooral 's nachts, want 's middags had ik de boekhandel, tot de kerstvakantie, toen ik ontslag nam. Meteen daarna bezorgde mevrouw Galiani me enkele leerlingen om privéles aan te geven, waar ik veel aandacht aan besteedde. Met school, lessen en studeren bleef er geen tijd over voor iets anders.

Als ik aan het einde van de maand mijn moeder het geld overhandigde dat ik had verdiend, stak zij het zonder iets te zeggen in haar zak. Maar daar stond tegenover dat ze 's ochtends vroeg opstond om mijn ontbijt klaar te maken, soms zelfs met een geklopt ei erbij, waaraan ze zich met zo veel zorg wijdde – terwijl ik nog in bed lag te doezelen hoorde ik het tikken van de lepel tegen de kom – dat het daarna als crème in mijn mond smolt, de suiker tot en met het laatste korreltje opgelost. Wat de leraren op het lyceum betreft, het leek of ze, door een soort lui functioneren van het hele, stoffige raderwerk dat de school was, het niet konden laten mij als de meest briljante leerling te zien. Moeiteloos verdedigde ik mijn rol als knapste leerling van de klas en nu Nino er niet meer was, werd ik tot de besten van de hele school gerekend. Maar ik had al snel door dat la Galiani, hoewel ze nog steeds heel genereus voor me was, me om wat voor reden dan ook iets kwalijk nam wat haar verhinderde even hartelijk tegen me te zijn als vroeger.

Om een voorbeeld te geven: toen ik haar de boeken teruggaf, deed ze geërgerd omdat ze vol zand zaten en liep ermee weg zonder nieuwe te beloven. Een ander voorbeeld: ze gaf haar kranten niet meer aan me door. Een poosje zette ik me ertoe *Il Mattino* te kopen, maar daar ben ik later mee gestopt, de krant verveelde me, het was weggegooid geld. Nog een voorbeeld: ze nodigde me niet meer uit bij haar thuis, terwijl ik het leuk zou hebben gevonden om haar zoon Armando terug te zien. Toch ging ze door met mij publiekelijk prijzen, bleef me hoge punten geven, raadde me lezingen aan en zelfs belangrijke films, die ergens bij priesters gedraaid werden, in de buurt van Port'Alba.

Tot ze me tegen Kerstmis bij het uitgaan van de school een keer riep en we een stuk samen opliepen. Ze vroeg me zonder omwegen wat ik van Nino wist.

'Niets,' antwoordde ik.

'Zeg eens eerlijk.'

'Ik ben eerlijk.'

Langzaam werd duidelijk dat Nino na de zomer nooit meer een teken van leven had gegeven, niet aan haar, maar ook niet aan haar dochter.

'Hij heeft op een onaangename manier met haar gebroken,' zei ze met moederlijke wrok, 'hij heeft haar vanaf Ischia een kort briefje gestuurd en haar daarmee veel verdriet gedaan.' Daarna hield ze zich in, viel terug in haar rol van lerares en vervolgde: 'Tja, niets aan te doen. Jullie zijn jong, verdriet dient om te groeien.'

Ik knikte en zij vroeg: 'Heeft hij jou ook in de steek gelaten?'

Ik werd rood.

'Mij?'

'Hebben jullie elkaar op Ischia niet gezien?'

'Jawel, maar er is nooit iets tussen ons geweest.'

'Echt niet?'

'Nee, absoluut niet.'

'Nadia is ervan overtuigd dat hij haar voor jou in de steek heeft gelaten.'

Ik ontkende krachtig, verklaarde me bereid Nadia te ontmoeten en haar te vertellen dat er tussen Nino en mij nooit iets was geweest en nooit iets zou zijn. Ze was er blij om, verzekerde me dat ze het aan Nadia zou doorgeven. Ik repte natuurlijk met geen woord over Lila, niet alleen omdat ik vastbesloten was me uitsluitend met mijn eigen zaken te bemoeien, maar ook omdat ik er somber van zou worden als ik over haar praatte. Ik probeerde het ergens anders over te hebben, maar zij kwam terug op Nino. Ze zei dat er verschillende geruchten over hem de ronde deden. Er werd verteld dat hij niet alleen geen examens had gedaan in de herfst, maar dat hij zelfs was opgehouden met zijn studie. Er was ook iemand die zwoer hem op een middag in de via Arenaccia te hebben gezien; hij liep daar stomdronken te waggelen, alleen, terwijl hij af en toe een slok uit een fles nam. 'Maar,' voegde ze er tot besluit aan toe, 'niet iedereen vindt Nino sympathiek en sommige mensen hebben er misschien plezier in nare geruchten over hem in omloop te brengen. Maar als het waar is wat wordt gezegd, is dat wél jammer.'

'Het zijn vast leugens,' zei ik.

'Laten we het hopen. Maar die jongen is niet te volgen.'

'Ja, u hebt gelijk.'

'Hij is erg slim.'

'Ja.'

'Als je kans ziet iets te weten te komen over wat hij uitvoert, laat het me dan weten.'

We gingen uit elkaar, ik haastte me naar de via del Parco Margherita om Griekse les te geven aan een meisje van het gymnasium dat daar woonde. De les verliep moeizaam. In de grote, altijd schemerige kamer waar ik met respect werd ontvangen, stonden statige meubels, hingen tapijten met jachttaferelen en oude foto's van hooggeplaatste militairen. Er waren ook verschillende andere tekenen van een traditie van gezag en welstand, die bij mijn bleke veertienjarige leerlinge een loomheid van lichaam en geest veroorzaakten en mij prikkelbaar maakten. Die keer moest ik meer dan anders vechten om declinaties en conjugaties in de gaten te houden. Voortdurend kwam Nino's silhouet me voor de geest zoals la Galiani het had opgeroepen: versleten jasje, fladderende das, de onzekere stappen van zijn lange benen, de lege fles die na een laatste slok kapot viel op de stenen van de via Arenaccia. Wat was er na Ischia met hem en Lila gebeurd? Anders dan ik had verwacht had zij kennelijk spijt gekregen, was alles voorbij, was ze weer tot zichzelf gekomen. Maar Nino niet. Van jonge student die op alle vragen een goed doortimmerd antwoord had, was hij – overweldigd door liefdesverdriet om de vrouw van de kruidenier – veranderd in een losgeslagen figuur. Ik overwoog Alfonso nog eens te vragen of hij nieuws had. Ik overwoog Marisa op te zoeken en naar haar broer te vragen. Maar al vlug dwong ik mezelf hem uit mijn hoofd te zetten. Het zal wel overgaan, dacht ik. Heeft hij me opgezocht? Nee. En heeft Lila me opgezocht? Nee. Waarom moet ik me dan druk maken om hem, of om haar, als zij zich niets van mij aantrekken? Ik ging, nog steeds moeizaam, door met de les en zou mijn eigen weg volgen.

78

Na Kerstmis hoorde ik van Alfonso dat Pinuccia was bevallen, ze had een jongetje gekregen dat ze Fernando hadden genoemd. Ik ging haar opzoeken, in de veronderstelling dat ik haar in bed zou aantreffen, heel gelukkig, met het kindje aan de borst. Ze was echter al op, maar in nachtpon en op sloffen, en met een boos gezicht. Ze joeg haar moeder op een grove manier weg toen die zei: 'Ga je bed in, vermoei je niet te veel.' En toen ze met me naar de wieg liep, zei ze somber: 'Mij lukt nooit iets, moet je zien hoe lelijk hij is, ik vind hem eng, niet alleen om aan te raken, maar ook om te zien.' En hoewel Maria op de drempel van de kamer als een soort kalmerende formule fluisterde: 'Wat zeg je nou, Pina, hij is prachtig', bleef zij maar boos zeggen: 'Hij is lelijk, nog lelijker dan Rino, ze zijn allemaal lelijk in die familie.' Daarna schepte ze adem en riep wanhopig en met tranen in de ogen uit: 'Mijn schuld, ik heb mijn man niet goed gekozen, maar als je jong bent, denk je daar niet aan en kijk nou eens wat voor kind ik heb gekregen, hij heeft net zo'n platte neus als Lina.' En vervolgens begon ze in één adem door zwaar op haar schoonzusje te schelden.

Van haar hoorde ik dat Lila, de slet, al veertien dagen de baas speelde in de winkel op het piazza dei Martiri. Gigliola had voor haar moeten wijken en was terug naar de banketbakkerij van de Solara's; Pinuccia zelf, god weet hoelang nog gebonden door het kind, zou het moeten accepteren. Iedereen had moeten toegeven, zoals gewoonlijk. Stefano voorop. En nu ging er geen dag voorbij of Lila bedacht wel weer iets. Gekleed als een assistente van Mike

Bongiorno ging ze naar haar werk. Als haar man haar niet met de auto bracht, liet ze zich door Michele brengen alsof het de gewoonste zaak van de wereld was. Ze had wie weet hoeveel geld uitgegeven aan twee schilderijen – ze had geen idee wat ze moesten voorstellen – en ze in de winkel opgehangen, waarom was niet duidelijk; ze had een massa boeken gekocht en die stonden nu op een plank waar schoenen hoorden te staan. Ze had een soort salonnetje ingericht met een divan, fauteuils, poefs en een glazen schaal met chocolaatjes van Gay Odin voor wie wilde, gratis, alsof ze daar niet was om in de stank van de voeten van de klanten te zitten, maar om kasteelvrouw te spelen.

'En dat is nog niet alles,' zei Pinuccia, 'er is nog iets veel ergers.'

'Wat dan?'

'Weet je wat Marcello Solara heeft gedaan?'

'Nee.'

'Weet je nog van de schoenen die Stefano en Rino hem hadden gegeven?'

'Die precies waren zoals Lina ze had getekend?'

'Ja, prullen, Rino heeft altijd gezegd dat ze niet waterdicht waren.'

'Nou en, wat is daarmee?'

Pina stortte een gejaagd, soms verward verhaal over me uit over geld, smerige intriges, bedrog en schulden. Marcello, ontevreden over de nieuwe modellen van Rino en Fernando, had – met instemming van Michele natuurlijk – die schoenen na laten maken, niet in de fabriek van de Cerullo's, maar in een andere, in Afragola. Waarna hij ze tegen Kerstmis onder het merk Solara aan winkels had geleverd, en vooral aan die op het piazza dei Martiri.

'Mocht dat?'

'Natuurlijk, ze zijn van hem. Mijn broer en mijn man, die zakken, hadden ze hem cadeau gedaan, hij kan ermee doen wat hij wil.'

'En dus?'

'Dus,' zei ze, 'zijn in Napels nu de Cerullo-schoen en de Solara-schoen in omloop. En de Solara-schoen doet het heel goed, beter dan die van Cerullo. En de hele winst gaat naar de Solara's. En nou is Rino zo gespannen als een veer, omdat hij op alle concurrentie was voorbereid, maar niet op die van de Solara's, met wie ze in zaken zitten, en dan ook nog eens met een schoen die hij eigenhandig heeft gemaakt en die hij later stom genoeg heeft laten vallen.'

Ik moest weer aan Marcello denken, aan die keer dat Lila hem met een schoenmakersmes had bedreigd. Hij was trager dan Michele, en verlegener. Waarom had hij die rotstreek zo nodig moeten uithalen? De handeltjes van de Solara's waren niet te tellen, sommige openlijk, andere niet, en het werden er met de dag meer. Ze hadden machtige vrienden, al sinds hun grootvaders tijd, ze bewezen diensten en kregen diensten bewezen. Hun moeder leende geld tegen woekerrentes, inmiddels misschien ook aan de Cerullo's en de Carracci's, en ze had een boek waar de halve wijk bang voor was. Voor Marcello en voor zijn broer waren de schoenen en de winkel op het piazza dei Martiri dus niet meer dan een van de vele bronnen waar hun familie uit putte, en beslist niet een van de belangrijkste. Waarom dan toch die rotstreek?

Pinuccia's verhaal begon me te vervelen: het leek over geld te gaan, maar ik hoorde er iets van vernedering in. Marcello's liefde voor Lila was over, maar de wond was gebleven en geïnfecteerd geraakt. Toen hij nergens meer rekening mee hoefde te houden, voelde hij zich vrij degenen die hem in het verleden hadden vernederd, kwaad te berokkenen. En ja hoor, 'Rino,' zo vertelde Pinuccia, 'is samen met Stefano gaan protesteren, maar zonder resultaat.' De Solara's hadden hen vanuit de hoogte behandeld, het waren mensen die gewend waren te doen waar ze zin in hadden, en daarom was het tijdens die ontmoeting bijna uitsluitend gepraat van één kant geweest. Ten slotte had Marcello met een nogal vage opmerking laten doorschemeren dat hij en zijn broer erover dachten om een hele Solara-lijn uit te brengen, gebaseerd op die proefschoen, maar met variaties. En daarna had hij er zonder duidelijk verband aan toegevoegd: 'Laten we maar afwachten hoe jullie nieuwe productie gaat lopen en of het de moeite waard is die op de markt te houden.' 'Begrijp je?' Ik had het begrepen. Marcello wilde een einde maken aan het merk Cerullo en het door Solara vervangen, en Stefano op die manier aanzienlijke financiële schade toebrengen. Ik moet weg uit de wijk, weg uit Napels, zei ik bij mezelf, wat kan hun gedonder mij schelen? Maar intussen vroeg ik: 'En Lina?'

Pinuccia's ogen lichtten fel op.

'Zij is nou precies het probleem.'

Lina had om dat gedoe gelachen. Als Rino en haar man zich kwaad maakten, plaagde ze hen: 'Jullie hebben hem die schoenen cadeau gegeven, ik niet; jullie hebben met de Solara's gehandeld, ik niet. Wat kan ik eraan doen dat jullie twee stomme zakken zijn?' Ze was irritant, het was niet duidelijk aan welke kant ze stond, die van haar familie of die van de Solara's. Toen Michele namelijk nog eens een keer nadrukkelijk zei dat hij haar op het piazza dei Martiri wilde, had zij zomaar ineens ja gezegd, en, sterker nog, ze had Stefano net zo lang het leven zuur gemaakt tot hij haar liet gaan.

'Waarom heeft Stefano in hemelsnaam toegegeven?' vroeg ik.

Pinuccia slaakte een lange, ongeduldige zucht. Stefano had toegegeven omdat hij hoopte dat Lila, aangezien Michele haar zo graag wilde en Marcello altijd een zwak voor haar had gehad, de zaak weer recht kon trekken. Maar Rino vertrouwde zijn zus niet, hij was bang, deed 's nachts geen oog dicht. Die oude schoen waarvan hij en Fernando hadden afgezien terwijl Marcello hem in zijn oorspronkelijke vorm had laten uitvoeren, viel in de smaak, werd goed verkocht. Wat zou er gebeuren als de Solara's rechtstreeks met Lila zouden gaan onderhandelen en als zij, kreng als ze vanaf haar geboorte was, nieuwe schoenen voor hen ging ontwerpen, nadat ze eerst had geweigerd dat voor de familie te doen?

'Dat gebeurt niet,' zei ik tegen Pinuccia.

'Heeft zij dat tegen je gezegd?'

'Nee, ik heb haar sinds de zomer niet meer gezien.'

'Nou dan?'

'Ik weet hoe ze in elkaar zit. Lina wordt nieuwsgierig naar iets en stort zich daar dan volledig in. Maar heeft ze eenmaal gedaan wat ze wilde doen, dan verdwijnt haar interesse en stopt ze ermee.'

'Weet je dat zeker?'

'Ja.'

Maria was blij met mijn woorden, ze klampte zich eraan vast om haar dochter te kalmeren.

'Heb je het gehoord?' zei ze. 'Het komt allemaal goed, Lenuccia weet wat ze zegt.'

Maar in feite wist ik niets, mijn minst betweterige kant was zich goed bewust van Lila's onberekenbaarheid, en daarom had ik haast om uit dat huis weg te komen. Wat heb ik met die kleingeestige verhalen te maken, dacht ik, met die kleine wraak van Marcello Solara, met die opwinding en bezorgdheid van iedereen om geld, auto's, huizen, om meubels, snuisterijen en vakanties? En hoe heeft Lila, na Ischia, na Nino, weer aan dat steekspel met die camorrakerels kunnen beginnen? Ik doe mijn eindexamen, doe mee aan een concours en win het. Ik ga weg uit dit walgelijke wereldje, zo ver mogelijk. En vertederd door het kind dat Maria nu in de armen had genomen, zei ik: 'Wat een mooi ventje!'

79

De drang was te groot. Ik wist het lang uit te stellen, maar bezweek ten slotte: ik vroeg Alfonso of we niet een keertje op een zondag uit konden gaan, hij, Marisa en ik. Alfonso was er blij mee, we gingen naar een pizzeria in de via Foria. Ik informeerde naar Lidia, naar de kinderen, vooral naar Ciro, en vroeg toen wat Nino uitvoerde. Marisa antwoordde met tegenzin, praten over haar broer maakte haar nerveus. Ze zei dat hij een lange periode van gekte had gehad en dat haar vader, die zij verafgoodde, het somber had ingezien. Nino had hem zelfs fysiek aangevallen. Wat die gekte had veroorzaakt, was nooit duidelijk geworden: hij wilde niet meer studeren, wilde weg uit Italië. En ineens was alles voorbij: Nino was weer net als vroeger en had ook weer tentamens gedaan.

'Dus hij maakt het goed?'

'Och...'

'Is hij tevreden?'

'Voor zover iemand als hij tevreden kan zijn.'

'Studeert hij alleen maar?'

'Bedoel je of hij een verloofde heeft?'

'Welnee, ik bedoel of hij uitgaat, zich amuseert, gaat dansen.'

'Wat weet ik daarvan, Lenù! Hij is altijd op pad. Nu is het een en al film, romans en kunst waar hij mee bezig is, en de zeldzame keren dat hij thuis langskomt, gaat hij onmiddellijk met papa in discussie, alleen maar om hem te kunnen kwetsen en ruzie met hem te maken.'

Ik voelde me opgelucht omdat Nino weer tot bezinning was gekomen, maar werd ook verdrietig. Film, romans, kunst? Wat veranderen mensen toch snel van interesses en gevoelens! Goed geconstrueerde zinnen die door andere goed geconstrueerde zinnen worden vervangen, de tijd is alleen maar in schijn een stromen van samenhangende woorden, enzovoort, enzovoort. Ik voelde me dom, had mijn eigen interesses verwaarloosd om me aan te passen aan die van Nino. Accepteren wie je bent, dat moet je doen, laat ieder zijn eigen weg volgen. Ik hoopte alleen dat Marisa hem niet zou vertellen dat ze me had ontmoet en dat ik naar hem had gevraagd. Na die avond zei ik nooit meer iets over Nino of Lila, zelfs niet tegen Alfonso.

Ik sloot me nog meer op in mijn verplichtingen, verveelvoudigde ze om mijn dagen en nachten zo vol mogelijk te maken. Dat jaar studeerde ik als een bezetene, op een scrupuleuze manier, en accepteerde voor heel wat geld ook een nieuwe privéles. Ik hield me aan een ijzeren discipline, veel strenger dan die ik mezelf sinds mijn kinderjaren had opgelegd. Gescandeerde tijd, een rechte lijn van de vroege ochtend tot laat in de nacht. Vroeger was Lila er geweest, een lange, gelukkige omweg naar verrassende gebieden. Nu wilde ik alles wat in me zat er ook uit halen. Bijna negentien was ik, nooit zou ik meer van iemand afhankelijk zijn en nooit meer zou ik iemand missen.

Het laatste jaar gleed voorbij alsof het uit één dag bestond. Ik worstelde met astronomische geografie, met geometrie en trigonometrie. Het was een soort race om alles te weten te komen, terwijl het voor mij eigenlijk vaststond dat mijn ontoereikendheid deel uitmaakte van wie ik was en daarom niet te elimineren viel. Toch vond ik het fijn om te doen wat ik kon. Had ik geen tijd om naar de film te gaan? Dan leerde ik alleen de titels en de plots. Was ik nooit in het Archeologisch Museum geweest? Dan trok ik er snel een halve dag voor uit. Had ik de pinacotheek van Capodimonte nooit bezocht? Dan nam ik er een kijkje, twee uurtjes en dan weer weg. Kortom, ik had veel te veel te doen. Wat konden de schoenen en de winkel op het piazza dei Martiri me dan nog schelen! Ik ging er nooit heen.

Soms kwam ik Pinuccia tegen die uitgeput en met slepende tred Fernando voortduwde in zijn wandelwagen. Ik bleef even staan, luisterde afwezig naar haar klaagzang over Rino, over Stefano, over Lila, over Gigliola, over iedereen. Soms kwam ik Carmen tegen, steeds giftiger omdat het zo beroerd ging in de nieuwe kruidenierswinkel sinds Lila was vertrokken en haar aan de tirannie van Maria en Pinuccia had overgeleverd. Dan liet ik haar een paar minuten uitrazen door haar te laten vertellen over hoe ze Enzo Scanno miste, over hoe ze de dagen aftelde tot hij uit dienst kwam, over haar broer Pasquale, die zich met het werk in de bouw en zijn inspanningen voor de communistische partij uit de naad werkte. Soms kwam ik Ada tegen, die een grondige hekel aan Lila had gekregen, terwijl ze vol lof was over Stefano, met tederheid over hem sprak en niet alleen omdat hij haar salaris opnieuw had verhoogd, maar ook omdat hij een harde werker was, hulpvaardig voor iedereen, en omdat hij die vrouw, die hem als oud vuil behandelde, niet verdiende.

Van haar hoorde ik dat Antonio vanwege een zware zenuwinzinking vervroegd uit dienst was ontslagen.

'Hoe kan dat?'

'Je weet hoe hij is, en die inzinking had hij trouwens al met jou.'

Nare zin die me kwetste, ik probeerde er niet aan te denken. Op een zondag, midden in de winter, kwam ik Antonio toevallig tegen.

Ik herkende hem nauwelijks, zo mager was hij. Ik glimlachte naar hem, in de verwachting dat hij stil zou staan, maar hij leek me niet op te merken en liep voorbij. Ik riep hem. Met een ontredderde glimlach draaide hij zich om.

'Ciao, Lenù.'

'Ciao. Wat fijn om je te zien!'

'Vind ik ook.'

'Wat doe je op het moment?'

'Niets.'

'Ga je niet terug naar de garage?'

'Mijn baan is vergeven.'

'Je bent goed in je vak, je vindt vast ergens anders wel iets.'

'Nee, als ik me niet laat behandelen, lukt het me niet om te werken.'

'Wat had je?'

'Ik was bang.'

Zo zei hij het echt: 'Ik was bang.' Terwijl hij op een nacht in Cordenons wachtliep, had hij zich een spelletje herinnerd dat zijn vader – toen die nog leefde en hij zelf nog heel klein was – met hem speelde. Met een pen tekende zijn vader ogen en monden op de vijf vingers van zijn linkerhand en die liet hij dan praten en bewegen alsof het mensen waren. Het was zo'n leuk spel geweest dat de tranen hem in de ogen waren gesprongen bij de herinnering eraan. Maar die nacht al, tijdens het wachtlopen, had hij de indruk gehad dat zijn vaders hand in die van hem was gekropen en dat hij toen echte, heel kleine, maar volledig gevormde mensjes in zijn vingers had, die lachten en zongen. Daarom was hij bang geworden. Hij had tot bloedens toe met zijn hand tegen het wachthuisje geslagen, maar zijn vingers waren blijven lachen en zingen, zonder ook maar een moment op te houden. Hij had zich pas weer goed gevoeld toen zijn dienst erop zat en hij naar bed was gegaan. Een beetje rust en de volgende ochtend was het helemaal over. Maar hij was doodsbang gebleven dat die ziekte van zijn hand terug zou komen. En dat was inderdaad gebeurd, steeds vaker; zijn vingers waren ook overdag aan het lachen en zingen geslagen. Tot hij echt gek was geworden en ze hem naar de dokter hadden gestuurd.

'Nu is het over,' zei hij, 'maar het kan altijd terugkomen.'

'Zeg me hoe ik je kan helpen.'

Hij dacht er even over na, alsof hij echt een reeks mogelijkheden bestudeerde. Toen fluisterde hij: 'Niemand kan me helpen.'

Ik begreep meteen dat hij niets meer voor me voelde, ik was definitief uit zijn hoofd verdwenen. En daarom maakte ik er een gewoonte van om elke zondag onder zijn raam te gaan staan en hem te roepen. Dan wandelden we wat over de binnenplaats, praatten over koetjes en kalfjes en als hij zei dat hij er genoeg van had, zeiden we elkaar gedag. Soms kwam hij samen met een opzichtig opgemaakte Melina naar beneden en wandelden we gedrieën, hij, zijn moeder en ik. Soms voegden ook Ada en Pasquale zich bij ons en dan maakten we een langere wandeling; doorgaans praatten alleen wij drieën, Antonio zweeg. Kortom, het werd een rustige gewoonte. Samen met Antonio ging ik naar de begrafenis van Nicola Scanno, de groenten- en fruithandelaar, die plotseling aan een longontsteking overleed. Enzo kreeg verlof, maar arriveerde niet op tijd om hem nog in leven te zien. Samen gingen we ook Pasquale en Carmen, en hun moeder Giuseppina, troosten toen we hoorden dat hun vader, de ex-timmerman die don Achille had vermoord, in de gevangenis aan een hartinfarct was overleden. En we waren ook samen toen we hoorden dat don Carlo Resta, de handelaar in zeep en andere huishoudelijke artikelen, in zijn souterrain was doodgeknuppeld. We praatten er lang over, de hele wijk praatte erover, de kletspraatjes verspreidden waarheden en wrede fantasieën. Iemand vertelde dat de klappen niet afdoende waren geweest en dat er een vijl in zijn neus was gestoken. De misdaad werd toegeschreven aan een paar sociale mislukkelingen die de dagopbrengst hadden meegenomen. Maar later zei Pasquale dat hij geruchten had gehoord die volgens hem veel gegronder waren: don Carlo stond bij de moeder van de Solara's in het krijt omdat hij verslaafd was aan het kaarten en zich steeds tot haar wendde als hij speelschulden had.

'Nou en?' vroeg Ada, die altijd sceptisch reageerde als haar verloofde gewaagde veronderstellingen deed.

'Nou, hij wilde die woekeraarster niet geven wat hij haar schuldig was en toen hebben ze hem laten vermoorden.'

'Kom nou, jij altijd met je onzin.'

Waarschijnlijk overdreef Pasquale, maar ten eerste zijn ze er nooit achter gekomen wie don Carlo Resta had vermoord, en ten tweede waren het uitgerekend de Solara's die voor een habbekrats het souterrain met alles erop en eraan overnamen, ook al lieten ze don Carlo's vrouw en de oudste zoon de winkel runnen.

'Uit edelmoedigheid,' zei Ada.

'Omdat het klootzakken zijn,' zei Pasquale.

Ik herinner me niet of Antonio commentaar had op die gebeurtenis. Hij ging diep gebukt onder zijn ziekte, die door wat Pasquale zei in zekere zin erger werd. Hij had het idee dat het disfunctioneren van zijn lichaam zich over de hele wijk uitbreidde en zich in die nare gebeurtenissen manifesteerde.

Wat voor ons het ergste was, gebeurde op een zoele zondag in de lente, toen hij, Pasquale, Ada en ik beneden op de binnenplaats op Carmela stonden te wachten die naar boven was gegaan om een vestje te halen. Er waren vijf minuten verstreken toen Carmen aan het open raam verscheen. Ze riep tegen haar broer: 'Pasquà, ik kan mama niet vinden! De wc-deur is van binnen op slot, maar ze geeft geen antwoord.'

Pasquale vloog met twee treden tegelijk de trap op, en wij achter hem aan. Carmela stond ongerust voor de wc-deur. Gegeneerd en beleefd klopte Pasquale er een paar keer op, maar er kwam echt geen reactie. Toen zei Antonio tegen zijn vriend, terwijl hij op de deur wees: 'Maak je geen zorgen, ik repareer hem wel weer', en hij greep de klink en rukte eraan.

De deur vloog open. Giuseppina Peluso was een stralende, energieke vrouw geweest, een harde werkster, beminnelijk, tegen alle tegenslagen bestand. Ze was zich altijd blijven bekommeren om haar man die in de gevangenis zat en tegen wiens arrestatie – herinnerde ik me – zij zich uit alle macht had verzet, toen hij van de moord op don Achille Carracci werd beschuldigd. Vier jaar geleden had ze Stefano's uitnodiging om samen Oud en Nieuw te vieren na rijp beraad aanvaard. Ze was met haar kinderen naar het feest gegaan, verheugd over die verzoening tussen de families. En ze was blij geweest toen haar dochter dankzij Lila werk had gevonden in de kruidenierswinkel van de nieuwe wijk. Maar nu, na de dood van haar man, was ze kennelijk uitgeput, in korte tijd was ze een minuscuul vrouwtje geworden, vel over been en zonder haar vroegere energie. Ze had de lamp van de wc – een metalen bord aan een ketting – losgehaakt, een waslijn aan de haak in het plafond bevestigd en zich verhangen.

Antonio zag haar als eerste en barstte in huilen uit. Het was makkelijker om Giuseppina's kinderen, Carmen en Pasquale, te troosten dan hem. Vol afschuw zei hij steeds: 'Heb je gezien dat ze blote voeten had, dat haar nagels lang waren en dat er op die van de ene voet verse rode nagellak zat en op die van de andere niet?' Het was mij niet opgevallen, maar hem wel. Toen hij uit dienst kwam, was hij er in weerwil van zijn ziekte nog meer dan vroeger van overtuigd geweest dat het zijn taak was een man te zijn die zonder angst als eerste het gevaar te lijf gaat en alle problemen weet op te lossen. Maar hij was kwetsbaar. Na die gebeurtenis zag hij Giuseppina wekenlang in alle donkere hoekjes van zijn huis en was hij er nog slechter aan toe, reden voor mij om enkele van mijn verplichtingen te verwaarlozen om hem te kunnen helpen weer rustig te worden. Hij was de enige persoon in de wijk met wie ik tot aan het eindexamen min of meer regelmatig omging. Lila zag ik daarentegen maar één keer, vanuit de verte, naast haar man, bij de begrafenis van Giuseppina, terwijl ze een snikkende Carmen tegen zich aan drukte. Zij en Stefano hadden een grote bloemenkrans gestuurd. Op het paarsige lint stond: CONDOLEANCES VAN DE HEER EN MEVROUW CARRACCI.

80

Het kwam niet door het eindexamen dat er een eind kwam aan mijn ontmoetingen met Antonio. Die twee dingen vielen uiteindelijk samen, omdat hij precies in die tijd nogal opgelucht naar me toe kwam om me te vertellen dat hij werk had aangenomen voor de broers Solara. Dat beviel me niet, het leek me opnieuw een teken van zijn ziekte. Hij haatte de Solara's. Als jochie had hij met hen gevochten om zijn zusje te verdedigen. Hij, Pasquale en Enzo hadden Marcello en Michele afgetuigd en hun Millecento vernield. Maar het belangrijkste was dat hij het met mij had uitgemaakt omdat ik Marcello was gaan vragen om hem te helpen vrijstelling van dienst te krijgen. Waarom had hij dan nu zo diep voor hen gebogen? De verklaringen die hij me gaf klonken verward. Hij zei dat hij in dienst had geleerd dat je als je maar een gewone soldaat bent, iedere militair die strepen draagt moet gehoorzamen. Hij zei dat orde beter is dan wanorde. Hij zei dat hij had geleerd hoe je iemand van achteren nadert en hem vermoordt zonder dat de persoon in kwestie je heeft horen aankomen. Ik begreep dat zijn ziekte ermee te maken had, maar dat armoede het echte probleem was. Hij was naar het café gegaan om te vragen of ze werk voor hem hadden. Daar had Marcello eerst een poosje denigrerend tegen hem staan praten, maar later had hij hem zo- en zoveel per maand aangeboden. Zo zei hij het. Over het soort werk was echter niet gesproken, Antonio moest alleen maar ter beschikking staan.

'Ter beschikking staan?'

'Ja.'

'Ter beschikking waarvoor?'

'Dat weet ik niet.'

'Laat ze stikken, Antò.'

Hij liet ze niet stikken. En vanwege die positie van afhankelijkheid van de Solara's kreeg hij ten slotte ruzie met zowel Pasquale als Enzo, die inmiddels uit dienst was, zwijgzamer en onbuigzamer dan voorheen. Geen van beiden konden ze Antonio zijn keuze vergeven, daar veranderde zijn ziekte niets aan. Vooral Pasquale niet. Al was hij dan met Ada verloofd, het verhinderde hem niet Antonio te bedreigen, en hij zei tegen hem dat hij hem, zwager of niet, nooit meer wilde zien.

Ik onttrok me haastig aan de discussies daarover en concentreerde me op het eindexamen. Onder het studeren, dag en nacht, soms door hitte bevangen, kwamen er af en toe herinneringen in me op aan de vorige zomer, vooral aan juli, voordat Pinuccia vertrok, toen Lila, Nino en ik een gelukkig trio vormden, of tenminste, dat idee had ik. Maar elk beeld, en zelfs de zwakste echo van een zin, drong ik terug: ik mocht me op geen enkele manier laten afleiden.

Het examen was een beslissend moment in mijn leven. In een paar uur schreef ik een verhandeling over de rol van de natuur in de poëtica van Giacomo Leopardi, die ik lardeerde met verzen die ik uit mijn hoofd kende en fraaie bewerkingen van stukken uit het Italiaanse literatuurgeschiedenisboek. Maar het belangrijkste was dat ik mijn Latijnse en Griekse vertaling al inleverde toen de anderen, Alfonso inbegrepen, er nog maar net aan waren begonnen. Dat trok de aandacht van de examinatoren, vooral van een oude, broodmagere lerares die gekleed ging in een roze mantelpak en hemelsblauw haar had dat eruitzag alsof ze net bij de kapper was geweest. Ze glimlachte voortdurend tegen me. Maar de echte ommekeer kwam bij het mondeling. Ik werd door alle leraren geprezen, maar kreeg vooral bijval van de examinatrice met het blauwe haar. Mijn uitwerking van het onderwerp had haar getroffen, niet alleen door wat ik te zeggen had, maar ook door de manier waarop ik dat had gedaan.

'U schrijft erg goed,' zei ze met een accent dat ik niet kon plaatsen, maar dat in elk geval heel ver van het Napolitaanse af stond.

'Dank u wel.'

'Vindt u echt dat niets tot blijven bestemd is, zelfs poëzie niet?'

'Dat denkt Leopardi.'

'Weet u dat zeker?'

'Ja.'

'En wat denkt u zelf?'

'Ik denk dat schoonheid bedrog is.'

'Zoals de tuin bij Leopardi?'

Ik wist niets van tuinen bij Leopardi, maar antwoordde: 'Ja. Zoals de zee op een heldere dag. Of een zonsondergang. Of zoals de hemel 's nachts. Schoonheid is als een laagje poeder over iets afgrijselijks. Als je het wegneemt, rest ons slechts ontzetting.'

De zinnen rolden uit mijn mond, ik sprak ze bezield uit. Ik improviseerde overigens niet, het werd een mondelinge samenvatting, met kleine aanpassingen, van wat ik in mijn verhandeling had geschreven.

'Welke faculteit bent u van plan te kiezen?'

Ik wist weinig of niets van faculteiten, ik kende het woord, maar niet de precieze betekenis. Ik ontweek de vraag.

'Ik ga aan een paar concoursen meedoen.'

'Gaat u niet naar de universiteit?'

Mijn wangen gloeiden, alsof ik een gevoel van schuld niet wist te verbergen.

'Nee.'

'Is het voor u noodzakelijk om te gaan werken?'

'Ja.'

Ik mocht gaan, ging terug naar Alfonso en de anderen. Maar even later kwam die lerares in de gang naar me toe, ze had het uitgebreid over een soort kostschool in Pisa waar je, na een examen zoals ik zojuist had afgelegd, gratis kon studeren.

'Als u over een paar dagen terugkomt, geef ik u alle informatie die u nodig hebt.'

Ik luisterde wel, maar op een manier alsof het ging over iets waarmee ik nooit werkelijk te maken zou krijgen. Toen ik twee dagen later echter terugkwam op school – alleen maar uit angst dat die lerares zich beledigd zou voelen als ik niet verscheen en ze me een laag punt zou geven – was ik onder de indruk van de zeer nauwkeurige informatie die ze voor mij op een foliovel had geschreven. Ik heb haar daarna nooit meer ontmoet, ik weet niet eens hoe ze heette, en toch heb ik heel veel aan haar te danken. Ze was steeds u tegen me blijven zeggen, maar bij het afscheid omhelsde ze me ingetogen, maar wel of het vanzelfsprekend was.

De examens waren voorbij, ik was geslaagd met een negen gemiddeld. Ook Alfonso was er goed doorheen gekomen: hij had een zeven gemiddeld. Voordat ik, zonder er rouwig om te zijn, voor altijd het grijze, haveloze gebouw verliet dat in mijn ogen als enige verdienste had dat het ook door Nino was bezocht, zag ik in de verte mevrouw Galiani. Ik liep naar haar toe om haar gedag te zeggen. Ze feliciteerde me met het uitstekende resultaat, maar zonder enthousiasme. Ze bood me geen boeken aan voor de zomer, ze vroeg me niet wat ik zou gaan doen nu ik mijn gymnasiumdiploma had gehaald. Haar afstandelijke toon ergerde me, omdat ik in de veronderstelling verkeerde dat het weer goed was tussen ons. Waar lag het probleem? Werd ik toen Nino eenmaal met haar dochter had gebroken en geen teken van leven meer had gegeven voor altijd met hem vereenzelvigd, was ik voor haar ook zo'n jong iemand, nogal oppervlakkig, weinig serieus, onbetrouwbaar? Gewend als ik was om door iedereen sympathiek gevonden te worden en die sympathie als een fonkelend harnas te dragen, stelde het me teleur, en ik geloof dat haar desinteresse een belangrijke rol heeft gespeeld bij de beslissing die ik vervolgens nam. Zonder er met iemand over te praten (wie anders dan la Galiani kon ik om raad vragen?) schreef ik me in voor die universiteit in Pisa, de Normale. Vanaf dat moment stelde ik alles in het werk om aan geld te komen. Aangezien de chique families tevreden waren geweest over de lessen die ik hun kinderen het afgelopen schooljaar had gegeven, en mijn faam als bekwaam lerares zich had verspreid, vulde ik de dagen van augustus met het geven van bijles aan een aanzienlijk aantal nieuwe leerlingen, kinderen die in september herexamen moesten doen in Latijn, Grieks, geschiedenis, filosofie, en zelfs in wiskunde. Aan het eind van de maand ontdekte ik dat ik rijk was: ik had zeventigduizend lire verdiend. Daarvan gaf ik er vijftigduizend aan mijn moeder, die met een woest gebaar reageerde, me al dat geld bijna uit de hand rukte en het in haar bh stak alsof we niet in onze eigen keuken stonden maar op straat, bang om bestolen te worden. Ik vertelde haar niet dat ik twintigduizend lire voor mezelf had gehouden.

Pas op de dag voor mijn vertrek vertelde ik mijn familie dat ik naar Pisa moest om toelatingsexamen te doen. 'Als ze me aannemen,' kondigde ik aan, 'ga ik daar studeren zonder dat het ook maar een cent kost.' Ik praatte heel gedecideerd, in het Italiaans, alsof het om een onderwerp ging dat niet in het dialect was uit te leggen, alsof mijn vader, mijn moeder en mijn broertjes en zusje niet mochten en niet konden begrijpen wat ik op het punt stond te gaan doen. En inderdaad, ze beperkten zich tot een ongemakkelijk luisteren. Ik kreeg de indruk dat ze me als iemand anders zagen, een vreemdeling die op een ongeschikt moment op bezoek was gekomen. Uiteindelijk zei mijn vader: 'Doe wat je goeddunkt, maar denk eraan, wij kunnen je niet helpen', en toen ging hij naar bed. Mijn kleine zusje vroeg of ze met me mee mocht. Mijn moeder daarentegen zei niets, maar voor ze verdween, liet ze een briefje van vijfduizend lire op tafel achter. Ik staarde er lang naar zonder het briefje aan te raken. Maar toen overwon ik het schuldgevoel dat ik had omdat ik toegaf aan mijn grillen en daardoor geld verkwistte. Het is mijn geld, dacht ik, en ik pakte het.

Voor het eerst begaf ik me buiten Napels, buiten Calabrië. Ik ontdekte dat ik bang was voor alles: bang om de verkeerde trein te nemen, bang om te moeten plassen en niet te weten waar ik dat kon doen, bang dat ik me als het donker werd niet zou kunnen oriënteren in een vreemde stad, bang om bestolen te worden. Ik stopte mijn geld in mijn bh, zoals mijn moeder dat deed, en bracht uren door in een waakzame spanning die zonder onderbreking gepaard ging met een groeiend gevoel van bevrijding.

Alles ging prima. Behalve het examen, leek me. De lerares met het blauwe haar had me niet verteld dat het veel moeilijker zou zijn dan het eindexamen. Vooral Latijn vond ik erg ingewikkeld, maar dat was in feite alleen maar de hoogste piek. Elke test bleek aanleiding voor een uiterst gedetailleerd onderzoek naar mijn kennis. Ik bazelde, stamelde, deed vaak of het antwoord op het puntje van mijn tong lag. De hoogleraar Italiaans behandelde me alsof zelfs de klank van mijn stem hem hinderde: 'U, juffrouw, u fladdert maar wat in plaats van een strakke lijn te volgen'; 'Ik merk, juffrouw, dat u zich roekeloos op kwesties stort waarvan de problematiek inzake kritische aanpak u totaal vreemd is.' Ik raakte ontmoedigd, verloor al snel het vertrouwen in wat ik zei. De professor merkte het en terwijl hij me met een ironische blik aankeek, vroeg hij me iets te vertellen over wat ik recentelijk had gelezen. Hij bedoelde iets van een Italiaanse auteur, vermoed ik, maar ik begreep het niet en klampte me daarom vast aan de eerste de beste strohalm die me betrouwbaar leek, dat wil zeggen, aan de discussie die we vorige zomer op het Citarastrand op Ischia hadden gevoerd, over Beckett en Dan Rooney, die hoewel hij al blind was ook nog doof en stom wilde worden. De ironische uitdrukking op het gezicht van de professor veranderde langzaam in een perplexe grijns. Hij onderbrak me al snel en droeg me over aan de hoogleraar geschiedenis. Die deed niet voor hem onder. Hij onderwierp me aan een eindeloze, uitputtende reeks uiterst precies geformuleerde vragen. Nooit eerder had ik me zo onwetend gevoeld, zelfs niet in mijn slechtste schooljaren, toen ik me van zo'n abominabele kant had laten zien. Ik wist op alles te antwoorden, data, feiten, maar steeds onnauwkeurig. Zodra hij me in de hoek dreef met nog stringentere vragen ging ik door de knieën. Ten slotte vroeg hij vol afkeer: 'Hebt u ooit iets anders gelezen dan een simpel schoolboek?'

Ik antwoordde: 'Ik heb het begrip natie bestudeerd.'

'Herinnert u zich de auteur van dat boek?'

'Federico Chabod.'

'Laten we eens horen wat u daarvan hebt begrepen.'

Hij luisterde een paar minuten aandachtig en stuurde me toen abrupt weg.

Ik wist zeker dat ik onzin had verteld.

Ik huilde lang, alsof ik door slordigheid ergens het meest veelbelovende deel van mezelf had verloren. Maar toen hield ik mezelf voor dat het stom was om zo wanhopig te zijn, ik wist toch altijd al dat ik niet echt knap was, Lila, ja, die was knap, en Nino, hij ook. Ik had het alleen maar hoog in mijn bol en was terecht gestraft.

Maar ik bleek toch voor het examen geslaagd te zijn. Ik zou een eigen plek krijgen, een echt bed dat ik niet 's avonds in elkaar hoefde te zetten om het 's morgens weer af te breken, een bureau en alle boeken die ik nodig had. Ik, Elena Greco, dochter van een conciërge, stond op het punt me aan de wijk te ontworstelen, Napels te verlaten. Alleen.

81

Er brak een reeks van onrustige dagen aan. Weinig kleren om mee te nemen en nog minder boeken. De chagrijnige opmerkingen van mijn moeder: 'Als je geld verdient, stuur het me dan per post. Wie helpt je broertjes en zusje nu met hun huiswerk? Het gaat vast niet goed met ze op school, door jouw schuld. Vooruit, vertrek maar, wie kan dat wat verrekken: ik heb altijd geweten dat je je boven mij en ons allemaal verheven voelt.' En dan de zwartgallige woorden van mijn vader: 'Ik heb pijn hier, god weet wat het is, kom eens bij papa, Lenù, want ik weet niet of je me nog levend aantreft als je terugkomt.' En het steeds maar vragen van mijn broertjes en mijn zusje: 'Als we je komen opzoeken, mogen we dan bij jou slapen? Mogen we samen met jou eten?' En Pasquale die tegen me zei: 'Pas op voor wat al dat studeren met je doet, Lenù. Vergeet niet wie je bent en aan welke kant je staat.' En Carmen, nog steeds niet over de schok van haar moeders dood heen en fragiel, die naar me zwaaide en begon te huilen. En verder Alfonso, die stomverbaasd was en mompelde: 'Ik wist dat je zou doorstuderen.' En Antonio, die in plaats van te luisteren naar wat ik vertelde over waar ik heen ging en wat ik ging doen, een paar keer tegen me zei: 'Ik voel me nu echt weer goed, Lenù, het is helemaal over, het kwam door die dienst, daar kon ik niet tegen.' En Enzo, die me alleen maar een hand gaf, maar zo hard kneep dat ik het dagen later nog voelde. En ten slotte Ada, die alleen maar vroeg: 'Heb je het Lina verteld, zeg eens, heb je het haar verteld?' Ze lachte even en drong aan: 'Vertel het haar, dan stikt ze van jaloezie.'

Ik veronderstelde dat Lila het al wel van Alfonso zou hebben gehoord, of van Carmen, of van haar eigen man, aan wie Ada vast en zeker had verteld dat ik op het punt stond naar Pisa te vertrekken. Als ze me niet komt feliciteren, bedacht ik, zit het nieuws haar waarschijnlijk echt dwars. Maar aan de andere kant, stel dat ze er niets van wist, dan leek het me, nu we elkaar al een jaar lang amper gegroet hadden, misplaatst om het haar persoonlijk te gaan vertellen. Ik wilde haar niet rechtstreeks confronteren met geluk dat zij niet had gehad. Ik liet het er dus maar bij en wijdde me aan de laatste dingen die ik nog moest doen voor mijn vertrek. Ik schreef Nella wat me was overkomen en vroeg haar om het adres van juffrouw Oliviero, die ik het ook wilde laten weten. Ik ging op bezoek bij een neef van mijn vader die me een oude koffer had beloofd. En ook maakte ik een rondje langs enkele huizen waar ik kinderen les had gegeven en nog geld tegoed had.

Het leek me een mooie gelegenheid voor een soort afscheid van Napels. Ik stak de corso Garibaldi over, liep de via dei Tribunali af. Op het piazza Dante nam ik een bus. Ik ging bij Vomero omhoog, eerst naar de via Scarlatti, daarna naar La Santarella. Toen met de kabelbaan naar beneden naar het piazza Amedeo. De moeders van mijn leerlingen vonden het allen spijtig dat ik vertrok, en in een enkel geval werd ik zelfs met genegenheid ontvangen. Ze overhandigden me het geld, maar daarnaast werd er ook koffie aangeboden en kreeg ik bijna altijd een cadeautje. Toen ik klaar was met mijn rondje, realiseerde ik me dat ik me niet ver van het piazza dei Martiri bevond.

Aarzelend liep ik de via Filangieri in. Ik moest weer aan de opening van de schoenwinkel denken, aan Lila, gekleed als een chique dame, en aan hoe bang ze plotseling was geweest dat ze niet echt was veranderd, dat ze niet even elegant was als de meisjes in die buurt. Maar ik, dacht ik, ik ben wel echt veranderd. Ik heb nog steeds dezelfde vodden aan, maar ik heb een gymnasiumdiploma en sta op het punt om in Pisa te gaan studeren. Uiterlijk ben ik niet veranderd, maar innerlijk wel. Het uiterlijk komt snel genoeg en dan zal het echt zijn, geen schijn.

Die gedachte, die constatering maakte me blij. Ik bleef voor de etalage van een opticien staan, bekeek de monturen. Ja, ik zal een andere bril moeten nemen, deze verbergt mijn gezicht te veel, ik heb een lichter montuur nodig. Ik zag er een met grote ronde glazen en dunne randen. En mijn haren opsteken. Mezelf leren opmaken. Ik liet de etalage achter me en liep naar het piazza dei Martiri.

Op dat uur van de dag was bij veel winkels het rolluik half naar beneden, dat van de Solara's was voor driekwart neergelaten. Ik keek om me heen. Wat wist ik van Lila's nieuwe gewoonten? Niets. Toen ze in de nieuwe kruidenierswinkel werkte, ging ze in de lunchpauze niet naar huis, ook al woonde ze vlakbij. Ze at iets in de winkel, samen met Carmen, of kletste met mij, de keren dat ik na school bij haar langsging. Nu ze op het piazza dei Martiri werkte, was het nog onwaarschijnlijker dat ze naar huis ging om te lunchen, dat was zinloze moeite, afgezien nog van het feit dat er niet genoeg tijd voor was. Misschien zat ze in een café, misschien maakte ze samen met het winkelmeisje, dat ze zeker had, een wandelingetje over de boulevard. Of misschien was ze binnen aan het uitrusten. Ik sloeg met volle hand tegen het rolluik. Geen reactie. Ik deed het nog eens. Niets. Ik riep, hoorde voetstappen binnen, Lila's stem die vroeg: 'Wie is daar?'

'Elena.'

'Lenù!' hoorde ik haar uitroepen.

Ze trok het rolluik op en daar stond ze. Ik had haar al een hele tijd niet gezien, zelfs niet in de verte, en ze leek me veranderd.

Ze droeg een wit bloesje en een strakke, donkerblauwe rok en was zoals altijd zorgvuldig gekapt en opgemaakt. Maar haar gezicht was als het ware breder en platter geworden, haar hele lichaam leek me breder en platter. Ze trok me naar binnen en liet het rolluik weer neer. De weelderig verlichte ruimte was helemaal veranderd, leek echt een salon, geen schoenwinkel. Ze zei, en haar toon was zo oprecht dat ik haar geloofde: 'Wat is jou iets geweldigs overkomen, Lenù, en wat ben ik blij dat je me gedag komt zeggen.' Ze wist van Pisa, natuurlijk. Ze sloeg haar armen strak om me heen, gaf me twee dikke kussen op mijn wangen, haar ogen vulden zich met tranen, en ze zei nog eens: 'Ik ben er echt blij om.' Toen riep ze in de richting van de wc-deur: 'Kom maar, Nino, je kunt eruit, het is Lenuccia.'

De adem stokte me in de keel. De deur ging open en daar was Nino echt, in zijn bekende houding: gebogen hoofd en handen in de zakken. Maar zijn gezicht was verkrampt van de spanning. 'Ciao,' mompelde hij. Ik wist niet wat ik moest zeggen en stak hem mijn hand toe. Hij drukte hem slapjes. Intussen begon Lila me in kort bestek veel belangrijks te vertellen: ze ontmoetten elkaar stiekem, al bijna een jaar; omdat ze dacht dat het beter voor me was, had ze besloten me niet langer te betrekken bij bedrog dat ook mij ellende zou brengen als het werd ontdekt; ze was twee maanden zwanger, stond op het punt Stefano alles te bekennen en wilde bij hem weg.

82

Lila praatte op een toon die ik goed van haar kende, de toon waarmee ze alle emotie probeerde uit te bannen. Ze beperkte zich ertoe snel en bijna met zelfverachting op te sommen wat er allemaal was gebeurd en wat ze allemaal had gedaan, alsof ze bang was dat wanneer ze zich ook maar één trilling van haar stem of van haar onderlip zou toestaan, de contouren weg zouden vallen en alles zou overstromen en zij in die stroom zou worden meegesleurd. Nino zat met gebogen hoofd op de divan en knikte hoogstens af en toe instemmend. Ze hielden elkaars hand vast.

Ze zei dat ze aan die ontmoetingen in de winkel, waarbij ze duizend angsten hadden uitgestaan, een einde wilde maken sinds ze een urineonderzoek had gedaan waaruit was gebleken dat ze zwanger was. Nu hadden zij en Nino een eigen huis nodig, een eigen leven. Ze wilde vriendschappen, boeken, lezingen, films, theater, muziek met hem delen. 'Ik kan er niet meer tegen,' zei ze, 'om gescheiden te leven.' Ze had ergens wat geld verstopt en was in onderhandeling over een klein appartement in Campi Flegrei, twintigduizend lire per maand. Daar zouden ze zich in afwachting van de geboorte van het kind verstoppen.

Hoe? Zonder werk? Terwijl Nino moest studeren?

Ik kon me niet inhouden en zei: 'Waarom moet je zo nodig bij Stefano weg? Je kunt goed liegen, dat heb je al zo vaak tegen hem gedaan, dat kun je prima blijven doen.'

Ze keek me met samengeknepen ogen aan. Ik zag dat ze het sarcasme, de afkeer en ook de minachting die achter de schijn van het vriendschappelijke advies in mijn woorden besloten lagen, duidelijk had gehoord. Ze had bovendien gemerkt dat Nino plotseling zijn hoofd had opgeheven, zijn mond had geopend alsof hij iets wilde zeggen, maar zich inhield om discussies te vermijden.

'Ik moest wel leugens vertellen om niet vermoord te worden. Maar nu laat ik me liever vermoorden dan dat ik op deze manier doorga,' ketste ze terug.

Toen ik ze gedag zei en hen alle goeds wenste, hoopte ik hen nooit meer te zien. Omdat dat beter voor me was.

83

De jaren aan de Normale waren belangrijk, maar niet voor de geschiedenis van onze vriendschap. Een en al verlegenheid en onhandigheid kwam ik op het internaat aan. Ik realiseerde me meteen dat ik boeken-Italiaans sprak dat soms aan het belachelijke grensde, vooral als ik midden in een bijna té verzorgde volzin niet op een woord kon komen en ik de leegte vulde met een veritaliaanst woord uit het dialect. Ik begon mijn best te doen om mezelf te corrigeren. Ik wist niets of bijna niets van fatsoensregels, praatte veel te hard, smakte tijdens het eten. Het ontging me niet dat de anderen zich ongemakkelijk voelden in mijn bijzijn en ik probeerde me in te houden. Door mijn verlangen om een aardige en hartelijke indruk te maken onderbrak ik gesprekken, gaf ik mijn mening over zaken die me niet aangingen, gedroeg ik me te familiair: ik deed mijn best om vriendelijk en toch afstandelijk te zijn. Toen ik eens iets vroeg – wat herinner ik me niet meer – gaf een meisje uit Rome antwoord, en parodieerde daarbij mijn tongval. Iedereen lachte. Ik voelde me gekwetst, maar reageerde met een lach en legde nog wat extra nadruk op mijn accent, alsof ik vrolijk met mezelf spotte.

De eerste weken bestreed ik mijn verlangen om terug naar huis te gaan door me in mijn normale zachtmoedige bescheidenheid op te sluiten. Maar van daarbinnen uit begon ik op te vallen en langzaam maar zeker begon men mij aardig te vinden. Zonder dat het me moeite leek te kosten kwam ik bij studenten, conciërges en professoren in de gunst. In werkelijkheid deed ik mijn uiterste best daarvoor. Ik leerde mijn stem en mijn gebaren beheersen. Ik maakte me een reeks geschreven en ongeschreven gedragsregels eigen. Ik probeerde mijn Napolitaanse accent zo veel mogelijk in bedwang te houden. Het lukte me te bewijzen dat ik goed was en achting verdiende, maar zonder ooit een trotse toon aan te slaan, en te doen of ik zelf verbaasd was over mijn goede resultaten. En bovenal zorgde ik ervoor geen vijanden te maken. Als een van de meisjes zich vijandig gedroeg, concentreerde ik mijn aandacht op haar, was ik hartelijk en tegelijkertijd discreet, hulpvaardig, maar niet overdreven, en ik veranderde niet van houding als ze vriendelijker werd en zij míj opzocht. Hetzelfde deed ik met de professoren. Natuurlijk gedroeg ik me tegenover hen voorzichtiger, maar het doel was hetzelfde: hun waardering, sympathie en genegenheid winnen. Met vriendelijke glimlachjes en een toegewijde houding draaide ik om de strengste en meest afstandelijke professoren heen.

Ik legde regelmatig examens af en studeerde met mijn gebruikelijke wrede zelfdiscipline. Ik werd doodsbang als ik eraan dacht dat ik misschien slechte resultaten zou behalen en zou verliezen wat me ondanks de moeilijkheden van meet af aan het aards paradijs had geleken: een eigen ruimte, een eigen bed, een eigen bureau, een eigen stoel, boeken, boeken en nog eens boeken, een stad die de tegenpool was van Napels en mijn wijk, alleen maar mensen om me heen die studeerden en bereid waren te discussiëren over wat ze bestudeerden. Ik deed zo koppig mijn best dat geen enkele docent me ooit minder dan dertig gaf en binnen een jaar werd ik zo'n studente die ze veelbelovend noemen, en wier respectvolle knikje je met een hartelijke groet kon beantwoorden.

Er waren maar twee echt moeilijke momenten, beide in de eerste maanden. Het meisje uit Rome dat met mijn accent had gespot, viel op een ochtend tegen me uit, schreeuwde in aanwezigheid van andere studentes dat er geld uit haar tas was verdwenen en dat ik het onmiddellijk terug moest geven, anders meldde ze het aan de directrice. Ik begreep dat ik niet met een toegeeflijk glimlachje kon reageren. Ik gaf haar een fikse klap en schold haar heftig uit, in het dialect. Iedereen schrok. Ik stond bekend als iemand die onder alle omstandigheden rustig bleef, en mijn reactie verwarde hen. Het meisje uit Rome was met stomheid geslagen, ze depte haar neus waar bloed uit druppelde, een vriendin liep met haar naar de wc. Een paar uur later kwamen ze samen naar me toe en het meisje dat me ervan had beschuldigd een dievegge te zijn excuseerde zich, ze had haar geld teruggevonden. Ik sloeg mijn armen om haar heen en zei dat haar excuus me oprecht leek, wat ik ook echt dacht. Ik had nooit geleerd me te excuseren, ook niet als daar reden toe was.

De andere ernstige moeilijkheid deed zich voor toen het inauguratiefeest in zicht kwam, dat kort voor de kerstvakantie gehouden zou worden. Het was een soort debutantenbal waaraan eigenlijk niet te ontkomen was. De meisjes praatten over niets anders: alle jongens van het piazza dei Cavalieri zouden komen. Het was een belangrijk moment voor de meisjes en de jongens van beide afdelingen om elkaar een beetje beter te leren kennen. Ik had niets om aan te trekken. Het was koud die herfst, het sneeuwde vaak en ik was verrukt van de sneeuw. Maar ik ontdekte ook hoe hinderlijk bevroren straten konden zijn, dat handen zonder handschoenen gevoelloos werden en voeten wintertenen kregen. Mijn garderobe bestond uit twee winterjurken die mijn moeder een paar jaar tevoren had gemaakt, een versleten jas die ik van een tante had geërfd, een grote blauwe sjaal die ik zelf had gebreid en één enkel paar schoenen, meerdere keren verzoold, met een laag hakje. Ik had al genoeg problemen en wist echt niet wat ik met dat feest aan moest. Mijn medestudentes vragen? De meesten van hen lieten speciaal voor die gelegenheid een nieuwe jurk maken en waarschijnlijk was er tussen hun gewone kleding wel iets te vinden waarmee ik voor de dag kon komen. Maar na mijn ervaringen met Lila kon ik het idee niet verdragen dat ik kleren van de anderen zou proberen om dan te ontdekken dat ze me niet stonden. Doen of ik ziek was dan? Ik neigde naar deze oplossing, maar werd al neerslachtig bij het idee: gezond zijn, dolgraag een Natasja op het bal met prins Andrej of met Koeragin willen zijn, maar in plaats daarvan in mijn eentje naar het plafond liggen staren terwijl de muziek, het stemmengeruis en het gelach tot me doordrongen... Uiteindelijk maakte ik een keuze die waarschijnlijk vernederend was, maar waar ik zeker geen spijt van zou krijgen: ik waste mijn haren, stak ze op, deed een beetje lippenstift op en trok een van mijn twee jurken aan, een jurk die als enige voordeel had dat hij donkerblauw was.

Ik ging naar het feest en in het begin voelde ik me ongemakkelijk.

Dat mijn kleding geen afgunst wekte, was een pluspunt, sterker nog, het riep bij de anderen schuldgevoelens op die weer leidden tot solidariteit. Want veel meisjes die ik kende en die me wel mochten, hielden me gezelschap en de jongens vroegen me vaak ten dans. Ik vergat mijn kleren en zelfs de staat van mijn schoenen. Bovendien leerde ik uitgerekend die avond Franco Mari kennen, een nogal lelijke jongen, maar heel leuk, brutaal, met een scherp verstand en een gat in zijn hand, een jaar ouder dan ik. Hij kwam uit een zeer welgestelde familie uit Reggio Emilia, was actief lid van de communistische partij, maar stond kritisch tegenover de sociaal-democratische tendens van zijn partij. Met hem bracht ik op een aangename manier een groot deel van mijn heel schaarse vrije tijd door. Hij gaf me van alles: kleren, schoenen, een nieuwe jas, een bril die me mijn ogen en mijn hele gezicht teruggaf, boeken over politieke cultuur – de cultuur die hem het meest bezighield. Van hem hoorde ik verschrikkelijke dingen over het stalinisme en hij spoorde me aan om de boeken van Trotski te lezen, waaraan hij zijn antistalinistische gevoeligheid te danken had en de overtuiging dat er in de Sovjet-Unie geen socialisme bestond, en zeker geen communisme: de revolutie was onderbroken en moest weer op gang worden gebracht.

Op zijn kosten maakte ik ook mijn eerste reis naar het buitenland. We gingen naar Parijs, naar een congres van jonge communisten uit heel Europa. Maar van Parijs zag ik weinig, we brachten al onze tijd in rokerige ruimtes door. Wat me van de stad is bijgebleven is dat de straten veel kleurrijker waren dan in Napels en Pisa, en verder het hinderlijke geloei van de sirenes van politieauto's en mijn verbazing over de aanwezigheid van zo veel zwarte mensen, zowel op straat als in de ruimte waar Franco, in het Frans, een lange toespraak hield waar hij een luid applaus voor kreeg. Toen ik Pasquale over die politieke ervaring vertelde, wilde hij niet geloven dat ik – uitgerekend jij, zei hij – zoiets had meegemaakt. Toen ik uitpakte over wat ik las, zweeg hij ongemakkelijk en zei dat ik een filotrotskiste was geworden.

Van Franco nam ik ook heel wat gewoonten over, die later door de aanwijzingen en opmerkingen van enkele hoogleraren werden versterkt: het werkwoord studeren ook gebruiken als je sciencefiction leest; uiterst gedetailleerde fiches maken voor elk gelezen boek; altijd enthousiast worden als je op passages stuit waarin de gevolgen van sociale ongelijkheid helder uit de doeken worden gedaan. Hij hechtte erg aan wat hij mijn heropvoeding noemde en ik liet me graag heropvoeden. Maar tot mijn grote spijt lukte het me niet verliefd op hem te worden. Ik hield van hem, ik hield van zijn rusteloze lijf, maar ik had nooit het gevoel dat hij onmisbaar voor me was. Het beetje dat ik voor hem voelde, verdween in korte tijd, toen hij zijn plek op de Normale verloor: hij haalde een negentien voor een examen en werd weggestuurd. Een paar maanden lang schreven we elkaar. Hij probeerde terug te komen, zei dat hij dat alleen maar deed om bij mij te kunnen zijn. Ik moedigde hem aan om het examen opnieuw te doen. Hij zakte weer. We schreven elkaar nog een paar keer en daarna hoorde ik geruime tijd niets meer van hem.

84

Dit is in grote lijnen wat ik tussen eind 1963 en eind 1965 in Pisa meemaakte. Wat is het gemakkelijk om los van Lila over mezelf te vertellen. De tijd komt tot rust en de belangrijke feiten glijden langs de draad van de jaren voorbij als koffers op de lopende band van een vliegveld; je pakt ze, zet ze op een bladzijde en dat is het. Ingewikkelder is het te vertellen wat Lila in diezelfde jaren meemaakte. Dan gaat die band nu eens langzamer lopen, dan weer sneller, maakt een plotselinge bocht, loopt van de rails. De koffers vallen, gaan open, de inhoud verspreidt zich her en der. Spullen van haar komen tussen die van mij terecht. Ik ben gedwongen ze te verzamelen en op te nemen in mijn verhaal – dat ik toch moeiteloos had verteld – en zinnen uit te breiden die mij nu te beknopt lijken. Om een voorbeeld te geven: als Lila naar de Normale was gegaan in mijn plaats, zou ze bepaalde voorvallen dan met een vrolijk gezicht hebben kunnen laten passeren? En die keer dat ik het meisje uit Rome een klap gaf, hoe groot was toen de invloed van hoe zij zich gedraagt? Hoe heeft ze – zelfs op afstand – mijn kunstmatige zachtaardigheid teniet kunnen doen, in hoeverre heeft zij me de benodigde vastberadenheid gegeven, in hoeverre heeft zij me zelfs de scheldwoorden gedicteerd? En die onbezonnenheid als ik vervuld van angst en een en al scrupule Franco mijn kamer in trok, kwam dat niet allemaal omdat ik haar als voorbeeld voor me zag? En het gevoel van ontevredenheid als ik merkte dat ik geen liefde voor hem voelde, als ik constateerde dat mijn gevoel frigide was, waar kwam dat anders uit voort dan uit de vergelijking met het vermogen om te beminnen waarvan zij blijk had gegeven en nog steeds blijk gaf?

Ja, Lila maakt het schrijven lastig. Mijn leven drijft me ertoe me voor te stellen hoe haar leven zou zijn geweest als haar ten deel was gevallen wat mij ten deel is gevallen, wat zij met mijn geluk zou hebben gedaan. En haar leven duikt voortdurend op in het mijne, in de woorden die ik gebruik, waarin vaak een echo ligt van die van haar, in dat vastberaden gebaar dat een adaptatie was van een gebaar van haar, in mijn 'minder' dat vergelijkbaar is met een 'meer' van haar, in mijn 'meer' dat een verdraaiing is van haar 'minder'. Nog afgezien van wat ze me nooit heeft verteld maar me heeft laten aanvoelen, wat ik toen niet wist maar later in haar schriften heb gelezen. En dus moet wat betreft het verhaal van de feiten de nodige rekening worden gehouden met filters, verwijzingen, gedeeltelijke waarheden en halve leugens: dat leidt tot een uitputtend meten van de voorbije tijd, volledig gebaseerd op de onzekere meetlat van de woorden. Ik moet bijvoorbeeld bekennen dat van Lila's lijden me alles ontging. Omdat ze Nino had genomen, omdat ze dankzij haar geheime kunsten van hem en niet van Stefano zwanger was geraakt, omdat ze op het punt stond uit liefde een daad te stellen die in de omgeving waarin wij waren opgegroeid onvoorstelbaar was – haar man verlaten, afstand doen van de pas kort verworven welstand, het risico lopen samen met haar minnaar en het kind dat ze in haar schoot droeg vermoord te worden – beschouwde ik haar gelukkig. In mijn ogen genoot ze het stormachtige geluk zoals dat bestaat in romans, films en stripverhalen, het enige geluk dat mij in die tijd echt interesseerde, ik bedoel niet het echtelijke geluk, maar het geluk van de hartstocht, een heftige mengeling van het goede en het kwade, dat haar ten deel was gevallen en mij niet.

Ik vergiste me. Nu ik terugga naar de dag dat Stefano ons meenam, weg van Ischia, weet ik zeker dat het verdriet een zware stempel op haar drukte vanaf het moment dat de boot zich van de kust verwijderde en Lila zich realiseerde dat ze Nino niet meer 's morgens op het strand zou aantreffen, wachtend op haar, dat ze niet meer met hem zou discussiëren, praten en fluisteren, dat ze niet meer samen zouden zwemmen, dat ze elkaar niet meer zouden kussen, omarmen en beminnen. Haar hele leven als mevrouw Carracci – evenwichtigheden en onevenwichtigheden, strategieën, gevechten, oorlogen en allianties, moeilijkheden met leveranciers en klanten, de kunst van het sjoemelen met het gewicht, de inspanning om steeds meer geld in het kassalaatje te krijgen – ontmaterialiseerde zich binnen enkele dagen, verloor echtheid. Concreet en echt werd alleen Nino, en zijzelf die hem wilde, die dag en nacht naar hem verlangde, die zich in het donker van de slaapkamer aan haar echtgenoot vastklampte om de ander, al was het maar een paar minuten, te vergeten. Vreselijke momenten. En juist in die minuten was haar behoefte aan Nino het sterkst, zag ze hem zo duidelijk, tot in de kleinste details, dat ze Stefano als een onbekende van zich af duwde en zich huilend en luid scheldend in een hoekje van het bed terugtrok, of naar de badkamer vluchtte en zich daar opsloot.

85

Aanvankelijk dacht ze erover om 's nachts weg te sluipen en terug te gaan naar Forio, maar ze begreep dat haar man haar meteen zou vinden. Toen bedacht ze om Alfonso te vragen of Marisa wist wanneer haar broer terug zou komen van Ischia, maar ze was bang dat haar zwager aan Stefano zou vertellen dat ze dat had gevraagd en daarom liet ze het maar achterwege. In het telefoonboek vond ze het nummer van huize Sarratore en ze belde. Donato nam op. Ze zei dat ze een vriendin van Nino was, hij onderbrak haar geïrriteerd en hing op. Uit wanhoop overwoog ze opnieuw om de boot te nemen en ze stond op het punt van beslissen, toen begin september Nino op een middag op de drempel van de stampvolle kruidenierswinkel verscheen, met een baard van dagen en stomdronken.

Lila hield Carmen tegen die onmiddellijk aanstalten maakte om die zwerver, in haar ogen een onbekende gek, weg te jagen. 'Laat mij maar,' zei ze en ze sleurde hem weg. Precieze gebaren, kille stem, de zekerheid dat Carmen Peluso de zoon van Sarratore, die er intussen wel heel anders uitzag dan het jongetje dat samen met hen op de lagere school had gezeten, niet had herkend.

Ze ging haastig te werk. Op het oog leek ze het meisje dat ze altijd was, het meisje dat alle problemen weet op te lossen. Maar in feite wist ze niet meer waar ze zich bevond. De met koopwaar volgestouwde wanden waren vervaagd, de straat had zijn begrenzingen verloren, de bleke gevels van de nieuwe flats waren verdwenen, en het gevaar dat ze liep voelde ze niet, dat vooral. Nino, Nino, Nino: ze voelde alleen maar vreugde en verlangen. Hij stond voor haar, eindelijk weer! Het was duidelijk aan hem te zien dat hij had geleden en nog leed en dat hij haar had gezocht en haar wilde, zo graag dat hij haar, eenmaal op straat, probeerde vast te pakken en te kussen.

Ze sleurde hem mee naar huis, dat leek haar de veiligste plek. Voorbijgangers? Ze zag ze niet. Buren? Ze zag ze niet. Zodra ze de voordeur achter zich had dichtgetrokken, begonnen ze te vrijen. Scrupules had ze niet, alleen maar de behoefte om Nino te bezitten, onmiddellijk, hem vast te houden, hem daar te houden. Die behoefte nam niet af, ook niet toen ze rustiger werden. De wijk, de buurt, de kruidenierswinkel, de straten, de geluiden van de spoorweg, Stefano, Carmen die misschien bezorgd wachtte, kwamen langzaam terug, maar slechts als dingen die je haastig moest opruimen om te voorkomen dat ze een obstakel vormden, terwijl je ook moest opletten dat ze, schots en scheef opgestapeld, niet ineens naar beneden vielen.

Nino nam het haar kwalijk dat ze zonder hem te waarschuwen was vertrokken, hij drukte haar tegen zich aan, begeerde haar opnieuw. Hij eiste dat ze samen weggingen, meteen, maar waarheen wist hij niet. 'Ja, ja, ja,' antwoordde ze en ze ging volledig mee in zijn gekte, ook al was ze zich, anders dan hij, bewust van de tijd, van de echte seconden en minuten die verstreken en het risico om betrapt te worden enorm vergrootten. En terwijl ze daar samen met hem languit op de vloer lag, keek ze daarom naar de lamp die recht boven hen aan het plafond hing, als een bedreiging. Was het eerder haar enige zorg geweest Nino onmiddellijk te bezitten, waarna alles naar beneden had mogen storten, nu dacht ze na over hoe ze hem stevig vast kon blijven houden zonder dat de lamp van het plafond losraakte, zonder dat de vloer in tweeën brak en zij beiden naar beneden stortten, Nino aan de ene en zij aan de andere kant, voor altijd.

'Ga weg.'

'Nee.'

'Je bent gek.'

'Ja.'

'Ik smeek het je, alsjeblieft, ga weg.'

Ze overtuigde hem. Ze verwachtte dat Carmen iets tegen haar zou zeggen, dat de buren zouden roddelen, dat Stefano uit de andere winkel zou komen om haar te slaan. Het gebeurde allemaal niet en ze voelde zich opgelucht. Ze verhoogde Carmens loon, deed lief tegen haar man en verzon smoesjes om Nino stiekem te kunnen ontmoeten.

86

Het grootste probleem in het begin was niet eventueel geroddel dat alles kon bederven, maar Nino zelf, de beminde jongen. Het enige wat hij belangrijk vond, was haar vastpakken, kussen, bijten, penetreren. Het leek of hij zijn hele leven wilde leven, eiste te leven met zijn mond op die van haar, en in haar lichaam. Het steeds uiteengaan verdroeg hij niet, hij was er bang voor, vreesde dat zij opnieuw zomaar zou verdwijnen. Daarom bedwelmde hij zich met alcohol, studeerde niet, rookte aan één stuk door. Het leek of er voor hem niets anders meer op de wereld bestond dan zij tweeën, en als hij woorden gebruikte, deed hij dat alleen om zijn jaloezie tegen haar uit te schreeuwen, om haar op een obsessieve manier te vertellen hoe onverdraaglijk het voor hem was dat zij bij haar man bleef wonen.

'Ik heb alles opgegeven,' fluisterde hij uitgeput, 'maar jij wilt niets opgeven.'

'Wat ben je van plan?' vroeg zij hem dan.

Nino zweeg, verward door de vraag, of hij werd kwaad, alsof de hele situatie kwetsend voor hem was. Hij zei wanhopig: 'Je wilt me niet meer.'

Maar óf Lila hem wilde, ze wilde hem keer op keer, maar ze

wilde ook iets anders, en wel onmiddellijk. Ze wilde dat hij weer ging studeren, en dat hij doorging haar hersens aan het werk te zetten, zoals in de periode op Ischia. Het bijzondere kind van de lagere school, het meisje dat juffrouw Oliviero had gefascineerd, dat *De blauwe fee* had geschreven, was weer terug met al haar onrust en nieuwe energie. Nino had haar gevonden, diep in de drek waarin ze terecht was gekomen, en haar eruit getrokken. Dat meisje drong er nu op aan dat hij weer de jonge student werd die hij vroeger was en haar liet groeien tot ze de kracht had mevrouw Carracci te verjagen. Iets wat haar langzaam maar zeker lukte.

Ik weet niet wat er gebeurde, waarschijnlijk voelde Nino aan dat hij, wilde hij haar niet verliezen, weer iets meer moest zijn dan een vurige minnaar. Of misschien ook niet, misschien merkte hij gewoon dat zijn hartstocht bezig was hem uit te hollen. Hoe het ook zij, hij begon weer te studeren. En in het begin was Lila daar blij mee. Langzaam maar zeker hervond hij zich, werd hij weer zoals ze hem op Ischia had gekend, waardoor hij nog onmisbaarder voor haar werd. Ze kreeg niet alleen Nino terug, maar ook iets van zijn woorden, van zijn ideeën. Hij las Smith, teleurgesteld, zij probeerde hem ook te lezen; hij las Joyce, nog meer teleurgesteld, zij probeerde het ook. Hij kocht boeken waarover hij haar vertelde de zeldzame keren dat ze elkaar konden zien. Hij wilde erover praten, ze hadden er nooit de kans voor.

Carmen, steeds verbaasder, begreep niet wat Lila zo dringend moest doen als ze nu eens met dit, dan weer met dat smoesje een paar uur wegging. Ze keek met een boos gezicht naar Lila terwijl die, ook op momenten dat het in de winkel op z'n drukst was, de klanten aan haar overliet en niets leek te zien of te horen, zo geconcentreerd zat ze te lezen of in haar schriften te schrijven. 'Lina,' moest ze zeggen, 'alsjeblieft, kom je me helpen?' Pas dan hief Lila haar ogen op, beroerde met de vingertoppen haar lippen en zei: 'Ja.'

Stefano schommelde aanhoudend tussen irritaties en meegaandheid. Terwijl hij ruziede met zijn zwager, zijn schoonvader en de Solara's, en verbitterd raakte omdat er ondanks het zwemmen in zee geen kinderen kwamen, dreef zijn vrouw de spot met die ellendige schoenenkwestie en sloot ze zich tot diep in de nacht op in romans, tijdschriften en kranten. Die manie was terug, alsof het echte leven haar niet meer interesseerde. Hij observeerde haar, begreep het niet of had geen tijd of geen zin om het te begrijpen. Als gevolg van haar gedrag – dat na Ischia nu eens afwijzend en dan weer vreedzaam maar tegelijkertijd vervreemdend was – dreef een deel van hem, het agressiefste, in de richting van een nieuwe botsing en een definitieve opheldering. Maar een ander deel, dat voorzichtiger was, misschien angstig, hield het eerste in bedwang, deed of er niets aan de hand was, dacht: beter zo dan wanneer ze zit te zeuren. Lila, die dat aanvoelde, probeerde die gedachte bij haar man levend te houden. En 's avonds, als beiden van hun werk thuiskwamen, ging ze vriendelijk met hem om. Maar na het avondeten en wat gebabbel trok ze zich voorzichtig terug in de lectuur, een voor hem ontoegankelijke geestelijke ruimte, uitsluitend bewoond door haar en door Nino.

Wat was die jongen in die tijd voor haar? Hevig seksueel verlangen, dat haar in een permanente erotische droomstaat hield. Opvlammend verstand dat opgewassen wilde zijn tegen dat van hem. Maar in de eerste plaats een abstract project van een clandestien paar, opgesloten in een soort schuilplaats die voor de helft een huisje voor twee harten moest zijn en voor de andere helft een laboratorium waar werd nagedacht over de complexiteit van de wereld. Hij aanwezig en actief, zij een aan zijn hielen klevende schim, voorzichtige adviseuse, toegewijde medewerkster. De zeldzame keren dat ze niet slechts een paar minuten maar een uur samen konden zijn, veranderde dat uur in een continue stroom van seksuele en verbale uitwisseling, een algeheel welzijn dat op het moment van het uiteengaan de terugkeer naar de kruidenierswinkel en Stefano's bed onverdraaglijk maakte.

'Ik heb er genoeg van.'

'Ik ook.'

'Wat doen we?'

'Ik wil altijd bij jou zijn.'

'Of op zijn minst een paar uur per dag,' voegde zij eraan toe. Maar hoe konden ze een vast en veilig moment voor zichzelf creeren? Nino thuis ontmoeten was erg gevaarlijk, hem op straat ontmoeten nog gevaarlijker. Nog afgezien van het feit dat Stefano soms naar de winkel belde en het lastig was om een plausibele reden te bedenken voor haar eventuele afwezigheid.

In plaats van haar werkelijkheidszin te hervinden en in te zien dat ze zich in een uitzichtloze situatie bevond, begon Lila, ingeklemd tussen de ongeduldige Nino en de klagende Stefano, te doen alsof de echte wereld een decor was, of een schaakbord. Ze deed of je maar een geschilderd paneel hoefde te verplaatsen, een paar pionnen te verzetten, en kijk, het spel, het enige wat werkelijk belangrijk was, háár spel, het spel van hen beiden, kon worden doorgespeeld. En wat de toekomst betreft, de toekomst werd de volgende dag en daarna de dag die daarop volgde en daarna de dag die daar weer op volgde. Of plotselinge beelden van ravage en bloed, die heel vaak voorkwamen in haar schriften. Ze schreef nooit *Ik zal doodgaan omdat ik word vermoord,* maar ze noteerde feiten uit misdaadrubrieken, verzon er variaties op. Het waren verhalen over vermoorde vrouwen, met veel nadruk op de verbetenheid van de moordenaar, op het alom aanwezige bloed. En ze voegde er details aan toe die de kranten niet vermeldden: uit de oogkassen gerukte ogen, door een mes veroorzaakte verwondingen aan keel of inwendige organen, een lemmet dat door een borst stak, afgesneden tepels, een van navel tot onderaan toe opengesneden buik, een in de genitaliën schrapend lemmet. Het leek wel of ze ook de reële mogelijkheid dat ze een gewelddadige dood zou sterven wilde ontkrachten door die tot woorden, tot een stuurbaar schema terug te brengen.

87

Vanuit de optiek dat ze een spel met mogelijk dodelijke afloop speelde, mengde Lila zich in de botsing tussen haar broer, haar man en de broers Solara. Ze maakte gebruik van Micheles overtuiging dat zij de geschiktste persoon was om zich met de commerciële kant van het piazza dei Martiri bezig te houden. Ze stopte abrupt met nee zeggen en na een onderhandeling vol ruzie die haar absolute autonomie opleverde en een behoorlijk hoog weekloon – bijna alsof ze niet mevrouw Carracci was – accepteerde ze het om in de schoenwinkel te gaan werken. Ze trok zich niets aan van haar broer, die zich bedreigd voelde door het nieuwe merk Solara en die in die zet van haar een soort verraad zag; en evenmin van haar man, die eerst woedend werd en haar bedreigde, maar haar vervolgens dreef tot een ingewikkelde bemiddeling namens hem met de twee broers over schulden die hij met hun moeder was aangegaan, over nog te krijgen en nog te geven geld. Ze schonk ook geen aandacht aan de zoetsappige woordjes van Michele, die almaar om haar heen draaide om onopvallend de reorganisatie van de winkel in de gaten te houden en intussen, met voorbijgaan aan Rino en Stefano, bij haar om nieuwe schoenmodellen zeurde.

Lila had al een tijd het vermoeden dat haar broer en haar vader weggewerkt zouden worden, dat de Solara's zich alles zouden toe-eigenen en dat Stefano zich alleen maar drijvende zou kunnen houden dankzij een steeds grotere afhankelijkheid van hun illegale handeltjes. Maar wekte dat vooruitzicht eerst haar verontwaardiging, nu schreef ze in haar aantekeningen dat het haar totaal onverschillig liet. Natuurlijk, ze vond het verdrietig voor Rino, het speet haar dat er al een einde kwam aan zijn rol van kleine baas, vooral nu hij getrouwd was en een kind had. Maar alle vroegere banden hadden in haar ogen veel van hun hechtheid verloren, haar vermogen om genegenheid te voelen kende inmiddels maar één enkele weg, al haar gedachten en al haar gevoelens hadden nu Nino als middelpunt. Had ze zich eerst ingespannen om haar broer rijk te laten worden, nu spande ze zich alleen maar in om Nino tevreden te stellen.

De eerste keer dat ze naar de winkel op het piazza dei Martiri ging om te bekijken wat ze ermee zou gaan doen, trof het haar dat op de wand waar het paneel met haar trouwfoto had gehangen nog de gelig-zwarte vlek zat van de vlam die het had vernield. Dat spoor hinderde haar. Niets van alles wat me vóór Nino is overkomen of wat ik heb gedaan, bevalt me, dacht ze. En ineens realiseerde ze zich dat om duistere redenen daar, in die ruimte in het centrum van de stad, zich de belangrijkste gebeurtenissen van haar oorlog hadden afgespeeld. Daar had ze op de avond van de botsing met de jongelui van de via dei Mille definitief besloten dat ze zich aan de armoede moest onttrekken. Daar had ze spijt gehad van die beslissing, en had ze haar trouwfoto verminkt en geëist dat die vernieling, die een belediging moest zijn, als decoratie in de winkel zou hangen. Daar had ze ontdekt dat het misging met haar zwangerschap. Daar ging het schoenbedrijfje ten onder, verzwolgen door de Solara's. En daar, ja, daar zou haar huwelijk eindigen, zou ze Stefano en zijn naam van zich afschudden, met alle gevolgen van dien. 'Wat slordig,' zei ze tegen Michele Solara, terwijl ze hem op de brandvlek wees. Daarna liep ze het trottoir op en keek naar de stenen leeuwen midden op het plein en werd er bang van.

Ze liet alles witten. De wc zonder ramen had een dichtgemetselde deur die vroeger op een binnenplaats uitkwam. Ze herstelde de oude situatie en liet een raampje van matglas in de deur zetten, zodat er een beetje licht binnenkwam. Ze kocht twee schilderijen die ze in een galerie in de via Chiatamone had gezien en die ze mooi had gevonden. Ze nam een winkelmeisje aan, niet iemand uit haar wijk, maar een meisje uit Materdei dat voor bedrijfssecretaresse had geleerd. Ze kreeg het voor elkaar dat de uren van de middagsluiting, van één tot vier, voor haar en het winkelmeisje uren van absolute rust zouden zijn, iets waarvoor dat meisje haar altijd erg dankbaar was. Ze hield Michele in bedwang die, ook al steunde hij al haar vernieuwingen blindelings, toch uitvoerig geïnformeerd eiste te worden over wat ze deed en wat ze uitgaf.

Intussen maakte haar beslissing om op het piazza dei Martiri te gaan werken haar isolement in de wijk alleen nog maar groter. Een meisje dat een goed huwelijk had gesloten en zich vanuit het niets een leven in welstand had verworven, een mooi meisje dat thuis de mevrouw kon uithangen en over de bezittingen van haar man kon beschikken, waarom kwam zij in hemelsnaam 's morgens haar bed uit en bleef ze de hele dag lang ver van huis, in het centrum, in dienst bij anderen, waardoor ze het leven ingewikkeld maakte voor Stefano en voor haar schoonmoeder, die door haar schuld weer hard in de nieuwe winkel aan de slag moest? Vooral Pinuccia en Gigliola belasterden Lila, elk op hun eigen manier, zoveel ze maar konden, maar dat was te voorzien. Minder te voorzien was dat Carmen – die Lila adoreerde door alles wat haar dankzij Lila ten deel was gevallen – haar genegenheid liet varen zodra Lila uit de winkel was vertrokken, zoals je een hand terugtrekt die in aanraking komt met schrikdraad. De plotselinge overgang van vriendin-medewerkster naar dienstmeid in de klauwen van Stefano's moeder beviel haar niet. Ze voelde zich verraden, aan haar lot overgelaten, en wist haar rancune niet te sturen. Ze begon zelfs ruzie te maken met haar verloofde Enzo, die haar verbittering afkeurde, het hoofd schudde en op zijn bekende laconieke manier in een paar woorden Lila niet zozeer verdedigde als wel haar een soort onaantastbaarheid toekende, het voorrecht altijd juiste en onbetwistbare redenen te hebben.

'Niks is goed wat ik doe, maar alles wat zij doet wel,' siste Carmen vol wrok.

'Wie heeft dat gezegd?'

'Jij! Lina denkt, Lina doet, Lina weet. En ik? Door haar in de steek gelaten, en zij is er mooi vandoor. Natuurlijk, ze heeft er goed aan gedaan om weg te gaan en ik moet niet klagen, zo is het toch? Dat denk je toch?'

'Nee.'

Maar ondanks dat doodeenvoudige eenlettergrepige woordje was Carmen niet overtuigd – ze leed. Ze voelde dat Enzo genoeg had van alles, ook van haar, en dat maakte haar nog kwader. Sinds zijn vaders dood, sinds hij was afgezwaaid, deed hij wat hij moest doen, het bekende leven, maar intussen was hij al toen hij nog in dienst was 's nachts gaan studeren, om god mag weten welk diploma te halen. Nu zat hij inwendig te brullen als een dier – van binnen gebrul, van buiten stilte – en Carmen verdroeg hem niet meer, en wat ze vooral niet kon accepteren was dat hij alleen maar een beetje enthousiast werd als ze het over die trut hadden, en dat maakte ze hem schreeuwend duidelijk, en terwijl ze dat deed begon ze te huilen: 'Ik kots van Lina, want ze trekt zich van niemand iets aan, maar dat waardeer jij wel, dat weet ik. Maar als ík me zo gedraag, sla je me op mijn bek.'

Ada daarentegen had al lang geleden de kant van haar werkgever Stefano gekozen, tegen zijn vrouw die hem ringeloorde, en toen Lila naar het centrum vertrok om daar de chique verkoopster uit te hangen, werd ze alleen maar nog valser. Ze roddelde over haar met iedereen, openlijk, zonder een blad voor de mond te nemen, maar ze had het vooral op Antonio en Pasquale gemunt. 'Ze heeft jullie altijd belazerd, jullie kerels,' zei ze, 'want ze weet hoe ze jullie moet aanpakken, die slet.' Zo zei ze het echt, razend, alsof Antonio en Pasquale alle armzaligheid van de mannelijke sekse vertegenwoordigden. Ze schold op haar broer die geen partij koos, gilde tegen hem: 'Jij houdt je bek, want jij neemt ook geld aan van de Solara's, jullie zijn allebei bij de firma in dienst, en ik weet dat je je door een wijf laat commanderen, dat je haar helpt de winkel op orde te brengen, ze zegt: "Zet dit hier eens neer, verplaats dat eens", en jij gehoorzaamt.' En tegenover haar verloofde, Pasquale, met wie ze steeds minder goed overweg kon, gedroeg ze zich nog erger. Ze ging voortdurend tegen hem tekeer, zei: 'Je bent helemaal smerig, je stinkt.' Hij verontschuldigde zich, hij was net klaar met zijn werk, maar Ada bleef hem aanvallen, de volle laag geven zodra ze de kans had, zodat Pasquale wat Lila betreft voor de lieve vrede door de knieën ging, want anders had hij zijn verloving moeten verbreken. Al was dat – eerlijk is eerlijk – niet de enige reden. Tot dan toe was hij vaak kwaad geworden, zowel op zijn verloofde als op zijn zus, omdat ze leken te vergeten dat ze van Lila's opklimmen veel profijt hadden gehad. Maar toen hij op een ochtend zag dat onze vriendin, gekleed als een vip-hoer en helemaal beschilderd, door Michele Solara in de Alfa Romeo Giulietta naar het piazza dei Martiri werd gebracht, gaf hij toe dat hij niet kon begrijpen hoe ze zich, zonder echte financiële noodzaak, aan zo'n type had kunnen verkopen.

Zoals gewoonlijk merkte Lila niets van de toenemende vijandigheid om haar heen, ze wijdde zich aan haar nieuwe werk. En de verkoop schoot algauw omhoog. De winkel werd een plek waar je heen ging om iets aan te schaffen, natuurlijk, maar ook voor het genoegen van een gesprekje met die prachtige, levendige jonge vrouw met haar briljante conversatie, die boeken tussen de schoenen had staan, die die boeken ook las, bij wie je behalve intelligente woorden ook chocolaatjes kreeg aangeboden, en van wie je niet de indruk kreeg dat ze er eigenlijk op uit was Cerullo- of Solara-schoenen te verkopen aan de echtgenote of dochters van de advocaat of de ingenieur, aan de journalist van *Il Mattino*, aan de jonge of oude dandy die tijd en geld verkwistte op de Club, maar hen slechts op de divan of in de fauteuils wilde laten plaatsnemen om over van alles en nog wat gesprekjes te voeren.

Het enige obstakel: Michele. Op werktijden liep hij haar vaak voor de voeten en één keer zei hij op die altijd ironische, altijd insinuerende toon: 'Je hebt de verkeerde man gekozen, Lina. Ik had gelijk: moet je zien hoe gemakkelijk je omgaat met mensen die nuttig voor ons kunnen zijn. Jij en ik pakken samen in een paar jaar heel Napels in en dan doen we met iedereen wat we willen.'

Daarna probeerde hij haar te kussen.

Ze duwde hem van zich af, hij nam het haar niet kwalijk. Geamuseerd zei hij: 'Ook goed, ik kan wachten.'

'Wacht waar je wilt, maar niet hier binnen,' antwoordde ze, 'want als je hier wacht, ga ik morgen al terug naar de kruidenierswinkel.'

Michele kwam iets minder vaak, maar de geheime bezoekjes van Nino namen toe. In de winkel op het piazza dei Martiri kregen hij en Lila maandenlang eindelijk een eigen leven van drie uur per dag, behalve op zondag en de geijkte feestdagen, die onverdraaglijk traag verstreken. Om één uur, zodra het winkelmeisje het rolluik voor driekwart neerliet en vertrok, kwam hij door de wc-deur naar binnen, en om vier uur precies maakte hij zich door diezelfde deur uit de voeten, voordat het winkelmeisje terugkwam. De zeldzame keren dat er een probleem was – Michele en Gigliola kwamen een paar keer aanzetten en één keer was het bijzonder spannend en verscheen zelfs Stefano – sloot Nino zich op in de wc en ging ervandoor via de deur die op de binnenplaats uitkwam.

Ik geloof dat die periode voor Lila een stormachtig voorproefje was van een toekomstig gelukkig bestaan. Enerzijds bleef ze ijverig de rol spelen van de jonge vrouw die een excentriek tintje aan de schoenhandel gaf, anderzijds las ze voor Nino, studeerde ze voor Nino, dacht ze na voor Nino. En ook de personen van enig gewicht met wie ze in de winkel soms op vertrouwelijke voet raakte, waren voor haar vooral relaties die ze kon gebruiken om hem te helpen.

Het was in die periode dat Nino in *Il Mattino* een artikel over Napels publiceerde dat hem enige bekendheid gaf in universitaire kringen. Het ontging me volledig, en gelukkig maar: als ze me net zo bij hun relatie betrokken hadden gehouden als op Ischia, zou het zo'n dreun voor me zijn geweest dat ik me er nooit van zou hebben hersteld. En ik zou, dat vooral, er niet veel tijd voor nodig hebben gehad om te begrijpen dat heel wat regels in dat artikel – niet de meest zaakkundige, maar die paar intuïties waar geen grote kennis voor nodig is, alleen maar een bliksemcontact tussen onderling heel verschillende dingen – van Lila kwamen, en dat vooral de stijl waarin ze geschreven waren van haar was. Nino had nooit zo kunnen schrijven en zou daar ook later niet toe in staat zijn. Alleen Lila en ik konden dat.

88

Toen ontdekte ze dat ze zwanger was en besloot ze een einde te maken aan het bedrog op het piazza dei Martiri. Op een zondag in de late herfst van 1963 weigerde ze bij haar schoonmoeder te gaan lunchen, zoals de gewoonte was, maar wijdde ze zich met overgave aan het bereiden van een maaltijd thuis. Terwijl Stefano de taartjes ging halen bij de Solara's en er een paar naar zijn moeder en zijn zusje bracht om goed te maken dat ze die zondag verstek lieten gaan, stopte Lila wat ondergoed, enkele jurken en een paar winterschoenen in een koffer die ze voor hun huwelijksreis hadden gekocht, en verborg die achter de deur van de zitkamer. Daarna waste ze alle pannen af die ze had gebruikt, dekte de keukentafel zorgvuldig, haalde een vleesmes uit een la en legde dat onder een theedoek op het aanrecht. Wachtend op de terugkomst van haar man deed ze ten slotte het raam open om de kooklucht te verdrijven en bleef ze tegen de vensterbank geleund naar de treinen en de glanzende rails staan kijken. De kou verdreef de warmte van het appartement, maar daar had ze geen last van, het gaf haar energie.

Toen hij thuiskwam gingen ze aan tafel. Stefano, geïrriteerd omdat hij zich de smakelijke keuken van zijn moeder moest ontzeggen, maakte haar geen enkel compliment over de lunch, maar liet zich wel harder dan gewoonlijk uit over zijn zwager Rino, en hartelijker dan gewoonlijk over zijn neefje. Hij noemde hem meerdere keren 'de zoon van mijn zusje', alsof Rino's bijdrage amper telde. Toen ze aan de taartjes toe waren, at hij er drie, zij niet een. Stefano veegde met zorg de crème van zijn mond en zei: 'Laten we wat gaan slapen.'

Lila antwoordde: 'Vanaf morgen ga ik niet meer naar de winkel.'

Stefano begreep meteen dat het de verkeerde kant op ging met zijn middag.

'Waarom niet?'

'Omdat ik er geen zin meer in heb.'

'Heb je ruziegemaakt met Michele en Marcello?'

'Nee.'

'Haal geen stommiteiten uit, Lina, je weet heel goed dat je broer en ik die twee wel kunnen villen, maak de dingen niet nog ingewikkelder dan ze al zijn.'

'Ik maak niets ingewikkelder. Maar ik ga er niet meer heen.'

Stefano zweeg en Lila begreep dat hij ongerust was, dat hij van het onderwerp af wilde, zonder dieper op de kwestie in te gaan. Haar man was bang dat ze hem van een of andere door de Solara's begane schoffering ging vertellen, van een onvergeeflijke belediging waarop hij, als hij het eenmaal wist, zou moeten reageren, waardoor het tot een onherstelbare breuk zou komen. Iets wat hij zich niet kon permitteren.

'Goed,' zei hij, toen hij toch besloot iets te zeggen, 'ga dan maar niet meer, kom maar terug naar de nieuwe winkel.'

Ze antwoordde: 'Nee, daar heb ik ook geen zin in.'

Stefano keek haar stomverbaasd aan.

'Wil je thuisblijven? Prima. Jij wilde werken, dat heb ik je nooit gevraagd. Waar of niet?'

'Ja, dat is zo.'

'Nou, dan blijf je thuis, dat vind ik alleen maar fijn.'

'Ik wil ook niet thuiszitten.'

Het scheelde niet veel of hij verloor zijn kalmte: voor hem de enige manier om zijn ongerustheid te verdrijven.

'Als je ook niet thuis wilt blijven, mag ik dan verdomme weten wat je wél wilt?'

Lila antwoordde: 'Ik wil weg.'

'Weg waarheen?'

'Ik wil niet meer bij je blijven, ik wil van je af.'

Het enige wat Stefano wist te doen was lachen. Die woorden klonken hem zo absurd in de oren dat hij een paar minuten opgelucht leek. Hij kneep haar even in haar wang, zei met zijn bekende vage glimlachje dat ze man en vrouw waren, dat man en vrouw niet uit elkaar gingen en hij beloofde haar ook dat hij haar de volgende zondag mee zou nemen naar de Amalfitaanse kust, een beetje ontspanning kon geen kwaad. Maar zij antwoordde rustig dat er geen reden was om bij elkaar te blijven, dat het wat haar betreft van het begin af aan een vergissing was geweest. Dat ze ook toen ze verloofd waren alleen maar een lichte sympathie voor hem had gevoeld, dat ze nu duidelijk wist dat ze nooit echt van hem had gehouden en dat door hem onderhouden worden, hem helpen geld te verdienen, samen slapen, dat ze dat alles niet meer verdroeg. Toen ze was uitgepraat, gaf hij haar zo'n harde klap dat ze van haar stoel viel. Ze kwam overeind terwijl Stefano op haar af sprong om haar vast te grijpen; ze schoot naar het aanrecht en pakte het mes dat ze onder de theedoek had gelegd. Juist toen hij op het punt stond haar opnieuw te slaan, draaide ze zich naar hem toe: 'Doe het en ik vermoord je zoals ze je vader ook hebben vermoord,' zei ze tegen hem.

Stefano bleef staan, uit het veld geslagen door die verwijzing naar het lot van zijn vader. Hij mompelde iets als: 'Ach ja, vermoord me maar, doe wat je wilt.' Hij maakte een verveeld gebaar en geeuwde langdurig, een schijnbaar onbedwingbare geeuw met de mond wijd open, waardoor hij tranen in de ogen kreeg. Hij keerde haar de rug toe en terwijl hij onsamenhangende zinnen bleef mompelen – 'Ga maar, ga maar, ik heb je alles gegeven, ik heb alles goedgevonden, en dan krijg ik er dit voor terug? Ik heb je uit de ellende gehaald, ik heb gezorgd dat je broer, je vader en je hele kutfamilie het beter kregen' – liep hij naar de tafel en at nog een taartje. Daarna verliet hij de keuken en trok zich terug in de slaapkamer, van waaruit hij ineens tegen haar riep: 'Je hebt geen idee hoeveel ik van je hou.'

Lila legde het mes op het aanrecht en dacht: hij gelooft niet dat ik bij hem wegga, en hij zou ook niet geloven dat ik een ander heb, dat kan hij gewoon niet. Toch vatte ze moed en ging ze naar de slaapkamer om hem alles van Nino op te biechten en hem te vertellen dat ze zwanger was. Maar haar man sliep, hij had de slaap als een tovercape over zich heen getrokken. Toen deed ze haar jas aan, pakte de koffer en verliet het appartement.

89

Stefano sliep de hele dag. Toen hij wakker werd en merkte dat zijn vrouw er niet was, deed hij alsof er niets aan de hand was. Zo gedroeg hij zich al sinds zijn jongste jaren, toen zijn vader hem enkel met zijn aanwezigheid doodsbang maakte en hij zich als reactie daarop oefende in dat vage glimlachje, in rustige, langzame gebaren, in het beheerst afstand nemen van elk onderdeel van de hem omringende wereld, om niet alleen zijn angst in bedwang te houden maar ook zijn verlangen om die borst met zijn handen te openen, uiteen te trekken en het hart eruit te rukken.

's Avonds ging hij de deur uit en deed iets gewaagds. Hij stelde zich op onder het raam van de flat van Ada, zijn winkelmeisje, en hoewel hij wist dat ze waarschijnlijk met Pasquale naar de film was, of ergens anders heen, riep hij haar toch, een paar keer. Gelukkig en tegelijkertijd gealarmeerd kwam Ada aan het raam. Ze was thuisgebleven omdat Melina meer onzin uitkraamde dan gewoonlijk en Antonio sinds hij voor de Solara's werkte altijd de hort op was en geen vaste tijden had. Maar haar verloofde hield haar gezelschap. Dat weerhield Stefano er niet van naar boven te gaan. Hij bracht de avond in huize Cappuccio door, waar hij, zonder ook maar één keer iets over Lila te zeggen, met Pasquale over politiek kletste en met Ada over zaken die met de kruidenierswinkel te maken hadden. Toen hij weer thuiskwam, deed hij of Lila naar haar ouders was en voor hij naar bed ging schoor hij zich zorgvuldig. Hij sliep diep, die hele nacht.

De ellende begon de volgende dag. Het winkelmeisje van het piazza dei Martiri liet Michele weten dat Lila niet was komen opdagen. Michele belde Stefano en Stefano zei dat zijn vrouw ziek was. De ziekte duurde dagen, zodat Nunzia maar eens ging kijken of haar dochter haar nodig had. Er werd niet opengedaan.

's Avonds ging ze terug, na sluitingstijd van de winkels. Stefano was net thuis van zijn werk en zat voor de televisie, die hij heel hard aan had staan. Hij vloekte, ging opendoen, bood Nunzia aan te gaan zitten. Toen zij vroeg: 'Hoe gaat het met Lina?' antwoordde hij meteen dat ze hem had verlaten en barstte in huilen uit.

Beide families snelden toe: Stefano's moeder, Alfonso, Pinuccia met het kind, Rino en Fernando. Ze waren allemaal geschrokken, de een hierom, de ander daarom, maar alleen Maria en Nunzia maakten zich duidelijk zorgen om Lila's lot en vroegen zich af waar ze heen was gegaan. De anderen ruzieden met elkaar om redenen die weinig met Lila te maken hadden. Rino en Fernando waren kwaad op Stefano omdat hij niets deed om sluiting van de schoenfabriek te verhinderen, ze beschuldigden hem ervan nooit iets van Lila begrepen te hebben en zeiden dat hij er heel verkeerd aan had gedaan haar naar de winkel van de Solara's te sturen. Pinuccia werd boos en gilde tegen haar man en haar schoonvader dat Lila altijd gestoord was geweest en dat niet zij het slachtoffer van Stefano was, maar Stefano van haar. Toen Alfonso het waagde te zeggen dat ze zich tot de politie moesten wenden en navraag moesten doen bij de ziekenhuizen, raakten de gemoederen nog meer verhit en vielen ze allemaal tegen hem uit alsof hij hen had beledigd. Vooral Rino: hij schreeuwde dat door de hele wijk uitgelachen worden wel het laatste was wat ze nodig hadden. Het was Maria die zachtjes zei: 'Misschien is ze een tijdje naar Lenù gegaan.' Die veronderstelling sloeg aan. Maar ze bleven elkaar in de haren vliegen. Afgezien van Alfonso maakten ze zichzelf wijs dat Lila door Stefano en de Solara's gedeprimeerd was geraakt en besloten had naar Pisa te vertrekken. 'Ja,' zei Nunzia, terwijl ze rustiger werd, 'dat doet ze altijd, zo gauw ze een probleem heeft, zoekt ze Lenù op.' Vanaf dat moment begonnen ze zich allemaal op te winden over die gewaagde reis, Lila in haar eentje, met de trein, ver weg, zonder iemand te waarschuwen. Maar aan de andere kant leek het idee dat Lila bij mij was zo geloofwaardig en tegelijkertijd zo geruststellend dat het meteen als vaststaand feit werd aangenomen. Alleen Alfonso zei: 'Morgen vertrek ik, ik ga kijken', maar hij kreeg lik op stuk van Pinuccia: 'Wat vertrekken, moet je niet werken?' En van Fernando die mompelde: 'Laten we haar maar met rust laten, laat haar maar bedaren.'

Die versie van het verhaal vertelde Stefano de volgende dag aan iedereen die naar Lila informeerde: 'Ze is naar Pisa, bij Lenuccia logeren, om een beetje tot rust te komen.' Maar 's middags al sloeg bij Nunzia de ongerustheid opnieuw toe. Ze zocht Alfonso op en vroeg hem of hij mijn adres had. Dat had hij niet, niemand had het, alleen mijn moeder. Toen stuurde Nunzia Alfonso naar haar toe. Uit natuurlijke vijandigheid jegens iedereen, of om te voorkomen dat ik tijdens mijn studie zou worden afgeleid, gaf mijn moeder hem echter een onvolledig adres (maar waarschijnlijk had ze het zelf ook zo: ze had moeite met schrijven en we wisten beiden dat ze dat adres nooit zou gebruiken). Hoe dan ook, Nunzia en Alfonso schreven samen een brief waarin ze me met veel omhaal van woorden vroegen of Lila bij mij verbleef. Ze stuurden hem naar de universiteit van Pisa, met verder alleen maar mijn naam en achternaam op de envelop, en ik kreeg hem met veel vertraging. Ik las de brief, werd nog kwader op Lila en Nino en beantwoordde hem niet.

Intussen was Ada al meteen de dag na het vermeende vertrek van Lila – naast haar werk in de oude kruidenierswinkel, naast de zorg voor haar hele familie en de aandacht die ze aan haar verloofde moest besteden – begonnen Stefano's huis op te ruimen en voor hem te koken, wat Pasquale behoorlijk uit zijn humeur bracht. Ze maakten ruzie, hij zei: 'Je wordt niet betaald om dienstmeid te spelen', en zij antwoordde: 'Beter dienstmeid spelen dan tijd verknoeien aan discussies met jou.' Om de Solara's zoet te houden stuurden ze halsoverkop Alfonso naar het piazza dei Martiri, die het wel best vond: gekleed alsof hij naar een bruiloft moest, ging hij 's ochtends vroeg de deur uit en 's avonds kwam hij heel voldaan weer terug – hij vond het fijn de hele dag in het centrum door te brengen. Michele, die door de verdwijning van mevrouw Carracci onhandelbaar was geworden, liet Antonio komen en zei tegen hem: 'Zoek haar.'

Antonio mompelde: 'Napels is groot, Michè, en Pisa ook, en Italië. Waar moet ik beginnen?'

Michele antwoordde: 'Bij de oudste zoon van Sarratore.' Daarna wierp hij hem een blik toe die hij voorbehield aan iedereen die in zijn ogen minder dan niks waard was en zei: 'Als je het waagt om links en rechts over deze zoektocht te praten, laat ik je in het gekkenhuis van Aversa opnemen en daar kom je dan nooit meer uit. Alles wat je te weten komt en alles wat je ziet mag je alleen mij vertellen. Is dat duidelijk?'

Antonio knikte.

90

Dat mensen, meer nog dan dingen, hun omtrekken konden verliezen en vormloos konden uitstromen, dat is waar Lila in de loop van haar leven het bangst voor was. De ontmarginalisering van haar broer, van wie ze meer hield dan van welk ander familielid ook, had haar angst aangejaagd; het uiteenvallen van Stefano bij de overgang van verloofde naar echtgenoot had haar doodsbang gemaakt. Pas door haar schriften kwam ik erachter hoe diep de sporen waren die haar huwelijksnacht bij haar had achtergelaten en hoe bang ze was geweest voor de mogelijkheid dat het lichaam van haar man helemaal verwrongen zou raken, zijn vorm zou verliezen door de interne druk van zijn begeertes en driften, of juist van slinkse plannen en lafheden. Vooral 's nachts was ze bang wakker te worden en hem vervormd in bed aan te treffen, gereduceerd tot uitgroeisels die barstten door een teveel aan vocht, terwijl zijn vlees en daarmee alles om hem heen, de meubels, het hele appartement, smolt en wegsijpelde, en zij zelf, zijn echtgenote, uiteenviel en in die smerige vloed van levende materie werd gezogen.

Toen Lila de deur achter zich sloot en met haar koffer door de wijk liep als in een witte, onzichtbaar makende sliert van damp, de metro nam en Campi Flegrei bereikte, voelde het alsof ze een weke ruimte achter zich had gelaten, inmiddels bewoond door vormen zonder afbakening, van waaruit ze zich naar een structuur begaf die haar eindelijk helemaal, echt helemaal kon omvatten, zonder dat er barsten kwamen in haarzelf en in de figuren om haar heen. Via verlaten straten bereikte ze haar bestemming. Ze sleepte de koffer naar de tweede verdieping van een huurkazerne, naar een slecht onderhouden flat bestaande uit twee donkere kamers met oude meubels van belabberde makelij en een badcel met alleen maar een wc en een wasbak. Ze had het allemaal zelf geregeld. Nino moest tentamens voorbereiden en bovendien werkte hij aan een nieuw artikel voor *Il Mattino* en aan een bewerking van het vorige tot een essay dat door de *Cronache Meridionali* was geweigerd, maar dat een tijdschrift dat *Nord e Sud* heette bereid was te publiceren. Ze had het huis bezocht, het gehuurd en drie maanden vooruitbetaald. Nu, nauwelijks binnen, voelde ze een grote vrolijkheid over zich komen. Tot haar verrassing ontdekte ze dat het haar plezier deed dat ze de man had verlaten die juist voor altijd, zo leek het, een deel van haar zou moeten zijn. Plezier, ja, dat schreef ze. Dat ze de gemakken van de nieuwe wijk kwijt was, voelde ze in het geheel niet, ze rook de muffe geur niet, zag de vochtplek in een hoek van de slaapkamer niet, merkte niet dat het grijze licht moeite had door het raam naar binnen te dringen, ze raakte niet ontmoedigd door de omgeving die een directe terugkeer naar de armoede van haar kindertijd voorspelde. Het voelde, als in een sprookje, of ze de plek waar ze ongelukkig was achter zich had gelaten en op een plek die haar alle geluk beloofde weer tevoorschijn was gekomen. Ze onderging, geloof ik, opnieuw de fascinatie van het zichzelf tenietdoen. Het was afgelopen met alles wat ze geweest was; afgelopen met de grote weg, de schoenen, de kruidenierswinkels, haar man, de Solara's, het piazza dei Martiri; maar ook met mij was ze klaar, en met de bruid, de echtgenote, ergens anders terechtgekomen, verloren. Het enige aspect dat ze van zichzelf had overgelaten, was dat van minnares van Nino. Nino, die in de loop van de avond arriveerde.

Hij was zichtbaar ontroerd, nam haar in zijn armen, kuste haar, keek verward om zich heen. Hij vergrendelde deuren en ramen alsof hij bang was voor onverwachte binnenvallers. Ze vreeën, voor het eerst sinds de nacht in Forio in een bed. Daarna stond hij op, begon te studeren en klaagde vaak over het te zwakke licht. Ook zij kwam uit bed en hielp hem repeteren. Om drie uur 's nachts gingen ze slapen, nadat ze samen het nieuwe artikel voor *Il Mattino* nog eens hadden bekeken, en ze sliepen met de armen om elkaar heen. Lila voelde zich veilig, hoewel het buiten regende, de ramen trilden en het huis haar vreemd was. Wat was het lijf van Nino nieuw voor haar, zo lang en mager, zo heel anders dan dat van Stefano. Wat was zijn geur opwindend. Het was alsof ze uit een schimmenwereld kwam en een plek had bereikt waar het leven eindelijk echt was. Zodra ze 's ochtends haar voeten op de vloer zette, moest ze naar de wc rennen om over te geven. Ze deed de deur dicht om het Nino niet te laten horen.

91

Hun samenwonen duurde drieëntwintig dagen. De opluchting alles achter zich te hebben gelaten nam met het uur toe. Ze betreurde niet één van de gemakken die ze na haar trouwen had genoten. Dat ze haar ouders, Rino, haar neefje en de andere kinderen niet meer zag, stemde haar niet weemoedig. Ze maakte zich nooit ongerust over het geld dat zou opraken. Het enige wat haar belangrijk leek was samen met Nino wakker worden en in slaap vallen, en naast hem zitten als hij studeerde of schreef, en levendige discussies met hem voeren, waarin alles wat in hun hoofden woelde samenkwam. 's Avonds gingen ze samen uit – naar de bioscoop, of een boekpresentatie of een politiek debat – en maakten het vaak laat; dicht tegen elkaar aan om zich tegen de kou of de regen te beschermen, kibbelend en grapjes makend liepen ze dan terug naar huis.

Op een keer gingen ze naar een schrijver luisteren die boeken schreef maar ook films maakte. Zijn naam was Pasolini. Wat ook maar met hem te maken had veroorzaakte opschudding. Nino mocht hem niet, hij haalde zijn neus op en zei: 'Die man is een flikker en veroorzaakt alleen maar herrie.' Hij verzette zich in eerste instantie dan ook een beetje, bleef liever thuis studeren. Maar Lila was nieuwsgierig en sleurde hem ernaartoe. De ontmoeting vond plaats in dezelfde culturele kring waarnaar ik Lila na hevig aandringen een keer had meegenomen, toen ik nog deed wat mevrouw Galiani zei. Ze was erg enthousiast over de bijeenkomst, en eenmaal buiten duwde ze Nino in de richting van de schrijver, wilde met hem praten. Maar Nino werd zenuwachtig en probeerde haar op alle mogelijke manieren weg te trekken, vooral toen hij merkte dat op het tegenoverliggende trottoir jongens scheldwoorden stonden te brullen. 'Laten we gaan,' zei hij bezorgd, 'ik moet hem niet en die fascisten bevallen me evenmin.' Maar Lila was opgegroeid met vechtpartijen en absoluut niet van plan ervandoor te gaan. Daarom probeerde hij haar naar een steegje te trekken, maar ze spartelde tegen, lachte, beantwoordde scheldwoorden met scheldwoorden. Plotseling gaf ze zich echter gewonnen, maar alleen omdat ze, net toen de knokpartij begon, Antonio tussen de relschoppers ontdekte. Zijn ogen en tanden glansden alsof ze van metaal waren, maar in tegenstelling tot de anderen schreeuwde hij niet. Hij zag haar waarschijnlijk niet, omdat hij te druk bezig was met het uitdelen van klappen, maar het bedierf haar avond wél. Onderweg was er enige spanning tussen haar en Nino: ze waren het oneens over wat Pasolini had gezegd, het leek of ze op verschillende plaatsen waren geweest en naar verschillende mensen hadden geluisterd. Maar daar ging het niet alleen om. Die avond dacht Nino met spijt terug aan de lange, opwindende periode van heimelijke ontmoetingen in de winkel op het piazza dei Martiri en tegelijkertijd voelde hij iets bij Lila wat hem stoorde. Zij merkte dat hij geërgerd en afwezig was, en om verdere spanningen te voorkomen vertelde ze hem niet dat ze tussen de relschoppers een vriend van haar uit de wijk had gezien, de zoon van Melina.

Vanaf de volgende dag al toonde Nino zich steeds minder bereid om haar mee uit te nemen. Eerst zei hij dat hij moest studeren, en dat was waar, maar daarna liet hij zich ontvallen dat zij tijdens de verschillende openbare bijeenkomsten vaak excessief was.

'Hoe bedoel je?'

'Je overdrijft.'

'Hoezo?'

Wrokkig somde hij op: 'Je levert hardop commentaar; je begint meteen ruzie te maken als iemand je tot stilte maant; je hindert de sprekers door met ze in gesprek te gaan. Dat hoort niet.'

Lila had altijd geweten dat zoiets niet hoorde, maar ze was ervan overtuigd dat nu, met hem in haar nabijheid, alles mogelijk was, ook in één sprong afstanden overbruggen, ook rechtstreeks praten met mensen die ertoe deden. Was ze niet in staat geweest om in de winkel van de Solara's een behoorlijk gesprek te voeren met vooraanstaande mensen? Had hij het niet aan een van die klanten te danken dat zijn eerste artikel in *Il Mattino* was geplaatst? Nou dan. 'Je bent te bescheiden,' zei ze, 'je hebt nog steeds niet begrepen dat je beter bent dan die andere lui en nog heel wat belangrijker werk zult schrijven.' En daarna kuste ze hem.

Maar de avonden daarna begon Nino met allerlei smoesjes alleen uit te gaan. Als hij al thuisbleef om te studeren, klaagde hij over al het lawaai dat in hun flatgebouw opklonk. Of hij zuchtte diep omdat hij geld moest gaan vragen aan zijn vader, die hem lastig zou vallen met vragen als: waar slaap je, wat voer je uit, waar woon je, studeer je wel? En om Lila's gave om onderling heel verschillende zaken met elkaar in verband te brengen, schudde hij zijn hoofd en hij ergerde zich eraan, in plaats van zoals gewoonlijk enthousiast te zijn.

Na een poosje was zijn humeur zo slecht en was hij zo achter met de voorbereiding van zijn tentamens dat hij om door te kunnen werken niet langer op dezelfde tijd als Lila naar bed ging. Als Lila zei: 'Het is laat, kom laten we gaan slapen', dan antwoordde hij afwezig: 'Ga jij maar vast, ik kom dadelijk.' Hij keek naar de contouren van haar lichaam onder de dekens en verlangde naar de warmte ervan, maar was tegelijk ook angstig. Ik ben nog niet afgestudeerd, dacht hij, ik heb geen werk; als ik mijn leven niet wil vergooien moet ik alles op alles zetten, maar ik zit hier met deze vrouw die getrouwd is, zwanger is, die elke ochtend overgeeft, me alle discipline onmogelijk maakt. Toen hij hoorde dat *Il Mattino* zijn artikel niet zou publiceren, greep hem dat erg aan. Lila troostte hem, zei dat hij het stuk naar andere kranten moest sturen. En voegde er vervolgens aan toe: 'Morgen bel ik.'

Ze wilde naar de redacteur bellen die ze in de winkel van de Solara's had leren kennen, om erachter te komen wat er mis was met het artikel. Nino viel uit: 'Jij belt niet.'

'Waarom niet?'

'Omdat die zak nooit geïnteresseerd is geweest in mij, alleen maar in jou.'

'Dat is niet waar.'

'En óf het waar is, ik ben niet gek, je brengt me alleen maar in de problemen.'

'Hoezo?'

'Ik had niet naar je moeten luisteren.'

'Wat bedoel je?'

'Jij hebt me in de war gebracht. Je bent als druppend water: tik, tik, tik. Zolang iets niet op jouw manier wordt gedaan, hou je niet op.'

'Jij hebt het artikel bedacht en geschreven.'

'Juist. En waarom heb je het me dan vier keer opnieuw laten schrijven?'

'Jíj wilde het herschrijven.'

'Luister, Lina, laten we open kaart spelen: zoek iets voor jezelf, iets wat je leuk vindt, ga weer schoenen verkopen, ga weer worst verkopen, maar probeer niet iemand te zijn die je niet bent, want daarmee beschadig je mij.'

Drieëntwintig dagen leefden ze samen, een wolk waarin de goden hen hadden verborgen zodat ze ongestoord van elkaar konden genieten. Nino's woorden raakten haar diep en ze zei: 'Ga weg.'

Hij schoot zijn jasje aan, over zijn trui heen, en vertrok met slaande deuren.

Lila ging op het bed zitten en dacht: over tien minuten is hij wel weer terug, hij heeft zijn boeken, aantekeningen, scheerzeep en scheermes niet meegenomen. Daarna barstte ze in huilen uit: hoe heb ik kunnen denken dat ik met hem kon samenleven, hem kon helpen? Het is mijn schuld. Om mijn hoofd vrij te maken heb ik hem iets verkeerds laten schrijven.

Ze ging naar bed en wachtte. Ze wachtte de hele nacht, maar Nino kwam niet terug, de volgende ochtend niet en ook de dagen daarna niet.

92

Wat ik nu ga vertellen heb ik van verschillende personen en op verschillende momenten vernomen. Ik begin met Nino, die het huis in Campi Flegrei verliet en heil zocht bij zijn ouders. Zijn moeder behandelde hem als de verloren zoon, nee, beter nog, veel beter. Maar zijn vader en hij zaten elkaar binnen de kortste keren in de haren, scheldwoorden vlogen over en weer. Donato schreeuwde in het dialect tegen hem dat hij kon vertrekken of blijven, dat maakte niet uit, maar wat hij absoluut nooit meer mocht doen was een maand lang verdwijnen zonder ook maar iemand te waarschuwen en dan alleen maar thuiskomen om geld te halen alsof hij het zelf had verdiend.

Nino trok zich terug in zijn kamer en dacht daar diep na. Hoewel hij het liefst naar Lila toe wilde rennen, haar zijn excuses aanbieden, haar toeschreeuwen dat hij van haar hield, analyseerde hij de situatie en raakte ervan overtuigd dat hij in een valstrik was gelopen, niet door zijn schuld, niet door haar schuld, maar door begeerte. Nu bijvoorbeeld, zo dacht hij, popel ik om naar haar terug te gaan, haar met kussen te overladen, mijn verantwoordelijkheid te nemen, maar ergens weet ik heel goed dat wat ik vandaag in mijn teleurstelling heb gedaan juist is en dat het klopt. Lina is niet geschikt voor mij, Lina is zwanger, ik ben bang voor wat er in haar buik leeft; daarom mag ik beslist niet terug, moet ik snel naar Bruno, geld van hem lenen, weggaan uit Napels zoals Elena heeft gedaan en ergens anders gaan studeren.

De hele nacht en de hele volgende dag dacht hij na, nu eens meegesleept door zijn behoefte aan Lila, dan weer vastgeklampt aan kille gedachten die haar brutale naïviteit bij hem opriepen, haar te intelligente onwetendheid, de kracht waarmee ze hem onbeduidende gedachten opdrong, die god weet wat voor intuïties leken, maar niet meer dan een gok waren.

’s Avonds belde hij Bruno en totaal over zijn toeren ging hij de deur uit om bij hem langs te gaan. Hij rende in de regen naar de bushalte, sprong in de juiste bus. Maar ineens veranderde hij van gedachten en op het piazza Garibaldi sprong hij er weer uit. Met de metro ging hij naar Campi Flegrei, hij kon niet wachten om Lila te omhelzen, haar meteen zodra hij binnen was staand tegen de gangmuur te nemen. Dat leek hem op dat moment het belangrijkst, daarna zou hij wel nadenken over hoe het verder moest.

Het was donker, met lange passen liep hij door de regen. Hij schonk zelfs geen aandacht aan de donkere gedaante die hem naderde. Hij kreeg zo'n harde duw dat hij op de grond viel. Dat was het begin van een langdurige aframmeling, schoppen en stompen, stompen en schoppen. Degene die erop los sloeg zei voortdurend, maar zonder woede in zijn stem: 'Ga bij haar weg, ontmoet haar niet meer en raak haar niet meer aan. Zeg me na: ik ga bij haar weg. Zeg me na: ik ontmoet haar niet meer en raak haar niet meer aan. Hufter, klootzak, dat vind je leuk hè, de vrouwtjes van anderen pakken. Zeg me na: het was fout wat ik deed, ik ga bij haar weg.'

Nino herhaalde het gehoorzaam, maar zijn aanvaller hield niet op. Meer van angst dan van pijn viel hij flauw.

93

Het was Antonio geweest die Nino had afgetuigd. Maar hij vertelde weinig of niets aan zijn baas. Toen Michele hem vroeg of hij de zoon van Sarratore had gevonden, antwoordde hij van wel. Toen hij hem zichtbaar gespannen vroeg of dat spoor hem ook naar Lila had geleid, antwoordde hij van niet. Toen hij hem vroeg of hij nieuws over haar had, zei hij dat hij haar nog niet had kunnen vinden en dat het enige wat ze met absolute zekerheid konden uitsluiten was dat de zoon van Sarratore iets met mevrouw Carracci te maken had.

Hij loog, natuurlijk. Hij had Nino en Lila tamelijk snel gevonden, toevallig, die avond dat hij voor zijn werk met de communisten had moeten gaan vechten. Hij had een paar smoelen in elkaar geslagen en zich toen uit de knokpartij teruggetrokken om achter die twee aan te gaan, die gevlucht waren. Hij had ontdekt waar ze woonden, had begrepen dat ze samenwoonden en de dagen daarna had hij goed gekeken wat ze deden en hoe ze leefden. Toen hij hen zag, had hij zowel bewondering als afgunst gevoeld. Bewondering voor Lila. Hoe is het mogelijk, had hij bij zichzelf gezegd, dat ze weg is gegaan uit haar huis, een prachtig huis in de nieuwe wijk, dat ze haar man in de steek heeft gelaten, de kruidenierswinkels, de auto's, de schoenen, de Solara's heeft opgegeven voor een student zonder een rooie cent die haar op een plek laat wonen die bijna nog erger is dan de wijk? Wat is er met dat meisje? Is ze moedig, is ze gek? Daarna had hij zich geconcentreerd op zijn afgunst jegens Nino. Wat hem het meest pijn deed was dat die broodmagere, lelijke lapzwans die mij zo beviel, ook Lila was bevallen. Wat had die zoon van Sarratore, wat had hij voor op anderen? Hij had er dag en nacht over nagedacht. Het was een soort ziekelijke fixatie voor hem geworden die zijn zenuwstelsel raakte, wat vooral te merken was aan zijn handen, die hij voortdurend vouwde, samenkneep alsof hij bad. Ten slotte had hij besloten dat hij Lila moest bevrijden, ook al had ze er op dat moment misschien helemaal geen behoefte aan om bevrijd te worden. Maar – had hij tegen zichzelf gezegd – mensen hebben tijd nodig om erachter te komen wat wel en niet goed is, en hen helpen is nu precies voor hen doen wat ze op een bepaald moment van hun leven niet bij machte zijn zelf te doen. Michele Solara had hem niet opgedragen de zoon van Sarratore af te ranselen, nee, hij had het belangrijkste voor Michele verzwegen en daarom was er geen reden om zover te gaan. Nino aftuigen was zijn eigen beslissing geweest, die hij deels had genomen omdat hij hem van Lila wilde afnemen, om haar op die manier terug te geven wat ze om volstrekt onbegrijpelijke redenen overboord had gezet, en deels omdat hij daar gewoon zin in had, vanwege de irritatie die hij voelde, niet om Nino – die onbeduidende opeenhoping van vrouwelijke huid en te lange, breekbare botten – maar om wat wij meisjes allebei in hem hadden gezien en nog in hem zagen.

Ik moet toegeven dat ik toen Antonio me veel later dat hele verhaal vertelde, zijn motieven meende te begrijpen. Hij vertederde me, ik gaf hem een aai over zijn wang om hem te troosten na de hevige gevoelens die hij had gehad. En hij bloosde, raakte in de war en zei om me te bewijzen dat hij geen beest was: 'Daarna heb ik hem geholpen.' Hij had Sarratores zoon omhoog gehesen en hem, half bewusteloos, naar een apotheek gebracht. Daar had hij hem bij de deur achtergelaten en was teruggegaan naar de wijk om met Pasquale en Enzo te praten.

Die twee hadden erg tegen hun zin ermee ingestemd hem te ontmoeten. Ze beschouwden hem niet meer als vriend, vooral Pasquale niet, die toch met zijn zus was verloofd. Maar dat kon Antonio inmiddels niets meer schelen, hij deed of er niets aan de hand was, gedroeg zich alsof hun vijandigheid omdat hij zich aan de Solara's had verkocht een boosheid was die hun vriendschap niet had aangetast. Hij had niets over Nino gezegd, hij had zich beperkt tot het feit dat hij Lila had gevonden en dat ze haar moesten helpen.

'Waarmee?' had Pasquale op agressieve toon gevraagd.

'Met terug naar huis gaan. Ze is niet naar Lenuccia, ze woont in een rotflat in Campi Flegrei.'

'Alleen?'

'Ja.'

'Waarom heeft ze daarvoor gekozen?'

'Dat weet ik niet, ik heb niet met haar gepraat.'

'Waarom niet?'

'Ik moest haar vinden, dat was de opdracht van Michele Solara.'

'Je bent een klotefascist.'

'Ik ben niets, ik heb een klus geklaard.'

'Goed zo, en wat wil je nu?'

'Ik heb Michele niet verteld dat ik haar heb gevonden.'

'Nou en?'

'Ik wil mijn baantje niet kwijt, ik moet zorgen dat ik geld verdien. Als Michele te weten komt dat ik heb gelogen, ontslaat hij me. Gaan jullie haar halen en breng haar terug naar huis.'

Pasquale had hem opnieuw stevig uitgescholden, maar ook toen had Antonio amper gereageerd. Hij had zijn kalmte pas verloren toen zijn toekomstige zwager had gezegd dat Lila er goed aan had gedaan haar man te verlaten en alles op te geven: als ze eindelijk uit de winkel van de Solara's was vertrokken, als ze begrepen had dat ze door met Stefano te trouwen een vergissing had begaan, dan zou hij wel de laatste zijn die haar terugbracht.

'Wil je haar alleen in Campi Flegrei laten?' had Antonio onthutst gevraagd. 'Alleen en zonder een cent?'

'Hoezo, zijn wij soms rijk? Lina is volwassen en ze kent het leven. Als ze hiervoor heeft gekozen, heeft ze daar haar redenen voor, en moeten wij haar met rust laten.'

'Maar zij heeft ons altijd geholpen waar ze kon.'

Bij die toespeling op het feit dat Lila hem geld had gegeven, had Pasquale zich geschaamd. Hij had algemene dingen gemompeld over rijken en armen, over de situatie van de vrouwen in en buiten de wijk, over dat als het erom ging haar wat geld te geven, hij daartoe bereid was. Maar Enzo, die tot dan toe steeds had gezwegen, had Antonio met een geërgerd gebaar onderbroken en tegen hem gezegd: 'Geef me het adres, ik ga uitzoeken wat ze van plan is.'

94

En hij ging echt, de volgende dag al. Hij nam de metro, stapte uit in Campi Flegrei en zocht de straat en het huisnummer.

Van Enzo wist ik in die tijd alleen dat alles, maar werkelijk alles hem de keel uithing: het geklaag van zijn moeder, de zorg voor zijn broertjes, de camorra van de groenten- en fruitmarkt, het rondtrekken met zijn karretje wat steeds minder opbracht, het communistische gepraat van Pasquale en ook zijn verloving met Carmen. Maar omdat hij een gesloten karakter had, was het moeilijk erachter te komen wat voor type hij was. Van Carmen had ik gehoord dat hij in het geheim studeerde; hij wilde als particuliere kandidaat het diploma van technisch deskundige halen. Bij diezelfde gelegenheid – Kerstmis? – had Carmen me verteld dat hij haar maar vier keer had gekust sinds hij in het voorjaar uit dienst was gekomen. Geërgerd had ze eraan toegevoegd: 'Misschien is hij geen echte man.'

Als een jongen niet veel belangstelling voor ons had, zeiden wij meisjes vaak dat hij geen echte man was. Was Enzo het wel, was hij het niet? Ik begreep niets van bepaalde zielenroerselen van mannen, niemand van ons begreep er iets van, en telkens als een man afwijkend gedrag vertoonde, namen we onze toevlucht tot die formule. Sommige mannen, zoals de Solara's, Pasquale, Antonio, Donato Sarratore, en ook Franco Mari, mijn verloofde van de Normale, behandelden ons op de meest uiteenlopende manieren: ze waren agressief, onderdanig, onbezonnen of attent, maar ze wilden ons zonder enige twijfel. Anderen, zoals Alfonso, Enzo en Nino, hadden – eveneens op verschillende manieren – een kalme afstandelijkheid over zich, alsof er zich tussen hen en ons een muur bevond en het ónze taak was daaroverheen te klimmen. Bij Enzo had die afstandelijkheid zich na zijn diensttijd nog verscherpt. Niet alleen deed hij niets om vrouwen te behagen, maar in feite kon de hele wereld hem gestolen worden. Zijn gestalte, die al aan de kleine kant was, leek nu nog kleiner, alsof zelfs zijn lichaam zich door een soort zelfcompressie tot een compact blok energie had samengebald. De huid over zijn jukbeenderen stond strak als een zonnescherm en als hij liep bewoog alleen de passer van zijn benen, niets anders, zijn armen niet, zijn hals niet en ook zijn hoofd en zelfs de rossig blonde helm van zijn haar niet. Toen hij besloot naar Lila te gaan, deelde hij Pasquale en Antonio dat niet mee als een uitnodiging om erover te praten, maar als een bericht, goed om elke discussie in de kiem te smoren. En ook toen hij in Campi Flegrei arriveerde, aarzelde hij niet. Hij vond de straat, vond de entree van het flatgebouw, liep de trap op en belde bij de juiste deur vastberaden aan.

95

Omdat Nino niet na tien minuten, niet na een uur en evenmin de volgende dag terugkwam, werd Lila gemeen. Ze voelde zich niet verlaten maar vernederd, en al had ze bij zichzelf toegegeven dat ze niet de juiste vrouw voor hem was, ze vond het toch onverdraaglijk dat hij haar dat op een grove manier had bevestigd door na slechts drieëntwintig dagen uit haar leven te verdwijnen. Uit woede gooide ze alles weg wat hij had achtergelaten: boeken, onderbroeken, sokken, een trui, zelfs een potloodstompje. Toen ze dat had gedaan, kreeg ze er spijt van en barstte in tranen uit. Eenmaal uitgehuild vond ze zichzelf lelijk, opgezwollen, stom en kleingeestig, dat laatste omdat Nino bittere gevoelens bij haar opriep, uitgerekend Nino van wie ze hield en die, dacht ze, ook van haar hield. Het appartement zag er ineens uit zoals het écht was, een naargeestige ruimte met muren waar alle geluiden van de stad doorheen drongen. Ze rook de stank, zag de kakkerlakken die onder de trapdeur door naar binnen kwamen, de vochtplekken op het plafond, en ze voelde voor het eerst hoe haar kindertijd haar weer in de greep nam, niet de kindertijd van de fantasieën, maar die van wrede ontberingen, bedreigingen en klappen. Sterker nog, ze ontdekte ineens dat het droombeeld dat ons vanaf onze jongste jaren had getroost – rijk worden – totaal uit haar hoofd was verdwenen. Al leek de armoede in Campi Flegrei haar erger dan die in de wijk waar wij speelden, al was haar situatie ernstiger vanwege het kind dat ze verwachtte, al had ze in enkele dagen al het geld opgemaakt dat ze mee had gebracht, ze ontdekte dat ze rijkdom niet langer zag als beloning en bevrijding, en dat het haar niets meer zei. Het vervangen van de schatkisten uit onze kinderjaren, die boordevol zaten met gouden munten en edelstenen, door het beduimelde en van vieze luchtjes doortrokken papiergeld dat zich in het kassalaatje ophoopte toen ze in de kruidenierswinkel werkte, of in de kleurige metalen doos van de winkel op het piazza dei Martiri, was iets uit onze pubertijd. Het werkte niet meer, ook het laatste restje fonkeling was verdwenen. De verhouding tussen geld en bezit had haar teleurgesteld. Ze wilde niets voor zichzelf en niets voor het kind dat ze verwachtte. Rijk zijn betekende voor haar Nino hebben, en omdat Nino was vertrokken, voelde ze zich arm, een armoede waar geen geld iets tegen vermocht. Omdat er aan haar nieuwe situatie niets te verhelpen was, voelde ze zich schuldig: ze had vanaf haar jongste jaren te veel fouten gemaakt, die allemaal waren samengevloeid in die laatste fout: denken dat de zoon van Sarratore net zomin buiten haar kon als zij buiten hem, en dat hun lot uitzonderlijk was, dat van elkaar houden een geluk was dat voor altijd zou duren en elke andere behoefte naar de achtergrond zou dringen. Ze besloot niet meer naar buiten te gaan, hem niet te zoeken, niet te eten of te drinken, maar te wachten tot haar leven en dat van het kind al hun begrenzingen, elke denkbare omlijning verloren, en er in haar hoofd niets meer te vinden was, zelfs geen kruimeltje, van wat haar het kwaadst maakte, met andere woorden, van het besef dat ze in de steek was gelaten.

Toen werd er aangebeld.

Ze dacht dat het Nino was, deed open: het was Enzo. Ze was niet teleurgesteld toen ze hem zag. Ze dacht dat hij haar wat fruit kwam brengen, zoals hij heel vroeger als jongetje had gedaan, nadat hij verslagen was in de wedstrijd die de directeur en juffrouw Oliviero hadden willen houden, nadat hij haar met een steen had geraakt, en ze barstte in lachen uit. Dat lachen was voor Enzo een teken dat ze er slecht aan toe was. Hij liep naar binnen, liet uit respect de deur open, want hij wilde niet dat de buren konden denken dat ze mannen ontving, als een hoer. Hij wierp een blik om zich heen, keek even naar haar slonzige uiterlijk en concludeerde dat ze hulp nodig had, en dan had hij nog niet eens gezien wat nog nauwelijks te zien was, dat wil zeggen haar zwangerschap. Nog voordat Lila erin slaagde weer rustig te worden en op te houden met lachen, zei hij volstrekt emotieloos: 'We gaan.'

'Waarheen?'

'Naar je man.'

'Heeft hij je gestuurd?'

'Nee.'

'Wie dan?'

'Niemand.'

'Ik ga niet mee.'

'Dan blijf ik hier.'

'Voor altijd?'

'Tot je besluit mee te gaan.'

'En je werk dan?'

'Daar heb ik genoeg van.'

'En Carmen?'

'Jij bent veel belangrijker.'

'Dat zal ik haar eens vertellen, dan maakt ze het uit.'

'Ik vertel het haar zelf wel, dat had ik al besloten.'

Vanaf dat moment praatte hij afstandelijk, met zachte stem. Ze antwoordde grinnikend, op een spottende manier, alsof niets van wat ze zeiden waar was en ze voor de grap over een wereld, over mensen en over gevoelens spraken die al lang niet meer bestonden. Enzo realiseerde zich dat en zei een poosje niets meer. Hij liep door het huis, vond Lila's koffer, vulde hem met wat er in de laden lag en in de kast hing. Lila liet hem begaan want ze zag geen Enzo van vlees en bloed, maar een schim in kleur, zoals in de film, die hoewel hij praatte toch nog altijd niet meer dan een lichteffect was. Toen de koffer was gepakt, ging Enzo weer tegenover haar zitten en stak een bijzonder verrassend verhaal tegen haar af. Op zijn beknopte en tegelijkertijd afstandelijke manier zei hij: 'Lina, ik hou van je al vanaf dat we klein waren. Ik heb het nooit tegen je gezegd omdat je heel mooi bent en heel intelligent, terwijl ik klein en lelijk ben en niets waard. Je gaat nu terug naar je man. Ik weet niet waarom je bij hem weg bent gegaan en dat wil ik ook niet weten. Ik weet alleen dat je hier niet kunt blijven; in deze vuiligheid leven, dat verdien je niet. Ik ga met je mee tot bij de deur van het flatgebouw en wacht. Als hij je slecht behandelt, kom ik naar boven en vermoord ik hem. Maar dat doet hij niet, integendeel, hij zal blij zijn dat je terugkomt. Maar we spreken iets af voor het geval je niet met je man tot een akkoord komt: ik heb je naar hem teruggebracht, dus dan kom ik je ook weer halen.'

Nu lachte Lila niet meer. Ze kneep haar ogen samen en luisterde voor het eerst aandachtig. Zij en Enzo hadden tot op die dag heel weinig contact met elkaar gehad, maar de keren dat ik hen samen had meegemaakt, hadden ze me altijd verbaasd. Er was iets ondefinieerbaars tussen hen, dat was ontstaan in de verwarde periode van onze kindertijd. Zij had vertrouwen in Enzo, geloof ik, ze voelde dat ze op hem kon rekenen. Toen hij de koffer pakte en naar de deur liep, die nog steeds openstond, aarzelde ze even, maar daarna volgde ze hem.

96

Die avond dat Enzo haar terugbracht naar huis, wachtte hij daadwerkelijk onder de ramen van Lila en Stefano, en als Stefano haar had afgetuigd, zou hij waarschijnlijk naar boven zijn gegaan en hem hebben vermoord. Maar Stefano sloeg niet, integendeel, hij ontving haar blij in een schoon en opgeruimd huis. Hij gedroeg zich alsof zijn vrouw echt bij mij in Pisa was gaan logeren, ook al bleek nergens uit dat dat inderdaad het geval was geweest. Lila van haar kant nam geen toevlucht tot dat verhaal of andere smoesjes. De volgende morgen bij het wakker worden zei ze sloom: 'Ik ben zwanger', en hij was zo euforisch dat hij toen zij eraan toevoegde dat het kind niet van hem was, met oprechte vrolijkheid in lachen uitbarstte. Omdat ze die zin een paar keer, steeds kwader herhaalde en haar man ook met gebalde vuisten probeerde te stompen, begon hij haar te knuffelen en te kussen, terwijl hij fluisterde: 'Hou op, Lina, hou op, hou op, ik ben te blij. Ik weet dat ik je slecht heb behandeld, maar laat het nu afgelopen zijn, zeg geen akelige dingen meer tegen me', en zijn ogen vulden zich met tranen van blijdschap.

Lila wist allang dat mensen zichzelf leugens vertellen om zich tegen de harde werkelijkheid te beschermen, maar ze was verbaasd dat haar man met zo veel vrolijke overtuiging tegen zichzelf kon liegen. Aan de andere kant liet Stefano haar inmiddels volkomen koud, en vond ze het ook voor zichzelf niet van belang. Nadat ze nog een tijdje emotieloos was blijven herhalen: 'Het is niet van jou', trok ze zich terug in de loomheid van haar zwangerschap. Hij stelt het verdriet liever uit, dacht ze. Ook goed, hij doet maar. Als hij nu niet wil lijden, lijdt hij later wel.

Een poosje daarna begon ze op te sommen wat ze wel en wat ze niet wilde: ze wilde niet meer werken, niet in de winkel op het piazza dei Martiri en niet in de kruidenierswinkel; ze wilde niemand zien, geen vrienden, geen familieleden en vooral de Solara's niet, maar ze wilde thuisblijven en echtgenote en moeder zijn. Hij vond het goed, ervan overtuigd dat ze binnen een paar dagen van gedachten zou veranderen. Maar Lila sloot zich echt in het appartement op, zonder ooit enige belangstelling te tonen voor wat Stefano, haar broer en haar vader uitvoerden, of voor het wel en wee van haar familie en schoonfamilie.

Een paar keer stond Pinuccia op de stoep met haar zoontje Fernando, dat Dino werd genoemd, maar ze deed niet open.

Ook Rino kwam een keer langs, erg nerveus, en Lila liet hem binnen, luisterde naar zijn geklets over hoe boos de Solara's waren geworden omdat ze uit de winkel was verdwenen, over hoe slecht het met de Cerullo-schoenen ging, omdat Stefano alleen maar aan zijn eigen zaken dacht en niet meer investeerde. Toen hij eindelijk zweeg, zei ze: 'Rino, je bent ouder dan ik, je bent volwassen, je hebt een vrouw en een kind, doe me een plezier: leef je eigen leven, zonder voortdurend mijn hulp in te roepen.' Hij was diep teleurgesteld en ging terneergeslagen weg na een klaagzang over het feit dat iedereen steeds rijker werd, terwijl hij – omdat zijn zus niet aan haar familie, aan het Cerullo-bloed hechtte, maar zich inmiddels alleen nog maar een Carracci voelde – het risico liep het weinige dat hij verworven had te verliezen.

Zelfs Michele Solara nam de moeite om naar haar toe te gaan, in het begin zelfs twee keer per dag, op tijden dat hij zeker wist dat Stefano niet thuis was. Maar zij deed nooit open, bleef met ingehouden adem stil in de keuken zitten, zodat hij op een keer, voordat hij weer vertrok, vanaf de straat tegen haar riep: 'Wie denk je goddomme wel dat je bent, slet, je had een afspraak met me en daar heb je je niet aan gehouden.'

De enigen die ze graag ontving waren Nunzia en Stefano's moeder Maria, die de zwangerschap zorgzaam volgden. Het overgeven hield op, maar ze bleef er grauw uitzien. Ze voelde zich dik en opgeblazen, meer van binnen dan van buiten, alsof elk orgaan in het omhulsel van haar lichaam dikker aan het worden was. Haar buik leek haar een blaas van vlees die uitzette door het ademen van het kind, ze was bang dat haar zou overkomen wat ze altijd al het meest had gevreesd: breken, uitstromen. En toen voelde ze ineens dat ze van het wezentje in haar hield, van die absurde vorm van leven, dat steeds groter wordende bobbeltje dat op een gegeven moment als een trekpoppetje via haar geslacht uit haar zou komen. Door hem kreeg ze haar gevoel van eigenwaarde weer terug. Geschrokken van haar onwetendheid, bang voor de fouten die ze zou kunnen maken, begon ze alles te lezen wat ze te pakken kon krijgen over zwangerschap, wat er in je buik gebeurt, hoe je je op een bevalling moet voorbereiden. Ze kwam in die maanden heel weinig buiten. Ze kocht geen kleren meer of spullen voor het huis, maar liet haar moeder wel steeds minstens twee kranten meebrengen en Alfonso tijdschriften. Dat was het enige geld dat ze uitgaf. Toen Carmen zich een keer vertoonde om geld te vragen, zei ze dat ze daarvoor bij Stefano moest zijn, zij had het niet. Terneergeslagen ging Carmen weer weg. Het kon Lila allemaal niets meer schelen, alleen het kind was nog belangrijk.

Dat gedrag kwetste Carmen, ze werd nog rancuneuzer. Ze had Lila al niet kunnen vergeven dat ze hun samenwerking in de nieuwe kruidenierswinkel had verbroken, en daar kwam nu nog bij dat ze haar portemonnee had gesloten. Maar wat ze haar vooral niet vergaf, was dat ze haar eigen gang was gegaan – dat was wat Carmen begon rond te bazuinen. Ze was verdwenen, weer teruggekomen, bleef gewoon de mevrouw spelen en in haar mooie huis wonen, en nu was er ook nog een kind op komst. ‘Hoe hoeriger, hoe winstgevender,’ zei ze. Maar zij, die zich van de vroege ochtend tot de late avond zonder enige voldoening kapot werkte, kreeg de ene klap na de andere te verwerken. Haar vader was in de gevangenis gestorven, haar moeder op een manier waaraan ze niet eens wilde denken. En nu ook dat gedoe met Enzo er nog bij. Hij had haar op een avond voor de winkel opgewacht en haar verteld dat hij er niet voor voelde de verloving voort te zetten. Dat was alles, een paar woorden maar, zoals gewoonlijk, geen enkele verklaring. Ze was naar haar broer gehold om uit te huilen en Pasquale had

Enzo opgezocht en om een verklaring gevraagd. Maar die had Enzo niet gegeven, en daarom praatten de jongens nu niet meer met elkaar.

Toen ik vanwege de paasvakantie thuis was uit Pisa en Carmen in het parkje tegenkwam, stortte ze haar hart bij me uit. 'Stomme trut die ik ben,' huilde ze, 'zijn hele diensttijd heb ik op hem gewacht. Stomme trut die ik ben, ik werk de godganse dag, voor niet meer dan een paar centen.' Ze zei dat ze genoeg had van alles. En zonder duidelijk verband liet ze daar een stortvloed van scheldwoorden aan het adres van Lila op volgen. Ze ging zelfs zover dat ze haar een relatie toeschreef met Michele Solara, die ze vaak in de buurt van huize Carracci hadden zien rondslenteren. 'Overspel en geld,' siste ze, 'daar leeft die meid op.'

Maar geen woord over Nino. Wonder boven wonder wist de wijk niets van die relatie. Juist in die dagen vertelde Antonio me over de afranseling die hij hem had gegeven en hoe hij Enzo eropuit had gestuurd om Lila te redden, maar hij vertelde het alleen tegen mij en ik weet zeker dat hij er zijn hele leven met niemand anders over heeft gesproken. Wat de rest betreft, hoorde ik een en ander van Alfonso. Toen ik hem er heel nadrukkelijk naar vroeg, vertelde hij dat hij van Marisa had gehoord dat Nino in Milaan was gaan studeren. Dankzij hen wist ik meer over het leven van Lila dan zij kon bevroeden, en toen ik haar, helemaal toevallig, op de zaterdag voor Pasen op de grote weg tegenkwam, bedacht ik met een subtiel genoegen dat het niet moeilijk was om uit de gegevens die ik had te concluderen dat ze er weinig aan had gehad om Nino van mij af te pakken.

Lila's buik was al behoorlijk dik, leek een uitwas van haar broodmagere lijf. Haar gezicht had ook niet de bloeiende schoonheid die zwangere vrouwen zo eigen is, was zelfs minder mooi dan vroeger, groenig, de huid strak gespannen over haar grote jukbeenderen. We probeerden allebei te doen of er niets aan de hand was.

'Hoe gaat het met je?'

'Goed.'

'Mag ik je buik voelen?'

'Ja.'
'En die ene kwestie?'
'Welke?'
'Van Ischia.'
'Dat is over.'
'Jammer.'
'Wat doe jij?'
'Ik studeer, heb een eigen plek en alle boeken die ik nodig heb. En ook een soort verloofde.'
'Soort?'
'Ja.'
'Hoe heet hij?'
'Franco Mari.'
'Wat doet hij?'
'Hij studeert ook.'
'Wat staat die bril je goed.'
'Die heeft Franco me gegeven.'
'En die jurk?'
'Ook.'
'Is hij rijk?'
'Ja.'
'Ik ben blij voor je. En je studie, hoe gaat het daarmee?'
'Ik werk hard, want anders sturen ze me weg.'
'Oppassen maar.'
'Dat doe ik.'
'Bofferd.'
'Tja.'

Ze vertelde dat ze was uitgerekend in juli. Ze had een dokter, dezelfde die haar naar zee had gestuurd. Een dokter dus, niet de vroedvrouw uit de wijk. 'Ik ben bang dat er iets misgaat met het kind,' zei ze, 'ik wil niet thuis bevallen.' Ze had gelezen dat het beter was als dat in een kliniek gebeurde. Ze glimlachte, streek over haar buik. Toen liet ze zich een vage zin ontvallen: 'Ik ben hier alleen nog maar vanwege dit.'

'Is het fijn om het kind in je te voelen?'

'Nee, vreselijk, maar ik draag het graag.'

'Is Stefano kwaad?'

'Hij wil geloven wat hem uitkomt.'

'Hoe bedoel je?'

'Dat ik een tijdje een beetje gek heb gedaan en naar Pisa ben gevlucht, naar jou.'

Ik deed of ik nergens van wist, alsof ik stomverbaasd was.

'Jij en ik samen in Pisa?'

'Ja.'

'En als hij me iets vraagt, moet ik dan zeggen dat het zo is gegaan?'

'Zeg maar wat je wilt.'

We namen afscheid en beloofden elkaar te schrijven. Maar we schreven elkaar nooit en ik ondernam niets om erachter te komen hoe de bevalling was verlopen. Soms kwam er een gevoel bij me naar boven dat ik onmiddellijk onderdrukte om te voorkomen dat ik het me werkelijk bewust werd: ik wilde dat haar iets overkwam, dat het kind niet geboren zou worden.

97

In die tijd droomde ik vaak over Lila. Een keer lag ze in bed in een groene nachtpon, helemaal van kant. Ze droeg vlechten, die ze in werkelijkheid nooit had, en hield een in roze gehulde baby in de armen. Ze vroeg voortdurend met bedroefde stem: 'Maak een foto van me, maar alleen van mij, niet met het kind erbij.' In een andere droom verwelkomde ze me blij en riep daarna haar dochter, die net zo heette als ik: 'Lenù,' riep ze, 'kom eens dag zeggen tegen tante.' Maar er verscheen een dikke reuzin, veel ouder dan wij. Lila droeg me op haar uit te kleden en te wassen en een schone luier en kleertjes aan te doen. Als ik na zo'n droom wakker werd, wilde ik eigenlijk een telefooncel opzoeken om te proberen Alfonso te bellen. Ik wilde horen of het kind zonder problemen was geboren en of Lila blij was. Maar ik moest studeren of had tentamens, en dan vergat ik het weer. Toen ik in augustus van beide verplichtingen was bevrijd, ging ik niet terug naar huis. Ik schreef mijn ouders een brief met wat leugentjes en ging met Franco naar een appartement van zijn familie aan de Versiliaanse kust. Voor het eerst deed ik een bikini aan, zo klein dat hij in één hand paste. Ik vond het heel gewaagd van mezelf.

Pas met Kerstmis hoorde ik van Carmen hoe zwaar Lila's bevalling was geweest.

'Ze was bijna dood. De dokter heeft uiteindelijk haar buik open moeten snijden, anders kwam het kind er niet uit.'

'Is het een jongetje geworden?'

'Ja.'

'Is hij in orde?'

'Hij is prachtig.'

'En zij?'

'Ze is nogal uitgedijd.'

Ik hoorde dat Stefano zijn zoon Achille had willen noemen, naar zijn vader, maar Lila had zich daartegen verzet en het geschreeuw van de echtelieden – dat geruime tijd niet was gehoord – had door de hele kliniek geklonken, zo heftig zelfs dat de verpleegsters hen hadden berispt. Uiteindelijk was het kind Gennaro genoemd, dat wil zeggen Rino, naar Lila's broer.

Ik luisterde zonder te reageren. Ik was niet tevreden over mezelf en om me daartegen te weren nam ik een afstandelijke houding aan. Carmen maakte me erop attent: 'Ik praat en praat maar en jij zegt geen woord, het lijkt wel of ik de nieuwslezeres van de televisie ben. Interesseren we je dan helemaal niks meer?'

'Wat zeg je nou?'

'Je bent mooi geworden, zelfs je stem is veranderd.'

'Had ik een lelijke stem?'

'Dezelfde stem als wij.'

'En nu?'

'Nu klinkt-ie anders.'

Ik bleef tien dagen in de wijk, van 24 december 1964 tot 3 januari 1965, maar Lila zocht ik niet één keer op. Ik wilde haar zoontje niet zien, ik was bang iets van Nino in hem te herkennen: zijn neus, de vorm van zijn ogen, de oren.

Thuis behandelden ze me inmiddels alsof ik een achtenswaardig iemand was die het zich had verwaardigd langs te komen voor een haastige groet. Mijn vader keek met voldoening naar me. Ik voelde zijn tevreden blik op me rusten, maar als ik iets tegen hem zei, raakte hij in verlegenheid. Hij vroeg niet wat ik studeerde, waar het voor diende, wat voor werk ik later zou doen; niet omdat hij het niet wilde weten, maar uit angst dat hij mijn antwoorden niet zou begrijpen. Mijn moeder daarentegen liep nijdig door het huis en als ik haar karakteristieke stap hoorde, realiseerde ik me weer hoe bang ik was geweest net als zij te worden. Maar gelukkig was ik haar intussen ver voorbijgestreefd, dat voelde ze, en ze nam het me kwalijk. Als ze in die dagen tegen me praatte, leek het of het mijn schuld was als er narigheid was. Steeds hoorde ik een lichte afkeuring in haar stem, maar in tegenstelling tot vroeger wilde ze nooit dat ik afwaste, de tafel afruimde of vloeren dweilde. Ook mijn zusje en mijn broertjes waren niet helemaal op hun gemak. Ze deden hun best om Italiaans met me te praten en hun fouten, waar ze zich voor schaamden, corrigeerden ze vaak zelf. Maar ik probeerde hun te laten merken dat ik nog steeds dezelfde was en langzaam maar zeker raakten ze daar ook van overtuigd.

's Avonds wist ik niet wat ik moest doen, de vriendengroep van vroeger was uiteengevallen. Pasquale moest niets meer van Antonio hebben, hij probeerde hem op alle mogelijke manieren te ontwijken. Antonio wilde niemand zien, deels omdat hij geen tijd had (hij werd door de Solara's voortdurend overal heen gestuurd), deels omdat hij niet wist waar hij het over moest hebben: over zijn werk kon hij niet praten en een privéleven had hij niet. Ada haastte zich na haar werk in de winkel naar huis om voor haar moeder en haar broertjes te zorgen, of ze was moe en gedeprimeerd en ging naar bed; zelfs Pasquale zag ze bijna niet meer, wat hem erg nerveus maakte. Carmen haatte inmiddels alles en iedereen, ook mij misschien. Ze haatte haar werk in de nieuwe kruidenierswinkel, de

Carracci's, Enzo die haar in de steek had gelaten, haar broer die alleen maar ruzie met Enzo had gemaakt en hem niet in elkaar had getimmerd. Tja, Enzo… Enzo was niet te pakken te krijgen. Zijn moeder Assunta had kanker, en als hij niet aan het ploeteren was om zijn dagelijkse geld te verdienen, ontfermde hij zich over haar, ook 's nachts. Toch was hij er totaal onverwacht in geslaagd het diploma van technisch deskundige te bemachtigen. Dat het hem was gelukt als particulier een diploma te behalen, maakte me nieuwsgierig, want dat was erg moeilijk. Wie had dat ooit kunnen denken, dacht ik. Voor ik terugging naar Pisa lukte het me met veel moeite hem over te halen een eindje met me te gaan wandelen. Ik maakte hem veel complimenten voor het behaalde resultaat, maar er verscheen alleen maar een bagatelliserende grijns. Hij was zo karig met zijn woorden geworden dat ik alleen maar aan het woord was, hij zei bijna niets. Ik herinner me slechts één zin, hij sprak hem uit net voor we uit elkaar gingen. Tot op dat moment had ik niets over Lila gezegd, geen woord. En toch zei hij ineens, alsof ik het voortdurend over haar had gehad: 'Hoe dan ook, Lina is de beste moeder van de hele wijk.'

Dat 'hoe dan ook' bracht me uit mijn humeur. Ik had Enzo nooit bijzondere gevoeligheid toegekend, maar toen was ik ervan overtuigd dat hij terwijl hij naast me liep de lange lijst met fouten die ik onze vriendin stilzwijgend toeschreef had gehoord – gehoord alsof ik hem hardop had opgesomd, bijna alsof mijn lichaam die lijst zonder dat ik het merkte vol woede had gescandeerd.

98

Uit liefde voor de kleine Gennaro begon Lila weer de deur uit te gaan. Ze legde het altijd helemaal in het blauw of wit geklede kind in de onhandige monumentale kinderwagen die haar broer haar cadeau had gedaan – en die hem een rib uit zijn lijf had gekost – en wandelde in haar eentje door de nieuwe wijk. Als Rinuccio huilde, liep ze naar de nieuwe winkel en voedde hem te midden van de klanten met hun vertederende complimenten, haar ontroerde schoonmoeder, en Carmen die met gebogen hoofd en zonder een woord te zeggen geërgerd doorwerkte. Lila gaf het kind te drinken zodra het zich liet horen. Ze vond het heerlijk hem tegen zich aan te voelen, te merken hoe de melk van haar naar haar kind stroomde, en hoe prettig dat de druk in haar borst wegnam. Het was de enige band die haar een goed gevoel gaf en in haar schriften schreef ze bang te zijn voor het moment waarop het kind niet meer bij haar zou drinken.

Omdat de nieuwe wijk alleen maar bestond uit straten vol wittig stof, met hier en daar een treurig struikje of boompje, begon ze toen de mooie dagen aanbraken verder te gaan, tot het parkje voor de kerk. Iedereen die daar langskwam, bleef staan om naar het kind te kijken. Het werd alom geprezen, wat haar blij maakte. Als ze Gennaro moest verschonen, ging ze naar de oude kruidenierswinkel, waar de klanten hem uitbundig verwelkomden zodra ze met hem binnenkwam. Maar Ada, met haar te schone schort, lippenstift op de dunne lippen, het bleke gezicht en keurige haar, bevelen uitdelend, ook aan Stefano, gedroeg zich steeds brutaler als *serva padrona,* de ondergeschikte die de scepter zwaait. Al had ze het nog zo druk, ze stelde toch alles in het werk om Lila duidelijk te maken dat zij, de wandelwagen en het kind in de weg stonden.

Lila trok zich daar echter weinig van aan. De nurkse onverschilligheid van haar man stoorde haar meer. Als ze samen waren schonk hij weinig aandacht aan het kind, maar gedroeg hij zich niet vijandig. In het openbaar daarentegen, ten overstaan van de klanten die kinderlijke stemmetjes vol tederheid opzetten en de baby in de armen wilden nemen en hem met kusjes overlaadden, keek hij er niet eens naar, sterker nog, deed hij of het kind hem volkomen koud liet. Lila ging naar de ruimte achter de winkel, waste Gennaro, kleedde hem vlug weer aan en keerde terug naar het parkje. Vertederd bekeek ze daar haar zoontje, zocht Nino's trekken in zijn gezichtje en vroeg zich af of Stefano soms iets ontwaarde wat zij maar niet kon ontdekken.

Maar algauw liet ze het erbij zitten. Over het algemeen gleden de dagen voorbij zonder haar de geringste emotie te geven. Ze zorgde voornamelijk voor haar kind, het lezen van een boek duurde weken, twee of drie bladzijden per dag. In het park liet zij zich als de kleine sliep soms afleiden door de takken van de bomen die uitbotten en schreef ze een paar woorden in een gehavend schrift.

Op een dag merkte ze dat er in de kerk, een paar stappen van haar vandaan, een begrafenis was. Samen met het kind ging ze kijken en ontdekte dat het de begrafenis van Enzo's moeder was. Ze zag hem, rechtop en heel erg bleek, maar ze ging hem niet condoleren. Op een andere dag, toen ze met de kinderwagen naast zich op een bankje zat, gebogen over een lijvig boek met groene kaft, posteerde een broodmagere oude vrouw zich voor haar, leunend op een stok, met wangen die eruitzagen alsof ze tot in haar keel naar binnen werden gezogen.

'Raad eens wie ik ben.'

Het kostte Lila moeite haar te herkennen, maar uiteindelijk brachten de ogen van de vrouw haar in een flits de ontzagwekkende juffrouw Oliviero in herinnering. Geëmotioneerd sprong ze op, ze wilde haar omhelzen, maar de juffrouw week geërgerd terug. Toen liet Lila haar de baby zien. Trots zei ze: 'Hij heet Gennaro', en aangezien iedereen de loftrompet over haar kind stak, verwachtte ze dat ook de juffrouw dat zou doen. Maar la Oliviero negeerde de kleine totaal, ze leek alleen maar belangstelling te hebben voor het zware boek dat haar oud-leerlinge in de hand had, met een vinger ertussen als bladwijzer.

'Wat is dat voor boek?'

Lila werd zenuwachtig. Uiterlijk was de juffrouw veranderd, ook haar stem, alles, maar haar ogen niet en haar bruuske toon was dezelfde als in de tijd dat ze haar vanaf de lessenaar vragen stelde. Toen liet zij ook haar oude ik zien, ze antwoordde onverschillig en tegelijk agressief: 'Het heet *Ulysses.*'

'Gaat het over de Odyssee?'

'Nee, het gaat over hoe platvloers het leven vandaag de dag is.'

'En verder?'

'Niks. Er staat in dat ons hoofd vol onzin zit. Dat we vlees, bloed en botten zijn. Dat de mensen allemaal hetzelfde zijn. Dat we alleen maar willen eten, drinken en neuken.'

Om dat laatste woord wees de juffrouw haar net als vroeger op school terecht. Lila nam een brutale houding aan, ze lachte, zodat het oude mens nog stuurser werd. Ze vroeg hoe het boek was. En Lila antwoordde dat het moeilijk was en dat ze niet alles begreep.

'Waarom lees je het dan?'

'Omdat iemand die ik heb leren kennen het aan het lezen was. Maar hem beviel het niet.'

'En jou?'

'Mij wel.'

'Ook al is het moeilijk?'

'Ja.'

'Lees geen boeken die je niet begrijpt, dat is niet goed voor je.'

'Er is zoveel niet goed voor me.'

'Ben je niet tevreden?'

'Het gaat wel.'

'Je was voor grote dingen voorbestemd.'

'Die heb ik ook gedaan: ik ben getrouwd en heb een kind gekregen.'

'Dat kan iedereen.'

'Ik ben zoals iedereen.'

'Je vergist je.'

'Nee, u vergist zich, en u hebt zich altijd vergist.'

'Als kind was je onbeleefd en dat ben je nog steeds.'

'Dan hebt u me duidelijk niet goed aangepakt.'

Juffrouw Oliviero keek haar aandachtig aan en Lila las angst voor vergissing op haar gezicht. De juffrouw zocht in haar ogen de intelligentie die ze erin had gezien toen Lila nog een kind was, ze wilde bevestigd zien dat ze zich niet had vergist. Lila dacht: ik moet alle tekenen die haar gelijk zouden kunnen aantonen onmiddellijk van mijn gezicht halen, ik wil niet dat ze een preek afsteekt over hoe ik mijn leven heb vergooid. Maar intussen voelde het alsof voor de zoveelste keer haar kennis werd getest, en ze vreesde, heel onlogisch, de uitslag van die test. Ze is aan het ontdekken dat ik dom ben, zei ze bij zichzelf, terwijl haar hart steeds wilder begon te kloppen, ze is aan het ontdekken dat mijn hele familie dom is, dat mijn voorouders dom zijn en dat mijn afstammelingen dom zullen zijn, dat Gennaro dom zal zijn. Ze ergerde zich, stopte het boek in haar tas, trok de kinderwagen naar zich toe en mompelde nerveus dat ze weg moest. Oude gekkin, die dacht dat ze haar nog steeds op de vingers kon tikken! Ze liet de juffrouw in het parkje achter, klein, zwaar leunend op haar stok, verteerd door een ziekte waaraan ze zich niet gewonnen wilde geven.

99

De intelligentie van haar zoontje stimuleren, dat werd haar obsessie. Omdat ze niet wist waar ze informatie vandaan moest halen, vroeg ze Alfonso om boekhandelaren daarnaar te vragen. Alfonso kwam terug met enkele boeken, die ze met veel inzet bestudeerde. In haar schriften heb ik aantekeningen gevonden waaruit bleek hoe ze omging met ingewikkelde teksten. Dat vorderde moeizaam, bladzij na bladzij ploeterde ze door, maar na een poosje raakte ze de draad kwijt, dwaalden haar gedachten af. Toch dwong ze haar ogen de regels te blijven volgen, bladzijden werden mechanisch omgeslagen, en aan het eind had ze de indruk, ook al had ze niet alles begrepen, dat de woorden toch in haar hoofd waren opgeslagen en haar op gedachten hadden gebracht. Daarna las ze het boek opnieuw, en al lezend bracht ze correcties aan of breidde de gedachten uit, net zo lang tot ze die tekst niet meer nodig had en op zoek ging naar nieuwe boeken.

Als haar man 's avonds thuiskwam was het eten niet klaar en zat zij bij het kind, liet het spelletjes spelen die ze zelf had bedacht en in elkaar geknutseld. Hij werd boos, maar zij reageerde al lange tijd niet meer op hem. Het leek of ze hem niet hoorde, alsof het huis alleen door haar en haar kind werd bewoond, en als ze overeind kwam en ging koken, deed ze dat niet omdat Stefano honger had, maar omdat zij honger had gekregen.

Het was in die maanden dat hun relatie na een lange periode van wederzijdse verdraagzaamheid weer verslechterde. Op een avond schreeuwde Stefano dat hij genoeg had van haar, van het kind, van alles. Een andere keer zei hij dat hij te jong was getrouwd, zonder te begrijpen wat hij deed. Maar toen zij op een keer antwoordde: 'Ik weet absoluut niet wat ik hier doe, ik pak het kind en vertrek', verloor hij zijn kalmte op een manier zoals dat lang niet meer was gebeurd, en in plaats van 'ga maar, ga dan maar' te schreeuwen, sloeg hij haar ten overstaan van het kind, dat haar aanstaarde vanaf de deken op de vloer, een beetje verdwaasd door het lawaai. Terwijl er bloed uit haar neus drupte en Stefano scheldwoorden tegen haar brulde, wendde Lila zich lachend tot haar zoon en zei in het Italiaans (ze praatte al geruime tijd alleen maar in het Italiaans tegen hem): 'Papa speelt, we maken plezier.'

Ik weet niet waarom, maar op een gegeven moment begon ze zich ook te ontfermen over haar neefje Fernando, die inmiddels Dino werd genoemd. Het is mogelijk dat het allemaal begon omdat ze Gennaro met een ander kind wilde vergelijken. Of misschien ook niet, misschien had ze een schuldgevoel omdat ze haar zorgen alleen aan haar zoon wijdde en leek het haar juist om zich ook met haar neefje bezig te houden. Pinuccia – die Dino bleef beschouwen als het levende bewijs dat haar leven een ramp was en voortdurend tegen hem gilde, hem daarbij soms zelfs sloeg: 'Ophouden jij, wil je weleens ophouden? Wat wil je van me, wil je me gek maken?' – verzette zich er resoluut tegen dat Lila hem mee naar huis nam om hem daar samen met de kleine Gennaro geheimzinnige spelletjes te laten spelen. Woedend zei ze: 'Voed jij jouw zoon maar op, ik zorg wel voor mijn eigen kind, en besteed maar wat meer aandacht aan je man in plaats van je tijd te verdoen, anders raak je hem nog kwijt.' Maar kijk, toen bemoeide Rino zich ermee.

Het was een heel slechte periode voor Lila's broer. Hij ruziede voortdurend met zijn vader die terugverlangde naar zijn oude winkeltje en de schoenfabriek wilde sluiten omdat hij er genoeg van had dat zijn geploeter alleen de Solara's maar rijker maakte, en die niet begreep dat ze hoe dan ook verder moesten. Hij ruziede voortdurend met Marcello en Michele, die hem echter als een brutaal jongetje behandelden en als het over geldkwesties ging rechtstreeks met Stefano praatten. En hij ruziede vooral met de laatste, geschreeuw en scheldwoorden, omdat zijn zwager hem geen cent meer gaf en volgens Rino intussen in het geheim onderhandelde met de Solara's om die hele schoenhandel aan hen over te doen. Hij ruziede met Pinuccia, die hem ervan beschuldigde haar te hebben laten geloven dat hij heel wat was, terwijl hij in feite een marionet was die zich door iedereen, door zijn vader, Stefano, Marcello en Michele, liet manoeuvreren.

Dus toen hij begreep dat Stefano boos was op Lila omdat ze te veel moeder en te weinig echtgenote was, en dat Pinuccia haar kind nog geen uur aan haar schoonzusje wilde toevertrouwen, begon hij heel provocerend het kind persoonlijk naar zijn zusje te brengen. En omdat er in de schoenfabriek steeds minder werk was, maakte hij er een gewoonte van om in het appartement in de nieuwe wijk te blijven hangen, soms urenlang, om te zien wat Lila met Gennaro en Dino deed. Gefascineerd zag hij wat een geduldige moeder ze was en wat een plezier de kinderen hadden, en hoe zijn zoontje, dat thuis altijd huilde of lusteloos als een droefgeestige puppy in zijn box lag, bij Lila levendig en snel werd en gelukkig leek.

'Wat doe je met ze?' vroeg hij vol bewondering.

'Ik laat ze spelen.'

'Mijn kind speelde hiervoor ook.'

'Hier speelt én leert hij.'

'Waarom besteed je er zo veel tijd aan?'

'Omdat ik heb gelezen dat de eerste levensjaren bepalend zijn voor de rest van je leven.'

'En mijn kind, gaat het de goeie kant op?'

'Dat zie je.'

'Ja, dat zie ik, hij kan meer dan dat van jou.'

'Gennaro is jonger.'

'Wat denk je, is Dino slim?'

'Dat zijn alle kinderen, je hoeft ze alleen maar te trainen.'

‘Train hem dan, Lina, ik hoop dat je er niet te snel genoeg van krijgt, zoals gewoonlijk. Zorg dat hij heel intelligent wordt.’

Maar op een avond kwam Stefano vroeger thuis dan normaal, en bijzonder nerveus. Hij zag zijn zwager op de keukenvloer zitten, en in plaats van alleen maar een boos gezicht te trekken vanwege de rommel, de onverschilligheid van zijn vrouw en de aandacht die aan de kinderen werd geschonken in plaats van aan hem, zei hij tegen Rino dat het zíjn huis was en dat het hem niet aanstond hem daar elke dag zijn tijd te zien verlummelen en dat de schoenfabriek vooral op een fiasco uitliep omdat hij zo lui was, dat de Cerullo's onbetrouwbaar waren, kortom, of je verdwijnt onmiddellijk of ik schop je eruit.

En toen was het echt bonje. Lila gilde dat hij zo niet tegen haar broer moest praten, Rino gooide zijn zwager alles voor de voeten wat hij voorzichtigheidshalve voor zich had gehouden of waarover hij tot op dat moment alleen maar vaag iets had gezegd. Grove scheldwoorden vlogen over en weer. De twee kinderen, die daar nog steeds in die heksenketel zaten, begonnen elkaars speelgoed af te pakken, krijsend, vooral het kleinste dat niet tegen het grootste op kon. Rino brulde tegen Stefano, met gezwollen nek en aders als elektrische kabels, dat het makkelijk was om het heertje te spelen met de bezittingen die don Achille van de halve wijk had gestolen, en hij voegde er nog aan toe: ‘Je bent niemand, een stuk stront, meer niet, je vader, ja, die kon tenminste nog schofterig zijn, maar zelfs dat kun je niet.’

Toen gebeurde er iets verschrikkelijks, waarvan Lila ontzet getuige was. Ineens greep Stefano Rino met twee handen bij zijn heupen vast, als een danser van klassiek ballet zijn partner, en hoewel ze even groot waren en dezelfde lichaamsbouw hadden, en hoewel Rino zich in alle bochten wrong en schreeuwde en spuugde, tilde Stefano hem met een verbazende kracht op en smakte hem tegen een muur. Meteen daarna pakte hij Rino bij een arm en sleepte hij hem over de vloer naar de voordeur, deed die open, zette Rino weer op zijn voeten en gooide hem de trap af, ook al probeerde Rino te reageren en ook al was Lila weer tot zichzelf gekomen en had ze zich aan Stefano vastgeklampt terwijl ze hem smeekte te bedaren.

En daar hield het niet mee op. Stefano liep haastig terug en ze begreep dat hij met Dino hetzelfde wilde doen als hij met zijn vader had gedaan: hem als een ding van de trap gooien. Ze vloog hem van achteren aan, trok aan zijn hoofd, krabde hem terwijl ze gilde: 'Het is een kind, Stè, een kind.' Toen stond hij stil en zei zachtjes: 'Ik kots van alles, ik kan niet meer.'

100

Dat was het begin van een ingewikkelde periode. Rino ging niet meer naar zijn zus, maar Lila wilde die momenten met Rinuccio en Dino niet opgeven en dus maakte ze er een gewoonte van om naar hém te gaan, maar zonder dat Stefano het wist. Pinuccia deed nors, maar hield zich gedeisd en in het begin deed Lila een poging om haar uit te leggen wat ze probeerde te doen: reactietraining, oefenspelletjes, ze bekende haar zelfs dat ze alle kleine kinderen uit de wijk erbij zou willen betrekken. Maar Pinuccia antwoordde domweg: 'Je bent gek en die stomme dingen van je interesseren me geen moer. Wil je het kind? Wil je het vermoorden? Wil je het opeten, als een heks? Doe maar, ik wil het niet, ik heb het nooit gewild, je broer is mijn ondergang en jij bent de ondergang van mijn broer.' Daarna schreeuwde ze: 'Die arme jongen, groot gelijk dat hij je bedriegt.'

Lila reageerde niet.

Ze vroeg niet wat ze met die zin bedoelde, nee, ze maakte zelfs een instinctief gebaar, alsof ze een vlieg verjoeg. Ze pakte Rinuccio op en kwam niet meer terug, ook al vond ze het jammer dat ze haar neefje moest missen.

Maar in de eenzaamheid van haar appartement ontdekte ze dat ze bang was. Het kon haar absoluut niets schelen dat Stefano af en toe een hoer betaalde, integendeel, ze was er blij om, want dan hoefde zij hem niet te verdragen als hij 's avonds toenadering zocht. Maar na die woorden van Pinuccia begon ze zich zorgen te maken om het kind: als haar man een andere vrouw had, als hij haar elke dag, elk uur wilde, dan zou hij zijn verstand kunnen verliezen en haar kunnen wegjagen. Tot op dat moment had een eventuele definitieve breuk haar een bevrijding geleken, maar nu was ze bang haar huis te verliezen, de financiële middelen, haar vrije tijd, alles wat het haar mogelijk maakte haar kind zo goed mogelijk te laten opgroeien.

Ze sliep weinig of niet in die tijd. Misschien waren Stefano's woedeaanvallen niet alleen een teken van aangeboren onevenwichtigheid, slecht bloed dat de deksel van een goedmoedige houding deed springen. Misschien was hij echt verliefd geworden op een ander, net zoals haar met Nino was overkomen, en verdroeg hij de kooi van het huwelijk, van het vaderschap en zelfs van de kruidenierswinkels en zijn handeltjes niet meer. Lila dacht na, maar wist niet wat ze moest doen. Ze voelde dat ze moest besluiten de situatie aan te pakken, al was het alleen maar om die te sturen, en toch stelde ze het uit, zag ervan af, rekende erop dat Stefano alleen maar van zijn minnares genoot en haar met rust liet. Uiteindelijk, dacht ze, hoeven we het maar een paar jaar vol te houden, tot het kind groot is en zich heeft gevormd.

Ze organiseerde haar dag zo dat hij het huis altijd netjes aantrof, met het avondeten klaar, de tafel gedekt. Maar na die scène met Rino werd hij nooit meer de vriendelijke Stefano van vroeger, was hij altijd aan het mopperen, altijd bezorgd.

'Is er iets mis?'

'Geld.'

'Alleen geld, verder niets?'

Stefano werd kwaad: 'Wat bedoel je met verder niets?'

Voor hem bestond er in het leven geen ander probleem dan geld. Na het avondeten zat hij te rekenen en vloekte constant. De nieuwe kruidenierswinkel bracht minder op dan vroeger en de twee Solara's, en vooral Michele, gedroegen zich wat de schoenen betreft alsof alles van hen was en de winst niet meer verdeeld hoefde te worden. Zonder iets tegen hem, Rino of Fernando te zeggen, lieten ze de oude Cerullo-modellen voor een habbekrats door schoenmakers uit de omstreken maken, en intussen lieten ze de nieuwe Solara-modellen ontwerpen door handwerkslui die in werkelijkheid alleen maar uiterst kleine veranderingen in Lila's ontwerpen aanbrachten. Zo ging de kleine onderneming van zijn schoonvader en zwager echt ten gronde en sleepte in haar val ook hem mee, want hij had zijn geld erin gestoken.

'Begrepen?'

'Ja.'

'Probeer me dan niet meer aan mijn kop te zeiken.'

Maar Lila was niet overtuigd. Ze had de indruk dat haar man werkelijke problemen, van oude datum, opzettelijk overdreef om de echte, nieuwe redenen voor zijn onevenwichtigheid en steeds duidelijker vijandigheid jegens haar te verhullen. Hij beschuldigde haar van van alles, vooral dat ze de relatie met de Solara's moeilijker had gemaakt. Op een keer schreeuwde hij: 'Wat heb je met die zak van een Michele gedaan, vertel op!'

En zij antwoordde: 'Niets.'

En hij: 'Dat kan niet, bij elke discussie haalt hij jou erbij en lacht hij mij in mijn gezicht uit! Probeer met hem te praten en erachter te komen wat hij wil, anders moet ik ze allebei in elkaar rammen.'

En Lila, pats erbovenop: 'Als hij me wil neuken, wat moet ik dan doen, me laten neuken?'

Een seconde later had ze er spijt van dat ze dat tegen hem had geroepen – soms wint minachting het van voorzichtigheid – maar het was gebeurd, en Stefano gaf haar een klap. De klap was niet zo belangrijk, het was niet eens een klap met zijn volle hand, zoals gewoonlijk, hij raakte haar met het topje van zijn vingers. Zwaarder woog wat hij meteen daarna vol walging zei: 'Je leest en studeert wel, maar je blijft een ordinaire trut: meiden zoals jij verdraag ik niet, ik kots van je.'

Vanaf die avond kwam hij steeds later thuis. In plaats van zoals gewoonlijk op zondag tot het middaguur te slapen, ging hij vroeg de deur uit en verdween dan voor de rest van de dag. Als ze ook maar even iets zei over concrete problemen die met het alledaagse gezinsleven hadden te maken, werd hij kwaad. Toen ze zich bijvoorbeeld tijdens de eerste warme dagen zorgen maakte over een vakantie aan zee voor Rinuccio en ze haar man vroeg hoe ze dat moesten aanpakken, antwoordde hij: 'Er gaat een bus naar Torregaveta.'

Ze waagde: 'Is het niet beter om een huis te huren?'

Hij: 'Waarom? Om je daar van de ochtend tot de avond de slet te laten uithangen?'

Hij ging de deur uit en bleef die nacht weg.

Kort daarop werd alles duidelijk. Lila ging met het kind naar het centrum, ze zocht een boek waarnaar in een ander boek werd verwezen, maar waar ze ook zocht, ze vond het niet. Toen liep ze naar het piazza dei Martiri om Alfonso, die daar nog steeds met plezier de winkel runde, te vragen of hij het voor haar wilde zoeken. Ze trof er een heel mooie, heel goed geklede jongeman, een van de mooiste jongens die ze ooit had gezien. Hij heette Fabrizio. Hij was een vriend van Alfonso, geen klant. Lila bleef een poosje met hem praten en ontdekte dat hij erg veel wist. Ze discussieerden druk over literatuur, over de geschiedenis van Napels, over hoe je kinderen onderwijst, een onderwerp waarover hij veel wist, hij hield zich er op de universiteit mee bezig. Alfonso luisterde de hele tijd zwijgend naar hen en toen Rinuccio aandacht begon op te eisen, zorgde hij ervoor dat de baby weer rustig werd. Daarna kwamen er klanten, en wijdde Alfonso zich aan hen. Lila praatte nog een poosje met Fabrizio, ze had al zo lang niet meer het genoegen van een inspirerende conversatie ervaren. Toen de jongeman weg moest, kuste hij haar met kinderlijk enthousiasme op de wangen, en deed daarna hetzelfde bij Alfonso, twee stevige klapzoenen. Vanaf de drempel riep hij haar toe: 'Dat was een heerlijk gesprek!'

'Vind ik ook!'

Lila werd een beetje treurig. Terwijl Alfonso doorging met het bedienen van de klanten, moest zij ineens weer denken aan de mensen die ze daar had leren kennen en aan Nino, het neergelaten luik, het schemerige licht, de fijne gesprekken; Nino, die precies om één uur stilletjes binnenkwam en om vier uur, na het vrijen, verdween. Het leek haar een ingebeelde tijd, een bizarre fantasie, en ze keek ongemakkelijk om zich heen. Ze voelde geen heimwee naar die periode, ze voelde geen heimwee naar Nino. Ze voelde alleen dat die tijd voorbij was, dat wat belangrijk was geweest nu geen belang meer had, dat de warboel in haar hoofd er nog steeds was en maar niet wilde ontwarren. Ze pakte haar kind op en wilde net weggaan, toen Michele Solara binnenkwam.

Hij begroette haar enthousiast, speelde met Gennaro, zei dat hij als twee druppels water op haar leek. Hij nodigde haar uit voor een kop koffie in het café en besloot dat hij haar met de auto terug naar de wijk zou brengen. Eenmaal in de auto zei hij: 'Ga weg bij je man, onmiddellijk, vandaag nog. Ik zorg voor jou en je kind. Ik heb een huis in Vomero, op het piazza degli Artisti. Als je wilt, gaan we er meteen heen, dan laat ik het je zien, ik heb het gekocht met de gedachte aan jou. Daar kun je doen waar je zin in hebt: lezen, schrijven, dingen verzinnen, slapen en voor Rinuccio zorgen. Voor mij is alleen maar belangrijk dat ik naar je kan kijken en luisteren.'

Voor het eerst in zijn leven liet Michele zijn spottende toon achterwege. Terwijl hij reed en praatte, wierp hij soms, lichtelijk bezorgd, schuine blikken op Lila om haar reacties in de gaten te houden. Lila staarde de hele tijd naar de weg voor zich, terwijl ze intussen probeerde de speen uit Gennaro's mondje te halen, die daar volgens haar al te lang in zat. Maar het kind duwde met kracht haar hand weg. Toen Michele zweeg – ze onderbrak hem niet één keer – vroeg ze: 'Ben je klaar?'

'Ja.'

'En Gigliola?'

'Wat heeft Gigliola hiermee te maken? Zeg ja of nee, daarna zien we wel.'

'Nee, Michè, het antwoord is nee. Ik heb je broer niet gewild en jou wil ik ook niet. Ten eerste omdat ik jullie niet mag, hem niet en jou niet, en ten tweede omdat jullie denken alles te kunnen doen en je alles te kunnen toe-eigenen, zonder enig respect.'

Michele reageerde niet onmiddellijk, hij mompelde iets over de speen, in de trant van: 'Doe iets, laat hem niet huilen.' Daarna zei hij somber: 'Denk goed na, Lina. Morgen heb je er misschien al spijt van en dan klop je smekend bij mij aan.'

'Dat sluit ik uit.'

'O ja? Luister dan maar eens.'

Hij vertelde haar wat iedereen wist ('ook je moeder, je vader en die zak van een broer van je, maar voor de lieve vrede houden ze hun mond'): Stefano had een minnares, Ada, en al langere tijd. De affaire was al voor de vakantie op Ischia begonnen. 'Toen jij aan zee zat,' zei hij, 'ging ze elke avond naar jouw huis.' Toen Lila terug was, waren die twee er een tijdje mee gestopt, maar ze hadden het niet volgehouden. Het was opnieuw begonnen, daarna waren ze er weer mee gestopt, maar ze hadden elkaar opnieuw opgezocht toen Lila uit de wijk verdween. Stefano had recentelijk een appartement in de Rettifilo gehuurd, en daar ontmoetten ze elkaar.

'Geloof je me?'

'Ja.'

'En dus?'

Wat en dus? Lila was niet zozeer ondersteboven van het feit dat haar man een liefje had en dat dat liefje Ada was, als wel van de absurditeit van alles wat hij had gezegd en gedaan toen hij haar op Ischia was komen halen. Ze herinnerde zich het geschreeuw, de klappen, het vertrek. Ze zei tegen Michele: 'Ik kots van jou, van Stefano, en van het hele zootje.'

101

Lila voelde ineens dat ze het gelijk aan haar kant had en dat kalmeerde haar. Die avond bracht ze Gennaro naar bed en wachtte tot Stefano thuiskwam. Hij verscheen kort na middernacht, vond haar zittend aan de keukentafel. Lila hief haar blik op van het boek dat ze aan het lezen was, zei dat ze wist van Ada, dat ze wist hoelang het al aan de gang was en dat het haar niets kon schelen. 'Wat je mij hebt aangedaan, heb ik jou aangedaan,' zei ze glimlachend, met nadruk op elke lettergreep, en ze herhaalde nogmaals – hoe vaak had ze het in het verleden tegen hem gezegd, twee keer? Drie keer? – dat Gennaro niet van hem was. Ten slotte zei ze dat hij kon doen wat hij wilde, kon gaan slapen waar en met wie hij wilde. 'Hoofdzaak is,' gilde ze ineens, 'dat je met je poten van me afblijft!'

Ik weet niet wat ze van plan was, misschien wilde ze alleen maar duidelijkheid scheppen. Misschien was ze op alles voorbereid, verwachtte ze dat hij volledig zou bekennen en haar vervolgens zou aftuigen, dat hij haar uit huis zou zetten, dat hij haar, zijn vrouw, zou verplichten de dienstmeid van zijn liefje te zijn. Ze was voorbereid op alle mogelijke vormen van geweld en op de arrogantie van een man die zich de baas voelt en het geld heeft om alles te kunnen kopen. Maar het was onmogelijk om tot ook maar één woord te komen dat verheldering bracht en het mislukken van hun huwelijk bevestigde. Stefano ontkende. Bars maar kalm zei hij dat Ada niets meer was dan het winkelmeisje van zijn kruidenierszaak, dat alle kletspraatjes die over hen de ronde deden ongegrond waren. Vervolgens werd hij kwaad en schreeuwde dat hij haar zou vermoorden, zo waar als God leeft, als ze nog één keer dat vreselijke over zijn zoontje zei: Gennaro was zijn evenbeeld, leek sprekend op hem, dat vond iedereen, het had geen zin hem op dat punt te blijven provoceren. Ten slotte – en dat was het meest verbazende – verklaarde hij haar zijn liefde zoals hij dat in het verleden vaker had gedaan, in precies dezelfde bewoordingen. Hij zei dat hij altijd van haar zou houden omdat ze zijn vrouw was, omdat ze ten overstaan van een priester waren getrouwd en niets hen kon scheiden. Toen hij naar haar toe kwam om haar te kussen en zij hem wegduwde, greep hij haar vast, tilde haar op, droeg haar naar de slaapkamer, waar het bedje van het kind stond, rukte alles wat ze aanhad van haar af en drong met geweld in haar, terwijl zij hem heel zachtjes en haar snikken onderdrukkend smeekte: 'Rinuccio wordt wakker, hij ziet ons, hoort ons, alsjeblieft, laten we naar hiernaast gaan.'

102

Na die avond verloor Lila een groot deel van de kleine vrijheden die haar nog restten. Stefano gedroeg zich op een manier die nergens op sloeg. Aangezien zijn vrouw inmiddels op de hoogte was van zijn verhouding met Ada liet hij alle voorzichtigheid varen. Vaak kwam hij niet thuis slapen; om de zondag maakte hij met zijn minnares een uitstapje met de auto; in augustus dat jaar gingen ze zelfs samen op vakantie: helemaal naar Stockholm, met de Spider, al was Ada officieel naar een nichtje in Turijn, dat bij Fiat werkte. Maar intussen brak bij hem een ziekelijke vorm van jaloezie uit. Hij verbood zijn vrouw de deur uit te gaan, dwong haar de boodschappen per telefoon te bestellen en als Lila een uurtje naar buiten ging om de baby frisse lucht te geven, hoorde hij haar uit over wie ze tegen was gekomen en met wie ze had gepraat. Hij voelde zich meer echtgenoot dan ooit en waakte. Het was alsof hij bang was dat het feit dat hij haar bedroog haar het recht gaf om hem ook te bedriegen. Wat hij tijdens zijn ontmoetingen in de Rettifilo met Ada deed, bracht zijn verbeelding in beweging en leidde tot gedetailleerde fantasieën waarin Lila met haar minnaars zelfs nog meer deed dan hij met Ada. Hij was bang dat haar eventuele ontrouw hem belachelijk zou maken, terwijl hij prat ging op die van hemzelf.

Hij was niet op alle mannen jaloers, hij had een eigen hiërarchie. Lila begreep algauw dat hij zich vooral zorgen maakte over Michele, die hem naar zijn gevoel in alles belazerde en hem permanent in een ondergeschikte positie hield. Hoewel zij hem nooit iets had verteld over die keer dat Solara had geprobeerd haar te kussen en over de keer dat hij haar had voorgesteld zijn minnares te worden, voelde Stefano toch dat hem zijn vrouw afnemen, puur om hem te vernederen, een belangrijke zet was om hem zakelijk kapot te kunnen maken. Anderzijds bracht uitgerekend de zakelijke logica met zich mee dat Lila zich op zijn minst een beetje hartelijk moest gedragen. En dus kon ze geen goed doen. Soms zat hij haar op een obsessieve manier achter de vodden: 'Heb je Michele gezien? Heb je met hem gepraat, heeft hij je gevraagd nieuwe schoenen te ontwerpen?' Soms brulde hij: 'Je zegt nog geen ciao tegen die zak, is dat duidelijk?' En hij trok haar laden open, doorzocht ze, op zoek naar bewijzen van haar hoerige aard.

Door toedoen van eerst Pasquale en vervolgens Rino werd de situatie nog lastiger.

Pasquale wist natuurlijk pas als laatste, zelfs pas ná Lila, dat zijn verloofde het liefje van Stefano was. Niemand vertelde het hem: met eigen ogen zag hij hen laat op een zondagmiddag in september met de armen om elkaar heen door een deur in de Rettifilo naar buiten komen. Ada had tegen Pasquale gezegd dat ze iets met Melina moest doen en dat ze elkaar niet konden zien. Hij was trouwens zelf altijd op pad, of voor zijn werk, of voor zijn politieke verplichtingen, en schonk weinig aandacht aan het gedraai en de smoesjes van zijn verloofde. Hen samen zien had hem verschrikkelijk veel pijn gedaan. Zijn mentaliteit van militant communist maakte de situatie voor hem alleen maar gecompliceerder: het liefst had hij beiden onmiddellijk de keel doorgesneden, maar zijn positie verbood hem dat. Niet lang daarvoor was hij secretaris van de wijkafdeling van de partij geworden en hoewel hij ons in het verleden, net als alle jongens met wie we waren opgegroeid, weleens als hoer had gecatalogiseerd, voelde hij daar nu niets meer voor. Sterker nog, nu hij allerlei informatie tot zich nam, *l'Unità* las, brochures bestudeerde en discussies in de afdeling leidde, deed hij zijn best om ons vrouwen te beschouwen als wezens die in principe niet minderwaardig waren aan de man en die hun eigen gevoelens, ideeën en vrijheden hadden. Ingeklemd dus tussen woede en ruimdenkendheid ging hij de avond daarop, nog vuil van het werk, naar Ada en vertelde haar dat hij alles wist. Ze betoonde zich opgelucht en gaf toe, huilde, vroeg om vergeving. Toen hij haar vroeg of ze het voor het geld had gedaan, antwoordde ze dat ze van Stefano hield en dat alleen zij wist wat een goed, onbaatzuchtig en welgemanierd mens hij was. Gevolg was dat Pasquale in huize Cappuccio een stomp tegen de keukenmuur gaf en huilend en met pijnlijke knokkels naar huis ging. Waarna hij de hele nacht met Carmen praatte en broer en zus samen verdriet hadden, hij door Ada's schuld, zij door die van Enzo, die ze niet kon vergeten. Maar het ging pas echt mis toen Pasquale besloot dat hij zowel Ada's als Lila's waardigheid moest verdedigen, ook al was hij bedrogen. Allereerst wilde hij de zaak tot klaarheid brengen. Hij ging met Stefano praten, tegen wie hij een ingewikkeld verhaal afstak dat erop neerkwam dat Stefano bij zijn vrouw moest weggaan en met zijn minnares op een normale manier moest gaan samenleven. Daarna ging hij naar Lila en verweet haar dat ze haar rechten als echtgenote en gevoelens als vrouw door Stefano met voeten liet treden. Op een ochtend – het was half zeven – sprak Stefano Pasquale aan, net toen die zijn huis verliet om te gaan werken, en bood hem goedmoedig geld om hem, zijn vrouw en Ada verder met rust te laten. Pasquale nam het geld aan, telde het en gooide het de lucht in, terwijl hij zei: 'Ik werk vanaf mijn jongste jaren, ik heb jouw geld niet nodig', en daarna voegde hij eraan toe, alsof hij zich excuseerde, dat hij weg moest, anders kwam hij te laat en werd hij ontslagen. Maar toen hij al een eindje op weg was, bedacht hij zich, draaide zich om en riep tegen de kruidenier die bezig was het geld bijeen te rapen dat verspreid op straat lag: 'Je bent erger dan die smerige fascist van een vader van je.' Ze vochten, sloegen er vreselijk op los en moesten uit elkaar worden gehaald, omdat het anders op een moordpartij was uitgelopen.

Ook Rino zorgde voor problemen. Hij verdroeg het niet dat zijn zusje zich niet langer inzette om van Dino een heel intelligent kind te maken. Hij verdroeg het niet dat zijn zwager hem geen cent meer gaf, en hem zelfs fysiek was aangevallen. Hij verdroeg het niet dat de verhouding van zijn zwager met Ada algemeen bekend was geworden, met alle vernederende gevolgen voor Lila. En hij reageerde op een onverwachte manier. Aangezien Stefano Lila sloeg, begon hij Pinuccia te slaan. Aangezien Stefano een liefje had, zocht hij ook een liefje. Met andere woorden, hij begon Stefano's zusje te onderdrukken op een manier die een weerspiegeling was van wat Stefano zijn zusje liet ondergaan.

Dat bracht Pinuccia tot wanhoop: tranen op tranen, gesmeek, ze bezwoer hem ermee op te houden. Maar nee, zijn vrouw hoefde haar mond maar open te doen of Rino verloor onmiddellijk zijn bezinning – ook tot ontzetting van Nunzia – en schreeuwde: 'Moet ik ophouden? Moet ik kalmeren? Ga dan maar naar je broer en zeg hem dat hij weg moet van Ada, dat hij Lina moet respecteren, dat we een hechte familie moeten zijn en dat hij me het geld moet geven dat hij en de Solara's van me hebben gejat en nog steeds jatten.' Het gevolg was dat Pinuccia vaak en maar al te graag uit huis wegvluchtte om toegetakeld als ze was naar haar broer in de winkel te rennen en ze daar ten overstaan van Ada en de klanten stond te snikken. Stefano sleepte haar mee naar de ruimte achter de winkel en daar somde zij dan alles op wat haar man eiste, maar besloot: 'Geef niks aan die klootzak, kom meteen mee en vermoord hem.'

103

Zo was de situatie ongeveer toen ik voor de paasvakantie terugkwam naar de wijk. Ik woonde nu tweeënhalf jaar in Pisa, was een briljant studente, en teruggaan naar Napels vanwege de feestdagen was een kwelling voor me geworden, waaraan ik me onderwierp om discussies met mijn ouders, en vooral met mijn moeder, te vermijden. Als de trein het station binnenreed werd ik al zenuwachtig. Ik was bang dat me iets zou kunnen overkomen dat terugkeer naar de Normale aan het einde van de vakantie zou verhinderen: een ernstige ziekte die opname in een ziekenhuis, waar altijd chaos heerst, vereiste, of een of andere vreselijke gebeurtenis waardoor ik gedwongen was mijn studie op te geven omdat mijn familie me nodig had.

Ik was pas een paar uur thuis. Mijn moeder had net boosaardig verslag gedaan van al het akeligs wat Lila, Stefano, Ada, Pasquale en Rino was overkomen. Ze had me verteld dat de schoenfabriek ging sluiten, en er een opmerking over de tijd van tegenwoordig aan vastgeknoopt: het ene jaar had je geld en dacht je god weet wie te zijn, kocht je een Spidertje, en het jaar daarna moest je alles verkopen, kwam je in het rode boek van mevrouw Solara terecht en was het gedaan met de dikdoenerij. Maar toen hield ze ineens op met haar litanie en zei: 'Jouw vriendin dacht dat ze binnen was, een prinsessenhuwelijk, een grote auto, een nieuw huis, maar jij bent tegenwoordig heel wat knapper en mooier dan zij.' Daarna grijnsde ze om haar voldoening te onderdrukken en gaf me een briefje dat zij natuurlijk al gelezen had, ook al was het voor mij bestemd. Lila wilde me zien en nodigde me uit voor het middageten, de volgende dag, Goede Vrijdag.

Haar verzoek was niet het enige, het werden drukke dagen. Kort daarna riep Pasquale me vanaf de binnenplaats. Het was alsof ik van de Olympus was afgedaald en niet uit de donkere flat van mijn ouders: hij wilde me zijn ideeën over de vrouw uiteenzetten, me vertellen hoe hij leed, horen wat ik van zijn gedrag vond. Hetzelfde deed 's avonds Pinuccia, woedend op zowel Rino als Lila. En hetzelfde deed de volgende morgen Ada, heel onverwacht, stikkend van haat en schuldgevoel.

Bij alle drie mat ik me een afstandelijke toon aan. Pasquale adviseerde ik om kalm te blijven, Pinuccia om zich vóór alles om het kind te bekommeren en Ada dat ze erachter moest zien te komen of haar liefde oprecht was. Maar ondanks de oppervlakkigheid van mijn woorden moet ik zeggen dat ik wel nieuwsgierig was, vooral naar Ada. Terwijl ze zat te praten, staarde ik naar haar zoals ik een boek kan bekijken. Ze was de dochter van gekke Melina, en het zusje van Antonio. In haar gezicht herkende ik Melina, maar ik zag er ook veel trekken van haar broer in. Ze was zonder vader opgegroeid, blootgesteld aan elk gevaar, gewend om hard te werken. Ze had jarenlang de trappen van onze flats schoongemaakt, samen met Melina, van wie het hoofd soms op hol sloeg. Toen ze nog heel jong was, hadden de Solara's Ada meegenomen in hun auto en ik kon wel raden wat ze met haar hadden gedaan. Het leek me dus begrijpelijk dat ze verliefd was geworden op Stefano, haar vriendelijke baas. Ze hield van hem, zei ze, ze hielden van elkaar. 'Zeg tegen Lina,' fluisterde ze met ogen brandend van passie, 'dat het hart zich niet laat commanderen en dat zij dan wel Stefano's vrouw is, maar dat ik degene ben die hem alles heeft gegeven en nog geeft, alle aandacht, alle gevoelens die een man kan wensen, en over een tijdje ook kinderen, en daarom is hij nu van mij, en niet meer van haar.'

Ik begreep dat ze alles wilde bemachtigen wat ze kon krijgen, Stefano, de winkels, het geld, het huis, de auto's. En ik bedacht dat ze het recht had die strijd te strijden, dat we in meerdere of mindere mate die strijd allemaal streden. Ik probeerde haar slechts te kalmeren, want ze was lijkbleek en haar ogen brandden. Het stemde me tevreden te merken hoe dankbaar ze me was, het gaf me een prettig gevoel als een zieneres geconsulteerd te worden en adviezen uit te brengen in een goed Italiaans dat zowel haar als Pasquale en Pinuccia verlegen maakte. Kijk, dacht ik sarcastisch, daar dienen de geschiedenistentamens en de klassieke filologie en de glottologie toe, en de duizenden fiches waarmee ik me oefen in nauwkeurigheid: om hen een paar uur rustig te krijgen. Ze beschouwden me als iemand die boven de partijen stond, die, steriel geworden door de studie, vrij was van slechte gevoelens of hartstochten. En ik accepteerde de rol die ze me hadden toebedeeld zonder iets over mijn angsten te zeggen, over mijn overmoed, over de keren dat ik in Pisa alles op het spel had gezet door Franco in mijn kamer binnen te laten of bij hem naar binnen te sluipen, over de vakantie met zijn tweetjes aan de Versiliaanse kust, waar we samenleefden alsof we getrouwd waren. Ik voelde me tevreden over mezelf.

Maar terwijl het moment van het middageten naderde, maakte het gevoel van tevredenheid plaats voor ongemak. Ik ging naar Lila zonder er zin in te hebben. Ik was bang dat ze een manier zou vinden om in een oogwenk de oude hiërarchie te herstellen en me het vertrouwen in mijn keuzes te doen verliezen. Ik was bang dat ze me bij de kleine Gennaro op trekken van Nino zou wijzen om me eraan te herinneren dat het speeltje dat ik had moeten krijgen haar was toegevallen. Maar zo ging het niet meteen. Rinuccio – zo noemde ze hem steeds vaker – ontroerde me onmiddellijk. Het was een prachtig, donker kindje, maar Nino was nog niet in zijn uiterlijk en zijn lijfje tevoorschijn gekomen. Hij had trekken die aan Lila en zelfs aan Stefano deden denken, alsof ze hem met zijn drieën hadden gemaakt. Lila zelf kwam kwetsbaar op me over; zo kwetsbaar had ik haar nog maar zelden meegemaakt. Alleen al toen ze me zag, begonnen haar ogen te glanzen en trilde ze zo heftig dat ik haar stevig in mijn armen moest nemen om haar rustig te krijgen.

Ik merkte dat ze om niet bij mij uit de toon te vallen haar haar snel had gekamd, wat lippenstift had opgedaan en een jurkje van parelgrijze kunstzijde uit hun verlovingstijd en hakschoenen had aangetrokken. Ze was nog mooi, maar het was alsof de jukbeenderen groter waren geworden, haar ogen kleiner en of er onder haar huid geen bloed meer stroomde maar een ondoorzichtige vloeistof. Ze was erg mager, zag ik, en toen ik mijn armen om haar heen sloeg voelde ik haar botten. Haar nauwsluitende jurk benadrukte haar dikker geworden buik.

In het begin deed ze of alles goed ging. Ze was blij dat ik enthousiast deed over het kind, vond het leuk zoals ik met hem speelde, wilde me laten zien wat Rinuccio al kon zeggen en doen. Op een gespannen manier die ik niet van haar kende, begon ze de terminologie over me uit te storten die ze aan haar rommelige lectuur had overgehouden. Ze haalde auteurs aan van wie ik nog nooit had gehoord, dwong haar zoontje oefeningen uit te voeren die ze voor hem had bedacht. Het viel me op dat ze een soort tic had gekregen, een vertrekken van de mond. Ze sperde hem ineens open en kneep daarna haar lippen samen alsof ze de emotie die haar woorden haar gaven, wilde bedwingen. Meestal ging die grijns gepaard met een rood worden van haar ogen, een rozige glans, die mede door de samentrekking van haar lippen – een soort veermechanisme – prompt weer diep in haar hoofd werd terug gezogen. Ze zei een paar keer dat als we ons voortdurend en met overgave aan elk klein kind van de wijk zouden wijden, alles in één generatie anders zou worden. Dat er dan geen knappe en geen domme, geen goede en geen slechte kinderen meer zouden zijn. En dan keek ze naar haar zoontje en barstte weer in huilen uit. 'Hij heeft mijn boeken vernield,' zei ze tussen haar tranen door, alsof Rinuccio het had gedaan, en ze liet ze me zien, gescheurd, uit elkaar getrokken. Het kostte me enige moeite om te begrijpen dat niet het kleintje de schuldige was, maar haar man. 'Hij heeft er een gewoonte van gemaakt in mijn spullen te neuzen,' zei ze fluisterend, 'ik mag van hem niet één eigen gedachte hebben, en als hij ontdekt dat ik ook maar iets, al is het nog zo onbeduidend, voor hem verborgen heb gehouden, slaat hij me.' In de slaapkamer klom ze op een stoel, pakte van een kast een metalen doos en gaf me die. 'Hierin zit alles over de tijd met Nino,' zei ze, 'en een hoop gedachten die in die jaren door mijn hoofd hebben gespeeld, en ook het een en ander over ons dat we elkaar niet hebben verteld. Neem de doos mee, ik ben bang dat Stefano aan het lezen slaat als hij hem vindt. En dat wil ik niet, het gaat hem niets aan, niemand eigenlijk, zelfs jou niet.'

104

Met tegenzin nam ik de doos aan en ik dacht: waar laat ik hem, wat moet ik ermee? We gingen aan tafel. Het verbaasde me dat Rinuccio zelfstandig at, dat hij een eigen houten bestekje had, en dat hij na de eerste verlegenheid in het Italiaans tegen me sprak, zonder de woorden te verminken, dat hij op elke vraag van mij gepast en heel precies antwoordde en mij op zijn beurt vragen stelde. Lila liet me met haar zoontje praten, at bijna niets, staarde in gedachten verzonken naar haar bord. Aan het eind, toen ik op het punt stond te vertrekken, zei ze: 'Ik herinner me niets van Nino, van Ischia, van de winkel op het piazza dei Martiri. En toch dacht ik toen dat ik van hem hield, nog meer dan van mezelf. Het interesseert me ook niet te weten wat er van hem is geworden, waar hij is gebleven.'

Ze leek me oprecht en ik vertelde haar niets van wat ik wist.

'Dat is het mooie van bevliegingen,' merkte ik op, 'na een poosje gaan ze over.'

'Ben jij tevreden?'

'Nogal.'

'Wat heb je toch mooie haren.'

'Ach.'

'Je moet me nog een plezier doen.'
'Zeg het maar.'
'Ik moet hier weg voordat Stefano mij en mijn kind misschien zelfs zonder dat hij het in de gaten heeft iets aandoet.'
'Je maakt me ongerust.'
'Je hebt gelijk, neem me niet kwalijk.'
'Vertel maar wat ik moet doen.'
'Ga naar Enzo. Zeg tegen hem dat ik het heb geprobeerd maar dat het me niet is gelukt.'
'Dat begrijp ik niet.'
'Hoeft ook niet: jij moet terug naar Pisa, je hebt je eigen leven. Zeg het zo tegen hem, dat is genoeg: "Lina heeft het geprobeerd, maar het is haar niet gelukt."'
Met haar zoontje op de arm liep ze mee naar de voordeur en zei tegen het kind: 'Rino, zeg dag tegen tante Lenù.'
Het kind glimlachte en zwaaide.

105

Voor ik vertrok zocht ik Enzo op. Omdat zijn gezicht niet het geringste teken van emotie vertoonde toen ik tegen hem zei: 'Lina heeft me op het hart gedrukt tegen je te zeggen dat ze het heeft geprobeerd, maar dat het niet is gelukt', dacht ik dat de boodschap hem totaal onverschillig liet. 'Ze is er erg slecht aan toe,' zei ik nog. 'Eerlijk gezegd weet ik werkelijk niet wat we eraan kunnen doen.' Zijn gezicht stond ernstig, hij klemde zijn lippen op elkaar. We namen afscheid.

In de trein deed ik de doos open, ook al had ik gezworen dat ik dat niet zou doen. Er zaten acht schriften in. Meteen bij de eerste regels al begon ik me onbehaaglijk te voelen. En eenmaal in Pisa werd dat met de dagen, met de maanden erger. Elk woord van Lila maakte mij onbeduidender. Alle zinnen, ook die ze had geschreven toen ze nog klein was, leken mijn zinnen – niet die van toen, maar die van het heden – van hun inhoud te beroven. En intussen inspireerde elke bladzijde me tot eigen gedachten, eigen ideeën en eigen bladzijden, alsof ik tot op dat moment in een vlijtige slaperigheid had geleefd die tot niets had geleid. Ik leerde die schriften uit het hoofd. Ze gaven me het gevoel dat de wereld van de Normale – de vrienden en vriendinnen die me op mijn waarde schatten en de vriendelijke blik van de professoren die me tot steeds grotere inspanningen aanzetten – deel uitmaakte van een universum dat te beschermd en daarom te voorspelbaar was vergeleken met de stormachtige wereld die Lila, in de levensomstandigheden van de wijk, met haar haastige regels op gekreukelde, beduimelde bladzijden, had weten te onderzoeken.

Al mijn vroegere inspanningen leken me zinloos. Ik schrok ervan, studeerde maandenlang slecht. Ik was alleen, Franco Mari was zijn plek aan de Normale kwijt, het lukte me niet het gevoel van onbeduidendheid dat me had overmeesterd van me af te schudden. Op een gegeven moment drong het tot me door dat ik als ik zo doorging, slechte punten zou halen en dan ook naar huis zou worden gestuurd. Daarom ging ik op een avond, laat in de herfst, met de metalen doos de deur uit. Op de Solferinobrug bleef ik staan en gooide de doos in de Arno.

106

Tijdens het laatste jaar in Pisa veranderde het perspectief van waaruit ik de eerste drie jaren had beleefd. Een ondankbare onverschilligheid maakte zich van me meester, onverschilligheid voor de stad, mijn studiegenoten, de professoren, de examens, de ijskoude dagen, de politieke bijeenkomsten op zoele avonden bij het Battistero, de filmweken met debat, de hele stedelijke ruimte, altijd dezelfde – het Collegio Timpano, de Lungarno Pacinotti, via XXIV Maggio, via San Frediano, piazza dei Cavalieri, de via Consoli del Mare, via San Lorenzo – identieke trajecten die me toch vreemd waren, ook al zei de bakker ciao tegen me en praatte de krantenverkoopster met me over het weer. Vreemd door de klanken die ik toch vanaf het allereerste begin had geprobeerd te imiteren, vreemd door de kleur van de stenen en de planten en de uithangborden en de wolken en de hemel.

Ik weet niet of het door Lila's schriften kwam. Zeker is wel dat ik meteen nadat ik ze had gelezen en lang voordat ik de doos waarin ze zaten weggooide, ontnuchterd raakte. Het aanvankelijke gevoel me midden in een heroïsche strijd te bevinden verdween. De hartkloppingen bij elk tentamen verdwenen, net als de vreugde om met het hoogste punt geslaagd te zijn. En ook verdween het plezier in het verbeteren van mijn stem, mijn gebaren, mijn manier van kleden en lopen: alsof ik meedeed aan een wedstrijd om de beste vermomming, om het beste masker, een masker zo goed dat het bijna een gezicht was.

Ineens drong de betekenis van het woord 'bijna' tot me door. Was het me gelukt? Bijna. Had ik me aan Napels, aan de wijk ontrukt? Bijna. Had ik nieuwe vrienden en vriendinnen die uit ontwikkelde milieus kwamen, vaak heel wat ontwikkelder dan dat waartoe mevrouw Galiani en haar kinderen behoorden? Bijna. Was ik na vele tentamens een studente geworden die door de peinzende professoren die haar ondervroegen welwillend werd ontvangen? Bijna. Achter dat 'bijna' meende ik te zien hoe de zaken werkelijk lagen. Ik was bang. Ik was bang zoals op de eerste dag dat ik in Pisa aankwam. Ik was bang voor degenen die zonder dat 'bijna' op een ongedwongen manier ontwikkeld konden zijn.

En dat waren er veel aan de Normale. Het betrof niet alleen studenten die briljant voor hun examens Latijn, Grieks of geschiedenis slaagden. Het waren jongelui – bijna allemaal mannen, zoals trouwens ook de vooraanstaande professoren en de illustere namen die deze instelling hadden doorlopen – die uitblonken omdat ze er kennelijk geen moeite voor hoefden te doen om te ontdekken hoe ze op dat moment en later konden profiteren van de inspanning die hun studie nu van hen vroeg. Ze wisten het door hun familiale achtergrond of door instinctieve oriëntering. Ze wisten hoe kranten en tijdschriften werden gemaakt, hoe een uitgeverij werkte, hoe radio- en televisieredacties programma's maakten, hoe een film ontstond, welke universitaire hiërarchieën er bestonden, wat er aan de andere kant van de grenzen van onze dorpen en steden, aan de andere kant van de Alpen en van de zee gebeurde. Ze kenden de namen van de mensen die telden, de personen die ze moesten bewonderen of minachten. Maar ik wist niets, voor mij was iedereen die zijn naam in een krant of een boek gedrukt had staan een god. Als iemand vol bewondering of wrok tegen me zei: 'Dat is die en die, dat is de zoon van zus en zo, dat is de kleindochter van je weet wel, zweeg ik of deed ik of ik op de hoogte was. Ik voelde natuurlijk wel dat het écht belangrijke namen waren, en toch had ik ze nooit gehoord, wist ik niet wat die mensen voor opmerkelijks hadden gedaan. De landkaart van het aanzien kende ik niet. Om een voorbeeld te geven: als ik heel goed voorbereid op een tentamen was verschenen, en de professor had me plotseling gevraagd: 'Weet u aan welke werken ik de autoriteit ontleen op grond waarvan ik dit vak aan deze universiteit doceer?', dan had ik niet geweten wat ik moest antwoorden. Maar de anderen waren wel op de hoogte. Daarom bewoog ik me te midden van hen vol angst om verkeerde dingen te zeggen of te doen.

Toen Franco Mari verliefd op me werd, was die angst minder geworden. Hij maakte me wegwijs, ik had geleerd me in zijn kielzog te bewegen. Franco was uiterst vrolijk, had aandacht voor anderen, was brutaal en uitdagend. Hij voelde zich er zo zeker over de juiste boeken te hebben gelezen, en dus gelijk te hebben, dat hij altijd met gezag sprak. Steunend op zijn prestige had ik geleerd me te uiten in kleine kring, in het openbaar veel minder vaak. En ik was goed, of tenminste, ik was het aan het worden. Gesterkt door zijn zekerheden lukte het me soms brutaler, en soms ook overtuigender te zijn dan hij. Maar al ging ik behoorlijk vooruit, ik bleef bang niet het vereiste niveau te hebben, iets verkeerds te zeggen, mijn gebrek aan ervaring en mijn onwetendheid juist op voor anderen bekend terrein niet langer te kunnen verhullen. En zodra Franco tegen wil en dank uit mijn leven was verdwenen, was die angst weer toegenomen. Ik had het bewijs gekregen van wat ik diep van binnen al wist. Zijn welgesteldheid, zijn goede manieren, zijn prestige als jonge, bij de studenten heel bekende linkse activist, het feit dat hij zo prettig was in de omgang en zelfs zijn moed als hij op een evenwichtige manier een praatje hield voor machtige figuren binnen en buiten de universiteit, hadden hem een aura gegeven dat zich automatisch naar mij – zijn verloofde, of meisje, of partner – uitstrekte, bijna alsof het simpele feit dat hij van me hield de openbare bevestiging was van mijn kwaliteiten. Maar vanaf het moment dat hij zijn plek aan de Normale kwijt was, waren zijn verdiensten verbleekt en straalden niet meer op mij af. De studenten uit gegoede families inviteerden me niet langer voor uitstapjes en zondagse feestjes. Een enkeling was weer gaan spotten met mijn Napolitaanse accent. Alles wat Franco me had gegeven was uit de mode geraakt, aan mijn lijf verouderd. Ik had al snel begrepen dat Franco's aanwezigheid in mijn leven mijn werkelijke situatie had verhuld en niet veranderd. Ik was er niet in geslaagd echt te integreren. Ik hoorde bij de mensen die dag en nacht keihard werkten, die uitstekende resultaten behaalden, die zelfs met sympathie en achting bejegend werden, maar die nooit de bij de hoge kwaliteit van die studies behorende uitstraling zouden hebben. Ik zou altijd bang zijn: bang om een verkeerde zin uit te spreken, een overdreven toon te bezigen, niet op de juiste manier gekleed te zijn, blijk te geven van minderwaardige gevoelens, geen interessante gedachten te hebben.

107

Ik moet zeggen dat het ook om andere redenen een ontmoedigende periode was. Op het piazza dei Cavalieri wist iedereen dat ik 's nachts op Franco's kamer kwam, dat we samen naar Parijs en naar de Versiliaanse kust waren geweest, en dat had me de reputatie van 'gemakkelijk' bezorgd. Ik kon moeilijk uitleggen dat het me veel moeite had gekost me aan te passen aan het idee van seksuele vrijheid waar Franco zo'n warm voorstander van was; om een vrije en ruimdenkende indruk op hem te maken probeerde ik de moeite die ik daarmee had zelfs voor mezelf te verbergen. Ik kon natuurlijk ook niet aankomen met de ideeën die Franco als een evangelie aan mij had doorgegeven: dat halve maagden tot het ergste soort vrouwen behoorden, burgerlijke trutjes waren die liever hun kont gaven dan de dingen naar behoren te doen. En evenmin kon ik vertellen dat ik in Napels een vriendin had die op haar zestiende al getrouwd was en op haar achttiende een minnaar had genomen, dat ze van die jongen zwanger was geraakt, terug was gegaan naar haar man, maar god weet wat nog meer zou uithalen, kortom, dat met Franco naar bed gaan vergeleken met het tumultueuze leven van Lila niets voorstelde. Ik had de valse opmerkingen van de meisjes moeten verdragen, de vulgaire opmerkingen van de jongens en hun nadrukkelijke blikken op mijn grote borsten. Ik had zonder blikken of blozen een jongen moeten afwijzen die zonder blikken of blozen had aangeboden mijn ex te vervangen. Ik had me erbij moeten neerleggen dat de pretendenten mijn weigeringen met vulgaire woorden beantwoordden. Met mijn tanden op elkaar leefde ik verder, dacht: het zal wel overgaan.

Toen ik op een middag samen met twee andere meisjes in een café in de via San Frediano opstond en naar buiten liep, riep een door mij afgewezen aanbidder ineens met een ernstig gezicht, ten overstaan van een heel stel studenten: 'Hé Napels, vergeet niet mijn blauwe trui terug te geven die ik bij je heb laten liggen.' Gelach. Zonder te reageren liep ik de deur uit. Maar algauw merkte ik dat ik gevolgd werd door een jongen die me bij de colleges al was opgevallen omdat hij er zo komisch uitzag. Hij leek niet zo'n ongrijpbare jonge intellectueel als Nino en evenmin zo'n onbekommerde jongen als Franco. Hij was heel erg verlegen en in zichzelf gekeerd, droeg een bril, had een warrige bos pikzwart haar, een duidelijk zwaar lijf en uitstaande voeten. Hij volgde me tot aan het meisjesverblijf, en daar riep hij me eindelijk: 'Greco!'

Wie hij ook was, hij kende mijn achternaam. Uit beleefdheid bleef ik staan. De jongen stelde zich voor als Pietro Airota en hij stak met horten en stoten een nogal verward verhaal af. Hij zei dat hij zich voor zijn medestudenten schaamde maar ook zichzelf verachtte omdat hij laf was geweest en zich er niet mee had bemoeid.

'Je ermee bemoeien? Waarom zou je?' vroeg ik ironisch. Maar ik was ook verbaasd dat een jongen zoals hij, krom, een bril met dikke glazen, bespottelijke haren en het gezicht en het taalgebruik van iemand die altijd met zijn neus in de boeken zit, het tot zijn plicht rekende zich als ridder op te werpen – net als de jongens uit de wijk.

'Om je goede naam te verdedigen.'

'Die heb ik niet.'

Hij mompelde iets wat op een mengeling van excuses en groeten leek en vertrok.

De volgende dag zocht ik hem op, ik ging tijdens de colleges regelmatig naast hem zitten en we maakten samen lange wandelingen. Hij verraste me. Net als ik was hij al aan zijn scriptie begonnen, net als bij mij ging die over Latijnse letterkunde; maar anders dan ik had hij het niet over 'scriptie', maar noemde hij het 'werk', en een paar keer ontviel hem 'boek', een boek waaraan hij bezig was de laatste hand te leggen en dat hij meteen na zijn afstuderen zou publiceren. Werk, boek? Waar had hij het over? Al was hij pas tweeëntwintig, hij had toch een ernstige toon, kwam steeds met heel geleerde citaten en gedroeg zich alsof hij al een leerstoel aan de Normale of een andere universiteit had.

'Ga je je scriptie echt uitgeven?' vroeg ik hem een keer verbluft.

Even verbaasd keek hij me aan: 'Als zij goed is wel, ja.'

'Worden alle scripties uitgegeven als ze goed zijn?'

'Waarom niet?'

Hij bestudeerde de Bacchusriten, ik het vierde boek van de *Aeneis*. Ik mompelde: 'Misschien is Bacchus interessanter dan Dido.'

'Alles is interessant als je je erin verdiept.'

We spraken nooit over alledaagse dingen en ook niet over de mogelijkheid dat de vs kernwapens zouden leveren aan West-Duitsland, of over wie beter was, Fellini of Antonioni – onderwerpen die ik gewend was met Franco te bespreken – maar alleen over Latijnse en Griekse letterkunde. Pietro had een verbazingwekkend geheugen. Hij wist teksten die ver uit elkaar lagen met elkaar in verband te brengen en reciteerde ze alsof hij ze voor zich had, maar zonder betweterig of arrogant te zijn, bijna alsof het iets volstrekt vanzelfsprekends was voor twee mensen die zich aan studies als die van ons wijdden. Hoe langer ik met hem omging, hoe meer ik me realiseerde dat hij echt knap was, knapper dan ik ooit zou worden. Want terwijl ik uit angst voor blunders me alleen maar voorzichtig opstelde, bleek hij iemand van kalme, weloverwogen meningen, hij zou nooit impulsief iets beweren.

Ik had nog maar twee of drie keer met hem over de corso Italia gewandeld, of tussen de Dom en het Camposanto, of ik merkte al dat alles om me heen weer veranderde. Een meisje dat ik kende zei op een ochtend geërgerd, maar met een vriendelijke ondertoon: 'Wat doe je toch met die jongens? Nu heb je ook al de zoon van Airota veroverd!'

Ik wist niet wie vader Airota was, maar in ieder geval klonk er wel weer respect door in de toon van mijn studiegenoten en werd ik opnieuw uitgenodigd voor feestjes of etentjes in een *osteria.* Op een gegeven moment verdacht ik hen er zelfs van dat ze mij uitnodigden in de hoop dat ik Pietro mee zou nemen, aangezien hij zich over het algemeen met niemand bemoeide. Ik begon links en rechts vragen te stellen om erachter te komen wat de verdiensten waren van de vader van mijn nieuwe vriend, en ontdekte dat hij Griekse letterkunde doceerde in Genua, maar daarnaast ook een vooraanstaand figuur was binnen de Socialistische Partij. Die informatie maakte me voorzichtiger, ik was bang dat ik in aanwezigheid van Pietro naïeve of verkeerde dingen zou zeggen of misschien al had gezegd. Terwijl hij bleef vertellen over zijn als boek uit te geven scriptie, vertelde ik hem steeds minder over mijn scriptie, uit angst onzin uit te kramen.

Op een zondag kwam hij buiten adem aan bij het meisjesverblijf, hij wilde dat ik lunchte met zijn familie – vader, moeder en zusje – die hem was komen opzoeken. Ik werd er zenuwachtig van, probeerde me zo mooi mogelijk te maken. Ik dacht: ik maak vast fouten met de aanvoegende wijs, ze zullen me klungelig vinden, het zijn chique mensen, ze hebben vast een enorme auto met chauffeur, wat moet ik zeggen, ik maak natuurlijk een stomme indruk. Maar zodra ik hen zag werd ik rustig. Professor Airota was een man van gemiddelde lengte, hij droeg een grijs, enigszins gekreukeld pak, had een breed gezicht dat tekenen van vermoeidheid vertoonde, een grote bril. Toen hij zijn hoed afnam, zag ik dat hij volledig kaal was. Adele, zijn echtgenote, was een magere vrouw, niet mooi maar verfijnd, van een elegantie zonder vertoon.

De auto was een Fiat, net zo een als die van de Solara's voor ze de Giulietta kochten. En, ontdekte ik, niet een chauffeur had hen van Genua naar Pisa gereden, maar Pietro's zusje Mariarosa. Ze was charmant, had intelligente ogen en sloeg meteen haar armen om me heen en kuste me alsof we al jaren vriendinnen waren.

'Heb jij het hele stuk van Genua naar hier gereden?' vroeg ik haar.

'Ja, ik rijd graag.'

'Was het moeilijk om je rijbewijs te halen?'

'Nee hoor.'

Ze was vierentwintig en doceerde kunstgeschiedenis aan de universiteit van Milaan; ze specialiseerde zich daar in Piero della Francesca. Ze wist veel van me, dat wil zeggen, datgene waar haar broer van op de hoogte was: alles wat met mijn studie te maken had, meer niet. Hetzelfde gold voor professor Airota en zijn vrouw Adele.

Ik bracht een aangename ochtend met hen door, ze stelden me op mijn gemak. Anders dan bij Pietro waren de gespreksonderwerpen van zijn vader, moeder en zusje heel gevarieerd. Tijdens de lunch bijvoorbeeld – in het restaurant van het hotel waar ze logeerden – vond er een vriendschappelijk steekspel plaats tussen professor Airota en zijn dochter over politieke onderwerpen, waarover ik eerder Pasquale, Nino en Franco had gehoord, maar waarvan ik in feite weinig of niets wist. Ik hoorde zinnen als: jullie hebben je laten strikken door het interklassisme; jij noemt het een strik, ik noem het bemiddeling; een bemiddeling waarbij altijd en alleen de christen-democraten winnen; een centrumlinkse politiek is moeilijk; word dan weer socialist, als het moeilijk is; de staat verkeert in een crisis en moet dringend hervormd worden; jullie zijn helemaal niks aan het hervormen; wat zou jij in onze plaats doen; revolutie, revolutie en nog eens revolutie; revolutie maak je als je Italië uit de Middeleeuwen haalt: zonder ons socialisten aan het bewind zouden de studenten die het op school over seks hebben in de gevangenis zitten en de mensen die pacifistische pamfletten verspreiden ook; ik wil weleens zien wat jullie met het Noord-Atlantisch Verdrag gaan doen; we zijn altijd tegen oorlog en elke vorm van imperialisme geweest; met de christen-democraten regeren en toch anti-Amerikaans blijven?

Snelle zinnen: een polemische oefening waar ze allebei zichtbaar plezier in hadden, misschien een oude tafelgewoonte. Ik zag in vader en dochter iets wat ik zelf nooit had gehad, iets wat ik, dat wist ik nu, ook nooit zou hebben. Wat dat was? Ik kon het niet precies zeggen: misschien het gewend zijn de problemen in de wereld echt persoonlijk te voelen; het in staat zijn ze als cruciaal te ervaren en niet als louter informatie om daarmee bij een tentamen goede sier te maken en zo een hoog cijfer te halen; een *forma mentis* die alles niet meteen reduceerde tot persoonlijke strijd, tot mijn eigen poging om naam te maken. Mariarosa was aardig, haar vader ook. Ze spraken allebei op vormelijke toon, zonder ook maar iets van de verbale excessen van Armando, de zoon van mevrouw Galiani, of van Nino. En toch gaven ze warmte aan politieke beginselen die mij op andere momenten kil hadden geleken, ver van me af hadden gestaan, alleen maar bruikbaar waren geweest om niet uit de toon te vallen. Ze zaten elkaar fel op de huid en schakelden continu van het ene onderwerp over op het andere, van de bombardementen op Noord-Vietnam naar de studentenopstanden op verschillende campussen, of de talloze brandhaarden van de anti-imperialistische strijd in Latijns-Amerika en Afrika. De dochter leek voor wat dat laatste onderwerp betreft beter op de hoogte dan haar vader. Wat wist Mariarosa veel, ze praatte alsof ze informatie uit de eerste hand had, en bleef aan het woord, zo onstuitbaar dat Airota op een gegeven moment ironisch zijn vrouw aankeek en Adele tegen haar zei: 'Je bent de enige die nog geen dessert heeft gekozen.'

'Ik neem de chocoladetaart,' antwoordde ze, zichzelf met een charmant lachje onderbrekend.

Ik keek met bewondering naar haar. Ze reed auto, woonde in Milaan, doceerde aan de universiteit, gaf haar vader zonder vijandigheid partij. En ik? Het idee mijn mond open te doen maakte me al bang, en tegelijkertijd schaamde ik me voor mijn stilzwijgen. Ik kon me niet meer inhouden en zei, te luid: 'Na Hiroshima en Nagasaki hadden de Amerikanen voor misdaden tegen de mensheid vervolgd moeten worden.'

Stilte. De hele familie keek naar me. Mariarosa riep: 'Goed zo!' Ze stak haar hand naar me uit, ik drukte hem. Ik voelde me aangemoedigd en ineens rolden de woorden uit mijn mond, flarden van oude zinnen, in verschillende perioden in mijn geheugen opgeslagen. Ik had het over planning en rationalisering, over christen-democratische afgrond, neokapitalisme, over wat structuur is, en revolutie, over Afrika en Azië, over de kleuterschool, over Piaget, over de toegevendheid van politie en magistratuur, over fascistische corruptie in alle geledingen van de staat. Ik sprak verward, jachtig. Mijn hart klopte wild, ik vergat waar en met wie ik was. Toch voelde ik een sfeer van toenemende instemming om me heen; ik was blij dat ik me had blootgegeven, had het gevoel een goed figuur te hebben geslagen. Ik vond het ook fijn dat niemand uit dat mooie gezinnetje me, zoals zo vaak gebeurde, had gevraagd waar ik vandaan kwam, wat mijn vader deed, en mijn moeder. Het ging om mij, om mij!

Ook 's middags bleef ik met hen praten en 's avonds voor het avondeten maakten we een wandeling. Bij iedere stap ontmoette professor Airota mensen die hij kende. Ze bleven staan om hem heel hartelijk te begroeten, ook twee professoren van onze universiteit met hun vrouwen.

108

Maar daags daarna al voelde ik me ongelukkig. De uren die ik met Pietro's familie had doorgebracht hadden eens te meer bewezen dat al die moeite van mijn studie aan de Normale nergens toe leidde. Verdiensten waren niet genoeg, er was meer nodig, en dat had ik niet en kon ik ook niet leren. Wat schaamde ik me om die aaneenrijging van opgewonden woorden, zonder de logische precisie, de kalmte en de ironie van Mariarosa, Adele en Pietro. Ik had me de methodische verbetenheid van de wetenschapper aangeleerd, die zelfs de komma's aan controle onderwerpt, dat wel ja, en dat bewees ik bij tentamens en in de scriptie die ik aan het schrijven was. Maar in feite bleef ik een cultureel bijna te goed geïntegreerde barbaar. Ik had het harnas niet om, zoals zij, met rustige pas voort te gaan. Professor Airota was een onsterfelijke god, die voordat het gevecht begon zijn kinderen betoverde wapens had gegeven. Mariarosa was onoverwinnelijk. En Pietro volmaakt in zijn zeer geleerde beschaafdheid. En ik? Ik kon alleen maar bij hen in de buurt blijven en schitteren dankzij hun schittering.

Ik werd erg bang om Pietro te verliezen. Ik zocht hem steeds op, klampte me aan hem vast, raakte steeds meer aan hem gehecht. Maar ik wachtte tevergeefs op een liefdesverklaring. Op een avond kuste ik hem, op een wang, en eindelijk kuste hij me toen op de mond. We gingen elkaar op stille plekjes ontmoeten, 's avonds, als het een beetje donker werd. We streelden elkaar, maar hij wilde me nooit penetreren. Het was als een terugkeer naar de tijd met Antonio, en toch was er een enorm verschil. Nu was er de emotie van 's avonds uitgaan met de zoon van Airota en kracht aan hem ontlenen. Soms dacht ik erover om Lila te bellen vanuit een telefooncel. Ik wilde haar vertellen dat ik een nieuwe verloofde had en dat onze afstudeerscripties bijna zeker gepubliceerd zouden worden, boeken zouden worden net als echte boeken, met kaft, titel en naam. Ik wilde haar vertellen dat het niet uitgesloten was dat zowel hij als ik aan een universiteit zou gaan doceren, zijn zus Mariarosa deed dat al en ze was pas vierentwintig. Ik wilde ook zeggen: 'Je hebt gelijk, Lila, als je vanaf je jongste jaren goed onderricht krijgt, kost alles later minder moeite, lijk je iemand die al van alles weet als hij geboren wordt.' Maar uiteindelijk zag ik ervan af. Waarom zou ik haar bellen? Om zwijgend aan te horen wat zij allemaal had te vertellen? En wat zou ik moeten zeggen, als ze me al aan het woord liet? Ik wist goed dat mij nooit een lot als dat van Pietro zou zijn beschoren. En vooral wist ik dat hij snel zou verdwijnen, net als Franco, wat uiteindelijk ook maar beter was omdat ik niet van hem hield, ik was alleen maar met hem samen in duistere steegjes, lag alleen maar samen met hem op het gras om mijn angst niet zo te voelen.

109

Vlak voor de kerstvakantie van 1966 kreeg ik een zware griep te pakken. Ik belde naar een buurvrouw van mijn ouders – ook in de oude wijk kregen steeds meer mensen telefoon – en meldde dat ik niet thuis zou komen voor de vakantie. Daarna ging ik onder in troosteloze dagen met heel hoge koorts en hoest, terwijl het meisjesverblijf leegliep, het steeds stiller werd. Ik at niets en zelfs drinken kostte me moeite. Op een ochtend lag ik uitgeput te dommelen, toen ik een luide stem in mijn dialect hoorde praten, zoals wanneer vrouwen in de wijk vanuit hun ramen ruzie met elkaar maken. Een bekend geluid bereikte de diepste duisternis van mijn hoofd: de stap van mijn moeder. Ze klopte niet, gooide de deur open en kwam beladen met tassen mijn kamer binnen.

Onvoorstelbaar. Ze had de wijk maar een paar keer verlaten, hoogstens om naar het centrum te gaan. Voor zover ik wist was ze nooit buiten Napels geweest. En toch was ze in de trein gestapt, had 's nachts gereisd en kwam mijn kamer volstorten met speciaal voor mij van tevoren bereide kerstgerechten, met ruzieachtige kletspraatjes, verteld met zeer luide stem, en bevelen die mij als bij toverslag weer op de been moesten brengen zodat ik 's avonds samen met haar kon vertrekken – want vertrekken moest ze, thuis had ze haar man en de andere kinderen.

Zij matte me meer af dan de koorts. Ik was bang dat de directrice binnen zou stappen vanwege haar geschreeuw en het lawaai dat ze maakte terwijl ze opruimde en op een ruwe manier spullen verplaatste. Op een gegeven moment had ik het gevoel dat ik flauwviel. Ik sloot mijn ogen en hoopte dat ze me niet zou volgen in de misselijkmakende duisternis waarin ik, zo leek het, getrokken werd. Maar niets kon haar tegenhouden. Terwijl ze hulpvaardig en opdringerig door de kamer bleef lopen, vertelde ze me over mijn vader, mijn zusje en mijn broertjes, over de buren, de vrienden en natuurlijk over Carmen, Ada, Gigliola en Lila.

Ik probeerde niet te luisteren, maar zij hield me bij de les met: 'Heb je begrepen wat hij heeft gedaan, heb je begrepen wat er is gebeurd?' en daarbij schudde ze dan aan een onder de dekens verstopte arm of voet. Ik ontdekte dat ik door de zwakheid ten gevolge van mijn ziekte gevoeliger was dan gewoonlijk voor alles van haar wat ik niet verdroeg. Ik werd boos – en zei het haar ook – omdat ze met elk woord wilde bewijzen dat het met mijn leeftijdgenoten heel slecht was afgelopen, vergeleken met mij. 'Hou op,' fluisterde ik. Maar nee hoor, ze bleef maar herhalen: 'Maar jij...'

Wat me echter het meest kwetste was dat ik achter haar moedertrots in haar stem de angst hoorde dat alles van het ene moment op het andere zou veranderen, dat ik weer in achting zou dalen, haar geen kans meer gaf om op te scheppen. Ze had weinig vertrouwen in de stabiliteit van de wereld. Daarom forceerde ze me te eten, droogde ze mijn zweet, dwong ze me ik weet niet hoe vaak mijn koorts op te nemen. Was ze bang dat ik doodging en haar van de trofee van mijn bestaan beroofde? Was ze, omdat mijn energie op was, bang dat ik zou bezwijken, dat ze op de een of andere manier gedegradeerd zou worden en roemloos terug zou moeten keren naar huis? Ze praatte op een obsessieve manier over Lila. Ze dramde zo over haar door dat ik ineens voelde hoeveel ontzag ze al vanaf Lila's jongste jaren voor haar had gehad. Ook zij, dacht ik, ook mijn moeder heeft gemerkt dat ze beter is dan ik en nu is ze verbaasd dat ik haar achter me heb gelaten, ze gelooft het en gelooft het niet, ze is bang haar positie van moeder-met-de-meeste-mazzel-van-de-wijk te verliezen. Moet je zien hoe strijdlustig ze is, wat een arrogantie er in haar ogen ligt. Ik voelde de energie die ze uitstraalde en bedacht dat, om te overleven, haar manke stap van haar meer kracht had gevraagd dan anderen doorgaans nodig hadden, wat uiteindelijk had geleid tot de hardvochtigheid waarmee ze zich binnen maar ook buiten haar gezin had bewogen. Maar mijn vader dan, wat was hij voor iemand? Een zwak mannetje, getraind in gedienstig zijn en discreet de hand uitsteken om kleine fooitjes aan te nemen. Hij zou alle obstakels om tot in dit strenge gebouw te geraken vast en zeker nooit hebben kunnen overwinnen. Maar haar was het gelukt.

Toen ze vertrok, keerde de stilte weer. Ik voelde me opgelucht maar raakte ten gevolge van de koorts ook ontroerd. Ik zag haar in gedachten eenzaam door de straten lopen, elke voorbijganger vragend of ze in de juiste richting liep om bij het station te komen, zij, met haar ongelukkige been, in een onbekende stad. Ze zou nooit geld uitgeven aan een bus, nog geen vijf lire verkwisten, daar lette ze goed op. Maar het zou haar toch wel lukken: ze zou het juiste kaartje kopen en de juiste treinen nemen, 's nachts reizen, zittend op ongemakkelijke banken of staand, tot Napels. Daar zou ze na nog een behoorlijk eind lopen terugkeren in de wijk om weer aan het poetsen en koken te slaan; ze zou de *capitone*, de dikke paling, in stukken snijden en de *insalata di rinforzo*, de Napolitaanse kerstsla, bereiden, de kippenbouillon, de *struffoli,* het honinggebak. Bozig en zonder ook maar een moment rust te nemen, maar intussen wel ergens in haar hoofd zichzelf troostend met de gedachte: Lenuccia is beter dan Gigliola, Carmen, Ada en Lina, beter dan allemaal.

110

Volgens mijn moeder was het Gigliola's schuld dat Lila's situatie nog onverdraaglijker werd. Alles begon op een zondag in april, toen de dochter van banketbakker Spagnuolo Ada uitnodigde voor een film in het parochiehuis. Meteen de avond daarna al ging ze na sluitingstijd bij Ada langs en zei: 'Wat doe je zo in je eentje? Kom bij mij thuis tv kijken, en breng Melina ook maar mee.' Van het een kwam het ander, ze betrok Ada ook bij uitjes 's avonds met Michele Solara, haar verloofde. Ze gingen vaak met zijn vijven – Gigliola, haar kleine broertje, Michele, Ada en Antonio – naar een pizzeria in het centrum, in Santa Lucia. Michele reed, Gigliola zat helemaal opgedoft naast hem en Lello, Antonio en Ada zaten op de achterbank.

Antonio vond het maar niets om zijn vrije tijd met zijn baas door te brengen en in het begin probeerde hij eraan te ontkomen door tegen Ada te zeggen dat hij iets anders te doen had. Maar toen Gigliola vertelde dat Michele erg kwaad was geworden omdat hij verstek had laten gaan, trok hij zijn hoofd tussen de schouders en gehoorzaamde verder. Het gesprek ging bijna altijd alleen tussen de twee meisjes, Michele en Antonio wisselden geen woord, sterker nog, Solara liep vaak van tafel weg om met de baas van de pizzeria te gaan smoezen, met wie hij diverse handeltjes had lopen. Gigliola's broertje at zijn pizza op en zat zich verder in alle rust te vervelen.

Het lievelingsonderwerp van de meisjes was de liefde tussen Ada en Stefano. Ze spraken over de cadeaus die hij haar had gegeven en bleef geven, over de geweldige reis naar Stockholm in augustus van het jaar ervoor (wat had Ada tegen die arme Pasquale moeten liegen!), over dat hij haar in de winkel behandelde alsof ze de bazin was, nog beter zelfs. Ada raakte vertederd, vertelde en vertelde maar door. Gigliola luisterde en zei van tijd tot tijd dingen als: 'De Kerk kan in sommige gevallen een huwelijk ontbinden.'

Ada stopte even, fronste haar wenkbrauwen: 'Ik weet het, maar dat is moeilijk.'

'Moeilijk, niet onmogelijk. Je moet je tot de Sacra Rota wenden.'

'Wat is dat?'

'Precies weet ik het niet, maar de Sacra Rota kan over alles heen stappen.'

'Weet je het zeker?'

'Dat heb ik gelezen.'

Ada was erg gelukkig met die onverhoopte vriendschap. Tot dan toe had ze haar relatie voor zich gehouden, er geen woord over gezegd, terwijl ze duizend angsten had uitgestaan en veel wroeging had gevoeld. Nu ontdekte ze dat erover praten haar goeddeed, de relatie bestaansrecht gaf en haar schuld uitwiste. Haar opluchting werd alleen bedorven door de vijandigheid van haar broer, ze deden dan ook niets anders dan ruziemaken als ze weer thuis waren. Op een keer toen Antonio op het punt stond haar een mep te geven, schreeuwde hij: 'Waarom vertel je je hele hebben en houden verdomme aan iedereen? Besef je dan niet dat je daardoor een hoer lijkt en ik een kontenlikker?'

Ze zei, zo onaangenaam mogelijk: 'Weet je waarom Michele Solara met ons gaat eten?'

'Omdat hij mijn baas is.'

'Had je gedacht.'

'Waarom dan?'

'Omdat ik met Stefano ga en die is belangrijk. Als het van jou afhing, bleef ik mijn leven lang de dochter van Melina.'

Antonio verloor zijn zelfbeheersing en zei: 'Jij gaat niet met Stefano, je bent zijn hoer.'

Ada barstte in huilen uit.

'Dat is niet waar, Stefano houdt alleen maar van mij.'

Op een avond werd het nog erger. Ze waren thuis, hadden net gegeten. Ada waste af, Antonio zat in het niets te staren en hun moeder neuriede een oud liedje terwijl ze overdreven energiek de vloer veegde. Op een gegeven moment streek Melina helemaal per ongeluk met de bezem over de voeten van haar dochter en toen brak de hel los. Er was een bijgeloof – ik weet niet of het nog bestaat – dat inhield dat als je met een bezem over de voeten van een huwbaar meisje veegt, dat meisje nooit zal trouwen. In een flits zag Ada haar toekomst. Ze sprong achteruit alsof ze door een kakkerlak was aangeraakt en het bord dat ze in haar hand had, viel op de grond in scherven.

'Je hebt over mijn voeten geveegd!' gilde ze terwijl haar moeder haar met open mond aankeek.

'Dat heeft ze niet met opzet gedaan,' zei Antonio.

'Dat heeft ze wel. Jullie willen niet dat ik trouw, het komt jullie maar al te goed uit dat ik me voor jullie te pletter werk, jullie willen me mijn hele leven hier houden.'

Melina probeerde haar armen om haar dochter heen te slaan, terwijl ze 'Nee, nee, nee' zei, maar Ada duwde haar lomp opzij, waardoor haar moeder achteruit stapte, tegen een stoel stootte en tussen de scherven op de grond viel.

Antonio haastte zich om zijn moeder te helpen, maar nu gilde Melina van angst, angst voor haar zoon, voor haar dochter, voor de dingen om haar heen. En Ada, die van de weeromstuit nog harder gilde dan zij, riep: 'Maar ik zal jullie laten zien dat ik trouw, en gauw ook, want als Lina niet opkrast, dan zorg ik dat ze van de aardbodem verdwijnt.'

Toen verliet Antonio met slaande deuren het huis, wanhopiger dan gewoonlijk. De dagen daarna probeerde hij zich te onttrekken aan die nieuwe tragedie in zijn leven; hij probeerde uit alle macht doof en stom te zijn, vermeed het langs de oude kruidenierswinkel te lopen en als hij Stefano Carracci toevallig tegenkwam, keek hij de andere kant op voordat hij nog meer zin kreeg om erop los te slaan. Hij voelde een pijn in zijn hoofd, wist niet meer wat goed was en wat niet. Was het goed geweest om Lila niet aan Michele uit te leveren? Was het goed geweest Enzo te vragen haar weer naar huis te brengen? Als Lila niet naar haar man was teruggegaan, zou de situatie van zijn zus dan anders zijn? Alles is toeval, redeneerde hij bij zichzelf, goed of niet goed heeft daar niks mee te maken. Maar op dat punt aangekomen liepen zijn gedachten vast en bij de eerste de beste gelegenheid begon hij weer ruzie met Ada te maken, bijna alsof hij zich van nare dromen wilde bevrijden. Hij schreeuwde tegen haar: 'Die man is getrouwd, kutwijf dat je bent! Hij heeft een klein zoontje, je bent erger dan onze moeder, je hebt geen gevoel voor de werkelijkheid.' Dan haastte Ada zich naar Gigliola en vertrouwde haar toe: 'Mijn broer is gek, mijn broer wil me vermoorden.'

En zo kwam het dat Michele Antonio op een middag bij zich liet komen en hem voor een langdurige klus naar Duitsland stuurde. Antonio ging er niet over in discussie, integendeel, hij gehoorzaamde graag en vertrok zonder zijn zus en zijn moeder gedag te zeggen. Hij rekende er vast op dat hij in een vreemd land, te midden van mensen die net zo spraken als de nazi's in de parochiebioscoop, neergestoken zou worden, doodgeschoten, en dat vond hij best. Het was volgens hem veel erger het lijden van zijn moeder en Ada machteloos te moeten blijven aanzien dan vermoord te worden.

De enige die hij voor hij in de trein stapte nog wilde zien, was Enzo. Hij trof hem druk bezig. Enzo probeerde in die tijd alles te verkopen, de ezel, het karretje, het winkeltje van zijn moeder, een moestuin langs de spoorweg. Een deel van de opbrengst wilde hij aan een ongetrouwde tante geven die had aangeboden voor zijn broertjes te zorgen.

'En jij?' vroeg Antonio.

'Ik zoek werk.'

'Wil je een ander leven?'

'Ja.'

'Daar doe je goed aan.'

'Het moet.'

'Dat zou ik niet kunnen, ik ben wie ik ben.'

'Onzin.'

'Het is zo, maar dat is oké. Ik moet weg nu, en ik weet niet wanneer ik terugkom. Kun je alsjeblieft af en toe eens naar mijn moeder en mijn zusje en de kleintjes kijken?'

'Als ik in de wijk blijf wel.'

'Het was verkeerd, Enzù, we hadden Lina niet terug naar huis moeten halen.'

'Misschien niet.'

'Wat een puinhoop allemaal, je weet nooit wat je moet doen.'

'Ja.'

'Ciao.'

'Ciao.'

Ze gaven elkaar niet eens een hand. Antonio liep naar het piazza Garibaldi en stapte in de trein. Het werd een heel lange, verschrikkelijke reis, een dag en een nacht lang, met veel woedende stemmen in zijn hoofd die hem niet met rust lieten. Al na een paar uur voelde hij zich doodmoe, zijn voeten tintelden, sinds hij uit dienst was gekomen had hij niet meer gereisd. Af en toe, als de trein stopte, stapte hij uit om bij een fonteintje wat water te drinken, deed dat snel, bang dat de trein zonder hem zou vertrekken. Later vertelde hij me dat hij zich op het station van Florence zo neerslachtig had gevoeld dat hij had gedacht: ik blijf hier en ga naar Lenuccia.

111

Na Antonio's vertrek werd de band tussen Gigliola en Ada heel sterk. Gigliola fluisterde de dochter van Melina in wat die al lang in haar hoofd had: dat ze niet moest blijven wachten, dat Stefano's huwelijkssituatie met geweld doorbroken moest worden. 'Lina moet weg uit dat huis,' zei Gigliola tegen haar, 'jij moet erin. Als je te lang wacht verdwijnt de betovering en dan verlies je alles, ook je baan in de winkel, want dan wint zij terrein en dwingt ze Stefano jou weg te jagen.' Gigliola vertrouwde haar zelfs toe dat ze uit ervaring sprak, dat zij precies hetzelfde probleem met Michele had. 'Als ik wacht tot hij besluit met me te trouwen, ben ik oud voor het zover is,' fluisterde ze, 'en daarom zit ik hem achter de vodden: of we trouwen in het voorjaar van 1968, of ik maak het uit en hij kan oprotten.'

En dus begon Ada een steeds strakker net van puur, kleverig verlangen om Stefano heen te spannen, waardoor hij zich bijzonder voelde, en tussen de kussen door fluisterde zij tegen hem: 'Je moet een besluit nemen, Stè, of met mij of met haar; ik zeg niet dat je haar met het kind op straat moet zetten, het is ook jouw kind, je hebt je verplichtingen; maar doe zoals tegenwoordig zo veel acteurs en belangrijke mensen doen: geef haar wat geld en dan ben je ervanaf. Iedereen in de wijk weet inmiddels dat ik jouw echte vrouw ben, en daarom wil ik altijd, altijd en altijd bij je zijn.'

Stefano antwoordde dat hij het ermee eens was en drukte haar stevig tegen zich aan in het ongemakkelijke bedje van de Rettifilo, maar verder deed hij niet veel, behalve teruggaan naar huis, naar

Lila, en schreeuwen, nu eens omdat er geen schone sokken meer waren, dan weer omdat hij haar met Pasquale of iemand anders had zien praten.

Toen begon Ada wanhopig te worden. Op een zondagochtend kwam ze Carmen tegen, die erg klaagde over de werkomstandigheden in de twee kruidenierswinkels. Het ene woord lokte het andere uit en ze begonnen hun gal te spuwen over Lila, die ze beiden, om uiteenlopende redenen, als de oorzaak van hun ellende beschouwden. Ten slotte hield Ada het niet meer en vertelde ze over haar amoureuze situatie, helemaal vergetend dat Carmen het zusje van haar ex-verloofde was. En Carmen, die popelde om ook haar bijdrage te leveren in het kletscircuit, luisterde maar wat graag, kwam vaak tussenbeide om het vuur aan te wakkeren en probeerde met haar adviezen zo veel mogelijk kwaad aan Ada te berokkenen, die Pasquale had bedrogen, en aan Lila die haar had bedrogen. Maar afgezien van de rancunes was er toch ook het genoegen te maken te hebben met iemand, een vriendin uit haar kindertijd, die terecht was gekomen in de positie van minnares van een getrouwde man, niets meer en niets minder. En hoewel wij meisjes uit de wijk vanaf onze jongste jaren echtgenotes wilden worden, hadden we toen we groter werden bijna altijd gesympathiseerd met de minnaressen, die ons levendiger, strijdvaardiger en vooral moderner leken. Tegelijkertijd hoopten we wel dat de wettelijke echtgenote (doorgaans een heel valse of in elk geval al tijden ontrouwe vrouw) ernstig ziek zou worden en dood zou gaan, waardoor de minnares geen minnares meer hoefde te zijn maar de kroon op haar liefdesdroom zou kunnen zetten door echtgenote te worden. Kortom, we stonden aan de kant van de overtreding, maar alleen omdat die de waarde van de regel moest bevestigen. Ondanks haar vele valse adviezen steunde Carmen uiteindelijk Ada's relatie hartstochtelijk, voelde ze echte ontroering en op een dag zei ze in alle eerlijkheid: 'Zo kun je niet doorgaan, je moet dat pokkenwijf wegjagen, met Stefano trouwen, hem kinderen geven. Vraag de Solara's of ze niet iemand bij de Sacra Rota kennen.'

Ada had de suggesties van Carmen snel bij die van Gigliola gevoegd en op een avond in de pizzeria wendde ze zich rechtstreeks tot Michele: 'Die Sacra Rota, kun jij daar toegang krijgen?'

Hij antwoordde ironisch: 'Dat weet ik niet, ik kan eens informeren, er is altijd wel een vriend te vinden. Maar pak jij nou eerst maar wat van jou is, dat is het meest dringend. En maak je nergens zorgen over: als iemand je kwaad wil doen, stuur je hem maar naar mij.'

Micheles woorden waren erg belangrijk, Ada voelde zich gesteund, ze had in haar hele leven nooit zo veel goedkeuring om zich heen gevoeld. Toch waren het gedram van Gigliola, de adviezen van Carmen, die onverhoopte belofte van bescherming van de kant van zo'n belangrijke, mannelijke autoriteit, en zelfs haar woede omdat Stefano in augustus niet net zo'n reis naar het buitenland had willen maken als het jaar ervoor en ze alleen maar een paar keer naar Sea Garden waren geweest, niet voldoende om haar tot de aanval over te laten gaan. Daar was een echt, concreet feit voor nodig: de ontdekking dat ze zwanger was.

Die zwangerschap maakte Ada waanzinnig gelukkig, maar ze hield het nieuws voor zich, sprak er zelfs niet met Stefano over. Op een middag deed ze haar jasschort uit, verliet de winkel alsof ze een luchtje ging scheppen, maar ging in werkelijkheid naar Lila's huis.

'Is er iets gebeurd?' vroeg mevrouw Carracci stomverbaasd toen ze de deur voor haar opendeed.

Ada antwoordde: 'Niks wat je nog niet weet.'

Ze liep naar binnen en gooide er van alles uit, waar het kind bij was. Ze begon rustig, had het over acteurs en ook over wielrenners, ze noemde zichzelf een soort *Dama Bianca*, de minnares van Coppi, maar wel moderner, en zei terloops iets over de Sacra Rota om aan te tonen dat ook de Kerk en God in bepaalde gevallen van heel sterke liefde huwelijken ontbinden. Omdat Lila luisterde zonder haar ook maar één keer te onderbreken – iets wat Ada absoluut niet had verwacht, sterker nog, ze had gehoopt dat Lila al was het maar een enkel woord zou zeggen zodat ze haar halfdood had kunnen slaan – werd ze zenuwachtig en begon ze door het appartement te lopen. In de eerste plaats om Lila te laten merken dat ze vaak in dat huis was geweest en het heel goed kende, maar ook om haar voor de voeten te werpen: 'Moet je zien wat een smeerboel, vuile borden, stof, sokken en onderbroek nog op de grond, het kan toch niet dat die arme jongen zo moet leven.' Gedreven door een onbedwingbare bezetenheid raapte ze ten slotte de vuile was van de vloer in de slaapkamer terwijl ze uitriep: 'Vanaf morgen kom ik hier de boel opruimen. Je kunt niet eens een bed opmaken, moet je zien, Stefano kan het niet uitstaan als het laken zo gevouwen is, hij heeft me verteld dat hij het je eindeloos heeft uitgelegd, maar jij... niks!' Toen hield ze ineens op, verward, en zei zachtjes: 'Je moet hier weg, Lina, want als je niet vertrekt, vermoord ik je kind.'

Lila kon alleen maar antwoorden: 'Je gedraagt je net als je moeder, Ada.'

Dat waren haar woorden. Nu stel ik me haar stem voor: ze heeft nooit op bewogen toon kunnen praten, ze sprak waarschijnlijk zoals altijd, op een kille en boosaardige of afstandelijke manier. Toch vertelde ze me jaren later dat ze toen ze Ada in die toestand door het huis zag lopen, zich het gekrijs van Melina had herinnerd, de in de steek gelaten minnares, op het moment dat de familie Sarratore uit de wijk vertrok, en dat ze het strijkijzer weer voor zich had gezien dat uit het raam vloog en Nino bijna had gedood. De vlam van leed, die toen grote indruk op haar had gemaakt, flakkerde ineens weer in Ada op; alleen werd hij nu niet door Sarratores vrouw gevoed, maar door haar, Lila. Een akelig spiegelspel dat ons indertijd allemaal ontging. Maar haar niet en daarom had het waarschijnlijk bitterheid en medelijden bij haar opgeroepen in plaats van wrok, in plaats van haar bekende vastbeslotenheid om kwaad te doen. Zeker is dat ze probeerde Ada's hand te pakken, tegen haar zei: 'Ga zitten, ik zet kamillethee voor je.'

Maar Ada ervoer alle woorden van Lila, van het eerste tot het laatste, en vooral dat gebaar als een belediging. Met een ruk week ze terug, verdraaide haar ogen op een indrukwekkende manier, zodat er alleen nog maar wit was te zien, en gilde, toen haar pupillen weer terugkwamen: 'Zeg je daar dat ik gek ben? Dat ik net zo gek ben als mijn moeder? Nou, dan is het je geraden om voorzichtig te zijn, Lina. Raak me niet aan, opzij jij, zet die kamillethee maar voor jezelf, ik maak dit smerige huis aan kant.'

Ze veegde, dweilde de vloeren, maakte het bed opnieuw op en zei al die tijd niets.

Lila volgde haar even met de ogen, was bang dat ze zou breken, als een kunstmatig lichaam dat plotseling aan een buitensporige versnelling wordt blootgesteld. Daarna pakte ze haar kind op en ging naar buiten. Ze liep lange tijd door de nieuwe wijk, terwijl ze tegen Rinuccio praatte, hem wees op wat ze zag en dat benoemde, en sprookjes verzon. Maar dat deed ze meer om haar angst te bedwingen dan om het kind bezig te houden. Ze ging pas weer naar huis toen ze vanuit de verte Ada de voordeur uit zag komen en zag wegrennen alsof ze zich verlaat had.

112

Toen Ada buiten adem en erg over haar toeren weer op het werk kwam, vroeg Stefano ontstemd maar kalm: 'Waar ben je geweest?' Ze antwoordde, in het bijzijn van de klanten die stonden te wachten om geholpen te worden: 'Je huis wezen opruimen, het was een smeerboel.' En terwijl ze zich tot het publiek aan de andere kant van de toonbank wendde: 'Er lag zo veel stof op de commode dat je er je naam in kon schrijven.'

Stefano zei niets, tot teleurstelling van de klanten. Toen het leeg werd in de winkel en het sluitingstijd was, maakte Ada schoon en veegde ze de boel aan, waarbij ze haar minnaar steeds vanuit een ooghoek in de gaten hield. Maar er gebeurde niets, hij zat achter de kassa te rekenen en rookte Amerikaanse sigaretten die een indringende geur verspreidden. Toen hij zijn laatste peuk had uitgedrukt, pakte hij de haak om het rolluik naar beneden te trekken, maar deed dat van binnenuit.

'Wat doe je?' vroeg Ada gealarmeerd.

‘We gaan via de binnenplaats.’

Waarna hij haar zo vaak in het gezicht sloeg, eerst met zijn handpalm, daarna met de rug van zijn hand, dat zij tegen de toonbank moest leunen om niet flauw te vallen. ‘Hoe heb je naar mijn huis durven gaan?’ zei hij met verstikte stem, omdat hij de neiging om te schreeuwen moest onderdrukken. ‘Hoe heb je het gewaagd mijn vrouw en mijn kind lastig te vallen?’ Ten slotte had hij het gevoel dat zijn hart uit elkaar barstte en hij probeerde kalm te worden. Het was voor het eerst dat hij haar sloeg. Hij mompelde bevend: ‘Doe dat nooit meer’, en vertrok, terwijl hij haar bloedend in de winkel achterliet.

De volgende dag verscheen Ada niet op haar werk. Toegetakeld als ze was diende ze zich bij Lila aan en toen die de blauwe plekken in haar gezicht zag, liet ze haar meteen binnen.

‘Zet die kamillethee nu maar,’ zei de dochter van Melina.

Dat deed Lila.

‘Wat heb je toch een mooi kind.’

‘Ja.’

‘Als twee druppels water Stefano.’

‘Nee.’

‘Hij heeft dezelfde ogen en dezelfde mond.’

‘Nee.’

‘Als je boeken moet lezen, doe dat dan maar, ik zorg wel voor het huis en Rinuccio.’

Lila staarde haar aan, bijna geamuseerd dit keer, en zei toen: ‘Doe waar je zin in hebt, maar blijf uit de buurt van mijn kind.’

‘Maak je geen zorgen, ik doe hem niks.’

Ada ging aan het werk, ze ruimde op, deed de was, hing die uit in de zon, kookte voor het middageten, bereidde het avondeten voor. Op een gegeven moment hield ze op, gefascineerd door hoe Lila met Rinuccio speelde.

‘Hoe oud is hij?’

‘Twee jaar en vier maanden.’

‘Hij is nog klein, je wilt te veel van hem.’

‘Nee, hij doet wat hij kan.’

'Ik ben zwanger.'
'Wát?'
'Ja, echt waar.'
'Van Stefano?'
'Natuurlijk.'
'Weet hij het?'
'Nee.'

Toen begreep Lila dat haar huwelijk echt ten einde liep, maar zoals het bij haar altijd ging als ze merkte dat er een radicale verandering op handen was, voelde ze geen spijt of angst en evenmin bezorgdheid. Toen Stefano thuiskwam, trof hij zijn vrouw lezend in de zitkamer aan, Ada spelend met het kind in de keuken, terwijl het heerlijk rook in het appartement en alles blonk, als één groot juweel. Het drong tot hem door dat de klappen hun uitwerking hadden gemist en hij verbleekte, hapte naar adem.

'Ga weg,' zei hij zachtjes tegen Ada.
'Nee.'
'Wat heb je je in godsnaam in het hoofd gezet?'
'Dat ik hier blijf.'
'Wil je me gek hebben?'
'Ja, dan zijn we met zijn tweeën.'

Lila deed haar boek dicht, pakte zonder iets te zeggen het kind op en trok zich terug in de kamer waar ik lang geleden had zitten studeren en waar nu Rinuccio sliep. Stefano fluisterde tegen zijn minnares: 'Zo ruïneer je me. Het is niet waar dat je van me houdt, Ada, ik verlies al mijn klanten door jou en je weet dat de situatie al niet geweldig is, je maakt me straatarm. Alsjeblieft, zeg me wat je wilt en ik geef het je.'

'Ik wil altijd bij jou zijn.'
'Ja, maar niet hier.'
'Wel hier.'
'Dit is mijn huis, hier zijn Lina en Rinuccio.'
'Ik ben hier ook van nu af aan. Ik ben zwanger.'

Stefano ging zitten. Zwijgend keek hij naar de buik van Ada die voor hem stond, alsof hij door haar jurk, haar ondergoed en haar huid heen kon kijken, alsof hij een al gevormd kind zag, een levend wezentje, kant-en-klaar, dat op het punt stond in zijn schoot te springen. Toen werd er op de deur geklopt.

Het was een ober van café Solara, een jongen van zestien die daar sinds kort in dienst was genomen. Hij zei tegen Stefano dat Michele en Marcello hem wilden zien, meteen. Stefano kwam weer tot zichzelf. Door de storm die er thuis woedde, beschouwde hij het verzoek op dat moment als een redding. Hij zei tegen Ada dat ze daar moest blijven. Ze glimlachte tegen hem en knikte. Hij vertrok en racete met zijn auto naar de Solara's. Wat een puinhoop, dacht hij. Wat moet ik doen? Als mijn vader nog leefde, pakte hij een ijzeren staaf en brak hij mijn benen. Vrouwen, schulden, het rode boek van mevrouw Solara. Er was duidelijk iets misgegaan. Lina. Zij had hem geruïneerd. Wat willen Marcello en Michele goddomme zo dringend, op dit uur van de dag?

Ze wilden, zo werd hem duidelijk, de oude kruidenierswinkel. Ze zeiden het niet met zoveel woorden, maar lieten het wel doorschemeren. Marcello had het alleen maar over nog een lening die ze hem wel wilden geven. 'Maar,' zei hij, 'de Cerullo-schoenen moeten dan wel definitief naar ons. Het is mooi geweest met die luiwammes van een zwager van jou, je kunt absoluut niet van hem op aan. En er moet een garantie komen, een bedrijf, een onroerend goed, denk er maar eens over na.' En dat gezegd hebbende, vertrok hij – hij had nog andere dingen te doen. Toen werd het een gesprek onder vier ogen met Michele. Ze discussieerden lang om te kijken of het fabriekje van Rino en Fernando misschien gered kon worden, en over de mogelijkheid om te ontkomen aan wat Marcello 'een garantie' had genoemd. Maar Michele schudde zijn hoofd en zei: 'Garanties moeten, schandalen doen de zaken geen goed.'

'Ik begrijp je niet.'

'Ik mezelf wel, dat is genoeg. Maar jij, vertel eens, van wie hou je het meest, van Lina of van Ada?'

'Dat zijn jouw zaken niet.'

'Jawel, Stè, als het om geld gaat, zijn jouw zaken mijn zaken.'

'Wat moet ik zeggen? We zijn mannen, je weet hoe zoiets gaat. Lina is mijn vrouw, Ada... dat is iets anders.'

'Dus je houdt meer van Ada?'

'Ja.'

'Regel die toestand dan; daarna praten we verder.'

Er verstreken dagen, pikzwarte dagen, voordat Stefano een manier vond om uit die impasse te komen. Ruzies met Ada, ruzies met Lila, het werk waar niets van terechtkwam, de oude kruidenierswinkel vaak dicht, de wijk die toekeek en onthield. En het zich nog herinnert. Het mooie verloofde stel. De cabriolet. Daar heb je Soraya met de sjah van Perzië, daar zijn John en Jacqueline. Uiteindelijk gaf Stefano zich gewonnen en zei hij tegen Lila: 'Ik heb een plek op stand gevonden, heel geschikt voor jou en Rinuccio.'

'Wat edelmoedig van je.'

'Ik kom twee keer per week om bij het kind te zijn.'

'Wat mij betreft kun je ook wegblijven, het is toch niet van jou.'

'Kutwijf dat je bent, wil je soms dat ik je op je bek sla?'

'Ga je gang, wanneer je wilt, ik ben er intussen aan gewend. En zorg jij maar voor jouw kind, dan zorg ik voor het mijne.'

Hij snoof, werd kwaad, probeerde haar echt te slaan. Ten slotte zei hij: 'Het is in Vomero.'

'Waar?'

'Ik breng je er morgen heen, dan kun je het zien. Op het piazza degli Artisti.'

In een flits herinnerde Lila zich het voorstel dat Michele Solara haar een poosje terug had gedaan: *Ik heb een huis in Vomero, op het piazza degli Artisti. Als je wilt gaan we er meteen heen, dan laat ik het je zien, ik heb het gekocht met de gedachte aan jou. Daar kun je doen waar je zin in hebt: lezen, schrijven, dingen verzinnen, slapen en bij Rinuccio zijn. Het enige wat mij interesseert is dat ik naar je kan kijken en luisteren.* Ongelovig schudde ze haar hoofd en zei tegen haar man: 'Je bent echt een klootzak.'

113

Nu zit Lila in Rinuccio's kamertje verschanst en denkt na over wat haar te doen staat. Teruggaan naar het huis van haar ouders, dat zal ze nooit doen: de last van haar leven moet ze zelf dragen, ze wil niet opnieuw dochter worden. Op haar broer kan ze niet rekenen: Rino is in alle staten, valt Pinuccia aan om zich op Stefano te wreken en maakt nu ook ruzie met zijn schoonmoeder Maria, omdat hij wanhopig is, geen cent meer heeft en tot zijn nek in de schulden zit. Ze kan alleen op Enzo rekenen. Ze heeft op hem vertrouwd en doet dat nog steeds, ook al heeft hij zich nooit meer laten zien en lijkt hij zelfs uit de wijk te zijn verdwenen. Ze denkt: hij heeft me beloofd dat hij me hier weg zal halen. Maar soms hoopt ze dat hij zijn belofte niet houdt, ze is bang hem in moeilijkheden te brengen. Ze maakt zich niet bezorgd om een eventuele botsing met Stefano, haar man heeft intussen van haar afgezien, en bovendien is hij laf, ook al is hij sterk als een beer. Maar ze is wel bang voor Michele Solara. Niet nu en ook morgen niet, maar op een moment dat ze niet eens meer aan hem denkt, zal hij plotseling voor haar staan en als ze dan niet buigt, zal hij het haar betaald zetten, en niet alleen haar, maar iedereen die haar geholpen heeft. Daarom is het maar het beste dat ik wegga zonder er iemand bij te betrekken, denkt ze. Ik moet werk vinden, het maakt niet uit wat voor werk, als ik maar genoeg verdien om mijn kind te onderhouden en het een dak boven zijn hoofd te geven.

Alleen al de gedachte aan haar kind ontneemt haar alle energie. Wat is er in Rinuccio's hoofd opgeslagen aan beelden, aan woorden? Ze maakt zich bezorgd om de stemmen die ongecontroleerd bij hem zijn binnengekomen. God weet of hij de mijne heeft gehoord toen ik hem in mijn buik droeg. God weet hoe mijn stem zich in zijn zenuwstelsel heeft geprent. Of hij zich bemind heeft gevoeld, of hij zich afgewezen heeft gevoeld, of hij mijn onrust gewaar is geworden. Hoe bescherm je een kind? Door het te voeden. Door ervan te houden. Door het alles te leren. Door een filter te zijn, het te behoeden voor elke zintuiglijke gewaarwording die het voor altijd zou kunnen verminken. Zijn echte vader, die niets van hem weet en nooit van hem zal houden, ben ik kwijt. Stefano, die zijn vader niet is en toch een beetje van hem heeft gehouden, heeft ons verkocht uit liefde voor een andere vrouw en een kind dat hem meer eigen is. Wat zal er van dit kind worden? Rinuccio weet intussen dat hij me niet kwijt is als ik naar een andere kamer ga, dat ik aanwezig blijf. Hij gaat goed om met echt en schijnbaar, en binnen en buiten. Hij kan zonder hulp met vork en lepel eten. Hij manipuleert de dingen, geeft er vorm aan en verandert hun vorm. Van woorden is hij op zinnen overgegaan, in het Italiaans. Hij zegt niet meer 'hij', maar 'ik'. Hij herkent de letters van het alfabet. Legt ze zo bijeen dat ze zijn naam vormen. Hij houdt van kleuren, is vrolijk. Maar al die woede hier! Hij heeft me gezien terwijl ik uitgescholden en geslagen werd. Hij heeft gezien dat ik dingen kapot gooide en gehoord dat ik schold. In het dialect. Ik kan hier niet langer blijven.

114

Lila kwam alleen voorzichtig de kamer uit als Stefano er niet was, als Ada er niet was. Ze maakte eten klaar voor Rinuccio, at zelf ook iets. Ze wist dat de wijk kwaadsprak, dat het gonsde van de geruchten. Laat op een novembermiddag ging de telefoon.

'Over tien minuten ben ik daar.'

Ze herkende zijn stem en antwoordde zonder bijzonder verbaasd te zijn: 'Goed.' En daarna: 'Enzo?'

'Ja.'

'Je hoeft dit niet te doen.'

'Dat weet ik.'

'De Solara's bemoeien zich ermee.'

'De Solara's kunnen me wat!'

Precies tien minuten later was hij er. Hij kwam naar boven, ze had haar spullen en die van het kind in twee koffers gedaan en al haar juwelen, ook haar verlovingsring en haar trouwring, op het nachtkastje in de slaapkamer gelegd.

‘Dit is de tweede keer dat ik hier wegga,’ zei ze tegen hem, ‘maar dit keer kom ik niet terug.’

Enzo keek om zich heen, hij was nooit eerder in dat huis geweest. Ze trok aan zijn arm. ‘Stefano zou weleens kunnen komen, soms komt hij zomaar onverwachts.’

‘Wat is het probleem?’ was zijn reactie.

Hij voelde aan voorwerpen die hem kostbaar leken, een bloemenvaas, een asbak, het fonkelende zilver. Hij bladerde door een schriftje waarin Lila opschreef wat ze voor het kind en het huishouden moest kopen. Daarna keek hij haar onderzoekend aan, vroeg of ze zeker was van haar keuze. Hij zei dat hij werk had gevonden in een fabriek in San Giovanni a Teduccio en daar een huis had gehuurd, drie kamers, de keuken een beetje donker. ‘Maar wat Stefano je allemaal heeft gegeven,’ voegde hij eraan toe, ‘dat krijg je niet meer, dat kan ik je niet geven.’ Ten slotte merkte hij voor alle duidelijkheid op: ‘Misschien ben je bang omdat je niet écht overtuigd bent.’

‘Dat ben ik wel,’ zei ze, terwijl ze met een ongeduldige beweging Rinuccio op de arm nam, ‘en ik ben nergens bang voor. Kom, we gaan.’

Hij draalde nog even, scheurde een blaadje uit het boodschappenschriftje en schreef er iets op. Het briefje liet hij op tafel achter.

‘Wat heb je opgeschreven?’

‘Het adres in San Giovanni.’

‘Waarom?’

‘We spelen geen verstoppertje.’

En toen pakte hij eindelijk de koffers op en begon de trap af te lopen. Lila sloot het huis af, maar liet de sleutel in het slot zitten.

115

Ik wist niets van San Giovanni a Teduccio. Toen ze me vertelden dat Lila daar met Enzo was gaan wonen, was het enige wat bij me opkwam de fabriek van Bruno Soccavo, die vriend van Nino, een bedrijf dat worsten maakte en zich uitgerekend in die zone bevond. De herinneringen die dat opriep, bevielen me niet. Ik had al lang niet meer aan de zomer op Ischia gedacht. Maar toen merkte ik dat de herinnering aan het gelukkige gedeelte van die vakantie vervaagd was, terwijl de onaangename kant de overhand had gekregen. Ik merkte dat elke klank en elke geur uit die tijd me tegenstond, maar wat me tot mijn verrassing het meest tegenstond, zo onverdraaglijk dat ik er lang om moest huilen, was de herinnering aan die avond op het Marontistrand met Donato Sarratore. Alleen het verdriet om wat er tussen Lila en Nino gaande was kon me ertoe hebben gebracht die avond als prettig te beschouwen. Pas na zo veel tijd realiseerde ik me dat die eerste ervaring van penetratie, in het donker, op het koude zand, met die triviale man die de vader was van de jongen van wie ik hield, onterend was geweest. Ik schaamde me ervoor, en die schaamte voegde zich ook nog eens bij andere schaamtegevoelens die ik in die tijd had.

Ik werkte dag en nacht aan mijn scriptie, viel Pietro lastig door hardop voor te lezen wat ik had geschreven. Hij was vriendelijk, schudde zijn hoofd, diepte zo uit zijn geheugen stukken op van Vergilius en andere auteurs waaraan ik iets kon hebben. Ik noteerde elk woord dat uit zijn mond kwam en deed er iets mee, maar toch was ik ontevreden. Ik werd heen en weer geslingerd tussen tegengestelde gevoelens. Ik zocht hulp, maar vernederde mezelf door daar om te vragen, ik was hem dankbaar en tegelijk vijandig gezind, en wat ik vooral haatte was dat hij alles in het werk stelde om te voorkomen dat zijn grootmoedigheid me beklemde.

Waar ik het meest gespannen van raakte was als ik mijn onderzoek toevallig samen met hem, of kort voor of na hem, moest voorleggen aan de assistent die ons beiden begeleidde: een man van een jaar of veertig, ernstig, nauwgezet, maar soms toch ook beminnelijk. Ik merkte dat Pietro behandeld werd alsof hij al een leerstoel bekleedde, en ik als een normale, zij het briljante studente. Vaak zag ik ervan af met de man te praten, uit boosheid, trots of uit angst geconfronteerd te worden met mijn wezenlijke inferioriteit. Ik moet het beter doen dan Pietro, dacht ik, hij weet heel veel meer dan ik, maar is grijs, heeft geen fantasie. De manier waarop hij te werk ging en die hij mij voorzichtig probeerde aan te praten, was te behoedzaam. En dan haalde ik een streep door mijn werk, begon opnieuw, gaf me over aan een ingeving die me verrassend leek. Als ik dan weer naar mijn scriptiebegeleider ging, werd er naar me geluisterd, dat wel, en werd ik geprezen, maar niet in ernst, alsof mijn inspanning niet meer was dan een goed gespeeld spel. Ik begreep algauw dat Pietro Airota een duidelijke toekomst had en ik niet.

Daar kwam op een keer ook mijn naïviteit nog bij. De assistent was vriendelijk, hij zei: 'U bent een studente met een enorme gevoeligheid. Bent u van plan om na uw afstuderen te gaan doceren?'

Ik dacht dat hij doceren aan de universiteit bedoelde en er ging een schok van vreugde door me heen, mijn wangen begonnen te gloeien. Ik zei dat ik zowel van onderwijs als van onderzoek hield en graag door zou werken op het vierde boek van de *Aeneis*. Hij merkte meteen dat ik hem verkeerd had begrepen en raakte in verlegenheid. Hij reeg een paar zinnen aan elkaar over het plezier van levenslang studeren en adviseerde me mee te doen aan een concours dat in het najaar gehouden zou worden voor enkele vacatures bij pedagogische opleidingen.

'We hebben,' zei hij nadrukkelijk en met luidere stem, 'eersteklas docenten nodig om eersteklas onderwijzers te kunnen opleiden.'

Dat was alles. Wat schaamde ik me! Die pretentie die ik had ontwikkeld, die ambitie om net als Pietro te zijn! Het enige wat ik met Pietro gemeen had waren de vluchtige seksuele uitwisselingen als het donker werd. Hij hijgde, wreef tegen me aan, vroeg niets meer dan wat ik hem spontaan al gaf.

Ik liep helemaal vast. Een tijdlang lukte het me niet aan mijn scriptie te werken, ik keek naar de bladzijden in mijn boeken zonder de zinnen werkelijk te zien. Ik bleef in mijn bed naar het plafond liggen staren, beraadde me over wat me te doen stond. Uitgerekend aan het eind van mijn studie opgeven en teruggaan naar de wijk? Afstuderen en lesgeven op middelbare scholen? Lerares. Ja, beter dan juffrouw Oliviero. Van hetzelfde niveau als la Galiani.

Of misschien niet, iets eronder. Juffrouw Greco. In de wijk zouden ze me als een belangrijke dame beschouwen, de dochter van de conciërge die toen ze nog klein was alles al wist. Alleen ik, die Pisa had gekend, en de belangrijke professoren daar, en Pietro, Mariarosa en hun vader, alleen ik zou duidelijk weten dat ik het juist níét erg ver had geschopt. Grote inspanningen, veel hoop, mooie momenten. Ik zou mijn hele leven met spijt terugdenken aan de tijd met Franco Mari. Wat waren die maanden, die jaren met hem fijn geweest. Indertijd had ik niet begrepen hoe belangrijk ze waren, maar nu, ja nu werd ik droevig als ik eraan dacht. De regen, de kou, de sneeuw, de lentegeuren bij de Arno en in de stad, in de straatjes met hun bloemen, de warmte die we elkaar gaven. Een jurk uitkiezen, een bril. Het plezier dat hij erin had om mij te veranderen. En Parijs, de opwindende reis door een vreemd land, de cafés, de politiek, de literatuur, de revolutie die spoedig zou uitbreken, ook al was de arbeidersklasse bezig zich een eigen plaats te veroveren. En hij. Zijn kamer 's nachts. Zijn lichaam. Alles voorbij. Nerveus draaide ik me om in mijn kleine bed, ik kon niet in slaap komen. Ik lieg mezelf voor, dacht ik. Was het echt zo fijn geweest? Ik wist heel goed dat er ook toen gevoelens van schaamte waren geweest. En van ongemak, en van vernedering, en dat ik afkeer had gevoeld: accepteren, ondergaan, jezelf forceren. Zou het kunnen dat ook de gelukkige momenten van genot bij nauwkeurig onderzoek niet zo gelukkig blijken te zijn? Ja, dat kan. Het morsige van het Marontistrand strekte zich algauw uit naar het lichaam van Franco en vervolgens naar dat van Pietro. Ik zette de herinneringen uit mijn hoofd.

Vanaf een bepaald moment zag ik Pietro steeds minder, met het smoesje dat ik achterlag en het risico liep mijn scriptie niet op tijd af te krijgen. Op een ochtend kocht ik een ruitjesschrift en begon in de derde persoon te beschrijven wat me die avond op het strand bij Barano was overkomen. Daarna beschreef ik, steeds in de derde persoon, wat me op Ischia was overkomen. Daarna vertelde ik iets over Napels en de wijk. Vervolgens veranderde ik namen en plaatsen en situaties. En daarna verzon ik dat er een duistere kracht in de hoofdpersoon school, iets wat in staat was de wereld om haar heen tot een geheel te maken, een geheel met de kleuren van de knalgasvlam: een blauw-paarse kap waaronder ze schitterde en alles haar voor de wind ging, maar die algauw weer zijn eenheid verloor waardoor alles in grijze, zinloze fragmenten uiteenviel. Twintig dagen besteedde ik aan het schrijven van dat verhaal, een periode waarin ik niemand zag, slechts de deur uit ging om te eten. Toen ik klaar was, las ik er een paar bladzijden van, ze bevielen me niet en ik liet het verhaal verder voor wat het was. Maar intussen ontdekte ik wel dat ik rustiger was geworden, alsof mijn schaamte was overgevloeid in het schrift. Ik stapte het gewone leven weer binnen, maakte snel mijn scriptie af en zag ook Pietro weer.

Zijn vriendelijkheid en toewijding ontroerden me. Toen hij afstudeerde was zijn voltallige familie aanwezig, en veel vrienden van zijn ouders uit Pisa. Ik realiseerde me tot mijn verrassing dat ik geen afgunst meer voelde voor wat Pietro wachtte, voor hoe zijn leven zich aftekende. Integendeel, ik was blij dat er zo'n mooie toekomst voor hem lag en ik was zijn familie dankbaar dat ze me uitnodigden voor het feest dat op de plechtigheid volgde. Vooral Mariarosa schonk veel aandacht aan mij. We hadden een verhit gesprek over de fascistische staatsgreep in Griekenland.

Ik studeerde de ronde daarna af. Ik vermeed het mijn ouders op de hoogte te stellen, was bang dat mijn moeder zich geroepen zou voelen om het met me te komen vieren. Ik verscheen voor de professoren in een jurk die ik nog van Franco had gekregen en die er naar mijn idee nog mee door kon. Na lange tijd was ik weer echt tevreden over mezelf. Nog net geen drieëntwintig en ik was al doctoranda, afgestudeerd in de letteren, met het hoogst haalbare cijfer en cum laude. Mijn vader was niet verder dan de vijfde klas van de lagere school gekomen, mijn moeder was bij de tweede blijven steken, geen van mijn voorouders had ooit vlot kunnen lezen en schrijven, voor zover ik wist. Wat een ongelooflijke inspanning had ik geleverd!

Behalve een paar studiegenoten bleek ook Pietro te zijn gekomen om mijn afstuderen te vieren. Ik herinner me dat het erg warm was. Na de bekende studentikoze rituelen bracht ik mijn scriptie naar mijn kamer en friste me daar een beetje op. Pietro wachtte beneden, wilde me mee uit eten nemen. Ik zag mezelf in de spiegel en voelde me mooi. Ik pakte het schrift met het verhaal dat ik had geschreven en stopte het in mijn tas.

Het was de eerste keer dat Pietro me mee uit eten nam. Franco had dat vaak gedaan en had me geleerd waar de verschillende bestekken en glazen voor dienden. Pietro vroeg: 'Zijn we verloofd?'

Ik glimlachte en zei: 'Dat weet ik niet.'

Hij haalde een pakje uit zijn zak en gaf het me. Hij fluisterde: 'Het hele jaar heb ik gedacht van wel. Maar als jij er anders over denkt, beschouw het dan als een cadeau voor je afstuderen.'

Ik haalde het papier eraf en er kwam een groen doosje tevoorschijn. Daarin zat een ring met briljantjes.

'Wat mooi,' zei ik.

Ik schoof hem om mijn vinger, hij paste precies. Ik dacht aan de ringen die Stefano aan Lila had geschonken, heel wat kostbaarder dan deze. Maar het was het eerste juweel dat ik kreeg, Franco had me veel cadeaus gegeven, maar nooit sieraden, het enige sieraad dat ik bezat was de zilveren armband van mijn moeder.

'We zijn verloofd,' zei ik tegen Pietro en ik boog me over de tafel en gaf hem een kus op de mond. Hij bloosde en fluisterde: 'Ik heb nog een ander cadeau.'

Hij reikte me een envelop aan, er zat een drukproef in, zijn scriptie, een boek in wording. Wat snel, dacht ik, met een gevoel van genegenheid en zelfs een beetje vrolijk.

'Ik heb ook een cadeautje voor jou.'

'Wat is het?'

'Niets bijzonders, maar ik zou niet weten wat ik je anders kon geven dat zo echt van mij is.'

Ik haalde het schrift uit mijn tas en gaf het hem.

'Het is een roman,' zei ik, 'een unicum: één exemplaar, één poging, één keer zwak geweest. Verder schrijf ik er nooit meer een.' En lachend voegde ik er nog aan toe: 'Er zitten zelfs een paar licht pikante bladzijden tussen.'

Hij leek er niet goed raad mee te weten. Hij bedankte me en legde het schrift naast zich op tafel. Ik had er meteen spijt van dat ik het hem had gegeven. Ik dacht: hij is een ernstige wetenschapper, komt uit een familie met een grote traditie, staat op het punt een essay over de Bacchusriten te publiceren dat het fundament zal leggen voor zijn carrière; mijn schuld, ik had hem niet in verlegenheid moeten brengen met een verhaaltje dat niet eens is uitgetikt. En toch voelde ik me ook toen niet ongemakkelijk, hij was nu eenmaal hij en ik was ik. Ik vertelde hem dat ik me had ingeschreven voor een concours voor een plaats aan een pedagogische academie, en dat ik terug zou gaan naar Napels en lachend zei ik dat onze verloving het zwaar zou krijgen – ik in een stad in het zuiden en hij ergens in het noorden. Maar Pietro bleef ernstig, hij had er heel duidelijke ideeën over en legde me zijn plan uit: twee jaar om gesetteld te raken aan de universiteit en dan zou hij met me trouwen. Hij stelde zelfs de datum al vast: september 1969. Toen we naar buiten liepen, liet hij het schrift op tafel liggen. Vrolijk wees ik hem erop: 'En mijn cadeau?' Het verwarde hem en hij holde terug om het te gaan halen.

We maakten een lange wandeling, kusten elkaar, stonden met de armen om elkaar geslagen bij de Arno. Deels ernstig, deels voor de grap vroeg ik hem of hij niet stiekem op mijn kamer wilde komen. Hij schudde zijn hoofd, kuste me weer, hartstochtelijk. Er lagen hele bibliotheken tussen hem en Antonio, maar toch leken ze op elkaar.

116

Mijn terugkeer naar Napels was net zoiets als wanneer je met een slechte paraplu loopt die bij een windvlaag plotseling boven je hoofd in elkaar klapt. Het was hoogzomer toen ik in de wijk arriveerde. Ik had meteen werk willen zoeken, maar mijn positie als afgestudeerde vrouw maakte het ondenkbaar dat ik net als vroeger naar een baantje ging lopen zoeken. Aan de andere kant had ik geen geld en vond ik het vernederend mijn vader en moeder erom te vragen, die zich al genoeg voor mij hadden opgeofferd. Ik werd algauw nerveus, ergerde me aan alles: de straten, de lelijke gevels van de flats, de grote weg, het parkje, ook al had elke steen, elke geur me in het begin ontroerd. Wat, dacht ik, als Pietro een ander vindt, als ik het concours niet win? Ik kan onmogelijk voor altijd een gevangene blijven van deze plek, van deze mensen.

Mijn ouders, mijn zusje en mijn broertjes waren erg trots op me, maar waarom wisten ze niet, merkte ik. Wat hadden ze aan me, waarom was ik teruggekomen, hoe konden ze de buurt bewijzen dat ik de trots van de familie was? Welbeschouwd maakte ik hun leven alleen maar ingewikkelder door het kleine appartement nog voller te maken, het opzetten van de bedden 's avonds een nog grotere klus, en een obstakel te vormen in de dagelijkse routine waarbinnen voor mij geen plaats meer was. Bovendien zat of stond ik altijd ergens in een hoekje met mijn neus in een boek, een nutteloos monument voor de studie, een arrogant wezen, altijd in gedachten verzonken, dat iedereen zich verplicht voelde met rust te laten, maar van wie ze zich ook afvroegen: wat is ze eigenlijk van plan?

Het lukte mijn moeder een poosje om me geen vragen te stellen over mijn verloofde. Dat hij bestond had ze eerder afgeleid uit de ring aan mijn vinger dan uit mijn confidenties. Ze wilde weten wat hij deed, hoeveel hij verdiende, wanneer hij zich samen met zijn ouders thuis zou komen voorstellen, waar ik zou gaan wonen als ik eenmaal getrouwd was. In het begin vertelde ik haar het een en ander: hij was docent aan de universiteit, vooralsnog verdiende hij niets, maar hij was bezig met de publicatie van een boek dat andere professoren als heel belangrijk beschouwden, we zouden over een paar jaar trouwen, zijn familie kwam uit Genua, waar ik waarschijnlijk ook zou gaan wonen, of in elk geval in de stad waar hij zich zou vestigen. Maar door de manier waarop ze me aanstaarde en door het feit dat ze me steeds maar weer dezelfde vragen stelde, kreeg ik de indruk dat ze zo in beslag werd genomen door haar vooroordelen dat ze niet hoorde wat ik zei. Was ik verloofd met iemand die mijn hand niet was komen vragen en dat ook niet zou doen, die heel ver weg woonde, die lesgaf maar niet betaald werd, die een boek publiceerde maar niet beroemd was? Zoals gewoonlijk raakte ze geïrriteerd, al maakte ze inmiddels geen scènes meer. Ze probeerde niet te veel te laten merken dat ze het er niet mee eens was, misschien voelde ze zich ook niet in staat om me dat duidelijk te maken. Zelfs mijn taal was namelijk een teken van anders-zijn. Ik drukte me op een voor haar te ingewikkelde manier uit, ook al deed ik mijn best dialect te praten, en als ik dat merkte en mijn zinnen vereenvoudigde, dan werden ze daardoor onnatuurlijk en verward. Bovendien had het resultaat van de moeite die ik had gedaan om mijn Napolitaanse accent kwijt te raken de mensen in Pisa niet overtuigd, maar haar, mijn vader, de rest van de familie en de hele wijk langzamerhand wel. Op straat, in de winkels en in het trapportaal behandelden de mensen me met een mengeling van respect en plagerij. Ze begonnen me achter mijn rug la Pisana te noemen.

Ik schreef in die tijd lange brieven aan Pietro, die mij met nog langere brieven antwoordde. In het begin verwachtte ik dat hij toch op zijn minst terloops iets zou zeggen over mijn schrift, maar later vergat ik het zelf. We vertelden elkaar niets concreets, ik heb die brieven nog steeds. Er staat niet één detail in waaraan ik iets heb om het dagelijks leven van toen te reconstrueren, hoeveel het brood kostte, of een bioscoopkaartje, hoeveel een conciërge verdiende of een professor. We concentreerden ons op, ik noem maar wat, een boek dat hij had gelezen, een artikel dat interessant was voor onze studies, op een of andere overdenking van hem of van mij, op een zekere onrust onder universiteitsstudenten, op neo-avant-gardistische onderwerpen waarvan ik niets maar hij verrassend genoeg heel veel wist en die hem zo amuseerden dat hij op een gegeven moment zelfs schreef: 'Ik zou graag een boekje maken van verfrommeld papier, van die vellen papier waarop je een zin begint, die je dan niet bevalt zodat je het vel weggooit. Ik ben er wat aan het verzamelen, zou het willen laten drukken zoals het is, verkreukeld, met de toevallige vertakking van de vouwen die een web vormt met zinnen waaraan is begonnen, maar die vervolgens zijn afgebroken. Dat is vandaag de dag misschien de enig mogelijke literatuur.' Die laatste opmerking raakte me. Ik herinner me dat ik vermoedde dat het zijn manier was om me te laten weten dat hij mijn schrift had gelezen en dat het literaire cadeau dat ik hem had gegeven hem een achterhaald product leek.

In die weken van slopende hitte gaf de vermoeidheid van jaren mijn lijf een knauw, ik voelde me uitgeput. Ik informeerde om me heen naar de gezondheid van juffrouw Oliviero, in de hoop dat ze het goed maakte en dat ik haar kon ontmoeten en wat kracht kon putten uit haar voldoening over het goede resultaat van al mijn gestudeer. Ik hoorde dat haar zus haar weer was komen halen, haar weer had meegenomen naar Potenza. Ik voelde me erg alleen, miste zelfs Lila en onze stormachtige confrontaties. Ik had zin om haar op te zoeken en te peilen hoe diep de kloof was die inmiddels tussen ons lag. Maar ik deed het niet. Ik beperkte me tot een minutieus en lamlendig onderzoek naar wat men in de wijk van haar dacht, naar de geruchten die de ronde deden.

De eerste die ik opzocht was Antonio. Hij was er niet, ze zeiden dat hij in Duitsland was gebleven. Er was ook iemand die beweerde dat hij met een prachtige Duitse was getrouwd, platinablond, lekker stevig, blauwe ogen, en dat hij vader was van een tweeling.

Dan maar met Alfonso praten. Ik zocht hem vaak op in de winkel op het piazza dei Martiri. Hij was echt mooi geworden, zag eruit als een uiterst verfijnde hidalgo en sprak een zeer verzorgd Italiaans waar hij af en toe graag iets van het dialect doorheen mengde. Dankzij hem liep de winkel van de Solara's als een trein. Zijn salaris was bevredigend, hij had een huis gehuurd in via Ponte di Tappia en hij miste op geen enkele manier de wijk, zijn familie en de geur en vettigheid van de kruidenierswinkels. 'Volgend jaar trouw ik,' kondigde hij zonder al te veel enthousiasme aan. Zijn relatie met Marisa had standgehouden, was sterker geworden, ze hoefden alleen de laatste stap nog maar te zetten. Ik ging een paar keer met hen uit, ze maakten het goed samen, zij was niet meer de levendige kwebbel van vroeger en leek er nu vooral op te letten geen dingen te zeggen die hem konden irriteren. Ik vroeg haar nooit naar haar vader, haar moeder, broertjes en zusje. Naar Nino evenmin en zij vertelde ook niets over hem, alsof hij voor altijd uit haar leven was verdwenen.

Ook Pasquale en zijn zus Carmen zag ik. Hij werkte nog steeds als metselaar, her en der in Napels en omstreken, en zij nog steeds in de nieuwe kruidenierswinkel. Maar wat ze me meteen wilden vertellen was dat ze allebei een nieuwe liefde hadden: Pasquale was stiekem iets begonnen met de oudste, nog heel jonge dochter van de eigenaresse van de fourniturenwinkel, Carmen was verloofd met de beheerder van de benzinepomp aan de grote weg, een brave man van een jaar of veertig die heel veel van haar hield.

Ik zocht ook Pinuccia op, die bijna onherkenbaar was. Slonzig, nerveus, erg mager. Gelaten in haar lot droeg ze de tekens van de klappen die Rino haar uit wraak op Stefano bleef geven, en nog zichtbaarder, geconcentreerd in haar ogen en in de diepe plooien rond haar mond, de sporen van uitzichtloos verdriet.

Ten slotte vatte ik moed en spoorde Ada op. Ik vermoedde dat ze, vernederd door haar rol van concubine, er nog slechter aan toe zou zijn dan Pina. Maar nee: ze woonde in het huis dat van Lila was geweest, zag er prachtig uit, leek sereen. Ze had niet zo lang geleden een meisje gebaard dat Maria heette. 'Ik ben steeds blijven werken, ook toen ik zwanger was,' zei ze trots. En ik zag met eigen ogen dat zij echt de bazin van de twee winkels was, ze rende van de ene naar de andere en zorgde voor alles.

Elk van mijn vrienden van vroeger vertelde me iets over Lila, maar Ada leek het beste op de hoogte. En ze was vooral degene die met het meeste begrip, bijna met sympathie over haar sprak. Ze was gelukkig, gelukkig vanwege haar baby, de welstand, het werk, Stefano, en ik had het idee dat ze Lila oprecht dankbaar was voor al dat geluk. Vol bewondering riep ze uit: 'Ik heb idiote dingen gedaan, dat geef ik toe. Maar Lina en Enzo hebben zich nog idioter gedragen. Ze hebben zich zo weinig van alles aangetrokken, zijn ook wat zichzelf betreft zo onverschillig geweest, dat ik en Stefano en zelfs die *strunz* van een Michele Solara het beangstigend vonden. Weet je dat ze niets heeft meegenomen? Weet je dat ze op een stukje papier hebben geschreven waar ze gingen wonen, het exacte adres en het nummer, alles, alsof ze wilden zeggen: kom ons eens opzoeken, doe waar jullie zin in hebben, wat maakt het uit?'

Ik vroeg het adres, schreef het op. Terwijl ik zat te schrijven, zei ze: 'Als je haar ziet, zeg haar dan dat het niet zo is dat ik Stefano verhinder het kind op te zoeken. Het komt omdat hij het te druk heeft, en ook al vindt hij het jammer, het lukt hem gewoon niet. Zeg haar ook dat de Solara's niets vergeten, vooral Michele niet. Zeg haar dat ze niemand moet vertrouwen.'

117

Enzo en Lila verhuisden naar San Giovanni a Teduccio in een tweedehands Fiat Seicento die hij kort tevoren had gekocht. De hele weg zeiden ze niets tegen elkaar, maar bestreden de stilte door allebei tegen het kind te praten, Lila alsof ze zich tot een volwassene richtte, Enzo met eenlettergrepige woordjes zoals nou, wat, ja. Lila kende San Giovanni nauwelijks. Ze was er één keer met Stefano geweest. Ze waren in het centrum gestopt om koffie te drinken en ze had er een goede indruk aan overgehouden. Maar Pasquale, die er zowel voor zijn werk als voor zijn activiteiten als militant communist vaak kwam, had zich er een keer heel ontevreden over uitgelaten, ontevreden als metselaar en ontevreden als activist. 'Het is een vuilnishoop,' had hij gezegd, 'een riool. Hoe meer rijkdom er wordt geproduceerd, hoe groter de armoede, en al zijn we sterk daar, het lukt ons niet om ook maar iets te veranderen.' Maar Pasquale was altijd heel kritisch over alles, en daarom niet erg betrouwbaar. Terwijl de Seicento voortreed door straten met een slecht wegdek, langs haveloze gebouwen en nieuwe flats, dacht Lila maar het liefst dat ze het kind naar een vriendelijk dorpje aan zee bracht en was ze in haar hoofd eigenlijk alleen bezig met wat ze voor de duidelijkheid, uit eerlijkheid, zo snel mogelijk tegen Enzo wilde zeggen.

Maar door daar almaar aan te denken, deed ze het niet. Straks, zei ze tegen zichzelf. En zo kwamen ze in het appartement dat Enzo had gehuurd, op de tweede verdieping van een nieuwe, maar toch al armoedige flat. De kamers waren half leeg, hij zei dat hij alleen het hoognodige had gekocht, maar dat hij vanaf de volgende dag alles zou aanschaffen wat verder nog nodig was. Lila stelde hem gerust, hij had al genoeg gedaan. Pas toen ze voor het tweepersoonsbed stond, besloot ze dat het tijd was om te praten. Op lieve toon zei ze: 'Ik heb veel waardering voor je, Enzo, al sinds we klein waren. Je hebt iets gedaan waar ik je om bewonder: je bent op je eentje aan het studeren gegaan, hebt een diploma behaald, en ik weet wat een volharding zoiets vraagt, ik heb die zelf nooit kunnen opbrengen. Je bent ook de edelmoedigste persoon die ik ken, wat jij nu voor Rinuccio en mij doet, zou niemand hebben gedaan. Maar ik kan niet bij je slapen. Dat is niet omdat we elkaar hoogstens twee of drie keer zonder anderen om ons heen hebben gezien. En ook niet omdat ik je niet aantrekkelijk zou vinden. Het komt omdat mijn gevoeligheid weg is, ik ben als deze muur of dit tafeltje. En daarom, als je in hetzelfde huis als ik kunt wonen zonder me aan te raken, goed; maar als je dat niet kunt, begrijp ik je en zoek ik morgenvroeg een ander onderkomen. Maar weet dat ik je altijd dankbaar zal zijn voor wat je voor me hebt gedaan.'

Enzo luisterde zonder haar ook maar één keer te onderbreken. Ten slotte zei hij, wijzend op het tweepersoonsbed: 'Ga jij hier maar liggen, ik neem het veldbed.'

'Ik heb liever het veldbed.'

'En Rinuccio?'

'Ik heb gezien dat er nog een is.'

'Slaapt hij alleen?'

'Ja.'

'Je kunt blijven zolang als je wilt.'

'Weet je dat zeker?'

'Heel zeker.'

'Ik wil niet dat onze relatie door nare dingen wordt bedorven.'

'Maak je geen zorgen.'

'Het spijt me.'

‘Het is goed zo. Als je gevoeligheid toevallig terugkomt, dan weet je waar ik ben.’

118

Haar gevoeligheid kwam niet terug, ze kreeg eerder een steeds sterker gevoel van vervreemding. De drukkende sfeer in de kamers. De vuile was. De deur van de badruimte die niet goed sloot. Ik vermoed dat San Giovanni haar voorkwam als een afgrond aan de rand van de wijk. Om maar in veiligheid te komen had ze niet gekeken waar ze haar voeten zette en was ze in een diep gat gevallen.

Rinuccio baarde haar al meteen zorgen. Het kind, dat over het algemeen kalm was, begon overdag kuren te vertonen en riep om Stefano, terwijl hij ’s nachts huilend wakker werd. De aandacht van zijn moeder en de manier waarop ze hem liet spelen kalmeerden hem, dat wel, maar fascineerden hem niet meer. Integendeel, hij begon zich eraan te ergeren. Lila verzon nieuwe spelletjes, zijn oogjes begonnen weer te stralen en hij kuste haar, wilde zijn handjes op haar borst leggen, slaakte kreten van geluk. Maar vervolgens weerde hij haar af en speelde in zijn eentje of lag te dommelen op een deken die op de vloer was uitgespreid. En buiten was hij na tien stappen al moe, zei dat hij pijn had in zijn knie, wilde gedragen worden, en als ze dat weigerde liet hij zich brullend op de grond vallen.

In het begin hield Lila voet bij stuk, maar later gaf ze zich steeds vaker gewonnen. Omdat hij ’s nachts alleen maar rustig werd als ze hem bij zich op het veldbed toeliet, mocht hij bij haar slapen. Als ze boodschappen gingen doen, droeg ze hem, ook al was hij een zwaar, doorvoed kind; de tassen aan de ene kant, hij aan de andere. Doodop kwam ze weer thuis.

Ze ontdekte algauw weer wat leven zonder geld betekende. Geen boeken, geen kranten en tijdschriften. Niets van de kleren die ze voor Rinuccio had meegenomen paste hem nog, hij groeide zienderogen. Zelf had ze heel weinig om aan te trekken. Maar ze deed of haar dat niets kon schelen. Enzo werkte de hele dag, gaf haar het geld dat nodig was, maar verdiende weinig en ondersteunde bovendien familieleden die zich over zijn broertjes ontfermden. Daardoor lukte het nauwelijks de huur, het licht en het gas te betalen. Maar Lila leek zich geen zorgen te maken. De rijkdom die ze had gekend en het geld dat ze over de balk had gegooid waren in haar belevingswereld hetzelfde als de armoede uit haar kindertijd: of het geld er nu was of niet, het was altijd een abstractie. Ze leek zich meer zorgen te maken over het mogelijk verloren gaan van de opvoeding die ze tot voor kort aan haar zoontje had gegeven; ze zette alles op alles om hem weer energiek, vrolijk en toegankelijk te krijgen, zoals voorheen. Maar Rinuccio leek zich nu alleen maar prettig te voelen als ze hem in het trapportaal liet spelen met het zoontje van de buurvrouw. Daar kibbelde hij, maakte zich vuil, lachte, at allerlei ongezonde dingen en leek gelukkig. Lila observeerde hem vanuit de keuken, waar ze hem en zijn vriendje, spelend binnen de omlijsting van de deuropening naar de trap, in de gaten hield. Hij kan veel, dacht ze, meer dan zijn vriendje, terwijl dat toch iets ouder is: misschien moet ik accepteren dat ik hem niet onder een glazen stolp kan houden, dat ik hem heb gegeven wat hij nodig had, maar dat hij het voortaan alleen zal doen, dat hij er nu behoefte aan heeft van zich af te slaan, speelgoed van anderen af te pakken, zich vuil te maken.

Op een dag verscheen Stefano in het trapportaal. Hij had besloten zijn zoontje op te zoeken en de winkel de winkel gelaten. Rinuccio was blij om hem te zien en Stefano speelde een poosje met hem. Maar Lila merkte dat haar man zich verveelde en het liefst zo snel mogelijk weer was vertrokken. Vroeger leek het of hij niet zonder haar en het kind kon leven; maar moest je hem daar nu zien, hij keek op zijn horloge en geeuwde. Hij was vrijwel zeker gekomen omdat zijn moeder hem had gestuurd, of misschien Ada wel. Wat de liefde en de jaloezie betreft, die waren helemaal over, hij wond zich niet meer op.

'Ik ga een eindje met hem wandelen.'

'Kijk uit, hij wil altijd gedragen worden.'

'Dan draag ik hem.'

'Nee, laat hem lopen.'

'Ik doe wat ik wil.'

Ze gingen naar buiten, na een half uur kwamen ze terug. Stefano zei dat hij snel weer naar de winkel moest. Hij bezwoer haar dat Rinuccio zich niet één keer had beklaagd, niet één keer had gevraagd om gedragen te worden. Voordat hij vertrok zei hij tegen haar: 'Ik heb gemerkt dat ze je hier als mevrouw Cerullo kennen.'

'Zo heet ik ook.'

'De enige reden dat ik je niet heb vermoord, en dat ook niet zal doen, is dat je de moeder van mijn kind bent. Maar jij en die zak van een vriend van je spelen gevaarlijk spel.'

Lila lachte en zei uitdagend: 'Je bent alleen maar in staat om stoer te doen tegen lui die jou niet op je bek kunnen slaan, strunz.'

Maar toen begreep ze dat haar man op de Solara's doelde en terwijl hij de trap afliep, riep ze hem vanuit het trapportaal na: 'Zeg tegen Michele dat ik hem in zijn gezicht spuug als hij zich hier in de buurt laat zien.'

Stefano gaf geen antwoord en verdween naar buiten. Hij kwam, geloof ik, nog hoogstens een keer of vier, vijf terug. De laatste keer dat hij zijn vrouw zag, schreeuwde hij razend tegen haar: 'Ook je familie maak je te schande! Ook je moeder wil je niet meer zien!'

'Dan hebben ze kennelijk nooit begrepen wat voor leven ik met jou had.'

'Ik heb je als een koningin behandeld.'

'Nou, dan maar liever een armoedzaaister.'

'Als je nog een kind maakt, moet je het laten weghalen, want je draagt mijn achternaam en ik wil niet dat iedereen denkt dat het mijn kind is.'

'Ik krijg geen kinderen meer.'

'Waarom niet? Heb je besloten niet meer te neuken?'

'Sodemieter toch op!'

'Hoe dan ook, ik heb je gewaarschuwd.'

'Rinuccio is ook niet van jou, maar hij heeft wel jouw naam.'

‘Slet, je blijft het maar zeggen, dus zal het wel waar zijn. Ik wil je nooit meer zien, en hem ook niet.’

In werkelijkheid heeft hij haar nooit geloofd. Maar hij deed alsof, uit opportunisme. Hij verkoos het vredige bestaan boven de emotionele chaos die zij bij hem veroorzaakte.

119

Lila vertelde Enzo tot in de details over de bezoeken van haar man. Enzo luisterde aandachtig maar leverde bijna nooit commentaar. Hij bleef zich terughoudend opstellen, bij alles wat hij deed of zei. Hij vertelde haar ook niets over het werk in de fabriek en of hij het er wel of niet naar zijn zin had. Hij ging ’s morgens om zes uur de deur uit, kwam ’s avonds om zeven uur weer thuis. Hij at, speelde een poosje met het kind, luisterde naar Lila’s verhalen. Als Lila iets zei over dingen die Rinuccio dringend nodig had, kwam hij meteen de volgende dag met het benodigde geld aanzetten. Hij zei nooit dat ze Stefano moest vragen bij te dragen aan het onderhoud van zijn zoon, hij zei nooit dat ze werk moest zoeken. Hij beperkte zich ertoe naar haar te kijken, alsof hij alleen maar voor die avonduren leefde, om bij haar in de keuken te zitten en haar te horen praten. Op een gegeven moment stond hij dan op, zei welterusten en trok zich terug in zijn slaapkamer.

En toen had Lila een ontmoeting die belangrijke gevolgen had. Op een middag was ze alleen de deur uit gegaan, Rinuccio had ze bij de buurvrouw gelaten. Ineens hoorde ze achter zich aanhoudend claxonneren. Een luxe auto, iemand gebaarde vanuit het raampje naar haar.

‘Lina!’

Ze keek aandachtig en herkende het wolvengezicht van Bruno Soccavo, die vriend van Nino.

‘Wat doe jij hier?’ vroeg hij.

‘Ik woon hier.’

In eerste instantie vertelde ze weinig of niets over haar situatie.

Indertijd was zoiets moeilijk uit te leggen. Ze repte niet over Nino, en hij evenmin. Maar ze vroeg hem wel of hij was afgestudeerd en hij vertelde dat hij met zijn studie was gestopt.

'Ben je getrouwd?'

'Kom nou!'

'Verloofd?'

'De ene dag wel, de andere niet.'

'Wat doe je?'

'Niks, ik laat voor me werken.'

Ineens vroeg ze spontaan en bijna grappig bedoeld: 'Heb je geen baantje voor me?'

'Voor jou? Waar heb jij dat voor nodig?'

'Om te werken.'

'Wil je salami's en mortadella's maken?'

'Waarom niet?'

'En je man?'

'Die heb ik niet meer, maar ik heb wel een zoontje.'

Bruno keek haar oplettend aan om te ontdekken of ze een grapje maakte. Hij leek even van zijn stuk gebracht, ontweek het onderwerp. 'Het is geen fijn werk,' zei hij. Vervolgens praatte hij aan één stuk door over samenlevingsproblemen in het algemeen, over zijn moeder die steeds ruziemaakte met zijn vader, over een recente, heel heftige liefde van hemzelf voor een getrouwde vrouw. Maar zij had het uitgemaakt. Rad gepraat, heel ongewoon voor Bruno. Hij nodigde haar uit in een café iets te drinken en bleef over zichzelf vertellen. Aan het einde, toen Lila zei dat ze weg moest, vroeg hij haar: 'Ben je echt weg bij je man? Heb je echt een kind?'

'Ja.'

Hij fronste zijn wenkbrauwen, schreef iets op een servetje.

'Ga maar naar hem toe, je treft hem vanaf acht uur 's morgens. En laat hem dit zien.'

Lila glimlachte ongemakkelijk: 'Het servetje?'

'Ja.'

'En dat is genoeg?'

Hij knikte, ineens verlegen door haar spottende toon. Hij mompelde: 'Het was een heerlijke zomer.'

En zij: 'Voor mij ook.'

120

Dit alles heb ik pas later gehoord. Ik had meteen gebruik willen maken van Lila's adres in San Giovanni dat Ada me had gegeven, maar ook mij overkwam iets cruciaals. Op een ochtend las ik lusteloos een lange brief van Pietro en stuitte toen onder aan de laatste bladzijde op een paar zinnen waarin hij me meedeelde dat hij mijn tekst (zo noemde hij het) aan zijn moeder had laten lezen. Omdat Adele de tekst zo goed vond had ze die laten uittikken en doorgestuurd naar een Milanese uitgeverij waarvoor zij al jaren vertaalde. Daar was mijn tekst in de smaak gevallen en nu wilden ze hem uitgeven.

Het was aan het eind van een herfstachtige ochtend, ik herinner me het grijze licht. Ik zat aan de keukentafel, dezelfde tafel waaraan mijn moeder stond te strijken. Het oude strijkijzer ging energiek over de stof, het hout onder mijn ellebogen trilde. Ik keek lang naar die zinnen. Zachtjes zei ik, in het Italiaans, alleen maar om mezelf ervan te overtuigen dat het echt waar was: 'Mama, hier staat dat ze een roman die ik heb geschreven gaan uitgeven.' Mijn moeder hield op met strijken, haalde het ijzer van de stof en zette het verticaal neer.

'Heb jij een roman geschreven?' vroeg ze in het dialect.

'Ik geloof van wel.'

'Wel of niet?'

'Jawel.'

'Word je ervoor betaald?'

'Dat weet ik niet.'

Ik ging naar buiten, snelde naar café Solara, waar je een beetje rustig interlokaal kon bellen. Na verschillende pogingen – Gigliola die van achter de bar riep: 'Vooruit, praten maar!' – antwoordde Pietro. Maar hij moest werken en had haast. Hij zei dat hij er niet meer van wist dan wat hij me had geschreven.

'Heb jij mijn tekst gelezen?' vroeg ik opgewonden.

'Ja.'

'Maar je hebt er niets over gezegd.'

Hij mompelde iets over weinig tijd, studie, verplichtingen.

'Wat vond je ervan?'

'Goed.'

'Goed en verder niets?'

'Goed. Maar praat met mijn moeder, ik ben filoloog, geen letterkundige.'

Hij gaf me het thuisnummer van zijn ouders.

'Ik bel liever niet, ik zou me opgelaten voelen.'

Ik werd een lichte irritatie gewaar, zeldzaam voor iemand die altijd zo vriendelijk was. Hij zei: 'Je hebt een roman geschreven, neem er dan ook je verantwoordelijkheid voor.'

Ik kende Adele Airota nauwelijks, had haar alles bij elkaar vier keer gezien en we hadden alleen maar een paar beleefdheidsfrases uitgewisseld. Ik was er steeds van overtuigd geweest dat ze een welgestelde, ontwikkelde huisvrouw was – de Airota's vertelden nooit iets over zichzelf, ze gedroegen zich alsof hun activiteiten in de wereld van zeer weinig belang waren, maar ondertussen gingen ze er wel van uit dat iedereen wist wat ze deden – en pas toen begon het tot me door te dringen dat ze werkte, dat ze macht kon uitoefenen. Gespannen belde ik haar, het dienstmeisje nam op en gaf de hoorn aan haar door. Ze begroette me hartelijk, sprak me aan met u, en ik deed hetzelfde. Ze zei dat iedereen op de uitgeverij echt overtuigd was van de kwaliteit van het boek en dat er voor zover zij wist al een voorlopig contract onderweg was.

'Contract?'

'Natuurlijk. Hebt u verplichtingen bij andere uitgevers?'

'Nee. Maar ik heb niet eens herlezen wat ik geschreven heb.'

'Hebt u er maar één versie van, zomaar in één keer geschreven?' vroeg ze met een licht ironische ondertoon.

'Ja.'

'Ik verzeker u dat het klaar is voor publicatie.'

'Ik moet er nog aan werken.'

'Vertrouwt u me maar, verander er geen komma in. Het is oprecht, natuurlijk en de schrijfstijl heeft iets mysterieus, en dat kom je alleen in echte boeken tegen.'

Ze complimenteerde me opnieuw, maar nu wel met meer ironie. Ze zei dat ook de *Aeneis* niet was bijgeschaafd, zoals ik ongetwijfeld wist. Ze dacht dat ik een lange leertijd als schrijfster achter de rug had, vroeg of ik nog meer in een la had liggen en toonde zich verbaasd toen ik haar bekende dat ik nooit eerder iets had geschreven. 'Talent en geluk!' riep ze uit. Ze vertrouwde me toe dat er plotseling een gat in het schema van te publiceren boeken was ontstaan en dat mijn roman niet alleen als een uitstekend boek maar ook als een geschenk uit de hemel werd beschouwd. Ze wilden het in het voorjaar laten uitkomen.

'Zo vlug al?'

'Hebt u er iets op tegen?'

Ik haastte me dat te ontkennen.

Gigliola, die achter de toonbank stond en het telefoongesprek had gehoord, vroeg toen het was afgelopen nieuwsgierig: 'Wat is er aan de hand?'

'Dat weet ik niet,' zei ik en liep haastig weg.

Ik zwierf door de wijk, overweldigd door een geluksgevoel, ik kon het nauwelijks geloven, mijn slapen klopten. Mijn antwoord aan Gigliola was geen onaardige manier geweest om verdere vragen te voorkomen, ik wist het echt niet. Wat hield die onverwachte aankondiging van publicatie nu eigenlijk precies in? Een paar regels van Pietro, woorden tijdens een interlokaal telefoontje, maar echt zeker was er niets. En wat hield een contract in, geld, rechten en plichten, liep ik het risico me een of ander probleem op de hals te halen? Over een paar dagen kom ik erachter dat ze van gedachten zijn veranderd, dacht ik, en wordt het boek niet uitgegeven. Ze lezen mijn verhaal nog eens, en degenen die het eerst goed vonden zullen het dan onbeduidend vinden, de mensen die het nog niet eerder hadden gelezen zullen boos worden op degenen die bereid waren het uit te geven, iedereen zal boos worden op Adele Airota, en Adele Airota zelf zal van gedachten veranderen, ze zal zich vernederd voelen, mij de schuld geven van het modderfiguur dat ze heeft geslagen en haar zoon overhalen onze relatie te verbreken. Ik kwam langs het gebouw waarin de oude wijkbibliotheek was gevestigd – wat was ik daar al lang niet meer geweest! Ik ging naar binnen, er was niemand, er hing een geur van stof en verveling. Verstrooid liep ik langs de boekenplanken, raakte half uit elkaar hangende boeken aan zonder naar titels of auteurs te kijken, alleen maar om er met mijn vingers even licht overheen te gaan. Oud papier, krullende katoenen draadjes, letters van het alfabet, inkt. Boeken, duizelingwekkend woord. Ik zocht *Onder moeders vleugels*, vond het. Kon dat, dat het echt ging gebeuren? Kon het dat mij – mij! – ten deel viel wat Lila en ik van plan waren geweest samen te doen? Over een paar maanden zou er gedrukt, genaaid, geplakt papier zijn gevuld met woorden van mij en met op het omslag de naam Elena Greco, ik, breekpunt in een lange keten van analfabeten en semi-analfabeten, een onbekende achternaam die nu zou gaan schitteren in het licht van de eeuwigheid. Over een paar jaar – drie, vijf, tien, twintig – zou het boek op deze planken terechtkomen, in de bibliotheek van de wijk waar ik geboren was, het zou in de catalogus worden opgenomen, men zou het lenen om te ontdekken wat de dochter van de conciërge had geschreven. Ik hoorde dat de wc werd doorgetrokken en wachtte op het tevoorschijn komen van meester Ferraro, dezelfde man van toen ik nog een vlijtig meisje was. Een man met een mager gezicht, misschien meer rimpels, het bebophaar spierwit maar wel nog dik op zijn lage voorhoofd. Ja, hij was iemand die naar waarde kon schatten wat mij nu overkwam, die het meer dan terecht zou vinden dat ik rondliep met een verhit hoofd, met hevig kloppende slapen. Maar er kwam een onbekende van de wc, een bol mannetje van een jaar of veertig.

'Hebt u boeken nodig?' vroeg hij. 'Maak dan voort, want ik ga sluiten.'

'Ik zocht meester Ferraro.'

'Ferraro is met pensioen.'

Voortmaken, hij moest sluiten.

Ik vertrok. Juist nu ik op weg was schrijfster te worden, was er in de hele wijk niemand die kon zeggen: 'Wat jij hebt klaargespeeld, is iets heel bijzonders.'

121

Ik had niet gedacht dat ik er geld mee zou verdienen, maar ik ontving het voorlopige contract en las dat de uitgeverij, vast en zeker dankzij Adeles steun, me een voorschot van tweehonderdduizend lire toekende, honderdduizend bij tekening van het contract en de andere helft als ik het manuscript inleverde. Mijn moeder was verbijsterd, ze kon het niet geloven. Mijn vader zei: 'Daar heb ik maanden voor nodig, om al dat geld te verdienen.' Ze begonnen allebei op te scheppen, in en buiten de wijk: onze dochter is rijk geworden, ze is schrijfster en gaat trouwen met een universiteitsprofessor. Ik bloeide op, stopte met studeren voor het concours van de pedagogische academie. Zodra het geld binnen was, kocht ik een jurk en make-up, ging voor het eerst in mijn leven naar de kapper en vertrok naar Milaan, een mij onbekende stad.

Op het station had ik er moeite mee me te oriënteren, maar uiteindelijk nam ik de goede metro en kwam gespannen bij de uitgeverij aan. Hoewel de portier mij niets had gevraagd, putte ik me uit in verklaringen, terwijl hij gewoon doorging met het lezen van de krant. Ik ging met de lift naar boven, klopte aan, liep naar binnen en deinsde even terug, zo piekfijn zag het er daar uit. Ik had het gevoel dat mijn hoofd vol zat van alles wat ik had gestudeerd en waarmee ik wilde pronken om aan te tonen dat ik, ook al was ik een vrouw en ook al kon je aan me zien waar ik vandaan kwam, toch iemand was – drieëntwintig jaar oud nu – die zich het recht had veroverd dat boek te publiceren, en dat er bij niets, helemaal niets van mij nog vraagtekens konden worden geplaatst.

Ik werd met egards ontvangen, van kantoor naar kantoor gebracht. Ik sprak met de redacteur die zich met mijn verhaal bezighield, dat hij uitgetypt voor zich had liggen, een oudere man, kaal, maar met een heel aangenaam gezicht. Een paar uur lang bespraken we de tekst, hij prees me veelvuldig, noemde vaak en met veel respect Adele Airota's naam, liet de veranderingen zien die hij me voorstelde aan te brengen en overhandigde me een kopie met zijn aantekeningen. Bij het afscheid zei hij op ernstige toon: 'Het is een mooi verhaal, een verhaal van nu, het zit goed in elkaar en is geschreven op een manier die steeds verrast. Maar daar gaat het niet om, ik lees uw boek nu voor de derde keer en op elke bladzijde staat wel iets krachtigs waarvan ik maar niet begrijp waar het vandaan komt.' Ik bloosde, bedankte hem. O, wat had ik allemaal voor elkaar gekregen, en hoe vlug ging alles, en hoe aardig vonden ze me en hoe bemind wist ik me te maken. Wat sprak ik goed over mijn studie en over waar ik had gestudeerd en over mijn scriptie, over het vierde boek van de *Aeneis*; met beleefde precisie weerlegde ik beleefde opmerkingen en imiteerde daarbij met opzet de toon van mevrouw Galiani, haar kinderen en Mariarosa. Een aardig en leuk uitziend kantoormeisje dat Gina heette vroeg me of ik een hotel nodig had en toen ik bevestigend knikte, reserveerde ze een kamer voor me in de via Garibaldi. Tot mijn stomme verbazing ontdekte ik dat de uitgeverij alles betaalde, het hotel en wat ik zou uitgeven aan eten en zelfs mijn treinkaartjes. Gina zei dat ik een onkostenrekening moest indienen en dan zou het worden vergoed. Ze drukte me op het hart Adele haar groeten over te brengen. 'Ze heeft me gebeld,' zei ze, 'ze is erg op u gesteld.'

Daags daarna vertrok ik naar Pisa, ik wilde Pietro omhelzen. In de trein bekeek ik één voor één de opmerkingen van de redacteur en zag mijn boek door de ogen van de man die het prees en zijn best deed om het nog mooier te maken. Het schonk me voldoening. Heel tevreden over mezelf kwam ik op de plaats van bestemming. Mijn verloofde vond een slaapplaats voor me bij een assistente Griekse letterkunde, die al wat ouder was en die ik ook kende. 's Avonds nam Pietro me mee uit eten en tot mijn verrassing liet hij me de uitgetypte tekst zien. Ook hij had er een kopie van en er opmerkingen bij geplaatst. We namen ze samen door, stuk voor stuk. Ze droegen het stempel van zijn bekende accuratesse en betroffen vooral de woordkeus.

'Ik zal erover nadenken,' zei ik en bedankte hem.

Na het eten trokken we ons terug in een ver hoekje op een grasveld. Tegen het einde van zenuwslopend gevrij in de kou, belemmerd door jassen en wollen truien, vroeg hij me om de bladzijden waar de hoofdpersoon op het strand haar maagdelijkheid verliest, zorgvuldig bij te vijlen. Onthutst zei ik: 'Het is een belangrijk moment.'

'Je hebt zelf gezegd dat het een beetje pikante bladzijden zijn.'

'Bij de uitgeverij hebben ze er niets over gezegd.'

'Dat doen ze dan nog wel.'

Het irriteerde me en ik zei dat ik ook daarover zou nadenken. De dag erna vertrok ik slechtgehumeurd naar Napels. Als de pagina's over dat voorval al te heftig waren voor Pietro, die jong was en veel had gelezen en een boek had geschreven over de Bacchusriten, wat zouden mijn moeder en mijn vader en mijn zusje en mijn broertjes en de wijk dan wel niet zeggen als ze het lazen? In de trein stortte ik me verbeten op de tekst, hield daarbij rekening met de opmerkingen van de redacteur en van Pietro en wat ik kon doorstrepen, streepte ik door. Ik wilde dat het een goed boek werd, dat het niemand tegenstond. Ik betwijfelde of ik ooit nóg een boek zou schrijven.

122

Meteen bij thuiskomst kreeg ik een akelig bericht. Mijn moeder, die ervan overtuigd was dat ze het recht had om als ik er niet was mijn post door te nemen, had een pak opengemaakt dat uit Potenza kwam. Daarin had ze een aantal schriften van de lagere school aangetroffen en een briefje van de zus van juffrouw Oliviero. De juffrouw was twintig dagen tevoren rustig gestorven, zo stond in het briefje. Ze had het de laatste tijd vaak over me gehad en de instructie gegeven dat een paar lagereschoolschriften die zij als herinnering had bewaard, aan mij werden teruggegeven. Het ontroerde mij nog meer dan mijn zusje Elisa, die al uren ontroostbaar huilde. Dat ergerde mijn moeder, die eerst tegen haar jongste dochter schreeuwde en daarna met luide stem, om het mij, haar oudste dochter, goed te laten horen, verklaarde: 'Dat stomme mens heeft zich altijd verbeeld dat ze meer jouw moeder was dan ik.'

De hele dag dacht ik aan juffrouw Oliviero en aan hoe trots ze zou zijn geweest als ze had geweten dat ik cum laude was afgestudeerd en dat ik op het punt stond een boek te publiceren. Toen iedereen naar bed ging, trok ik me terug in de stille keuken en bladerde het ene schrift na het andere door. Wat had de juffrouw goed lesgegeven, wat een mooi handschrift had ze me aangeleerd. Jammer dat ik als volwassene kleiner was gaan schrijven, dat snelheid de letters had vereenvoudigd. Ik glimlachte om de schrijffouten die met woedende uithalen waren onderstreept, om het 'goed' en het 'uitstekend' dat ze heel precies in de kantlijn schreef als ze een mooie formulering aantrof of de goede uitkomst van een moeilijke som, om de hoge punten die ze me altijd had gegeven. Was zij echt meer een moeder voor me geweest dan mijn eigen moeder? Daar was ik al een poosje niet zeker meer van. Maar ze had voor mij een weg weten te bedenken die mijn moeder nooit had kunnen bedenken en ze had me gedwongen die te volgen. Daar was ik haar dankbaar voor.

Ik was het pak aan het opruimen om naar bed te gaan, toen ik midden in een van de schriften een dun bundeltje aantrof, een tiental velletjes ruitjespapier, dubbelgevouwen en met een speld bijeengehouden. Even stond mijn hart stil, ik herkende *De blauwe fee*, het verhaal dat Lila zo lang geleden had geschreven. Hoelang geleden? Dertien of veertien jaar. Wat had ik het met pastelkrijtjes gekleurde omslag mooi gevonden en de fraai getekende letters van de titel. Indertijd had ik het als een echt boek beschouwd en was ik jaloers op haar geweest. Ik sloeg het schriftje in het midden open. De speld was geroest en had bruine vlekken op het papier achtergelaten. Ik zag tot mijn grote verbazing dat de juffrouw naast een zin 'prachtig' in de kantlijn had geschreven. Ze had het dus gelezen! Ze had het dus mooi gevonden. Ik sloeg de bladzijden om, de een na de ander, ze stonden vol met 'goed zo', 'mooi', 'heel mooi.' Ik werd boos. Oude heks, dacht ik, waarom heb je ons niet verteld dat het je beviel, waarom heb je Lila die voldoening onthouden? Wat heeft je ertoe gedreven voor mijn ontwikkeling te vechten en niet voor die van haar? Was de weigering van de schoenlapper om zijn dochter het toelatingsexamen te laten doen voldoende om dat te rechtvaardigen? Wat voor persoonlijke onvrede leefde er bij je? Heb je die op haar afgereageerd? Ik begon *De blauwe fee* bij het begin te lezen, liet mijn ogen snel over de bleke inkt gaan, over het handschrift dat zo op het mijne van toen leek. Al bij de eerste bladzijde kreeg ik maagpijn en algauw brak het zweet me uit. Maar pas toen ik het helemaal had gelezen, erkende ik wat ik al na enkele regels had begrepen. Lila's kinderlijke bladzijden vormden het geheime hart van mijn boek. Wie wilde weten wat daar warmte aan gaf en waar de stevige maar onzichtbare draad ontstond die de zinnen met elkaar verbond, moest terug naar dat kinderwerkje: tien schriftblaadjes, een geroeste speld, een kaft met levendige kleuren, de titel en niet eens een handtekening.

123

Ik sliep de hele nacht niet, wachtte tot het dag werd. De vijandigheid die ik al zo lang voelde, vervloog, ineens leek wat ik van haar had afgenomen veel meer dan wat zij ooit van mij had kunnen afnemen. Ik besloot meteen naar San Giovanni a Teduccio te gaan. Ik wilde haar *De blauwe fee* teruggeven, mijn schriften laten zien, ze samen doorbladeren, samen genieten van het commentaar van de juffrouw. Maar waar ik vooral behoefte aan voelde, was naast haar te zitten en tegen haar te zeggen: 'Zie je hoe dicht we bij elkaar stonden, verschillend en toch één', en haar met de precisie die ik aan de Normale geleerd meende te hebben en de filologische volharding die ik van Pietro had geleerd, te bewijzen dat het boek dat zij als kind had geschreven bij mij diep wortel had geschoten. Dat het in de loop van de jaren was uitgegroeid tot een nieuw en volwassen boek, dat anders was maar toch niet los was te denken van het hare, van de fantasieën die we samen op de binnenplaats van ons kinderspel hadden uitgewerkt, zij en ik, een continuïteit die zich vormde, brak en opnieuw vormde. Ik wilde mijn armen om haar heen slaan, haar kussen en tegen haar zeggen: 'Lila, van nu af aan moeten we elkaar nooit meer verliezen, wat jou of mij ook overkomt.'

Maar het werd een zware ochtend, het leek wel of de stad alles deed om haar en mij uit elkaar te houden. Ik nam een overvolle bus richting Marina, onverdraaglijk ingeperst tussen beklagenswaardige lichamen. Ik stapte in een andere bus die nog voller was, vergiste me in de richting. Moe, gekreukt en met mijn haren in de war stapte ik uit en herstelde na lang wachten en veel boosheid mijn vergissing. Dat kleine reisje door Napels putte me uit. Waar dienden in die stad de jaren op de middenschool, op het gymnasium en aan de Normale toe? Om in San Giovanni te komen kon ik niet anders dan terug, bijna alsof Lila niet in een straat of op een plein was gaan wonen, maar ergens in de stroom van het verleden, van voor we naar school gingen, van een donkere tijd zonder normen en zonder respect. Ik nam mijn toevlucht tot het heftigste dialect van de wijk, ik schold uit, werd uitgescholden, dreigde, werd bespot, reageerde op mijn beurt met spot, een kwalijke kunst waarin ik geoefend was. In Pisa had ik veel aan Napels gehad, in Napels had ik niets aan Pisa, dat zat me alleen maar in de weg. Goede manieren, mijn stem en verzorgde uiterlijk, alles wat ik uit de boeken had geleerd en wat zich in mijn hoofd en op mijn tong verdrong, het waren allemaal onmiddellijke signalen van zwakte die een gegarandeerde prooi van me maakten, zo'n prooi die zich niet los kan wringen. In de bussen en straten naar San Giovanni voegde ik ten slotte mijn oude vermogen om op het moment dat het nodig was mijn zachtaardigheid te laten varen bij de arrogantie van mijn nieuwe status. Ik was cum laude afgestudeerd, had geluncht met professor Airota, was verloofd met diens zoon; ik had wat geld op de Postbank gezet, in Milaan was ik met respect behandeld door achtenswaardige mensen; hoe dúrfde dit rotvolk?! Ik voelde een kracht in me die zich niet meer kon neerleggen bij het 'doe of je neus bloedt' dat overleven in de wijk en daarbuiten gewoonlijk mogelijk maakte. Toen ik me in het gedrang van de reizigers meerdere malen door mannenhanden betast voelde, gaf ik mezelf het sacrosancte recht op woede en reageerde ik met geschreeuw vol minachting, en gebruikte ik woorden die niet voor herhaling vatbaar zijn, van het soort dat mijn moeder, en vooral Lila, gebruikte. Ik overdreef zo dat ik er toen ik uitstapte zeker van was dat er nog iemand uit zou springen om me te vermoorden.

Dat gebeurde niet, maar ik liep toch erg boos en bang weg. Ik was bijna te netjes van huis weggegaan en nu voelde ik me van binnen en van buiten gehavend.

Ik probeerde me te herstellen, zei tegen mezelf: 'Rustig, je bent er bijna.' Ik vroeg voorbijgangers de weg, liep met de ijskoude wind in mijn gezicht door de corso San Giovanni a Teduccio; de straat zag eruit als een gelig kanaal met bekladde wanden, zwarte openingen en troep. Ik dwaalde een tijdje rond, in de war gebracht door vriendelijke aanwijzingen die zo gedetailleerd waren dat ze nutteloos bleken. Eindelijk vond ik de straat, de voordeur. Over vuile treden liep ik naar boven, volgde de geur van knoflook en het geluid van kinderstemmen. In een openstaande deur verscheen een heel dikke vrouw met een groene trui, ze zag me en riep: 'Wie zoekt u?' 'Carracci,' zei ik. Maar toen ik haar onzekerheid zag, corrigeerde ik meteen: 'Scanno', Enzo's achternaam. En daarna nog 'Cerullo'. Toen herhaalde de vrouw 'Cerullo' en hief ze een dikke arm omhoog: 'Verderop.' Ik bedankte haar, liep door, terwijl zij bij de trapleuning ging staan, naar boven keek en gilde: 'Titì, d'r is iemand die Lina zoekt, ze komt naar boven.'

Lina. Hier, uit de mond van vreemden, op deze plek. Pas toen realiseerde ik me dat ik aan Lila dacht zoals ik haar de laatste keer had gezien – in het appartement van de nieuwe wijk, in de ordelijke omgeving die, hoewel met angst beladen, intussen wel de achtergrond van haar leven was, met de meubels, de koelkast, de televisie, haar zo verzorgde kind en zijzelf – ze had er beproefd uitgezien, maar toch nog steeds als een jonge, welgestelde mevrouw. Ik wist op dat moment niets van hoe ze leefde en wat ze deed. De kletspraatjes hielden op bij het verlaten van haar echtgenoot, bij het ongelooflijke feit dat ze een mooi huis en geld had opgegeven en met Enzo Scanno was vertrokken. Ik wist niet dat ze Bruno Soccavo had ontmoet en was daarom uit de wijk vertrokken in de zekerheid dat ik haar als ik daar aankwam in haar nieuwe huis zou aantreffen, te midden van openliggende boeken en educatieve spelletjes voor haar kind, of dat ze, als ze er niet was, hoogstens even weg zou zijn om boodschappen te doen. En uit luiheid en voor mijn gemoedsrust had ik die beelden werktuiglijk een geografische naam gegeven, San Giovanni a Teduccio, na de Granili, aan het eind van de Marina. In die verwachting liep ik dus naar boven. Ik dacht: hèhè, het is gelukt, eindelijk, ik ben er. En zo kwam ik bij Titina, een jonge vrouw met een klein meisje op de arm dat stilletjes huilde – lichte snikken en uit de neusgaatjes, die rood zagen van de kou, stroompjes snot tot op het bovenlipje – en twee andere kinderen aan haar rok, aan elke kant één.

Titina richtte haar blik op de deur aan de overkant, die dicht was.

'Lina is er niet,' zei ze vijandig.

'En Enzo ook niet?'

'Nee.'

'Is ze met haar zoontje aan het wandelen?'

'Wie bent u?'

'Ik heet Elena Greco, ik ben een vriendin.'

'En u herkent Rinuccio niet? Rinù, heb je deze mevrouw weleens gezien?' Ze gaf een van de kinderen naast haar een tikje in zijn nek en toen herkende ik hem pas. Het kind glimlachte tegen me en zei in het Italiaans: 'Ciao, tante Lenù. Mama komt vanavond om acht uur thuis.'

Ik tilde hem op, kuste hem, zei dat hij zo mooi was en prees hem omdat hij zo netjes sprak.

'Hij is heel slim,' gaf Titina toe, 'een geboren professor.'

Vanaf dat moment deed ze niet vijandig meer tegen me, wilde

dat ik binnenkwam. In de donkere gang struikelde ik over iets wat ongetwijfeld aan de kinderen toebehoorde. De keuken was rommelig, alles was in een grijzig licht gedompeld. Er lag een lap stof onder de naald van de naaimachine en daaromheen en op de grond lagen nog meer lappen, in verschillende kleuren. Titina, ineens niet op haar gemak, probeerde orde te scheppen, zag er vervolgens van af en zette koffie voor me, steeds met het kind op de arm. Ik nam Rinuccio op mijn knieën, stelde hem onnozele vragen die hij braaf maar wel levendig beantwoordde. Intussen informeerde de vrouw me over Lila en Enzo.

'Zij,' zo vertelde ze, 'maakt worst bij Soccavo.'

Het verraste me, pas toen herinnerde ik me Bruno.

'Soccavo, die van de vleeswaren?'

'Ja, die.'

'Ik ken hem.'

'Geen fraaie mensen.'

'Ik ken de zoon.'

'Opa, vader en zoon, allemaal dezelfde klootzakken. Ze zijn rijk geworden en vergeten hoe het was toen ze geen rooie cent hadden.'

Ik vroeg naar Enzo. Ze vertelde dat hij bij de locomotoren werkte, zo zei ze het. Ik begreep algauw dat ze dacht dat hij en Lila getrouwd waren, ze noemde hem met sympathie en respect in haar stem 'meneer Cerullo'.

'Wanneer komt Lina thuis?'

'Vanavond.'

'En het kind?'

'Dat blijft hier, hij eet hier, speelt hier, alles.'

De reis was dus nog niet ten einde: ik naderde en Lila verwijderde zich. Ik vroeg: 'Hoelang is het lopen naar de fabriek?'

'Twintig minuten.'

Titina gaf me aanwijzingen, die ik op een papiertje schreef. Intussen vroeg Rinuccio beleefd: 'Mag ik gaan spelen, tante?'

Hij wachtte tot ik ja zei en holde toen naar het kind in de gang. Meteen hoorde ik hem een lelijk scheldwoord in het dialect naar zijn vriendje schreeuwen. De vrouw wierp me een gegeneerde blik toe en gilde vanuit de keuken, in het Italiaans: 'Rino, je mag geen lelijke woorden zeggen, pas op, want anders kom ik en krijg je tiktik op je handjes.'

Ik glimlachte naar haar, herinnerde me mijn reis in de bus. Tiktik op de handjes, dat verdien ik ook, dacht ik, met mij is het net zo gesteld als met Rinuccio. Omdat het geruzie in de gang niet ophield, moesten we snel naar de jongetjes toe. Onder het slaken van woeste kreten waren ze elkaar aan het slaan en gooiden elkaar van alles naar het hoofd, wat het nodige lawaai veroorzaakte.

124

Via een zandpad met allerlei afval kwam ik in de buurt van de Soccavo-fabriek, een pluim donkere rook in de bevroren lucht. Al voor ik de ommuring bereikte, rook ik een walgelijke geur van dierlijk vet vermengd met die van verbrand hout. De portier zei spottend dat er onder werktijd geen bezoek aan vriendinnetjes werd gebracht. Ik vroeg of ik Bruno Soccavo kon spreken. Hij veranderde onmiddellijk van toon, mompelde dat Bruno bijna nooit in de fabriek kwam. 'Belt u hem dan thuis,' antwoordde ik. Hij raakte in verlegenheid, zei dat hij hem niet zonder reden kon storen. 'Als u niet belt,' zei ik, 'zoek ik een telefoon en doe ik het zelf.' Hij keek me met een schuin oog aan, wist niet wat hij moest doen. Er kwam een man op een fiets langs, hij remde en zei in het dialect iets schunnigs tegen de bewaker. Die leek blij om hem te zien. Hij begon met hem te kletsen alsof ik niet meer bestond.

Midden op de binnenplaats brandde een vuur. Ik liep erlangs, een paar seconden lang sneed de hitte door de ijzige kou. Ik kwam aan bij een laag fabrieksgebouw met een gelige kleur, duwde een zware deur open en stapte naar binnen. De geur van vet, buiten al heftig aanwezig, was hier onverdraaglijk. Er kwam een meisje aan dat duidelijk kwaad was en met geagiteerde bewegingen haar haar fatsoeneerde. Ik zei: 'Pardon...' Zij liep met gebogen hoofd een stap of vier door, maar bleef toen staan.

'Wat is er?' vroeg ze lomp.

'Ik zoek een meisje dat Cerullo heet.'

'Lina?'

'Ja.'

'Kijk maar in de worstenmakerij.'

Ik vroeg waar die was, ze gaf geen antwoord, verwijderde zich. Ik duwde een andere deur open. Er sloeg me een warmte tegemoet die een nóg walgelijker geur van vet verspreidde. Ik kwam in een grote ruimte met bassins vol dampend, melkkleurig water waarin donkere dingen dreven die door trage, gebogen silhouetten – arbeiders die er tot hun heupen in stonden – in beweging werden gehouden. Lila zag ik niet. Op de tegelvloer, die wel een moeras leek, lag iemand languit een buis te repareren. Ik vroeg hem: 'Weet u waar ik Lina kan vinden?'

'Cerullo?'

'Cerullo.'

'In de mengruimte.'

'Iemand vertelde me dat ze in de worstenmakerij was.'

'Als u het zelf zo goed weet, waarom vraagt u het dan?'

'Waar is de mengruimte?'

'Recht voor u.'

'En de worstenmakerij?'

'Rechtsaf. Als u haar daar niet vindt, kijk dan in de uitbeenderij. Of bij de koelcellen. Ze wordt iedere keer ergens anders geplaatst.'

'Waarom?'

Hij reageerde met een scheve glimlach.

'Is ze een vriendin van u?'

'Ja.'

'Laat dan maar zitten.'

'Hoezo?'

'Wordt u niet boos?'

'Nee.'

'Het is een zeikwijf.'

Ik volgde zijn aanwijzingen, werd door niemand tegengehouden. De mannen en vrouwen die daar werkten leken zich in een grimmige onverschilligheid te hebben teruggetrokken. Zelfs als ze lachten of scheldwoorden naar elkaar schreeuwden, leken hun eigen gelach, hun stemmen, de smerigheid die ze kneedden en de stank ver van hen. Ik belandde tussen vrouwen in donkerblauwe jasschorten die het vlees bewerkten, kapjes op het hoofd; machines produceerden het knarsende geluid van ijzer en het plompende van slappe, gemalen, geknede materie. Maar Lila was er niet. En ik zag haar ook niet op de plek waar rozig deeg vermengd met dobbelstenen vet in darmen werd gestopt, en ook niet op de afdeling waar met scherpe mesjes en een gevaarlijk, jachtig bewegen van de lemmeten vlees werd uitgebeend, gedecoupeerd en kleingesneden. Uiteindelijk vond ik haar bij de koelcellen. Ze kwam in een wolk van een soort witte adem uit een cel. Geholpen door een man van klein postuur droeg ze een roodachtig, bevroren blok vlees op haar schouder. Ze legde het op een karretje en wilde weer teruglopen, opnieuw de vrieskou in. Ik zag direct dat er een verband om haar hand zat.

'Lila.'

Ze draaide zich voorzichtig om, staarde me onzeker aan. 'Wat doe jij hier?' vroeg ze. Haar ogen stonden koortsig, haar wangen waren holler dan gewoonlijk, en toch leek ze dik, en lang. Ook zij droeg een blauwe jasschort, maar over een soort lange jas heen, en aan haar voeten had ze zware schoenen, zoals die van soldaten. Ik wilde haar omhelzen, maar durfde niet. Zonder te weten waarom, was ik bang dat ze in mijn armen zou verkruimelen. Maar zij drukte mij wel langdurig tegen zich aan. Ik voelde de vochtige stof van haar jas, die een stuitende geur uitwasemde, nog penetranter dan die in de fabriek. 'Kom,' zei ze, 'laten we hier weggaan', en tegen de man die met haar samenwerkte riep ze: 'Twee minuten.' Ze trok me mee naar een hoekje.

'Hoe heb je me gevonden?'

'Ik ben gewoon naar binnen gelopen.'

'Hebben ze je doorgelaten?'

'Ik heb gezegd dat ik jou zocht en dat ik een vriendin van Bruno ben.'

'Goed zo, dan zullen ze er nu wel van overtuigd zijn dat ik de zoon van de baas pijp, laten ze me tenminste een beetje met rust.'

'Hè?'

'Zo gaat dat.'

'Hier?'

'Overal. Ben je afgestudeerd?'

'Ja. Maar er is iets gebeurd wat nog veel fijner is, Lila. Ik heb een roman geschreven en die komt in april uit.'

Haar gezicht had een grijzige kleur, leek bloedeloos, maar toch liep ze rood aan. Ik zag het rood langs haar hals omhoog kruipen, over haar wangen tot aan de rand van haar ogen, die ze zelfs samenkneep alsof ze bang was dat de vlam haar pupillen zou verbranden. Daarna pakte ze mijn hand, kuste die, eerst aan de buiten- en daarna aan de binnenkant.

'Wat fijn voor je,' fluisterde ze.

Maar in eerste instantie schonk ik weinig aandacht aan dat warme gebaar. Ik schrok van haar handen, die gezwollen waren en vol verwondingen zaten, oude en nieuwe sneeën, een verse op haar linkerduim, aan de rand ontstoken, en ik vermoedde dat het onder het verband om haar rechterhand nog erger zou zijn.

'Wat is er met je handen gebeurd?'

Ze deinsde terug, stopte ze in haar zakken.

'Niets. Vlees uitbenen is een ramp voor je vingers.'

'Been je vlees uit?'

'Ze zetten me in waar ze willen.'

'Praat met Bruno.'

'Bruno is de grootste klootzak van allemaal. Hij verschijnt hier alleen maar om te kijken wie van ons hij in de rijpingsruimte kan neuken.'

'Lila!'

'Echt waar.'

'Gaat het slecht met je?'

'Helemaal niet. Hier in de koelruimtes geven ze me zelfs tien lire per uur meer als koudetoeslag.'

De man riep: 'Cerù, de twee minuten zijn voorbij.'

'Ik kom eraan,' zei ze.

Ik fluisterde: 'Juffrouw Oliviero is dood.'

Ze haalde haar schouders op en zei: 'Ze maakte het al slecht, dat zat er dik in.'

Ik zag dat de man bij het karretje zijn geduld begon te verliezen en voegde er daarom haastig aan toe: 'Ze heeft ervoor gezorgd dat ik *De blauwe fee* kreeg.'

'Wat is dat, *De blauwe fee*?'

Ik keek haar aan om erachter te komen of ze het zich echt niet herinnerde, maar ze leek me oprecht.

'Dat boek dat je schreef toen je tien was.'

'Een boek?'

'Zo noemden we het.'

Lila kneep haar lippen samen, schudde het hoofd. Ze maakte zich zorgen, was bang voor moeilijkheden op het werk, maar tegenover mij speelde ze de rol van de vrouw die doet waar ze zin in heeft. Ik moet gaan, dacht ik. Ze zei: 'Dát is lang geleden...' en ze rilde.

'Heb je koorts?'

'Welnee.'

Ik zocht het boekje in mijn tas en stak het haar toe. Ze nam het aan, herkende het, maar vertoonde geen enkele emotie.

'Ik had nogal wat pretenties als kind,' mompelde ze.

Ik haastte me dat te weerleggen.

'Het verhaal is nog steeds prachtig,' zei ik. 'Ik heb het nog eens gelezen en ik heb gemerkt dat het me altijd is bijgebleven, zonder dat ik dat in de gaten had. Mijn boek komt eruit voort.'

'Uit deze onzin?' Ze lachte hard, zenuwachtig. 'Dan zijn ze gek, die lui die het voor je gaan drukken!'

De man schreeuwde: 'Ik wacht, Cerù!'

'Krijg de klere,' antwoordde zij.

Ze stopte het boekje in haar zak en stak haar arm door de mijne. We liepen naar de uitgang. Ik dacht aan hoe ik me voor haar had opgedoft en hoe vermoeiend het was geweest om daar te komen. Ik had me tranen voorgesteld en confidenties en discussies, een mooie ochtend van bekentenissen en verzoening. En moest je ons hier nu eens gearmd zien lopen, zij dik aangekleed, vuil, getekend, ik verkleed als jongedame van goeden huize. Ik zei dat Rinuccio prachtig was en heel intelligent. Ik prees haar buurvrouw, vroeg naar Enzo. Ze was blij dat ik zo over haar kind te spreken was, en ook zij prees haar buurvrouw. Maar echt enthousiast werd ze toen ik Enzo noemde. Haar gezicht lichtte op en ze werd spraakzaam.

'Hij is aardig,' zei ze, 'en goed, hij is nergens bang voor en hij is heel intelligent, 's nachts studeert hij, hij weet ontzettend veel.'

Ik had haar nooit zo over iemand horen praten en vroeg: 'Wat studeert hij?'

'Wiskunde.'

'Enzo?'

'Ja. Hij had iets over elektronische rekenmachines gelezen, of er een reclame van gezien, ik weet het niet precies, en dat heeft hem enthousiast gemaakt. Hij zegt dat een rekenmachine niet is zoals je ze in films ziet, een en al gekleurde lampjes die met piepjes aan- en uitgaan. Hij zegt dat het om talen gaat.'

'Talen?'

Haar ogen kregen die vlijmscherpe blik die ik zo goed van haar kende.

'Geen talen waarin romans worden geschreven,' zei ze en de denigrerende toon waarop ze het woord romans uitsprak stoorde me, en ook het lachje dat daarop volgde stoorde me. 'Het gaat om programmeertalen. 's Avonds als het kind slaapt, begint Enzo te studeren.'

Haar onderlip was droog, met kloofjes van de kou, en ze zag er slecht uit van het harde werken. Maar toch, hoe trots had ze niet gezegd 'begint Enzo te studeren'. Ook al had ze de derde persoon gebruikt, ik begreep dat niet alleen Enzo door die materie was gegrepen.

'En wat doe jij dan?'

'Ik hou hem gezelschap. Hij is moe 's avonds en als hij daar in zijn eentje zit, valt hij in slaap. Maar samen wordt het iets fijns, de een zegt iets, de ander reageert erop. Weet je wat een blokdiagram is?'

Ik schudde mijn hoofd. Toen werden haar ogen heel klein, ze liet mijn arm los en sloeg aan het praten, probeerde mij in haar nieuwe hartstocht mee te trekken. Op de binnenplaats, in de hitte van het vuur en de zware geur van dierlijk vet, van vlees, van pezen kwam deze Lila – dik ingepakt en met een blauwe schort over alles heen, met haar handen vol sneeën, verwarde haren, haar lijkbleke gezicht zonder ook maar iets van make-up – weer tot leven, werd weer energiek. Ze had het over het herleiden van alles tot het alternatief 'waar/niet waar', ze haalde de Boole-algebra erbij en roerde een massa andere zaken aan waar ik niets van wist. Maar toch wist ze me, zoals altijd, met haar woorden te fascineren. Terwijl ze sprak, zag ik dat armoedige huis voor me, 's nachts, het kind dat in de andere kamer lag te slapen. Ik zag Enzo op het bed zitten, vermoeid door het afmattende werk aan de locomotoren van god weet welke fabriek. Ik zag haar naast hem op de dekens zitten, na haar dag aan de kookbassins of in de uitbeenderij of in de koelcellen bij twintig graden onder nul. Ik zag hen samen in het prachtige licht van de opgeofferde slaap, hoorde hun stemmen: ze oefenden met blokdiagrammen, leerden de wereld van het overbodige te ontdoen, schematiseerden de dagelijkse handelingen volgens twee enkele waarheidswaarden: nul en één. Duistere woorden in een sjofele kamer, fluisterend om Rinuccio niet wakker te maken. Ik zag in dat ik daar vol trots was komen aanzetten en realiseerde me dat ik – natuurlijk, te goeder trouw en met gevoelens van genegenheid – die hele reis vooral had ondernomen om haar te laten zien wat zij verloren en ik gewonnen had. Maar dat had zij toen ik voor haar verscheen direct doorgehad, en nu reageerde ze, met het risico van boetes en wrijvingen met haar collega's, door mij duidelijk te maken dat ik in feite niets had gewonnen, dat er op de wereld helemaal niets te winnen viel. Dat haar leven net als het mijne vol uiteenlopende, idiote avonturen zat, en dat de tijd zonder enige zin gewoon voorbij gleed, en dat het fijn was elkaar alleen maar af en toe te zien om het dwaze knarsen van de hersens van de een te horen echoën in het dwaze knarsen van die van de ander.

'Vind je het prettig om met hem te leven?' vroeg ik.

‘Ja.’
‘Willen jullie kinderen?’
Ze trok een geveinsd vrolijk gezicht.
‘We doen het niet met elkaar.’
‘Niet?’
‘Nee, ik heb geen zin.’
‘En hij?’
‘Hij wacht.’
‘Misschien is hij een soort broer voor je.’
‘Nee, ik vind hem aantrekkelijk.’
‘Nou dan.’
‘Ik weet het niet.’
Bij het vuur bleven we staan, ze wees naar de portier.

‘Kijk uit voor die vent,’ zei ze, ‘hij is in staat om je als je weggaat ervan te beschuldigen dat je een mortadella hebt gestolen, alleen maar om je te kunnen fouilleren en overal te betasten.’

We sloegen de armen om elkaar heen, kusten elkaar. Ik zei dat ik haar weer zou opzoeken, dat ik haar niet kwijt wilde, en dat meende ik. Ze glimlachte, mompelde: ‘Nee, ik wil jou ook niet kwijt.’ Ik voelde dat zij het ook meende.

Heel geagiteerd vertrok ik. Ik had er moeite mee om bij haar weg te gaan, was er zoals vroeger van overtuigd dat me zonder haar nooit iets echt belangrijks zou overkomen, en toch voelde ik behoefte om ervandoor te gaan, om die stank van vet die om haar heen hing niet meer in mijn neus te hebben. Na een paar haastige stappen kon ik het niet laten, ik draaide me om, wilde nog een keer naar haar zwaaien. Ik zag haar naast het vuur staan, een vormloze vrouw in die kleding. Ze had *De blauwe fee* in haar hand, bladerde erdoorheen. Ineens gooide ze het in het vuur.

125

Ik had haar niet verteld waar mijn boek over ging en evenmin wanneer het in de boekhandel zou liggen. Ik had haar ook niet verteld over Pietro en ons plan om over een jaar of twee te trouwen. Haar leven had me overrompeld en ik had dagen nodig om het mijne weer duidelijke contouren en diepte te geven. Wat me definitief aan mezelf teruggaf – maar aan welke zelf? – was de drukproef van het boek: honderdnegenendertig bladzijden, dik papier, de woorden uit mijn schrift, handgeschreven vastgelegd, waren me dankzij de drukletters prettig vreemd geworden.

Ik bracht gelukkige uren door met het lezen, herlezen en corrigeren. Het was koud buiten, een ijzige wind drong door de slecht aansluitende sponningen naar binnen. Ik zat aan de keukentafel, samen met Gianni en Elisa die huiswerk maakten. Mijn moeder liep om ons heen, druk aan het werk, maar verrassend behoedzaam om niet te storen.

Al spoedig ging ik weer naar Milaan. Bij die gelegenheid permitteerde ik me voor het eerst in mijn leven een taxi. Aan het eind van een dag werken, helemaal gewijd aan het nadenken over de laatste correcties, zei de kale redacteur: 'Ik laat een taxi voor u bellen', en ik durfde geen nee te zeggen. En zo kwam het dat ik toen ik uit Milaan in Pisa aankwam, bij het station om me heen keek en dacht: waarom niet, laat ik nog maar eens de mondaine dame spelen. En die verleiding deed zich opnieuw voor toen ik weer in Napels kwam, in de chaos van het piazza Garibaldi. Ik had het leuk gevonden om in een taxi in de wijk aan te komen, comfortabel op de achterbank, met een chauffeur tot mijn beschikking die eenmaal bij het hek aangekomen het portier voor me zou openen. Maar ik had de moed niet en nam de bus. Toch moest ik iets over me hebben wat me anders maakte, want toen ik Ada groette die met haar baby aan het wandelen was, keek ze me verstrooid aan en liep door. Even later bleef ze echter staan, kwam terug en zei: 'Wat zie je er goed uit, ik had je niet herkend, je bent helemaal anders.'

In eerste instantie was ik daar blij om, maar algauw vond ik het vervelend. Wat had ik eraan als ik helemaal veranderde? Ik wilde mezelf blijven, verbonden met Lila, de binnenplaats, de verloren poppen, don Achille, met alles. Het was de enige manier om wat me overkwam intens te beleven. Maar het is moeilijk om je tegen veranderingen te verzetten, en in die periode veranderde ik ongewild meer dan tijdens de jaren in Pisa. In het voorjaar verscheen het boek, wat mij veel meer dan het afstuderen een nieuwe identiteit gaf. Toen ik een exemplaar ervan aan mijn moeder, mijn vader, mijn broertjes en mijn zusje liet zien, gaven ze het zwijgend aan elkaar door, zonder erin te bladeren. Onzeker glimlachend staarden ze naar het omslag, ze leken wel politieagenten die een vals document onder ogen hadden. Mijn vader zei: 'Dat is mijn achternaam', maar hij zei het zonder voldoening, alsof hij in plaats van trots op me te kunnen zijn ineens had ontdekt dat ik geld uit zijn zak had gestolen.

De dagen verstreken. De eerste recensies verschenen. Ik las ze gespannen, gekwetst door alles wat ook maar een beetje op kritiek leek. De meest welwillende kritieken las ik aan de hele familie voor, mijn vader klaarde op. Elisa zei spottend: 'Je had met Lenuccia moeten tekenen, Elena is vreselijk.'

In die opwindende dagen kocht mijn moeder een fotoalbum en daar begon ze alles in te plakken wat er voor goeds over me werd geschreven. Op een ochtend vroeg ze me: 'Hoe heet jouw verloofde?'

Ze wist het, maar er speelde haar iets door het hoofd en om me dat te vertellen wilde ze het zo inleiden.

'Pietro Airota.'

'Je gaat dus Airota heten?'

'Ja.'

'En als je nog een boek schrijft, komt er dan Airota op het omslag te staan?'

'Nee.'

'Waarom niet?'

'Omdat Elena Greco me bevalt.'

'Mij ook,' zei ze.

Maar ze las het boek nooit. En ook mijn vader deed dat niet en Peppe, Gianni en Elisa evenmin; in het begin werd het ook in de wijk niet gelezen. Op een ochtend kwam er een fotograaf, hij hield me twee uur bezig, eerst met foto's maken in het parkje, daarna langs de grote weg, vervolgens bij de ingang van de tunnel. Een van die foto's verscheen daarna in *Il Mattino* en ik verwachtte dat voorbijgangers me op straat staande zouden houden, dat ze uit nieuwsgierigheid het boek zouden lezen. Maar niemand, zelfs Alfonso, Ada of Gigliola niet of Michele Solara, die toch niet zo onbekend was met het alfabet als zijn broer, zei ooit als daar een kans voor was: 'Mooi, dat boek van je', of eventueel: 'Slecht, dat boek van je.' Ze groetten me alleen hartelijk en liepen dan door.

De eerste keer dat ik met lezers te maken kreeg, was in een boekhandel in Milaan. Ik ontdekte al snel dat Adele Airota, die alles wat rond het boek gebeurde op afstand volgde, deze ontmoeting nadrukkelijk had gewild. Ze kwam speciaal voor die gelegenheid uit Genua over. Ze zocht me op in het hotel, hield me de hele middag gezelschap en probeerde me onopvallend te kalmeren. Mijn handen trilden en dat ging maar niet over, ik had moeite met mijn woorden en een bittere smaak in de mond. En ik was bovenal boos op Pietro, die in Pisa was gebleven; hij had het te druk. Mariarosa daarentegen, die in Milaan woonde, bracht me vóór de ontmoeting een vrolijk bliksembezoekje, maar moest daarna weer weg.

Doodsbenauwd ging ik naar de boekhandel. Ik trof een vol zaaltje aan, ging met neergeslagen ogen naar binnen. Ik had het gevoel flauw te vallen van de emotie. Adele groette verscheidene aanwezigen, vrienden en bekenden van haar. Ze ging op de eerste rij zitten, wierp me bemoedigende blikken toe, draaide zich af en toe om en babbelde dan wat met een dame van haar leeftijd die achter haar zat. Tot op dat moment had ik pas twee keer in het openbaar gesproken, door Franco gedwongen, en het publiek had bestaan uit zes of zeven van zijn kameraden die begripvol glimlachten. Nu was de situatie anders. Ik had een veertigtal vreemden voor me die er chic en intellectueel uitzagen en me zwijgend aanstaarden, met een blik waarin geen sympathie lag, de meesten gedwongen acte de présence te geven door het aanzien dat de Airota's genoten. Ik wilde opstaan en wegvluchten.

Maar het ritueel nam een aanvang. Een oude criticus, een indertijd zeer gewaardeerde professor aan de universiteit, sprak uiterst lovend over mijn boek. Ik begreep niets van zijn verhaal, dacht alleen aan wat ík zou moeten zeggen. Ik zat te draaien op mijn stoel en had buikpijn. De wereld was in wanorde verdwenen en het lukte me niet om in mezelf het gezag te vinden om hem terug te roepen en er weer orde in te scheppen. Toch gedroeg ik me alsof ik me op mijn gemak voelde. Toen het mijn beurt was, sprak ik zonder goed te weten wat ik zei. Ik praatte alleen maar om niet te zwijgen, maakte te veel gebaren, spreidde te veel literaire competentie tentoon, pronkte te veel met mijn klassieke cultuur. En daarna viel er een grote stilte.

Wat dachten de mensen die voor me zaten van me? Hoe beoordeelde de professor-criticus aan mijn zijde mijn praatje? En verborg Adele achter het air van toegeeflijkheid haar spijt omdat ze me had gesteund? Toen ik naar haar keek zag ik onmiddellijk dat ze met smekende ogen rondkeek, op zoek naar een teken van instemming dat haar zou kunnen troosten en ik schaamde me. Intussen tikte de professor naast me op mijn arm, alsof hij me wilde kalmeren, en nodigde het publiek uit om iets te zeggen. De meeste aanwezigen staarden ongemakkelijk naar hun knieën of richtten hun blik op de vloer. De eerste die sprak was een oudere man met een dikke bril, bij het publiek duidelijk bekend, maar niet bij mij. Alleen al bij het horen van zijn stem vertrok Adeles gezicht van ergernis. De man sprak lang over het verval van de uitgeverswereld, die inmiddels meer op winst uit was dan op literaire kwaliteit; daarna ging hij over op de mercantilistische toegevendheid van de critici, en de verarming van de literaire pagina's van de kranten. Ten slotte concentreerde hij zich op mijn boek, eerst ironisch en vervolgens, verwijzend naar de lichtelijk gewaagde bladzijden, op uitgesproken vijandige toon. Ik voelde dat ik rood werd en in plaats van te antwoorden stamelde ik algemeenheden die niets met het onderwerp te maken hadden. Totdat ik uitgeput mijn betoog onderbrak en naar de tafel staarde. De professor-criticus keek me bemoedigend aan en glimlachte naar me, in de veronderstelling dat ik door wilde gaan. Toen hij zich realiseerde dat ik dat niet van plan was, vroeg hij kortaf: 'Nog iemand?'

Achter in de zaal werd een hand opgestoken.

'Gaat uw gang.'

Een grote magere jongeman met lange warrige haren en een volle zwarte baard sprak op geringschattend polemische toon over de vorige interventie en af en toe ook over de inleiding van de goede man naast me. Hij zei dat we in een uiterst provinciaal land leefden, waar elke gelegenheid goed was om te klagen, maar dat niemand intussen de mouwen opstroopte om de hele boel te reorganiseren, om te proberen het land te laten functioneren. Daarna prees hij de moderniserende kracht van mijn roman. Ik herkende hem vóór alles aan zijn stem. Het was Nino Sarratore.

Lijst van personages en summiere samenvatting van de gebeurtenissen uit deel 1 van *DE NAPOLITAANSE ROMANS*, De geniale vriendin

De familie Cerullo (het gezin van de schoenlapper):
Fernando Cerullo, schoenmaker, vader van Lila. Heeft zijn dochter na de lagere school niet meer naar school laten gaan.

Nunzia Cerullo, moeder van Lila. Voelt met haar dochter mee, maar heeft niet genoeg gezag om het tegen haar man op te nemen voor Lila.

Raffaella Cerullo, Lina of Lila genoemd. Geboren in augustus 1944. Verdwijnt op haar zesenzestigste spoorloos uit Napels. Briljante leerling, schrijft op tienjarige leeftijd een verhaaltje, *De blauwe fee* getiteld. Volgt na het behalen van haar lagereschooldiploma geen onderwijs meer, maar leert het schoenmakersvak.

Rino Cerullo, oudste broer van Lila, ook schoenlapper. Begint dankzij Lila en het geld van Stefano Carracci samen met zijn vader Fernando schoenfabriek Cerullo. Verlooft zich met Stefano's zus, Pinuccia Carracci. Het eerste kind van Lila wordt naar hem vernoemd, Rino dus.

Andere kinderen.

De familie Greco (het gezin van de conciërge):
Elena Greco, Lenuccia of Lenù genoemd. Geboren in augustus 1944. Zij is de schrijfster van het lange verhaal dat we aan het lezen zijn. Elena begint het te schrijven op het moment waarop ze verneemt dat haar jeugdvriendin, Lina Cerullo – alleen door haar Lila

genoemd –, is verdwenen. Na de lagere school leert Elena verder, met toenemend succes. Vanaf haar jongste jaren is ze verliefd op Nino Sarratore, maar ze koestert die liefde in stilte.

Peppe, Gianni en Elisa Greco, jongere broertjes en zusje van Elena.

De vader, conciërge op het gemeentehuis.

De moeder, huisvrouw. Ze loopt mank en voor Elena is dat een obsessie.

De familie Carracci (het gezin van don Achille):
Don Achille Carracci, de boeman uit de sprookjes, handelaar op de zwarte markt en woekeraar. Vermoord.

Maria Carracci, vrouw van don Achille, moeder van Stefano, Pinuccia en Alfonso. Werkt in de kruidenierszaak van de familie.

Stefano Carracci, zoon van wijlen don Achille, echtgenoot van Lila. Hij beheert de door zijn vader bijeengebrachte bezittingen en is samen met zus Pinuccia, broer Alfonso en moeder Maria eigenaar van een winstgevende kruidenierszaak.

Pinuccia Carracci, dochter van don Achille. Werkt in de winkel. Verlooft zich met Lila's broer Rino.

Alfonso Carracci, zoon van don Achille. Zit op school naast Elena. Verloofd met Marisa Sarratore.

De familie Peluso (het gezin van de timmerman):
Alfredo Peluso, timmerman. Communist. Hij zou don Achille hebben vermoord, wordt veroordeeld en zit vast.

Giuseppina Peluso, vrouw van Alfredo. Werkt in de tabaksfabriek en wijdt zich met hart en ziel aan haar man in de gevangenis en haar kinderen.

Pasquale Peluso, oudste zoon van Alfredo en Giuseppina, metselaar en actief communist. Hij was de eerste die zag hoe mooi Lila was en haar zijn liefde verklaarde. Hij haat de Solara's en is verloofd met Ada Cappuccio.

Carmela Peluso, laat zich ook Carmen noemen. Zus van Pasquale. Winkelmeisje in een fournituurenzaak, maar algauw door

Lila aangenomen in de nieuwe kruidenierswinkel van Stefano. Verloofd met Enzo Scanno.

Andere kinderen.

De familie Cappuccio (het gezin van de gekke weduwe):
Melina, een familielid van Nunzia Cerullo, weduwe. Dweilt de trappen van de flats in de oude wijk. Ze is de minnares geweest van Donato Sarratore, de vader van Nino. De Sarratores hebben met name vanwege die relatie de wijk verlaten en daarvan is Melina halfgek geworden.

De echtgenoot van Melina was losser op de groenten- en fruitveiling en is onder duistere omstandigheden gestorven.

Ada Cappuccio, dochter van Melina. Als kind hielp ze haar moeder bij het dweilen van de trappen. Dankzij Lila zal ze worden aangenomen als winkelmeisje in de kruidenierszaak in de oude wijk. Verloofd met Pasquale Peluso.

Antonio Cappuccio, haar broer, monteur. Verloofd met Elena en erg jaloers op Nino Sarratore.

Andere kinderen.

De familie Sarratore (het gezin van de spoorwegbeambte-dichter):
Donato Sarratore, werkzaam bij de spoorwegen, dichter, journalist. Een groot vrouwengek, was de minnaar van Melina Cappuccio. Als Elena tijdens een vakantie op Ischia in hetzelfde huis verblijft als de Sarratores, moet ze om aan de ongewenste intimiteiten van Donato te ontkomen het eiland overhaast verlaten.

Lidia Sarratore, vrouw van Donato.

Nino Sarratore, de oudste van de vijf kinderen van Donato en Lidia. Haat zijn vader, is een briljant student.

Marisa Sarratore, zus van Nino. Leert zonder veel resultaat voor secretaresse. Ze is verloofd met Alfonso Carracci.

Pino, Clelia en Ciro Sarratore, de jongste kinderen van Donato en Lidia.

De familie Scanno (het gezin van de groenteman):
Nicola Scanno, groenteboer.

Assunta Scanno, vrouw van Nicola.

Enzo Scanno, zoon van Nicola en Assunta, ook hij is groenteboer. Lila voelt sympathie voor hem, al sinds haar kindertijd. Hun vriendschap is ontstaan toen Enzo tijdens een wedstrijd op school een onvermoede vaardigheid in rekenen aan de dag legde. Enzo is verloofd met Carmen Peluso.

Andere kinderen.

De familie Solara (het gezin van de eigenaar van een café annex banketbakkerij met dezelfde naam):
Silvio Solara, eigenaar van een café annex banketbakkerij, monarchist en fascist, lid van de camorra en volop betrokken bij de illegale handel in de wijk. Dwarsboomde het ontstaan van schoenfabriek Cerullo.

Manuela Solara, vrouw van Silvio, woekeraarster: haar rode boek is erg gevreesd in de wijk.

Marcello en Michele Solara, zoons van Silvio en Manuela. Arrogante opscheppers, maar toch bemind bij de meisjes van de wijk, behalve natuurlijk bij Lila. Marcello wordt verliefd op Lila maar zij wijst hem af. Michele, iets jonger dan Marcello, is killer, slimmer en gewelddadiger. Hij is verloofd met Gigliola, de dochter van de banketbakker.

De familie Spagnuolo (het gezin van de banketbakker):
Meneer Spagnuolo, banketbakker in dienst van café-banketbakkerij Solara.

Rosa Spagnuolo, vrouw van de banketbakker.

Gigliola Spagnuolo, dochter van de banketbakker, verloofde van Michele Solara.

Andere kinderen.

De familie Airota:
Airota, hoogleraar Griekse letterkunde.

Adele Airota, zijn vrouw.

Mariarosa Airota, de oudste dochter, docent aan de faculteit Kunstgeschiedenis in Milaan.

Pietro Airota, student.

De onderwijzers en leraren:
Ferraro, onderwijzer en bibliothecaris. De meester heeft zowel Lila als Elena toen ze nog klein waren een prijs gegeven omdat ze zulke trouwe lezers waren.

La Oliviero, onderwijzeres. Zij was de eerste die zag wat Lila en Elena in hun mars hadden. Toen Lila tien was, schreef ze een verhaaltje met de titel *De blauwe fee*. Elena vond het een prachtig verhaal en gaf het la Oliviero te lezen. Maar de juffrouw, boos omdat Lila's ouders hadden besloten hun dochter niet naar de middenschool te sturen, heeft zich nooit over dat verhaal uitgelaten. Sterker nog, ze hield op zich met Lila bezig te houden en concentreerde zich alleen nog maar op het succes van Elena.

Gerace, leraar op het gymnasium.

La Galiani, lerares op het gymnasium. Een zeer ontwikkelde vrouw, communist. Ze is meteen onder de indruk van Elena's intelligentie. Ze leent haar boeken en neemt het voor haar op als ze een conflict krijgt met de godsdienstleraar.

Andere personages:
Gino, zoon van de apotheker en Elena's eerste verloofde.

Nella Incardo, nicht van juffrouw Oliviero. Ze woont in Barano d'Ischia. Elena heeft bij haar gelogeerd voor een vakantie aan zee.

Armando, student medicijnen, zoon van mevrouw Galiani, de lerares.

Nadia, studente, dochter van mevrouw Galiani.

Bruno Soccavo, vriend van Nino Sarratore en zoon van een rijke industrieel uit San Giovanni a Teduccio.

Franco Mari, student.